Mauvaise fille

Du même auteur et dans la même collection
aux Éditions J'ai lu

LOVERBOY

N° 8681

MICHELE
JAFFE

Mauvaise fille

ROMAN

*Traduit de l'américain
par Agnès Girard*

J'AI LU

Titre original
BAD GIRL

A Ballantine Book, published by The Random House Publishing Group

Pour Dan, qui n'a pas changé les serrures.

Car il n'y a de bien et de mal
que selon l'opinion qu'on a.

William SHAKESPEARE
Hamlet, Acte II, Scène 2

1

Elle n'arrivait pas à oublier le panneau.

« Veuillez récupérer vos bagages. »

Il était suspendu juste au-dessus des tapis roulants destinés à acheminer les bagages, dans l'aéroport de Las Vegas. Elle trouvait cela un peu hypocrite de la part d'une ville comme Las Vegas, où les gens venaient justement pour poser leurs bagages, les bagages de leur vie.

« Veuillez récupérer vos bagages. »

Elle ne les avait pas récupérés. Par provocation, elle les avait abandonnés là-bas. Elle était sortie de l'aéroport et les avait laissés tourner, et tourner encore sur le tapis roulant, ses sous-vêtements, trois échantillons de rouge à lèvres, deux de ses tee-shirts préférés, un jean, une photo dans un cadre en argent, et la boîte à bijoux d'une jeune fille, le tout parfaitement rangé. Sa valise, son passé abandonnés.

Comme si c'était aussi facile.

Le lendemain, elle était retournée à l'aéroport et avait offert une excuse maladroite assortie d'un sourire à l'intention de l'employé des objets trouvés. Il lui avait tendu son sac, qui lui avait semblé plus lourd que la veille. Déjà, à cette époque, elle avait commencé à comprendre ce qui, aujourd'hui, lui paraissait évident. Quoi qu'on fasse, qu'on envoie balader tout ce qu'on possède ou pas, qu'on prenne la route ou pas, qu'on se ruine chez le psy ou pas, les bagages sont toujours là, et il faut les récupérer.

« Sois une bonne fille », lui disait la voix de son père.

Et puis elle avait vu le panneau. « Veuillez récupérer vos bagages. »

« Ce n'est pas toujours facile, d'être une aussi bonne fille que tu le voudrais, papa », se disait-elle, assise dans sa voiture, en face de la maison.

Toutes les trente secondes, l'aiguille de l'horloge du tableau de bord faisait un petit bruit. *Sois une bonne fille.* Tic. *Récupère tes bagages.* Tac. Les Saab devaient être les seules voitures aux États-Unis à ne pas avoir d'horloge à quartz au tableau de bord. Elle n'attendait là que depuis dix minutes, mais déjà, ce tic-tac l'exaspérait. On aurait dit un métronome, qui la faisait balancer entre le passé et le présent.

Sois une bonne fille.

Tic.

Récupère tes bagages.

Il y avait de la lumière à presque toutes les fenêtres de la maison. Des silhouettes allaient et venaient à l'intérieur, dans ce qui devait être le salon, en bas. Une grande, celle de l'aîné des garçons, et une plus petite, plus ronde.

La mère.

Derrière les silhouettes, la lumière vacilla, comme si quelqu'un venait d'allumer la télé. Sans doute la regardaient-ils ensemble, en attendant le frère et la sœur du garçon. L'aîné devait avoir quatorze ans, le cadet onze. Il était à sa leçon de clarinette. La fille avait quinze ans, elle allait à la gym le lundi, le mercredi et le vendredi et ne rentrait jamais avant 17 h 30. Dès son arrivée, ils se mettaient tous à table. Ensemble. Il arrivait que le père se joigne à eux, mais pas ce soir. Il travaillait tard. Un dîner d'affaires très important. Il avait mis son plus beau costume, aujourd'hui, pour aller au bureau.

L'espace d'un instant, la jeune femme dans la voiture se demanda ce qui arriverait si elle allait sonner à la porte pour leur demander de l'inviter à dîner. Ils ne se connaissaient pas. Enfin, ils ne connaissaient rien d'elle. Elle, elle savait tout de la famille Johnson. Des esquisses rapides de tous les membres de cette famille couvraient les pages d'un carnet posé à côté d'elle, sur le siège. C'était plus fort qu'elle, elle ne pouvait pas s'empêcher de les observer.

Sois une bonne fille.

Tic.

Récupère tes bagages.

Un homme se promenait dans la rue, avec un gros chien blanc au poil ébouriffé, et son regard croisa celui de la femme assise dans la voiture. « Je l'ai déjà vu quelque part », se dit-elle, avant de réaliser que ce n'était pas lui, mais l'endroit, qu'elle connaissait par cœur. Tout ici lui était familier. C'était la malédiction des bagages, ce dont il fallait qu'elle se libère. L'homme au chien n'était que l'incarnation de tout ce dont elle était venue se purger, de ce à quoi elle n'arrivait pas à échapper.

Les mains serrées autour du volant, elle regarda l'horloge faire une nouvelle fois « tic ». Une voiture déposa le petit frère, partitions sous un bras, étui de clarinette dépassant de son sac à dos Spiderman rouge et bleu. Avec sa clé, il ouvrit le petit portail, le referma soigneusement, prit soin de ne pas marcher sur le tuyau que le dératiseur avait laissé là pour pouvoir finir son boulot le lendemain, puis entra par la porte sur le côté, qui donnait, elle le savait, dans le couloir, à l'arrière de la maison, juste à côté de la buanderie. Un peu plus loin se trouvait la cuisine. Elle avait le plan de la maison bien en tête.

Dix « tic » plus tard, une Jeep Wrangler beige s'arrêta le long du trottoir d'en face, et la sœur en descendit. Dans la Saab, la jeune femme regarda la gamine rentrer chez elle avec quasiment les mêmes gestes que son frère. Elle avait des jambes parfaites.

Mais elle ne faisait pas aussi attention que son frère cadet, parce que le petit portail ne se referma pas tout à fait. Il resta légèrement entrebâillé, comme une invitation. *Entrez donc. Rendez-nous une petite visite. Venez voir notre maison parfaite de l'intérieur. Faites-vous une place dans notre famille.*

« Ne fais pas ça ! hurla une voix dans la tête de la jeune femme. Pars, tout de suite. Ce n'est pas le bon moment. » Elle regarda l'horloge et vit que c'était vrai. Ce n'était pas le bon moment. Il fallait qu'elle aille au boulot. C'était presque l'heure du dîner. Elle démarra et s'éloigna en direction du Strip.

« Veuillez récupérer vos bagages. »

Mais elle reviendrait. Elle n'en avait pas encore terminé avec la famille Johnson.

2

— Merde, t'essaies de me faire crever d'ennui, là ? demanda Roddy Ruiz en secouant la tête. J't'ai déjà dit. Je l'ai enlevée, je l'ai amenée dans l'appart par la porte de derrière, j'ai baisé avec elle et puis, ben, je l'ai butée, quoi.

— Pourquoi tu l'as butée ?

— Elle me causait des ennuis, je l'ai déjà dit, *cabrón*. Pourquoi vous continuez à me cuisiner, merde ?

— Quel genre d'ennuis, Roddy ? demanda l'enquêteur Nick Lee. On a besoin de détails, là.

Son partenaire, l'enquêteur Bob Zorzi, suggéra :

— Peut-être qu'elle a mis ta virilité à mal, non ?

Roddy plissa les yeux, à la manière des gros durs de la rue.

— Qu'est-ce que tu me parles de ma virilité, *hijo de puta* ? Enlève-moi les pinces et je vais te montrer…

— Raconte-nous juste ce qui s'est passé, coupa Lee.

— Toi, le Chinois, tu dis à ton pote que ma virilité va très bien. Cette chienne, là, elle en pouvait plus de prendre son pied. Elle en redemandait. Le gros connard qui lui servait de mec, il connaissait rien au cul. C'est elle qui me l'a dit. Elle me suppliait : « Oh, papa, s'il te plaît, prends-moi. » Les Blanches, elles adorent un bon gros taco mexicain de temps en temps. C'est pas pour rien qu'on m'appelle Rod la Bête.

Chicago Thomas, dite Windy, nouvelle directrice du département de criminalistique de la police de Las Vegas et mère épuisée d'une fillette de six ans qui se remettait tout juste d'une gastro, posa son front contre la vitre sans tain pour voir de plus près le suspect dans la salle d'interrogatoire, et aussi un peu pour calmer sa migraine. Elle n'était en poste que depuis deux semaines, à Las Vegas depuis un mois et demi, mais il lui semblait qu'elle reconnaissait Roddy. Enfin, pas tant lui que quelque chose chez lui. Les gamins pas sûrs d'eux jouant les durs se ressemblaient, où que l'on aille.

D'après le dossier de Roddy Ruiz, il avait quinze ans, ce qui, dans la rue, équivalait au moins à quarante-cinq ans. Il en faisait onze. Plutôt petit, il avait les oreilles décollées, les yeux marron, les cheveux bruns coupés ras, et un léger duvet sur la lèvre supérieure et sur les joues, dont Windy était prête à parier qu'il l'appelait moustache et barbe. Orphelin, il vivait avec son oncle. Il avait refusé l'avocat qu'on lui proposait, avoué un meurtre et se carrait maintenant sur sa chaise, tapotant le sol de ses K-Swiss blanches, au rythme d'un air qu'il devait avoir dans la tête et qui agitait aussi ses épaules. Il y avait d'énormes taches couleur rouille sur son jean et son tee-shirt Tommy Hilfiger, aux endroits où il avait essayé d'ôter le sang, mais cela ne semblait pas le gêner. C'était un vrai dur, sa position nonchalante l'indiquait. Il n'était rien qu'ils puissent faire auquel Rod la Bête n'était pas prêt.

Les deux enquêteurs étaient plus à cran que Roddy, du fait du manque de sommeil et de l'excitation. Mais aux yeux de Windy, ils avaient l'air suffisant du chat qui a avalé le canari. Ils avaient coincé Roddy moins de quarante-huit heures après qu'il avait agressé et tué la fille d'un milliardaire californien dans la salle de bains d'un petit appartement de Las Vegas, pendant que son oncle regardait le téléachat dans la pièce voisine. Moins de quarante-huit heures, c'était plutôt pas mal, dans ce domaine. Ajoutez à cela des aveux quasi spontanés, et les flics savaient qu'ils allaient pouvoir compter sur les félicitations de la hiérarchie, sans parler de l'attention des médias. La chaîne de téléachat appartenait au père de la victime, c'était comme cela qu'il avait fait fortune, et aucun directeur de rédaction à travers le pays n'avait manqué de souligner l'ironie – en se servant toutefois du mot tragédie – qu'il y avait dans le fait que, sans la télé allumée à côté, l'oncle de Roddy aurait entendu quelque chose et aurait peut-être pu sauver la fille. Même les télés nationales avaient envoyé des équipes sur place, en conséquence de quoi il y avait plus que la poignée habituelle de journalistes dans la salle de presse, prêts à sacrer héros de la semaine les hommes qui avaient travaillé sur cette affaire.

Ils méritaient tout cela – l'attention, les éloges, pensa Windy. Tout le monde le méritait. Tout le monde avait le droit de se sentir important et spécial. C'était l'absence de ces sentiments qui façonnait des individus capables de battre à mort une fille de milliardaire avant de placer le corps au fond d'une baignoire, dans une position obscène. Oui, l'attention et les éloges, c'était bien. Voilà pourquoi ce qu'elle s'apprêtait à faire donnait à Windy le sentiment d'être dégueulasse.

Elle inspira un grand coup, glissa le dossier sous son bras et frappa à la porte de la salle d'interrogatoire.

Tous les visages se tournèrent vers elle, sa venue étant clairement perçue comme une intrusion. Il lui sembla même entendre Zorzi marmonner « merde » en la voyant.

— On peut vous aider ? demanda-t-il presque dans la foulée, essayant d'être poli, mais cherchant surtout à lui faire comprendre qui menait la danse.

Le suspect siffla doucement, se laissa glisser sur sa chaise et écarta les jambes.

— Vous auriez pas dû, messieurs. Une strip-teaseuse rien que pour moi. Et on dit que les flics sont tous des connards.

Il se lécha les lèvres, le regard admiratif.

— Chérie, tu leur dis de m'enlever les bracelets, et on commence quand tu veux. Ça va être chaud.

Du coin de l'œil, Windy vit Lee manquer de s'étrangler tant il était gêné.

— Ce n'est pas une strip-t…

Windy l'ignora et s'approcha de la table pour s'asseoir en face de Roddy.

— Monsieur Ruiz, je suis Chicago Thomas, dit-elle. Et je suis ici pour vous sauver la vie.

La première chose que remarqua Roddy à propos d'elle, ce fut la façon dont elle prononça son nom, Thomàs, avec l'accent sur la dernière syllabe, essayant de faire comme si elle était latino. Purée, ces flics le prenaient pour un idiot ou quoi ? Il la dévisagea, cheveux blond cendré, yeux vert clair, et ricana.

— T'essaies de m'amadouer, *mamacita*, en disant ton nom comme ça ? Tu te prends pour J. Lo ? De quelle partie du Mexique tu viens, chérie ? Attention, le Texas, ça compte pas, hein.

Il lança un clin d'œil aux deux enquêteurs, d'homme à homme, mais ils se contentèrent de le fixer en retour. Enfoirés de flics.

— Ma famille vient du Chili, répondit la femme. Mais je suis née aux États-Unis.

— C'est quoi, ce prénom, là, Chicago ?

— C'est le nom de la ville où je suis née. C'est quoi, ce prénom, Roddy ?

— C'est un nom sexy, répondit Roddy avec un autre clin d'œil. On t'appelle Chicago ? Ou juste Chica ?

— Mes amis m'appellent Windy.

— Nooon. J'ai eu un chien qui s'appelait Windy parce qu'il pétait tout le temps.

Windy le regarda en écarquillant les yeux.

— Vraiment ? Vous seriez étonné du nombre de gens qui ont le même chien. Mais parlez-moi de vous. Où êtes-vous né, Roddy ?

— Waouh… je suis né le jour où je t'ai vue, moi.

Elle sourit, mais comme une maman plus que comme une femme. Ce qui rendit Roddy nerveux. Puis elle s'adressa aux enquêteurs :

— J'aimerais que le tuteur de M. Ruiz soit présent, s'il vous plaît. C'est son oncle, je crois.

— Mister X a rien à faire ici, intervint Roddy. J'ai les choses en main, je peux m'en sortir tout seul.

Il se pencha en avant, sur la table, avant d'ajouter :

— T'es sûre que t'es pas strip-teaseuse, ma belle ? Tu pourrais te faire pas mal de blé, tu sais, avec des airbags et des yeux pareils. T'es carrément sexy, même si t'as un nom à coucher dehors. Je connais un club, je pourrais te présenter au gérant. Lui et moi, on...

Mais elle ne regardait même pas dans sa direction.

— S'il vous plaît, faites venir M. Xavier, répéta-t-elle à l'intention des enquêteurs. Il me semble l'avoir vu dans le bâtiment ouest.

Roddy regarda Zorzi quitter la pièce. Ce mec était trois fois plus grand que la gonzesse, mais hop, il faisait ce qu'elle lui demandait, sans poser de questions, sans hésiter. Elle devait avoir un sacré pouvoir, pour qu'il obéisse au doigt et à l'œil, comme ça. Il la regarda de plus près. Elle portait un tailleur gris – toutes les fliquettes en portaient, *idiotas*, pour faire plus pro. Mais le sien était un peu différent, à la fois classe et décontracté. Dessous, elle portait un chemisier couleur or avec de petites rayures blanches et une cravate. Les deux boutons du haut étaient ouverts, et elle avait mis les pans de sa cravate dans la chemise, comme un foulard. Du coup, c'était plutôt sexy. D'accord, Roddy le reconnaissait, elle savait se fringuer, cette nana. Elle ressemblait aux filles de ces magazines branchés avec des noms étrangers, qu'il feuilletait quand il accompagnait Mister X chez la manucure.

— T'es avocate ? finit-il par demander.

— Non.

— Juge ?

— Non.

— Alors, comment tu vas faire pour me sauver la vie ? T'as des superpouvoirs ? Tu vois à travers les murs, ce genre de truc ?

— Oui, à vrai dire, c'est le cas.

— Ah, ouais ? Prouve-le.

Il se leva, lui montra son jean.

— Dis-moi ce que j'ai sous mon pantalon.

— Un caleçon rayé bleu et blanc. Si vous voulez bien vous rasseoir, maintenant, Roddy, ça rassurerait l'officier Lee.

L'expression de Roddy lorsqu'elle lui avait décrit son caleçon était plus savoureuse encore que ne l'avait espéré Windy. Mais quand le garçon se couvrit l'entrejambe des mains pour qu'elle ne puisse pas voir son « bon gros taco mexicain » avec ses yeux à rayons X, elle crut qu'elle allait devoir sortir dans le couloir pour y éclater de rire tout à son aise. Seul le retour de Bob Zorzi la fit rester en place et la retint de dire à Roddy que, selon le rapport qui détaillait très précisément la scène de crime, il possédait en tout et pour tout, au rayon sous-vêtements, cinq caleçons, tous rayés bleu et blanc, et que par conséquent, elle s'était contentée d'avancer une supposition qui avait toutes les chances de se révéler exacte.

Hector Xavier, l'homme que l'officier Zorzi venait de faire entrer, était de taille moyenne, approchait la quarantaine et semblait très sûr de lui. Un peu cabotin, peut-être, à en juger par sa démarche. Cela pouvait servir, pensa Windy. Hector était le tuteur légal de Roddy depuis cinq ans, et à la façon dont celui-ci le regardait, il était clair qu'il lui vouait une admiration sans bornes. Hector et Roddy avaient fui ensemble, et lorsque la police les avait arrêtés, c'était Hector qui avait convaincu Roddy de dire la vérité. Il avait une fine moustache, la bouche pleine d'or et un costume en peau de requin dont les revers auraient séduit un cacique de la Mafia des années soixante, avec un bon coup de fer. Visiblement, tout comme Roddy, il portait les mêmes vêtements qu'au moment où il avait quitté son domicile pour trouver une planque. Sa chemise en soie blanche, plus très fraîche, était à moitié déboutonnée, révélant une grosse croix en or sur un torse musclé et imberbe. Il examina son pupille avec attention, puis posa une main sur son épaule.

— Ça va, Roddy la Bête ?

— Ouais, Mister X, répondit Roddy en faisant des efforts pour retrouver un ton décontracté. Ça roule.

— Bon.

Hector s'assit à côté de Roddy et demanda :

— Il y a un problème, messieurs-dames ?

Il adressa un sourire à Windy, qui se demanda combien une dentition pareille pouvait coûter.

— Juste un petit, assura-t-elle en lui retournant son sourire.

Elle ouvrit une chemise en carton et entreprit d'en sortir des photos en couleurs, tirage brillant, qu'elle ordonna sur la table.

— Vous nous montrez des photos de cul ? demanda Hector.

Il avait lancé un regard en direction des enquêteurs, espérant sans doute une réaction complice. Windy le vit ensuite faire un clin d'œil à Roddy et articuler : « T'inquiète pas. »

Une fois les photos mises dans l'ordre, elle les réunit et en fit une pile qu'elle tassa sur les côtés. Sans regarder personne en particulier, elle lâcha :

— Il fait chaud, ici, vous ne trouvez pas ?

Hector et les deux enquêteurs bougèrent légèrement dans leurs vestes de costume, comme si le simple fait de le mentionner avait fait monter la température dans la pièce.

— Ça va prendre longtemps ? demanda Hector.

— Non. Mais autant vous mettre à l'aise.

Il ôta sa veste de mafioso.

— OK, bon, c'est quoi, ces photos, là ?

Windy posa la pile devant Hector et Roddy.

— On y viendra peut-être plus tard, si besoin est.

Elle observa Roddy, qui reconnaissait le coin de leur salon trop meublé sur la photo du dessus : canapé, télé dans un meuble laqué noir, table basse assortie. Sur la gauche, la porte du bureau d'Hector Xavier. Il sembla perdre un peu de son assurance.

— Je vais vous raconter une histoire, commença-t-elle. Vous pouvez m'interrompre quand vous le voulez, mais si j'étais vous, j'attendrais la fin.

Elle parlait aux deux hommes qui lui faisaient face, mais son regard restait fixé sur Roddy.

— Danielle Starr est arrivée chez vous vers 11 h 30. Elle venait récupérer une brique d'héroïne que son petit ami Fred avait commandée à M. Xavier, et elle avait à la main un sac en plastique bourré de liquide. Roddy, vous regardiez la télé quand elle a sonné, alors vous l'avez fait entrer et vous lui avez dit d'attendre sur le canapé pendant que vous alliez chercher votre tuteur, M. Xavier. Lorsque vous êtes revenu, elle avait zappé sur la chaîne du téléachat. Je pense qu'elle vous a dit que cette chaîne appartenait à son père et que vous avez discuté quelques minutes, de tout et de rien. Elle était un peu nerveuse, car c'était la première fois que Fred lui faisait confiance pour servir de mule, mais ce n'était pas la seule raison. Il l'avait envoyée avec cinq mille dollars de moins que ce qu'il devait. Il lui avait dit de faire ce qu'elle pouvait pour satisfaire M. Xavier et lui obtenir quelques jours de répit, le temps qu'il trouve le reste de l'argent.

Les yeux de Windy se posèrent sur Hector, qui regardait autour de lui, comme s'il s'ennuyait.

— Elle vous a fait cette proposition lorsqu'elle vous a rejoint dans votre bureau. En homme d'affaires sensible que vous êtes, vous avez décidé d'accepter. Vous vous attendiez à traiter avec un client, donc vous étiez habillé en conséquence, mais cela ne posait pas de problème. Vous avez ôté votre veste, vous vous êtes installé confortablement dans votre fauteuil de bureau, vous avez ouvert votre braguette et vous lui avez dit de se mettre à genoux. Elle a fait ce que vous lui demandiez, a commencé à vous sucer, mais allez savoir pourquoi, ça ne venait pas. Vous n'arriviez pas à bander.

— Putain, je le crois pas ! s'exclama Hector.

Mais maintenant, il regardait Windy. L'expérience avait appris à la jeune femme qu'on pouvait obtenir l'attention de n'importe quel homme en parlant de ses parties génitales, même si on en disait des choses peu flatteuses. C'était inexplicable, mais vrai.

Windy se servit de ce pouvoir magique pour retenir le regard d'Hector.

— Qu'a-t-elle fait, Hector ? Quelle erreur a-t-elle commise ? Elle a dit quelque chose qui ne vous a pas plu ? Quelque chose à propos de la statue de Snoopy posée sur le bureau et qui vous empêchait d'y arriver ? Elle s'est moquée de vous ? C'est ça, hein ? Vous avez le pantalon sur les chevilles, et elle se moque de vous. Elle vous humilie. Alors, vous décidez de lui donner une leçon. Vous prenez la statue en bronze de Snoopy jouant au golf et vous la frappez une première fois, ici.

Windy posa un doigt sur le sommet de son crâne.

— Mais ça ne la fait pas taire, alors vous la frappez encore. Deux fois. Elle glisse par terre, mais vous n'en avez pas encore fini avec elle. Vous la frappez sur le nez, toujours avec la statue, et sur la poitrine, ce qui lui brise la cage thoracique. C'est très probablement le quatrième coup qui l'a tuée, quand ses côtes ont perforé ses poumons, mais j'imagine que vous vous fichez de ce genre de détails. Ensuite, une fois que vous lui avez bien montré à qui elle avait affaire, vous levez les yeux et vous voyez que la porte de votre bureau est entrouverte, que quelqu'un se tient là, dans l'embrasure de la porte, et vous regarde.

Windy jeta un coup d'œil à Roddy, puis reporta son attention sur Hector.

— Vous lui dites d'entrer et vous lui demandez de vous aider à transporter Danielle dans la salle de bains avant qu'elle ne se vide de son sang sur le tapis. Il la serre contre lui, ne laissant traîner qu'un de ses pieds sur le sol, faisant de son mieux pour ne pas salir. Il la met dans la baignoire et s'apprête à la laisser là, mais vous lui demandez de l'installer dans une position particulière, pour qu'on croie qu'elle se caresse. Non, vous avez une meilleure idée, tiens. Vous prenez la statue de Snoopy et vous l'enfoncez entre ses jambes. Vous voulez l'humilier, même après sa mort. Faire en sorte que tout le monde sache quelle salope c'était.

Le regard de Windy se tourna de nouveau vers Roddy, qui la fixait comme s'il était hypnotisé.

— Mais c'était trop pour vous, n'est-ce pas, Roddy ? Quand Hector a quitté la salle de bains, vous avez retiré Snoopy pour le mettre à côté de la fille. Vous étiez couvert de sang après l'avoir portée, mais vous ne l'aviez pas tuée, et vous vous sentiez mal. Alors, vous vous êtes enfermé dans la salle de bains avec elle et vous avez ouvert les robinets pour qu'Hector ne vous entende pas vomir. Ensuite, vous vous êtes assis à côté de la baignoire et vous avez pleuré. Quand vous vous êtes relevé, vous...

— Non, intervint Roddy pour la première fois, d'une voix légèrement plus haut perchée que d'ordinaire, mais pour s'adresser à Hector, pas à elle. C'est pas vrai. Elle ment, putain. C'est pas vrai. J'ai pas pleuré, putain.

Hector l'ignora.

— Belle histoire, madame, fit-il avec une nonchalance affectée. Y a pas à dire. Alors, comme ça, j'ai un problème avec mon équipement. Faut que je tabasse une fille à mort pour pouvoir bander. Vous voulez que je vous prouve que vous vous gourez ? Là, tout de suite ? Vous êtes pas près d'oublier le tour de manège, c'est moi qui vous le dis.

Les yeux de Windy n'avaient pas quitté Roddy.

— Comment Hector vous a-t-il convaincu d'endosser le meurtre, Roddy ? Est-ce qu'il vous a dit qu'en tant que mineur, vous ne risquiez pas grand-chose, que vous seriez dehors dans quelques années ? C'est faux. On va tout faire pour que vous soyez jugé comme un adulte. Vous risquez la prison à vie, sans possibilité de libération conditionnelle. Est-ce qu'il vous a dit que si vous avouiez, on ne vous poserait pas trop de questions ? Que les flics étaient des nases, qu'ils croiraient n'importe quoi ? Que vous seriez sorti en un rien de temps et qu'il serait là pour vous ? Que vous seriez un homme, un vrai, alors ? Vous n'avez pas de casier judiciaire, Roddy, vous n'êtes jamais allé en prison. Vous n'avez pas idée de ce que c'est.

Toujours sans la regarder, les yeux fixés sur Hector, Roddy répéta :

— J'ai pas pleuré, mec. Faut que tu me croies. J'ai pas pleuré.

Hector secoua la tête.

— Mais qu'est-ce que vous essayez de faire au gamin ? Ça ne vous suffit pas, qu'il ait avoué ? Merde. Vous savez ce que vous devriez faire ? Vous devriez aller vous acheter une machine à écrire et écrire un roman, parce que vous avez une sacrée imagination. Vous dites que c'est moi qui ai fait ça ? Que j'ai tué cette pétasse ? Et les preuves, elles sont où, les preuves ? J'ai battu cette fille à mort ? D'accord, alors montrez-moi du sang. Montrez-moi de la cervelle.

Hector se leva, écarta les bras.

— Regardez ma chemise. C'est celle que je portais ce jour-là. Pas une tache. De rien du tout.

Une décharge électrique parcourut Windy, un petit éclair d'excitation. « Oh, Hector, pensa-t-elle. Vous devriez apprendre à ne pas vous vanter. À ne pas me mâcher le boulot. »

— Quand une personne est battue à mort comme l'a été Danielle, reprit-elle, le sang ne jaillit pas. Il reste sur l'objet qui sert à frapper. Lorsque l'objet en question est brandi, de petites gouttes de sang s'en détachent et sont projetées.

Windy prit un des clichés de l'identité judiciaire et le roula en cylindre, formant un bâton de papier qu'elle saisit à deux mains.

— Si ce cylindre est l'arme, la personne qui s'en sert fait forcément ce geste.

Elle leva le cylindre au-dessus de son épaule, puis l'abattit violemment sur la table.

— Danielle a été frappée cinq fois. La première fois, il est possible qu'il n'y ait pas eu de sang. La deuxième, un petit peu, la troisième, plus. Chaque fois que l'assassin a levé son arme au-dessus de son épaule pour la frapper, du sang s'est détaché de l'arme. Mais pas pour tomber sur sa poitrine, non. Le tueur ne risquait pas de tacher le devant de sa chemise. Il risquait de se tacher là.

Maintenant le cylindre au-dessus de son épaule, comme si elle s'apprêtait à frapper de nouveau, Windy désigna l'endroit où le sang aurait été projeté.

— Sur son dos.

Pendant quelques instants, il régna un silence absolu dans la salle d'interrogatoire. Hector était toujours debout, bras écartés, montrant sa chemise propre. Lee et Zorzi fixaient son dos, stupéfaits.

Puis Hector se lança dans une danse ridicule, essayant de regarder par-dessus son épaule, de retourner sa chemise en se contorsionnant, et Windy, à son tour, vit ce qu'elle s'attendait à voir : des centaines de petits points rouges, des gouttelettes de sang projetées à vitesse moyenne qui dégringolaient en cascade de l'épaule gauche, donnant l'impression que la chemise s'était trouvée sur la trajectoire d'une bombe de peinture couleur rouille à moitié vide.

Les enquêteurs sortaient tout juste de leur torpeur lorsque Hector se jeta sur Windy et tenta de l'étrangler.

— Elle est dingue, cette chienne! hurla-t-il alors que Lee lui ouvrait les doigts pour le forcer à lâcher prise. Elle est folle! C'est impossible de savoir tout ça. Sur mon dos! C'est des conneries. À moins que...

Les yeux d'Hector se plissèrent, prirent un éclat étrange et se mirent à bouger dans tous les sens, très vite, lui donnant un air dément.

— Vous m'avez surveillé. Le FBI a placé des caméras chez moi. C'est illégal. J'ai des droits, je veux un avocat. Je dirai rien de plus tant que j'aurai pas vu un avocat. On est en Amérique, bordel, personne a le droit de mettre des caméras chez moi! Vous avez tout filmé, vous m'avez filmé. Je vais vous faire un procès, je...

La tension était redescendue. Windy se dirigea vers la porte avec le sentiment d'avoir des articulations en plomb, consciente du fait que personne dans cette salle n'appréciait ce qu'elle venait de faire, ignorant pourquoi elle l'avait fait et si la vérité en valait la chandelle. Deux bons flics allaient se sentir humiliés parce qu'ils s'étaient trompés et le lui reprocheraient. L'avocat d'Hector, s'il était bon, trouverait au moins une bonne douzaine d'experts pour contrer l'accusation devant les juges. Et Roddy, Roddy à qui elle venait d'éviter la prison à vie…

Tandis que la porte se refermait derrière elle, elle l'entendit répéter, encore et encore :

— J'ai pas pleuré. Je le jure, mec, j'ai pas pleuré.

Elle consulta sa montre. Il n'était même pas encore l'heure de déjeuner. Elle n'avait qu'une envie : rentrer chez elle, se blottir au lit avec sa fille, Cate, et regarder des dessins animés à la télé. Pour toujours.

— Sacrée performance, fit une voix sur sa droite.

Suivit une longue inspiration, puis un soupir.

— Même si, au vu des indices, les enquêteurs n'auraient jamais dû arrêter Roddy. Il n'en reste pas moins que c'était impressionnant.

Windy tourna le dos à la glace sans tain pour regarder l'homme qui venait de parler. Grand, il avait des cheveux châtains coupés court, des yeux bleus perçants, une petite marque sur le menton qui pouvait être une cicatrice et un cure-dents en platine au coin de la bouche. La pénombre accentuait ses traits. Sa mâchoire était serrée.

— Personnellement, je ne reprocherais rien aux enquêteurs, dit-elle. Ils ont travaillé dans la pression et ont fait de leur mieux avec les infos qu'ils avaient. Ils ont commis une erreur, mais ce n'est pas vraiment de leur faute. Le problème, c'est la façon dont le système fonctionne ici.

— C'est-à-dire ?

— Trop de division entre les services, trop de compétition. Il y a la brigade des homicides, celle des crimes sexuels, la police scientifique, et personne ne partage ses informations parce que tout le monde veut être celui qui coincera les méchants et attirera l'attention du grand patron, le chef de l'Unité Spéciale de Lutte contre les Crimes Violents.

— Donc, c'est de sa faute à lui ?

— Pas exactement. Mais c'est le seul qui puisse remédier à cette situation, pousser les équipes à collaborer, favoriser un environnement de travail plus collectif, et pas compétitif. Mon équipe chargée de la scène de crime a quasiment dû se battre avec les enquêteurs de la brigade des homicides pour entrer dans l'appartement. Ça ne va pas du tout. Ils doivent s'entraider. Il faut qu'ils y arrivent. C'est pour cela qu'existe une Unité Spéciale de Lutte contre les Crimes Violents. Des études ont prouvé que des affaires pouvaient être résolues au moins deux fois plus vite si les flics et les experts de la criminalistique coopéraient au lieu de se tirer dans les pattes. Le chef de l'Unité Spéciale doit faire en sorte que cela arrive. Et vite. Sinon, c'est qu'il ne fait pas son boulot. Et il y a aussi…

L'homme leva une main pour l'interrompre.

— Avant que vous continuiez, je pense que je dois me présenter. Ash Laughton, chef de… eh bien, de l'Unité Spéciale de Lutte contre les Crimes Violents.

Il attendit qu'elle manifeste sa surprise, son embarras. Il avait un petit laïus tout prêt pour lui montrer qu'il ne lui en voulait pas.

— Je sais, dit-elle.

Il n'avait pas de petit laïus pour ça.

— Vous savez ?

— Évidemment. Pourquoi est-ce que je prendrais la peine d'expliquer tout ça à quelqu'un qui ne peut rien y faire ? À moins que vous ne préfériez que je me plaigne dans votre dos ?

— Non, je… Non, je ne préfère pas.

Elle le dévisagea de son regard vert pâle.

— Je vous crois. Parfait. Nous allons faire du bon travail ensemble, conclut-elle, comme si elle était en train de lui faire passer un entretien d'embauche.

Elle reprit en fronçant les sourcils :

— Vous passiez juste, ou vous êtes venu vous assurer que je faisais mon boulot comme il faut ?

Extraordinaire. Maintenant, elle le mettait sur la sellette, lui donnant le sentiment qu'il fallait qu'il s'explique. Qui était donc Windy Thomas ? Ash secoua la tête.

— À vrai dire, je suis venu vous demander de l'aide. J'ai une scène de crime sur laquelle j'aimerais votre avis.

À cet instant, un homme, afro-américain, les rejoignit. Il avait des pommettes hautes, des yeux noisette, et ses cheveux courts étaient tressés en rangs serrés près de la tête. Il devait avoir le même âge qu'Ash, mais le dépassait d'au moins cinq centimètres. Le col ouvert de son polo de golf révélait un symbole du yin et du yang en émail autour de son cou, sur un lien de cuir.

— Chicago Thomas en personne, dit-il en lui tendant la main avec un sourire. Moi, c'est Jonah Priestly. Ravi de vous rencontrer. Vous arrivez avec une réputation en béton.

Windy aima sa poignée de main, puissante et détendue à la fois.

— Tout le monde m'appelle Windy.

— Comme le chien, intervint Ash.

Il resta impassible l'espace de quelques secondes, puis sa bouche s'incurva en un large sourire.

Windy ignorait à quel point cela était rare, mais pas Jonah. Il le fixa, interloqué, tandis que Windy éclatait de rire.

— Oui, exactement comme le chien, dit-elle.

— Jonah est l'officier chargé du fonctionnement administratif de l'Unité Spéciale, expliqua Ash. C'est aussi notre officier de liaison avec la presse, le reste de la police de Las Vegas et le maire. Il me laisse croire que c'est moi le chef, mais en réalité, c'est lui qui gère tout ici.

— Oui, il m'arrive de laisser un peu de place à Ash, pour qu'il se sente utile, histoire de ménager son ego. Mais dès qu'il commence à m'énerver, je l'envoie balader.

Jonah redevint sérieux tout à coup et reprit, à l'intention d'Ash :

— Tu lui as déjà dit ?

— Quoi donc ? fit Windy.

— On a un meurtre, expliqua Ash. La scène de crime est un bain de sang. Le tueur… À en juger par la violence des faits, je dirais qu'il n'en est pas à son coup d'essai.

— Un tueur en série ? demanda Windy.

Ash hocha la tête.

— On en a bien peur, oui. J'envisageais de passer son mode opératoire dans le fichier des tueurs en série du FBI, mais vu l'état dans lequel la scène a été laissée, je n'ai pas encore assez de certitudes pour commencer à remplir une demande…

Lorsque Windy avait parlé la première fois de ce poste à Las Vegas, Bill avait dit :

— Pas de visite de scènes de crime. D'accord, ma chérie ? Un boulot dans un bureau. Je ne veux plus avoir à me faire du souci pour toi.

Et son doigt avait suivi la cicatrice entre ses seins, un geste qui oscillait entre séduction et avertissement.

— D'accord, avait-elle dit. Pas de scènes de crime.

Mais là, c'était une exception. C'était différent. Elle s'entendait déjà avancer des excuses. *Un tueur en série, Bill, tout le monde doit…*

— On vient de recevoir les clichés, dit Ash. On espérait que vous pourriez y jeter un coup d'œil, pour nous dire ce que vous y voyez.

Des clichés. Un répit. Windy hocha la tête.

— Bien sûr. Le corps apparaît sur les photos ?

Ash et Jonah échangèrent un regard.

— Les corps, dit Ash.

Il y eut un silence.

— Oui, reprit Ash. Certaines parties, du moins.

Windy se retourna et regarda devant elle par la glace sans tain. Roddy et Hector étaient toujours là, dans la salle d'interrogatoire, silencieux, attendant leurs avocats. Roddy avait posé la tête sur la table, son pied ne battait plus la mesure. Windy eut soudain très envie de retourner avec eux. Ils semblaient tellement banals, sensés, face à ce que le ton d'Ash laissait deviner et qui l'attendait.

— Combien de personnes ont été tuées ? demanda-t-elle, sans cesser de regarder Roddy et Hector.

— Quatre. Une mère et ses trois enfants. La famille Johnson.

3

Dans l'avion qui les amenait à Las Vegas, six semaines plus tôt, Cate, la fille de Windy, avait regardé par le hublot et dit :

— Regarde, maman, ils ont des fermes, ici.

Depuis le ciel, des rangées de « foyers » récemment construits (oui, les panneaux publicitaires vantaient des « foyers », jamais des « logements ») paraissaient bourgeonner dans le désert, les rubans noirs d'asphalte qui les reliaient semblant autant de sillons creusés dans un champ. Cate était encore déçue de ne pas pouvoir loger dans la « villa grand luxe » proposée dans la rubrique annonces d'un journal – « Huit chambres, maman ! Et aussi quatre cheminées, et... Maman, qu'est-ce que ça veut dire cuis. d'été ? Et une cuisine d'été, et un jacuzzi g-r-d m-o-d. idéal pour les soirées entre amis. » Windy avait opté pour un pavillon (trois chambres, pas de cuisine d'été ni de jacuzzi, une cheminée, fausse) dans un des plus anciens quartiers de la ville. La famille Johnson vivait dans un autre de ces quartiers, plus reluisant, dans une maison que Cate aurait adorée malgré son ancienneté. Derrière une barrière métallique basse qui donnait sur la rue, elle possédait une façade digne de Versailles, un terrain de bowling, une piscine moitié intérieure, moitié extérieure, cinq cheminées et six chambres. Sept cent cinquante mètres carrés d'opulence, dont presque trois cents étaient désormais recouverts de sang.

La famille Johnson – Carol, Doug et leurs trois enfants, Doug junior, Norman et Ellie – s'était installée là trois ans plus tôt, quand Doug père avait été muté à

Las Vegas pour le compte de la banque qui l'employait, afin de superviser les investissements réalisés dans divers casinos. C'était lui qui avait découvert les corps de sa femme et de ses enfants, à son retour d'un dîner d'affaires qui s'était prolongé dans un bar, pour finir à l'*Olympic Gardens*, une des plus grosses boîtes de strip-tease de la ville – du moins était-ce le souvenir qu'il en avait. Il était rentré en titubant par la porte de derrière vers 5 h 30 du matin et, essayant de ne réveiller personne, était monté sur la pointe des pieds par l'escalier du fond pour aller jusque dans sa chambre. Il n'avait pas remarqué la flaque de sang en plein milieu de l'entrée, mais n'avait pas pu ne pas voir les cadavres de sa femme et de ses trois enfants étendus sur le grand lit, leurs têtes sur les genoux.

En tant que seul membre de la famille à avoir échappé au massacre, bénéficiaire d'une généreuse assurance-vie souscrite au nom de sa femme et de ses enfants, ayant développé une accoutumance légère à la cocaïne qu'il avait cachée à sa famille et propriétaire des deux paires de chaussures auxquelles correspondaient toutes les empreintes de pas relevées sur les lieux du crime, Doug Johnson père faisait un suspect idéal. Heureusement pour lui, c'était aussi un homme généreux en matière de pourboires, et la danseuse qui avait profité de cette générosité se souvenait très bien de lui.

— La fille, Greta, a déclaré que M. Johnson était un vrai gentleman, expliqua Ash à Windy une fois qu'ils furent dans son bureau. Il lui a montré des photos de sa femme et de ses enfants. Et il est resté jusqu'à 5 heures, elle l'affirme, ce qui fait qu'il a un alibi pour l'heure des crimes.

Les bureaux de l'Unité Spéciale de Lutte contre les Crimes Violents se trouvaient tout au bout d'un groupe de bâtiments de plain-pied en stuc marron, de style vaguement hispanique, dans lesquels la police s'était installée cinq ans auparavant. Une pelouse immaculée et des impatiens poussaient entre chaque bâtiment, donnant à l'ensemble un petit air pastoral tout à fait trompeur quand on savait ce qui se passait à l'intérieur. Aucun panneau extérieur n'annonçait qu'il s'agissait du siège de la police, et ceux qui travaillaient là entendaient que cela reste ainsi. À l'entrée du complexe, il y avait même encore un panneau « Clinique dentaire », héritage des précédents occupants.

Le bureau d'Ash était tapissé d'un papier beige à rayures avec une frise bleue. On distinguait sur les murs des traces plus claires, là où autrefois avaient été exposés des diplômes de l'école dentaire. Il était presque identique à celui qu'occupait Windy dans l'aile réservée au département de criminalistique, en dehors du motif de fougères sur le papier peint et de la vue – parking pour Windy, pelouse pour Ash. Une affaire d'ancienneté, sûrement, pensa-t-elle. Mais la vue importait bien peu, pour lui comme pour elle.

Elle examina les clichés de la scène de crime tout en écoutant le rapport d'Ash sur l'alibi de M. Johnson. Lorsqu'il eut terminé, elle hocha la tête, sans lever les yeux.

— Ce tueur n'est pas juste un mari qui cherche à se remplir les poches avec l'assurance. Il y a autre chose. C'est quelqu'un qui éprouve une rage incommensurable à l'égard des femmes et de la famille. Sans doute a-t-il été maltraité par sa mère quand il était enfant.

Elle le regarda avant d'ajouter :

— Je vous demande pardon, tout cela est évident. Et consulter le fichier du FBI ne va pas beaucoup vous aider, dans la mesure où quatre-vingt-dix pour cent des tueurs en série remplissent ces critères. Je ne faisais que réfléchir à voix haute.

— Continuez, je suis tout ouïe.

Elle entreprit de classer les clichés en tas sur son bureau, puis en changea certains de place. Au bout de quelques minutes, elle s'interrompit et plissa les yeux.

— Vous avez trouvé quelque chose ? demanda Ash.

— Je ne sais pas. Je peux vous dire ce qu'il a fait, où il est allé, jusqu'à un certain point. Après, il y a des trous. Il a emporté quelque chose. Je ne sais pas encore quoi.

Elle fixa les photos, secoua la tête, puis regarda Ash.

— Bon, d'abord, concernant l'arme du crime : ce n'est pas un simple couteau, c'est un fendoir, de quinze centimètres de long et de huit de large. Un outil assez spécial, du genre dont se servent les chefs cuisiniers. Et il a utilisé la même arme pour toutes les victimes.

— Qu'est-ce qui vous fait dire ça ?

Windy étala quatre photos et indiqua ce qui ressemblait à un point sur la première.

— Vous en voyez l'empreinte, ici, sur les draps de la chambre des parents. Il a tranché la gorge de Mme Johnson sur le lit, puis a posé le couteau, pour une raison inconnue, et l'arme a laissé cette marque sur les draps. Le fendoir a un trou dans le coin supérieur de sa lame, qui sert à le suspendre, et apparemment, le manche a un motif, ou un relief, qui est visible ici, là, et là. Après chaque coup, le tueur a posé son arme. J'aimerais comprendre pourquoi. D'après le rapport de l'identité judiciaire, le couteau n'a pas été pris dans la maison, ce qui signifie qu'il l'a apporté avec lui. Cela ne me surprend pas, dans la mesure où ils ont retrouvé sur le corps de Mme Johnson des morceaux de fil blanc qu'ils n'ont pas réussi à attribuer à quoi que ce soit venant de la maison. Je pense que ce fil est tombé de ce que le tueur utilisait pour transporter le fendoir.

— Bien, très bien, dit Ash en prenant des notes.

C'était le genre d'informations avec lesquelles on pouvait faire des recoupements, *via* la base de données du FBI.

— Il y a autre chose. Il manie parfaitement son arme. C'est un expert en son genre. Ses coups sont nets, sûrs. Ce qui veut aussi dire qu'il est fort. Un seul coup par victime, pas de mouvements de scie.

— Il s'entraîne, supposa Ash.

— Ou c'est un geste professionnel.

— Je vois. Un cuisinier. Un boucher. Quelqu'un qui se sert de couteaux dans l'exercice de son job. Je vais envoyer ça dans la base de données, aussi.

— Il n'est pas entré par effraction. Mme Johnson lui a ouvert – la porte de derrière, je pense. C'est difficile à dire, dans la mesure où M. Johnson est entré par là aussi et a abîmé les empreintes. Mais cela signifie qu'il avait l'air présentable, du moins suffisamment pour qu'elle lui ouvre la porte.

— Ou alors elle le connaissait.

Windy hocha la tête.

— Oui. Je dirais que soit elle le connaissait, soit il l'a menacée dès qu'il a été à l'intérieur.

— Je vous suis, mais pourquoi ?

— Comment, sinon, s'y serait-il pris pour qu'elle monte sans faire de bruit jusqu'à sa chambre, afin de pouvoir la tuer sans alerter les enfants ? Ils étaient tous dans leurs chambres respectives. La fille écoutait de la musique à fond…

Windy montra une photo de la chambre de la fille, sur laquelle on voyait le bouton de volume de la chaîne hi-fi tourné complètement à droite.

— … le benjamin faisait de la clarinette…

Photo d'un pupitre renversé, à côté duquel gisait une clarinette.

— … et le cadet…

Windy ne termina pas sa phrase, se contentant de poser son doigt sur un gros plan d'écran d'ordinateur barré par les mots « Game Over », et dans un coin duquel on apercevait l'image d'un cadavre. Des écouteurs étaient suspendus sur le côté.

— Sacrée épitaphe, dit Ash. Vous pensez qu'il savait que les mômes seraient occupés ou qu'il a simplement eu du pot ?

— Difficile à dire. Dans un cas comme dans l'autre, il a entraîné Mme Johnson jusqu'à sa chambre, l'a tuée là, puis a mis une paire de chaussures appartenant à son mari avant de longer le couloir pour aller tuer les enfants.

— Calme. Organisé. Déterminé.

— Et ayant des notions de police technique et scientifique : il savait que nous pourrions utiliser ses empreintes de pas. Il a tué chacune de ses victimes dans leur chambre, puis les a amenées dans la chambre des parents et les a posées sur le lit. Est-ce que ça veut dire que la chambre parentale a un sens particulier pour lui ? Il n'y a aucune trace de violence sexuelle. C'est inhabituel, mais cela arrive dans ce genre d'affaires. Du coup, cela consacre son utilisation de la chambre parentale comme chambre mortuaire. Autre point intéressant : il a bougé les corps presque tout de suite, mais ce n'est que plus tard, peut-être même après plusieurs heures, qu'il a mis les têtes en place. Je vais faire une demande pour qu'elles soient examinées sous toutes les coutures. Peut-être que le labo trouvera quelque chose qui nous donnera une petite idée de ce qu'il a fait entre-temps.

— Je pencherais pour des travaux manuels. Je suis sûr que, quelle que soit la réponse, elle nous fera chaud au cœur, dit Ash. Vous avez autre chose ?

— Deux, trois petits trucs que je n'arrive pas à expliquer. Est-ce qu'on a demandé à Doug père de faire un tour de la maison pour voir s'il manquait quelque chose ?

— Un peu plus tôt dans la journée, oui. Il a fait vite et n'a rien remarqué, mais nous l'avons renvoyé là-bas après la levée des corps, pour qu'il examine ça de plus près. Pourquoi ?

Windy prit une photo de la coiffeuse de Mme Johnson. Elle était couverte de tubes de rouge à lèvres de prix, en emballage noir et or. Il y avait aussi trois flacons de parfum en cristal, différents pots de crème pour le visage, une boîte de Kleenex, une brosse à cheveux, le tout posé n'importe comment et, comme le miroir qui se trouvait derrière, éclaboussé de sang. Le doigt de Windy se posa sur un coin de la coiffeuse, vers l'avant.

— Il n'y a pas de sang à cet endroit. Ce qui signifie que quelque chose était posé là – apparemment un objet rond ou octogonal. J'aimerais savoir ce que c'était. Sans doute un poudrier ou une boîte à bijoux. Demandez aussi si la coiffeuse a été bougée.

Ash appela l'enquêteur qui avait accompagné M. Johnson.

— M. Johnson dit qu'il ne se souvient pas. Il y avait peut-être des perles. La dernière fois qu'il les a vues, c'était sur la coiffeuse. Il ne sait pas si la coiffeuse a été bougée ou pas.

— Demandez-lui si sa femme portait une alliance, dit Windy.

Ash posa la question, puis raccrocha.

— Oui. Pourquoi ?

— Parce que sur cette photo, le corps n'en porte pas.

— Vous pensez que le tueur l'a gardée en souvenir ?

Windy haussa les épaules.

— Possible. Il va falloir qu'on approfondisse les recherches, mais vous pouvez déjà balancer tout ça dans le fichier du FBI pour l'établissement d'un profil.

Elle leva les bras au-dessus de sa tête et s'étira, bougea la tête dans un sens, puis dans l'autre.

— Je suis épuisée. Et j'ai bien peur d'être à court d'infos utiles.

— Vous nous avez déjà donné pas mal de trucs pour démarrer. Et plusieurs pistes…

Un coup frappé à la porte interrompit Ash. Jonah apparut et annonça :

— Gerald. De l'extérieur. Ligne un.

— Tu ne lui as pas dit que j'étais en réunion ? Ou au lit pour cause d'hépatite ?

— Ça lui ferait trop plaisir que tu sois malade. Et puis, il a dit que c'était urgent. Crucial. Et un de ses autres mots préférés, aussi, je ne me rappelle plus lequel. Tu dois le prendre.

— Qui est-ce ? demanda Windy. Vous voulez que je m'en aille ?

— C'est le maire. Gerald Keene, répondit Jonah. Et il veut vous parler, à vous aussi.

Il s'installa dans le fauteuil libre, sur le côté du bureau d'Ash.

— Tout le monde est prêt ?

Ash fit oui de la tête, et Jonah appuya sur le bouton qui clignotait sur le téléphone.

— J'ai Laughton de l'Unité Spéciale, et Chicago Thomas de la criminalistique pour vous, monsieur le maire.

La voix du maire jaillit littéralement du haut-parleur.

— Mais comment avez-vous pu laisser partir le tueur au Snoopy et oser dire que Danielle Starr faisait du trafic de drogue ? hurla-t-il.

Ash fit un geste en direction de Windy, qui répondit :

— Roddy Ruiz n'est pas le tueur au Snoopy, et j'ai dit que Danielle Starr faisait du trafic de drogue parce que c'est vrai.

— Vrai ? répéta Gerald Keene comme si c'était un gros mot. J'aimerais être sûr que nous avons tous les deux la même définition du terme. D'où je me trouve, ce qui est vrai est ce qui tiendra la route devant un jury. C'est le cas de vos preuves ? J'ai le shérif avec moi, votre patron, et il dit en regardant les photos qu'il n'en est pas sûr. Réfléchissez, madame Thomas. Est-ce que ça vaut le coup de bousiller la vie d'une famille pour quelque chose qui ne tient pas la route ?

— Ce ne sont pas *mes* preuves, ce sont *les* preuves. Et quelle famille est-ce que ça bousille ?

— Celle des Starr. Les parents de la victime. Je dois vous dire qu'ils trouvent vos conclusions pour le moins déprimantes.

— Pourquoi ?

— Il va de soi qu'ils préféreraient croire que leur fille était une bonne petite qui a été enlevée et violée, plutôt que de savoir qu'elle est allée se fourrer là-dedans de son plein gré et qu'elle a fait une pipe pour finir de payer une livraison de came.

L'expression « il va de soi » mit Windy mal à l'aise.

— Pourquoi ? Dans un cas comme dans l'autre, Danielle est morte.

— Les Starr ont une position à tenir dans notre communauté. Penser que leur fille était impliquée dans une affaire de drogue… Enfin, vous comprenez.

Windy aurait aimé répondre que non, elle ne comprenait pas, mais en réalité, si. Elle comprenait. Penser que leur fille avait été enlevée et violée par des inconnus permettait aux parents de ne pas culpabiliser, tout simplement. C'était un accident, qui pouvait arriver à n'importe qui. En revanche, que la fille en question ait fugué pour aller vivre avec un dealer pouvait soulever des questions inopportunes quant à la responsabilité de cette fugue et à ce qui avait ou n'avait pas été fait pour y remédier.

Windy refusait de laisser les Starr se dédouaner.

— J'ai peur de devoir en rester à ma description de ce qui s'est passé. Rien ne peut changer le fait que Roddy Ruiz n'a pas tué cette fille, qu'elle s'est rendue là-bas pour récupérer de la drogue et qu'elle n'a jamais été kidnappée.

— Vous en êtes certaine ? Ce môme, Roddy, dit qu'il veut purger sa peine, et la famille préférerait cette solution aussi. C'est votre parole contre ses aveux. Vous m'avez bien entendu, madame Thomas ? Ses aveux. Je ne vous demande pas de mentir, je vous demande d'être sûre de vos conclusions. Et puis, Roddy ne prendra pas perpétuité. Il sera encore assez jeune à sa sortie pour essayer autre chose.

Essayer autre chose. Comme s'il allait se mettre au polo. Windy desserra les mâchoires pour lâcher :

— Et en attendant, le tueur est en liberté ?

— Et en attendant, tout le monde est content.

« Le client est roi », se dit Windy. Elle avait entendu ça toute son enfance. *Ne fais pas de vagues. Ne te rebelle pas. Fais ce qu'on te dit.*

Mais il arrivait que le client ne sache pas ce qui était bien pour lui.

— Vous n'avez peut-être pas tout à fait tort, monsieur le maire. Peut-être que ce serait mieux. Et puis, laisser Roddy Ruiz prendre la place d'Hector Xavier derrière les barreaux empêcherait le déclenchement d'une guerre territoriale de grande envergure entre les dealers de Las Vegas.

La voix du maire haussa d'un ton, comme s'il s'était penché vers le haut-parleur.

— De quoi parlez-vous ?

Le regard d'Ash croisa celui de Windy, très brièvement, mais assez pour qu'elle voie qu'il savait à quoi elle voulait en venir et que cela l'amusait.

— Je peux ? articula-t-il à son intention.

Elle répondit d'un hochement de tête, puis se carra dans son fauteuil et l'écouta.

— Je pense que Mme Thomas veut parler du fait que si l'on met Roddy derrière les barreaux, rien ne bougera vraiment, tandis qu'en retirant Hector Xavier de la circulation, nous rendrons le trafic de drogue à Vegas beaucoup plus difficile à contrôler, expliqua Ash. Xavier à l'ombre, son empire éclatera, et il nous faudra beaucoup plus d'hommes pour surveiller des dizaines de dealers à la place d'un seul. Donc, laisser Hector Xavier en place est sans doute plus sage, étant donné qu'il est la cheville ouvrière du trafic de drogue dans notre bonne ville de Vegas.

Ils entendirent le maire lâcher un « Mais qu'est-ce... », puis le clic du bouton coupant le son, suivi d'un silence. Mais Ash n'avait aucun mal à imaginer la discussion qui se déroulait dans le bureau du maire, ce dernier envisageant avec ses conseillers les différents gros titres possibles : *Un caïd de la drogue enfin derrière les barreaux pour meurtre* contre *La Fille d'un milliardaire enlevée et assassinée*. La décision n'était finalement pas si difficile à prendre.

Il y eut un autre clic, et le maire fut de nouveau en ligne.

— Madame Thomas, dit-il d'un ton poli, presque aimable, vous et vos preuves m'avez convaincu. Le shérif est d'accord aussi. Nous n'avons pas d'autre choix que de continuer les poursuites contre M. Xavier. Il est coupable, et il doit payer. Faites en sorte que le dossier soit parfaitement ficelé. Nous devons retirer ce dangereux dealer – et meurtrier – de la circulation.

Jonah raccrocha, et ils éclatèrent de rire tous les trois.

Ash regarda Windy.

— Ça fait un bail que je ne m'étais pas autant amusé au boulot.

Elle était d'accord avec lui. C'était la même sensation que lorsqu'on résolvait une affaire difficile ; quand, en poussant quelqu'un dans ses retranchements, en jouant ses cartes au bon moment, on finissait par emporter la mise. La satisfaction de savoir qu'on était bon dans ce qu'on faisait.

Son portable sonna. En décrochant, elle réalisa qu'il faisait nuit, dehors, et qu'il devait être 18 heures passées. Merde. Pourquoi être bon dans un domaine allait-il souvent de paire avec tout rater dans un autre ?

— Je vous prie de m'excuser, dit-elle. Il faut que je réponde.

Ils entendirent sa voix changer, se faire plus douce.

— Bonsoir, trésor. Oui, je sais. Écoute, je suis vraiment désolée, je n'ai pas vu passer le temps. Non, je pars, là, donc je serai là pour dîner, sans faute. Ah, c'est ma punition ? Très bien. Mais seulement la moitié avec du chorizo. D'accord, je suis là dans pas longtemps. Bisous. À tout à l'heure.

Elle raccrocha et leur fit face.

— Je suis désolée. Je ne m'étais pas rendu compte qu'il était si tard.

— Ne vous excusez pas. Vous nous avez vraiment beaucoup aidés, Windy, dit Ash. Nous allons balancer tout ce que vous avez tiré des clichés des Johnson dans le fichier du FBI, et on verra bien s'il en sort quelque chose.

— Tenez-moi au courant.

— Cela va de soi.

Windy n'arrivait pas à bouger. Elle avait fait tout ce qui était en son pouvoir, à la fois pour Roddy et dans l'affaire Johnson. Mais elle avait renoué avec l'excitation de l'enquête. Elle ressentait le besoin de rester là presque comme une addiction, un manque.

« Ce n'est pas ton boulot, se dit-elle. Tu as promis. Promis à Bill, promis à toi-même que tu ne travaillerais plus le week-end, que tu resterais au bureau, que tu ne t'impliquerais plus autant dans les enquêtes. Pas d'interrogatoires, pas de planques, pas d'heures supplémentaires à écouter, réécouter des conversations enregistrées, lire et relire des rapports, discuter stratégie. »

Elle passa une main sur la cravate en soie qu'elle portait autour du cou. Elle était à Bill et devait lui rappeler qu'il existait, qu'elle avait un engagement envers lui. Elle allait arrêter de prendre des risques, respecter des heures de bureau normales, avoir une vraie vie. C'était pour cela qu'elle avait accepté ce boulot à Las Vegas. Pour avoir du temps à passer avec Bill, avec sa famille. Dorénavant, ses priorités seraient d'être une bonne mère et une bonne épouse.

— Vous êtes sûrs qu'il n'y a plus rien que je puisse faire, ce soir ? s'entendit-elle demander.

Minable. « Cette cravate n'est pas une laisse », se dit-elle.

— Non, assura Ash. Et puis, on dirait que quelqu'un vous attend pour dîner.

— Vous avez raison.

Cate l'attendait. Rien que cela méritait qu'elle rentre.

— Bonsoir, alors, reprit-elle.

Elle s'arrêta à la porte.

Cate se couchait à 21 heures, et Bill ne rentrait que le lendemain matin.

Elle se retourna.

— Est-ce que je peux emporter les photos de la scène de crime ? Je trouverai peut-être encore quelque chose d'utile.

— Espérons que le maire se remettra vite de la claque qu'il vient de prendre, dit Jonah lorsque Windy fut partie.

— Ça m'étonnerait. Mais c'était le seul moyen.

— Tu n'y es pas allé de main morte. Face à toi et Mme Thomas, il n'avait aucune chance. Je dois dire qu'elle me plaît, la nouvelle.

Ash sortit une madeleine fourrée du tiroir du bas de son bureau, en proposa la moitié à Jonah, puis la mangea en entier quand ce dernier fit la grimace.

— Ouais, dit-il en mâchant. Je pense qu'elle devrait être pas mal.

— Oui, acquiesça Jonah. Elle a l'air compétente. Et gentille.

— Compétente ? Tu aurais dû la voir dans la salle d'interrogatoire. Elle n'était pas compétente, elle était époustouflante. Et gentille, ce n'est pas tout à fait le mot qui convient.

Jonah fit mine de pointer une arme sur Ash, ferma un œil.

— Je t'ai eu. Je voulais juste vérifier que ça battait encore, là-dedans. Quand le mieux que tu trouves à dire d'une femme aussi brillante et bien balancée que Chicago Thomas, dite Windy, qu'elle est « pas mal », moi, ça me donne envie d'appeler un toubib et de demander qu'on vérifie que tout marche bien.

— J'en connais qui seraient ravis de prendre ta place.

— Mais tu ne les supporterais pas. Et aucun d'eux ne pourrait te mettre la pâtée au squash sans transpirer une goutte.

— Je jouais de la main gauche.

— Tu jouais comme un beignet trop cuit.

— Pour un type qui fait du yoga cinq fois par semaine, je ne te trouve pas très zen.

— Pour un type qui rentre de vacances, tu n'as pas beaucoup d'humour, répliqua Jonah du tac au tac. À moins que tu ne l'aies oublié, dans ta précipitation à faire tes bagages pour rentrer quatre jours plus tôt que prévu ? Tu n'arrives même pas à prendre de vraies vacances, comme tout le monde ? Et je te signale que le zen n'a rien à voir avec le yoga.

— Ce n'était pas des vacances. J'étais chez ma mère.

— Aux Bermudes.

— Le meilleur moyen de bousiller le charme d'une île paradisiaque, c'est de laisser ma mère s'y installer.

— C'était dur à ce point ?

— Ouais. Et j'aimerais autant qu'on change de sujet. Que tu me dises ce que tu sais sur Windy, par exemple.

— Tiens, tiens, tiens, regardez-moi qui arrive. Monsieur Subtil avec ses gros sabots. Ça faisait longtemps.

— Tu as bientôt fini ?

— Oui, oui. Mais faudra qu'on discute, tous les deux, un de ces quatre. Bon, alors, dossier Chicago Thomas, dite Windy. Elle arrive du comté de Larks, en Virginie, où elle remplissait le rôle de shérif depuis trois ans. Au départ, c'était un poste temporaire, mais elle a fait du si bon boulot qu'ils l'ont gardée.

— Pourquoi est-ce qu'elle a décidé de venir à Las Vegas ?

— Je n'ai rien là-dessus. Ce que je sais, c'est qu'elle n'a pas postulé mais a été recrutée quand ils ont décidé de confier le poste à un civil plutôt qu'à quelqu'un de la maison.

— Et avant la Virginie ?

— Avant ça, elle a passé six ans au FBI, labo de criminalistique. Elle en est partie à la mort de son mari.

Ash se redressa dans son fauteuil, soudain intéressé.

— Elle est veuve ? Alors, à qui parlait-elle, au téléphone ?

— Elle était veuve. Elle est fiancée, maintenant.

— Ah. On sait quelque chose de lui ?

Jonah se retint de sourire.

— Non. Je vais me renseigner, voir ce que je peux trouver.

— Y a rien qui presse. Ce n'est pas important.

Jonah se leva.

— Non, bien sûr que non. Dis-moi, Shandra et moi, on a réservé chez *Nobu*, ce soir. Si tu venais avec nous ? Ça te permettrait de manger autre chose que des cochonneries sucrées et grasses, et en prime, tu aurais droit à notre charmante compagnie.

— Les madeleines fourrées ne sont pas des cochonneries, elles sont issues d'un processus de fabrication extrêmement complexe, c'est tout, corrigea Ash. Et merci pour la proposition, mais je ne peux pas. J'ai un rendez-vous, ce soir.

— Viens avec elle.

— Impossible.

— Je croyais que tu en avais fini, avec toutes ces bêtises. Passer tes nuits dans des chambres de motels miteux avec des femmes mariées qui ne s'intéressent à toi que pour le sexe.

— Pourquoi veux-tu que j'arrête, alors que tu décris ça d'une façon tellement excitante ?

Jonah alla jusqu'à la porte, puis s'arrêta.

— Je suis content que tu sois rentré. Même si tu es un emmerdeur fini.

— Moi pareil.

Ash regarda Jonah passer devant sa fenêtre et se diriger vers sa voiture, sur le parking, estima le temps qu'il lui faudrait pour la rejoindre, ajouta dix minutes, puis quitta son bureau. Au lieu de se rendre au *Wrong Way Inn*, l'établissement que Cissily Longstrap se plaisait à fréquenter lorsque son mari était en voyage d'affaires, il rentra chez lui et l'appela pour annuler.

— Je suis désolé, dit-il. Trop de boulot. Oui, peut-être une autre fois. Bonne idée.

« La ferme », répondit-il à la petite voix intérieure qui lui demandait pourquoi il mentait.

Il se déshabilla, ne garda que son caleçon, mit un CD dans le lecteur et monta le volume pendant qu'il mélangeait ses couleurs. Brun doré, rose nacré, gris profond. Vert pâle, couleur jade. Ash peignait depuis l'adolescence, sans avoir jamais pris de cours et en ayant parfaitement conscience d'être dépourvu de talent. Ce qu'il aimait, ce n'était pas le résultat, mais les mouvements, le fait de regarder la peinture se répandre sur la toile, formant parfois des images mais plus généralement de gros pâtés. Il ne montrait jamais ses toiles, n'en avait jamais accroché une au mur. Il ne peignait que pour lui, une forme d'égoïsme mais aussi une vraie thérapie.

Il peignait de façon intense depuis déjà deux heures lorsqu'il réalisa que le CD qu'il avait choisi était *Greatest Hits*, du groupe Chicago. D'abord, il annulait sans aucun regret un rendez-vous galant avec une femme absolument adorable qui ne lui demanderait jamais rien de plus que du plaisir et de la discrétion, et maintenant, ça. « Hou là, t'es dans un sacré pétrin, mon grand », se dit-il.

Mais il n'éteignit pas la musique.

4

— Moi, je te dis que toutes ces candidates, toutes, sont des extraterrestres.

— Arrête, Gregory. Le concours de Miss America, c'est pas un complot de E.T. et de ses potes pour envahir la planète, quand même. Tu délires, là.

— T'es sûr ? Tu as déjà rencontré, toi, des femmes qui ressemblent à ça et se comportent comme ça ? Je te dis qu'elles ont ce regard un peu fou au fond des yeux.

— Écoute, si les extraterrestres étaient assez futés pour faire la route espace-Terre, tu crois vraiment qu'ils mettraient des pompes avec des talons de quinze centimètres ? Toutes les femmes disent que marcher avec ça, c'est de la torture !

Les deux hommes étaient adossés aux fenêtres à barreaux de la boutique du prêteur sur gages comme s'ils avaient toujours été là. Il était presque minuit. Un des lampadaires ne fonctionnait plus, le suivant était à cinq ou six mètres de là, et de ce fait, ils étaient presque dans l'obscurité. La femme installée dans la voiture verte garée le long du trottoir, tout près, avait à peine attiré leur attention.

De l'autre côté de la rue, sur le palier du premier étage de la résidence Sun-Crest, un bâtiment des années soixante, une lumière s'alluma devant le numéro cinq, répandant un halo jaune immédiatement pris d'assaut par les insectes volants. La porte s'ouvrit et se referma sans bruit, et un homme plutôt grand apparut. Il descendit l'escalier, la tête dodelinant au gré de son pas souple.

Gregory lui fit un signe de la main.

— Salut, Maximillian, comment tu vas ?

L'homme s'arrêta, ses clés à la main, devant la portière d'une Dodge rouge dont le pare-chocs arrière était enfoncé.

— Ça va. Et toi, Gregory ?

— Pas mal, pas mal du tout. Tu pars pour l'hosto ?

La portière de la Dodge était ouverte, maintenant. L'homme hocha la tête, brandit une valisette Muppet Show.

— Eh oui, avec mes provisions. C'est l'heure d'aller au boulot.

— Sa femme et ses gosses lui préparent un casse-croûte tous les soirs, expliqua Gregory à son copain tandis que la Dodge s'éloignait en pétaradant. La voiture a besoin d'un nouveau pot d'échappement, mais ils économisent le moindre sou. Il finit sa médecine. Il m'a raconté que ses filles se battaient toujours pour choisir la valisette à casse-croûte qu'il emporterait au travail. Pour elles, c'est une vraie récompense. Moi, je dis, un mec avec une famille comme ça, il est verni.

Dans la voiture verte aux vitres légèrement baissées, la femme prit bonne note de ce dernier détail. C'était intéressant, cette histoire de valisettes. Elle était prête à parier que le type avait une honte pas possible, de se balader avec un truc pareil à la main, mais qu'il le faisait quand même parce qu'il aimait ses filles. Ou peut-être qu'il laissait la valisette dans la voiture, la vidait juste avant de rentrer chez lui et mentait pour leur faire plaisir. Peut-être qu'il mangeait un hot dog à la cafétéria à la place.

Un hot dog. La femme appuya sur un bouton et ses vitres se refermèrent, faisant taire les deux hommes sur le trottoir et refoulant les relents de hot dog de l'épicerie ouverte toute la nuit qui se trouvait au coin de la rue. Cette odeur lui donnait des crampes d'estomac. « Tu n'as pas faim », se dit-elle en tapotant le volant du bout des doigts pour couvrir le tic-tac de l'horloge.

Depuis combien de temps était-elle garée là, devant le Sun-Crest ? Elle-même n'aurait su le dire, mais elle avait noirci six pages de dessins. Elle posa son bloc à côté d'elle, sur le siège, et vit la lumière s'éteindre devant l'appartement numéro cinq, comme si quelqu'un, à l'intérieur, s'était assuré que Maximillian était parti sans encombre. Ensuite, la lumière s'éteignit dans la pièce donnant sur la rue, et une autre, plus faible, s'alluma à la fenêtre voisine. Une lampe de chevet, songea la femme, pratiquement certaine qu'il s'agissait de la chambre des parents.

La famille Waters faisait attention à l'électricité, ne la gaspillait pas, contrairement aux Johnson, dont l'immense maison ressemblait à un sapin de Noël tant elle était éclairée. L'électricité était chère, et les Waters faisaient très attention à la dépense. Ils vivaient à quatre dans ce petit appartement le temps que M. Waters finisse son internat à l'hôpital Sunrise, économisant sur tout pour pouvoir rembourser le prêt étudiant qu'il avait contracté. C'était dur, mais il avait toujours rêvé d'être médecin, et le rêve était presque réalisé, maintenant. Mais il aurait sans doute aimé qu'il ne le force pas à quitter sa famille toutes les nuits.

En revanche, cela convenait tout à fait à la femme dans la voiture. Elle préférait les épier lorsqu'il n'était pas là pour gêner ses pensées. Quand il n'y avait que Mme Waters – Claudia – et les jumelles de six ans, Minette et Martine, et pas leur père. Il lui arrivait de les imaginer toutes les trois pelotonnées dans le lit des parents, regardant la télé ou jouant à quelque chose. À Destins. Elle se rappelait y avoir joué avec son père quand elle était petite. Elle le faisait rire en lui montrant les dessins des enfants qu'elle imaginait avoir un jour. Plus tard, avec Trish, elle y avait joué aussi, complètement défoncée. Une fois qu'elles se sentaient vraiment bien, elles se marraient comme des hystériques, à s'inventer des familles avec les petites voitures. Elle prenait la verte, Trish la rouge. Trish qui avait toujours une petite fringale en plein milieu du jeu et mangeait à la cuillère, à même le pot, du beurre de cacahuète aux pépites de chocolat. Elle essayait systématiquement de lui en faire avaler, mais elle savait à quoi s'en tenir. Toutes ces calories sans intérêt.

La règle, c'était que chacun avait une voiture, et il fallait la remplir avec de minuscules figurines en plastique qui étaient censées être les membres de votre famille. On les transportait partout, comme des bagages. C'était plutôt sympa, ça. Mais ce qu'elle n'aimait pas, c'était qu'à la fin, celui qui gagnait était celui qui avait le plus d'argent. Ce n'était donc que ça, le destin ? Oui, répondait Trish en larguant sans états d'âme mari et enfants dans sa poursuite de l'argent, si bien qu'à la fin, elle était toute seule dans sa voiture rouge, bourrée de fric, et partait pour l'Europe peindre et baiser des mecs aux accents sexy. La voiture verte, elle, accueillait des enfants heureux et un mari parfait. Trish gagnait toujours, selon la règle, mais la femme dans la voiture avait toujours eu le sentiment que c'était elle qui avait le meilleur destin.

Elle pensa à Trish, qui vivait aujourd'hui dans une maison modeste de Los Angeles, élevait ses deux enfants, entretenait son mari, heureuse. Puis elle pensa à elle, seule dans sa voiture verte. Non, pas tout à fait seule, en vérité. Il y avait toujours les couteaux.

Elle songea à ce que cela lui ferait, d'aller rejoindre les Waters, s'imagina dans leur appartement, traversant la pièce principale, passant le rideau de perles qui menait à la chambre des parents… Les enfants se serraient dans le lit pour lui faire une petite place, lui laissaient choisir le jeu qu'elle voulait, mais leur mère arrivait et disait : « Je suis désolée, il n'y a pas de place pour vous, on ne veut pas de vous ici. Vous n'êtes qu'une vagabonde, une bonne à rien. Une mauvaise fille. Vous méritez d'être punie. »

Elle était tellement fatiguée de se sentir coupable.

Les pétarades de la Dodge revenant sur son chemin la tirèrent brusquement de ses pensées. En sueur, les mains moites, elle la regarda se garer devant l'immeuble.

Maximillian en sortit en courant. Il avait dû oublier quelque chose. C'était aussi simple que cela. Il reparut tout aussi vite, un stéthoscope à la main, monta dans la Dodge et démarra. Le tout avait duré moins de trois minutes.

Mais pour la femme dans la voiture, c'était un signe. Comme son père, elle était superstitieuse. Et l'ambiance n'était plus la même. Elle retira une main du volant pour tourner la clé de contact et démarra.

Il faudrait qu'elle revienne à un autre moment. Quand elle serait sûre que Maximillian ne se mettrait pas dans ses pattes.

5

Certains matins, lorsqu'elle se réveillait, Windy croyait entendre Evan s'affairer dans la salle de bains, fredonnant, ouvrant et fermant les tiroirs pour trouver le dentifrice, n'arrivant jamais à mettre la main dessus du premier coup, alors qu'il était rangé au même endroit depuis toujours.

Elle l'avait rangé au même endroit dans sa nouvelle maison aussi, par habitude, en songeant qu'Evan ne viendrait jamais le chercher là. Ne mettrait jamais les pieds dans cette maison.

Bill le lui avait reproché, lui rappelant que la place du dentifrice, c'était forcément dans le deuxième tiroir. Bill savait toujours précisément où se trouvait ce qu'il cherchait.

Windy aussi. Il était indispensable d'avoir le sens de l'observation dans son métier. La veille, elle s'était couchée très tard, avait étudié les photos de la scène de crime prises chez les Johnson, lu les rapports du labo, remarqué des détails, sans pouvoir se débarrasser du sentiment que quelque chose lui échappait. Mais en réalité, ce matin, rien d'autre ne comptait pour elle que la fillette qui entrait dans sa chambre en gambadant, vêtue d'un pyjama orange et bleu.

— Maman ! chanta Cate en sautant sur le lit puis dans les bras de Windy. Devine quoi ?

Windy embrassa sa fille, profitant de ce moment de pure volupté pour inspirer un grand coup, s'offrir une bouffée de l'odeur d'une fillette de six ans au réveil et se dire une nouvelle fois qu'il n'y avait rien de meilleur au monde.

Windy aimait sa fille plus que de raison, elle le savait, et ne pouvait s'en empêcher. Pour elle, Cate était magique. Pas seulement parce qu'elle lui rappelait Evan. Elle lui rappelait tout ce qui fait que vivre est bon.

Elle ressemblait beaucoup à son père, avait les mêmes grands yeux bleus innocents, avec la même étincelle espiègle tapie dans un coin qui jaillissait de sa cachette à la moindre occasion, le même désir de tout essayer. Le plus difficile pour Windy, en tant que mère, était de ne pas garder Cate trop près d'elle, de ne pas la couver. Lorsque Cate lui disait : « T'inquiète pas, je l'ai déjà fait des millions de fois », comme le disait si souvent son père, Windy devait lutter de toutes ses forces pour ne pas la retenir et se mordre la langue pour s'empêcher de crier : « Ne dis pas ça. Ne dis jamais ça. »

Elle était bien décidée à ne pas communiquer ses peurs à Cate. Elle l'avait appris de ses propres parents : trop d'amour peut générer de la peur. Elle était la fille unique d'émigrés chiliens qui avaient quitté leur pays avec, en tout et pour tout, leurs chaussures et leur vie. Jamais ils ne parlaient de ce qu'ils avaient laissé derrière eux et avaient même refusé que leur fille parle espagnol. Ils avaient travaillé dur pour qu'elle ait tout ce qu'une vraie petite Américaine pouvait désirer. Et ils avaient fait attention. Attention à tout parce qu'ils l'aimaient et voulaient la protéger.

Elle se souvenait d'un après-midi, quand elle avait huit ans. Ils étaient allés tous les trois faire un tour en voiture et s'étaient arrêtés au retour chez un concessionnaire Buick. Ses parents venaient d'ouvrir leur quatrième pressing, et son père avait décidé qu'il était temps pour sa femme de posséder sa propre voiture. Magda Thomas n'avait que faire d'une voiture, c'était un secret de Polichinelle, elle n'allait jamais nulle part sans son mari. En réalité, Bertino avait envie de s'acheter une nouvelle voiture, mais tout le monde jouait le jeu parce que cela lui faisait plaisir. Tandis que ses parents regardaient les différents modèles, Windy s'était aventurée à côté, où une troupe ambulante avait installé un spectacle de rodéo. Il y avait des balles de foin, des femmes blondes avec des tresses et un chapeau de cow-boy. Pour un dollar, il était possible de faire un tour à cheval, sur le dos d'une vieille rosse que l'une des dames blondes menait par la bride à l'intérieur d'un périmètre fermé par des barrières, jamais plus vite qu'au pas. Windy avait voulu demander un dollar à sa mère, mais en voyant le regard de Magda, elle s'était ravisée. Aux yeux de sa mère, il était évident que les chevaux faisaient partie des « choses à éviter à tout prix ». La liste était longue et comprenait, entre autres : les piscines publiques, le terrain vague derrière chez Karen, la presse au fond du pressing, l'épicerie de quartier au coin de la rue, les voitures rapides, les garçons, les inconnus, les affaires des autres, les planchettes de oui-ja, les points d'eau publics, les bâtonnets de bœuf séché (on ne savait pas ce qu'il y avait dedans).

Windy avait autorisé Cate à monter à cheval dès qu'elle en avait exprimé l'envie, et quand sa fille en était descendue en disant : « C'est trop fastoche, la prochaine fois, je veux aller plus vite », elle s'était juré de la laisser faire. Elle refusait de transmettre sa peur à sa fille, comme une maladie congénitale. Refusait de lui répéter d'être « une gentille fille » – une gentille fille n'attirait pas l'attention, ne se mettait pas en colère, ne contredisait jamais les autres, cédait toujours dans une dispute, même si c'était dur. Sa mère à elle lui montrait le panneau accroché au-dessus de la banque dans tous leurs pressings, rappelant aux employés que le client était roi. Un adage à bien garder à l'esprit dans tous les domaines, pour une gentille fille.

Au boulot, Windy se laissait prendre par le côté infaillible des pièces à conviction et oubliait ces leçons. Elles étaient beaucoup plus difficiles à occulter dans sa vie privée, une partie d'elle-même étant encore persuadée que personne ne l'aimerait si elle disait ce qu'elle pensait. *Le client est roi.*

Mais elle s'était juré que même si elle devait encore subir ces règles-là, Cate, elle, ne les verrait jamais entraver son chemin. Elle allait partager avec elle d'autres leçons, celles qu'elle avait apprises d'Evan, sur le plaisir qu'il y a à rire sans s'arrêter, à être ridicule, à prendre des risques. Sa vie à lui était un spectacle permanent, il était toujours en mouvement. Et elle était son public, l'applaudissait, l'admirait, l'encourageait, habitée d'une vraie joie de vivre grâce à sa simple présence.

Elle voyait encore Evan leur sourire, à Cate et elle, allongées sous un parasol sur cette plage hawaïenne idyllique. Il scintillait comme un poisson dans sa combinaison mouillée.

— Ne t'inquiète pas, mon amour, je l'ai déjà fait des millions de fois, avait-il assuré, charmeur. Les nuages sont loin. Et si on attend qu'il n'y ait pas de vent pour faire de la planche, on est mal barrés…

Windy et la planche à voile, ses deux passions. Ah ah ah.

Windy et Cate, somnolant sur la plage tout l'après-midi, à l'attendre. Ouvrant un œil quand le vent avait vraiment forci. Passant la nuit debout, en compagnie des gardes-côtes.

Le corps d'Evan s'échouant trois jours plus tard, à quarante-cinq kilomètres au sud de là. Le garde-côte lui disant :

— Je vous jure, madame, il souriait. Que peut-on vouloir de plus ?

« Je veux ma vie d'avant ! avait-elle eu envie de hurler. Je veux ma vie d'avant ! »

Pendant six mois, elle s'était répété cela, comme le refrain d'une mauvaise chanson d'amour, tout en se laissant engloutir par le chagrin. Et puis, un jour, elle avait compris qu'elle se trompait. Elle voulait réellement retrouver sa vie d'avant, Evan lui manquait plus que tout, elle se sentait à demi morte. Mais elle voulait aussi plus que cela. Et d'autres refrains, d'autres paroles pour la chanson d'amour avaient commencé à lui traverser l'esprit. Elle pouvait continuer l'histoire, jusqu'à l'endroit où elle rencontrerait celui qui serait adulte avec elle. Celui sur qui elle pourrait compter. Quelqu'un pour qui un rendez-vous ne se prenait pas dans une fourchette de quatre heures, avant et après. Quelqu'un de solide. Quelqu'un qui ferait oublier à Cate la question : « Est-ce que papa est parti parce que j'avais fait quelque chose de mal ? », et à propos de qui Windy ne se demanderait jamais : « Est-il parti parce que je n'étais plus assez sexy ? »

— Mamaaaaaan… tu m'écoutes ? T'as pas deviné !

Cate, trois ans plus tard, magnifique, sûre d'elle, exigeait une réponse.

— D'accord. Je donne ma langue au chat.

— Les camions géants passent à Las Vegas !

— Les camions géants ?

— Oui ! Ils sont gros, énormes ! On peut aller les voir ? Hein ? S'il te plaît ? On peut ?

— Pourquoi est-ce que tu as envie de les voir ?

— Parce que je ne les ai jamais vus, tiens !

Évidemment.

— Si on prend les billets maintenant, on pourra avoir une carte spéciale qui permet d'aller les regarder de tout près.

— Waouh, dit Windy. Super.

— C'est exactement ce que j'ai dit, lança Brandon depuis le seuil de la chambre. Et quasiment sur le même ton.

Brandon était, comme il le disait lui-même, sans aucune modestie et avec raison, la meilleure chose qui leur soit arrivée, à Cate et elle, depuis longtemps. Lorsque Windy avait pris la décision de partir pour Las Vegas, Ella, la dame qui gardait Cate depuis sa première dent, avait annoncé qu'elle ne pouvait pas les suivre. Mais elle avait un neveu qui vivait à Las Vegas, avait vingt-six ans, faisait des études pour devenir décorateur et savait très bien s'occuper des enfants, étant le deuxième d'une fratrie de huit. Il était un peu différent du reste de la famille, mais Windy et lui s'entendraient à coup sûr.

« Un peu différent », avait découvert Windy, signifiait que Brandon était homosexuel. Il était aussi intelligent, digne de confiance, génial avec Cate, et très bon cuisinier. Entre ses cours de design, il apprenait l'espagnol tout seul en regardant des *soap operas* mexicains et avait un niveau suffisant pour pouvoir discuter avec la mère de Windy quand elle appelait, même si Mme Thomas était parfois surprise par les expressions qu'il employait. En échange du gîte, du couvert et d'un peu d'argent de poche, il était de garde tous les jours, et parfois le soir, si Windy le prévenait suffisamment à l'avance. Pour l'heure, il portait par-dessus son jean et son tee-shirt un tablier Hello Kitty et brandissait une spatule.

— Allez, viens, ma belette, dit-il en l'agitant en direction de Cate. Tu as moins de quarante-cinq minutes pour te préparer pour le foot et manger ton pain perdu. Et ta maman doit se lever afin d'aller chercher son amoureux à l'aéroport. À moins qu'elle n'ait oublié que l'avion de Bill arrivait dans une heure…

Bill. Bill Henderson avait finalement été celui que Windy cherchait. En le rencontrant, elle n'avait plus eu le sentiment de nager à contre-courant. Sa seule crainte désormais était que Bill se réveille un matin et réalise qu'elle ne le méritait pas.

— Je sais à quelle heure arrive son avion, dit-elle sans grande conviction. 11 h 15, c'est ça ?

Brandon secoua la tête.

— 10 h 40. Je me demande vraiment ce que tu ferais sans moi. J'espère que tu as pensé à réserver dans un restau sympa pour une petite soirée romantique, parce que la belette et moi, on sort.

— On va où ? s'enquit Cate.

— C'est une surprise, ma belle. Et vous, vous allez où ? demanda-t-il à Windy, d'un ton sérieux.

— Je ne…

Brandon soupira.

— Bon, je vais te réserver une table chez *Prime*. Tu vas aimer, on dirait un bordel Art déco, et ça plaira à Bill parce que tout le monde sera en costard. Il se sentira comme chez lui. Bon, en attendant, bougez-vous, les filles, le petit déjeuner est prêt.

— Pourquoi est-ce qu'on peut pas prendre le petit déjeuner au lit, comme les princesses ? demanda Cate, question qu'elle posait tous les samedis matin depuis leur arrivée à Las Vegas.

Et comme tous les samedis matin, Brandon lui expliqua que si les princesses faisaient cela, c'était parce qu'elles étaient paresseuses. Comme tous les samedis matin, ils commencèrent à se disputer à ce sujet. Quand arriva le moment où Windy était censée être d'accord avec Brandon, il la regarda, mais elle ne dit rien. Elle semblait à des millions de kilomètres de là.

— J'ai pas raison ? demanda Brandon.

Mais Windy, dont l'esprit était fixé sur l'expression « petit déjeuner au lit », répondit :

— Allez-y. Il faut que je passe un coup de fil.

— Vas-y, ma chérie, j'arrive tout de suite, entendit Ash en décrochant son portable. Allô ? dit ensuite la voix de Windy. Ash ? Je vous réveille ?

« Oui, eut-il envie de répondre. Cette nuit, vers 3 heures, j'ai rêvé de vous et ça m'a réveillé. Ensuite, je n'ai pas réussi à me rendormir, alors je suis venu au bureau à la première heure, et depuis, je lis des rapports sur des cadavres, pour essayer de penser à autre chose qu'à vous. »

— Non, dit-il à la place. Je suis au bureau. Il y a un problème ?

— J'ai peut-être quelque chose. À propos du tueur des Johnson.

Elle hésita avant d'ajouter :

— Mais j'ai besoin de me rendre sur place, avec un technicien, du leuco-cristal violet aqueux et un pulvérisateur.

— Du leuco quoi ?

— Leuco-cristal violet aqueux. Ça devient fluorescent au contact du sang, comme le luminol, mais ça marchera mieux à cet endroit. Je suis sûre qu'on a de quoi en préparer au labo. Vous pouvez arranger tout ça pour moi et faire en sorte que quelqu'un soit sur les lieux pour m'ouvrir, avec le matériel, d'ici une heure et demie ?

— J'y serai. De quoi s'agit-il ?

— Je n'en suis pas encore sûre. J'espère trouver la réponse une fois sur place.

Ash remarqua une intonation particulière dans sa voix.

— Vous semblez inquiète. Si on ne trouve rien, ce n'est pas grave, vous savez. C'est probable, d'ailleurs.

— Si seulement vous pouviez avoir raison.

— Que voulez-vous dire ?

— Ne rien trouver serait une bénédiction, répondit Windy. C'est ce que je crois que nous allons trouver qui me fait peur.

6

Dès qu'il la vit, Bill prit Windy dans ses bras et la fit tournoyer, comme dans les films. Tout ce que faisait Bill était ainsi : parfait comme dans les films. Et ce depuis leur rencontre, lors d'une réception d'un ennui sans nom. Il avait joué le rôle du bel inconnu blond arrivant à son secours pour la tirer d'une conversation assommante avec un individu adipeux persuadé qu'il allait la convaincre de rentrer avec lui ce soir-là. Au bout de deux minutes, Bill et elle avaient découvert qu'ils avaient été invités par des amis communs, qu'ils ne connaissaient personne d'autre, pas même les hôtes, et n'avaient qu'une envie : s'en aller. Elle lui rappelait quelqu'un, lui avait-il dit ce soir-là tandis qu'ils dînaient ensemble, quelqu'un dont il avait du mal à se souvenir. Pendant les six premiers mois de leur relation, il avait essayé de retrouver de qui il s'agissait, et un jour, paf, ça lui était revenu : elle lui rappelait la femme avec qui il voulait passer le restant de ses jours.

Il la posa, l'embrassa sur le front.

— Tu as l'air en pleine forme, ma chérie.

Ils se trouvaient devant un Escalator, entre deux tapis roulants pour bagages, leur point de rendez-vous habituel. Bill donnait toujours des indications très précises sur les endroits où vous deviez le retrouver. Même si vous n'alliez qu'aux toilettes.

— Toi aussi, dit Windy.

Il était d'une beauté saisissante. Trop beau pour elle, pensait-elle. Quand ils avaient commencé à sortir ensemble, un sourire de lui suffisait à la faire défaillir.

— Désolée que tu aies dû attendre. Je suis allée à la porte d'arrivée, mais tu étais déjà parti.

— Je croyais que seuls les passagers pouvaient passer les contrôles de sécurité, désormais, et j'ai couru pour te voir plus vite.

Elle lui montra son insigne de la police de Las Vegas.

— Il faut bien que mon boulot ait certains avantages.

— Mmm, j'aime les femmes de pouvoir… dit-il en lui souriant, avant de passer un bras autour de ses épaules. Allez, viens, on va petit-déjeuner quelque part. J'ai envie de manger un bon truc pour me débarrasser du goût du café qu'on nous a servi dans l'avion.

Il se mit à marcher. Windy se racla la gorge, et il s'immobilisa, sentant instinctivement que quelque chose ne tournait pas rond.

— Cate va bien ? furent ses premiers mots.

Comment aurait-elle pu ne pas aimer un homme qui commençait par demander comment allait Cate ?

— Oui, elle va bien. C'est juste…

— Le boulot, acheva-t-il à sa place, posant son sac entre eux.

Elle le vit lutter pour masquer sa déception.

— Tu dois bosser aujourd'hui, c'est ça ?

Intérieurement, Windy entendit sa mère la morigéner – « N'attire pas l'attention sur toi, ne discute pas, arrondis les angles, ne te dispute *jamais* en public. »

— Juste un petit moment. Je me disais que tu serais fatigué, que tu aimerais peut-être rentrer te reposer un peu, dormir. Je serai de retour avant d'avoir eu le temps de te manquer.

Elle leva une main pour lui caresser la joue. Il l'arrêta.

— Sûrement pas. Tu me manques à chaque seconde qui passe.

— Je suis désolée. C'est juste qu'un tueur a assassiné toute une famille, et il…

Il l'interrompit en posant un doigt sur ses lèvres.

— Chut. Tu me raconteras tout ça ce soir au dîner. Pour moi, plus vite tu vas au boulot, plus vite tu seras de retour dans mes bras. C'est tout ce qui compte.

Elle tenta de mettre dans son sourire toute la gratitude qu'elle éprouvait envers lui. Il avait tous les droits d'être furieux contre elle, et il ne l'était pas.

— Merci.

— Qu'est-ce que je ferais pas pour toi… Allez, file. Je vais prendre un taxi. À tout à l'heure.

Tout en roulant vers la maison des Johnson, Windy se débattit avec la culpabilité. Elle se sentait coupable de travailler, d'avoir envie de travailler. Elle pensa à la façon dont elle s'excuserait, ce soir, au dîner, à ce qu'ils feraient pendant le reste du week-end. Elle montrerait à Bill à quel point son bien-être à lui lui importait, leur bien-être à tous les deux, aussi. À tous les trois. Quand elle était prise par son boulot, il lui arrivait de se tromper de priorité, mais ce week-end, et à l'avenir, elle saurait choisir la bonne. Ce week-end serait pour eux. Dès qu'elle en aurait fini avec les Johnson.

Elle venait de décider ce qu'elle mettrait pour le dîner – la robe que Bill lui avait offerte pour la fête des mères et qu'elle n'avait encore jamais portée, et les sous-vêtements qu'il préférait – lorsqu'elle arriva devant l'impressionnante demeure. Ash était appuyé sur une voiture de sport aux chromes astiqués et mangeait des beignets à l'oignon en parlant à un homme d'une cinquantaine d'années, assez massif, moustachu, aux cheveux bruns bouclés. Elle se souvenait vaguement de lui, pour l'avoir aperçu dans les locaux de la criminalistique. Un Jack, ou un John, pensa-t-elle.

— Ned Blight, dit-il en lui tendant la main.

Hou la. Ça commençait mal.

— Enchantée, monsieur Blight.

— Je vous en prie, madame Thomas, appelez-moi Ned. Après tout, vous êtes mon patron.

L'espace d'un instant, elle eut envie de retourner dans sa voiture et de se taper le front sur le volant. Elle n'avait pas besoin de cette histoire de patron, pas aujourd'hui, quand Bill l'attendait. Ned avait dit ça comme un défi, un test, pour voir comment elle réagirait, Windy le savait. En Virginie, le fait qu'elle soit femme, jeune et shérif en avait dérangé quelques-uns au départ, mais assez vite, elle avait pu oublier ces détails pour se consacrer à son travail. Venir à Las Vegas, de ce point de vue, c'était repartir à zéro. Elle savait qu'au bout du compte, elle obtiendrait le respect de Ned, en travaillant avec lui, tout simplement. C'était l'affaire de quelques mois. Aujourd'hui, elle n'avait besoin que de son aide. Aussi se contenta-t-elle de répondre :

— Super, Ned, appelez-moi Windy. Vous avez apporté ce que j'ai demandé ?

— Laughton m'a dit de prendre du leuco-cristal violet. Vous êtes sûre que vous ne vouliez pas dire luminol ?

Il n'avait pas ajouté « ma p'tite dame », mais c'était tout comme.

Windy était bien décidée à ne pas céder à la provocation.

— Oui. Le LCV est plus facile d'utilisation et passe mieux à la photo. Je vous montrerai. Et puis le luminol réagit parfois aux traces de Javel et, à l'endroit qui nous intéresse, il y a de grandes chances pour que l'on ait utilisé de la Javel comme produit d'entretien.

— Vous pensez à la buanderie ? Près de la porte de derrière ? On l'a passée au peigne fin, on n'a rien trouvé, dit Ned, un peu hautain.

— Non, je pense à la cuisine.

Ned secoua la tête.

— Pourquoi ?

— Parce que aucun cliché n'en a été pris.

— Ben oui, fit Ned, sur la défensive, maintenant. On n'a pas fait la cuisine, on n'en voyait pas l'intérêt. Apparemment, personne n'y avait mis les pieds.

— C'est bien pour cela qu'on a besoin du LCV.

Ned affichait une expression butée et sceptique.

— Je ne comprends pas. Pourquoi ?

— Parce qu'on a retrouvé une substance grasse, d'origine animale, dans les cheveux de Mme Johnson, ainsi que quelques miettes de pain près de la tête de Doug fils.

Cette fois, ce fut Ash qui prit la parole.

— Ce qui veut dire ?

Il avait posé la question à Windy, mais ce fut Ned qui répondit. Sur un ton où se mêlaient la révérence et la crainte.

— Du pain et du beurre.

— Exactement, dit Windy. Je pense que notre tueur a pris le petit déjeuner avec la famille Johnson.

7

Ned n'avait apporté que deux masques, aussi Ash resta-t-il en dehors de la cuisine tandis que Ned et Windy se mettaient au travail. Ils commencèrent par baisser le store pour qu'il fasse plus sombre. De cette manière, il était plus facile de voir tout signe de fluorescence. Windy prit le pulvérisateur, et Ned la suivit avec l'appareil photo. Si du sang avait été répandu, il apparaîtrait sous la forme d'une tache fluorescente mauve pâle, et ce même si le tueur avait essayé de le nettoyer. En partant de la porte qui donnait sur le couloir, Windy pulvérisa méticuleusement chaque centimètre carré de la cuisine, dans le silence le plus total, hormis le plic-ploc du robinet de l'évier qui fuyait. Ils avaient parcouru environ un tiers de la cuisine lorsqu'ils commencèrent à trouver ce qu'ils cherchaient.

D'abord, les traces de main, sur la poignée du réfrigérateur, et sur les pots de confiture, à l'intérieur. Puis d'autres autour des pots, sur l'étiquette, comme si le tueur les avait pris les uns après les autres pour connaître leur parfum avant de faire son choix. Seul un pot avait des traces sur le couvercle, indiquant qu'il l'avait ouvert.

— Votre tueur aime la confiture de fraise, lança Windy à l'intention d'Ash.

— Je mettrai ça dans mon rapport.

Ils trouvèrent ensuite des traces sur les poignées des tiroirs, sous le plan de travail.

— Il cherchait les couteaux, dit Windy. Non, attendez...

Les Johnson avaient deux tiroirs à couverts, un pour ceux de tous les jours, avec un manche en plastique, et un autre pour l'argenterie. Le tueur avait ouvert celui des couverts de tous les jours, mais n'avait fait que regarder.

— Il s'est servi d'un des couteaux en argent. Monsieur a des goûts de luxe.

Une trace de sang indiquait que sa main était allée des couteaux à beurre aux couteaux à viande, insupportable dilemme... Windy regarda autour d'elle et remarqua un couteau à beurre dans l'égouttoir à couverts, à côté d'une petite assiette.

— Il a fait la vaisselle après avoir terminé, dit-elle avec un signe de tête en direction de l'évier. Très attentionné de sa part.

— Oui, une vraie fée du logis, lâcha Ned.

Mais l'agressivité dans sa voix était dirigée contre l'assassin, dont la méticulosité rendait les indices si difficiles à trouver, pas contre Windy. Ils étaient collègues pour de bon, maintenant.

Ils suivirent des gouttes de sang un peu partout sur le sol, puis d'autres empreintes, de mains, de doigts – non identifiables, car le tueur avait mis des gants. Ils travaillaient dans la cuisine depuis plus de quatre heures lorsqu'ils arrivèrent à la table en Formica blanc. Windy pulvérisa le LCV sur la moitié de la table et se tourna pour faire l'autre moitié.

Ce fut à ce moment que Ned fut pris de haut-le-cœur et qu'Ash se rua dans la cuisine.

— Qu'est-ce qu'il y a ? Que...

Il s'arrêta net en voyant la table. Quatre cercles de couleur mauve brillaient sur sa surface.

— Il s'agit de marques de cous. Il a descendu leurs têtes, expliqua Windy en prenant des photos. Il les a posées sur la table pour qu'elles le regardent manger.

Elle baissa l'appareil photo et ajouta à l'adresse d'Ash :

— Je pense que ce détail est à entrer dans le fichier du FBI. Il me semble que c'est assez unique.

Ash, incapable de lui répondre, se contenta d'un hochement de tête.

Ned se redressa en inspirant profondément.

— Vous saviez qu'on allait trouver ça, n'est-ce pas ? demanda-t-il à Windy.

— Je pensais qu'on allait trouver quelque chose de ce genre, oui.

— Merde, fit Ned en secouant la tête, avant d'ôter son masque pour s'essuyer la bouche d'un revers de la main. Je fais ce boulot depuis vingt ans, et je suis toujours pas vacciné.

Il regarda Windy, et cette fois, il y avait de l'admiration dans ses yeux.

— C'est donc vrai, ce qu'on raconte sur vous. Vous êtes une sorcière.

— J'observe, c'est tout.

Elle répondait toujours la même chose.

Ash les regarda et se dit qu'en tout cas, elle avait ensorcelé Ned, ça, c'était certain. Il la suivrait jusqu'au bout du monde, maintenant.

— Le plus important, ce n'est pas qu'il ait fait ça, mais qu'il ait nettoyé après, reprit-elle. Il a laissé du sang partout à l'étage, mais ici, c'est immaculé.

— Il ne voulait pas qu'on sache, dit Ash. Du moins, pas tout de suite.

— Oui. Ce qu'il a fait ici est venu en supplément du reste. Comme un aspect secret, particulier du rituel.

— C'est le genre de détail qui pourrait nous aider à l'identifier.

— Espérons-le.

Mais Windy n'était pas optimiste. Elle regarda sa montre et fit la grimace. Il était 18 heures, Bill allait la tuer. Elle s'étonnait qu'il ne l'ait pas déjà appelée quand elle réalisa qu'elle avait laissé son portable dans son sac, dans la pièce voisine, comme elle le faisait toujours lorsqu'elle était en mission sur le terrain. Ce qui insupportait Bill au plus haut point.

Elle regarda autour d'elle dans la cuisine. Il y avait du matériel un peu partout, des produits chimiques répandus sur toutes les surfaces. Il faudrait au moins une heure et demie pour tout nettoyer. Ash lut dans ses pensées.

— Allez-y, dit-il. On va nettoyer. Vous avez des projets pour ce soir, je me trompe ?

Elle allait répondre qu'il avait raison, mais fut interrompue par la sonnerie du téléphone d'Ash.

Il répondit, écouta pendant quelques secondes, puis lâcha :

— Parfait. Excellent boulot. J'arrive.

Puis il raccrocha, regarda son téléphone un instant avant de lever les yeux vers Windy.

— On vient de mettre la main sur un type qui essayait de vendre les perles de Mme Johnson.

— Est-ce qu'il…

— Il semblerait qu'il ait eu accès libre à la maison et au jardin des Johnson ces quatre derniers jours. Il est dératiseur.

Ned Blight émit un sifflement.

— Le dératiseur. Les journaux vont aimer. Y a même pas besoin de lui trouver un surnom.

Ash hocha la tête, sans quitter Windy des yeux.

— Ils ne l'auraient pas pincé si vous n'aviez pas pensé à demander à M. Johnson s'il manquait des bijoux.

Ash et Ned la regardèrent refuser le compliment d'un haussement d'épaules.

— C'est mon boulot. Où est-ce qu'ils l'ont arrêté ?

— Chez un prêteur sur gages, Prêt-Minute. Il est en salle d'interrogatoire, maintenant. Ça vous dit ?

Oui ! Oui, ça lui disait ! Plus que tout le reste, en dehors des bisous de Cate le matin dans le lit. Mais il fallait qu'elle y aille. Bill l'attendait pour dîner. Et les interrogatoires ne faisaient pas partie de son boulot. Dénicher les indices, les preuves, c'était pour ça qu'elle était douée, et seulement pour ça.

Ash répondit avant elle.

— Excusez-moi, j'avais oublié que vous étiez attendue. Et puis, vous avez déjà fait beaucoup plus pour cette affaire que n'importe qui. Oubliez ma question.

Il lui sourit, d'un sourire chargé d'adrénaline.

— Vous vous en sortirez mieux sans moi, dit-elle. Mais appelez-moi si... si je peux vous aider.

— Bien sûr, répondit-il par-dessus son épaule.

Windy l'entendit s'éloigner d'un pas rapide. Elle frémissait quasiment d'envie.

— Rentrez donc chez vous, je vais terminer, dit Ned quand Ash fut parti.

— Non, non, ce n'est pas juste.

— Allez, patron, insista-t-il, prononçant le mot « patron » sans plus aucune trace d'ironie dans la voix, cette fois. Personne ne m'attend, et vous, si. Je m'en occupe.

Dans la voiture verte garée devant la maison des Johnson, la femme regarda Windy descendre l'allée et monter dans son break Volvo. Elle semblait pressée, un peu affolée. Mais on aurait dit qu'elle savait quelque chose. Quelque chose d'important.

La femme dans la voiture verte décida de la suivre.

8

— Il est innocent, dit Jonah à Ash en désignant d'un signe de tête l'homme assis dans la salle d'interrogatoire. Il ne sait rien des meurtres. Il ne sait rien sur rien, d'ailleurs. Encore un de ces mecs qui se vantent de soulever deux fois leur QI en fonte.

Le dératiseur était un costaud au visage poupin, avec des cheveux ondulés un peu longs et l'air de quelqu'un qui avait l'habitude qu'on lui dise qu'il était sexy. Un homme à qui la plupart des femmes n'auraient pas hésité à ouvrir leur porte.

Ash se demanda si Windy aurait été d'accord avec sa perception du suspect.

— Autre chose ? demanda-t-il à Jonah.

— Il travaille pour « Dératisation, là où nous passons, ils ne repasseront pas » depuis dix mois. Apparemment, il fait du bon boulot, personne n'a eu à se plaindre. Il s'appelle Anthony Salomon, mais ses potes le surnomment Tony, ou le Roi. Comme dans la Bible.

— Envoie quelqu'un chercher les adresses des autres propriétés dans lesquelles le Roi est allé travailler. Je veux savoir si on a porté plainte pour vol dans les semaines qui ont suivi son passage. Et si tous les gens chez qui il a bossé sont vivants.

— OK.

— Il a appelé un avocat ?

— Il a pas voulu. Il est innocent, je te dis.

— Quelle surprise. Un innocent pris la main dans le sac. Et chez lui ? On a trouvé de la camelote ?

— L'adresse qu'il nous a donnée est celle de sa mère. On a une équipe là-bas en ce moment même. Mais on a une femme à la réception qui dit qu'elle est sa petite amie. Elle a dû trop regarder *New York District*, parce qu'elle exige un droit de visite conjugal dans la cellule du poste de police, précisa Jonah avec un petit sourire.

Ash et lui se tenaient côte à côte et regardaient le dénommé Tony.

— Est-ce que tu penses que c'est le genre de type qui pourrait avoir envie de se la jouer un peu ?

— Le genre de type qui réagirait bien à un de nos petits numéros ? Ouais. Tu veux faire ça dans la salle de réunion ? On installe un tas de dossiers sur la table avant qu'il arrive, pour que ça ressemble au centre de commandement d'une enquête super importante, au cœur de laquelle il se trouverait ?

— Exactement. Et n'oublie pas non plus toutes les notes venant du bureau du maire, avec écrit « urgent » et « confidentiel » en rouge, en haut.

Depuis que Keene avait décidé d'éradiquer la criminalité à Las Vegas, il ne se passait pas une journée sans qu'une série de ces petits mots pleuve sur leurs bureaux, comme si, pour parvenir à ses fins, le maire avait décidé d'étouffer la ville sous le papier.

— Ça devrait l'impressionner, reprit Ash, mais si ça ne suffit pas, ajoute n'importe quel carton que tu trouveras dans le placard à fournitures. Assure-toi juste qu'il n'y a pas écrit en gros « détergent super puissant » dessus.

Ash retourna vers son bureau tandis que Jonah se dirigeait vers la cuisine, où il stockait les mémos du maire sur le réfrigérateur. Il avait été flic de terrain pour la police de Los Angeles jusqu'à sa suspension pour indiscipline, c'est-à-dire, selon son dossier, « insubordination répétée envers un supérieur et incapacité notoire à exécuter les ordres reçus ». Devant de tels états de service, Ash avait embauché Jonah sur-le-champ.

Ash ne croyait qu'au vrai travail d'équipe, celui que ses supérieurs faisaient tout pour étouffer, comme le prouvaient des cartons entiers de mémos du maire. Gerald

Keene aimait que les choses soient organisées, rangées, depuis la structure pyramidale extrêmement précise de son administration jusqu'au pli parfait de son pantalon. Son prédécesseur à la mairie, qui avait mis en place l'Unité Spéciale et nommé Ash à sa tête, était un personnage haut en couleur et apprécié. Il s'était retiré de la politique pour entamer une carrière plus lucrative dans le privé. Gerald Keene semblait tout faire pour lui ressembler le moins possible. Là où le premier cultivait la spontanéité et, à l'occasion, l'irrévérence, le second était l'image même de la sobriété et de la retenue.

Ash le considérait comme quelqu'un de correct, mais qui commettait l'erreur de faire confiance à sa propre presse. Qu'il ait une liaison avec son attachée de presse n'y était pas pour rien. La rumeur disait même qu'elle ne lui laissait pas poser un doigt sur elle s'il ne faisait pas la une des journaux locaux. Ce qu'il obtenait en décrochant celle d'un canard national, en coinçant un tueur en série de catégorie exceptionnelle, par exemple, Ash aurait bien aimé le savoir. Il pensait à cela lorsque son téléphone sonna. Jonah lui annonça que la salle de réunion était prête.

La table, comme prévu, était couverte de dossiers, de papiers, et des cartons étaient empilés contre les murs.

— Impressionnant, dit Ash. Je pense que nous sommes prêts. Va chercher M. Salomon.

Plutôt que de regarder autour de lui en entrant, Tony Salomon se dirigea droit vers la table, derrière laquelle était installé Ash, claqua ses mains à plat sur les dossiers et déclara :

— Bon, maintenant, ça suffit, va falloir arrêter de me traiter comme une merde.

— Asseyez-vous, répondit Ash en lui montrant une chaise du regard.

— Je n'ai rien à faire ici, espèce de flic de merde. Je peux...

— Asseyez-vous.

Tony obtempéra, puis regarda autour de lui en se mordant l'intérieur de la joue.

— C'est quoi, toute cette merde ?

Ash l'observa, admirant l'étendue de son vocabulaire.

Tony avait repéré trois cartons de correspondance en provenance du maire, sur lesquels était inscrit « urgence absolue ».

— C'est mon dossier ?

Il était nerveux, mais Ash n'aurait su dire si cette nervosité était provoquée par l'excitation ou la peur.

— Vous comprenez qu'il s'agit là d'un interrogatoire officiel, monsieur Salomon ? demanda Ash.

— Appelez-moi le Roi. Vous vous appelez comment, vous ?

— Laughton.

Les petits yeux bruns de Tony se fixèrent sur Ash.

— C'est vous le patron, hein, c'est ça ? Dites, je dois être drôlement important, pour avoir tous ces dossiers et pour que vous vous déplaciez.

Son visage se barra d'un large sourire satisfait. Il fit bouger ses biceps.

Ash se força à hocher la tête.

— Oui. Monsieur Salomon, nous enquêtons sur la mort de Carol Johnson.

Ils avaient tout fait pour que la mort des enfants ne soit pas révélée, et jusque-là, ils y étaient parvenus.

— Dans la mesure où vous avez passé la semaine dernière chez les Johnson, nous pensions que peut-être, vous pourriez nous aider.

— L'autre type a dit que j'étais en état d'arrestation.

— Eh bien, comment dire… vous avez été pris en train de vendre des bijoux volés, mais… peut-être… si vous nous donnez des informations…

Ash préférait rester dans le vague.

— J'ai pas volé ces perles.

— Vraiment ? Si nous commencions par là, alors ? Comment sont-elles entrées en votre possession ?

— Vous voulez savoir ? Je vais vous le dire. Mme Johnson me les a données.

— Vraiment ?

— Parfaitement.

Les yeux de Tony brillaient, et Ash eut un fort pressentiment de ce qui allait suivre.

— En remerciement pour « services rendus ». J'aurais pu avoir plein d'autres trucs, aussi.

— Vous avez couché avec Mme Johnson, dit Ash, feignant d'être impressionné.

— Eh oui.

Ash voyait que Tony avait envie de parler, mais ne le ferait que s'il était certain d'avoir un public attentif.

— Comment êtes-vous entré ? Dans la maison, je veux dire.

— Ça ? Facile. Mme Johnson se sentait très seule, vous savez. Elle aurait ouvert sa porte à n'importe qui, le facteur, le livreur de Federal Express. Elle cherchait un homme à qui parler. Toute la semaine, elle n'a pas arrêté de venir me proposer une boisson fraîche, de parler de tout et de rien. Je lui plaisais. Un jour, elle est arrivée en short, un truc très court, et m'a demandé si j'avais remarqué une voiture verte, de l'autre côté de la rue. Je lui ai répondu que oui, bien sûr, peut-être, parce que je savais qu'elle disait ça comme ça, et là, elle me lâche qu'elle croit que quelqu'un surveille la maison et qu'elle a peur. Alors, j'ai essayé, ben... de la réconforter, quoi. Elle était toute seule, les mômes étaient à l'école.

— Elle a accepté votre réconfort ?

— Accepté ? Vous voulez rire ? Elle m'a pratiquement traîné dans l'escalier, jusqu'à sa chambre. Comme si ça pouvait plus attendre.

Les biceps bougèrent de nouveau. Deux fois.

— Vous avez couché avec elle, dans sa chambre ?

— Pendant quelque chose comme trois heures. Certaines nanas, vous savez, il leur faut la baignoire, ou même le sol, mais une gonzesse plus vieille, comme elle, ça préfère le confort. Elle était maigre, purée... Des os partout. Alors, j'ai...

Ash comprit que Tony était lancé.

— Excusez-moi de vous interrompre, monsieur Salomon, mais nous allons devoir prélever un échantillon de vos cheveux.

— Quoi ?

— Pour comparer avec ceux retrouvés sur les draps. Et il nous faudra vos empreintes, aussi.

Pour la première fois, Tony sembla inquiet.

— Je ne… Non.

— C'est juste pour bien faire la différence entre les vôtres et ceux du meurtrier. La routine.

Tony se racla la gorge.

— Vous ne trouverez pas de cheveux à moi.

— Il me semble qu'il est difficile de passer trois heures dans un lit sans y laisser de traces.

— Pas pour moi. Je suis jeune, j'ai encore tous mes cheveux.

Et il tira dessus, pour en faire la démonstration.

Ash lui sourit, d'un sourire amical, ouvert.

— Alors, un en moins, ça ne vous fera rien.

— Je dirai plus un mot tant que j'aurai pas d'avocat.

Le sourire d'Ash se fit étonné.

— Ah, bon ? Mais qu'est-ce que je dois comprendre, monsieur Salomon ? Vous n'avez pas couché avec Mme Johnson ? Est-ce pour cette raison que nous ne trouverons aucun de vos cheveux dans les draps ?

Tony semblait sur le point de dire quelque chose, mais Ash poursuivit :

— Parce que si c'est le cas, cela signifie que vous avez menti et volé les perles. Soit vous avez couché avec Mme Johnson, elle vous a donné les perles, vous êtes innocent et nous allons trouver des cheveux à vous dans le lit. Soit vous n'avez pas couché avec elle, vous avez volé les perles et nous ne trouverons pas de cheveux à vous dans le lit. Si c'est le cas, je vais devoir revoir à la hausse les charges qui pèsent sur vous. Alors, si vous mentez, je vous conseille de me le dire maintenant.

— Revoir les charges à la hausse ? Pour m'accuser de quoi ?

— De meurtre, Tony.

— Je veux un avocat.

— D'accord, mais il est presque 22 heures. C'est un peu tard pour en faire venir un. Il va falloir attendre demain. Sauf que demain, c'est dimanche. Ce qui signifie qu'on va devoir attendre jusqu'à lundi. Mais je suis sûr que ça ne vous fait rien. Un costaud comme vous, en tôle, c'est toujours populaire.

Tony ouvrit de nouveau la bouche, mais garda finalement le silence, se contentant de fusiller Ash du regard.

— Écoutez, je vais vous laisser réfléchir un moment à la façon dont vous voulez la jouer. Passez bien toutes vos options en revue. Moi, je vous suggère de nous balancer la vérité, mais c'est à vous de voir. J'ai du travail, je serai dans mon bureau. Je vais laisser un homme à la porte. Il sera ravi de venir me chercher si vous décidez que vous avez quelque chose à me dire.

Ash se leva et sortit. En longeant le couloir en direction de son bureau, il se sentit las, usé par tous les Tony qu'il croisait, par leur attitude de macho et la fierté ridicule qu'ils tiraient de leurs gros muscles. À dix-sept ans, après avoir passé l'équivalent d'un diplôme de fin d'études secondaires, il avait quitté le lycée pour parcourir les États-Unis avec son baluchon, prenant n'importe quel boulot qui lui rapportait un peu d'argent, ne restant jamais au même endroit plus de trois mois, observant les gens autour de lui, cherchant quel genre d'homme il avait envie de devenir. Il avait eu le cœur brisé deux fois, le bras une fois, avait perdu quelques centaines de dollars au billard et en avait regagné plusieurs milliers. À son entrée à l'université de Harvard, à dix-huit ans, il savait réparer un carburateur, empocher la boule dans le coin à tous les coups, rompre avec délicatesse et programmer un ordinateur. Il avait fait fortune grâce à cette dernière qualification, la vente des droits d'un programme qu'il avait inventé pour s'amuser lui ayant rapporté trente millions de dollars. À l'époque, il était flic de terrain, et tout le monde avait cru qu'il allait démissionner de la police pour se retirer sur un yacht, quelque part au soleil. Au lieu de quoi il avait acheté une nouvelle voiture, avec un moteur de pointe, et avait travaillé un peu plus dur pour passer enquêteur. Les ordinateurs n'étaient jamais parvenus à l'intéresser plus que les hommes.

Enfin, que certains hommes.

De retour dans son bureau, il prit son téléphone et composa un numéro sans même y penser. Lorsqu'il réalisa ce qu'il faisait, la sonnerie avait déjà retenti deux fois à l'autre bout du fil.

Il ne s'était pas rendu compte qu'il était si impatient d'entendre sa voix, jusqu'à ce qu'une voix masculine lui annonce, par répondeur interposé, que Bill et Windy n'étaient pas disponibles pour l'instant, mais qu'il pouvait laisser un message après le bip.

À partir de la voix, le cerveau d'Ash établit un portrait de Bill légèrement plus flatteur qu'il ne l'aurait fallu, puis projeta une rapide série d'images illustrant ce que l'expression « pas disponibles pour l'instant » pouvait signifier. Adoptant un ton un peu plus grave que d'ordinaire, Ash demanda à Windy de le rappeler quand elle en aurait le temps, parce qu'il se posait quelques questions à propos de l'affaire Johnson.

Il passa ensuite quatre bonnes minutes à assassiner Bill mentalement, se demanda ce qui lui prenait, bon sang, et se remit au boulot.

9

— Cate dort en serrant contre elle la Barbie footballeuse que tu lui as offerte. C'est presque obscène, une attirance pareille pour un jouet, dit Windy à Bill lorsqu'elle entra dans la chambre. C'était qui, au téléphone ?

— Je sais pas, et je m'en fiche. Là, tout de suite, je ne veux parler à personne d'autre qu'à toi. Et ça, ajouta-t-il en montrant un verre de whisky, c'est tout bonnement divin.

C'était une réponse toute simple, mais aussi un avertissement à son encontre. *Ne vérifie pas les messages, ne regarde pas. Cette nuit, c'est nous deux et rien d'autre.*

Windy s'approcha de lui et fit remonter ses doigts le long de sa cravate.

— Je crois que tu devrais te mettre un peu à l'aise.

Quelque chose chez Bill rendait naturel, et même romantique, ce genre de phrase, banale et cucul en n'importe quelles autres circonstances. Sa relation avec lui était un album de photos idylliques, de moments parfaits immortalisés à jamais. *Clic clac.*

Bill posa l'index sous son menton, fit basculer sa tête en arrière.

— À quoi penses-tu ?

— À nous. À toi. Tu es tellement gentil avec moi.

Clic clac. Gros plan sur un baiser passionné.

Clic clac. Grand angle sur quatre corps dans une mare de sang.

Elle s'écarta de Bill.

— Qu'est-ce qu'il y a ? demanda-t-il.

— Rien, je viens d'avoir une idée.

Avant même de prononcer ces mots, elle savait que ce n'était pas la réponse qu'il attendait.

Il fit un pas en arrière et s'assit au bord du lit.

— Tu pensais à ton boulot, dit-il, les bras croisés, visiblement déçu. Tu y as pensé toute la soirée ? Tu as fait semblant d'apprécier ma compagnie ?

— Non. Pas une fois ce soir. C'est juste à l'instant...

— Au moment où on s'embrassait. C'est pas terrible, pour un ego masculin, ça.

— Excuse-moi. Ton baiser était fabuleux. Tout, ce soir, était fabuleux. C'est pour ça que j'y ai pensé. Tout est si parfait, je me sens tellement comblée... Du coup, je me suis dit...

Il ne l'écoutait pas.

— Peu importe. Je suis vraiment, vraiment désolée. Simplement, un type qui a trucidé une famille entière se balade dans la ville, et j'ai le sentiment que c'est à moi d'essayer de le coincer. Je culpabilise de ne pas travailler.

— Tu culpabilises ? Et vis-à-vis de ceux qui partagent ta vie, tu as quel sentiment ? Merde, je n'avais pas envie de ça, ce soir. Je voulais juste passer une agréable soirée avec toi. Quel con je fais ! Je parie que tu meurs d'envie d'aller écouter les messages sur le répondeur, pour voir si ton boulot pourrait te permettre de me fuir encore une fois.

Il y avait de la frustration dans sa voix, mais aussi un peu de colère. Un accent que Windy n'avait jamais entendu jusque-là. Elle comprit alors à quel point elle l'avait blessé.

— Le seul endroit où j'ai envie d'être, c'est ici, dit-elle pour se rattraper.

Mais il secoua la tête, comme s'il ne la croyait pas. Alors, elle reprit, le suppliant presque :

— Mais qu'est-ce que tu veux que je fasse ? Comment est-ce que je peux te convaincre que je veux sincèrement être avec toi ?

Il se leva, regarda droit devant lui.

— Je n'en sais rien. Ou plutôt si, je sais. Tiens la promesse que tu m'as faite. Que tu nous as faite. J'ai accepté de venir à Las Vegas, de bouleverser toute mon existence, parce que je voulais être avec toi. Parce que tu as promis que tu travaillerais moins, et à des horaires plus réguliers. Tu disais qu'ici, nous aurions une vie normale, que tu n'aurais pas à te lever en pleine nuit pour aller examiner des scènes de crime et des cadavres. Mais là, je commence à me poser des questions.

Il la regarda enfin.

— Les choses vont-elles réellement changer ? Que va-t-il arriver si le mois prochain, comme prévu, je viens m'installer ici avec vous, pour fonder une vraie famille, et que tu es toujours trop occupée par ton travail ? Quel genre de vie ça nous réserve, ça ? Quel genre de vie ça réserve à Cate ?

Windy comprit que ce qu'elle avait bâti avec tant de soin au cours des mois qui venaient de s'écouler, toute la stabilité, la sérénité, la sécurité, était en train de lui échapper. Elle s'y accrocha.

— Ça n'arrivera pas. C'est un moment un peu difficile, voilà tout. On est séparés toute la semaine, on ne se voit que le week-end. Après un déménagement, une installation dans un endroit nouveau, il y a toujours une période d'adaptation. Ajoute à cela une énorme affaire… Je te promets qu'on va tout faire pour que ça marche. Je ne serai pas trop occupée.

— J'ai envie de te croire. J'ai envie de croire que je compte pour toi autant que ton boulot.

— C'est le cas.

Elle lui tendit la main, mais il resta hors de sa portée.

— Comment puis-je en être sûr ? Qu'est-ce qui me garantit que je ne vais pas passer après ton boulot ici, comme c'était le cas en Virginie ? Un boulot, dont, je précise, tu n'as pas besoin.

Windy se figea.

— Pardon ?

— Écoute, c'est très noble de ta part de ne pas vouloir toucher à l'argent dont tu as hérité à la mort d'Evan, mais regarde les choses en face. Tu n'as pas besoin de travailler. Tu travailles parce que tu en as envie.

— Il ne s'agit pas de noblesse d'âme. Je travaille parce que je ne veux pas de l'argent des Kirkland. Ce n'est pas le mien. C'était celui d'Evan, et lorsqu'elle aura vingt et un ans, ce sera celui de Cate. Mais jamais le mien. En attendant qu'elle hérite, je tiens à ce qu'elle comprenne qu'il est important de travailler et de s'intéresser à quelque chose. Comment veux-tu qu'elle y arrive si elle ne me voit pas le faire ? Je n'ai pas envie que Cate grandisse comme Evan a grandi, sans modèle, dans l'insouciance la plus totale.

— T'es-tu déjà demandé si tu ne te servais pas de ton boulot pour ne jamais avoir à être proche des gens ? Tu les aides, oui. Mais quand ils n'ont pas besoin d'aide, tu ne sais plus quoi faire pour eux.

Windy ouvrit la bouche pour répliquer, puis la referma lentement. Bill n'avait pas tort. Sa relation avec Evan avait suivi ce modèle. Elle l'avait aidé : il avait besoin d'elle pour mener une vie normale, penser à payer les factures, laver le linge, tenir la maison, comme le font les adultes. Avec Evan, être nécessaire et être aimée voulait dire la même chose.

Mais pas avec Bill. Bill qui était furieux parce qu'il voulait passer plus de temps avec elle, parce qu'il l'aimait. Bill qui voyageait beaucoup mais revenait toujours. Bill qui n'avait pas besoin d'elle, qui avait simplement envie d'elle.

Il avait raison, elle ne savait pas quoi faire de cet amour. Il était trop précieux. Il la bouleversait trop.

— C'est peut-être le problème, oui, dit-elle avec légèreté, presque sur le ton de la plaisanterie. Peut-être que tu es trop équilibré et que je cherche à te complexer pour pouvoir prendre soin de toi.

Bill la regarda.

— Et tu y arrives, lâcha-t-il.

Le ton se voulait renfrogné, mais une toute petite fossette dans sa joue gauche trahissait un sourire sur le point de jaillir. Il inspira un grand coup, puis lui ouvrit les bras et la serra contre lui.

— Ma chérie, je t'aime tellement. J'ai juste envie de m'occuper de toi, de te protéger. J'ai si peur de te perdre.

— Tu ne me perdras pas. Aucun risque. Et mon boulot, pour le reste du week-end, est de te faire oublier ce qui vient de se passer.

— Ça ne va pas être facile, dit-il d'un air faussement sérieux.

Elle se dégagea, lui tourna le dos.

— Alors, je vais devoir travailler très, très dur.

Et, dans ce qu'elle espérait être un mouvement suggestif, elle fit tomber sa robe à ses pieds.

— Oui, tu… Oh…

Un peu plus tôt ce soir-là, elle avait passé une bonne vingtaine de minutes à fouiller dans ses tiroirs pour trouver, au milieu de la dentelle et de la soie, les sous-vêtements préférés de Bill. Petite culotte en coton blanc et soutien-gorge blanc simplissime. Ils avaient failli être en retard au restaurant, mais aucun dîner au monde n'aurait pu égaler l'expression de Bill en ce moment précis, tandis qu'elle se tournait vers lui. Un regard de désir pur, presque affamé, celui qu'aucune femme ne saisit dans l'œil de son amant passé seize ans.

N'importe quelle femme saine d'esprit aurait été ravie que son amant la trouve sexy en dessous de coton blanc, lui avait expliqué sa thérapeute, en Virginie, lorsqu'elle lui en avait parlé. C'était la preuve qu'il l'aimait pour ce qu'elle était.

Evan la préférait nue.

— Oh, Windy, souffla Bill en l'attirant vers lui, avant de la faire tomber sur le lit. Mon amour, tu es incroyable.

Elle ferma les yeux et fit de son mieux pour ne pas penser à cet autre lit, couvert de sang. Pour ne pas penser à cette autre famille et à ce qu'elle croyait avoir découvert sur son meurtrier. Pour ne penser qu'à Bill, qui l'aimait pour ce qu'elle était. Elle qui n'en méritait pas tant.

10

À 2 h 30 du matin, Windy n'y tint plus. Elle passa son peignoir en soie vert pâle brodé de rameaux de cerisiers en fleur, choisi par Cate pour la dernière fête des mères – « pour que tu ressembles à une reine et que je puisse être une princesse » –, alla voir de l'autre côté du couloir comment se portait Son Altesse Endormie, puis descendit jusqu'à son bureau, dans un coin du séjour. Elle écouta le message d'Ash et composa son numéro au travail, s'attendant à tomber sur sa boîte vocale.

Il décrocha à la première sonnerie.

— Ash Laughton.

— Ash, c'est Windy.

Il y eut un silence, alors elle ajouta :

— Windy Thomas, du département de criminalistique.

— Je vois très bien qui vous êtes, répondit Ash, amusé. J'étais juste étonné d'entendre votre voix. On est un peu en dehors des heures d'ouverture, non ?

— Que faites-vous à votre bureau, alors ?

— Que faites-vous au téléphone ? Un samedi soir, qui plus est ? Vous êtes censée sortir et vous amuser, non ?

— C'est ce que je fais. Faisais, se reprit-elle. À vrai dire, j'ai un peu de mal à oublier le boulot.

— J'ai entendu dire que c'était un problème terrible. Qui m'est tout à fait inconnu, personnellement.

— Je n'en doute pas. Vous avez prévu de passer tout le week-end au bureau ?

— Nooon ! Je vais rentrer pour, disons, quarante-cinq minutes. Mais ce n'est pas parce que je suis ici que je bosse, attention. En ce moment, par exemple, je suis en train de réaliser une sculpture avec tous les trombones et les bonbons qui traînent sur mon bureau.

— Je suis désolée d'interrompre une tâche aussi importante. Je peux rappeler demain.

— Non, non, ce n'est pas grave. J'allais justement faire une pause. En quoi puis-je vous être utile ? Vous répondez toujours aux messages en pleine nuit ?

— Désolée. Je pensais vous en laisser un, de message. Je me suis réveillée avec une idée.

— Je vous écoute.

— Non, vous d'abord. C'était quoi, votre question ?

— Est-il possible qu'un homme et une femme fassent l'amour dans un lit sans que ni l'un ni l'autre ne laisse de trace derrière lui, que ce soit cheveux, peau ou sperme ?

Windy se demanda ce que penserait sa mère si elle savait ce que sa fille considérait comme une conversation normale.

— Les draps ont-ils été lavés ?

— Non.

— Alors, c'est presque impossible. Pourquoi ?

— Notre dératiseur, Tony, nous soutient le contraire. Il prétend que Mme Johnson a eu peur parce qu'une voiture verte garée en face de chez elle semblait surveiller la maison et qu'elle s'est tournée vers lui pour un peu de réconfort. Une chose en amenant une autre, le réconfort s'est transformé en partie de jambes en l'air dans la chambre des parents, à la suite de quoi elle lui a donné les perles, en signe de gratitude ou parce qu'il l'a fait chanter, c'est vous qui voyez. Dans un cas comme dans l'autre, on n'a pas de preuves.

— Pourquoi est-ce qu'il raconterait des craques ?

— Parce qu'il nous cache quelque chose. Sa kleptomanie, peut-être. Pour l'instant, il nous la joue grande muette.

— Vous pensez que c'est notre assassin ?

— J'en sais rien. Il a un casier long comme le bras, mais dans l'ensemble, c'est pas bien terrible. Vol, recel, un peu de dope. Rien d'aussi grave que le meurtre. On le garde au chaud tout le week-end pour voir si on peut en tirer quelque chose, mais je ne compte pas trop dessus. Alors, je repars à la chasse. Je vais envoyer mes photographes à l'enterrement.

— Quand est-ce ?

— Lundi matin.

— Vous pensez que le tueur peut venir aux funérailles des Johnson ?

— C'est possible. Rien que pour voir l'intérêt que cela suscite.

— Je vois. Donc en gros, vous laissez tomber la piste du dératiseur ?

— Pas complètement. Pourquoi ?

— Eh bien, un suspect comme lui, qui a déjà eu affaire à la police, n'aurait-il pas tendance à ajouter un peu de vérité à ses mensonges, ne serait-ce que pour ne pas se prendre les pieds dans le tapis ? Et dans ce cas, est-ce qu'on n'aurait pas intérêt à suivre quand même la piste de la voiture verte ?

— Vous trouvez que c'est particulier, comme détail ?

— Non… non. C'est juste bizarre, d'inventer un truc pareil.

— Je vais demander à mes hommes de refaire l'enquête de voisinage. Et votre idée, c'était quoi ?

— Vous avez les rapports du labo et les photos de la scène de crime, devant vous ?

— J'ai les photos. Je peux aller chercher les rapports. Pourquoi ?

— Je n'arrête pas de me dire que le tueur avait une bonne raison de mettre tous les corps dans une chambre, une raison autre que celle de provoquer un choc chez Doug Johnson. À première vue, la disposition des corps semble obéir au hasard, surtout parce que la fille et l'un des fils penchent vers l'avant. Mais cela a pu se produire après son départ, et avant que la rigidité cadavérique fasse son travail. Si on les imagine assis, comme l'étaient Mme Johnson et Doug Junior, on obtient alors une sorte de mise en scène.

— Comme une photo de famille. Vous pensez qu'il leur a fait prendre une pose ?

— Plus que ça. J'ai le sentiment qu'il s'est peut-être lui-même fait une place sur la photo. Je n'ai pas les dossiers ici, alors tout cela n'est vraiment qu'une intuition. Avant de vous en servir, examinez les plis de l'édredon entre Doug et Norman. C'est l'endroit où je pense qu'il s'est installé, parce qu'il y a un espace, là. Et cherchez aussi des cheveux sur le mur, derrière.

— Comment aurait-il pu se voir ?

— Dans le miroir de la coiffeuse. Sur les photos, c'est difficile à voir, mais je pense qu'elle a été légèrement déplacée. Il y a quatre marques de pied dans la moquette. Quand vous m'avez montré les photos la première fois, j'ai entrevu l'ombre de ces marques, et je n'arrivais pas à en faire quelque chose, mais ça m'a trotté dans la tête.

— Je vais jeter un œil aux résultats du labo et je vous appelle si j'ai du nouveau. Cela suggérerait que la décapitation n'était pas simplement le moyen de les avoir avec lui au petit déjeuner, mais aussi celui de leur ôter leur personnalité au moment de les faire poser. De cette manière, il pouvait imaginer n'importe quels visages sur leurs corps.

— Exactement. Ça fait froid dans le dos. J'ai de plus en plus le sentiment que nous ne sommes qu'au début de cette affaire. Et que ce maboul va recommencer. Ce n'est qu'une question de temps.

— Pardon ? fit Ash comme s'il s'étranglait. Vous avez bien dit « maboul » ?

Windy porta une main à sa bouche.

— Ô mon dieu. Ça m'a échappé. Je ne voulais pas...

Mais c'était trop tard. Ils riaient tous les deux. Parce que rire était le seul antidote efficace à l'horreur.

— On peut savoir ce qu'il y a de si drôle ? demanda une voix, près de la porte.

Bill. Windy se figea, toute envie de rire soudain envolée.

— Il faut que j'y aille. À plus tard, dit-elle avant de raccrocher précipitamment.

— Alors, c'était quoi, la blague ? insista Bill.

Windy resserra son peignoir autour de sa taille, sans parvenir à le regarder. Elle l'avait trahi, elle le savait et n'en était pas fière. Elle détestait ce qu'elle ressentait, se détestait d'avoir agi ainsi.

— Rien. C'était à propos de l'affaire sur laquelle on travaille. J'ai dit quelque chose de stupide.

— Ça m'étonnerait, parce que tu es loin d'être stupide.

Windy eut le sentiment que quelqu'un lui broyait le cœur.

— Je suis désolée de t'avoir réveillé.

— C'est ton absence qui m'a réveillé. Ensuite, je t'ai entendue rire. Je ne t'avais pas entendue rire comme ça depuis un bout de temps, lâcha Bill sur un ton où la peine prenait le pas sur la colère.

— Je suis désolée, répéta Windy. Je n'arrivais pas à dormir, j'ai eu une intuition, et...

Elle ne savait pas comment finir sa phrase, alors elle alla vers lui, pour pouvoir le regarder. Son soulagement fut immense lorsqu'elle vit un sourire amusé se dessiner sur le visage de Bill.

— Rien ne t'arrêtera, hein ?

Elle secoua la tête.

— Excuse-moi. Je ne sais pas ce que j'ai. Il doit y avoir quelque chose qui ne tourne pas rond chez moi.

— Tout tourne parfaitement rond, dit Bill en la prenant dans ses bras. Simplement, tu as l'habitude de chercher dans ton travail toutes les formes d'accomplissement, et il ne te vient pas une seconde à l'esprit que tu pourrais les trouver ailleurs, aussi.

Elle se blottit contre lui, pour être au plus près de lui, de la sécurité, de la solidité qu'il lui offrait.

— Non, rien ne cloche chez toi, reprit-il en lui caressant les cheveux. Du moins, rien qu'un peu de soutien attentif de la part de l'homme qui t'aime ne puisse réparer. Simplement... est-ce qu'on peut attendre lundi pour les réparations, pour faire de dimanche une vraie journée de repos ? Une journée entière sans travail ? Toi en maman, moi en papa, et Cate en Cate ?

— Oui. Bien sûr. Les méchants vont devoir se passer de moi jusqu'au décollage de ton avion, lundi.

— Voilà ce que je voulais entendre.

11

Le réceptionniste des urgences de l'hôpital Sunrise n'avait pas de temps à perdre avec ce genre de bêtises.

— Nous voulons juste nous assurer qu'il pourra être là, disait la voix à l'autre bout du fil, sur fond de grésillements.

— Je vois.

— Vous savez, ce sera leur troisième enfant, alors on s'est dit qu'une petite fête…

— Ok, ok, c'est très bien.

Un interne dont il n'avait jamais entendu parler allait avoir un troisième enfant, et alors ? Ce n'était pas son problème. Son problème, c'était le type qui se vidait de son sang dans la salle d'attente.

— Bon, vous vouliez le planning de quel interne, déjà ? demanda le réceptionniste.

— Celui de Maximillian Waters. J'ai besoin de savoir quand il travaille ce week-end.

— Il vient de partir. Ce qui veut dire qu'il…

Le réceptionniste se perdait dans les pages du planning. Quelqu'un avait encore mis un sacré foutoir, là-dedans.

— Il reprend dimanche soir à 20 heures.

— Et quand termine-t-il ?

— Il enchaîne sa garde avec son service, ce qui veut dire qu'il sera là tout le lundi, jusqu'au mardi matin, 4 heures.

— De retour mardi, à 4 heures du matin. Merci, c'est noté. Mais ne lui dites rien, hein, c'est censé être une surprise.

Le réceptionniste rigola. Dans dix minutes, il aurait oublié cet appel, alors...

12

Pour Ash, le dimanche fit place au lundi dans un flou jalonné de gobelets de café écrasés, de vieux M & Ms retrouvés dans un tiroir, de tacos commandés chez le Mexicain du coin et de « je ne parlerai qu'en présence de mon avocat » de la part d'Anthony Salomon. Le dératiseur avait meilleure mine que lui, force était de le constater, lorsque Ash rentra enfin chez lui le lundi matin pour prendre une douche et se changer en vue des funérailles.

C'était une journée presque douloureusement belle, comme il n'en arrive que quatre fois par an à Las Vegas. Une petite brise chargée des parfums du désert embaumait l'air ; le ciel était bleu, les montagnes nettes comme jamais tout autour de la vallée. Ash mit ses lunettes noires et fit de son mieux pour ne pas adopter la démarche voûtée et hésitante des bêtes habituées à l'obscurité souterraine qui voient le soleil pour la première fois. Au cimetière, la foule était immense. Il y avait aussi, c'était inévitable, une bonne demi-douzaine d'équipes télé. Il cherchait du regard ses propres photographes lorsque quelqu'un le frôla. Il baissa les yeux vers un visage qui lui était familier.

— Salut, monsieur le policier, dit la femme. Il me semblait bien que je te trouverais ici.

Elle tendit la main et ôta le cure-dents en platine de la bouche d'Ash, avant de déposer un petit baiser rapide au coin de ses lèvres. C'était elle, qui, un an auparavant, lui avait offert ce cure-dents, alors qu'ils sortaient ensemble, pour remplacer ceux en bois qu'il mâchouillait jusque-là.

Bobbie Casio et lui étaient restés amis après leur rupture, et il continuait à être un de ses admirateurs.

— Salut, Bobbie. Comment va ma mafieuse préférée ?

— Épouse d'un mafieux, rectifia-t-elle. Et c'est à toi de me le dire. Tu me trouves comment ?

— Magnifique, comme toujours, répondit Ash, sincère.

— Vraiment ?

— Tu sais que tu es belle, Bobbie.

Elle leva vers lui un regard sans doute plus vulnérable qu'elle ne l'aurait voulu.

— Tu es le seul homme que je connaisse qui arrive à être sexy et à sentir le nounours en gélatine en même temps. Tu me manques, Ash. Je m'en rends compte maintenant. Je te manque, moi ?

— Je suis content de te voir, Bobbie.

— Sois un peu plus flatteur.

— Qu'est-ce que tu fais là ? Tu connaissais les Johnson ?

— Carol était une de mes partenaires de tennis… Ne me regarde pas comme ça, je peux jouer les femmes au foyer modèles avec les meilleures d'entre elles. Et Carol était une des meilleures. Une femme bien. C'est terrible, ce qui est arrivé. J'espère que tu vas coincer ce type.

— On le coincera.

Il se tut un instant avant de reprendre :

— À ton avis, est-ce que Carol avait des amants ?

— Ce n'est ni l'endroit ni le moment, Ash.

— Allez, Bobbie. C'est peut-être important.

Bobbie plissa les yeux et regarda au loin tout en réfléchissant.

— Je crois que cette idée la fascinait, mais je doute qu'elle soit passée à l'acte. Elle flirtait peut-être un peu avec le prof de tennis ou le maître nageur, mais rien de plus. Elle était timide. Et au fond, je pense qu'elle était très romantique. Le genre qui croit au mariage et aux contes de fées – ils furent heureux et eurent beaucoup d'enfants, etc. Alors, je dirais que non, elle n'avait pas d'amant.

— Merci.
— De rien.
Elle scruta son visage de son regard intelligent, puis lâcha d'un ton léger :
— Oublie ce que je t'ai dit tout à l'heure. Les enterrements me mettent toujours dans un drôle d'état. Tu ne me manques pas du tout.
— Je sais.
Bobbie le fixa un long moment avant de s'éloigner dans la foule – sans doute en direction de son mari, songea Ash, avant de l'oublier complètement. Le programme de la messe en guise de visière – huit pages de poèmes et de prières qu'on lui avait fourrées dans les mains à son arrivée –, il balaya la foule des trois cents et quelques personnes qui se trouvaient là, aperçut trois des quatre photographes de la police, chercha le quatrième et le trouva dans un arbre. Parfait, tous les angles étaient couverts. Les photos seraient scannées puis passées dans le logiciel de reconnaissance des visages qu'il avait mis au point, pour voir si l'un des individus présents était connu des services de police. Il repéra au moins deux représentants de la Mafia, dont le mari de Bobbie, puis continua de scruter l'assistance. La seule personne qu'il ne regarda pas fut Doug Johnson. Il l'avait aperçu un peu plus tôt, et ce qu'il avait vu l'avait horrifié. Son visage était figé comme un masque. Mais le masque n'arrêtait pas de glisser, révélant une expression de pure douleur.
Ash jeta un coup d'œil au programme. Sur la première page se trouvait une photo des Johnson en vacances, assis devant un promontoire rocheux, souriants. Dans ce contexte, la regarder était insupportable.
Autour de lui, trois cents voix entamèrent le *Notre-Père*, chœur sinistre emplissant le silence du cimetière. *Notre Père, qui êtes aux cieux*. Ash s'arrêta sur les deux premiers mots et les répéta, encore et encore, jusqu'à ce qu'ils forment la question qui le titillait depuis un moment : Doug Johnson père était-il encore vivant par hasard, ou parce que cela avait été prévu ?

Il regarda longuement la photo sur le programme et découvrit un détail qui lui avait échappé jusque-là. Un détail crucial. Son estomac se noua lorsqu'il se rendit compte qu'avec ça, il avait la réponse à sa question.

13

Windy déposa Cate à l'école, Bill à l'aéroport, puis viola plusieurs fois le code de la route en fonçant à son bureau. Elle avait baissé toutes les vitres de sa voiture, étonnée par la douceur de cette journée d'octobre, et se disait que Las Vegas était une ville plutôt agréable. L'espace de quelques instants, elle éprouva un degré de contentement et de maîtrise qu'elle n'avait pas ressenti depuis longtemps – si longtemps qu'elle avait oublié que cela lui manquait. Oui, elle avait eu raison de venir s'installer ici. Tout allait bien se passer.

Mais en longeant le couloir qui menait à son bureau, son humeur s'assombrit. Un homme séduisant, brun, aux tempes grisonnantes, attendait, visiblement depuis un moment, en feuilletant le dernier numéro de la revue *Police scientifique et technique* posé sur le guéridon juste à côté de sa porte. Son costume était bien coupé, le pli de son pantalon impeccable, ses cheveux coiffés avec soin, ses chaussures parfaitement cirées. Ce n'était pas un flic. Ce qui signifiait qu'il s'agissait probablement d'un avocat ou d'un huissier. Bref, d'un ennemi.

— C'est génial, ce truc, dit-il avec un léger accent du Sud, en montrant un article sur les asticots.

Juste à côté des doigts qui tenaient la revue, on voyait la photo d'un homme dont le visage en était couvert.

— Ils arrivent à faire des trucs dingues, en entomologie, acquiesça Windy.

Mais « génial » n'était pas l'adjectif qu'auraient utilisé la plupart des gens. Bill interdisait les livres et les journaux de ce style dans la chambre à cause de « ces photos répugnantes ». Et chaque fois qu'elle rendait visite à ses parents, ils avaient la même conversation

— Comment peux-tu faire un travail qui nécessite de fouiller dans la saleté des autres ?

— Ce n'est pas de la saleté, ce sont des indices. Et puis, vous êtes dans la saleté tout le temps, au pressing.

Sa mère pinçait alors les lèvres, si fort qu'elles pâlissaient, puis concluait :

— Je ne sais pas, Chicago. Ce n'est pas un travail pour une fille bien.

Windy secoua la tête. Dans son esprit, la voix de sa mère ressemblait de plus en plus à celle de Brandon quand il l'imitait, tant cela faisait longtemps, maintenant, qu'elle refusait de la rappeler.

— C'est moi que vous attendez ? demanda-t-elle à l'homme.

Avant de poser le magazine, il regarda une dernière fois la photo d'une projection de sang sur un mur, montant et descendant comme des collines dans un paysage chinois.

— Oui. Veuillez m'excuser, dit-il en lui tendant la main avec un sourire. Je m'appelle Hank Logan.

Ils se serrèrent la main, puis il lui tendit une carte de visite.

« "Las Vegas aime les enfants", une initiative du service Jeunesse, département des Affaires sociales », lut Windy. Il s'agissait du programme chouchou du maire, ce qui signifiait que Hank Logan faisait partie de la garde rapprochée de Gerald Keene. Ses mains étaient parfaitement manucurées, signe qu'il avait le temps et les moyens de s'occuper de sa petite personne. Un politique, nommé par le maire. Incontestablement un ennemi.

— Que puis-je faire pour vous, monsieur Logan ?

— On m'a confié le dossier de Roddy Ruiz, dit Rod la Bête. Et j'ai quelques questions à vous poser. On peut entrer dans votre bureau pour être plus tranquilles ?

— Bien sûr, répondit Windy en pensant : « Pourquoi ne pas dégainer maintenant et tirer tout de suite ? »

Si le maire envoyait quelqu'un pour parler du dossier Ruiz, cela voulait probablement dire qu'il avait changé d'avis et allait faire pression sur elle pour qu'elle change sa version concernant le déroulement des faits. Les Starr, les parents de la victime, devaient avoir le bras long.

Windy ouvrit la porte de son bureau et fit entrer Hank Logan. Celui-ci regarda longuement autour de lui, notant le tableau de vélocité des projections sanguines affiché au mur, les échantillonnages de moquette rangés sur les étagères. Son regard s'arrêta sur un mannequin en mousse avec un couteau planté dans le ventre.

— C'est donc comme cela qu'on se défoule, à la criminalistique ?

— Il appartenait à mon prédécesseur.

— On dirait que le budget déco est plutôt maigrichon, comme pour nos bureaux à la mairie.

Il eut un regard pour le calendrier illustré par la photo d'une femme aux lèvres pulpeuses, en bikini, assise dans une petite voiture de golf, l'extrémité d'un club entre les jambes, mais ne fit pas de commentaire, ce dont Windy lui fut reconnaissante. C'était un autre héritage de son prédécesseur, dont elle envisageait sans arrêt de se débarrasser, mais sur lequel elle avait commencé à noter des rendez-vous, sans par ailleurs lui trouver de remplaçant, ce qui lui rappelait à quel point elle était encore peu installée à Las Vegas.

Enfin, Hank Logan posa les yeux sur la boule de neige que Brandon et Cate avaient fabriquée pour elle et lui avaient offerte pour son premier jour ici, seul objet lui appartenant dans ce bureau.

« Fais gaffe à toi, petite », était inscrit dans une bulle sortant de la bouche de Cate, la photo ayant été collée sur une carte postale de Las Vegas. Hogan eut un petit rire.

— Quel âge a-t-elle ?

— Six ans, bientôt trente.

— Ah, presque comme ma fille, alors. C'est bien d'avoir sous les yeux quelque chose qui nous rappelle pourquoi on fait ça, n'est-ce pas ?

— Surtout dans la mesure où j'ai comme le pressentiment que vous êtes là pour me signaler que je n'ai pas fait ce qu'il fallait dans l'affaire Roddy.

Il s'installa sur la chaise qu'elle lui montrait et secoua la tête.

— Vous pouvez arrêter de penser à cette histoire. Roddy est libre et le restera. Mais je suis ici à la demande du maire et, pour être franc, ce qu'il attend vraiment de moi, c'est que j'espionne l'Unité Spéciale de Lutte contre les Crimes Violents, avec Roddy comme excuse. Rien ne lui ferait plus plaisir que de supprimer cette brigade. Je pense qu'il a tort sur ce point. À mon avis, Ash Laughton l'intimide – mais je ne vous ai rien dit. Pour être honnête, je n'ai pas très envie d'être mêlé à toutes ces histoires. J'ai accepté de faire ce qu'il me demandait parce que je voulais travailler sur l'affaire Roddy. Démonter le système de l'intérieur.

Windy poussa un soupir de soulagement.

— Pourquoi me racontez-vous tout ça ? demanda-t-elle.

— Je n'ai pas envie d'être un simple pion sur l'échiquier politique, et je ne veux pas vous faire perdre votre temps. Je pense que vous et l'Unité Spéciale avez suffisamment de boulot comme ça sans qu'un fonctionnaire de troisième zone vienne vous mettre des bâtons dans les roues.

— Vous avez une façon de parler plutôt directe, pour quelqu'un qui occupe un poste politique.

— Mince. J'ai essayé d'arrondir les angles, pourtant.

Windy ne put retenir un rire.

— Qu'est-ce que vous voulez savoir sur Roddy ?

— Je pense que c'est un gamin qui a du potentiel, mais j'ai du mal à le faire parler. Il refuse de dire ce qui s'est passé, respecte une espèce de loi du silence. J'ai essayé de lui expliquer que ce qu'il dirait ne servirait pas à enfoncer son tuteur, Hector, mais pourrait l'aider, lui. Rien n'y a fait. J'ai lu le rapport, mais il y a deux ou trois choses que je ne comprends pas sur la façon dont se sont déroulés les faits dans l'appartement, et après. En fait, je cherche un moyen d'atteindre ce môme.

— Quels points vous intriguent ?

— Dans le rapport, il n'est pas précisé si Roddy a entendu ou vu ce qui s'est passé.

— Il a regardé. Depuis la porte.

Windy lui décrivit la scène en détail, prenant un certain plaisir à parler devant un auditeur captivé. Logan lui posa quelques questions précises, pointues, et lorsqu'elle eut terminé, il resta assis un moment sans rien dire, en hochant la tête.

— Cela explique pourquoi il persiste à venir traîner du côté de cet appartement, lâcha-t-il enfin.

— Que voulez-vous dire ?

— Il arrive que les gens fassent cela, pour digérer le souvenir d'un événement, consciemment ou non. Je pense que Roddy n'est pas encore très sûr de ce qui s'est exactement passé, et il essaie de trouver une explication à la confusion qui règne dans son esprit. Le seul endroit où il puisse le faire, c'est le lieu où c'est arrivé. C'est quand même un drôle de monde que celui où un gamin est gêné de ne pas avoir tué quelqu'un, vous ne trouvez pas ? La mort ne signifie rien pour lui ; c'est juste un signe, une façon de dire : « Je t'emmerde » à une société dont il pense être rejeté. Excusez cet écart de langage, je m'emporte.

— Je vous en prie. Vous rencontrez beaucoup de gamins comme Roddy ?

— Malheureusement, oui. Je suis spécialisé dans les affaires de maltraitance, et quand des gamins en sont victimes, ils en sortent avec un système de valeurs complètement bouleversé. C'est comme s'ils étaient morts à l'intérieur. Ils ne ressentent plus rien, ni pour eux, ni pour les autres. Du coup, tuer quelqu'un et boire une gorgée de bière revient au même pour eux. Dans le cas de Roddy, j'ai le sentiment qu'il y a encore de l'espoir. C'est pour cela que je voulais vous parler. Si la vision du corps de cette fille l'a vraiment fait pleurer, s'il a manifesté une émotion quelconque, c'est un signe positif.

Devant un tel optimisme, Windy éprouva de l'admiration, et même de la jalousie, oubliant qu'elle avait devant elle un homme dont la nomination à ce poste était avant tout un geste politique.

— Espérons-le. Depuis quand travaillez-vous dans le social ?

— J'ai été associé dans un cabinet d'avocats pendant un moment, avant de venir ici, à Las Vegas, il y a deux ans. J'ai rejoint les Affaires sociales parce que j'en avais marre d'écouter des maris se demander pourquoi leurs femmes ne se contentaient pas de la Mercedes, du vison et du bracelet en diamants et continuaient à exiger des trucs comme la fidélité. Je me suis dit qu'en travaillant avec des enfants, j'avais peut-être un moyen de résoudre les problèmes avant qu'ils ne surviennent.

Il eut un sourire désarmant, puis reprit :

— Vous voulez savoir autre chose sur moi ? Je peux vous inviter à dîner un de ces soirs et vous dresser un tableau assez complet.

Windy se sentit rougir.

— Ce serait avec plaisir, monsieur Logan, mais…

— Vous n'êtes pas preneuse. Vous sortez d'une relation difficile. Vous ne fréquentez pas les hommes qui perdent leurs cheveux.

Windy ne put s'empêcher de rire.

— Vous ne perdez pas vos cheveux.

— Un peu, si, sur les côtés.

— En fait, je suis fiancée.

— Félicitations. Mais le dîner tient toujours. Ou le déjeuner. En amis.

— Merci, ce sera avec plaisir.

Il se leva, et Windy réalisa qu'elle n'avait pas envie qu'il s'en aille. Elle avait apprécié l'intérêt qu'il manifestait pour son travail, et son enthousiasme doublé d'optimisme était contagieux.

— J'ai été ravie de vous rencontrer, monsieur Logan.

— Je vous en prie, appelez-moi Logan, comme tout le monde.

— Alors, appelez-moi Windy.

Ils se serraient la main lorsque Ash apparut à la porte. Les deux hommes se jaugèrent, à la façon de deux lions. Avant qu'elle ait pu faire les présentations, Ash tendit la main et lâcha machinalement :

— Ash Laughton.

— Hank Logan.

— M. Logan travaille pour le département des Affaires sociales. Au service Jeunesse, expliqua Windy. Il s'occupe du dossier de Roddy.

Elle préféra laisser de côté l'aspect espionnage de la mission de Logan. Le taux de testostérone avait nettement monté dans la pièce.

Ash hocha la tête, toujours tendu.

— Il y a un problème ?

— Pas encore, dit Logan. On essaie de voir si on peut rattraper le gamin.

Il se tourna vers Windy.

— Merci pour votre aide. Vous avez ma carte, alors appelez-moi si vous voyez autre chose. Ou simplement si vous avez faim.

— Merci.

Ash le regarda partir en se demandant ce qu'il voulait dire. Windy était fiancée. Et si elle ne l'avait pas été…

Elle l'était.

Il se tourna vers elle.

— Je voulais vous annoncer la bonne nouvelle moi-même.

D'emblée, il eut toute son attention, et cela le combla.

— On a retrouvé la voiture verte ?

— Pas aussi bonne que cela. J'ai trouvé ce qui avait inspiré le tueur, pour la disposition des corps.

Il laissa tomber sur le bureau de Windy le programme des funérailles, qui atterrit juste à côté d'une photo de la chambre des époux Johnson.

Windy eut du mal à déglutir. Le parallèle entre les deux clichés était indiscutable.

— Il a installé les corps pour faire comme sur cette photo, dit-elle lentement. Il a délibérément recréé cette scène.

— Et l'endroit où vous m'avez dit de regarder, entre les deux fils, c'est celui où se trouve le père sur la photo.

Windy regarda le cliché de la scène de crime de plus près.

— Je suppose que nous pouvons en déduire qu'il a attendu que Doug soit sorti pour frapper. De cette façon, il avait moins de concurrence.

— C'est exactement ce que je pensais. Ce qui signifie qu'il essaie de prendre la place du père.

— De se glisser dans ses pantoufles, au propre comme au figuré.

Windy se mit à tapoter son bureau avec impatience, saisie du sentiment que quelque chose lui échappait.

— Ce dont on peut être sûrs, c'est qu'il se sentait chez lui dans la maison des Johnson, sinon il ne serait pas resté aussi longtemps. Et cette mise en scène a dû lui en prendre, du temps.

— C'est vrai. On a presque l'impression qu'il joue à quelque chose. À dominer la famille, l'environnement.

Le regard de Windy plongea dans celui d'Ash.

— Il ne va pas s'arrêter là.

— Non, je ne pense pas. Mais ce qui m'inquiète le plus, c'est qu'il va devenir meilleur à son jeu, chaque fois qu'il y jouera.

— Ce qui veut dire que pour obtenir un frisson identique, chaque crime devra être pire que le précédent.

Il y eut un long silence, qu'Ash finit par briser d'un ton qu'il parvenait mal à rendre enthousiaste.

— À moins que notre tueur ne soit déjà en garde à vue. Ça pourrait être le dératiseur. Je vais retourner bavarder un peu avec lui. Je pense pouvoir le faire craquer.

— Oui, bonne idée, répondit Windy en se demandant qui, d'elle ou de lui, mentait le plus.

14

La salle à manger drapée de soie rouge du *Café du paradis perdu* était presque vide, en dehors d'un couple qui prenait son temps pour déguster son dessert et d'un groupe d'hommes d'affaires qui examinaient le bout incandescent de leurs cigares, hésitant entre aller dans une boîte de strip-tease et faire monter des filles dans leurs chambres. Il était minuit passé et, dans l'office, leur serveuse était adossée au mur, prenant soin de ne pas écraser les ailes en plumes blanches de sa tenue de travail. Elle avala son dixième expresso de la soirée, impatiente que les derniers clients s'en aillent pour pouvoir allumer une cigarette.

Ève Sebastian, chef et propriétaire du restaurant pour moitié, était dans son bureau, à côté de la cuisine, et rangeait ses couteaux. La soirée avait mal commencé, avec deux commis qui s'étaient fait porter pâles, et ne s'était pas arrangée quand un court-circuit avait déclenché le système anti-incendie, inondant la cuisine en plein coup de feu.

— J'espère que c'est la dernière fois que je fais un service pareil, lâcha Reiko Mars, l'adjointe du gérant du restaurant, en entrant dans le bureau.

Elle se laissa tomber sur la chaise en bois qui se trouvait à côté d'Ève, ôta ses mules et posa les pieds sur le bureau.

— Lorsqu'il s'est mis à pleuvoir dans la cuisine, je me suis dit qu'on était mal barrés. Mais quand Matt et Johan ont commencé à se bagarrer et ont refusé de poser leurs couteaux…

Elle secoua la tête.

— J'attends le coup de fil qui m'annoncera qu'on avait le critique gastronomique du *New York Times* dans la salle ce soir. Ce serait le pompon.

Ève posa les doigts sur la garde d'un couteau à découper et s'efforça de sourire. Le bureau était petit, et elle l'avait délibérément meublé de façon austère. Elle ne se sentait pas à l'aise avec des gens autour d'elle, à part en cuisine. Et elle détestait tout particulièrement la façon que Reiko avait de poser ses pieds sur son bureau et de faire comme si elle était chez elle. Elle dut prendre sur elle pour ne pas regarder fixement ses chevilles.

— Demain, tout devrait rentrer dans l'ordre, dit-elle, essayant d'être polie, mais aussi de pousser Reiko à s'en aller.

— On demandera au service d'entretien de l'hôtel de jeter un œil au système anti-incendie. Qu'ils le débranchent, s'ils n'arrivent pas à le réparer. Pas question de remettre ça.

— Non.

Les doigts d'Ève tapotèrent la lame du couteau.

— Ça va ? Tu as l'air ailleurs.

— Je suis fatiguée, c'est tout.

Reiko se pencha vers elle.

— Tu veux que je t'aide à ranger tes couteaux ?

— Non, merci, répondit Ève, d'un ton un peu sec à en croire l'expression de Reiko.

Une nouvelle fois, elle se força à sourire.

— Ça porte malheur, de laisser quelqu'un d'autre s'occuper de ses couteaux.

— Qu'est-ce que vous êtes superstitieux, vous les cuistots ! fit Reiko en riant, avant de retirer ses pieds du bureau et de se lever. Bon, allez, je ferais mieux de rentrer, moi.

« C'est ça, pensa Ève. Laisse-moi tranquille. »

Mais Reiko ne bougea pas. Elle pointa un doigt sur le bouquet, posé sur un classeur.

— Tu as vraiment de la chance d'avoir un mec qui t'envoie des fleurs toutes les semaines. C'est super romantique, je trouve. Ce Barry doit vraiment être une perle.

— Harry. Oui, c'est une perle. Bon, à demain ?

— À demain.

Ève regarda Reiko sortir. Sous l'étoffe moulante de son pantalon, on distinguait des capitons de cellulite. Pour changer de spectacle, elle tourna les yeux vers le bouquet, qui ne lui fit ni chaud ni froid, puis vers la photo encadrée posée juste à côté. On y voyait un homme et une petite fille, qui se tenaient par la main. L'homme était en tenue de bowling, son nom, Eddie S., brodé sur sa poche poitrine. Il plissait les yeux tout en fixant l'appareil, une cigarette pendue à la commissure de ses lèvres. Autour du poignet, il arborait un épais bracelet en or orné d'un fer à cheval, et il croisait l'index et le majeur. Il faisait toujours cela lorsqu'on le prenait en photo. Ça portait chance, disait-il. La petite fille avait une chaîne en or autour du cou, avec un pendentif « Fille en or ». On ne la voyait pas, mais Ève savait qu'elle y était. Elle la conservait, encore aujourd'hui, dans son porte-monnaie.

Il y avait eu une troisième personne sur la photo, de l'autre côté de la fillette, mais la seule trace qui en restait, un bout de robe en tissu fleuri, disparaissait derrière le bord du cadre. Ève avait dû s'y reprendre à plusieurs fois avant d'arriver à découper l'image de sa mère sans abîmer le reste de la photo. Lorsqu'elle la regardait longtemps, il lui semblait parfois voir le bas de la robe dépasser du cadre, revenir la hanter, comme si la femme essayait d'attirer son attention, de lui dire : « Tu vois, c'est moi qui ai gagné, finalement. Tu as dû partir, et moi, je suis toujours là. »

« C'est moi qu'il aimait le plus ! avait-elle envie de hurler. Il m'aimait, moi. »

« Arrête », se dit-elle. Penser à sa mère lui donnait toujours faim. Le bureau lui parut trop petit, tout à coup. Elle étouffait. Trop de voix, trop de souvenirs. Il fallait qu'elle quitte cet endroit. Elle referma délicatement sa mallette à couteaux, la glissa dans son sac, prit les fleurs et sortit en fermant à clé derrière elle. En passant, elle s'arrêta sur le seuil de la cuisine plongée dans l'obscurité et respira l'odeur familière de détergent, d'Inox et de sang. Sa cuisine. Elle aimait cette odeur par-dessus tout.

Elle se souvint du soir où elle avait fait venir Harry pour le séduire. Longtemps après la fermeture, ils étaient restés seuls dans la lumière tamisée des veilleuses. Elle avait encore en tête l'image de Harry, nu, allongé sur un des comptoirs en Inox, comme une pièce de viande, qui l'attendait. Une pièce de viande avec une érection. Il l'avait trouvée à son goût, ce soir-là. Le lendemain, il lui avait envoyé des fleurs, en lui disant qu'il l'aimait. Et tous les lundis après ça, il avait recommencé.

Mais au bout de trois mois, il avait changé d'avis. Il lui avait demandé de venir le voir à son bureau, parce qu'il fallait qu'ils parlent. Il l'avait fait asseoir sur une chaise inconfortable plutôt que dans un fauteuil, de l'autre côté de son bureau. Et il lui avait souri, de la même façon qu'il souriait aux gens avec qui il travaillait. Puis il avait dit :

— Ça ne va pas marcher entre nous. Je suis désolé, Ève, tu as trop de problèmes.

C'était trois semaines auparavant. Le lundi suivant, quand les fleurs n'étaient pas arrivées, elle avait cru devenir folle. Alors, elle avait résolu le problème en se les envoyant à elle-même. Personne n'avait besoin de savoir. D'être au courant de son échec.

Elle pensait que les choses se tasseraient, mais non. Cet après-midi, tandis qu'ils préparaient le service du soir, il avait appelé pour la féliciter à propos d'un article sur son restaurant paru dans un journal local. Il lui avait demandé comment allaient les affaires. Si elle voyait quelqu'un d'autre. L'espace d'un instant, son cœur s'était arrêté de battre, elle avait pensé : « Ça y est, il va me dire qu'on devrait retenter le coup, tous les deux. » Alors, elle lui avait dit la vérité.

— Non, et toi ?

Et il avait répondu :

— Oui, en quelque sorte. Mais rien de sérieux. Pas encore, en tout cas.

Elle ferma la porte du restaurant à clé et se dirigea vers le parking. Il lui sembla que le « pas encore, en tout cas » résonnait à chacun de ses pas tandis qu'elle gagnait le fond du parking, l'endroit où elle se garait toujours. Elle jeta son sac sur le siège arrière de sa voiture verte, par-dessus une pile de revues spécialisées dans le mariage, mais garda les couteaux avec elle à l'avant, comme elle le faisait depuis peu. Cela l'aidait à trouver le calme, à se maîtriser.

Mais pour l'heure, elle ne se sentait pas du tout maîtresse d'elle-même. *Pas encore, en tout cas*. Dans la boîte à gants, elle prit une boîte toute neuve de ses bonbons préférés. Puis, portières et vitres fermées, ceinture de sécurité bouclée, elle sortit les carrés parfum chocolat de leur emballage et les mit dans sa bouche, les mâchant un à un, dix-huit fois exactement chacun.

Trois semaines auparavant, lorsque Harry lui avait dit qu'elle avait trop de problèmes, elle avait trouvé un moyen de les résoudre. Elle allait affronter ses problèmes, leur dire adieu. Puis elle dirait adieu à Harry.

L'horloge du tableau de bord fit tic. Elle la regarda, vit qu'il était 1 heure du matin. Cela signifiait que M. Waters ne rentrerait pas chez lui avant 4 heures au moins.

Elle savait ce qu'elle avait à faire. Elle fourra les deux derniers carrés d'Ex-Lax dans sa bouche, caressa sa mallette à couteaux et démarra. Les larmes se mirent à couler tandis qu'elle quittait le parking et s'engageait dans la rue. Elles l'aveuglaient, comme une pluie battante sur un pare-brise sans essuie-glaces. « Je vous en prie, aurait-elle voulu hurler aux passants qui traversaient alors qu'elle freinait à un feu rouge. Je vous en prie, arrêtez-moi. »

Mais personne ne l'arrêta. Le feu passa au vert, et la voiture s'éloigna dans un crissement de pneus.

15

Le mardi matin, Windy fut réveillée par la sonnerie du téléphone. Son subconscient procéda automatiquement à l'exercice diagnostique normal dans cette situation – Cate : dans son lit, ses parents : chez…

L'affaire Johnson.

À la troisième sonnerie, quand elle décrocha, elle était parfaitement réveillée. Son réveil affichait 4 h 55.

— Allô ?

— Windy ? C'est Ash. Je suis désolé d'appeler si tôt.

— Il y a eu un autre meurtre, c'est ça ?

— Oui. Je sais que vous n'êtes pas encore de service, mais je me suis dit que…

— Où est-ce ? Je m'habille et j'arrive.

— J'espérais que vous réagiriez comme ça. J'ai déjà envoyé une voiture vous chercher, elle devrait arriver d'ici cinq minutes. Ça va être la bousculade, et je veux que vous soyez sur place le plus vite possible.

— Où est le dératiseur ?

— Encore en cellule.

Il était donc innocent. Du moins de ce crime-là.

— Et merde.

— Vous m'ôtez les mots de la bouche.

Devant la résidence Sun-Crest, la rue était barrée par des voitures de police. Un cordon de plastique jaune avait été installé, les camions des différentes régies télé repoussés juste derrière. Tandis que les cameramen déroulaient leurs câbles, un présentateur se mettait du collyre dans les yeux, une journaliste rafraîchissait son rouge à lèvres. L'ensemble faisait très carnaval, avec les lumières clignotantes.

— Bienvenue en enfer, dit Ash en venant au-devant de Windy.

— Comment se fait-il que la presse soit déjà au courant et sur les lieux ?

Ils passèrent ensemble sous le cordon de police.

— Je n'ai même pas eu le temps de me poser vraiment la question, mais si je devais émettre une hypothèse, je dirais que soit il y a des fuites chez nous, soit le maire était au lit avec son attachée de presse quand la nouvelle a été annoncée sur le scanner de la police. Dans un cas comme dans l'autre, ce n'est pas très réjouissant. Et ce n'est pas votre problème, non plus. J'ai installé un poste de commandement là-bas, devant la boutique de prêts sur gages, mais vous avez toute autorité sur la scène de crime. L'endroit est à vous tant que vous ne nous aurez pas dit le contraire.

Un agent féminin en uniforme s'approcha de Windy.

— Désolée, mademoiselle, mais l'accès à cette zone est limité. Vous allez devoir retourner derrière le cordon jaune.

Ash pouvait comprendre la méprise. Avec sa salopette large, son débardeur blanc, son gilet, ses Adidas orange et ses cheveux retenus par un crayon, Windy ressemblait à une gamine de seize ans. Une gamine super cool.

Elle regarda Ash et leva les yeux au ciel. Une gamine de seize ans qui trouve que tout craint vraiment.

— Je vous demande pardon ? dit-elle en fourrant son badge sous le nez de l'agent, avant de brandir le gilet Police Scientifique et Technique qu'elle n'avait pas encore enfilé.

La jeune femme se confondit en excuses, mais Windy ne lui laissa le temps d'en bredouiller que quelques-unes, l'interrompant pour lui assurer qu'elle ne faisait que son boulot et qu'elle le savait, avant de s'éloigner sans se formaliser outre mesure. À cette attitude, Ash devina que cela devait lui arriver assez souvent.

Assis au pied de l'escalier les attendait Larry, un jeune technicien de la criminalistique auquel Windy avait déjà été présentée, mais avec qui elle n'avait pas encore travaillé. De taille moyenne, assez mince, il avait des cheveux roux coupés court, mais des favoris assez longs, un bouc et de petites lunettes rondes à monture métallique. Il se leva à leur approche. Une certaine tension chez lui trahissait son agacement.

— On a un sacré problème, là-haut, patron, dit-il en s'essuyant les mains sur son jean.

Windy se dit qu'il faudrait penser à prélever un échantillon de saleté sur l'escalier pour pouvoir la comparer avec les particules recueillies sur la scène de crime. Il arrivait que les techniciens détruisent plus d'indices qu'ils n'en trouvaient.

— Le mari de la victime, monsieur…

— Docteur, corrigea Ash. Docteur Waters.

— Ouais, enfin, bon, il refuse de bouger. Je ne suis pas encore monté, vu que je me suis occupé de faire garder le périmètre par un agent en uniforme, mais les gars de la patrouille qui est arrivée en premier sur les lieux disent qu'il refuse de quitter l'appartement. Il a même pas bougé d'un pouce quand le photographe est arrivé pour prendre les premiers clichés. Et il met une pagaille pas possible sur la scène de crime, à rester assis là, en plein milieu, en plus.

Larry était rouge de colère, et à la façon dont il la regardait, Windy comprit qu'il attendait une certaine compassion de sa part.

— Comment lui en vouloir ? À la seconde où il franchira la porte de son appartement, il lui faudra accepter la réalité, se dire que c'est réellement arrivé, qu'aucun retour en arrière n'est possible, que sa vie a changé à tout jamais. Et je crains que ce ne soit que le début de ce à quoi il va se trouver confronté.

Larry la regarda en plissant les yeux, ne comprenant visiblement pas un mot de ce qu'elle disait, puis lâcha :

— En tout cas, une chose est sûre, patron : on peut rien faire tant qu'il aura pas bougé.

Une façon comme une autre de lui faire comprendre qu'il n'aimait pas le tour que prenaient les choses.

— Bien sûr. Je vais lui parler.

— Je vais le faire, si vous voulez, proposa Ash. Ce n'est pas tellement de votre ressort, ce genre d'intervention.

Parler aux familles de victimes était la tâche la plus difficile qui incombait à un policier. En tant que chef de l'Unité Spéciale de Lutte contre les Crimes Violents, Ash l'avait déjà fait souvent, mais il ne trouvait pas cela facile pour autant. Il aurait préféré être blessé plutôt que d'avoir à annoncer à une mère que son enfant était mort.

— Non, ça va aller, répondit Windy. Je m'en occupe. J'aime autant. Ça fera moins de gens sur la scène de crime.

— Bien. Si vous avez besoin de quoi que ce soit, envoyez-moi quelqu'un. J'ai deux photographes qui mitraillent la foule dans la rue, et j'ai demandé aux journalistes de filmer, aussi. Même si c'est surtout à vous qu'ils s'intéressent.

Windy suivit son regard et vit une caméra pointée sur elle. Elle eut du mal à réprimer l'envie de faire une grimace.

Elle se concentra sur Larry, faisant un effort pour ne pas éprouver d'antipathie à son égard, et n'y parvenant que partiellement. Elle l'imaginait tout à fait reprocher à une victime de viol son manque de coopération parce qu'elle refusait d'ôter ses sous-vêtements devant lui.

— Vous, vous restez là jusqu'à ce que le docteur Waters descende. Après son départ, je ferai un rapide tour de l'appartement, puis vous monterez avec la mallette et un appareil photo. Nous ferons l'enquête préliminaire tous les deux, en prenant notre temps. J'ai déjà demandé à Ned Blight de se charger du reste des techniciens. Il nous les enverra quand on sera prêts.

Larry semblait stupéfait. De toute évidence, il n'avait pas l'habitude de voir son patron sur les scènes de crime, et ce changement ne lui plaisait pas du tout.

— Ouais, si vous pensez que… Mais est-ce que ce ne serait pas plus… commença-t-il à répondre, avant de réaliser que Windy avait déjà tourné les talons.

Elle donna son nom à l'agent qui gardait la porte de l'appartement numéro cinq, puis passa des surchaussures stériles bleues.

— Combien de personnes sont déjà entrées ? demanda-t-elle.

— Deux gars de la patrouille et un photographe, répondit l'agent.

Trois personnes depuis l'appel au central. Trois personnes de trop. Il ne restait plus qu'à espérer que les dégâts soient minimes.

— Pas de médecins ?

— Ce n'était pas nécessaire.

Voilà qui donnait une petite idée à Windy de ce qui l'attendait.

— Merci. Vous restez ici, et vous notez bien toutes les allées et venues, d'accord ?

— Entendu.

Windy se répéta les noms des victimes. Elle les apprenait toujours, parce qu'ils rendaient les corps plus réels et l'aidaient à faire du meilleur boulot. Puis elle inspira un grand coup, frappa à la porte, ne reçut pas de réponse, entra.

Il n'y avait pas d'entrée proprement dite : la porte ouvrait directement sur la salle de séjour, plongée dans l'obscurité, stores baissés. La seule source de lumière venait de la cuisine, sur le côté. L'air était chargé de l'odeur métallique du sang, à laquelle s'ajoutait celle d'un désinfectant. Le papier peint était à motifs cachemire, la moquette beige. Devant elle se trouvait une table basse, et au-delà, contre le mur, était installé un canapé de velours sombre sur lequel étaient assises quatre personnes, dont trois n'avaient plus de tête. La quatrième, assise à côté de ce qui devait être le corps de sa femme, était Maximillian Waters. Il se tenait perché sur l'accoudoir, prostré, la tête entre les mains, les épaules agitées de tremblements.

Pendant une fraction de seconde, les années d'expérience, qui la rendaient solide, ne l'aidèrent plus en rien, et elle n'eut qu'une envie : tourner les talons et partir. Car elle savait que ce qu'elle avait sous les yeux n'était que la partie émergée d'un iceberg d'horreur.

Les corps des deux petites filles, Minette et Martine, étaient assis l'un à côté de l'autre, cuisse contre cuisse, leurs têtes posées de part et d'autre. Elles se tenaient la main. Leur mère, Claudia, était installée à l'autre extrémité du canapé, un bras sur le dossier, vers les jumelles. Ses jambes, croisées au niveau des chevilles, étaient couvertes de sang. Sa tête n'était pas visible.

Windy s'approcha, s'arrêta à un mètre du canapé pour observer la moquette, puis dit :

— Docteur Waters.

Il resta immobile, en dehors des tremblements qui l'agitaient. Puis il inspira profondément, deux fois, et leva enfin la tête.

— Elle n'a plus son alliance.

Windy vit alors que la main de sa femme était sur ses genoux. Elle hocha la tête, pensant : « Mon Dieu, la tête de sa femme a disparu, et il s'inquiète pour son alliance ! », avant de réaliser que s'il avait pu bouger la main de sa femme, c'était que la rigidité cadavérique n'était pas encore définitive, donc que les corps étaient relativement frais.

— Il semblerait que ce soit un rituel du tueur. Il prend les alliances.

— Elle était en plaqué or, même pas en or massif, dit-il, comme si cela rendait le geste du tueur encore moins explicable. Et beaucoup trop petite pour n'importe qui d'autre que ma femme – elle avait des mains extrêmement délicates. Regardez.

Il lui montra la main.

Windy se plaça à côté de lui.

— Je peux ? demanda-t-elle en montrant la chaise installée de façon à former un angle droit avec le canapé.

Il fit oui de la tête.

— Docteur Waters, je m'appelle Chicago Thomas. Je dirige le département de criminalistique de la police de Las Vegas. Je n'oserai pas prétendre que je comprends ce que vous ressentez, mais sachez que je compatis immensément à votre perte.

Il ne l'écoutait pas, pris dans la bulle de son chagrin.

— Je n'aurais jamais dû accepter cette garde supplémentaire à l'hôpital.

— Je ne pense pas que cela aurait changé quoi que ce soit.

Il continua, sans paraître l'entendre :

— Ce sont des jumelles, vous savez, les filles. Chaque fois que je dois travailler tard, elles me préparent un casse-croûte et insistent pour faire elles-mêmes les sandwiches. Des gamines tellement gentilles. Claudia et moi, on voulait leur offrir quelque chose qui sorte vraiment de l'ordinaire pour leurs sept ans, en décembre, et on s'est dit qu'on les emmènerait à Disneyland. Alors, j'ai demandé à faire plus d'heures. Les week-ends, vous voyez. Pour gagner plus d'argent. C'est pour ça que je travaillais, ce soir. Pour aller à Disneyland. Pour leur anniversaire. Ce sont des jumelles, vous savez. Quand je dois travailler tard, elles me préparent… me préparaient… Seigneur…

Devoir employer le passé le fit replonger tête la première dans son puits de chagrin. Windy savait ce que cela faisait. Combien les mots pouvaient parfois vous poignarder.

Il se tut et se remit à trembler. Dans la cuisine, un robinet gouttait. Au bout d'un moment, Windy posa une main sur son épaule.

— Nous avons des raisons de penser que votre famille n'a pas été choisie au hasard.

Ce n'était pas tout à fait vrai, mais une partie d'elle-même commençait à le croire.

— Si vous aviez été chez vous hier soir, le tueur aurait attendu un autre moment, que vous soyez ailleurs.

Le tremblement ne cessait pas.

— Vous n'aviez aucun moyen d'empêcher ce qui s'est passé. Mais vous pouvez nous aider à coincer celui qui a fait ça.

Le tremblement ralentit, se calma. Il y eut un long silence, puis Windy dit :

— J'aimerais pouvoir faire entrer mon équipe de techniciens spécialistes de l'analyse des scènes de crime, afin de réunir tous les indices possibles. Plus je trouverai de choses dans votre maison, plus nous aurons de chances d'attraper le tueur.

Maximillian Waters ne leva pas la tête, mais elle savait qu'il l'écoutait, maintenant. Ses yeux s'étaient posés sur les pieds de Windy. Le haut de ses tennis orange dépassait un peu des surchaussures.

— Nous pourrons travailler plus vite si nous sommes seuls dans l'appartement, dit-elle doucement.

Pas de réaction.

— Quand mon équipe aura terminé, la police voudra peut-être vous poser quelques questions. Si vous ne vous sentez pas en état d'y répondre, ce n'est pas un problème. Dites-le-leur, c'est tout.

— Je répondrai, lâcha Maximillian avant de lever les yeux vers Windy. Claudia aurait aimé vos chaussures.

— Merci.

Il hocha la tête, se leva et se dirigea vers la porte. Là, il s'arrêta et se retourna brusquement en direction du canapé.

Il jetait un dernier regard à sa famille, comprit Windy. Elle aurait fait n'importe quoi pour lui épargner l'image qui allait le hanter jusqu'à son dernier soupir.

— Au revoir, souffla-t-il, sans qu'elle sache vraiment s'il s'adressait à elle… ou à elles.

Puis il ouvrit la porte et sortit.

En regardant l'endroit d'où il venait de se lever, Windy constata qu'en réalité, le canapé était beige, et non de couleur foncée, comme elle l'avait d'abord cru. Mais il était presque entièrement imbibé de sang.

16

Larry attendait impatiemment à la porte de l'appartement lorsque Windy lui ouvrit, quelques minutes plus tard. Il entra, chargé de la mallette, en marmonnant :

— Ça a été long, dites donc, il… Ô Seigneur !

— Non ! s'exclama Windy alors qu'il s'apprêtait à poser la mallette par terre pour se couvrir la bouche, pris d'un haut-le-cœur.

Larry la regarda, horrifié, et s'essuya la bouche sur son épaule. Relativement pâle au départ, il était à présent livide. Windy pointa un doigt vers le centre de la pièce.

— Je veux que vous fassiez un relevé d'empreintes de pas au DLP sur toute cette zone, dit-elle en dessinant un rectangle au-dessus de la moquette. Et je veux des photos et des mesures de ça.

Elle montra deux petites traces dans la moquette, au milieu de la zone qu'elle venait d'indiquer, des marques en creux sur lesquelles Larry avait failli marcher. Comme ce dernier ne bougeait pas, Windy ajouta :

— Tout de suite.

— Bien. D'accord, dit Larry en se reprenant.

Se concentrer sur le travail, et rien que sur cela, était la seule façon de rester sain d'esprit devant une scène pareille, Windy le savait. Elle avait remarqué les deux légères marques en creux dans la moquette dès son arrivée et était presque sûre de savoir d'où elles provenaient, mais Larry avait besoin de s'occuper l'esprit et les mains, le temps de retrouver son sang-froid. Le Dust Lift Printer, ou méthode de l'électricité statique, permettait de relever des empreintes – de pneus, de pas – même dans les endroits où elles n'étaient pas visibles. Une feuille de plastique agissait comme un aimant et attirait les particules invisibles de poussière et de saletés sans modifier leur arrangement. Il était probable que sur une moquette comme celle-ci, la feuille de plastique attirerait trop de poussières pour fournir une empreinte utilisable, mais il ne fallait rien laisser au hasard. Et puis, c'était une méthode qui requérait plus de concentration que de précision et convenait donc parfaitement à un jeune technicien qui avait besoin de repartir du bon pied après avoir été confronté à une des scènes de crime les plus atroces qu'ait jamais vues Windy.

— Pendant ce temps, je vais examiner le reste de l'appartement, dit-elle à Larry, qui ne leva même pas les yeux.

Elle alluma le Dictaphone qu'elle emportait toujours sur les scènes de crime, annonça la date et l'heure, puis avança dans l'appartement, essayant de visualiser ce qui s'était passé, de se mettre dans la peau du tueur.

Elle vérifia les portes et les fenêtres.

— Il semblerait que je sois entré par la porte principale, qui n'a pas été forcée. La salle de séjour n'est pas le lieu où j'ai tué, j'y ai installé les corps après.

Plusieurs portes ouvraient de chaque côté de la pièce, donnant accès d'un côté à un couloir et à la cuisine, de l'autre côté à la chambre des parents. Elle commença par cette dernière, suivant des traces de pas ensanglantées.

Les stores étaient baissés, et la lampe sur la table de chevet était éteinte. Les draps n'étaient froissés que d'un côté du grand lit, et un roman d'Angela Carter était posé dessus, ouvert, comme si Mme Waters était en train de lire au lit quand le meurtrier s'était présenté et qu'elle avait posé son livre pour aller lui ouvrir. Windy examina le chapeau de la lampe de chevet et remarqua qu'il était fendu et taché par quelque chose de sombre. Il y avait eu lutte, la lampe avait été renversée.

Windy la souleva et vit qu'en dessous, de même qu'un peu partout sur la surface de la table, il y avait des gouttes de sang, indiquant que la lampe avait été replacée après la mort de Mme Waters, que le meurtrier avait une fois encore fait « un peu de ménage ». Il y avait également, toujours sur la table de chevet, un endroit parfaitement propre, une surface à peu près octogonale, dont Windy aurait été prête à parier qu'elle était de la même taille et de la même forme que celle retrouvée sur la coiffeuse de Mme Johnson.

Cela signifiait donc que ce n'était pas une marque accidentelle pour le premier massacre. Le tueur avait apporté quelque chose d'identique les deux fois. Une chose qu'il aimait avoir près de lui quand il tuait ses victimes.

— Merde, lâcha Windy, frustrée de ne pas arriver à trouver quel pouvait être cet objet.

Elle se détourna et continua son examen.

Le couvre-lit était imbibé d'une grande quantité de sang. Sur le côté, une flaque indiqua à Windy que c'était bien là que Mme Waters avait été tuée. Il y avait aussi quelques éclaboussures au plafond, ainsi que sur le mur. Trois ensembles d'empreintes, un qui menait à la flaque, et deux qui en sortaient. Tous faits par les mêmes chaussures. Windy ouvrit le placard par le coin inférieur, pour ne pas risquer d'abîmer les empreintes qui pouvaient se trouver sur la poignée, et alluma sa lampe torche, qu'elle dirigea sur une rangée de chaussures soigneusement alignées. Elle s'arrêta sur une paire de chaussures noires assez habillées, sans doute celles que M. Waters avait portées le jour de son mariage, et plus jamais depuis. Sur la pointe de la chaussure gauche, elle remarqua une tache. Le tueur avait mis les plus belles chaussures du docteur Waters pour assassiner sa femme. En braquant ensuite sa lampe sur le panier à linge en osier, Windy vit une chemise bleue, légèrement usée au col, posée sur la pile de linge sale. Elle était saturée de sang.

Cette fois, non seulement le tueur avait mis les chaussures du chef de famille, mais aussi sa chemise. S'agissait-il simplement d'une précaution, pour ne pas tacher sa propre chemise et prendre ainsi le risque d'être repéré à cause d'un vêtement couvert de sang, ou était-ce une façon de se sentir chez lui ?

Windy se tenait debout, balayant du regard la pièce autour d'elle, parlant dans son Dictaphone.

— Juste avant, ou juste après avoir mis les vêtements de M. Waters – après avoir endossé le rôle du père de famille ? –, j'ai collé du ruban adhésif transparent, large, sur la bouche de Mme Waters.

Le rapport du légiste qui s'était occupé de la famille Johnson mentionnait des traces de colle autour de la bouche des trois victimes, de la colle qui correspondait à celle utilisée dans la fabrication du ruban adhésif transparent. Windy s'attendait que le même type de colle soit retrouvé ici et était presque sûre que les empreintes ensanglantées de fendoir qu'elle avait identifiées à côté des trois Johnson avaient été faites au moment où le tueur avait posé son arme pour retirer le ruban adhésif. La plupart des assassins utilisaient du chatterton, donc le fait que celui-ci se soit servi de ruban adhésif avait son importance. Windy se demanda s'il le préférait pour sa transparence et le fait qu'on le remarquait moins. Ou si c'était simplement plus pratique d'utilisation.

— Je pense que c'est au moment où j'ai essayé de la bâillonner qu'elle s'est débattue et a renversé la lampe. Ensuite, lorsque j'en ai eu fini avec ma victime, j'ai posé le couteau sur le lit, laissant une trace sanglante sur le couvre-lit, j'ai retiré le ruban adhésif, puis j'ai remis la table et la lampe de chevet à leur place. Tout comme l'espace propre sur la table, la trace sur le couvre-lit doit être mesurée et photographiée, puis comparée aux traces similaires relevées chez les Johnson.

Mais Windy était pratiquement certaine qu'elles seraient identiques. Dans son esprit, il n'y avait pas l'ombre d'un doute : la famille Waters avait été décimée par les mêmes mains que la famille Johnson.

Ce qui apportait plus de questions que de réponses. Le petit appartement des Waters aurait facilement tenu dans la buanderie des Johnson. Mais les deux familles n'étaient différentes que du point de vue économique. Elles vivaient dans deux quartiers différents, étaient d'âges différents, étaient originaires d'États différents, n'avaient pas le même nombre d'enfants. Dans les deux cas, seul le père travaillait, mais dans deux domaines différents, la médecine et la banque. À première vue, ces familles n'avaient aucun point commun. Ash allait mettre une bonne dizaine d'hommes sur le coup, pour fouiller dans les moindres détails de leur existence et tenter de trouver quelque chose – une agence de voyages, un produit pour le bain, un professeur de piano – qui permette d'établir un lien entre elles. En attendant, le seul lien qui les unissait était d'avoir eu la gorge tranchée au couteau, et d'un geste sûr.

Windy suivit les empreintes de pas dans le couloir, en direction de la seconde chambre, celle des jumelles, et y trouva ce à quoi elle s'attendait : deux flaques sombres, deux traces de couteau sur les édredons Charlotte aux Fraises. Quatre traînées de sang allaient de la chambre à la salle de séjour, comme si le tueur avait porté un corps sous chaque bras et une tête dans chaque main. Très efficace.

— Je n'ai aucune bonne empreinte. Quelques morceaux, tout au plus, mais surtout un beau tas de merde.

La voix de Larry la tira de ses réflexions. Il lui montrait trois feuilles de plastique agrafées à des feuilles de papier blanc, et Windy fut soulagée de constater qu'il avait pensé à utiliser du papier de bonne qualité. Elle avait vu, une fois, toute une affaire déboutée au tribunal parce que sur les lieux du crime, le technicien qui avait fait les relevés d'empreintes de pneus par électricité statique avait utilisé un carton de pizza pour poser ses feuilles de plastique. Les fibres du carton, un matériau trop grossier, s'étaient mêlées aux empreintes et les avaient rendues inutilisables.

Pour l'heure, sur les feuilles que Larry lui montrait, on distinguait une espèce d'astérisque, comme si un objet avait été tiré à plusieurs reprises, et depuis différents angles, vers le centre.

— Vous voulez que je continue ? demanda-t-il, la mettant au défi de lui faire perdre son temps en l'affectant à d'autres tâches fastidieuses.

— Montrez-moi exactement où vous avez relevé ça, dit Windy.

Larry désigna l'endroit du doigt et la regarda, étonné, lorsqu'elle lâcha :

— Manquait plus que ça...

— Ces traces ont un sens, pour vous ? demanda-t-il.

Mais Windy avait déjà quitté la pièce. Lorsqu'elle revint, il y avait huit astérisques posés à côté des endroits où Larry les avait relevés, et il prenait les mesures des deux marques peu profondes qu'elle lui avait indiquées. Elle portait une chaise de cuisine.

— Vous savez ce que c'est ?

— Des traces de pieds de chaise.

Elle posa un premier pied à l'endroit où Larry avait relevé une empreinte en forme d'astérisque. Les trois autres pieds se posèrent exactement sur trois emplacements d'astérisques. Il devenait clair que les quatre autres marques correspondaient aux quatre pieds d'une seconde chaise.

La forme particulière des traces venait du fait que quelqu'un avait sans doute essayé de les faire disparaître, probablement en grattant la moquette du bout d'un orteil.

Larry fut impressionné.

— Bon, d'accord. Il est allé chercher deux chaises dans la cuisine pour les mettre dans le séjour. Mais dans quel but ? Pour pouvoir s'asseoir et regarder les...

Il préféra ne pas finir sa phrase.

— Non. Il ne s'est pas assis là, dit Windy en regardant les traces de chaises. S'il n'y en avait eu qu'une, cela aurait été plausible, mais avec deux, et étant donné la profondeur des deux marques, là... non. J'ai vu un grand miroir, dans la chambre des parents. Je pense qu'il l'a apporté ici aussi et l'a posé sur les chaises.

— Pourquoi ?

— Pour pouvoir s'asseoir là...

Windy montra l'espace entre Mme Waters et ses filles, sur le canapé ensanglanté. L'espace comblé en partie par le bras étendu de Mme Waters.

— ... et se regarder.

Il a essayé la famille, pensa-t-elle, songeant tout à coup à l'histoire de Boucle d'or et des trois ours. Pour voir si c'était la bonne taille. Jusqu'à présent, l'une était trop grande, l'autre trop petite. S'arrêterait-il lorsqu'il aurait trouvé ce qui lui convenait exactement ?

17

Larry avait repris figure humaine lorsque le reste de l'équipe arriva, quelques minutes plus tard. Ned Blight, apparemment moins ébranlé que les autres, sans doute parce qu'il avait plus d'expérience, gratifia Windy d'un salut las mais respectueux, et déclara :

— Je pensais commencer par la cuisine.

Windy approuva d'un signe de tête et chargea les autres de protéger les mains des victimes par des sacs en plastique et de relever toutes les empreintes sur les portes. Elle demanda ensuite à Larry de faire son propre tour des lieux, pour voir s'il en tirait une interprétation des événements différente de la sienne, puis retourna examiner de près la chaise de cuisine.

Contrairement à Larry, ce qui la frappait le plus n'était pas que le tueur ait eu envie de s'asseoir entre ses victimes pour admirer son travail. C'était qu'il ait voulu que cela reste secret. Il avait remis les chaises et le miroir en place, et les traces en forme d'astérisque montraient qu'il avait cherché à redresser les poils de la moquette pour qu'on ne voie pas les marques laissées par les pieds des chaises. S'il n'en avait pas oublié deux, elle n'aurait pas cherché à comprendre le pourquoi de leur présence. En général, quand un tueur arrangeait les corps de ses victimes d'une certaine façon, c'était pour exercer un contrôle sur la réaction de ceux qui les trouveraient. Mais celui-ci avait un tout autre programme, apparemment, et un programme qu'il entendait garder pour lui. Un détail en théorie précieux pour la progression de l'enquête.

En théorie seulement. Car dans la réalité, Windy n'avait pas la moindre idée de ce que cette mise en scène pouvait vouloir dire.

« Quoi et comment, pas pourquoi, se rappela-t-elle. C'est ça, ton boulot. » Le pourquoi, c'était ce qui lui donnait des cauchemars et la réveillait au milieu de la nuit avec la chair de poule.

Laisse le pourquoi à quelqu'un d'autre.

Mais la question résonnait dans son esprit lorsque Larry vint lui faire son rapport sur la façon dont, à son sens, les choses s'étaient passées. Comprendre comment le crime s'était déroulé, l'ordre dans lequel les meurtres avaient été commis, aiderait l'équipe de la police technique à mieux relever les indices, à mieux travailler dessus. Windy avait une idée, mais elle avait beau se comporter en scientifique, elle savait que son approche était subjective. C'est pourquoi, comme elle le faisait toujours, elle avait demandé à quelqu'un d'autre d'établir son propre diagnostic. Il y avait de grandes chances pour qu'aucune des théories ne soit exacte, mais l'une révélait toujours les failles de l'autre.

Larry attaqua avec un « j'ai tout compris » qui mit aussitôt Windy sur ses gardes. Elle lui avait demandé de faire ce tour de la scène de crime pour se punir de ne pas apprécier son maniérisme, de ne pas lui avoir laissé le bénéfice du doute, mais il lui compliquait singulièrement la tâche.

— Le mec fait exactement comme avec les Johnson, commença Larry. Il met les chaussures du docteur Waters – les empreintes relevées indiquent la même façon de marcher, et il y avait des fibres de moquette sur les semelles, donc il les portait quand il a cherché à effacer les marques des chaises. Bref, il met les souliers du bon docteur, puis fait allonger les petites filles sur le ventre sur leur lit et les tue, avant de s'occuper de la maman, de la même manière, dans sa chambre.

— Qu'est-ce qui vous fait dire qu'elles étaient allongées sur le ventre ?

— Les flaques de sang. La seule façon de les obtenir, c'est de faire allonger les victimes sur le ventre, le cou juste au bord du lit, et tchac, un coup de couteau.

— Cela n'explique pas le sang sur le plafond. Ni sur leurs cuisses.

— Ça, c'est quand il les a traînées sur les flaques.

— Mais elles auraient aussi du sang sur les mollets, non ? Et vous avez trouvé des traces de traînage ?

— Non, répliqua Larry, sur la défensive, maintenant. Bon, vous pensez quoi, vous ?

— Je pense qu'il les a fait s'agenouiller à côté du lit et les a tuées là, le couteau passant par en dessous, projetant un peu de sang vers le plafond au moment où il les a frappées, pendant que l'essentiel coulait sur leur poitrine et leurs cuisses.

— Si vous saviez déjà ce que vous vouliez entendre, pourquoi m'avoir demandé de faire ça ?

— Ce n'est pas ce que j'ai envie d'entendre. C'est ce qui s'est passé.

— Bien sûr. OK, si elles étaient à genoux, pourquoi est-ce qu'elles n'ont pas de sang sur les pieds ? À l'arrière, au moins ? Le sang aurait été projeté par là, aussi.

Il souleva le pied de Minette pour montrer qu'il était intact.

— Elles portaient des chaussettes, dit Windy en montrant une légère marque d'élastique juste au-dessus de la cheville des trois victimes.

— Je n'ai trouvé aucune chaussette avec du sang. Elles sont où ?

— Je l'ignore. Sans doute les a-t-il emportées.

— Ça n'a aucun sens.

— Non. Pas encore, en tout cas.

— Et pourquoi les aurait-il fait mettre à genoux ? Ç'aurait été plus facile, pour lui, qu'elles soient allongées sur le lit.

— Peut-être qu'il les a laissées faire leurs prières.

— Vous avez réponse à tout, on dirait. Je suppose que vous n'avez plus besoin de moi, alors.

Windy dut une nouvelle fois se rappeler à l'ordre. Son travail n'était pas de trouver le pourquoi.

— Vous vous trompez. Comment savez-vous qu'il a tué les fillettes en premier ? Chez les Johnson, il a commencé par la mère.

L'assurance de Larry revint en un éclair.

— Peut-être, mais ici, il y avait deux enfants dans une chambre. Tactiquement, il fallait qu'il les neutralise en premier avant de s'occuper de son objectif principal, la mère. J'ai lu un bouquin de Kit Wilson, le profileur. Il explique comment fonctionnent ces monstres, qu'ils deviennent plus violents de crime en crime, comme si chaque fois, ils parvenaient un peu plus à tuer leur mère. Tous ces mecs ont un problème avec leur mère. Donc, peut-être que la laisser en vie un peu plus longtemps faisait monter le plaisir.

Génial, pensa Windy. Larry n'aurait pas pu trouver un meilleur moyen de réveiller son hostilité. Elle n'était pas fan des profileurs d'une manière générale – ils avaient tendance à massacrer les scènes de crime –, mais se méfiait de Kit Wilson en particulier. Elle avait travaillé avec lui au FBI et considérait que c'était un abruti. Elle le lui avait même dit en face. Mais elle ne pouvait pas raconter ça à Larry, aussi se contenta-t-elle de demander :

— Y a-t-il des indices pour étayer cette thèse ? Et comment a-t-il fait pour empêcher Mme Waters d'intervenir pendant qu'il s'occupait de ses filles ?

— Il l'a enfermée dans sa chambre, répondit Larry, triomphant. La clé a disparu.

— Vous savez où est la clé de votre chambre, vous ? La plupart des gens l'ignorent. C'est la première clé que l'on perd, dans une maison, en particulier dans un logement ancien, où les équipements de ce genre vieillissent mal. Mais admettons. La clé était là, et Mme Waters était enfermée. Vous ne pensez pas qu'elle aurait essayé de sortir par tous les moyens ? Sachant qu'un tueur était chez elle, avec ses enfants, vous ne croyez pas qu'elle aurait été prête à tout pour sortir de là ? Avez-vous relevé des marques sur la porte ? Des traces de coups de pied, des marques indiquant qu'on a cherché à la forcer ?

— Rien de tout ça. Il l'avait peut-être attachée.

— Est-ce que quelque chose l'indique ? Des bleus aux poignets ?

— Il aurait pu utiliser quelque chose de doux, un tee-shirt, par exemple. Ou il aurait pu la menacer.

— C'est vrai. Mais l'a-t-il fait ? Concentrons-nous sur ce que nous savons. Nous savons que Mme Waters s'est battue avec le tueur dans sa chambre, parce que la lampe a été renversée, mais rien ne montre qu'elle ait été enfermée dans cette chambre. Et puis, il y a la traînée de sang qui va de sa chambre au séjour.

— Qu'est-ce que vous voulez dire ? Il n'y a pas de traînée de sang entre sa chambre et le séjour.

— Exactement, acquiesça Windy. Pas de traînée de sang parce qu'elle ne saignait plus lorsqu'elle a été transportée. Elle a été tuée en premier, et elle s'est vidée de son sang sur son lit. Le côté du canapé sur lequel étaient assises les jumelles était imbibé de sang. Leurs corps ont été transportés juste après la mort.

— D'accord, dit Larry d'un ton moins sûr, mais refusant de baisser les bras, d'autant que Ned Blight venait de les rejoindre. Donc, il a tué la mère en premier. Mais je vous signale qu'il n'y a aucun signe indiquant que les fillettes aient essayé de sortir de leur chambre. S'il les a enfermées, comment se fait-il qu'elles n'aient pas donné de coups de pied dans les murs, dans la porte ? Et elles n'avaient aucune trace de liens autour des poignets ou des chevilles, non plus !

Il était tout content de sa tirade. On aurait dit un bon élève qui venait de démonter la démonstration du prof.

— Je sais, répondit doucement Windy. Et ça, je n'arrive pas à le comprendre.

Faire en sorte que Cate reste tranquillement dans sa chambre était un exploit presque surhumain. Y parvenir avec deux gamines de six ans avait dû nécessiter… Elle préférait ne pas imaginer quoi.

— Et l'odeur de détergent, vous en faites quoi ?

— Quoi ?

— Dans l'appartement. Je suis pratiquement sûre que c'est du détergent de la marque Lysol. J'en aurai la confirmation quand les gars du labo auront analysé l'échantillon d'air. J'ai fait poser la question au docteur Waters, et il a répondu qu'il n'avait rien nettoyé. Je pense que le tueur a fait lui-même son petit ménage.

— Pourquoi aurait-il fait un truc pareil ?

— La seule réponse que j'aie pour l'instant, c'est qu'il dégage, ou croit dégager, une odeur corporelle qui le dérange. Voyez si vous pouvez trouver quelque chose dans cette direction. Je vais dans la chambre des jumelles pour essayer de comprendre comment il les a immobilisées.

Elle entendit Larry grommeler : « C'est des conneries, tout ça » tandis qu'elle s'éloignait. Il l'avait dit juste assez fort pour qu'elle l'entende, sans doute pour la faire réagir, mais elle feignit de n'avoir rien remarqué. Il prenait sans doute tout cela pour une attaque personnelle. Ce n'était pourtant pas le cas. Elle lui avait donné un boulot difficile, il était normal qu'il éprouve un sentiment de frustration.

Accroché sur la porte du placard des jumelles se trouvait un tableau en liège couvert de papiers divers, dessins, certificats joliment décorés proclamant que Minette avait lu un livre toute seule ou que Martine savait désormais se laver les dents sans aide. Windy se tenait devant lorsqu'elle entendit quelqu'un entrer. Elle se retourna.

— Je déteste les affaires de meurtres d'enfants, dit Ned.

Elle hocha la tête.

— Vous avez trouvé quelque chose, dans la cuisine ?

Ned ne répondit pas tout de suite. Il mâchonnait quelque chose.

— Excusez-moi, dit-il enfin. C'est du tabac. Je ne chique plus, mais j'en ai toujours un peu sur moi pour les cas où il y a des cadavres. Ça m'évite d'avoir le goût dans la bouche.

Windy savait parfaitement ce qu'il voulait dire. Les scènes de crime avaient toujours une odeur, qui passait après une douche. Ou deux. Mais il y avait aussi un goût, qui s'installait dans la bouche, et y restait.

— Bref, reprit Ned. Au départ, j'ai eu du mal à y croire. Je viens de passer une heure à chercher partout, et une autre à m'en convaincre. Mais là, je dois me rendre à l'évidence. Il n'y a pas la moindre trace de sang dans cette foutue cuisine. Pas une goutte. D'après le père, il manquerait une valisette à casse-croûte avec Elvis dessus, mais il ne sait même plus à quand remonte la dernière fois qu'il l'a vue, il dit que ça peut faire des mois et, en dehors de ça, rien n'a changé dans sa cuisine. On a trouvé le pain et la confiture de fraise dans le placard, mais les seules empreintes qu'on a relevées dessus sont celles de Mme Waters. Pas de salissures comme chez les Johnson. Pas de sang. Rien. Pour moi, il y a deux possibilités : soit notre tueur a vraiment fait du bon boulot en nettoyant, et il ne reste plus rien pour nous. Soit il a commencé un régime.

La troisième possibilité vint à l'esprit de Windy dix minutes plus tard.

18

Ash, venu voir si l'équipe de la morgue pouvait emporter les corps afin de procéder à l'autopsie, pénétrait dans l'appartement lorsqu'il entendit un bruit devant lui et vit Windy, penchée au-dessus de la partie du canapé où avaient été installées les fillettes. Le bruit était à mi-chemin entre le haut-le-cœur et le gémissement.

— Qu'avez-vous trouvé ?

Windy fit volte-face, surprise, très pâle.

— Il y a des miettes de pain dans le dos de Martine.

Ash fronça les sourcils. À voir Windy, c'était quelque chose d'horrible, mais il ne saisissait pas vraiment pourquoi.

Windy inspira profondément.

— Il n'y a pas de sang dans la cuisine, cette fois, commença-t-elle d'une voix à peu près posée. Alors, on s'est dit qu'il avait peut-être renoncé à un petit déjeuner en famille. Puis il m'est venu une idée.

Elle se dirigea vers la cuisine, et Ash la suivit.

— Qu'est-ce que vous faites ? demanda-t-il comme elle ouvrait le réfrigérateur.

— Je regarde la confiture. Le pot de fraises était dans le placard, avec le pain. Sur le pot, comme sur le sachet de pain, on a relevé les empreintes de Mme Waters.

— C'est normal. Elle vivait ici, après tout.

— Des empreintes récentes. Sur le couvercle. Les jumelles préparaient des sandwiches à leur père quand il devait travailler tard et les mettaient dans des valisettes à casse-croûte, rangées sous l'évier. Il y en a toute une collection. Le docteur Waters a travaillé tard aujourd'hui. Hier. Enfin, vous voyez ce que je veux dire.

Windy secoua la tête, mécontente d'elle-même, et prit dans le placard le paquet de pain de mie complet, qu'elle posa sur le plan de travail.

— Les empreintes de Mme Waters, donc, répéta Ash tandis que Windy ouvrait le pot de confiture. Vous pensez qu'il s'est servi des mains de sa victime, après l'avoir tuée, pour ouvrir…

Il se tut brusquement.

— Il a pris le petit déjeuner avec elles quand elles étaient encore en vie, lâcha-t-il.

Windy approuva d'un hochement de tête.

— C'est la confiture de fraises dans le placard qui m'a fait tiquer. Elle aurait dû être dans le frigo. Les Waters, comme la plupart des gens, mettaient leur confiture au réfrigérateur. Le fait qu'elle soit dans le placard montre que celui qui l'a rangée avait la tête ailleurs.

Elle contempla un moment le sac de pain avant de reprendre :

— En les gardant en vie le temps d'un repas, il fait monter l'adrénaline. Il domine encore plus en forçant sa victime à lui servir le petit déjeuner. En la forçant à le regarder manger.

Ash soupira.

— Est-ce que cela veut dire qu'il les connaissait ? Comment aurait-il réussi à faire faire un truc pareil à Mme Waters, sinon ? Elle aurait forcément appelé à l'aide.

— Oui et non. Il avait une assurance. Les filles.

Ash eut l'air étonné, aussi Windy expliqua-t-elle :

— Je pense qu'il a pris Martine sur ses genoux pendant qu'il mangeait.

— Les miettes… lâcha Ash comme si ces mots lui empoisonnaient la bouche. Elle avait des miettes dans le dos parce qu'elle était sur ses genoux. Voilà comment il tenait Mme Waters – « Obéissez, sinon je fais du mal à votre fille. »

— Ou toute autre variation sur ce thème, oui. Je suis presque sûre qu'il y a inclus le vieux classique : « Si vous faites ce que je vous dis, vous aurez la vie sauve. »

— Meurtre dans la chambre, petit déjeuner dans la cuisine... C'est comme s'il essayait de mettre en scène un épisode idéal de la vie de famille.

— Mais est-ce une scène qu'il a vécue, ou une à laquelle il aspire ?

— Ça, il faudra le lui demander quand nous l'aurons arrêté, répondit Ash en regardant autour de lui la cuisine immaculée. Donc, il prend son petit déjeuner et, une fois encore, efface toutes les traces. Peut-être qu'en ne les tuant pas tout de suite, il essayait juste d'être plus efficace. Il ne cherchait pas à grimper dans les degrés de l'horreur, simplement à faire moins de saletés.

— Peut-être, mais je ne pense pas que cela fasse partie de son scénario.

— Scénario ?

— Ce n'est probablement pas le mot qui convient. Il s'agit plutôt d'un ensemble de règles qu'il s'impose à lui-même et qu'il lui faut effectuer pour que le crime lui procure une sensation d'accomplissement. Quelque chose qui va au-delà de l'acte meurtrier, qui n'est pas forcément nécessaire au crime lui-même. Certains profileurs appellent ça une signature. Il ne fait aucun effort pour cacher les meurtres, l'endroit où il les a commis et la façon dont il a tué. En revanche, il fait tout pour que l'on ne relève aucune trace de ses rituels.

— Ses rituels ? Au pluriel ?

— Le petit déjeuner et la disposition des corps de façon à recomposer une scène. Parce que c'est ce qu'il a fait, ici aussi. Il est allé chercher un miroir dans la chambre des époux Waters, l'a installé sur des chaises juste en face du canapé, pour pouvoir s'asseoir entre les fillettes et Mme Waters et se regarder. Puis il a tout remis en place pour que l'on ne sache pas ce qu'il avait fait.

— Est-ce qu'il s'est inspiré d'une photo, comme pour les Johnson ? demanda Ash.

L'expression de Windy lui répondit que non.

— Pas exactement, dit-elle.

Elle quitta la cuisine et se dirigea vers la chambre des jumelles, où elle retira une feuille blanche de format A4 accrochée au mur, qu'elle lui tendit.

Ash prit la feuille et eut aussitôt envie de la lui rendre. C'était un dessin qui représentait la famille Waters en vacances. On devinait bien qu'il s'agissait de vacances, parce que les deux fillettes occupaient le coin inférieur gauche et se tenaient la main, leur bras libre passé autour du cou de Mickey pour l'une et de Dingo pour l'autre. Les personnages Disney avaient été soigneusement décalqués et coloriés. Le docteur Waters, dessiné plus librement, était assis au centre du dessin, à une table de pique-nique, portait un chapeau avec des oreilles de Mickey et faisait un petit coucou de la main. Claudia était installée à côté de lui, un bras passé autour des épaules de son mari, les jambes croisées. À l'arrière-plan, une grande banderole annonçait : « Bienvenue à Disneyland » en lettres soigneusement recopiées. La même main, mais un peu plus assurée, avait signé « Minette » tout en bas du dessin. La disposition des personnages du dessin était identique à celle des cadavres sur le canapé, jusqu'à la place laissée vacante pour le père.

— Ils avaient prévu d'aller passer Noël à Disneyland, expliqua Windy d'une voix très légèrement chevrotante. Pour l'anniversaire des jumelles. Elles allaient avoir sept ans. Le tueur s'est assis exactement à l'endroit qu'occupe le docteur Waters sur le dessin.

— Vous pensez qu'il a pris la tête de Claudia parce qu'elle n'avait pas sa place dans sa composition artistique ? demanda Waters d'un ton à peine plus ferme.

— C'est possible. Mais avec lui, je serais presque tentée de dire qu'il l'a prise parce qu'il en avait envie, tout bêtement.

— Mais ça n'a pas dû être facile, après. C'était un gros risque à prendre, pour une simple envie. Être invité à entrer dans l'appartement, c'est une chose, se balader en ville avec une tête ensanglantée à la main, c'en est une autre.

Windy se souvint de ce que Ned lui avait dit de la cuisine. De la seule petite anomalie éventuelle.

— Pas forcément, répondit-elle. Je pense qu'il l'a emportée dans une valisette à casse-croûte à l'effigie d'Elvis. Comme le docteur Waters quand il part travailler.

Leurs regards se croisèrent, et Ash mit des mots sur ce qu'elle était en train de penser.

— Il va de plus en plus loin.

— Oui.

Dans le silence qui suivit, la seconde partie de cette macabre conclusion résonna sans avoir été prononcée : « Si on ne le trouve pas, la prochaine fois, ce sera pire. »

19

Il était 16 heures passées lorsque Windy et Ash quittèrent la salle d'autopsie pour retrouver le soleil éblouissant.

— Au moins, c'est allé assez vite, soupira Ash d'un ton las qui trahissait une fatigue égale à celle que ressentait Windy.

— Et ç'a été sans surprise.

— Grâce à vous. Sinon, je crois qu'on serait tous restés bouche bée en réalisant que les victimes avaient mangé des tartines de confiture quelques minutes à peine avant d'être assassinées.

— Tout ce que je savais, moi, c'est qu'il avait pris le petit déjeuner alors qu'elles étaient encore en vie, pas qu'il les avait fait manger aussi. Je pense que le tueur utilise la nourriture comme un moyen de dominer, de la même manière que certains ont recours aux violences sexuelles. Il s'agit d'une personne qui a de gros problèmes avec la nourriture.

— Un tueur avec une surcharge pondérale. Super. Ça nous laisse environ les deux tiers de la population américaine comme suspects possibles.

— Au moins, l'heure estimée des décès, entre 23 heures et 3 heures du matin, explique pourquoi personne ne l'a vu arriver et repartir.

— C'est vrai. À cette heure-là, la rue est probablement déserte.

— Malgré tout, je pense que nous avons affaire à quelqu'un de particulièrement peu inquiétant en termes de physique. En principe, une femme seule avec ses deux enfants n'ouvre pas sa porte à un inconnu en pleine nuit.

— À moins qu'il ne passe pour un représentant de l'autorité.

— Vous pensez à un badge qu'il montrerait ? À un flic ?

— Pourquoi pas ? Ou quelqu'un qui se fait passer pour un flic. En plus, c'est facile, pour un flic ou un agent de sécurité, d'obtenir des renseignements sur l'emploi du temps de quelqu'un.

— La vérité, c'est qu'au point où nous en sommes, ce type pourrait être n'importe qui.

Frustrée, Windy regarda autour d'elle. C'était la première fois qu'elle venait là, à l'institut médico-légal, sa première autopsie depuis qu'elle avait pris ses nouvelles fonctions. Elle remarqua, un peu plus loin dans la rue, une petite épicerie. Une camionnette violet métallisé était garée juste devant, et elle sourit en imaginant que Cate l'aurait trouvée super cool, elle qui demandait presque tous les jours pourquoi elles avaient une voiture rouge aussi banale.

Le violet était aussi la couleur préférée de Minette, tandis que sa sœur penchait plutôt pour le vert. Windy avait noté ses détails en observant le tableau en liège dans leur chambre. Son sourire disparut. Debout sous le soleil, en cette fin de journée radieuse, elle ne pouvait s'empêcher de penser que les deux fillettes auraient dû être dehors, en train de jouer ; ces fillettes qui mangeaient le même genre de pain que Cate, possédaient la même écriture hésitante, avaient à peine un mois de plus qu'elle. Elles auraient pu être amies, élèves de la même école. Et Cate aurait pu être à leur place.

Sauf que Cate n'avait plus de papa.

Pendant l'autopsie, le médecin légiste avait remarqué que la coupure sur la gorge de Claudia était moins nette que sur les autres victimes, comme si le tueur s'y était repris à deux fois. Elle avait peut-être survécu une vingtaine de secondes, se vidant de son sang avant de perdre conscience. Vingt secondes à savoir qu'un fou allait ensuite s'en prendre à ses enfants, qu'elle ne pourrait rien faire pour les protéger, qu'elles allaient souffrir elles aussi. Les vingt secondes les plus longues du monde.

— Je suis bien sûr que ces chaussures vous emmèneraient où vous voulez, mais est-ce que je peux quand même vous déposer quelque part ? proposa Ash, interrompant ses pensées.

— Il faudrait que je repasse au bureau.

— Il n'y a plus rien à faire pour vous là-bas, à l'heure qu'il est. Le labo a dit qu'ils n'auraient aucun résultat avant plusieurs heures. Mais peut-être que vous mourez d'envie de contempler le papier peint de votre bureau. Le vôtre est beaucoup plus joli que le mien.

Windy hésita. Puis elle songea à Cate, s'imagina la prenant dans les bras et dit :

— Bon, si vous pouvez me déposer chez moi, alors…

Ash avait raison. Elle pourrait retourner au bureau plus tard, si le labo trouvait quelque chose d'important.

— Ça vous embête si je cours faire un saut à l'épicerie, avant ?

— Allez-y. Je vous prends là-bas.

Quand Ash se gara devant l'épicerie, Windy était déjà au bord du trottoir et agitait frénétiquement la main. Elle monta et dit :

— Les caméras de surveillance.

— Quoi ?

Du doigt, elle indiqua les coins du bâtiment devant lequel ils se trouvaient.

— Toutes les épiceries de ce genre ont des caméras de surveillance. J'en ai remarqué une dans la rue des Waters. Je me disais que…

— Il n'y a des caméras qu'à l'intérieur, pas à l'extérieur, coupa Ash. On a vérifié. Mais la boutique de prêts sur gages, en face de l'immeuble, a des caméras qui couvrent le trottoir. Jonah devait passer chercher les bandes cet après-midi.

— Excusez-moi, dit Windy en rougissant. C'était idiot de ma part. Je devrais vous laisser faire votre travail tranquille.

— Vous n'avez pas à vous excuser.

Surtout pas en rougissant de cette manière, pensa-t-il, avant de se demander qui avait remplacé son cerveau par celui d'un ado de quinze ans.

Un ado de quinze ans qui fut aux anges quand, cinq minutes plus tard, elle déclara :

— Elle est vraiment chouette, votre voiture.

Elle attacha sa ceinture, puis lui tendit deux petits sachets.

— Laissez-moi me rattraper.

Il jeta un œil aux sachets.

— Pop Rocks ?

— La seule façon de se débarrasser du goût d'une scène de crime.

Elle avait une voix un peu bizarre. Lorsqu'elle sourit, Ash vit qu'elle avait les dents violettes.

— Je vous ai donné ceux au parfum cerise. Ce sont les meilleurs, mais il n'y en avait qu'un paquet. L'autre, c'est raisin.

— Merci, répondit Ash, peu convaincu.

— Je vous jure, ça marche. Essayez.

Il versa quelques cristaux dans le creux de sa paume et goûta.

— C'est mieux si vous versez directement dans la bouche.

— Ah, bon, dit-il, sceptique.

Mais il fit ce qu'elle préconisait.

— Vous voyez ?

— Ah, oui. C'est beaucoup mieux.

— Allez, reconnaissez que c'est bon !

C'était bon, effectivement. Bizarre et rafraîchissant, aussi. On avait tout de suite envie d'en reprendre. Et cela le fit sourire malgré lui, en dépit de cette affaire monstrueuse et de cette journée éreintante.

Il regarda Windy, à côté de lui, qui observait ses réactions avec grand intérêt.

— Il me faut plus de preuves, dit-il en versant le reste du sachet dans sa bouche.

— J'ai bien fait de vous en prendre deux, alors.

Le trajet jusque chez elle fut moins long qu'il ne s'y attendait. Ce à quoi il s'attendait moins encore, c'était qu'elle lui demande s'il voulait entrer, et qu'il réponde oui.

Mais il fut encore plus surpris lorsqu'il vit la porte de la maison s'ouvrir avant qu'ils ne l'atteignent, pour laisser passer une tornade qui fonça droit sur Windy en lançant gaiement :

— Mamaaaaaaaaaaaan !

Il aurait dû se douter de l'existence d'un enfant dans la vie de Windy, mais cela ne lui était pas venu à l'esprit, et en regardant cette dernière serrer la tornade dans ses bras, il fut frappé par l'intensité de leur intimité, par la force du lien qui les unissait, et se sentit mal à l'aise, de trop. Mais il n'avait pas envie de partir.

— Tu as attrapé des méchants, aujourd'hui, maman ? demanda la fillette bronzée qui avait les cheveux dorés de sa maman et les grands yeux bleus de quelqu'un d'autre.

— Non, pas aujourd'hui, ma chérie.

— Et des méchantes ?

— Non plus.

Windy regarda Ash et lui expliqua :

— Nous sommes pour l'égalité des chances chez les criminels aussi.

Elle posa la fillette avant d'ajouter :

— Cate, je te présente Ash Laughton. Nous travaillons ensemble. Il est enquêteur.

— Je m'appelle Cate Thomas Kirkland, et je suis ravie de faire votre connaissance, monsieur, déclara Cate avec un formalisme un peu étonnant de la part d'une enfant qui, non contente d'arborer un tee-shirt illustré d'un dinosaure, avait des moustaches de chat dessinées sur le visage.

— Je suis ravi de te rencontrer moi aussi, répondit Ash, tout aussi formel.

Cate regarda sa mère.

— J'ai tout bien fait comme il faut, maman ?

Et lorsque Windy approuva d'un hochement de tête, elle ajouta :

— C'est ton ami ?

Ash sourit.

— Je l'espère.

— Bon, c'est bien, alors, dit Cate. Parce que maman a aucun ami ici à part moi, Brandon et Bill. Moi, j'en ai quinze, mais y en a une d'invisible. Bill dit qu'elle ne compte pas, mais Brandon dit que si. Elle a une bouche, alors ça compte, c'est ce qu'il dit. C'est pour ça qu'il l'appelle la Princesse Effrontée. Vous voulez la rencontrer ? Elle joue au foot, dans le jardin.

— Au foot ? Tu y joues, toi ?

— Oui, mais je suis pas très bonne, avoua Cate. J'arrive pas à shooter.

— Je parie que je peux t'aider. J'ai joué au foot quand j'étais à la fac et, aujourd'hui, j'aide un ami entraîneur. Il s'occupe de plusieurs équipes. L'une d'elles s'appelle les Lady Lucks, tu les connais ?

— Les Lady Lucks, répéta Cate, impressionnée.

— Qui est-ce ? demanda Windy.

— Oh, maman, t'es pas possible. C'est juste la meilleure équipe de ma ligue.

Cate tourna le dos à sa pauvre mère carrément pas cool et regarda Ash.

— Vous les entraînez ?

Elle le fixait maintenant avec le genre d'admiration qu'il avait toujours cru réservé aux stars du rock.

— De temps en temps seulement. Mais j'ai beaucoup appris en regardant Carter, mon ami. Si tu veux, je peux essayer de te donner des conseils, pour le shoot.

Devant l'air réjoui de Cate, Ash ne se sentit plus du tout de trop.

— Vous n'êtes pas obligé… commença Windy.

Elle fut interrompue par son téléphone portable qui sonnait. De toute façon, ce qu'elle allait dire importait peu : Cate avait déjà pris la main d'Ash et l'entraînait vers la maison pour ressortir dans le jardin.

— Windy ? Enfin ! Quel soulagement, soupira Bill lorsqu'elle décrocha. Où diable étais-tu ? J'ai essayé de te joindre toute la journée. Pourquoi n'as-tu pas répondu à mes messages ?

Windy suivit Ash et Cate à l'intérieur tout en parlant, puis se rendit dans la cuisine pour pouvoir les regarder dans le jardin et s'assurer qu'Ash ne s'ennuyait pas trop. Elle-même pouvait passer des heures à jouer avec Cate, mais elle manquait d'objectivité.

— Je suis désolée, je n'ai pas eu une minute à moi. Une journée de folie. Et toi ? Comment était ta journée ? demanda-t-elle pour essayer de changer de sujet, tout en passant machinalement l'éponge sur le plan de travail qui n'en avait pas besoin.

— Génial. J'ai appelé ma fiancée à son bureau, et on m'a dit qu'elle était sur une scène de crime. Ensuite, j'ai essayé de la joindre sur son portable, mais elle n'a pas répondu. Pendant six heures.

Windy lâcha l'éponge.

— Excuse-moi. Tu sais, l'affaire sur laquelle je bossais ce week-end ? Le tueur a remis ça. Il a assassiné deux petites filles de l'âge de Cate, des jumelles. J'ai dû aller sur place, il fallait que je constate certaines choses. Je suis vraiment, vraiment désolée.

Il y eut un long silence.

— Bill ? Tu es toujours là ?

— Je suis là, oui, répondit-il d'un ton résigné. Donc, tu étais sur le terrain. Ça s'est bien passé ?

— Je n'en sais rien encore. On n'aura pas les résultats du labo avant un moment.

Brandon entra, lui fit un petit signe de la main, fronça les sourcils en voyant son expression et sortit rejoindre Ash et Cate, qui rigolaient dans le jardin. Comment lui en vouloir ? Elle aurait fait la même chose, si elle avait pu.

Elle se détourna de la fenêtre tandis que Bill lui demandait :

— As-tu la moindre idée du souci que je me suis fait pour toi aujourd'hui, quand on m'a dit que tu étais sur le terrain et qu'ensuite je ne suis pas arrivé à te joindre ? Tu veux savoir ce que j'ai fait ? J'ai appelé les hôpitaux, figure-toi.

— Oh, non…

Elle porta une main à son visage et s'appuya contre l'évier.

— Tu voulais que je m'imagine quoi, après ce qui s'est passé ?

— C'était il y a huit mois, dans un autre État, et c'était un pur hasard. Je suis retournée sur une scène de crime juste pour une minute, le type est arrivé de nulle part. Et je m'en suis bien tirée, au final.

— Tu ne t'en tirais pas si bien que ça, quand ils t'ont trouvée. Tu te souviens ? Tu avais la poitrine ouverte et tu avais perdu tellement de sang que…

— C'est pas possible… lâcha-t-elle, incapable de réprimer son agacement.

Tout ce qu'elle voulait, là, c'était être dehors. Être n'importe où mais ailleurs que dans cette cuisine, avec ce téléphone. Et ne pas se souvenir, justement.

— Pourquoi faut-il que tu ramènes toujours cette histoire sur le tapis ? Je vais bien, maintenant. Je suis complètement remise, j'ai tiré les leçons qu'il y avait à tirer. Je ne retournerai jamais sur une scène de crime seule. Jamais. Et il ne s'est rien passé aujourd'hui. L'endroit grouillait de flics. Je sais faire la différence entre une situation qui est dangereuse et une situation qui ne l'est pas.

— Pourquoi est-ce que tu me cries dessus alors que je m'inquiète pour toi ?

C'était une excellente question, qui lui coupa le sifflet. Elle leva les yeux au ciel, cherchant ses mots, et lâcha finalement :

— Parce que je suis en colère contre moi-même et que j'ai l'impression de t'avoir laissé tomber. Parce que je m'en veux de t'avoir fait faire du souci. Parce que je suis furieuse d'avoir brisé ma promesse. Parce que dire : « Je suis désolée » me semble d'une platitude sans nom, mais que je ne trouve pas quoi dire d'autre. Voilà. À toi de choisir.

Elle entendit un rire grave et se détendit.

— Je prends le tout, répondit Bill. Et j'accepte tes excuses. J'ai juste envie de m'occuper de toi, de te protéger, et quand tu disparais comme ça… En fait, j'ai toujours envie de savoir où tu es, conclut-il d'une voix plus douce.

L'espace d'un instant, Windy fut tentée de lui demander pourquoi il ne lui attachait pas une caméra vidéo de surveillance sur la tête, mais parvint à se retenir. Il faisait tout cela parce qu'il l'aimait, et elle, elle se braquait. Dans des moments comme celui-ci, son incapacité à gérer des choses qui, pour d'autres, étaient faciles, comme les relations amoureuses, par exemple, l'impressionnait. Elle avait beau essayer, elle faisait toujours ce qu'il ne fallait pas. Sauf avec les morts. Sans doute parce qu'ils n'attendaient rien d'elle.

Mais Bill attendait quelque chose d'elle, et il était tout à fait en droit de le faire.

— Je suis à la maison, tout va bien, et je t'ai déjà beaucoup trop parlé de ma journée. Parle-moi de la tienne, maintenant, dit-elle.

Tout en écoutant Bill lui raconter son entretien avec celui qui allait le remplacer lorsqu'il prendrait son nouveau poste à Las Vegas, elle regarda par la fenêtre, dans le jardin, où Ash donnait à Cate de vrais conseils de pro tandis que Brandon faisait l'arbitre. Elle vit Cate shooter et rater les buts, réessayer et échouer encore. Chaque fois, elle devinait la frustration de sa fille et était fière de sa persévérance.

Les encouragements d'Ash y étaient pour beaucoup, elle le savait. Il shoota lui-même et rata son tir – délibérément, elle le comprit en voyant Cate aller se planter devant lui, les mains sur les hanches, et lui lancer :

— Tu dis de faire d'une façon, et puis tu fais autrement. Regarde, fallait faire comme ça.

Ash hocha la tête, encaissant le reproche, et lui demanda de lui montrer comment faire.

Windy regarda Cate positionner le ballon, se mettre en place, courir, shooter et marquer le but parfait. Une fois, deux fois, trois fois. Brandon et Ash se tapèrent dans la main, ravis, et Windy ne put s'empêcher de rire.

— Pourquoi tu ris ? demanda Bill.

— Excuse-moi. Cate vient de marquer trois buts parfaits de suite. Dans le jardin.

— C'est super...

Mais la suite fut couverte par Cate, qui entrait dans la cuisine en fanfare, juchée sur les épaules d'Ash.

— Tu as vu, maman ? hurla-t-elle.

— Oui, ma puce.

— C'est Bill, au téléphone ? Je peux lui raconter ?

Ash se baissa pour que Cate puisse descendre, puis fit une grimace lorsqu'elle cria dans le combiné :

— Bill ? Devine quoi ? Ah, elle t'a dit. Mais elle t'a dit que j'avais marqué un trilliard de buts ? Au moins, oui. Ouais, je sais, dans un vrai match, ça aurait valu que trois buts. Mais là, on avait d'autres règles. Et Ash dit que je vais leur en mettre plein la vue au match, samedi. Ash ? C'est mon ami. Et aussi celui de maman, du boulot. D'accord, salut.

L'espace d'un instant, après que Windy eut raccroché, Ash se prit à espérer que Bill crevait de jalousie à l'idée qu'il soit là. Puis il se rappela que Bill n'avait aucune raison d'être jaloux. Il avait sa place, ici. C'était sa famille. Sa maison. Sa vie. Son petit tableau familial parfait.

Mieux valait qu'il s'en aille.

Ash baissa les yeux. Cate avait glissé sa main dans la sienne.

— Qu'est-ce qu'on mange ce soir, maman ?

— Je pensais à des spaghettis aux boulettes de viande. Mais seulement si tu roules les boulettes à ta façon, dans la mesure où la dernière fois, j'ai eu tout faux.

— T'en avais fait des têtes avec des sourires. Dégoûtant.

— Il semblerait que je n'aie plus la notion de ce qui est dégoûtant et de ce qui ne l'est pas, confia Windy à Ash.

— Ash pourra m'aider ? demanda Cate.

— Qu'en dites-vous ? s'enquit Windy. Vous voulez rester dîner ? Cate est un peu tatillonne sur la fabrication des boulettes, mais je suis sûre que vous saurez l'aider.

L'envie de rester, la tentation de dîner avec cette famille heureuse saisit Ash comme la force centrifuge d'un tour de grand huit et eut le même genre d'effet sur son estomac. Il s'imagina avec Windy, Cate et Brandon, dans cette cuisine jaune et violet aux boutons de porte en fausses pierres précieuses, avec le calendrier sur le réfrigérateur décoré d'autocollants scintillants les mardis et samedis où Cate avait des matches, se vit assis à la table bleu pâle, avec des sets roses en forme de fleur. Mais il n'y avait pas de place pour lui ici. Il se força à secouer la tête, à dire :

— Je ne peux pas, je suis désolé.

C'était vrai. Il ne pouvait pas.

Cate lâcha sa main et le regarda, déçue.

— Tu peux pas ? Pour de vrai ?

Avait-il donc oublié que, par principe, il était contre les dîners de famille ? Il ne saurait de toute façon pas comment s'y comporter.

— Malheureusement, il faut que j'aille quelque part.

L'expression de Cate changea, ses yeux s'agrandirent.

— Tu as quelqu'un à apprivoiser ?

— Pardon ?

— Nous sommes en train de lire *Le Petit Prince*, expliqua Windy. Apprivoiser…

— … signifie tisser des liens, cita Cate. Se faire des amis. Comme ça, quand on voit quelque chose qui nous rappelle un ami, comme un champ de blé qui rappelle qu'il a les cheveux blonds, ou le ciel qui nous rappelle qu'il a les yeux bleus, ça nous rend heureux.

— Je vois.

— Et pour apprivoiser quelqu'un, continua Cate, il faut venir lui rendre visite tous les jours et s'asseoir chaque fois un peu plus près, pour qu'il ait hâte qu'on revienne. Ça s'appelle observer un rite.

— Observer un rite. Très bien. Et ensuite, il se passe quoi ? demanda Ash.

— Je sais pas. On s'est arrêté là. Je pourrais lire le livre toute seule, mais comme ça, on peut en discuter. Maman m'avait promis de m'en lire un bout hier soir, mais…

— Tu t'es endormie, intervint Windy.

— Je faisais semblant ! protesta Cate en levant les yeux. Mais si tu as quelqu'un à apprivoiser, tu dois y aller. Maman dit toujours qu'être à l'heure, c'est important, et encore plus si on apprivoise quelqu'un. Les gens préfèrent.

— Oui, acquiesça Ash. Je crois qu'ils préfèrent, en effet.

— J'espère que tu pourras venir dîner une autre fois.

— On verra.

— Nous ne pouvons pas vous promettre une conversation aussi littéraire chaque fois, dit Windy. Mais les amis de Cate sont toujours les bienvenus.

— C'était ton ami en premier, rectifia Cate.

— C'est vrai.

À la porte, Ash se baissa pour embrasser Cate et lui souhaiter bonne chance pour le match de samedi. Puis il s'adressa à Windy :

— Vous avez fait du bon boulot, aujourd'hui.

— Vous aussi.

Il sentit son hésitation.

— Qu'y a-t-il ?

— Si vous trouvez quelque chose, sur les vidéos de la boutique du prêteur sur gages…

— Bien sûr. Je vous appelle. En premier.

— C'est quoi, un prêteur sur gages ? demanda Cate.

— C'est quelqu'un à qui les gens vont vendre les objets qu'ils ne veulent plus.

— Je pourrais vendre ma brosse à dents ?

— Non.

— Je pourrais vendre…

— Et si on parlait de tout ça en faisant les boulettes, ma chérie ? Ash doit y aller.

Windy avait posé la main sur la tête de sa fille, et Ash la regarda baisser les yeux et recoiffer Cate, un geste à la fois fort et tendre. Maternel.

— Fuyez tant qu'il est encore temps, dit-elle.

Et c'était vrai à un point qu'elle n'imaginait pas. Il fallut à Ash toute la volonté du monde pour retourner vers sa voiture et monter dedans. Il s'autorisa un dernier regard en arrière et les vit debout devant la porte, qui lui adressaient des signes d'adieu. Windy, pieds nus, souriante, agitant la main avant de se pencher vers Cate, qui lui faisait une grimace. Windy mettant ses doigts dans sa bouche pour l'écarter tout en faisant les gros yeux, et la mère et la fille éclatant d'un rire sans retenue.

« Va-t'en, s'ordonna-t-il. Avant de te perdre pour de bon. »

20

De retour chez lui, assis sur le canapé, Ash fixait un mur blanc. Quelque chose le gênait dans sa poche. Il en tira son cure-dents et le deuxième sachet de Pop Rocks. Il venait de le vider en entier dans sa bouche et se disait que Windy avait raison, c'était meilleur à la cerise, lorsque son téléphone sonna.

— Ash Laughton.

— Tout va bien ? demanda Jonah d'un ton hésitant. Tu as une drôle de voix.

Avaler tout rond un sachet entier de Pop Rocks n'était pas une expérience agréable, Ash le vérifia dans les secondes qui suivirent.

— Si, si, ça va. Et toi ? Du nouveau ?

— Je me demandais si tu avais eu le temps de jeter un œil aux cassettes de la boutique de prêts sur gages.

— Pas encore, pourquoi ?

— Je viens d'avoir un appel d'un des gars chargés de l'enquête de voisinage, pour les Waters. Ils ont eu un témoignage à propos d'une voiture verte, comme pour les Johnson. Cette fois, elle était garée devant chez les Waters. Deux jours avant la tuerie.

— A-t-on des raisons de croire que ce n'est pas juste un hasard ?

— Elle est restée pendant plus de deux heures. Et un des témoins dit l'avoir vue aussi la semaine d'avant. Mais ce n'est pas tout.

— On a le numéro d'immatriculation ? On peut identifier la voiture ?

— C'est un modèle à hayon, c'est tout ce qu'on sait. Gregory et Ed, les deux gars qui l'ont vue, n'ont pas fait vraiment attention. Ils passent leurs nuits à philosopher devant la boutique de prêts sur gages. Quand notre gars les a interrogés ce soir, ils dissertaient sur le fait que l'alunissage d'Apollo n'avait jamais eu lieu, que c'était de la propagande.

— Je vois. Est-ce qu'on a de quoi lancer un avis de recherche pour la voiture ? Ils peuvent en faire une description, quand même ?

— Ce serait plutôt une étrangère, d'après eux. Mais peu importe. C'est inutile. Parce qu'il y a eu une fuite.

Ash se redressa.

— De quoi tu parles ?

— Je viens d'avoir un appel de la troisième chaîne, qui me demandait confirmation de nos recherches concernant une voiture verte dans l'affaire des décapités du Briseur de Ménages.

— Le Briseur de Ménages ? Ils ont donné un nom au tueur ?

— C'est plus vendeur.

— Qu'est-ce que tu leur as dit ?

— Pas de commentaire. Mais ce n'est pas ce qui va les arrêter. Ils veulent « nous aider » en relayant l'info, pour que ça génère des appels. On ne parle que de ça à la radio, déjà.

— Ça, pour aider, ça va aider. Le meurtrier. Ça va le tranquilliser. Si ça se trouve, il est déjà en train de s'occuper de la location d'une autre caisse. Bon sang ! Tu as une idée d'où peut venir la fuite ?

— Non. La troisième chaîne sous-entend vaguement que ça viendrait du bureau du maire, mais je leur ai parlé, là-bas, et ils nient. Avec plus de conviction que d'habitude. Gerald a ajouté qu'un tueur en série qui a déjà son petit nom, ça fait baisser le tourisme d'au moins trois pour cent.

— Ah, ça fait chaud au cœur de voir que la préoccupation principale du maire est le bien-être de ses administrés. Le Briseur de Ménages. Pas mal, faut reconnaître. Je me demande si ça plaît au tueur.

— Tu crois qu'on a affaire à un type qui recherche l'attention du public ?

— Étant donné la façon dont il met ses crimes en scène, le sentiment de domination qu'il doit en tirer, je ne serais pas surpris qu'il trouve un certain plaisir à contrôler les médias aussi. J'espère juste qu'il ne va pas leur proposer une petite représentation rien que pour eux.

— Tu vas quand même regarder ces cassettes, maintenant qu'on sait que la voiture verte ne nous mènera sans doute nulle part ?

— De toute façon, c'est toujours mieux que ce qui passe à la télé.

— T'as besoin d'aide ?

— Non, ça devrait aller.

Ash avait visionné trois cassettes et terminé presque tous les restes du réfrigérateur lorsqu'il nota quelque chose d'intéressant. Il revint en arrière et repassa la bande au ralenti.

Il lança un « génial » sans même s'entendre. Déjà, son cœur battait plus vite. Il n'aurait pas su dire ce qui l'excitait le plus, ce qu'il venait de découvrir ou la pensée de ce à quoi il allait passer le reste de la nuit.

Il vérifia qu'il avait du liquide, puis saisit l'annuaire. Il y trouva tout de suite ce qu'il cherchait : *Chez Charlene, salon de massage et café Internet, ouvert vingt-quatre heures sur vingt-quatre*.

21

Lorsqu'elle avait écrasé sa cigarette dans le cendrier qui débordait de mégots, sur sa table basse, et décidé de sortir faire un tour en voiture, Ève Sebastian n'avait prévu de s'absenter qu'un petit moment. Mais une fois démarrée, la voiture avait continué à rouler, comme si elle se conduisait elle-même, jusqu'à ce qu'elle s'arrête là. Quatre heures plus tôt, la voiture – pas elle – s'était arrêtée et garée juste en face de la maison qu'elle voulait pourtant éviter. Celle qu'elle ne pensait pas être capable de voir pour le moment. La maison qui était la suivante sur la liste.

Tandis que le soir tombait, elle avait regardé s'allonger les ombres, jusqu'à ce que l'obscurité se fasse. Les lampadaires s'étaient allumés, les rues s'étaient animées, les gens étaient rentrés chez eux. Devant et derrière elle, les places furent prises par d'imposants 4×4 et de grosses berlines de marques européennes, conduits par des femmes qui avaient son âge, certaines en tailleurs élégants et carrés de soie, d'autres en pantalons, twin-sets et perles, différentes et pourtant identiques à ses yeux. Sûres d'elles. Sûres de leur existence. Elles portaient à l'annulaire des diamants de la taille d'un ongle, et dans leurs sacs, leurs portefeuilles regorgeaient de photos d'enfants souriants. Elles se saluèrent, certaines s'embrassèrent, juste devant sa vitre, avant de se diriger vers une des maisons voisines de celle qu'elle surveillait, avec dans les bras de petits sacs en papier brillant et coloré, décorés de personnages de dessins animés et de nœuds tout faits, des plats à gâteaux recouverts de papier aluminium. Elle remarqua alors que des ballons bleus et roses avaient été accrochés à la poignée de la porte d'entrée et comprit de quoi il s'agissait : on fêtait l'arrivée prochaine d'un bébé.

Elle alluma une autre cigarette.

Elle avait toujours pensé qu'elle ferait elle aussi, un jour, une fête pour l'arrivée d'un bébé. Elle voulait plusieurs enfants. Elle en voulait une maison pleine, et un mari qui rentrait en lançant : « Chérie, c'est moi. » Elle voulait une soirée en tête à tête, de temps en temps, à parler des enfants, de leurs résultats scolaires, une soirée sans grand-chose à se dire, mais agréable, heureuse. Elle adorait faire du baby-sitting, quand elle était plus jeune. D'abord pour jouer avec les enfants, et puis, lorsqu'ils étaient couchés, pour fouiller dans les affaires de leurs parents. Elle passait en revue le contenu des placards, des tiroirs, regardaient les photos de famille, celles qui étaient exposées, et celles qui étaient rangées dans les albums, essayant de deviner pourquoi certaines méritaient d'être montrées et d'autres non. Les photos exposées l'étaient-elles pour les visiteurs, ou était-ce un moyen pour la famille de réaffirmer son existence ? Elle essayait d'imaginer à quoi ils ressemblaient, tous ensemble à table, le matin, ce qu'ils disaient, la place de chacun. Seule dans ces maisons étrangères, silencieuses, elle se glissait dans les vies de ces familles comme on revêt un costume.

À la radio, c'était l'heure de l'émission *Tubes d'avant*, consacrée ce soir-là aux années quatre-vingt. La voix de Madonna résonna, chantant *Like a virgin*, et Ève pensa à Victor Early. Victor, celui à cause de qui elle avait cessé de faire du baby-sitting, cessé de jouer à la famille idéale. Victor, avec son torse couvert de poils, sa grosse chaîne en or autour du cou et sa bague à tête de cheval au petit doigt.

Cet après-midi-là, elle écoutait Madonna dans sa chambre quand on avait sonné à la porte. Elle avait ouvert à un ami de son père. Elle n'avait pas encore quinze ans, à l'époque, donc cela devait faire vingt ans, mais elle se souvenait encore qu'il portait une chemise en soie bordeaux, ouverte sur sa poitrine, et un pantalon noir.

Il lui avait souri en lui tendant la main.

— Salut, je m'appelle Victor. Je suis un copain de ton père, tu te rappelles ? On s'est vus quand tu es venue au casino, avec ta mère, pour chercher ton père.

Elle n'avait pas su quoi répondre. Ce souvenir était horrible. Elle revoyait sa mère traverser la salle du casino en direction des tables de black-jack et hurler à son père :

— Mais où étais-tu ? Il faut que tu rentres, maintenant ! J'en ai ras le bol de passer ma vie toute seule !

Ève s'était mise sur le côté, regardant ailleurs, pour faire semblant de ne pas être avec eux. Elle avait pris la pose de ces mannequins, dans les magazines de mode, photographiés en plein milieu d'un marché aux poissons mais qui semblent protégés de ce qui les entoure par leur costume de lin blanc immaculé.

— Mon père est pas là, avait-elle répondu à Victor.

— Je sais. Je viens de le voir au casino. C'est pour ça que j'ai décidé de passer. Je peux entrer ?

Elle l'avait laissé entrer en haussant les épaules. En le conduisant jusqu'au salon, elle avait plongé les mains dans les poches de son jean, pour découvrir ses hanches, et marché d'un pas chaloupé. Elle avait tout de suite compris ce que Victor faisait là, même s'il avait mis dix bonnes minutes à entrer dans le vif du sujet. Savoir à quoi il voulait en venir lui avait donné du pouvoir. Elle s'était assise sur le canapé, avait allongé ses jambes, laissant glisser la bretelle de son débardeur sur son épaule.

— Qu'est-ce que vous voulez, Victor ?

Il l'avait regardée comme jamais personne ne l'avait fait, d'une façon qu'elle attendait depuis longtemps. Comme s'il avait faim.

— Ben... c'est à propos de ton père. Il a des problèmes d'argent. Avec des potes, on a proposé de lui en prêter, mais tu sais comme il est...

Elle le savait. Elle trouvait la fierté de son père formidable.

— Continuez, avait-elle lâché.

— Eh ben, je me disais que peut-être, tu voudrais l'aider. Ça te dirait de te faire un peu d'argent ?

Il avait commencé par proposer cent dollars pour une fellation, mais elle savait qu'elle pouvait obtenir plus. Pour finir, ils s'étaient mis d'accord sur cinq cents dollars pour la totale, dix fois ce qu'elle aurait gagné en une semaine de baby-sitting. Ils l'avaient fait tout de suite, dans sa chambre, sur le lit avec le baldaquin de princesse. Victor lui plaisait, avec son crâne chauve, et les poils grisonnants sur son dos. Il portait le même après-rasage que son père. Et il n'avait mis que cinq minutes à jouir.

— Je t'appelle, avait-il dit, avec de l'admiration dans le regard.

Et elle l'avait cru. L'avait espéré, en voyant l'expression sur le visage de son père lorsqu'elle lui avait tendu les billets.

— Où as-tu trouvé ça ? avait-il demandé, rayonnant, naïf.

— J'ai un nouveau travail.

— Et c'est pour moi ? Oh, mon bébé, tu es la meilleure fille au monde. Ma petite Ève est une si gentille fille.

Elle n'avait jamais oublié la force avec laquelle il l'avait serrée dans ses bras, ce soir-là, le baiser qu'il avait déposé sur ses cheveux avant de sortir, regardant l'argent, souriant, ne se demandant pas un seul instant comment une baby-sitter pouvait gagner cinq cents dollars par semaine. Elle savait qu'il penserait à elle pendant toute la soirée.

Dans la voiture, Ève alluma une nouvelle cigarette, et Madonna se tut.

Victor aimait bien écouter Madonna pendant qu'ils le faisaient. Il mettait le volume à fond et l'appelait sa petite vierge. Un soir, il lui avait demandé de garder son uniforme de lycée, et surtout ses petites chaussettes à bords en dentelle. Rien que de les regarder l'excitait, avait-il dit. Puis il avait ajouté qu'il l'aimait, qu'il aurait voulu vivre avec elle, et pas avec sa femme. Ce soir-là, elle l'avait laissé faire sans mettre de préservatif. C'était un peu après 19 heures, il faisait encore jour, l'air était tiède, ils avaient ouvert la fenêtre. Victor, des gouttes de sueur roulant sur le torse, les yeux clos, avait écrasé ses petits seins sous son poids. Avec un grognement, il était entré en elle, avait donné un coup de reins, deux, trois, comme d'habitude, puis il avait crié son prénom, pas comme d'habitude.

Ils n'avaient pas entendu la voiture s'arrêter dans l'allée, sa mère rentrer d'un cours plus tôt que prévu. Mais ils avaient entendu les pas dans l'escalier, puis les coups frappés à la porte. Sa mère s'était mise à crier :

— Qu'est-ce qui se passe, ici ? Ouvre cette porte, petite traînée, avant que je l'enfonce !

Victor, essoufflé, s'était lancé dans une danse grotesque, pour remonter son pantalon, remettre son tricot de corps, attraper sa chemise en soie, jeter ses mocassins italiens par la fenêtre, se jeter à leur suite. Enfin, sa mère avait ouvert la porte à force de taper dessus, juste au moment où Victor disparaissait. L'imaginer courant dans la rue en tenant son pantalon l'avait fait rire, malgré sa mère qui lui hurlait :

— Espèce de traînée ! Petite salope qui reçoit des garçons dans sa chambre !

Des garçons. Ève avait ri encore plus fort. Qui parlait de garçons ? Elle avait des hommes, elle. Qui l'aimaient.

Puis sa mère avait posé la main sur la petite boîte à musique que son père lui avait offerte, celle où elle rangeait tout son argent.

En un éclair, elle avait fondu sur sa mère, avait arrêté son geste.

— Je te déteste. Lâche cette boîte tout de suite ou je dis tout à papa.

Ça avait marché. Sa mère avait retiré sa main et quitté la chambre, enfermant Ève à l'intérieur. Celle-ci avait attendu toute la nuit, avec son uniforme de lycée, que Victor revienne, accoudée à la fenêtre, fumant lentement les cigarettes au menthol qu'il avait oubliées. Tout aussi lentement, elle en avait approché le bout incandescent de son avant-bras. Elle avait dû tendre l'oreille pour entendre sa peau grésiller par-dessus la voix de Madonna, dont elle avait remis la cassette. Ensuite, elle s'était regardée dans le miroir, poitrine plate, cheveux plats, espérant le retour de son père, le retour de Victor, dans sa grosse Cadillac avec les sièges en velours bordeaux. Pour finir, elle avait pris la boîte à bijoux offerte par son père pour ses sept ans, avec le pendentif « Fille en or » à l'intérieur. Son bien le plus cher. Elle l'avait lancée dans le miroir, en plein milieu. Le miroir s'était fendillé de toutes parts.

Le lendemain, elle avait trouvé une rose jaune sur le rebord de sa fenêtre, avec un petit mot qui disait :

J'espère que tu vas mieux. Ton ami, Harry.

Elle avait mis un moment à se souvenir que Harry était le garçon qui habitait à côté de chez elle, dans la maison qui faisait le coin. Il avait dû l'entendre se disputer avec sa mère. Ève avait regardé la fleur, et penser que quelqu'un se préoccupait d'elle l'avait fait pleurer. Elle avait regardé par la fenêtre, ce jour-là, pour guetter Harry, lui dire merci, mais elle n'avait vu personne. Elle avait laissé sécher la rose, puis l'avait mise dans sa boîte à bijoux, avec son argent, et tout ce à quoi elle tenait, et elle n'y avait plus pensé. Du moins jusqu'à ce que, quatre mois plus tôt, un événement vienne la lui rappeler.

C'était la soirée d'inauguration de son restaurant. Une soirée de folie. Elle avait utilisé un flacon entier de solution antibactérienne pour se nettoyer chaque fois que l'on venait l'embrasser, pour rester propre. Incapable de supporter tout cela, elle avait fini par se glisser dehors et avait fumé une cigarette en regardant le restaurant, son restaurant, et tous les gens à l'intérieur qui déclaraient l'aimer. Elle regrettait que Trish ne soit pas venue de Los Angeles pour la circonstance. Regrettait que son père ne soit pas là non plus.

— Madame Sebastian ?

Elle avait levé les yeux et vu cet homme séduisant.

— Je ne vous serre pas la main, avait-il dit. Il semblerait que vous ayez eu votre lot de « contacts » pour ce soir.

Elle aurait pu tomber amoureuse de lui là, tout de suite.

Mais il y avait eu mieux. Il s'était raclé la gorge avant d'ajouter :

— Vous ne vous souvenez sans doute pas de moi. J'ai été votre voisin pendant quelques années, quand nous étions adolescents tous les deux. Cottonwood Avenue ? Harry ?

— Le garçon qui m'a offert une rose jaune.

Elle l'avait fixé longuement, essayant de retrouver le visage boutonneux derrière celui de l'inconnu qui lui faisait face.

— Alors, vous vous souvenez.

— Je l'ai encore. La rose. C'était la première fleur qu'on m'offrait.

Et pratiquement la seule, depuis.

Il avait souri et ressemblé un peu plus à l'adolescent d'autrefois, mais beau. Beau et heureux.

Le lendemain, ses associés du restaurant et le gérant, Norton, lui avaient demandé ce qui lui était arrivé. Elle avait disparu en plein milieu de la soirée. S'était-elle sentie mal ?

Oui, avait-elle menti sans hésiter. Il n'était pas question qu'elle leur dise qu'elle était partie avec Harry. Ils étaient allés faire un tour de grand huit – de grand huit ! – parce qu'elle avait déclaré avoir besoin de prendre l'air. Puis il l'avait reconduite chez elle, jusqu'à sa porte, comme un vrai gentleman. Ce soir-là, elle s'était recroquevillée dans son lit en songeant à la façon dont il l'avait serrée dans ses bras pendant le tour de grand huit. Et à son baiser délicat sur les lèvres.

— Je t'appelle, avait-il promis.

Et il avait tenu sa promesse. Il l'avait appelée et avait dit :

— J'ai hésité. Je pensais attendre un peu, je ne savais pas exactement ce que j'éprouvais pour toi. Et puis, on dit que c'est bien de ne pas brusquer les choses, que c'est mieux pour la suite de la relation. Mais je n'ai pas pu. Je voudrais qu'on se revoie ce soir.

Le conte de fées avait duré trois mois. Ils s'appelaient tous les jours, se voyaient tous les soirs. Cette fois, elle avait pris la résolution de faire les choses comme il fallait, de suivre toutes les règles, d'être une gentille fille. Elle avait même attendu un mois avant de coucher avec Harry. Il savait qu'elle avait eu une enfance difficile, et il voulait l'aider à oublier. Les mauvais souvenirs, disait-il, il en faisait son affaire. Par exemple, il avait abandonné le nom de famille de son beau-père pour reprendre celui de son vrai père. Un nom qu'il était prêt à partager avec elle si elle voulait bien lui faire l'honneur de devenir sa femme.

Il avait dit ça comme ça, et elle s'était jetée dans ses bras, éprouvant à son égard une confiance que jamais elle n'avait eue en personne. Le mariage, une famille, « Chérie, c'est moi », tout cela était à sa portée, désormais.

— Il suffit de tourner la page et d'avancer, avait dit Harry. Ne t'appesantis pas sur le passé. Ne retourne pas dans les endroits qui te rappellent ton père. Sois avec moi, ici, maintenant.

Elle avait essayé. De toutes ses forces. Mais lutter contre le passé était si difficile… Peu à peu, elle avait commencé à oublier d'appeler Harry parce qu'elle surveillait les maisons, celles qui contenaient tous ses souvenirs. Elle n'avait rien d'autre.

Elle revoyait encore les lèvres de Harry bouger tandis qu'il lui annonçait que c'était fini.

— Ça te bouffe la vie, avait-il dit ce jour-là, dans son bureau. Il n'y a pas de place pour moi dans tout ça. Tu as trop de problèmes à régler.

Mais ce qu'il lui disait en réalité, c'était qu'il ne pouvait pas l'aimer. Parce que personne ne le pouvait.

Ève se demanda si Harry écoutait l'émission *Tubes d'avant*, en ce moment même. C'était leur émission favorite, et il avait une fois fait une dédicace à son intention, en demandant que passe la chanson *Cheesurger in paradise*. Il l'appelait souvent son petit cheeseburger, parce qu'elle était si délicieuse.

Elle avait la main sur la mallette à couteaux lorsque l'on tapa à sa vitre. Surprise, elle sursauta. Dehors se tenait une femme en twin-set qui lui souriait en lui faisant signe de baisser sa vitre.

Ève s'exécuta, laissant s'échapper un nuage de fumée de cigarette qui fit tousser la femme.

— Vous prenez votre santé à cœur, à ce que je vois ! dit cette dernière en riant.

— Oui.

— Je venais juste vous dire qu'on allait commencer à ouvrir les cadeaux. Alors, vous pouvez peut-être entrer et féliciter la future maman.

Ève regarda son interlocutrice sans comprendre.

— Vous n'êtes pas une amie de Kelly ? Vous ne venez pas pour la petite fête ? demanda la femme en montrant la maison à côté de celle où avait grandi Ève. Kelly O'Connell ?

— Non, répondit Ève. J'attends mon ami Harry. Il habite à côté.

— Oh. Je suis désolée. Quand je vous ai vue dans votre voiture, j'ai cru que vous n'osiez pas entrer par timidité, et… Je vous prie de m'excuser, vraiment. En tout cas, il y a plein de choses à manger, à l'intérieur, alors si le cœur vous en dit… n'hésitez pas !

— Je vous remercie, mais je suis au régime.

La femme sourit de nouveau.

— Bon… Mais si vous changez d'avis…

Et elle alla rejoindre les autres à l'intérieur.

Les rideaux n'étaient pas complètement tirés, et Ève entrevoyait les invitées, qui riaient, poussaient des « oh » et des « ah » devant le contenu des cadeaux, mordaient joyeusement dans des biscuits à la confiture ou des macarons au citron, ne se souciant pas des calories. Elle s'imagina ce qu'elle devait représenter pour elles, pauvre célibataire seule dans une voiture pleine de fumée de cigarette.

Elle les détestait, avec leurs cheveux parfaits, leurs alliances et leurs maris qui les enlaçaient au milieu de la nuit. Mais non, ce n'était pas de la haine, c'était de la jalousie. Elle était surtout jalouse de Kelly, au centre de l'attention de son petit groupe d'amies. Elles avaient tout, elle n'avait rien. Ni personne. C'était injuste. Pourquoi avaient-elles le droit d'être heureuses alors qu'elle se sentait aussi mal ?

Madonna se tut et l'animatrice de *Tubes d'avant*, Daisy Deluxe, prit la parole. Elle avait un communiqué à faire sur les meurtres commis par le Briseur de Ménages. La police recherchait activement un ou une inconnue dans une voiture à hayon verte.

Ève se figea, cigarette en l'air.

— Et si vous êtes à l'écoute, Briseur de Ménages, dit Daisy Deluxe, je tiens à vous dire que pour moi, vous êtes un monstre. J'espère que vous serez bientôt sous les verrous et que vous y pourrirez.

— Briseuse de ménages, murmura Ève, sentant ses mains trembler.

Cette femme ne savait pas de quoi elle parlait. Ces mots étaient les pires que pouvait imaginer Ève. La première fois qu'elle les avait entendus, la première fois qu'on l'avait appelée comme ça, ç'avait été le pire jour de son existence. Ce surnom l'avait suivie à Los Angeles, comme une prophétie s'accomplissant d'elle-même, et aujourd'hui, malgré tout, il la retrouvait ici.

Elle était venue devant chez Harry par hasard, mais maintenant, il fallait qu'elle le voie. Elle en avait besoin. Elle avait trop repoussé l'échéance. Elle décida de l'attendre derrière la maison, pour lui faire la surprise, et alla s'asseoir sur la première marche de la porte qui ouvrait sur le jardin, moitié dans l'ombre, moitié dans la lumière. « Salut, Harry, dirait-elle. Je voulais te voir avant de me suicider. »

Et il dirait : « Non, non, tu peux pas faire ça ! Je vais m'occuper de toi. » Il était obligé. Elle savait qu'il ne résisterait pas à une demoiselle en détresse.

Ensuite, elle entrerait, et elle le ferait. Elle se rendit compte qu'elle pleurait et essuya son visage d'un revers de manche.

Un quart d'heure plus tard, il arriva, beau, et visiblement fatigué. Il ne l'avait pas vue, alors elle se leva et dit :

— Bonsoir, Harry.

Avant qu'elle ait pu continuer, tout avait changé. L'expression, sur le visage de Harry, n'était pas celle qu'elle avait imaginée. Ce n'était pas de la surprise, non. C'était mieux que de la surprise. Il semblait heureux de la voir. Il lâcha son attaché-case, tous ses papiers, et courut vers elle pour la prendre dans ses bras.

— Ève ! dit-il. J'ai pensé à toi toute la journée. J'ai essayé de t'appeler, chez toi, au boulot. Tu me manques tellement. Et là, c'est comme si j'avais rêvé de toi et que tu étais arrivée par enchantement. Tu pleurais ?

— Oui, dit-elle en s'abandonnant à cette étreinte si douce.

Et en se demandant ce qu'elle allait faire du couteau qu'elle avait dans la main.

22

Il avait fallu toutes les capacités de persuasion de Brandon, mais Cate avait fini par accepter le fait que pour être mangeable, une boulette de viande n'avait pas besoin d'être parfaitement sphérique. Après le dîner, un bain, une promesse de la part de Windy concernant la réalisation d'arcs-en-ciel sur les murs de sa chambre et quelques pages supplémentaires du *Petit Prince*, elle s'était couchée de bonne grâce, serrant Barbie Footballeuse contre son cœur.

Lorsque Windy redescendit, après avoir souhaité bonne nuit à Cate et Barbie, Brandon avait déjà tout rangé dans la cuisine et examinait une liasse d'échantillons de tissus devant l'épisode du *soap opera* mexicain qu'il avait enregistré l'après-midi même. Sur l'écran, une femme sanglotait en s'accrochant à un homme au regard lointain, dont les lèvres bougeaient à peine sous ses moustaches.

— On n'a pas déjà vu cette scène la semaine dernière ? demanda Windy.

Dans la mesure où elle ne parlait presque pas l'espagnol, elle ne pouvait suivre l'intrigue que grâce aux images.

— Loulou et Diego ont une relation très complexe, expliqua Brandon. Se disputer est une façon pour eux de se dire qu'ils s'aiment. Ils se réconcilieront après la pub.

— Mais elle pleure tout le temps. Elle est toujours sous pression, on dirait.

— C'est ce qui fait son charme.

Une pub coupa la scène, et Brandon appuya sur la touche pause.

— Je ne voudrais pas me prendre pour ta mère, ma chérie, mais si tu allais te coucher ?

Il imitait l'accent de Mme Thomas mère à la perfection.

— Serait-ce là ta façon de me dire gentiment que j'ai une sale tête ?

— *Más o menos*. Plus ou moins.

— Merci. Je vais m'occuper du dernier carton, histoire de m'en débarrasser, et puis dodo.

— Ben voyons, dit Brandon, impassible, avant de remettre la cassette.

Le carton en question se trouvait tout en bas de la bibliothèque, à côté du bureau de Windy, dans le séjour. Éplucher les papiers et les photos de la famille Waters pendant la journée lui avait rappelé qu'elle ne l'avait jamais ouvert. Elle n'avait pas eu le temps de le faire au moment du déménagement, et depuis, repoussait sans arrêt cette tâche, toujours par manque de temps, et par fatigue, aussi. Il contenait essentiellement des papiers, des choses qu'elle devait classer, ainsi que quelques vieilles photos. Elle alla le chercher, le tira de sa petite niche, le regarda, tout en écoutant Brandon chanter une pub en espagnol. Puis elle remit le carton à sa place.

Elle était trop fatiguée, ce soir.

Elle s'assit sur l'accoudoir du canapé. Brandon mit une nouvelle fois le magnétoscope sur pause – une autre femme était à l'écran, en larmes elle aussi – et la regarda.

— Qu'est-ce qui ne va pas ?

— Je suis vraiment désolée de faire ça, mais j'ai un service à te demander. Il est possible que j'aie à faire des horaires pas possibles, dans les jours à venir. Est-ce que ça t'embêterait…

— Absolument pas, coupa Brandon. Je m'occupe de la Belette, ne t'inquiète pas. Tu sais bien que j'adore ça. Comme ça, on finira de refaire sa chambre. Qui sait, on s'attaquera peut-être même à la tienne. Je me disais qu'une déco style casbah marocaine…

— Oui, pourquoi pas ? répondit Windy, qui n'écoutait pas vraiment. Tu sais, ça m'embête vraiment de vous délaisser, Cate et toi, pour le travail, en plus. Mais…

— Mais c'est ton boulot, ma chère. C'est ce que tu fais pour gagner ta vie. M'occuper de la Belette, c'est ce que je fais, moi. Et franchement, ça me rassure de te savoir au boulot. Il faut quand même que quelqu'un s'occupe de boucler les méchants, non ?

Pourquoi cela était-il évident pour tout le monde excepté Bill ? Mince, elle avait oublié de le rappeler. Elle remercia Brandon et alla dans la cuisine, où elle composa le numéro de Bill. Pas de réponse. Il avait dit qu'il serait chez lui et répondait toujours quand il voyait son numéro s'afficher, même s'il était couché. Était-il furieux contre elle ?

Elle allait devoir se rattraper. Encore une fois.

Mais comment lui en vouloir d'être en colère, alors qu'elle-même avait encore du mal à évoquer ce qui s'était passé huit mois plus tôt, sur cette scène de crime, en Virginie ? Ces vingt secondes de conscience, dans une mare de son propre sang, à se demander si l'homme allait la frapper une nouvelle fois, à se dire qu'elle ne reverrait jamais Cate. Deux centimètres plus à droite ou plus à gauche, et ç'aurait été fini, la lame aurait touché le cœur ou les poumons. Mais elle n'avait heurté que les côtes, pas d'organes vitaux, et Windy s'en était sortie. Il était inutile de s'appesantir là-dessus.

Elle faisait son boulot lorsque c'était arrivé. Un homme avait déclaré savoir où se cachait un suspect dans une affaire de meurtre. À son discours, à sa façon de se comporter, les officiers l'avaient cru, avaient suivi la piste qu'il avait donnée et retrouvé le suspect. Arrêté, ce dernier n'avait fait que nier et clamer son innocence, mais cela les avait amusés plus qu'autre chose, surtout après que l'équipe technique avait trouvé sur la victime – Tawny Marks, une jeune femme de vingt-deux ans – des cheveux correspondant en tout point, couleur, texture, longueur, à ceux du suspect. Et comme, pour tout arranger, ce dernier était l'ex-mari de la victime…

Pourtant, même en lisant les résultats du labo concernant des indices qu'elle avait elle-même relevés sur la scène de crime, une partie de Windy restait persuadée qu'il n'était pas coupable. Mais au lieu de faire confiance à son intuition – l'intuition ment, l'indice, jamais –, elle avait décidé qu'il lui fallait retourner sur la scène de crime, pour chercher d'autres indices.

Mais au fond, si elle n'avait pas osé faire confiance à son intuition, c'était parce qu'elle prenait cette affaire trop à cœur. Elle ne connaissait pas Tawny Marks, la victime, mais avait vu les larges cicatrices sur ses poignets, dont elle avait demandé la provenance à la sœur de Tawny. La jeune fille avait connu l'enfer – à cause de ses propres démons, avait expliqué la sœur. Elle avait tenté de se suicider en s'ouvrant les veines, quand son mariage avait mal tourné. C'était elle qui avait tout fait rater, Tawny le savait, elle avait eu une aventure avec un plombier. Son mari, celui qui avait été arrêté, l'avait découvert, mais aurait été prêt à repartir à zéro si elle l'avait voulu. Elle avait préféré s'en aller, persuadée qu'elle ne méritait pas son mari, elle qui s'était mise à boire, à se droguer. Sa tentative de suicide avait échoué et lui avait ouvert les yeux. Elle avait remis de l'ordre dans sa vie, avait cessé de boire. Se sentait mieux. Bien, même.

Pour la police, un tel témoignage était accablant : les conjoints jaloux faisaient toujours d'excellents suspects. Mais pour Windy, il motivait l'existence d'un autre coupable. Et puis, pour elle, toute personne capable de trouver l'énergie nécessaire au coup de pied qui permet de remonter à la surface quand on a touché le fond et affronté ses propres démons méritait le respect. Et la justice.

Elle était retournée dans le petit appartement où la jeune femme avait été tuée et s'était mise au travail. Elle était sous le lit et effectuait un prélèvement quand il lui avait semblé entendre un bruit. À peine quelques secondes plus tard, elle avait senti une main se refermer autour de sa cheville.

On l'avait brusquement tirée de sous le lit, puis retournée. Elle avait aussitôt reconnu son agresseur. C'était l'homme qui était venu dénoncer le suspect à la police. Lui aussi l'avait reconnue. Il ne lui avait fallu que quelques secondes pour ouvrir son couteau à cran d'arrêt et la frapper au niveau du cœur.

Alors s'étaient écoulées les vingt plus longues secondes de son existence. Gisant dans son sang, terrifiée, furieuse, incapable de bouger, elle avait regardé l'homme récupérer sous le lit les deux cent cinquante dollars pour lesquels il était revenu, puis s'en aller après lui avoir donné un dernier coup de pied.

Plus tard, à l'hôpital, Windy avait appris que l'homme en question était l'assassin de Tawny. Ce soir-là, elle avait invité son ex-mari, espérant se réconcilier avec lui. L'assassin était le plombier avec qui elle avait eu une liaison et qui, en découvrant ça, lui avait tiré dessus. Sur le moment, avait-il avoué ensuite, il n'avait pas osé la bouger du lit pour récupérer son argent. Voilà pourquoi il était revenu quelques jours plus tard.

En reprenant conscience, Windy n'avait cherché qu'un visage, celui de Cate. Et, Dieu merci, elle l'avait trouvé. La fillette était là, sur les genoux de sa grand-mère. À bien des égards, cet instant avait été le plus beau de sa vie.

Et d'une certaine manière, le pire aussi. Parce que avec le réveil étaient arrivés le doute, la peur et les récriminations. De la part de sa mère, de sa belle-famille. D'elle-même. À quoi avait-elle pensé en retournant sur cette scène de crime ? Était-ce là une attitude responsable ? Et si elle ne s'était pas réveillée, que serait-il arrivé à Cate ? Ce job était-il vraiment un job pour une femme ?

La veille de sa sortie de l'hôpital, sa belle-mère, la mère d'Evan, était venue la voir. Elles étaient seules, et elle n'y était pas allée par quatre chemins. Dans son tailleur crème très élégant, appuyée contre la table parce qu'elle ne voulait pas toucher la chaise, elle avait déclaré :

— Le décès d'Evan a été un coup très dur pour nous tous. Mais toi, Windy, tu dois cesser de te comporter comme si ta vie n'avait pas d'importance, cesser de prendre de tels risques. Si tu ne peux pas faire ce travail en toute sécurité, alors démissionne. Je veux que ma petite-fille soit élevée par une mère responsable.

C'était quand même un peu fort, avait songé Windy. Lui dire comment élever sa fille alors qu'elle-même avait rarement trouvé le temps, entre le bridge et les conseils d'administration, de s'occuper de son propre fils. Mais elle n'avait pas protesté, parce que Mme Kirkland n'avait pas complètement tort. Elle avait baissé sa garde un instant et fait le mauvais choix. Cela n'arriverait plus.

Elle se comporterait en adulte responsable, avait-elle décidé. À cette époque, Bill et elle sortaient ensemble depuis cinq mois. Ils se voyaient beaucoup, mais habitaient chacun de leur côté. Et lorsqu'il avait découvert ce qui l'avait empêchée d'être à leur rendez-vous ce soir-là, il avait été merveilleux. À son retour chez elle, il s'était occupé d'elle, lui avait fait la cuisine, avait gâté Cate plus que de mesure, annulé tous ses déplacements pour rester près d'elle.

Et il n'était plus jamais vraiment retourné chez lui. Cela s'était fait naturellement. Pour la première fois depuis longtemps, Windy avait eu le sentiment de prendre sa vie en main. Fini les hauts et les bas, bienvenue à la stabilité constante. Avec Bill, c'était un nouveau départ, un nouveau travail, aussi, loin de la vieille ferme de Virginie où Evan et elle avaient passé leur vie d'époux. Et la certitude d'avoir pris les bonnes décisions, de se conduire en adulte responsable.

— Je ne voudrais pas que vous empiliez les dénis les uns sur les autres, lui avait dit sa thérapeute. J'aimerais être sûre que vous avez surmonté le décès d'Evan et le traumatisme que vous avez vécu.

— Bien sûr que je les ai surmontés.

C'était vrai. Elle ne pleurait plus, ne faisait même plus de cauchemars.

Elle prenait des précautions, faisait attention. Elle savait que de l'endroit où elle se trouvait en ce moment même, dans la cuisine de sa maison de Las Vegas, en tournant la tête vers la gauche, elle verrait sur le placard la marque qu'elle avait faite, à six mètres quarante exactement de la porte qui donnait sur le jardin. Six mètres quarante et moins, c'était la distance à laquelle la loi considérait que l'on était en situation de légitime défense si l'on tirait sur un intrus. La distance de sécurité. Elle avait fait une marque similaire à six mètres quarante de toutes les portes de la maison. Elle seule connaissait l'existence de ces marques. Elle seule connaissait l'existence du pistolet qu'elle cachait entre le sommier et le matelas de son lit.

Elle avait été tentée de les montrer à Bill, pour lui prouver qu'elle agissait en personne responsable, mais elle savait qu'il en aurait profité pour reparler de ce qui s'était passé. Plus elle s'en remettait, plus il se faisait de souci. Uniquement parce qu'il l'aimait, disait-il. Et elle le croyait. Comment, dans ces conditions, lui expliquer que chaque fois qu'il lui posait des questions sur ses allées et venues, elle avait le sentiment qu'il remettait en question ses capacités de jugement, sa clairvoyance ? Que son inquiétude, elle la vivait comme un manque de confiance ? Que chaque « je me suis fait du souci pour toi » et chaque « où étais-tu, Windy ? » la ramenaient dans l'appartement de Tawny Marks, à la femme qui avait commis une erreur et sur qui on ne pouvait pas compter ?

Elle savait que sa réaction était injuste. Bill avait tous les droits de se faire du souci. Elle avait été stupide, avait mis sa vie en danger. Et aujourd'hui, il avait tous les droits de s'énerver contre elle. Elle respectait assez peu sa part du contrat : plus de scènes de crime, plus de violence si elle prenait le poste de chef du département de criminalistique à Las Vegas, les forçant à déménager. C'était elle qui n'était pas à la hauteur, et elle s'en voulait. Elle s'en voulait d'autant plus qu'elle savait que, quoi qu'elle dise, elle ne s'arrêterait pas.

Une nouvelle fois, elle prit le téléphone pour appeler Bill. Ce faisant, elle constata que tout en repensant à ce qui s'était passé, elle s'était rongé tous les ongles de la main droite. C'était la première fois en plus d'un an. « Ça ne veut pas dire que tu perds pied », se convainquit-elle. Elle composa le numéro, déterminée à laisser un message sur le répondeur, hésitant à parler longuement jusqu'à ce qu'il se décide à décrocher, sachant qu'elle risquait surtout d'être déçue. Pour finir, elle dit simplement :

— Je suis désolée, Bill, et je t'aime.

Et elle raccrocha.

Elle vérifia les verrous sur toutes les portes et les fenêtres du rez-de-chaussée, puis retourna dans le salon.

— Brandon, je vais me coucher.

— Bonne idée. Au fait, tu aurais pu me dire que ton patron était beau comme un dieu. Ce mec est à mourir ! Et pas seulement mignon – il est sympa, aussi. Avec une assurance tout en douceur. Il m'a vraiment plu. Tu peux l'inviter quand tu veux.

— Je suis ravie que tu sois d'accord.

L'espace d'un instant, l'image d'Ash avec une femme, celle avec qui il avait rendez-vous ce soir-là lui traversa l'esprit. Elle se demanda ce qu'ils avaient fait. S'ils s'étaient amusés.

Tout en mordillant ce qui restait de l'ongle de son pouce droit, elle vérifia une dernière fois le loquet de la porte-fenêtre coulissante, puis monta se coucher.

23

Il était 8 heures passées de dix minutes quand Windy se gara dans le parking du département de criminalistique. Elle était en retard, mais resta un moment au volant, se forçant à respirer, à reprendre le dessus.

D'ordinaire, seules les nuits étaient difficiles, mais en entrant sur le parking, elle avait croisé le docteur Waters, qui sortait du bureau de la brigade criminelle. Il avait immédiatement été assailli par une horde de journalistes. Il avait levé le bras pour se protéger de la lumière des caméras, et elle avait vu que son regard était complètement vide. Sans espoir. Sans rien.

Windy se demanda si c'était ce que voulait le tueur, détruire un homme, si la vue du docteur Waters l'aurait fait jubiler, et ce que « pire » signifierait si elle ne trouvait pas très vite l'indice qui permettrait de l'arrêter.

Elle était descendue de voiture, mais était encore perdue dans ses pensées, quand elle entendit une voix derrière elle.

— Bonjour.

Elle se retourna et vit Ned Blight qui descendait de son 4×4 et la rejoignait de son pas un peu lourd.

— Dites pas au chef que je suis en retard, plaisanta-t-il.

Elle fit de son mieux pour sourire.

— Je ne lui dirai rien si vous ne lui dites rien non plus.

Ned regarda par-dessus son épaule, en direction du groupe qui s'était formé autour du docteur Waters, et passa une main dans ses cheveux bruns bouclés.

— Ça me fend le cœur, un truc pareil.

— Vous travaillez ici depuis longtemps ?

— Au département de criminalistique, depuis cinq ans, mais avant ça, j'ai passé douze ans dans la police de Las Vegas.

— Vous avez dû en voir, des horreurs.

— Mais jamais des comme ça. Vous voulez que je vous raconte un drôle de truc, à ce propos ? Je n'en étais pas tout à fait sûr, mais j'ai posé la question à ma femme hier soir, et elle se souvenait bien, elle. Il y a dix-sept ans, quand j'ai commencé sur le terrain, la première semaine, vous savez où j'ai été appelé ? À la résidence Sun-Crest.

— L'immeuble des Waters ?

— Je me souviens plus si c'était le même appartement, mais le même immeuble, ça, oui, j'en suis sûr. Vous vous rappelez votre première mission sur le terrain, vous ? La première scène de crime sur laquelle vous avez travaillé, après avoir fini votre formation ?

Ça oui, pour s'en souvenir, elle s'en souvenait. Comme si c'était hier. Elle voyait encore le corps couvert de glace, sur le lac. Elle hocha la tête.

— Et cette affaire, reprit Ned, c'était un truc bizarre. Vous savez, du genre qu'on n'oublie pas, qui vous revient de temps en temps. Il y avait ces deux femmes, une mère et une fille, qui se disputaient. Au départ, on avait été appelés pour scène de ménage, on pensait qu'il s'agissait d'un type qui tabassait sa femme. Mais quand on est arrivés, on a vu le mec, assis sur le canapé, qui regardait les deux femmes se disputer, se traiter de menteuses, s'accuser de rendre la vie impossible au type. Moi, j'ai trois filles, mais j'avais jamais rien vu de pareil – et toujours pas, d'ailleurs. Donc, j'en ai parlé à ma femme, et elle s'en souvenait bien, elle aussi. Elle croit aux histoires de karma, elle a des cristaux d'Arizona qui l'aident à canaliser son énergie, et ainsi de suite, et moi, je me fiche toujours d'elle, mais de retourner dans cet immeuble et de voir ce qui est arrivé, ça m'a fait me poser des questions. Peut-être que ça peut arriver, finalement, des trucs comme ça – une énergie négative enfermée dans un endroit et qui hante tous ceux qui s'installent là.

Il se tut un instant, avant de conclure, un peu gêné :

— Bon, je sais que j'ai l'air d'un idiot, à vous raconter mes salades. Je crois que c'est cette affaire, ça me perturbe.

— Ça perturbe tout le monde, dit Windy.

Elle se força à quitter le docteur Waters des yeux et prit la direction du bâtiment où était situé son bureau, résolue à trouver quelqu'un qui pourrait l'aider à redonner une expression à son regard.

Son bipeur se fit entendre. Elle regarda de quoi il s'agissait.

Labo photo, dès que poss. Ash.

— Vous en avez mis, du temps, dit Ash quand Windy entra en trombe dans le laboratoire d'analyse et de traitement de l'image, trente secondes plus tard. Vous êtes allée prendre un café ?

Il semblait surexcité.

— Qu'est-ce que vous avez trouvé ? demanda-t-elle.

— Je voudrais que vous voyiez ça avant qu'on en parle.

Il se tourna vers une jeune femme minuscule aux cheveux violets hérissés sur le crâne, assise devant un ordinateur.

— Je vous présente Erica Ortiz, notre informaticienne de haut vol. Elle dirige ce labo. Erica Ortiz, Chicago Thomas.

La jeune femme adressa un grand sourire à Windy, révélant un appareil dentaire.

— Ravie de vous rencontrer. Bienvenue à notre projection privée.

Elle tapa sur deux touches, et sur son écran très enneigé apparut une voiture garée juste devant la boutique de prêts sur gage.

— C'est notre voiture verte ? demanda Windy à Ash.

— Attendez, attendez.

Une ombre passa devant la caméra, puis un profil d'homme apparut. Il se pencha vers la vitre de la voiture, côté passager, et se mit à parler avec la personne assise à l'intérieur. Au bout de quelques minutes d'une discussion assez animée, il désigna un endroit, un peu plus loin dans la rue, comme s'il indiquait une direction à suivre. Après un nouvel échange, plus court, il se redressa. La voiture démarra et s'éloigna, quittant le champ de vision de la caméra de surveillance. L'homme fit alors volte-face et se retrouva face à la caméra.

Windy se pencha pour voir l'écran de plus près.

— Cet homme est en uniforme. C'est un flic.

— Eh oui, fit Ash.

— Un flic a parlé à notre suspect.

— Un flic a viré notre suspect, vous voulez dire. Il avait besoin de la place pour la voiture de patrouille.

— Et il n'a pas pensé à nous en parler ? Il n'a pas entendu l'avis de recherche concernant une voiture verte ?

— Pas tout de suite, répondit Jonah, qui les avait rejoints. Je viens de l'avoir au téléphone. L'agent Carp m'a dit qu'il n'avait pas pensé à parler de cette voiture verte parce que, je cite : « Le conducteur de ce véhicule était de sexe féminin, et la plupart des grands criminels sont de sexe masculin. »

Windy cligna des yeux.

— Une femme.

Leur tueur était une femme. Comment se faisait-il qu'elle n'y ait pas pensé ? Une femme pouvait sans problème obtenir d'une autre femme qu'elle lui ouvre sa porte en pleine nuit.

— Pas seulement, continua Jonah. D'après son rapport, un vrai canon. Carp a voulu l'inviter à boire un verre.

— Tu plaisantes ? dit Ash. Il a son nom ? Son numéro de téléphone ?

Jonah secoua la tête.

— Non, malheureusement. La dame a dit que ça ne serait pas possible. Qu'elle avait quelqu'un en ce moment, et beaucoup de travail.

Windy frissonna.

— Beaucoup de travail ? C'est exactement ce que je ne voulais pas entendre. Est-ce qu'il a au moins un numéro d'immatriculation ?

— Il avait la tête ailleurs...

— C'est pas un problème, dit Ash. Erica s'en est occupée. Montrez-lui.

Erica zooma sur l'arrière de la voiture.

— Vous arrivez à voir la plaque comme ça ? demanda Windy en se penchant par-dessus son épaule.

— Pas avec notre logiciel pourri. Mais la NASA et le ministère de la Défense sont en train de mettre au point un programme pour visualiser les photos prises sous des angles obliques. Ça ne marche pas toujours, il y a pas mal de bugs, mais on y a apporté quelques petites modifs, et voilà.

Elle appuya sur une touche, et à l'écran apparut le rectangle blanc d'une plaque d'immatriculation. Lentement, des lignes plus sombres apparurent, des points devinrent des lettres, puis des mots, et au bout de deux minutes, on lisait clairement, en haut « California », et juste en dessous, les lettres « B-A-D-G-R-L ».

— *Bad girl*, lut Windy à voix haute. Mauvaise fille.

Ash se tourna vers Jonah.

— Je m'en occupe, lâcha celui-ci, avant de disparaître.

— Bon travail, Erica, dit Windy, impressionnée par l'image que la jeune femme avait tirée d'un film vidéo d'aussi mauvaise qualité.

Erica secoua la tête et regarda Ash.

— Je n'ai fait que le plus facile. Ce n'est pas moi qui ai piraté le système informatique de la NASA pour lui emprunter son logiciel.

— Quoi ? s'exclama Windy en fixant Ash.

— Je prendrais bien un café, moi, pas vous ? fit Ash en poussant Windy dehors. Et une madeleine, ça vous dirait, une madeleine fourrée ? J'en ai dans mon bureau. On va aller y attendre Jonah.

— Vous avez passé la nuit ici, à commettre un délit tout ce qu'il y a de plus répréhensible ?

— Bien sûr que non. J'ai fait ça ailleurs. Et puis, le cryptage de leur site est tellement bateau que c'est comme s'il faisait partie du domaine public.

Windy leva les yeux au ciel.

— Ah, bon. Alors, ça excuse tout. Vous ne dormez jamais ?

— C'est quoi, ce mot ? Vous pouvez l'épeler ? Je ne crois pas que je le connaisse.

— Vous êtes la première personne que je rencontre à côté de qui je fais figure de dilettante.

— Mon boulot, c'est ma béquille. Il compense le vide sidéral de ma vie privée.

Il sourit pour montrer qu'il plaisantait.

Windy n'eut pas le temps de faire un commentaire que Jonah était déjà de retour, un papier à la main, qu'il posa devant Ash d'un geste solennel.

— Qu'est-ce que t'as trouvé ?

— Tout. La femme dans la voiture verte s'appelle Ève Sebastian. Elle a quitté Los Angeles pour Las Vegas il y a cinq mois, pour ouvrir un restaurant. Vous avez le droit de m'appeler Altesse et de vous prosterner à mes pieds.

— Elle est chef cuistot ? demanda Windy, incrédule.

— Exactement. Et vous ne savez pas encore la meilleure. Sa spécialité, c'est le petit déjeuner.

24

— « Le paradis s'installe au paradis », lut Windy à voix haute.

C'était le titre de l'article de Storm Larke que Jonah avait trouvé dans le *Las Vegas Review Journal.*

Le Café du paradis perdu, *nouveau restaurant du célèbre chef Ève Sebastian, ouvre aujourd'hui dans les locaux de l'hôtel* Mandala Bay. *Mme Sebastian, qui figurait sur la liste des dix meilleurs chefs de* Gourmet Magazine *en 2003, a fait l'objet d'un véritable culte parmi le Tout-Hollywood, avec sa cuisine du terroir, simple et familiale, et sa réputation de noceuse invétérée, mais je suis prêt à parier que cette fois, c'est la salle à manger de son nouvel établissement qui déliera les langues. Les points névralgiques de ce décor carrément extraordinaire consistent en cinq lits ronds, dans lesquels vous pourrez, tout au long de la journée, vous délecter du menu spécial Petit Déjeuner au Lit. Ayant eu la chance de rencontrer Mme Sebastian et de goûter à sa génoise Damnation des Anges, votre serviteur peut vous affirmer que la seule chose qui fasse plus saliver que sa cuisine, c'est elle. Le gourmet que je suis se porte joyeusement volontaire pour le petit déjeuner, où elle voudra, quand elle voudra.*

— Un chef qui se spécialise dans le petit déjeuner… fit Ash, songeur, installé à son bureau.

— Et dans la cuisine familiale, souligna Windy, assise en face de lui.

Elle leva la tête et regarda Jonah.

— Vous avez autre chose, Votre Altesse ?

— Non, vous avez eu la bonne nouvelle. La mauvaise, c'est qu'elle n'est pas au restaurant aujourd'hui. J'ai appelé Clive, notre contact à la sécurité du *Mandala Bay*, et je lui ai demandé de passer voir au restaurant, sans donner trop de détails. Il vient de rappeler, Ève n'y est pas. Il nous tient au courant.

— Envoie Lee et Zorzi sur place. Dis-leur d'interroger discrètement le personnel et d'essayer de décrocher l'adresse perso de Sebastian. Au cas où ça ne donnerait rien, envoie quelqu'un éplucher les archives notariales pour consulter les achats immobiliers récents. Ah, et dis aux gars de se renseigner sur le type de couteaux qu'elle utilise.

— OK, dit Jonah.

— Bon, fit Windy après son départ. Donc, on a un nom, une profession, le début d'un profil qui correspond bien à ce que l'on sait de notre tueur. On devrait sauter de joie, grimper sur les tables. Pourquoi est-ce que ça ne me réjouit pas plus que ça ?

— Parce que rien de ce qu'on a ne va nous permettre de l'empêcher de recommencer si on n'arrive pas à comprendre comment elle choisit ses victimes.

— Ah, oui, c'est vrai. Il ne suffit pas d'identifier le tueur, il faut aussi le trouver. À la télé, ça a l'air tellement plus facile.

— À la télé, ces familles auraient quelque chose en commun. École, paroisse, boulot, restau, supermarché… Nous, on n'a rien. En dehors du manque de pot. Les victimes n'ont pas eu de bol : elles ont été choisies au hasard et assassinées.

Ash et Windy passèrent la demi-heure qui suivit à essayer de voir quel lien aurait pu leur échapper, sans succès.

— Il y a forcément quelque chose. Un réparateur de vélos, je ne sais pas, disait Windy lorsque Jonah reparut.

— Tu as Lee sur la trois, lança-t-il à Ash.

— Merci. Les Waters n'avaient pas de vélos, dit-il à Windy, avant d'appuyer sur la touche haut-parleur de son téléphone. Nick, je vous écoute.

— Faut absolument que vous voyiez cet endroit, c'est du délire. Tous les serveurs et toutes les serveuses portent des grandes ailes d'ange, comme au paradis. Bref, à part ça, on a demandé à voir Ève, on nous a dit qu'elle n'était pas là, puis un type, le gérant, est arrivé en nous lançant : « Ah ben, vous vous êtes enfin déplacés, c'est pas trop tôt. Ça fait plus de vingt-quatre heures qu'on a fait un signalement. »

— Comment ça, un signalement ?

— Un signalement de personne disparue. Il croyait qu'on venait voir de quoi il retournait. Pour Ève Sebastian. Il semblerait que le chef cuistot ait oublié de venir travailler mardi.

— C'est le jour où on a retrouvé les corps des Waters, dit Windy. Il n'est pas rare que les tueurs aient un comportement un peu étrange quand ils partent en chasse. Souvent, au début, ils s'absentent quelques heures du bureau pour aller commettre un meurtre, puis, le temps passant, ils disparaissent une journée entière, et même toute une semaine. Pour en tirer plus de plaisir – le plaisir de la préparation, de l'anticipation. Ça devient vite un rituel. Demandez-lui si Ève s'est déjà absentée d'autres jours, ou si elle est arrivée en retard, ces derniers temps.

— Je vais essayer, répondit Lee. Mais il est pas très coopératif. Bob a parlé à l'adjointe du gérant, qui lui a dit qu'Ève sortait avec un certain Barry, ou Harry, quelque chose dans ce goût-là. Il lui envoyait des fleurs toutes les semaines. Mais avant que Bob ait pu en savoir plus, le gérant est arrivé et a commencé à dire qu'on n'était pas là pour la disparition d'Ève, en fait, et nous a demandé de partir. Je ne savais pas s'il fallait lui dire qu'on enquêtait dans une affaire de meurtres.

— Mieux vaut garder ça pour nous, pour l'instant. Une fuite, ça suffit. Est-ce qu'il vous a donné l'adresse d'Ève, au moins ?

— Il s'est fermé comme une huître, a dit qu'Ève était une fille très secrète. J'aurais pu lui mettre la pression, mais je me suis dit que j'aurais aussi vite fait d'appeler un copain à moi au service des personnes disparues. Elle est passée par une agence de gestion immobilière qui loue des maisons meublées aux cadres sup qui débarquent en ville.

Ash nota l'adresse.

— C'est du bon boulot, ça. Voyez si vous pouvez trouver quelque chose du côté du petit ami. Elle est peut-être chez lui.

— On cherche. Ah, et on a posé la question, pour les couteaux. Tous les chefs cuistots rentrent chez eux avec leur matos, le soir. C'est une sorte de tradition dans le métier. D'après l'adjointe du gérant, Ève utilise des couteaux japonais, mais elle n'en est pas sûre à cent pour cent. J'ai un contact dans un autre restau. Si vous voulez, je peux me renseigner sur les marques pros.

— Vous avez beaucoup d'amis, remarqua Ash.

— J'ai plusieurs sœurs célibataires et ardemment courtisées, expliqua Nick Lee. Et puis, avec Bob, on a un pacte : chaque fois que je trouve un truc, il doit jeter une des cassettes d'Elton John qu'il me force à écouter dans la voiture. Ça me motive.

Ash rigola.

— Alors, faites comme vous le sentez. Merci, Nick.

Il raccrocha. Windy regarda l'adresse qu'il avait notée.

— Combien de temps pour obtenir un mandat de perquisition ?

— Quarante-cinq minutes si on a de la chance. Trois heures si on n'en a pas.

— Je vais dire à mon équipe de se préparer.

Elle s'arrêta sur le seuil et se retourna.

— Les robinets fuyaient. Chez les Johnson et chez les Waters, les robinets fuyaient.

Ash secoua la tête.

— Ils n'avaient pas le même plombier. On a vérifié.

— Je pensais à autre chose.

Elle venait de se souvenir de ce que Ned Blight lui avait dit le matin même, sur le parking, à propos de sa première descente de police et du diable prisonnier des murs, de certains endroits maudits. Ses paroles lui étaient restées en tête, suggérant que le lieu pouvait être le lien entre les meurtres.

— Et si c'étaient les lieux plutôt que les familles qui déclenchaient cette rage destructrice ? Dans les deux cas, on a des bâtiments anciens. Je ne connais pas encore Las Vegas aussi bien que je le voudrais, mais je sais une chose, c'est que quatre-vingt-dix pour cent des habitants de cette ville vivent dans des maisons ou des appartements récents. Le fait que les deux massacres se soient déroulés dans de l'ancien peut signifier quelque chose. Et puis, l'autre jour, Hank Logan m'a expliqué que certaines personnes retournaient sur les lieux où il leur était arrivé quelque chose, pour essayer de comprendre.

Elle croisa le regard d'Ash.

— Vous pensez que je délire, hein ?

— En fait, non, répondit-il. Je pense que je suis un imbécile de ne pas avoir envisagé cette hypothèse moi-même.

— Bon, dit Windy. Je m'occupe de la maison d'Ève.

— Et moi, je me penche sur ses adresses précédentes.

Ash la regarda s'éloigner. Décidément, Windy lui rappelait de plus en plus son passage chez les Rangers, avec son ami Benton, juste après la fac. Benton, un partenaire sur qui on pouvait compter, quelqu'un de vraiment très intelligent, qui comprenait ce qu'on essayait de faire sans qu'on ait besoin de le lui expliquer. Quelqu'un dont on se sentait instinctivement proche.

À cette différence qu'il ne s'était jamais demandé ce que ça ferait, de peloter Benton dans la salle de repos.

— Ash ! lança Jonah depuis son bureau, de l'autre côté du couloir.

— Quoi ?

— Arrête de fredonner.

— Je ne fredonne pas.

— Si, tu fredonnes. Tu fredonnes *You're the inspiration*, de Chicago. Et fort, en plus. Tu fais ça depuis vendredi, et ça commence à nous courir sur le haricot, dans le service.

— Je ne fredonne pas.

— Elle est fiancée.

— Je ne vois absolument pas de qui tu parles.

25

— Radio KRST, la radio qui déstresse, dit une voix ensommeillée à l'autre bout du fil. Ici Charity, que puis-je pour vous ?

— Bonjour, madame, j'appelle du magazine *Entertainment Weekly*. Mon rédacteur en chef, Ed Sebastian, m'a demandé de contacter quelqu'un à votre radio...

— *Entertainment Weekly* ? s'exclama la voix, plus ensommeillée du tout. J'adore ce magazine. Vous allez faire un papier sur la station ?

— En quelque sorte. Nous aimerions faire un article sur la vie d'une DJ, pour célébrer le mois de l'histoire des femmes. Vous avez une DJ, à KRST, je crois ? Attendez, oui. Daisy Deluxe, on m'a dit. C'est ça ? Son émission s'appelle *Tubes d'avant*.

— Daisy Graber, en fait. Oui, bien sûr. Daisy est super. Comment ça se fait qu'ils la connaissent ?

— Ça, je n'en sais rien, madame. Moi, je passe les coups de fil, je prépare le café, je me fais engueuler pour les autres. Mais quelqu'un a dû en dire beaucoup de bien, parce que mon patron a déboulé dans mon bureau et m'a dit de me mettre là-dessus le plus vite possible.

Il y eut un grognement.

— Les patrons... il leur faut toujours tout pour avant-hier, pas vrai ?

— Vous l'avez dit, Charity. Et si c'est pour la semaine dernière, c'est encore mieux.

Charity rigola.

— On a le même patron, on dirait ! Bon, donc, vous cherchez des infos sur Daisy ?

— Tout ce que vous pourrez me donner. Mon patron, toujours lui, préférerait bien sûr que vous envoyiez tout ça par Federal Express dès maintenant, et sans frais, mais je me contenterai d'un numéro de téléphone ou d'une adresse.

— Les deux, ça vous dit ?

— Vous êtes la meilleure.

— Ce serait bien que d'autres que vous s'en rendent compte. Alors... voyons voir... Trouvé.

Elle lut un numéro et une adresse.

— Et si on vous demande d'où vous tenez ça, vous direz que vous avez appelé les renseignements, OK ?

— Aucun problème. D'ailleurs, ce serait peut-être aussi bien que de votre côté, vous ne parliez pas de ce coup de fil. Quand on commence à bosser sur un sujet comme ça, *People* ou *US* essaient toujours de nous piquer la primeur, et qui est-ce qui se fait taper sur les doigts ? C'est moi, le lampiste. Alors, si vous pouviez garder tout ça pour vous pendant quelque temps, ce serait sympa.

— Aucun souci, dit Charity. Je n'en parlerai à personne, et en plus, je pars en vacances vendredi pour une semaine, alors...

— Vous en avez, de la veine. Merci de votre aide, en tout cas, Charity. Vous êtes géniale. Et n'oubliez pas, hein : si on vous pose des questions, pas un mot sur notre affaire. Mon patron me tuera s'il y a encore des fuites.

— Bouche cousue. Promis.

26

Ève Sebastian vivait dans un lotissement fermé appelé les Marais, à quelques minutes à l'est du Strip. C'était un ensemble de maisons à un étage regroupées autour d'une série de piscines, à l'abri d'un mur d'enceinte en brique rouge, avec deux entrées réservées aux résidents, dont les portails étaient télécommandés, et une réservée aux visiteurs, avec un gardien dans une guérite.

Tandis que la camionnette de la brigade s'arrêtait devant la guérite, Windy aperçut à travers le portail des pelouses manucurées. Elle était en train de découvrir qu'à Las Vegas, on pouvait juger du standing d'un lotissement à la taille du plan d'eau dont il recevait le nom. Sans doute le plus luxueux s'appelait-il les Océans, et le plus minable la Fontaine. Les Marais, imagina-t-elle, devaient se situer à mi-chemin.

Le gardien finit par ouvrir le portail, et ils allèrent se garer devant une maison blanche décorée de rouge, avec de faux volets sur la façade. Ève avait loué cet endroit meublé : moquette classique grise, murs peints en gris clair, canapé en cuir jaune pâle, table basse en bois exotique dans le salon, couette blanche sur draps gris, tête de lit recouverte de flanelle grise, commode grise dans la chambre principale, serviettes grises dans la salle de bains. Sur la table basse en bois sombre était posée une orchidée factice, pour faire hôtel chic et feutré. L'air était frais et sentait un mélange de détergent et de parfum.

C'était grand, pour une seule personne. Deux niveaux, deux chambres, trois toilettes, et pourtant, il n'y avait aucune trace de qui que ce soit en dehors d'Ève. Mais des traces d'Ève, il y en avait. Des empreintes partout, des cheveux dans les siphons, du sang sur la brosse à dents, des morceaux d'ongles cassés dans la poubelle. Windy fit un tour dans la salle de bains et se figea brusquement.

— Je pense qu'elle est anorexique, lança-t-elle à haute voix.

— Vous voyez ça rien qu'en examinant sa poubelle ? demanda Ned en glissant la tête dans la salle de bains.

— Pas seulement. Les morceaux d'ongles cassés le prouvent en partie, mais regardez ce qu'on trouve ici.

Elle indiqua la console en faux marbre grège qui se trouvait dans la salle de bains de la chambre principale. Il y avait là un tube de dentifrice Sensodyne, pour dents et gencives sensibles, du talc anti-champignons pour les pieds, et deux tubes différents de crème spéciale contour des yeux, l'une affirmant : « Vous avez rajeuni, aujourd'hui », l'autre se proposant plus modestement de « vous aider à vaincre les poches et les rides sous les yeux ».

— Tout cela m'indique qu'elle devrait aller chez le dentiste plus souvent, changer de chaussettes plus régulièrement, et dormir plus. Je vais vous dire, j'utilise le même dentifrice, et comme vous le voyez, je suis pas anorexique, commenta Ned en se tapotant le ventre.

— Peut-être, acquiesça Windy. Mais les dents sensibles, les champignons et les yeux gonflés dus à la déshydratation sont tous des symptômes de l'anorexie. Et vous avez vu, sur son lit, elle a des couvertures en plus de la couette. Les anorexiques ont toujours froid. Cela expliquerait aussi l'utilisation de ce détergent, le Lysol, dont il me semble reconnaître l'odeur. Les anorexiques dégagent parfois une odeur étrange, similaire à celle des personnes sous-alimentées. Je parie qu'on va trouver des compléments alimentaires de type calcium et magnésium dans sa cuisine. Et que tous ses vêtements sont de taille S.

Ned disparut et revint quelques instants plus tard en secouant la tête.

— Ses vêtements ne sont pas de taille S.

— Je peux me tromper, concéda Windy.

— Ils sont XS. Sauf ceux qui sont de taille zéro.

Windy avait toujours trouvé horrible l'idée, dans un monde où tant de femmes, pourtant, mesuraient leur valeur à l'aune de leur tour de taille, de faire une taille zéro. Taille rien. Aspirer à faire du zéro… quel plan de carrière. Avec Ash, elle était arrivée à la conclusion que le tueur utilisait la nourriture pour exercer un pouvoir sur ses victimes, mais apparemment, Ève s'en servait aussi pour se dominer elle-même. Bizarrement, Windy éprouva un petit élan de sympathie envers cette femme.

Elle parcourut la maison pendant plus d'une heure, ordonnant régulièrement qu'on mette tel indice sous plastique, tel autre sous enveloppe, qu'on relève les empreintes à la poudre sur le thermostat, qu'on utilise du papier et non du plastique pour la brosse à dents. *Non ! Ne léchez pas l'enveloppe pour la fermer, vous pourriez contaminer l'échantillon ; oui, prenez le gant de toilette, aussi.* L'endroit était une véritable caverne d'Ali Baba pour un spécialiste en ADN. Et pourtant, toute la maison dégageait une impression d'asepsie – non pas au sens scientifique du terme, mais au sens figuré. Il était impersonnel. Froid.

Dans les placards de la cuisine, ils trouvèrent une boîte de bouillon de poule, des pastilles de calcium et un paquet à moitié vide de Metamucil. Le réfrigérateur contenait un litre de lait et un pot de confiture de fraises vide aux deux tiers.

Il n'y avait que peu de vêtements dans les penderies de la chambre, et ils étaient presque tous identiques : pantalons noirs, pulls noirs, chemisiers noirs, tous dans des emballages de pressing, tous de taille minuscule. Les trois paires de chaussures qu'ils trouvèrent étaient noires elles aussi, pointure quarante. Il n'y avait rien de blanc qui puisse rappeler la fibre retrouvée sur le corps de Mme Johnson. Les seuls cosmétiques étaient un vieux tube de mascara brun, du baume pour les lèvres gercées, et un tube de brillant à lèvres couleur bordeaux jamais utilisé. Windy sentait un parfum dans l'air, mais il n'y avait aucune trace de son flacon, pas de vieilles bouteilles de vernis à ongles ni d'échantillons de fond de teint. Elle découvrit un soutien-gorge blanc en coton sans armature et des culottes assorties qui la mirent mal à l'aise tant ils ressemblaient à ceux qu'elle-même avait dans un tiroir, et elle se demanda si cela en disait long sur Ève ou sur l'homme qu'elle fréquentait. Tout de même, ça ne faisait pas très *bad girl*, tout cela.

Mais quel genre de lingerie mettait une mauvaise fille, après tout ? se demanda-t-elle en pensant à celle qu'elle adorait, hors de prix, en soie et dentelle, et qui n'évoquait à Bill que des maisons closes de troisième zone.

Il y avait trois livres sur la table de chevet, qui suscitèrent un nouvel élan de sympathie chez Windy. L'un s'intitulait *Comment séduire l'homme de votre vie et le garder*, un autre *Sexe, les secrets des pros : ce que toute femme doit savoir pour satisfaire son homme, par une vraie coquine*, et le troisième *Une petite princesse*. Une écriture un peu maladroite avait inscrit sur la page de garde, avec des cœurs en guise de points sur les i :

Pour Ève, mon livre préféré. Bisous, ta filleule, Nikkie (Nicole).

Ève Sebastian, célibataire, solitaire, marraine adorée, tueuse sanguinaire.

Tout un programme.

Bien sûr, pensa Windy, il ne fallait pas donner trop de crédit à ce que l'on pouvait trouver sur une table de chevet. Il lui suffisait de songer à ce qu'elle avait sur la sienne – *Votre enfant a six ans, comment l'élever au quotidien quand on ne s'en sent pas capable ?*, un guide destiné à l'aider à faire sa déclaration d'impôts en utilisant un nouveau logiciel, et un exemplaire écorné de *Tante Mame*.

En réalité, tous les objets, tous les livres étaient aussi impersonnels que la maison. Pas de souvenirs de parc d'attractions, pas de blocs de papier avec le logo d'endroits qu'elle aurait visités, pas de photos, pas d'aimants décoratifs sur le réfrigérateur. Pas de petits mots à, ou de, ou à propos de Harry. La seule boîte d'allumettes venait de son restaurant, et il n'y avait pas d'autre revue qu'un vieux numéro de *Où est-ce ?*, le magazine répertoriant les divers services de la ville, et que l'office du tourisme mettait à disposition dans les chambres d'hôtel.

Les voisins, rares, se révélèrent à peine capables de confirmer qu'Ève vivait bien là. Ils pouvaient encore moins dire à quelle heure elle était passée chez elle pour la dernière fois, quels étaient ses horaires ou si elle avait un petit ami. À l'entrée, le gardien n'avait pas la moindre idée de ses allées et venues, dans la mesure où chaque résident disposait d'une télécommande actionnant les portails et pouvait ainsi entrer et sortir librement. Il n'y avait aucun nom dans la liste des personnes invitées la concernant pour le mois en cours, et il était impossible de faire figurer quelqu'un sur cette liste de façon permanente.

La maison d'Ève faisait partie d'une rangée de dix dont la plupart étaient louées par des entreprises pour leurs cadres dirigeants lorsqu'ils venaient à Las Vegas pour des conventions. Certaines étaient louées à la semaine. D'une manière générale, chacun ici vivait sa vie sans trop s'occuper des autres résidents, et la définition d'Ève la plus précise qu'ils obtinrent fut « la femme squelettique qui habite là-bas ».

Windy était allongée à plat ventre sur le canapé, occupée à relever des particules à l'aide de rouleaux d'adhésif, lorsqu'on lui tapa sur l'épaule.

— Madame ?

C'était la même jeune femme que celle qui avait monté la garde devant la porte des Waters. « Agent Franca », disait son badge. Windy se rappela qu'Ash l'avait envoyée avec deux autres de ses collègues faire l'enquête de voisinage.

— Vous avez demandé qu'on vous prévienne dès qu'on trouverait quelqu'un qui sait quelque chose, madame. Il y a une dame, à trois maisons d'ici, qui prétend qu'elle parlait souvent avec Ève.

Windy se redressa.

— S'il vous plaît, arrêtez de m'appeler « madame », ça me donne l'impression qu'il faut que j'achète une crème antirides plus performante. Appelez-moi Windy. Et que voulez-vous dire par « prétend » ?

— Je sais pas… euh… Windy. Il me semble que c'est pas quelqu'un de très fiable.

Windy suivit l'agent Franca jusqu'à la porte ouverte d'une maison voisine, où attendait une femme d'une soixantaine d'années, les cheveux au carré teints en blond, vêtue d'une tenue de jogging couleur or du style de celles dans lesquelles on ne fait jamais de jogging et de chaussures assorties. Elle leva les yeux vers Windy, et les verres de ses lunettes renvoyèrent un éclat de lumière.

— Voici Mme Dutton, dit l'agent Franca.

— Chicago Thomas, du département de criminalistique, déclara Windy. On me dit que vous êtes une amie d'Ève Sebastian ?

Derrière ses verres, l'intéressée haussa les sourcils.

— Je ne dirais pas que c'est mon amie. Un peu trop hautaine à mon goût pour une amie.

— L'avez-vous déjà vue en compagnie de quelqu'un ?

— J'ai vu, et j'ai entendu. Ils se disputaient.

— Avec qui était-elle ?

— Un homme, évidemment. Grand. Avec une queue-de-cheval. Un de ces types branchés, vous voyez ? Il portait sa casquette à l'envers, et aussi un blouson de cuir. Un vrai tombeur.

— Je vois. Vous vous rappelez la couleur de ses cheveux ? De son blouson ?

— Jaune.

— Le blouson ?

— Les deux. Tout le bonhomme. Avec les lumières qu'ils nous ont mises dehors, la nuit, tout est jaune. On appelle ça des lumières de sécurité, mais moi, ça me fait bien rire. Un cambrioleur avec une hépatite pourrait se fondre sans problème dans le décor et dévaliser tout le lotissement. Et j'ai vu à la télé que le nombre de cas d'hépatite aux États-Unis était en augmentation constante.

Elle regarda Windy, avec l'air d'attendre une réponse.

— Ah, lâcha simplement Windy. Vous vous souvenez du jour où vous avez vu cet homme ? Quand était-ce ?

— La semaine dernière. Ou il y a quinze jours, je ne suis pas sûre.

— Et de l'heure, vous vous souvenez de l'heure ?

— C'était tard. Je regardais la télé. *Les Experts*. Super série. Vous la suivez ?

Elle ne faisait que ça. En rêvant d'avoir la moitié de l'équipement dont les experts en question disposaient. La série passait le jeudi soir.

— Vous vous souvenez de quel épisode il s'agissait ? De cette façon, nous pourrions savoir exactement à quelle date c'était. Vous avez entendu le nom de l'homme ?

— Non. J'ai juste entendu des « laisse-moi tranquille » et des « je t'avais dit que je ne voulais plus te voir ».

— Il a dit ça ?

— Non. Elle a dit ça.

— Aviez-vous déjà vu cet homme, madame Dutton ? Ici ?

— Une fois. Environ un mois plus tôt. J'ai demandé à Ève si c'était son petit ami, et elle m'a répondu que non. Mais elle en avait un. Enfin, c'est ce qu'elle disait. Je lui ai proposé de lui présenter mon petit-fils, Ernie, qui est un bon garçon. Il est chauffeur chez UPS. Vous devriez voir comme l'uniforme lui va bien. Mais elle n'a pas voulu, elle m'a répondu qu'elle avait quelqu'un. Ça devait pas être bien sérieux, puisque je l'ai jamais vu dans les parages.

Elle regarda Windy.

— Vous êtes de sa famille ?

— Moi ? Non, pourquoi ?

— Vous lui ressemblez. En plus ronde. Et avec les yeux d'une autre couleur.

Le regard de la femme quitta le visage de Windy pour descendre vers sa main gauche, puis remonta.

— Vous êtes célibataire. Aimeriez-vous rencontrer mon petit-fils ?

Sans s'en rendre compte, Windy recula d'un pas.

— Je vous remercie, mais je suis fiancée.

Mme Dutton secoua la tête d'un air désapprobateur.

— Pourquoi vous ne portez pas de bague, alors ? Mon petit-fils, Ernie, il vous offrirait une bague, lui. Comme j'ai dit à Ève, une bague, c'est pas simplement un cadeau, c'est le signe qu'un homme vous respecte. Même les filles du *Bachelor* le savent.

— Je vous remercie de votre aide, madame Dutton, dit Windy précipitamment. Si vous pensez à autre chose, n'hésitez pas à nous appeler.

Puis elle se tourna vers l'agent Franca.

— Je n'ai peut-être pas besoin de voir tous les voisins, finalement.

Combien de temps l'histoire d'Ernie et de la bague allait-elle mettre pour faire le tour de la brigade, elle se le demandait.

De retour dans la maison d'Ève, elle oublia Mme Dutton et son petit-fils et reprit ses relevés d'indices en compagnie de son équipe. Ils prirent des échantillons de tous les vêtements d'Ève pour les utiliser comme références et s'en servir de points de comparaison, au cas où le labo arriverait à trouver des fibres textiles sur les victimes. Si Ève était l'auteur de ces meurtres, elle possédait vraisemblablement une sorte de kit comprenant, entre autres, le ruban adhésif et le couteau, qu'elle devait garder avec elle en permanence. Cela signifiait qu'il n'y aurait sans doute aucune trace de ses actes meurtriers chez elle. Mais il devait y avoir autre chose, et Windy était bien décidée à le trouver.

Elle finit par retourner le magazine *Où est-ce ?*, pour qu'il arrête de lui poser la question. La dernière page était une publicité pour un bijoutier, avec la photo d'un homme et d'une femme de profil et un slogan qui disait :

C'est le grand soir, c'est un diamant, c'est éternel.

« C'est franchement gavant », pensa-t-elle, de nouveau allongée sur le canapé pour fouiller en dessous.

Le faisceau de sa lampe torche lui montra plusieurs moutons, un ongle cassé, un autre cheveu. Et soudain, au fond, contre le mur, quelque chose brilla, et son cœur s'emballa. À l'aide d'une paire de pinces stériles, elle tira l'objet vers elle et lâcha un sifflement.

— Eh bien ! Si c'est pas magnifique, ça… dit-elle en admirant le rouleau de ruban adhésif large qu'elle venait de trouver.

Un adhésif à propos duquel Giani Basso, le chef des techniciens du labo, appela deux heures plus tard pour lui dire qu'il était possible que ce soit le même que celui utilisé par le meurtrier, mais que rien ne permettait d'en être sûr à cent pour cent.

— Statistiquement, il est probable que celui retrouvé sur les victimes et celui que vous avez trouvé soit le même. Mais c'est aussi une des trois marques les plus vendues dans le pays, la deuxième à Las Vegas.

— Vous avez trouvé des empreintes, dessus ?

— Rien pour l'instant.

— Donc, cet objet, la seule pièce à conviction que j'aie réussi à trouver jusque-là, n'a peut-être aucun lien avec les meurtres ? Vous avez d'autres bonnes nouvelles de ce style pour moi ?

— On cherche.

Windy raccrocha et s'assit sur le canapé, atterrée. Elle pensait réellement avoir découvert quelque chose. Avoir progressé. Elle y avait cru.

Elle se redressa, rappela Giani et, sans le laisser parler, dit simplement :

— Essayez de passer le rouleau à l'acide acétique.

— De l'acide acétique ? Pourquoi ?

— Je pense qu'il y a peut-être des empreintes avec moins de sécrétions huileuses, et donc plus difficiles à relever.

— C'est quoi, ce genre d'empreintes ?

— Faites ce que je vous demande, c'est tout.

Elle fit les cent pas dans le salon d'Ève jusqu'à ce que le téléphone sonne.

— Patron, je vous paie à boire, dit Giani.

— Vous avez trouvé quelque chose ? Les empreintes d'une des jumelles ?

Il y eut un silence, puis Giani déclara :

— Vous savez qu'avec votre façon de lire dans les esprits, vous allez finir par provoquer des crises cardiaques. Oui. Les empreintes de Minette Waters sont sur le rouleau. Il y en a deux, en particulier, d'excellente qualité, un index sur la tranche, et le majeur de l'autre main sur la partie adhésive, là où le ruban a été coupé.

Windy fit bouger sa main autour d'un rouleau imaginaire.

— Comme si l'enfant tenait le rouleau au moment où le dernier morceau d'adhésif a été coupé ?

— Exactement. Euh… je peux vous poser une question ? Comment vous saviez qu'il fallait utiliser de l'acide acétique ? Et même, que les empreintes de la gamine seraient sur le rouleau ?

— Les enfants de moins de sept ans ne sécrètent en général pas la transpiration et les graisses que sécrètent les adultes, donc leurs empreintes sont plus difficiles à détecter, et moins stables. Mais l'acide les fait ressortir. Quant à savoir que les empreintes de la fillette se trouveraient là, c'était une simple intuition.

C'était la seule explication qu'elle avait pu trouver au fait que les jumelles étaient restées tranquilles. Elle avait imaginé la scène, Ève sachant comment parler aux enfants parce qu'elle avait une filleule et leur proposant : « Vous voulez jouer à un jeu ? Vous voulez être mes petites assistantes ? Alors, tu tiens ça pendant que j'en mets sur la bouche de ta sœur, et puis après sur la tienne. » Elle imaginait très bien la réaction de Cate à une telle proposition. *Tiens, ça doit faire drôle, et si ça se trouve, la colle a bon goût, ouais, super, on essaie tout de suite !*

Cela lui donna envie de vomir.

— Si c'était une intuition, continuait Giani, alors c'est votre jour de chance. Quand on a fait le test de la lumière noire, on a retrouvé une minuscule fibre collée au bord du rouleau. Peut-être issue de la doublure d'un sac ou d'une poche.

— Blanche ?

— Non seulement elle est blanche, oui, mais elle correspond à la fibre retrouvée sur le corps de Mme Johnson. Votre tueur a des préférences pour un mélange soie-polyester qui n'est pas si courant.

Jusque-là, une partie d'elle-même avait refusé de croire qu'elle se trouvait dans la maison d'une tueuse, la maison d'une femme pour qui elle éprouvait une certaine compassion. Mais maintenant, il fallait regarder les choses en face.

Soit Ève Sebastian était le Briseur de Ménages, soit le Briseur de Ménages était comme par hasard passé chez Ève après le meurtre des Waters, avait comme par hasard fait tomber un rouleau d'adhésif portant les empreintes d'une des jumelles et était parvenu à s'en aller sans laisser une seule empreinte, marque de pas ou indice de sa présence, et sans déranger les signes caractéristiques de la présence d'Ève dans cette maison. Ce qui était quasiment impossible.

Elle remercia Giani, raccrocha et appela Ash.

— Félicitations, lui dit-elle. Je pense que nous avons trouvé notre assassin.

— J'ai mieux, répondit Ash. Nous avons aussi trouvé le mobile. La famille Sebastian a vécu dans la maison des Johnson de décembre 1984 à août 1985, et dans l'appartement des Waters de novembre 1985 à novembre 1987. Vous aviez raison. Ce sont les lieux qui forment le lien. Elle tue là où elle a grandi.

— Les dates que vous venez de me donner, là. Il y a un trou de deux mois. Cela veut dire qu'il nous faut trouver un troisième lieu de résidence.

— Au moins, oui.

27

Trois heures plus tard, Jonah entra dans le bureau d'Ash et annonça :

— J'ai besoin de mettre un coup de poing dans quelque chose, là. Je n'arrive à rien avec ces agences de location. Et toi, ça avance ?

— Génial, fit Ash avec une grimace. Je viens d'apprendre que, dans deux ans, on aura accès à tous les actes notariés concernant les maisons vendues dans les années quatre-vingt, mais en attendant, il faut aller en Arizona, parce que c'est là qu'on les stocke en attendant de les mettre sur informatique. Encore une bonne idée du maire.

— Bon, ben au moins, je sais qui j'ai envie de frapper, soupira Jonah en s'éloignant.

Ash composa le numéro suivant sur sa liste de compagnies d'électricité, d'eau et de téléphone, s'interrompit en cours de route et en fit un autre, de mémoire. Elle décrocha à la deuxième sonnerie.

— Windy ? C'est Ash. Comment ça se passe ?

— Bof.

Ash s'entendit émettre un petit rire.

— Mais encore ?

— Je ne trouve rien de particulier. C'est bien le problème. Si seulement on avait plus d'indices...

— L'adhésif, c'est bien, non ? Ça tient, devant un tribunal.

— Je ne pensais pas au tribunal. Je crois qu'en fait, j'ai du mal à faire le lien entre cette femme, qui vit dans un lotissement sécurisé et lit des bouquins sur le meilleur moyen de trouver un mari, et cette voiture dont la plaque d'immatriculation proclame « mauvaise fille ». Sans parler de ces meurtres horribles. C'est comme si une partie d'elle-même, celle qui veut rencontrer l'homme de sa vie et le satisfaire au lit, aspirait à une vie familiale traditionnelle, tandis qu'une autre partie rejette en bloc toutes ces valeurs, au point d'être capable de tuer. Comme si elle oscillait en permanence entre le désir de fonder un foyer et celui de briser un ménage.

— Avoir des sentiments mitigés sur le mariage et la vie de couple ferait plutôt d'elle quelqu'un de très normal, non ? Si c'était son seul problème, je ne pense pas qu'elle commettrait ces meurtres. Ce qu'il faudrait, c'est qu'on sache ce qui s'est passé dans son enfance…

À l'autre bout du fil, il entendit un bruit sourd.

— Allô ? Ça va ?

— Attendez une seconde.

La voix de Windy, d'abord lointaine, se rapprocha.

— Excusez-moi. J'ai pensé à un truc, tout à coup, et ça m'a mise dans un tel état que j'en suis tombée du canapé.

À cet instant précis, Ash comprit que ce qu'il ressentait pour Windy Thomas était plus qu'une simple attirance.

— Quel truc ?

— Vous savez, Ned Blight, qui fait partie de mon équipe ? Il y a dix-sept ans, un soir qu'il était de service, il a été appelé à la résidence Sun-Crest. Un cas de violence familiale. Il croyait que c'était le père qui avait la main un peu lourde, mais en fait, c'était la mère et la fille qui se battaient pendant que le père était assis tranquillement sur le canapé. Et c'était en gros à l'époque où Ève habitait là.

— Vous pensez qu'il s'agissait de la famille d'Ève ? Ce serait une sacrée coïncidence.

— Pas forcément. Nous savons qu'elle a vécu là, et pour qu'elle ait le comportement qu'elle a aujourd'hui, elle a sûrement connu une jeunesse difficile, avec maltraitance, ou au moins de gros problèmes familiaux.

D'abord, elle surveille les maisons où cela s'est passé, ensuite elle tue les mères et les enfants, laissant les pères en vie. On ne sait pas exactement quel climat familial l'a conduite à tuer, mais si c'était bien dans sa famille que Ned a été appelé ? Deux femmes, deux rivales se battant pour conquérir l'attention, l'affection du père. Du coup, on a quelqu'un qui recherche l'attention d'une figure paternelle. Ça pourrait être elle.

— Je vais voir ce que je peux trouver. Mais avant que j'obtienne qu'on aille chercher aux archives les notes concernant une affaire remontant aux années quatre-vingt, elle aura eu le temps de massacrer toute la ville. Ce qu'il nous faudrait, c'est retrouver un proche de cette femme. Une amie, par exemple. Quelqu'un qui pourrait nous dire où elle a habité, nous parler d'elle. J'ai envoyé des hommes au restaurant, en civil et en uniforme, mais ça n'a rien donné. Il nous faudrait aussi plus d'infos sur le type avec qui elle sort.

— Elle a une filleule, Nicole. Donc elle a des amis quelque part. Peut-être à Los Angeles.

— J'ai passé un coup de fil à mon homologue à L.A., mais il est sur une affaire d'homicide énorme et il n'a pas eu le temps de me rappeler. J'envisage d'aller y faire un saut moi-même demain.

— Il n'y a pas l'enterrement des Waters, demain ?

— Si, le matin. Je me proposais de prendre le vol du début de l'après-midi. Tiens, en parlant de proposition, j'ai entendu dire qu'on vous en avait fait une belle, aujourd'hui. Comment s'appelle-t-il, déjà ? Ernie ?

— Très drôle. La nouvelle n'a donc mis que trois heures pour faire le tour du service et arriver jusqu'à vous.

— Plus sérieusement, merci d'avoir pris le temps de parler aux voisins. Ça ne fait pas partie de vos attributions.

— Mais ça fait partie de celles de l'Unité Spéciale. Et puis, j'ai… comment dire… j'ai besoin de mieux connaître Ève.

— Vous en avez terminé avec la maison ?

— Je crois que je vais dire à mon équipe de rentrer, mais je vais rester encore un peu. Histoire de faire un dernier tour.

— Gardez un agent à la porte. Juste au cas où Ève déciderait de rentrer chez elle.

— Bien, monsieur, dit Windy.

Ash comprit qu'il avait dû passer pour un macho surprotecteur.

— C'est la procédure normale.

— Je sais. Et c'était ce que j'avais l'intention de faire. Et pour vous, quelle est la suite des événements ?

— Si seulement je le savais ! J'ai à peu près trois douzaines de patrouilles dans la nature qui recherchent Ève Sebastian ou une voiture verte avec une plaque qui dit « *bad girl* », et dix hommes en apnée dans les archives pour tenter de retrouver ses différents lieux de résidence.

— Quoi que vous fassiez, n'oubliez pas de mettre un agent devant votre porte.

— Merci. Mes amitiés à Ernie.

— Elle était facile, celle-là, rétorqua-t-elle.

Mais Ash avait déjà raccroché.

28

Windy renvoya son équipe et s'assit sur le canapé pour regarder autour d'elle, s'imprégner de l'atmosphère. Elle avait le sentiment d'être dans l'œil du cyclone. Dehors se déroulait une chasse à l'homme – à la femme – de grande envergure. Mais ici, chez Ève, régnait un calme absolu.

Pour Windy, cette maison était celle de quelqu'un qui fuyait quelque chose. En théorie locataire depuis cinq mois, Ève n'avait laissé que du temporaire dans ces murs. Dans le réfrigérateur, le lait était en bouteille d'un demi-litre ; dans les placards, les assiettes étaient en carton. Même les bouteilles de shampoing, de démêlant, de lait hydratant étaient en format de voyage. Comme si Ève redoutait de s'engager à long terme dans quelque domaine que ce soit.

Ève n'était que contradiction. Ses livres suggéraient qu'elle recherchait la permanence, et pourtant, tout montrait qu'elle l'évitait. « Mais parfois, pensa Windy, ce qui manque en dit plus long que ce qui est présent. Ce qu'on évite en dit tout autant que ce à quoi l'on aspire. »

La seule chose qui suggérait une espèce d'engagement à long terme, chez Ève, c'était la cartouche de Marlboro qui se trouvait par terre, dans le placard de sa chambre. Apparemment, elle entretenait une relation durable avec la cigarette. Il y en avait un paquet ouvert sur la table basse, devant Windy. Elle l'ouvrit et en sortit une cigarette.

Elle n'avait jamais fumé. Elle avait essayé, une fois, un jour de pluie à Paris, pendant l'année qu'elle avait passée là-bas, à dix-sept ans. En quête d'un abri, elle s'était ruée sous un porche pour échapper à l'orage, bousculant légèrement un jeune homme trempé qui s'abritait comme elle et qui, en posant les yeux sur elle, l'avait fait frissonner.

— Excusez-moi, monsieur, avait-elle dit.

— Non, mademoiselle, c'est moi qui m'excuse, avait-il répondu avant de lui offrir une cigarette, qu'elle avait acceptée parce que cela lui avait semblé tellement français, d'être sous un porche avec un bel inconnu et de fumer une cigarette, sous la pluie.

Seulement elle avait toussé, puis découvert que l'inconnu était américain et passait l'année de ses dix-sept ans à Paris, comme elle. Et il avait ajouté qu'il ne fumait pas vraiment, elle avait répondu qu'elle non plus. Il avait dit qu'il se fichait un peu de la pluie, elle avait dit qu'elle aussi, puis il avait suggéré, puisqu'ils avaient tant de goûts en commun, d'aller pique-niquer dans les jardins du Palais-Royal, et elle avait accepté. Ce n'était qu'après avoir ouvert la bouteille de champagne achetée dans un café sous les arcades, l'un et l'autre trempés jusqu'aux os, qu'il s'était présenté.

Evan Kirkland. Evan Monroe Kirkland, troisième du nom, avait-il précisé avant de lui parler de son grand-père et de son père, les premier et deuxième de la lignée, et aussi du reste de sa famille, qui le prenait pour un original, mais cela ne le dérangeait pas.

Elle n'avait pas oublié son regard incrédule, lorsqu'elle lui avait dit que son deuxième prénom était vraiment America. Elle le revoyait ce jour-là, jeune homme beau et insouciant qui mangeait des truffes au chocolat sorties tout droit d'un ballotin de chez Fauchon et buvait du champagne rosé à sa santé.

— Qu'est-ce que tu aimerais faire le plus au monde dans ta vie ? avait-il demandé.

Surprise, elle avait répondu :

— Ce que j'aimerais *faire* le plus ? Je ne sais pas. Être heureuse, sans doute. Et toi ?

La réponse avait fusé comme une évidence :

— Tout.

Il ne pleuvait jamais comme cela, à Las Vegas. On n'y faisait jamais de rencontres par hasard, personne ne vous tombait dessus par surprise. Il n'y avait pas de truffes de chez Fauchon. Autant de bonnes raisons de venir s'y installer.

Parfois, ce que l'on évite en dit aussi long que ce à quoi l'on aspire.

Windy chercha un cendrier, n'en trouva pas et écrasa la cigarette qu'elle n'avait pas allumée dans le creux de sa paume.

Oui, Ève Sebastian fuyait quelque chose. Mais ce soir, elle était trop fatiguée pour chercher de quoi il s'agissait.

Elle se leva pour aller jeter la cigarette dans le broyeur à ordures de l'évier, dans la cuisine. Elle tendit la main vers l'interrupteur, par habitude, puis suspendit son geste. Ne jamais utiliser un évier, tirer la chasse d'eau, laver une conduite sur une scène de crime sans l'avoir vidé au préalable. Elle ne se souvenait pas de l'avoir fait ici, alors elle plongea les doigts dans le broyeur en retenant une grimace et en ressortit une poignée de cigarettes imbibées d'eau. Et deux anneaux métalliques légèrement tordus. Deux alliances, l'une en platine, l'autre montrant des taches d'usure sous le placage en or jaune. Et toute petite.

Comme les doigts de Mme Waters.

Le cœur de Windy se mit à battre plus fort. Elle savait ce qu'elle venait de trouver, mais elle regarda quand même l'inscription gravée sur chaque anneau, pour être sûre. À l'intérieur de l'alliance en platine, elle trouva les initiales des Johnson. Et les mots « À ma bien-aimée Claudia » sur l'alliance en plaqué.

Ève avait-elle mis les anneaux dans le broyeur juste pour les cacher ? Ou était-ce une façon d'exprimer sa position sur le mariage et le couple ?

Et, plus important encore, y en avait-il d'autres, là-dedans ?

Windy replongea une main dans le broyeur, le cœur au bord des lèvres tandis qu'elle palpait tous les recoins du siphon, pour finalement ne rien trouver. Il n'y avait que deux alliances. Le Briseur de Ménages n'avait frappé que deux fois.

Elle se serait bien passée de la petite voix intérieure qui lui souffla alors : « Pour le moment. »

29

Ève avait passé la journée à faire tout son possible pour effacer les mots « briseuse de ménages » de son esprit, mais ils revenaient sans cesse, c'était pire qu'une torture. Et chaque fois, elle revivait le jour où, dix-sept ans plus tôt, elle les avait entendus pour la première fois.

Après que sa mère les avait surpris, Victor et elle, ils avaient continué à se voir, dans un établissement peu reluisant du Strip, le *Yucca Motel*. Et il avait commencé à lui présenter ses amis. Cela ne l'avait pas gênée, ils avaient tous de l'argent, et elle était prête à faire n'importe quoi pour un sourire de son père.

Elle avait dit à ses parents qu'elle avait trouvé à faire du baby-sitting de façon régulière, tous les soirs après les cours, du coup, ils ne lui demandaient jamais où elle était. Ils ne se doutaient pas qu'elle avait sa chambre réservée au *Yucca Motel* et connaissait tous les réceptionnistes par leur prénom. Elle trouvait l'endroit agréable, confortable. Elle commençait juste à se faire à cette nouvelle routine quand un des amis de Victor s'était révélé être un policier infiltré. Pas un instant il n'était venu à l'esprit d'Ève que ce qu'elle faisait était illégal. Pour elle, c'était juste de l'argent facilement gagné.

Lorsqu'on l'avait amenée au poste, la première personne qu'elle avait vue avait été Victor Early, debout à côté d'une femme imposante. Il était en larmes et implorait le pardon de son épouse. Celle-ci avait plongé son regard dans celui d'Ève au moment où elle passait devant eux, et elle lui avait lancé :

— Espèce de sale briseuse de ménages, tu devrais avoir honte de toi !

C'était la première fois qu'on l'appelait comme ça. Elle avait les joues en feu.

On l'avait mise en cellule, et elle avait supplié les policiers de ne pas appeler ses parents. D'accord, elle avait dix-sept ans, mais s'il vous plaît, elle pouvait trouver de quoi payer une caution. Elle était prête à tout. S'il vous plaît. Le flic qui l'avait coincée avait juste souri et secoué la tête.

— Désolée, petite. Faut que j'appelle tes parents. C'est la loi.

Avait-il pensé à la loi, lorsqu'il l'avait baisée avant de l'arrêter ? Il était encore torse nu quand il lui avait passé les menottes.

C'était sa mère qui était venue la chercher. La seule fois de sa vie où Ève avait été contente de la voir. Le trajet du retour avait été le moment le plus long qu'elles avaient passé ensemble depuis plusieurs années. Elles n'avaient pas échangé un mot, jusqu'au seuil de leur appartement, dans la résidence Sun-Crest. Là, Ève avait demandé :

— S'il te plaît, ne dis rien à papa.

Et sa mère avait répondu :

— Va dans ta chambre.

Une heure plus tard, son père était venu. Elle l'avait trouvé vieilli par rapport au matin même. Son visage était creusé par le dégoût, ses épaules voûtées.

— Comment as-tu pu faire une chose pareille ? avait-il demandé.

— Je voulais juste que tu sois content.

— Alors, tu as fait le tapin ? Tu pensais que ça me ferait plaisir ?

— Non, mais l'argent...

Il avait sorti son portefeuille, en avait tiré tous les billets qu'il contenait et les lui avait jetés.

— Je n'avais pas besoin de ce genre d'argent. Cet argent est sale. Dégueulasse. Alors, tu prends ton argent sale, et tu te tires, maintenant.

— Mais ça ne me faisait rien, tu sais, avait-elle dit pour le rassurer.

Sur le visage de son père, l'horreur avait laissé la place au dégoût.

— Tu aimais ça ? Ça t'a plu de faire la pute ? Mais qu'est-ce qui est arrivé à ma gentille petite fille ? À ma petite Ève, mon bijou ?

— Elle est toujours là, papa, avait-elle dit en voulant le serrer dans ses bras.

Il avait reculé.

— Ne m'appelle plus jamais comme ça. Je ne suis pas ton père. Tu n'es rien pour moi. À partir de maintenant, tu n'as plus de famille.

Dix minutes plus tard, sa mère était entrée dans sa chambre sans frapper.

— Il y a un car pour Los Angeles dans une heure. Je t'emmènerai à la gare routière. Ta tante viendra te chercher. Fais tes valises, prends ce que tu veux, tu ne reviendras pas.

— Je peux dire au revoir à papa ?

— Tu ne crois pas que tu lui as fait assez de mal comme ça ?

Elle s'était mise à crier, avait essayé de frapper sa mère, et la police était venue. Les agents avaient demandé à son père ce qui se passait, et il n'avait pas pu répondre, était resté sur le canapé à secouer la tête. Elle, elle n'avait qu'une envie : se jeter dans ses bras, lui demander pardon, arranger les choses, pour que tout soit comme avant. Mais sa mère l'en avait empêchée.

Dans le car pour Los Angeles, la seule chose à laquelle elle avait pensé, c'était que sa mère devait jubiler, maintenant, d'avoir son père pour elle toute seule. Elle avait essayé de téléphoner plusieurs fois, mais chaque fois, c'était sa mère qui avait répondu, alors elle avait raccroché.

La police n'avait jamais donné suite, finalement, et elle n'avait pas de casier. Mais cet épisode avait bousillé sa vie. Et l'avait tatouée « briseuse de ménages ». Quand son père avait succombé à une crise cardiaque, quelques mois plus tard, elle avait compris ce que cela signifiait. Il était mort de chagrin. Elle lui avait brisé le cœur.

Et elle n'avait pas pu lui dire adieu.

Assise dans la cuisine de Harry, elle vit le faisceau de ses phares balayer la cuisine et courut jusqu'à la porte pour l'accueillir. Il était tard, 23 heures passées, et elle avait eu peur qu'il ne rentre pas, mais était décidée à ne pas le montrer. Il sentait le chewing-gum, une odeur qui ne lui ressemblait pas, comme s'il avait été avec une autre femme. Elle lui sourit.

— Bonsoir, Harry, tu as passé une bonne journée ?

Il l'embrassa sur les cheveux, attentionné, paternel.

— Ça a été long. Je pensais rentrer beaucoup plus tôt. Et toi ?

— J'ai eu Nadene, qui m'a dit quand elle pensait rentrer, mais à part ça, rien.

— Ma chemise te va bien, je trouve.

Il la regarda de plus près.

— Qu'as-tu fait à tes poignets ? Et pourquoi tes mains sont-elles si sales ?

— Je n'ai rien fait. Je ne vois pas de quoi tu veux parler.

— Ève…

— Je me suis coupée avec du papier. Je suis allée m'acheter un bloc de papier, et j'ai dessiné.

— Tu es sortie de la maison ?

Elle haussa les épaules.

— Je m'ennuyais, et j'avais envie de dessiner. J'ai pris ta deuxième voiture et je suis allée faire quelques courses. Ça ne t'embête pas, j'espère ? Je l'ai fait nettoyer, pour te remercier.

— Je crois qu'il faut qu'on parle.

Il la prit par la main et l'entraîna jusqu'au comptoir, allumant la télévision au passage.

— Tu n'aurais pas dû sortir, dit-il en zappant de chaîne en chaîne.

— Mais de quoi tu parles ? Et pourquoi est-ce que tu as mis la télé ?

— Parce que je voulais que tu voies ça.

Il avait mis les infos. Sur l'écran, une femme blonde passait sous un cordon de police jaune et montait l'escalier de la résidence Sun-Crest. La légende indiquait : « Chicago Thomas, département de criminalistique. » Ève réalisa que c'était la femme qu'elle avait vue sortir de la maison des Johnson, celle qu'elle avait suivie jusque chez elle. Et voilà qu'elle était chez les Waters. Comme si c'était elle qui la suivait, à présent. Elle regarda Harry, interloquée.

— Tu as de gros ennuis, Ève.

— Comment ça ?

Il montra l'écran.

— Tous ces gens te recherchent.

— Moi ? Et pourquoi ?

— Ils pensent que tu as quelque chose à voir avec l'affaire du Briseur de Ménages. Avec tous ces meurtres. Ces meurtres dans les maisons où tu vivais quand tu étais jeune.

— Comment est-ce que tu sais ça ? Que j'habitais là ?

— Tu m'y as emmené, tu te souviens ?

Non, elle ne s'en souvenait pas. Mais c'était possible.

— J'ai peur que ce ne soit pas tout, reprit Harry. J'ai utilisé ta télécommande pour aller chez toi, aujourd'hui, comme tu me l'avais demandé. Il y avait des flics partout. Je n'ai pas pu entrer.

— Des flics ? Chez moi ?

Elle n'arrivait plus à réfléchir, tout à coup. La police fouillant dans ses affaires. Les journalistes l'appelant le Briseur de Ménages.

— Harry, tu ne dois pas les laisser me trouver.

Il fallait qu'elle soit sûre de pouvoir compter sur lui. Elle ne pouvait pas se laisser prendre, pas maintenant. Elle devait le convaincre de l'aider.

Elle lui saisit la main.

— Harry, j'ai besoin de toi.

— Calme-toi.

— Non, tu ne comprends pas. On ne peut pas leur faire confiance.

— Bien sûr que si.

— Non. Ils se fichent de la vérité. Tout ce qui les intéresse, c'est de résoudre leurs affaires. Je les déteste.

Il porta la main d'Ève à ses lèvres.

— D'accord, on n'ira pas voir les flics. Mais est-ce que tu as une idée de la personne qui pourrait être derrière tout ça ? Quelqu'un qui voudrait te faire porter le chapeau pour tous ces meurtres ?

— Non.

Elle se mit à trembler. « Briseuse de ménages ! Briseuse de ménages ! » résonnait dans sa tête.

— Mais comment ça se fait ? Comment une chose pareille peut m'arriver à moi ? J'arrive pas à y croire.

— Chut... dit-il en la prenant dans ses bras. J'ai une idée. Tu es épuisée, je vais te faire couler un bain, tu veux ? Un bon bain. Ça te fera du bien.

— Je ne veux pas être seule. Si je suis seule, je vais me faire du mal.

— Je serai là avec toi. Je te ferai même les ongles, et je te laverai les cheveux.

— Harry, tu m'aimes, hein ? Vraiment ?

— Oui.

Il lui sourit. Un sourire sincère, qui semblait venir du fond du cœur.

Elle savait que c'était faux, mais décida de s'y raccrocher malgré tout. Ce n'était plus l'affaire que de quelques heures, après tout. Une nuit, tout au plus.

— D'accord.

Elle l'entendit émettre un petit rire, dans son dos.

— Ils sont bien, ces dessins. Comment est-ce que tu as fait ces visages ? Les jumelles sont super.

— Ce sont juste des gens que j'ai croisés dans la rue. Des gens qui m'intéressaient. Dessiner m'aide à ne pas penser... à d'autres trucs.

— Ils ont des noms ?

Elle montra les visages les uns après les autres en indiquant leur prénom.

— Claudia, Minette, Martine, Carol, Ellie, Norman et Doug.

— Et là ? Il n'y a que la moitié du visage.
— Ça, c'est Kelly. Je n'en ai pas tout à fait fini avec elle.

30

Windy se fit reconduire à son bureau par un des agents postés chez Ève. Au quatrième essai, elle composa enfin le code correct donnant accès à la pièce où étaient entreposées les pièces à conviction et plaça les alliances dans un des petits coffres aménagés à cet effet, qui lui rappelaient les consignes automatiques des gares, à ceci près que l'on n'avait pas besoin d'une pièce de vingt-cinq cents pour s'en servir. Elle les enregistra, passa en revue les pièces qui figuraient déjà dans la liste, puis jeta un œil au registre des Interventions Majeures, histoire de ne pas complètement perdre de vue le fait que son équipe devait aussi travailler sur d'autres affaires. Dans son bureau, elle prit quelques notes destinées au rapport qu'elle rédigerait le lendemain, ignora la pile de messages et de courrier arrivés dans la journée, jeta dans la corbeille la « bague de fiançailles » réalisée à l'aide d'un trombone et d'un Car-en-sac, que quelqu'un avait déposée sur son bureau avec une petite carte qui disait : « Bisous, Ernie », puis sortit.

« Le parking est encore assez plein, malgré l'heure tardive », pensa-t-elle en plongeant une main dans son sac, à la recherche de ses clés de voiture. Elle sentait l'anneau des clés de son bureau, mais pas le porte-clés licorne que Cate lui avait offert et sur lequel elle mettait ses clés de voiture et de maison. Tout en se dirigeant vers sa voiture, elle passa en revue tous les endroits où elle aurait pu les oublier. Elle envisageait d'appeler un taxi pour se simplifier la vie lorsqu'elle les trouva enfin, sur sa portière, côté chauffeur, à l'endroit où elle avait dû les laisser le matin même, encore plus distraite qu'elle ne le pensait. « Quelle enquêtrice de choc tu fais ! se dit-elle. Tu ne sais même pas retrouver la trace de tes clés. »

Et non, elle ne ferait pas de relevé d'empreintes sur ses clés. Elle n'avait aucune raison de céder à la paranoïa. Elle avait juste oublié ses clés là.

À la maison, tout serait comme d'habitude.

La circulation était faible - après tout, il était 1 heure du matin –, et elle mit peu de temps pour rentrer. Lorsqu'elle s'engagea dans son allée, la maison était plongée dans l'obscurité. Elle tremblait tant qu'elle eut du mal à ouvrir les verrous. La porte d'entrée était fermée à double tour, et l'alarme branchée exactement comme elle l'avait montré à Brandon. Elle monta l'escalier quatre à quatre, le cœur battant. Brandon et Cate dormaient tous les deux paisiblement. « Tu vois, se dit-elle, tout va bien. Il faut que tu arrêtes de te mettre dans des états pareils. Ce n'est pas responsable. Ce n'est pas un comportement équilibré. »

Elle vérifia que toutes les fenêtres et toutes les portes étaient fermées, lut le message que Brandon lui avait laissé – sa mère avait appelé pour savoir où le dîner aurait lieu après le mariage –, rebrancha l'alarme, se déshabilla, mit son pyjama Super Maman, vérifia une nouvelle fois les portes et les fenêtres et enfin, enfin, alla embrasser Cate sur la pointe des pieds.

« Les choses qu'on laisse pour la fin ne sont pas forcément celles qu'on redoute, songea-t-elle. Parfois, ce sont celles qu'on est impatient de retrouver, celles qui vous sont le plus chères. »

Lorsqu'elle se réveilla le lendemain matin, elle était recroquevillée autour de Cate et la serrait contre elle.

31

— On a un quatre-vingts dans le désert, annonça Ned au groupe qui était assis autour de la table en faux bois de la salle de conférences. Pas de rapport avec le Briseur de Ménages, juste un bon homicide des familles, Madame Tout-le-monde qui s'est fait refroidir. Au coin de Rainbow et Warm Springs.

Le rôle de Windy se cantonnait en principe à assister aux *briefings*, mais elle leva la main et dit :

— Je prends.

Comme toutes les têtes se tournaient vers elle, elle chercha à se justifier.

— Je n'ai encore eu aucune scène de crime dans le désert. Ça me fera un peu d'entraînement.

— Vraiment ? demanda Ned.

Vraiment. Elle refusait d'admettre qu'elle aurait fait n'importe quoi pour ne pas avoir à assister aux funérailles des Waters. Avec la mort, elle savait comment s'y prendre, mais face au chagrin, l'expérience n'était d'aucune aide. Elle était systématiquement anéantie.

En se rendant sur les lieux, Windy avait presque l'impression de faire quelque chose d'interdit. Son comportement était irresponsable à de nombreux égards. Bill serait fou furieux s'il apprenait qu'elle s'était rendue sur une scène de crime, et encore plus s'il découvrait qu'elle s'était portée volontaire. Et puis, ne pas aller à l'enterrement des Waters, c'était mal. Elle augmenta le volume de la radio et chanta à tue-tête.

Windy connaissait des collègues qui évitaient de regarder les photos de famille sur les scènes de crime, parce que, disaient-ils, cela les empêchait d'être complètement objectifs dans leurs observations et d'avoir un raisonnement vraiment scientifique. Pour elle, après avoir côtoyé la mort quotidiennement, c'était le contraire. Regarder ces photos l'aidait à faire du bon travail : cela lui rappelait que les victimes n'étaient pas seulement des numéros, mais des êtres qui avaient eu une vie.

En l'occurrence, elle ne savait rien de la victime. Il s'agissait d'une femme entre trente-deux et trente-huit ans, blanche, aux cheveux bruns courts. Elle avait été frappée à la tête par-derrière à l'aide d'un objet lourd, mais il n'y avait pas de flaque de sang, ce qui indiquait qu'elle n'avait pas été tuée sur place. Il s'agissait d'une scène de crime secondaire. Quelqu'un l'avait transportée ici, avait tiré son corps d'une voiture garée sur le bas-côté, laissant trois marques de pneus, mais pas de traces de pas.

Windy était là depuis une demi-heure quand une ombre apparut sur le sol, devant elle. Elle leva les yeux et vit un agent de la police des autoroutes du Nevada, les mains sur les hanches, le soleil se reflétant dans ses lunettes d'aviateur, la pointe de ses chaussures cirées empiétant sur une des traces de pneus.

— Vous avez quelque chose pour nous ?

— Pas encore. Mais vous pouvez peut-être envoyer des hommes interroger les garagistes sur les propriétaires de Camaro Iroc Z de couleur claire, blanc ou blanc cassé. *A priori*, je pencherais pour un modèle de 1985 beige, mais ça peut être n'importe quelle année entre 85 et 89.

— Bien.

L'agent éclata de rire, comme pour lui signifier qu'il comprenait son humour.

— Cabriolet ou coupé normal ?

— Ce modèle n'existe pas en cabriolet. Il y aura aussi un désodorisant accroché au rétroviseur. Un de ces petits arbres, vous voyez ? Jaune. Désolée, je ne peux pas être plus précise.

L'agent rit de nouveau, puis réalisa qu'elle ne plaisantait pas.

— Vous êtes sérieuse ?

— Évidemment. Nous sommes sur une scène de crime, je vous rappelle.

— Et vous pouvez me dire tout ça ? Sur la voiture et le désodorisant ? Vous déduisez tout ça de deux traces de pneus ?

— Trois, précisa Windy. Et il s'agit de pneus très spéciaux. Des Goodyear Eagle VR50 Gatorbacks d'origine. Même sculpture que pour les Corvette, mais avec « Iroc » écrit sur toute la largeur du flanc. Ces pneus sont de petits bijoux. On a affaire à un collectionneur.

— Et le désodorisant ? Vous voyez ça où ?

— Je l'ai senti sur les vêtements de la victime. Fraîcheur citronnée pour le parfum. La couleur de la voiture, je la tiens d'éclats de peinture relevés sur le bracelet en métal de la montre de la victime. Il a dû érafler la carrosserie lorsqu'elle a été tirée dehors. Beaucoup de gens aiment assortir le parfum du désodorisant à la couleur de leur voiture, donc jaune peut être une piste. Et je dirais que la voiture est propre, aussi.

— Oui, bien sûr, dit l'agent avec sérieux. J'imagine que vous avez découvert de la lessive et plein d'autres choses encore dans les traces de pneus. Et ces désodorisants, on les trouve dans les stations-service, alors le tueur a pu l'acheter en même temps qu'il a fait laver sa voiture, c'est logique.

Windy lui sourit. Il faisait des efforts.

— Le savon disparaît en moins de dix secondes, dans la rue. Il est conçu pour ça. Je pense simplement que la victime a dû perdre beaucoup de sang dans la voiture et que le meurtrier aura voulu nettoyer.

— Ah.

Visiblement déçu, il se dirigea vers son véhicule pour lancer un appel radio, mais se figea lorsqu'elle lança :

— Bœuf séché.

Il se retourna lentement et la regarda.

— Vous avez mangé du bœuf séché pour votre petit déjeuner. Goût bacon.

Elle le laissa repartir d'un pas rapide, presque effrayé, sans lui dire que l'emballage de son bâton de bœuf séché dépassait de sa poche arrière. C'était facile, mais après tout, il avait piétiné sa scène de crime.

Windy pouvait en dire beaucoup sur la voiture qui avait déposé le corps, mais sur le corps lui-même, elle séchait un peu, en particulier sur les causes exactes du décès. La blessure à la tête avait dû beaucoup saigner, mais ne semblait pas mortelle. Des vaisseaux capillaires éclatés dans les yeux signifiaient sans doute qu'il y avait eu asphyxie, mais elle ne voyait aucune marque de liens ou de bleus au cou qui auraient pu suggérer la strangulation. En revanche, il y avait des insectes, beaucoup, plus que Windy n'en aurait attendu sur un corps dont la mort ne remontait pas à plus de quelques heures, et qui avait passé encore moins de temps dehors.

— Votre belle du désert était morte depuis environ douze heures quand on l'a retrouvée, lui expliqua le docteur Bob, la légiste, un peu plus tard dans la salle d'autopsie.

Elle se pencha sur le corps, munie d'une lampe et d'une loupe, et ramena derrière son oreille une mèche rousse qui s'était échappée de sa charlotte.

— Et je crois que j'ai trouvé d'où venaient tous les insectes. Je n'en serai certaine que lorsque je l'aurai ouverte, mais je suis sûre à quatre-vingt-dix pour cent que cette femme est morte d'avoir mangé de la terre.

— De la terre ?

— Du terreau, pour être plus précise. Un mélange très riche, probablement destiné au rempotage des fleurs, qui contenait une assez forte concentration de matières organiques. C'est ce qui a attiré les bébêtes.

— C'est la première fois que j'entends un truc pareil.

— Moi aussi. Ça me rappelle les bagarres de cour de récré – « Mange la terre, sinon j'te tue ! » De toute évidence, cette dame n'a pas eu le choix.

— Mais comment peut-on faire avaler de la terre à quelqu'un jusqu'à ce qu'il en meure ?

Le docteur Bob ôta son masque et haussa les épaules.

— Il n'en faut pas beaucoup, je pense. Ce n'est pas facile à avaler, la terre. Mais si j'en crois le bleu qu'elle a à l'intérieur de la joue, elle avait quelque chose dans la bouche. Un entonnoir, peut-être. Comme pour gaver les oies. J'en saurai plus quand j'aurai fait un examen plus approfondi. Je vais prendre une empreinte dentaire, aussi, pour pouvoir l'envoyer au fichier, obtenir une identification et prévenir ses proches au plus vite. Même si pour elle, je dirais que l'urgence… Hé, ça va ?

Windy retirait ses gants en latex et courait presque vers la porte.

— Oui, oui, ça va. C'est juste que je viens de me rappeler que j'avais un truc à faire. Envoyez-moi les résultats dès que vous les aurez. Merci. Au revoir.

— L'urgence est toute relative, termina la légiste, en se disant qu'elle allait devoir travailler ses chutes si elle ne voulait pas faire fuir les gens comme ça.

32

— Je vous dérange en plein petit déjeuner, peut-être ? demanda Windy.

Ash leva les yeux du paquet de Skittles qu'il était en train de vider, la vit sur le seuil de son bureau, la queue-de-cheval de travers, les genoux couronnés de terre, et comprit qu'il avait attendu ce moment toute la matinée.

— Oui. Ça vous dit ? J'ai aussi un paquet de chewing-gums à la cannelle.

— Je ne voudrais pas puiser dans vos stocks. Désolée d'avoir raté l'enterrement. C'était comment ?

— Atroce. Le docteur Waters dans un costume neuf, avec aux pieds les Nike qu'il portait le jour où il a retrouvé sa famille en morceaux. Pas une larme, pas un mouvement, rien. Il devait y avoir au moins mille personnes. Et juste comme ça se terminait, mon téléphone a sonné. C'était le bureau du maire qui me lançait un SOS à propos d'une amie à lui qui a besoin d'aide.

Windy s'appuya à l'encadrement de la porte.

— C'est l'accident de la route avec délit de fuite que j'ai vu sur le registre ?

— Exactement. Ça nous change des meurtres en série complètement insensés. La femme a roulé trois fois sur son mari avec sa Mercedes, a laissé la caisse garée sur le corps et s'est fait prendre à deux kilomètres de là en train de commander un hamburger. Et devinez ce qu'elle a dit ?

— « C'est pour emporter » ?

— Pas mal. Non, elle a dit que oui, elle avait bien roulé sur son mari et laissé la voiture là-bas, mais que c'était un moment d'absence.

— Un moment d'absence. C'est une façon de voir les choses, en effet. Homicide en est une autre.

— Oh, mais elle ne parlait pas du fait qu'elle avait roulé sur son mari, non. Elle a ajouté : « J'aurais dû partir en voiture. J'aurais eu le temps de manger mon hamburger avant votre arrivée. »

— Complètement dingue, quoi.

— Oui, ou qui fait comme. Je n'arrive pas à croire que j'aie dû rater mon vol pour Los Angeles pour ça. Apparemment, c'est une importante donatrice pour la campagne de Gerald. Ça devrait l'aider à obtenir un verdict d'irresponsabilité.

Il secoua la tête d'un air écœuré.

— Bon, à vous, maintenant. J'ai entendu dire qu'on envisageait de faire de vous un membre honoraire de la police des autoroutes ?

Windy leva les yeux au ciel.

— En fait, c'était plutôt intéressant. Mon premier cas d'étouffement par ingestion de terreau.

— Vous avez eu le docteur Bob pour l'autopsie, n'est-ce pas ? Elle a fait des plaisanteries ? Un cas comme ça, c'est tout à fait pour elle. En fait, elle dissèque les macchabées pour dire de payer le loyer, mais son rêve, c'est de faire du café-théâtre sur le Strip.

— Légiste humoriste. Original. En fait, je crois qu'elle a essayé d'en faire une, de plaisanterie, mais elle m'a donné une idée, et du coup, je suis partie un peu vite. D'où ma présence ici, d'ailleurs. Elle avait commencé à parler d'une empreinte dentaire pour identifier la victime, et je me suis dit : si on vérifiait du côté de l'assurance-maladie d'Ève, pour voir si elle a inscrit dans son dossier le numéro d'une personne à prévenir en cas d'urgence ? Ça pourrait être un point de départ.

— Il va nous falloir un mandat, mais ça ne devrait pas poser trop de problèmes.

— Sinon, demandez à Nick Lee. Il doit bien avoir un ami quelque part qui pourra nous trouver ça.

— Il serait flatté de vous entendre.

Windy venait de se changer pour remettre le tailleur qu'elle avait prévu de porter à l'enterrement lorsque son téléphone sonna.

— J'ai le nom de la personne à contacter en cas d'urgence pour Ève. Patricia Madden, Trish pour les intimes, annonça la voix d'Ash. Elle vit à Hollywood avec ses deux enfants, de quatre et sept ans, et son mari, Dusty, qui est comédien. Elle travaille dans une galerie d'art de Beverly Hills pour nourrir la famille pendant que Dusty passe des auditions. Trish est aussi la bénéficiaire de l'assurance-vie d'Ève. Au cas peu probable où Ève serait là-bas, j'ai fait jouer deux, trois contacts et j'ai obtenu que la police de Los Angeles surveille la maison. Trish ne bosse qu'à 14 heures, les jeudis.

— Quand est-ce que vous partez ?

— Il est midi, donc je pensais prendre le vol de 13 h 20. En fait, reprit-il après un silence, j'ai réservé deux places, au cas où…

— Oui, dit Windy, j'ai envie de venir.

— On pourra rentrer par le vol de 19 h 30. Vous pensez que ça ira, pour Cate ? Est-ce que Brandon va pouvoir s'occuper d'elle ?

— Je vais vérifier, mais je suis sûre qu'il n'y aura pas de problème.

Il entendit qu'elle riait.

— C'est gentil à vous de vous inquiéter pour elle, ajouta-t-elle. Merci. C'est très… attentionné.

— C'est normal. Vous pouvez être dans le parking dans dix minutes ?

— Cinq s'il le faut.

— Génial. À tout de suite, alors.

Pourquoi diable avait-il un sourire jusqu'aux oreilles ? se demanda Ash en raccrochant. Ce n'était pas parce qu'ils allaient quelque part tous les deux qu'ils sortaient ensemble.

« Elle est fiancée à un autre homme », se rappela-t-il. Mais ce n'était pas un problème, ils étaient amis.

— Ne sois pas stupide, disait toujours la mère d'Ash à Winston Ogilvy, son cinquième mari, tout en attendant que le chauffeur charge les bagages avant de les conduire quelque part. Les hommes ne sont bons qu'à deux choses, et l'amitié n'en fait pas partie.

Ce n'était jamais qu'un sujet de plus sur lequel elle se trompait, espéra-t-il.

33

À l'aéroport de Los Angeles, l'air paraissait humide, comparé à la sécheresse de celui de Las Vegas. Une légère couche de brume marine donnait au ciel un aspect un peu flou. Dans le parking Hertz, Windy s'arrêta devant le véhicule qu'Ash avait loué, perplexe.

— Vous avez demandé ce modèle exprès ?

— Ce n'est pas parce qu'on est en pleine enquête sur des meurtres qu'on n'a pas le droit de conduire une voiture cool.

Ash avait répondu du tac au tac, le plus sérieusement du monde, cure-dents à l'horizontale. À Las Vegas, cet homme conduisait une des voitures de sport les plus sexy du monde. Windy avait du mal à comprendre.

— Et c'est un monospace ?

— Eh oui. Vous en avez déjà conduit un comme celui-ci ? On a une vue incroyable parce qu'on est en hauteur, et on a l'impression de rouler dans un canapé tellement c'est confortable. Pourquoi ces questions ?

— Je ne sais pas. Ça ne colle pas avec votre image, voilà tout.

— Mon image ?

Windy haussa les épaules, un peu gênée.

— Ben oui, quoi. Le flic plein aux as, qui mène une vie super glamour.

— Je mène une vie super glamour ? Encore une note de service qui a dû m'échapper.

Lentement, entre ses lèvres, le cure-dents remontait.

— Pour tout vous dire, reprit-il, je n'avais jamais pensé que j'avais une image. Mais si c'est le cas, j'espère qu'elle comprend un véhicule capable de faire ça.

Il appuya sur un bouton, et les portes du monospace s'ouvrirent en coulissant.

— Ça, pour moi, c'est glamour. Sans parler des porte-gobelets. Regardez-moi ces sièges, ajouta-t-il comme ils montaient à bord. De vraies baignoires. Et le mieux, c'est qu'on a l'air de gens normaux. Personne ne se doutera qu'on est des flics.

— Me voilà soulagée, fit Windy.

Force lui était de reconnaître que les porte-gobelets – douze en tout ! – étaient impressionnants et que la vue panoramique sur la circulation de Los Angeles dépassait de loin celle qu'aurait pu lui offrir sa Volvo.

Il était 15 h 15 lorsqu'ils s'engagèrent dans le célèbre Rodeo Drive de Beverly Hills, sur lequel se trouvait la galerie d'art où travaillait Trish. Devant eux, un car aux inscriptions en japonais déversa un flot de jeunes femmes au coin d'une rue relativement calme, d'une propreté incroyable.

— Il n'y a que les décors de cinéma qui soient propres comme ça, remarqua Ash. La vraie vie, c'est sale.

— Mais pour certaines personnes, c'est ça, la vraie vie.

— Oui. Pour ma mère, par exemple. Ses maisons sont toujours nickel. Et elle s'ennuie à mourir. Vous savez qu'à Beverly Hills, vous pouvez prendre une amende si vous traversez en dehors des passages protégés ? C'est dire à quel point les flics doivent s'ennuyer.

Tout en parlant, Ash observait le trottoir devant eux. Il ralentit tout à coup.

— Tiens, je serais pas étonné que ce soit notre collègue, ça.

Il se gara à côté d'une Crown Victoria bleu marine. Windy se demanda si qui que ce soit dans la rue ignorait qu'il s'agissait là d'une voiture de police. Et pourtant, menant sa mission jusqu'au bout, le très jeune agent qui se trouvait à l'intérieur feignit de consulter une carte routière jusqu'à ce que Windy passe un bras par sa vitre pour taper contre la sienne.

— Bonjour, je suis Windy Thomas, de Las Vegas.

Il regarda le monospace, puis Windy et, avec un sourire en coin, répondit :

— Désolée, madame, je ne sais pas où se trouvent les maisons des stars.

Encore un « madame ». Il fallait absolument qu'elle change de crème de jour. Windy secoua la tête et brandit son badge.

— De la police de Las Vegas, précisa-t-elle.

— Oh. Désolé, je ne vous avais pas reconnus, dit l'agent avec un nouveau regard au monospace.

— On est là incognito, dit Ash en se carrant dans son siège, lunettes noires sur le nez, l'air super cool.

Windy dut ravaler son éclat de rire.

— Vous êtes ceux pour qui je surveille cette femme. Patricia Madden. Elle est là.

Il indiqua une façade en granit sombre sur laquelle était gravé en lettres dorées « Hayworth Gallery ».

— Elle est arrivée à 14 heures et n'est pas encore sortie. Le type qui tient la buvette, là, dit qu'en général, elle sort vers 15 h 30 pour faire une pause avant l'arrivée des clients de l'après-midi. J'ai tout noté, si vous voulez jeter un coup d'œil, conclut-il en montrant subrepticement une feuille de papier à Windy, de la façon dont on montrerait des photos pornos.

— Merci, je prendrai ça en sortant.

Elle se tourna vers Ash tout en ouvrant sa portière.

— Amusez-vous bien avec votre chouette monospace.

— Comptez sur moi ! Je repasse vous chercher dès que j'en aurai terminé avec Bubba O'Leary. Il habite à deux kilomètres d'ici, donc ça ne devrait pas prendre plus d'une quarantaine de minutes.

— Je vous attendrai là, dit Windy en montrant un carré de trottoir, habituée à devoir donner des indications extrêmement précises à Bill.

— Une trentaine de centimètres à droite ou à gauche, ça ira aussi, vous savez. Je suis presque sûr de pouvoir vous retrouver.

Ce qu'il ne dit pas, c'était qu'avec son tailleur-pantalon bleu marine et son chemisier blanc à poignets mousquetaires, personne, sur Rodeo Drive ou ailleurs, ne lui arrivait à la cheville.

Windy appuya sur le bouton en cuivre de la sonnette et attendit qu'un bourdonnement électrique lui indique qu'elle pouvait entrer. Un chauve absolument énorme, en pantalon noir et chemise à rayures bleues et blanches, une écharpe rouge nouée sur le côté, des boucles aux deux oreilles, vint à sa rencontre. Windy pensa à Yul Brynner sous anabolisants, déguisé en pirate.

— Jé po vous aider ? demanda-t-il, avec un accent plus italien que pirate.

— Je cherche Patricia Madden.

— Patrice est dans l'arrière-boutique. Si vo restez, jé vais.

Windy resta, il alla. Ses yeux se posèrent alors sur un tableau, qui lui donna un sentiment de déjà-vu. Elle essayait de se rappeler où elle avait pu le voir et venait de réaliser que c'était dans un rêve qu'elle avait fait la nuit d'avant quand elle sentit le parfum citron vert basilic de chez Jo Malone et entendit une femme arriver derrière elle.

— Je suis Patricia Madden, annonça la jeune femme.

Windy savait qu'elle avait trente-cinq ans, mais elle ne les faisait pas. Elle mesurait au moins un mètre quatre-vingts, avait des cheveux blonds très courts, un visage à la beauté austère et le port de tête d'un membre de l'aristocratie britannique. Elle portait un pull noir moulant au col asymétrique et un pantalon, noir aussi, très bien coupé. Le genre de femme à côté de qui Windy se sentait invariablement petite, moche et bête.

Elle jaugea Windy sans s'en cacher, puis demanda :

— En quoi est-ce que je peux vous aider, madame ?

Cette fois, ça commençait à bien faire, les « madame ». Windy la jaugea à son tour et, d'un geste sec, brandit son badge en disant :

— J'aurais aimé discuter un peu avec vous.

Trish fixa le badge et haussa les sourcils.

— Police de Las Vegas ? Qu'est-ce que... C'est à propos d'Ève ?

— Oui.

— Ça fait presque quatre mois que je n'ai pas eu de nouvelles, alors je n'ai rien à vous dire.

— Je vous en prie. C'est très important. Il est possible qu'elle ait de gros problèmes.

Trish croisa les bras.

— Je n'en doute pas. Ève, c'est les emmerdes personnifiées.

Elle sembla se radoucir un instant, puis lâcha :

— De toute façon, je ne peux pas vous parler, là. Je suis au boulot.

— L'heure de la pause n'est pas loin. Vous faites toujours une pause vers 15 h 30.

— Comment… Ah, je comprends, maintenant, pourquoi le gamin boutonneux m'a suivie jusqu'ici en posant des questions à tout le monde. C'était pour vous ! Et dire que je pensais avoir affaire à un suiveur de célébrités. Merde. Mais vous devriez lui dire de ma part de regarder quelques épisodes supplémentaires de *Cops*. Il manque franchement de subtilité dans les mouvements du regard.

— Je lui passerai le message, dit Windy, de nouveau attirée par le tableau qu'elle regardait à l'arrivée de Trish.

— Notre Jorge Delgado vous plaît, on dirait, constata cette dernière en suivant son regard. Cet homme est un génie. Vous voyez quoi dans cette toile, vous ?

C'était une question innocente, mais Windy la prit comme une sorte de test.

— Du vin rouge renversé sur une nappe à une soirée.

C'était en tout cas ce qu'elle avait vu dans son rêve – elle qui renversait du vin à son repas de mariage, les invités qui s'affolaient, la nappe qu'on tirait, sa mère qui se mettait à crier.

— Très intéressant. La plupart des gens voient du sang. La toile s'intitule *La Cène*. C'est une de nos œuvres les plus profondes. On entend presque le bruit des apôtres qui repoussent leur chaise, non ?

Trish parlait avec une véritable révérence, et Windy adopta le même ton.

— Oui, oui, tout à fait, dit-elle, avant d'ajouter après un silence : Mais si c'était du sang, il se serait répandu différemment sur le tissu. Il se serait plus étalé.

Elle sentit Trish la regarder du coin de l'œil, puis l'entendit rire.

— OK, ça ira, dit-elle en souriant, révélant un léger écart entre ses dents qui la faisait passer de la catégorie belle à la catégorie superbe.

— Ça veut dire que j'ai réussi le test ? demanda Windy.

— Ça veut dire que vous avez le sens de l'humour et que vous ne vous prenez pas trop au sérieux. Mon numéro de princesse de glace ne vous a pas impressionnée, mais vous n'êtes pas une cliente, et je ne perds pas mon temps de pause avec des emmerdeurs. En plus, il faut de l'humour, pour comprendre Ève.

Elle se tourna vers le pirate.

— Davido ? Tu peux surveiller l'entrée ? Je reviens dans une demi-heure.

— Mais Patrice, répondit l'armoire à glace en tripotant nerveusement le nœud de son écharpe, tou sais qué jé n'arrive pas bien avec la caisse enrégistreuse.

— Davido, personne ne va venir acheter *cash* une toile à cent mille dollars d'ici une demi-heure.

— C'est arrivé, une fois.

— Pas avant 18 heures. Tu sais bien que l'argent de la drogue dort jusqu'à au moins 18 heures. Mais s'il y a quelque chose et que tu as besoin de moi, tu n'auras qu'à te mettre devant la porte et siffler. Je serai à la buvette de Carl, pour prendre un café.

Elles laissèrent Davido sur le pas de la porte, énorme et apparemment perdu, essayant de siffler, et s'engagèrent en direction de Piazza Rodeo, où quelques tables étaient disposées autour d'une buvette. Windy fut surprise de constater qu'elles étaient toutes bancales. Tout, à Beverly Hills, n'était pas aussi parfait qu'on pouvait le croire, finalement.

Elles s'installèrent à celle qui bougeait le moins, Trish alluma une cigarette, souffla la fumée et demanda :

— Bon, alors, qu'est-ce qu'elle a encore fait, Ève ?

34

— Je sais que je devrais arrêter de vous appeler et de dépenser tout cet argent, mais on vient d'emménager ici, et j'ai des amis, mais pas de vrais amis à qui je peux parler comme ça. Et puis, depuis que je suis enceinte, je me pose des tas de questions, j'ai des doutes…

Jennifer regarda le journal devant elle, puis la pendule. Huit minutes pour l'instant. Il fallait qu'elle garde cette femme, Kelly O'Connell, au téléphone pendant au moins encore douze minutes si elle ne voulait pas faire chuter sa moyenne du mois. Conserver sa moyenne à vingt minutes était la seule façon de continuer à recevoir des appels transmis par la *hot line* de la baronne Ruby, médium, et elle avait besoin d'argent.

Il y avait un truc qui marchait toujours, pour garder un client au téléphone. D'une voix éthérée, elle annonça :

— Je vois un nuage de doute et de trahison autour de vous, Kelly.

— Mon Dieu…

Son interlocutrice semblait tellement paniquée que Jennifer eut des remords.

— Il est autour de vous, mais il bouge derrière vous. Je vois des soucis dans le passé, en fait.

La voix de la femme était étouffée, maintenant, comme si elle parlait à travers ses mains.

— C'est vrai, sanglota Kelly. Autrefois, j'en suis presque sûre, Kurt a eu une liaison. Avec cette femme, au casino où il travaillait, dans le Mississippi. C'est facile, pour eux, avec toutes ces chambres libres. Mais ensuite, il a été muté ici, et il m'a juré qu'il était fidèle depuis plus d'un an. Je ne sais pas ce que je ferais si je découvrais que c'est faux.

Semer le doute à propos de la fidélité de Kurt aurait indéniablement prolongé la conversation d'au moins encore neuf minutes, mais Jennifer n'avait pas le cœur à ça, finalement. Elle essaya une autre voie.

— Vous avez peur que l'arrivée du bébé ne le fasse changer. Je vous sens inquiète. Et cette inquiétude vous donne mal au cœur.

— Oui ! C'est exactement ça. J'ai mal au cœur toute la journée. Ce doit être l'inquiétude.

Déjà, Kelly semblait aller mieux. Jennifer l'imagina se redressant dans son canapé.

— Vous craignez qu'il ne vous trouve plus séduisante quand vous aurez un gros ventre et qu'il s'éloigne. Et vous redoutez qu'il ne se sente oublié, négligé lorsque le bébé sera là.

— Mon Dieu, mais vous voyez tout ! Au début, il était tellement amoureux, et il disait tout le temps qu'il voulait des enfants, mais maintenant... Et puis, il voyage tout le temps pour son travail, il n'est jamais là. Comme en ce moment, par exemple. Il est en Asie. Ça fait plus d'une semaine qu'il est parti. Et quand il est là, je ne me sens pas bien et...

Kelly s'interrompit.

— C'est la sonnette de la porte de derrière. Vous croyez que je devrais aller voir ?

« Bien sûr, ma belle, du moment que vous ne raccrochez pas avant sept minutes », pensa Jennifer.

— Allez voir qui c'est, dit-elle. Je reste en ligne. Et quand vous reviendrez, je vous aiderai à découvrir votre ange gardien.

— Oh, oui, ce serait bien, ça. On ne me l'a jamais fait. Vous êtes sûre que ça ne vous dérange pas d'attendre ?

— Pas du tout, dit Jennifer, se retenant pour ne pas ajouter : « Prenez votre temps. »

Tout en gardant un œil sur la pendule, elle appuya sur la touche haut-parleur du téléphone, prit son surligneur et retourna à la lecture de ses notes de cours. Elle en avait appris plus sur l'esprit des gens en faisant la médium au téléphone qu'en trois ans de psycho à la fac, mais pour décrocher un diplôme, il n'y avait pas trente-six solutions.

Chez Kelly, Jennifer entendit quelque chose qui ressemblait à un rire de femme et se dit : « Très bien, plaisantez avec votre visiteur. Moi, je continue mes révisions pour mes partiels. » Puis il y eut comme un murmure, et tout à coup, un hurlement.

Jennifer sursauta et attrapa le combiné.

— Allô, Kelly ? Allô ? Vous êtes là ?

Rien.

— Kelly ? Est-ce que ça va ? Madame O'Connell ? Est-ce...

À l'autre bout du fil, on raccrocha. Le minuteur de Jennifer indiquait dix-huit minutes et trois secondes. Sa moyenne allait encore en prendre un coup, et son compte en banque avec. Mais Kelly ? Était-ce bien un cri qu'elle avait entendu ? Devait-elle en parler à quelqu'un ?

Le téléphone sonna. Elle décrocha dans la seconde, espérant que c'était Kelly qui rappelait.

— Allô ? dit-elle au lieu de sa réplique habituelle – « Bienvenue au salon de la baronne Ruby, médium. Geneviève au téléphone. »

— Je suis bien sur la *hot line* de la baronne Ruby ? demanda une voix timide qui n'était pas celle de Kelly. J'ai un problème, j'ai vraiment besoin d'aide. Je m'appelle Fiona et je crois que mon petit ami me trompe.

Kelly allait sûrement bien, se dit Jennifer en repoussant ses notes et en remettant son minuteur à zéro.

— Je vois un nuage de doute et de trahison autour de vous, Fiona.

Cette fois, elle visait les quarante minutes. Elle devait absolument redresser cette foutue moyenne.

Puis elle repensa au hurlement et reprit :

— En fait, Fiona, je me suis trompée. Ce que je vois autour de vous est une aura si lumineuse, si pure que je l'ai prise pour un nuage. Elle est presque invisible. Vous avez les cheveux bruns, n'est-ce pas ?

— Non, j'ai...

— C'est ce que je vois. Et si vous raccrochez maintenant, votre appel ne vous sera pas facturé. Vous voyez ? Déjà, la chance frappe à votre porte. Au revoir.

La ligne à peine coupée, Jennifer composa le numéro de la police. Elle allait sans doute perdre son boulot à cause de ça – il n'y avait pas que la moyenne qui comptait, les « assistantes » de la baronne n'étaient pas censées divulguer de renseignements sur leurs clients. Les flics avaient intérêt à la prendre au sérieux.

— Je crois qu'il y a eu un crime, dit Jennifer à la standardiste. Je ne sais pas à quelle adresse, mais j'étais en communication avec une femme, au numéro 702-555-7561, quand elle s'est tue brusquement. Ensuite, j'ai entendu un hurlement.

— Vous vous appelez comment ?

— Peu importe. Elle, elle s'appelle Kelly O'Connell. Vous devriez envoyer quelqu'un chez elle le plus vite possible.

— Comment connaissez-vous Mme O'Connell, madame ?

— Je suis médium. Elle m'a appelée.

— Ah. Vous êtes médium.

— Peu importe. Ce qui compte, c'est que vous alliez voir. Cette femme a des ennuis.

Au central, qui recevait tous les appels d'urgence, Wanda List raccrocha et secoua la tête.

— Encore une cinglée ? lui demanda Desiree Bolton, assise au bureau voisin.

— Je sais pas. Elle m'a donné un numéro de téléphone où elle dit qu'un crime a été commis, mais pas d'adresse. C'est une médium.

— Tu pourrais vérifier dans l'annuaire et demander qu'une patrouille aille voir, s'il y a quelqu'un dans les parages.

— Je sais pas. Melvin m'a prévenue : si je les envoie encore courir après le dahu, c'est la circulation direct. Il dit que je suis trop crédule. Et comme il a le maire et le shérif sur le dos, qui lui demandent tout le temps de faire gaffe aux dépenses…

— Melvin n'a pas le droit de te menacer comme ça. C'est toi la responsable si tu rates un coup de fil important.

— T'as raison, reconnut Wanda. Je ferais mieux de transmettre.

— Mais passe-le en non-prioritaire, lui conseilla Desiree avant de prendre un autre appel. Comme ça, Melvin pourra pas monter sur ses grands chevaux.

35

Windy regarda autour d'elle la place en fausses dalles, remarquant à quel point la qualité de la lumière était différente de celle du désert. À Las Vegas, tous les angles semblaient vifs ; ici, c'était plus subtil, plus retenu, les ombres de l'après-midi évoquaient la paresse. Un jeune homme en uniforme gris nettoyait une des vitrines de la boutique Cartier, dans laquelle on pouvait voir une paire de boucles d'oreilles et trois montres d'une valeur probablement supérieure à dix ans de son salaire. Qu'est-ce qui la retenait de tendre la main et de s'en emparer ? se demanda Windy. Y avait-il une part de bon dans chaque être, ou était-ce juste le système d'alarme et la peur du gendarme qui l'empêchaient de sauter le pas ?

Elle se tourna vers Trish.

— Comment ça, Ève a disparu ? demanda cette dernière.

Ève. Celle qui avait cédé à la tentation et légué aux hommes le péché et la mort. Mais comment pouvait-on lui reprocher d'avoir été curieuse ? Interdire une chose, n'était-ce pas le meilleur moyen de la rendre encore plus tentante ? Il suffisait de poser la question à un enfant de six ans.

« Calme-toi, se dit Windy. Tu t'égares dans des détails. »

— Ève a disparu, oui, répondit-elle. Nous pensons que cette disparition a un rapport avec son enfance à Las Vegas, et nous essayons d'en apprendre le plus possible sur celle-ci. Pour commencer, il nous faudrait les adresses des maisons où elle a grandi.

— J'ai peur de ne pas pouvoir vous aider beaucoup, là-dessus. J'ai rencontré Ève au catéchisme – enfin, en zappant le catéchisme, plutôt. On était toutes les deux sorties pour fumer une clope. Ensuite, on s'amusait à faire des caricatures des gens du caté, pour se ficher d'eux. Après, on s'est beaucoup vues, mais jamais chez elle. Sa mère n'aimait pas qu'elle amène des visiteurs, alors la plupart du temps, on allait chez moi.

Windy sortit un Dictaphone de sa poche.

— Ça vous dérange si je vous enregistre ?

Trish parut étonnée, un peu amusée, même, mais secoua la tête.

— Donc, vous n'alliez jamais la voir chez elle ? reprit Windy.

— Une ou deux fois, je suis allée dans une baraque immense, super luxe. Un truc qui ressemblait à Versailles, tellement grand que sa mère ne se serait même pas aperçue que l'armée française campait dans son salon. Mais après ça, ils ont déménagé dans un appartement, au nord de Las Vegas, et Ève ne voulait pas que je vienne la voir là-bas, elle disait qu'elle avait honte et qu'en plus, il n'y avait pas de place. La résidence avait un drôle de nom, un truc comme Sun Block. Ou Sun Shield.

— Sun-Crest ?

— Oui, c'est ça.

Versailles devait être la maison des Johnson, et Sun-Crest l'appartement des Waters, les deux lieux de résidence qu'ils connaissaient déjà.

— Sa famille a vécu à un autre endroit entre la grande maison et l'appartement du Sun-Crest, dit Windy.

— À une époque, ils déménageaient tous les quatre matins.

Windy sentit son estomac se nouer.

— Là, il s'agit de trois mois, pendant l'été 1985. Vous avez une idée de l'endroit où elle a vécu pendant cette période ?

— 1985... C'est l'été où ma mère m'a envoyée dans le Nebraska pour que je prenne le bon air et que je fasse mieux connaissance avec mes cousins. Apparemment, elle n'avait pas réalisé que les garçons de la campagne nourris au maïs étaient des gars robustes et vaillants.

Trish sourit à l'évocation de ce souvenir, puis reprit :

— Attendez que je réfléchisse. Je suis presque sûre qu'Ève m'a écrit, cet été-là. Oui. Ils habitaient dans une caravane, dans un camping, pour l'été, du moins. Ève me disait que c'était l'horreur, mais je ne crois pas qu'elle ait mentionné où ça se trouvait. Quelque part dans le désert. Et ils avaient un voisin qui n'arrêtait pas de l'espionner quand elle était toute nue dans la salle de bains. Elle l'avait dessiné et m'avait envoyé le dessin.

— Vous savez de quel camping s'agissait ?

— J'ai bien peur que non.

— Et l'endroit où ils habitaient avant Versailles ? Vous le connaissiez ?

— Non. De toute façon, ils ont emménagé dans la grande maison peu de temps après notre rencontre.

— Vous avez dit que vous vous étiez rencontrées au catéchisme. Est-ce que la famille d'Ève aurait pu habiter près de la paroisse concernée ?

— Je ne pense pas. Ce n'était pas une paroisse de quartier, qu'on choisit parce qu'on habite tout près. C'était la Mission spirituelle du père Elmore. Les gens faisaient jusqu'à soixante-dix kilomètres pour voir le père Elmore. Bien sûr, le fait que ce type soit le portrait craché de Cary Grant n'y était pour rien. Bref, l'église était en plein désert, personne n'habitait par là. Maintenant, je suis sûre qu'un centre commercial a poussé à la place, avec un millier de petites maisons proprettes tout autour, mais à l'époque, c'était paumé.

Retour à la case départ.

— Bon, et après l'appartement au nord de la ville, vous savez où ils sont partis s'installer ?

Trish écrasa sa cigarette dans le couvercle en plastique de son gobelet de café.

— La famille, j'en ai aucune idée. Mais Ève, je ne sais pas comment, était arrivée à convaincre ses parents de l'envoyer à Los Angeles, pour vivre avec sa tante. Purée, qu'est-ce que j'ai été jalouse, sur ce coup-là !

Ash avait déjà parlé à la police de Los Angeles, et ils savaient qu'aucun meurtre similaire à ceux commis par le Briseur de Ménages n'avait été recensé en Californie. Par ailleurs, la tante d'Ève était morte d'un cancer quatre ans plus tôt. Cette piste ne menait donc à rien.

Windy opta pour une autre direction.

— Ses parents, ils s'entendaient bien ?

— Non. Ils se disputaient tout le temps.

Trish remua son café pendant un moment, puis regarda Windy dans les yeux.

— Pourquoi est-ce que ça vous intéresse, ça ? Vous êtes là parce que Ève a disparu, non ?

— Oui et non. Ève a vraiment disparu. Mais nous pensons qu'il y a quelque chose de plus grave derrière tout ça.

— Quelque chose que vous ne voulez pas me dire.

Windy hocha la tête.

— Tout ce que vous me direz sur Ève, n'importe quel détail peut nous aider, surtout concernant son enfance. Pourquoi est-ce que sa famille déménageait si souvent ?

— Vous n'êtes pas au courant pour son père, Eddie ? L'argent lui brûlait les doigts. C'était un joueur.

— Un joueur professionnel ?

— Un *loser* professionnel. Un drogué du jeu, même. Quasiment un cas d'école. D'après ce que j'ai pu comprendre, quand Ève avait environ neuf ans, il s'est mis à jouer au black-jack plusieurs soirs par semaine, peut-être même tous les soirs. La mère d'Ève lui reprochait sans arrêt de n'être jamais là, et Ève et son père se sont peu à peu ligués contre elle. Il disait à Ève qu'elle était sa petite associée, son porte-bonheur. Elle avait l'habitude de l'attendre toute la nuit pour savoir comment ça s'était passé. C'est comme ça qu'elle a appris à faire la cuisine, au départ. Parce qu'elle lui préparait des petits déjeuners à l'aube, quand il rentrait du casino, pour qu'il puisse repartir au boulot le ventre plein.

— Il travaillait ?

— Il dirigeait une fabrique de chaussures avec son frère.

— Une fabrique de chaussures ? Vous êtes sûre ?

— Oui. Mais il l'a perdue au jeu. Bref, au bout d'un moment, il n'est plus rentré à l'aube pour le petit déjeuner, est devenu irritable, et même si Ève savait que c'était parce qu'il avait perdu beaucoup d'argent, elle disait que c'était sa faute à elle, qu'elle ne lui portait plus bonheur. Et puis, un jour, on devait avoir une quinzaine d'années, Eddie a gagné au loto. Et pas juste un petit magot, non. Le jackpot. Plusieurs millions de dollars. Alors, tout est redevenu comme avant, et la famille s'est installée à Versailles.

Windy fronça les sourcils.

— Pourquoi est-ce que j'ai l'impression de suivre un documentaire dont le titre serait *Jusqu'ici, tout va bien* ?

— Ah, vous avez déjà entendu cette histoire, hein ? Oui, c'est un peu ça. Gros plan sur la famille Sebastian, richissime, grande maison en guise de décor, tout le monde avec le sourire et l'air heureux. Puis fondu enchaîné en tons sépia sur les mêmes protagonistes dans une caravane, moins d'un an plus tard.

— Un vrai conte comme on les aime à Hollywood, lâcha Windy.

Elle avait dû prendre un ton un peu trop ironique, car Trish leva brusquement la tête et plongea son regard dans le sien.

— Il y a quelque chose qui ne va pas ?

— Non, excusez-moi, répondit Trish. C'est juste un peu bizarre. Vous ressemblez énormément à Ève, dans certaines expressions du visage, surtout, et aussi dans le ton de votre voix quand vous êtes sarcastique. Mais juste après, votre visage change, et vous ne lui ressemblez plus du tout.

Elle remua son café un long moment, index tendu au-dessus du gobelet, puis libéra ses souvenirs.

— Je crois qu'elle me manque. Cette époque de l'année, en particulier, me fait penser à elle.

— L'automne ?

— Oui. Enfin, Halloween, surtout. C'était sa fête préférée. Elle commençait à en parler dès le début du mois d'octobre. Elle adorait creuser des citrouilles, se déguiser, tout ça. C'était encore une gamine, pour ça. Je pense que c'était une façon pour elle d'échapper à la vie de tous les jours, de se glisser dans la peau de quelqu'un d'autre. Une année, elle s'est déguisée en religieuse.

— Que fuyait-elle ?

— Dieu seul le sait ! Elle-même, sa mère... Elle détestait sa mère.

— Pourquoi ?

— Elle disait qu'elle était méchante avec son père, qu'elle n'aimait pas qu'il joue et qu'elle le harcelait tout le temps, que c'était à cause de ça qu'il rentrait encore plus tard. Mais moi, je pense que c'était parce qu'elles étaient en concurrence face à lui. Elles se battaient pour obtenir son attention. Je pense aussi que c'est à cause de cela qu'elle est devenue anorexique.

— Que voulez-vous dire ?

— Quand elle avait environ seize ans, son père s'est remis à perdre et l'a complètement rejetée. Plus de petits déjeuners à l'aube ni de connivence. En fait, il s'est mis à la traiter de la même façon qu'il traitait sa mère, une femme qu'Ève avait toujours détestée. Alors, elle s'est juré de ne jamais devenir comme elle.

— Et sa mère était grosse, donc Ève a décidé d'être mince, conclut Windy, cochant intérieurement la case « remplace le sexe par la nourriture comme moyen de contrôle » dans le profil du tueur.

— Exactement. Quand on était plus jeunes, je pensais qu'Ève avait opté pour la drogue plutôt que pour l'alcool juste par goût, et je ne faisais pas attention lorsqu'elle pestait contre toutes ces « calories sans intérêt ». Elle était capable de ne manger que des biscuits pour chiens pendant deux mois. Bien avant que les régimes sans glucides soient à la mode, elle ne mangeait plus de pain, et elle faisait des fellations parce qu'elle avait lu dans *Cosmo* que c'était une bonne source de protéines peu caloriques.

Jamais Windy n'avait rien entendu de plus triste.

— C'est assez improbable, pourtant, un chef cuistot anorexique.

— Ah, ça, c'est Ève et ses contradictions. Elle n'est que contradictions, de toute façon. Tenez, par exemple, avec sa plaque d'immatriculation « *bad girl* », on s'attendrait qu'elle conduise une voiture de sport, non ? Au lieu de ça, elle la joue maman qui fait du covoiturage et opte pour la voiture la plus sûre du marché du point de vue sécurité. Ou bien prenez son appartement, quand elle habitait à Los Angeles. Elle avait choisi cet endroit parce que c'était un des mieux surveillés de la ville. Je vous parle patrouilles armées en permanence, hein. Et elle avait encore trouvé le moyen de mettre des verrous supplémentaires à sa porte.

— À Las Vegas, elle vit dans un lotissement fermé.

— Ça ne m'étonne pas. Elle a sans doute cherché longtemps avant de se décider pour cet endroit. Sécurité, c'est le maître mot, pour elle. Mais tout en se surprotégeant physiquement, elle se met en position de faiblesse émotionnellement. Le pire ennemi d'Ève a toujours été elle-même. Une fois, elle est tombée dans les pommes chez moi, alors je l'ai portée jusqu'à mon lit et je l'ai déshabillée. Elle avait toujours des hauts à manches longues, elle disait qu'elle avait tout le temps froid. Bref, je lui ai enlevé son pull, et j'ai vu ses bras. Ils étaient couverts de brûlures de cigarettes. Quand je lui ai demandé d'où ça venait, elle a fini par m'avouer que c'était elle qui se les faisait.

— Pourquoi ?

— Elle m'a dit qu'elle voulait savoir ce que ça faisait. Mais moi, je pense que c'était un moyen de se punir elle-même parce que son enfoiré de père ne l'aimait pas. Elle a refusé que je l'aide, n'a plus jamais voulu en parler. C'est pas facile d'être son amie.

— De toute évidence, vous tenez à elle, si vous lui avez demandé d'être la marraine de Nicole.

— Comment vous savez ça ?

— J'ai vu chez elle le livre que Nicole lui a donné. *Une petite princesse*. Sur sa table de chevet.

Trish détourna le regard, sortit une nouvelle cigarette de son paquet, l'alluma, en tira une longue bouffée.

— Nikkie et Devon, mon petit dernier, me demandent sans arrêt : « Quand est-ce qu'on va aller voir tatie Ève ? » Elle est géniale avec les enfants. Elle faisait beaucoup de baby-sitting, quand on était ados. Les mômes l'adorent.

Windy pensa aux jumelles Waters, Minette et Martine, et éprouva le besoin de changer de sujet.

— Vous a-t-elle parlé d'un homme avec qui elle serait sortie, à Las Vegas ? Ou même d'amis qu'elle se serait faits ? Un certain Barry, ou Harry ? Quelqu'un de son passé ?

— Non. Elle ne m'a jamais beaucoup parlé des mecs avec qui elle sortait. Elle était très secrète à ce sujet. Et on s'est disputées la veille de l'ouverture de son nouveau restaurant. Elle n'était là-bas que depuis un mois, mais ça lui avait suffi pour s'envoyer une bonne dizaine de mecs...

Percevant de la colère dans la voix de Trish, Windy demanda :

— C'est à cause de ça que vous vous êtes disputées ?

— Plus ou moins. Ici, à Los Angeles, y avait pas moyen de l'arrêter. C'était la vraie fille facile, ou la *bad girl* de sa plaque, si vous préférez – comme si elle était encore la gamine prête à tout pour que son père la regarde, si vous voulez mon avis. Elle couchait avec n'importe qui du moment que ça pouvait aider sa carrière, ce qui est vraiment dommage parce que c'est un chef hors pair et qu'elle n'avait pas du tout besoin de ça. Mais à grimper les échelons comme ça, vitesse grand V, elle s'est dit que c'était parce que, au lit, elle se débrouillait pas mal. Enfin bon. Quand elle est partie, elle a juré qu'à Las Vegas, elle allait se poser, s'engager dans une vraie relation, avec un homme qui ne serait pas déjà marié ou casé. On aurait dit qu'elle croyait pouvoir échanger son personnage de mauvaise fille contre un nouveau modèle de gentille fille, beaucoup mieux, et clac, se trouver comme ça une relation au long cours. Tout ce qu'il lui fallait, c'était « régler son problème avec l'intimité ».

Et changer de plaque d'immatriculation, pensa Windy.

— Vous n'avez pas l'air de croire à ce « problème avec l'intimité ».

— Ève a toujours été fan des bouquins d'aide au développement personnel, des réponses faciles et toutes faites qu'on y trouve. Qualifier de « problème avec l'intimité » son incapacité à s'impliquer dans une relation, c'était exactement ça : une façon de faire comme si les choses étaient résolues. Elle a indéniablement de la difficulté à laisser les autres l'approcher, mais c'est juste le symptôme d'un problème beaucoup plus profond, ça n'en est pas la cause. Se laisser approcher, c'est être vulnérable, et ça, Ève ne peut pas l'envisager.

De nouveau, Trish fixa Windy d'un regard intense.

— C'est incroyable comme vous me faites penser à elle.

Puis elle se leva en soupirant.

— Bon, il faut que j'y aille, sinon Davido va se croire perdu. Les touristes vont bientôt sortir du *Beverly Wilshire* avec une furieuse envie de claquer de gros paquets d'argent, n'attendant que moi pour transformer ça en commission, puis en baskets neuves pour mes mômes.

— Ça vous plaît, de vendre des œuvres d'art ?

Le ton de Trish devint très docte.

— Je ne vends pas, j'assiste nos honorables clients dans l'acquisition de pièces de qualité. La semaine dernière, un monsieur très bien a acheté une toile de cinq cent mille dollars sans même retirer ses lunettes noires. C'est un honneur que de participer à une transaction comme celle-ci.

Elle sourit, jeta son gobelet en direction de la poubelle, rata son coup.

— Ça répond à votre question ?

— Oui, très bien.

— Est-ce que je vous ai aidée ?

— Oui, beaucoup, répondit Windy sans savoir si c'était vrai. Vous avez dit qu'Ève vous avait écrit des lettres, un été. Y aurait-il une chance que vous les ayez gardées ? Ou que vous ayez chez vous un papier, quelque chose qui comporterait l'écriture d'Ève ?

— Désolée, mais non. Je ne suis pas sentimentale, pour ça.

— C'était juste au cas où. Si vous pensez à autre chose, appelez-moi, s'il vous plaît, demanda Windy en tendant sa carte à Trish. Ou si vous avez des nouvelles.

— Ève n'a pas d'ennuis, j'espère ? Je veux dire que si j'ai des nouvelles d'elle et que je vous en parle, elle n'ira pas en prison ?

Le téléphone de Windy sonna juste à ce moment, mais elle ne décrocha pas. Elle se leva et regarda Trish en face.

— Je ne vais pas vous mentir. Elle n'ira probablement pas en prison, mais sûrement à l'hôpital. Elle a besoin d'aide. Vous le savez aussi bien que moi.

Trish regarda la carte de Windy, puis la glissa dans sa poche, avant de dire :

— Hé, attendez.

Elle sortit son portefeuille, un article vieux et éculé qui allait assez mal avec sa tenue plutôt élégante, une autre facette de sa personnalité. Elle en tira la photo d'une jeune fille.

— C'est Ève, en terminale, expliqua Trish.

Elle la regarda un long moment, puis la tendit à Windy.

— Elle avait écrit quelque chose au dos.

Windy retourna la photo.

Te laisse pas toucher par des enfoirés… à moins qu'ils aient une caisse sympa ! UMFNDJS.

— Qu'est-ce que ça veut dire, UMFNDJS ?

Mais déjà, Trish s'éloignait. Elle se retourna en entendant la question.

— Une Mauvaise Fille Ne Dort Jamais Seule. C'est la devise d'Ève. Elle en est très fière.

Leurs yeux se croisèrent.

— Merci.

Trish hocha la tête.

— Je veux vous aider. Aider Ève. Elle... C'est quelqu'un de bien. De pas mauvais, en tout cas. Quoi qu'elle ait fait, elle n'est pas mauvaise.

Windy fut soulagée que Trish s'en aille, parce qu'elle savait qu'elle n'aurait pas été capable de la réconforter. Elle se rassit et sortit son téléphone portable, pour voir qui l'avait appelée. L'écran indiquait « numéro inconnu ». Encore un appel sans message. Elle regarda la photo, trouva Ève beaucoup plus belle qu'elle, pensa au vin rouge sur la nappe blanche et à ce que signifiait réellement être une mauvaise fille.

Puis elle se reprit et alla attendre Ash en se demandant si un monospace pouvait être qualifié de « caisse sympa ».

36

Les agents Steve Birch et Paul Kenny, sur le point d'aller manger un morceau, hésitaient entre tacos et hamburgers lorsqu'un appel leur parvint du central : on demandait à toutes les unités se trouvant à proximité du 2204 Cottonwood d'aller vérifier si tout allait bien dans la maison. Il était possible qu'une femme ait besoin d'aide.

— C'est toujours à l'heure de la pause, hein ? dit Paul en faisant demi-tour, avant de mettre le gyrophare.

Ils arrivèrent sur les lieux à 16 h 18, ne remarquèrent aucun véhicule suspect dans les alentours et s'approchèrent de la maison. Ils passèrent devant la boîte à lettres sur laquelle était peint « famille O'Connell », et Steve raconta à Paul que sa femme avait acheté la même quand ils s'étaient mariés.

Ils sonnèrent et attendirent.

— On dirait que quelqu'un a fêté la future naissance d'un bébé, remarqua Steve en indiquant la poignée de la porte, à laquelle pendaient des restes de rubans bleus et roses, ainsi qu'un ballon dégonflé.

— Bon boulot, Sherlock, dit Paul. Ta promotion au rang d'inspecteur, c'est plus qu'une affaire de temps.

— Quand Marcy a organisé une fête comme ça, pendant sa grossesse, l'odeur des bougies parfumées a régné dans la maison pendant des semaines, après. C'est peut-être pour ça que cette femme hurlait, pas parce qu'elle a besoin d'aide. Ces trucs peuvent vous rendre dingue.

Ils sonnèrent une nouvelle fois, n'obtinrent pas de réponse, frappèrent. Rien. Paul passa par la gauche,

Steve par la droite, et ils firent le tour de la maison, cherchant à apercevoir des lumières à l'intérieur, vérifiant qu'il n'y avait pas de vitre cassée, ni quoi que ce soit de suspect. Ils ne pouvaient pas forcer la porte à partir d'un simple appel pour vérification.

Lorsqu'ils se retrouvèrent devant la maison, ils entendirent une voix de femme derrière la porte d'entrée.

— Il y a quelqu'un ?

— Madame ? fit Paul en se plaçant devant le judas pour qu'elle puisse le voir et n'ait pas peur. On nous a signalé un bruit étrange chez vous, et nous voulions nous assurer que tout allait bien.

— Monsieur, je…

Elle sembla s'étrangler, puis reprit :

— … vais bien.

— Vous êtes sûre, madame ? Vous pouvez ouvrir la porte ?

— Non !

De nouveau, on eût dit qu'elle s'étranglait.

— Je suis enceinte. Je vous en prie, je suis enceinte. Je vais…

Encore un bruit de gorge qu'on serrait.

— Ça me rappelle quand Marcy était enceinte, murmura Steve. Les nausées. La pauvre, je parie qu'elle n'ose pas ouvrir la porte, ça la gêne qu'on la voie dans cet état. Le fait qu'on soit là ne doit rien arranger, en plus.

Paul hocha la tête, puis se tourna vers la porte.

— Pas de problème, madame. On voulait juste s'assurer que tout allait bien.

Ils entendirent un « merci » étouffé, puis des pas qui s'éloignaient rapidement.

— Quelqu'un a dû l'entendre vomir et nous a appelés, dit Steve comme ils remontaient dans leur voiture. La pauvre, elle doit se sentir mal comme jamais, à se retourner les tripes toute la journée.

— Probable. Alors, tacos ou hamburgers ?

Ils rappelèrent le central à 16 h 30 pour signaler que tout allait bien. À 16 h 42, ils entamaient leur double cheeseburger.

Cachée derrière les rideaux, Ève avait regardé les agents faire le tour de la maison. Elle avait cru que cette fois, c'était fini, ils l'avaient retrouvée.

Puis ils étaient repartis.

Elle regarda ses mains, se força à inspirer profondément, à se concentrer. Il fallait qu'elle ait terminé avant le retour de Harry, ce soir. Mieux valait qu'elle s'occupe de Kelly.

37

Bubba O'Leary, qui avait été le mentor d'Ève et son amant, vivait dans une maison Art déco sur Beverly Glen, un des coins les plus chers de Beverly Hills. Il ouvrit lui-même la porte, en peignoir de soie grise et chaussettes de sport. Il était corpulent, mais tout en muscles, apparemment. On aurait dit un homme de main du milieu, en plus cordial.

— Vous étiez censé être la masseuse, dit-il en voyant Ash.

Ce dernier lui montra son badge.

— Désolé.

— Police de Las Vegas. Ça fait un bail que je suis pas allé à Las Vegas.

Sa barbe était taillée en bouc, et il portait des pattes assez longues. Ses cheveux se faisaient rares sur le haut du crâne, mais il avait une queue-de-cheval, et Ash l'imagina sans difficulté coiffé d'une casquette à l'envers, des lunettes noires même la nuit, quadragénaire blanc essayant de faire comme s'il était au top de la branchitude. Au hasard, il répondit :

— Ce n'est pas ce qu'on m'a dit. On m'a dit que vous y étiez il y a deux semaines.

De toute évidence, dans l'esprit de son interlocuteur, deux idées surgirent : claquer la porte en niant tout, ou l'ouvrir en grand et la jouer mec sympa qui n'a rien à cacher. Le simple fait qu'il ait hésité indiqua à Ash que, dans un cas comme dans l'autre, le type jouerait la comédie, mais il fut content lorsque la porte s'ouvrit.

C'était toujours plus facile que de devoir glisser un pied dans la porte, et plus légal, aussi.

— Et si on discutait dans le salon, plutôt ? Fermez la porte derrière vous, dit Bubba en se dirigeant vers l'arrière de la maison.

Ash le suivit jusqu'à un salon qui semblait avoir été volé dans le *Titanic* – celui du film, tout au moins.

— Asseyez-vous, ordonna Bubba.

Il désignait un fauteuil profond en bois et cuir bleu foncé, qui aurait eu sa place dans le salon de première classe du pont C. Ash s'assit sur le canapé.

Bubba s'arrêta devant un panneau de bois ouvert sur un bar complet, jusqu'aux rails de cuivre empêchant les verres de glisser par gros temps.

— Vous voulez boire quelque chose ?

— Non, merci.

Bubba se servit un quadruple whisky et le but cul sec. Il avait le regard un peu plus brillant lorsqu'il fit face à Ash.

— C'est pour quoi, le cure-dents ? demanda-t-il.

— Problèmes de gencives, répondit Ash en croisant les jambes et en se carrant contre les coussins, comme s'il avait tout son temps.

Il aurait pu dire à Bubba que le whisky, c'était une erreur. Faire perdre son sang-froid à ce type était presque trop facile. D'ailleurs, trois secondes plus tard, Bubba lâcha :

— OK, d'accord, j'étais à Las Vegas il y a deux semaines. Et alors ?

— Qu'est-ce que vous y faisiez ?

— Je rendais visite à une amie.

— Une amie nommée Ève Sebastian. D'après ce que j'ai entendu dire, vos relations n'étaient pourtant pas très amicales.

Bubba se servit un deuxième whisky, en avala la moitié et vint s'asseoir avec le reste à côté d'Ash, dans un fauteuil.

— C'était pourtant pas faute d'essayer, dit-il avec un sourire dur.

— Pourquoi était-elle contre ?
— Ah, grande question. Pourquoi Ève fait-elle ce qu'elle fait ? S'installer à Las Vegas, par exemple. Elle y est malheureuse comme les pierres, malheureuse sans moi, et pourtant, elle a refusé que je l'aide.
— L'aider comment ?
— En la soulageant de son stress.
Avec son bouc et ses yeux brillants, il commençait vraiment à ressembler à un satyre dans une croûte XVIIIe.
— Quand avez-vous parlé à Ève pour la dernière fois ?
— À ce moment-là. Il y a deux semaines.
— Vous ne l'avez pas rappelée ?
— Non, je ne l'ai pas rappelée. J'ai ma fierté, figurez-vous.
— A-t-elle rompu avec vous parce qu'elle voyait quelqu'un d'autre ?
— Ce n'est pas le genre de détail qui l'avait arrêtée par le passé.
— Donc, elle voyait quelqu'un d'autre.
— Non. J'en sais rien. On n'a pas vraiment parlé de ça.
— Est-ce que le nom de Barry, ou Harry, a été mentionné dans la conversation ?
— Vous écoutez ce que je vous dis ? Quand on se voyait, Ève et moi, on n'abordait pas ce genre de sujet.
— Je pense qu'ils ne parlaient pas beaucoup, d'une manière générale, fit une voix de femme depuis la porte, derrière eux.
Ash se retourna. Elle était grande et rousse, éblouissante dans son peignoir en satin bordeaux bordé de dentelle crème, avec un grand L bordé sur la poche poitrine. Tout à fait le type de femme qui aurait fait grimper Ash aux rideaux aussi récemment que deux semaines plus tôt. Mais là, il se contenta de la regarder avec un détachement admiratif tandis qu'elle lui décochait un sourire en coin et avançait dans la pièce d'une démarche chaloupée. Tout en le regardant, elle s'adressa à son mari :
— Bubba chéri, as-tu déjà parlé de votre liaison au bel agent de police ? J'espère que je n'ai pas raté ça.

— Lonnie, reste en dehors de ça, grommela Bubba, plus jaloux que fâché.

Lonnie se laissa glisser sur le canapé à côté d'Ash et croisa les jambes, offrant au regard de longues cuisses à la peau crémeuse, et un tout petit aperçu de ce qui se trouvait plus haut.

— Il ne faut pas garder ça pour toi, mon amour. C'est tellement intéressant. Voyez-vous, monsieur le policier…

— Ash Laughton.

— Voyez-vous, Ash, susurra-t-elle d'un ton qui n'était pas sans évoquer un film X, Bubba et Ève ont eu une histoire ensemble. Le chef voyou et la mère de tous les péchés : le couple parfait, non ? Mais ils…

— Je t'ai dit de la fermer.

Lonnie regarda son mari.

— Si tu ne veux pas en parler, tu peux tout à fait t'en aller, chéri. Moi, je trouve que c'est fascinant.

Elle souriait, mais quelque chose dans le ton de sa voix fit comprendre à Ash qu'elle venait de donner un ordre. D'ailleurs, Bubba l'avait pris comme cela, puisqu'il s'extirpa de son fauteuil et quitta la pièce.

Ash s'attendait que Lonnie se rapproche de lui, mais elle n'en fit rien. Elle resta où elle était et se servit de ses yeux, le dévisageant lentement, d'un regard brûlant.

— Bubba est complètement fou de me laisser seule avec vous. Dites-moi, qu'a fait notre petite briseuse de ménages, cette fois ?

— Vous l'appelez la briseuse de ménages ?

— Briseuse de ménages, salope, traînée. Au choix.

Elle haussa les épaules, et son peignoir s'ouvrit juste assez pour révéler le bord d'un mamelon.

— Alors, c'est quoi, cette fois ? Elle a piqué le mari de quelqu'un d'autre ?

— Pas exactement.

— Vous sortez avec elle ? Parce que du coup, vous pourriez peut-être me dire ce qu'elle fait pour les attirer comme ça. C'est une façon spéciale de vous sucer le jonc ? J'apprends vite, vous savez. Je suis presque sûre qu'une seule leçon suffirait pour que j'assimile les bases. Évidemment, il me faudrait pratiquer, par la suite...

— Je ne l'ai jamais rencontrée.

— Vous ne savez pas ce que vous perdez, apparemment. Tous les hommes sont à ses pieds.

Lentement, elle suivit le contour de la main d'Ash du bout du doigt.

— Bubba ne devrait pas revenir avant un gros quart d'heure, souffla-t-elle.

— C'est gentil, mais je n'aime pas être minuté. Êtes-vous certaine que Bubba a fait un petit écart avec Ève ?

— Un petit écart. Jolie formule. Tout Los Angeles est au courant. Mais il n'appelle pas ça un petit écart, lui. Il appelle ça une histoire d'amour. Il voulait me quitter, divorcer et l'épouser. J'ai fait construire ce foutu restaurant, et il allait me quitter pour une salope à toque.

— Mais vous êtes encore mariés ?

— Oui. Devinez pourquoi ? Parce qu'elle ne voulait pas de lui.

Lonnie se laissa tomber contre le dossier, tête en arrière, et eut un sourire.

— Elle est venue ici pour me le dire. Elle m'a dit qu'ils étaient sortis ensemble, mais qu'il m'aimait encore et que je devais tout faire pour le garder. Fallait voir son air suffisant, à cette petite garce.

— Et c'est ce que vous avez fait. Je veux dire... il habite encore ici.

Elle inclina la tête, plongea son regard dans celui d'Ash.

— Évidemment. J'aime mon mari, répondit-elle, comme si elle ne venait pas de lui faire une séance de rentre-dedans éhontée.

Ash allait sortir, sans être raccompagné, lorsqu'une main se posa sur son épaule. Bubba, le visage rouge, se tenait derrière lui et le fixait du regard.

— Vous vous êtes envoyé ma femme vite fait ?

— Non.

— Pourquoi ? Elle est belle. C'est un ange. Vous avez déjà rencontré Ève ?

L'envie titilla Ash de mettre son poing dans la figure de Bubba, histoire de lui faire prendre conscience de la situation, de lui dire d'arrêter de jouer au con et de traiter sa femme un peu mieux, parce qu'elle méritait plus que ce qu'il lui donnait. Il se contenta de secouer la tête.

— Ève arrive pas à la cheville de ma femme. J'ai été idiot de me laisser tenter. Elle était là, baisable, voilà tout. Un peu trop maigre à mon goût, mais bon. Elle a des ennuis ?

— Peut-être.

— Bien fait.

— Et ça, conclut Ash à l'intention de Windy, lorsqu'il la récupéra à l'endroit dit sur Rodeo Drive, c'est ce qui fait la différence entre un homme et une femme quand on les largue. Question émotion, les mecs sont complètement immatures.

Il y eut un silence un peu tendu, puis Ash lâcha :

— Et si vous veniez à la maison, avec Cate et Bill, pour un brunch ou autre chose, un de ces week-ends, quand Bill sera là ? J'aimerais beaucoup le rencontrer, ajouta-t-il d'un ton qui lui parut réellement sincère.

Windy imagina Ash et Bill côte à côte – Bill avec ses mocassins cirés, son pantalon en toile au pli impeccable, sa chemise repassée à monogramme, avec boutons de manchette, le col ouvert parce que c'était le week-end ; Ash, avec un jean à la poche usée là où il mettait son portefeuille, un tee-shirt, un pull, peut-être, des tennis éculées.

— Oui, ce serait chouette, dit-elle, soulagée de ne pas être reliée au détecteur de mensonges.

Ni l'un ni l'autre n'accordèrent beaucoup plus de temps à leurs pensées respectives, car leurs téléphones se mirent à sonner en même temps, Jonah d'un côté, Ned de l'autre, pour leur annoncer que le Briseur de Ménages avait tué une nouvelle fois.

38

À peine la voiture qui les avait pris à l'aéroport de Las Vegas se fut-elle engagée dans la rue que Windy déclara :

— Il y a quelque chose qui cloche.

Jonah la regarda par rétroviseur interposé. Elle avait une carte ouverte sur les genoux.

— J'ai pas tourné où il fallait ?

— Non, je voulais dire que ce n'est pas Ève qui a fait ça. Ce n'est pas notre Briseur de Ménages.

Ash se retourna.

— Qu'est-ce qui vous fait dire ça ?

— Les arbres. Et les entrées. J'aurais dû m'en douter quand j'ai vu l'adresse. 23066. Les maisons anciennes n'ont jamais de numéro à cinq chiffres, contrairement aux constructions récentes. Mais surtout, je vois ça à la taille des portes d'entrée et à la verdure.

Windy venait de réaliser que dans la région de Las Vegas, on pouvait dater les bâtiments en fonction de la taille des portes d'entrée par rapport aux arbres. Les maisons récentes avaient de grandes portes et de petits arbres. Cette rue-là était bordée de jeunes arbres, et les maisons qui s'y trouvaient possédaient des portes dignes de cathédrales.

— Ces maisons ont probablement été construites au cours des trois dernières années, cinq au maximum, expliqua-t-elle. Ce n'est pas assez ancien pour Ève.

— Mais peut-être qu'elle habitait ici et que sa maison a été démolie et remplacée par ce lotissement.

— Peut-être, concéda Windy. Mais je ne suis pas sûre que cela resterait un déclencheur pour elle.

Jonah pila tout à coup.

— Mince. Regardez-moi ça.

Autour du 23066 Hartwell Street se bousculaient les camions des régies télé de toutes les chaînes de la région, antennes paraboliques prêtes à retransmettre tout ce qui se dirait ou se verrait.

— Ils ont dû capter l'appel au central, dit Jonah. C'est le facteur qui a appelé. Il a vu des empreintes sanglantes dans l'allée et a trouvé la porte d'entrée ouverte…

— Les empreintes venaient de la porte ? coupa Windy en se penchant vers l'avant, agrippée au siège.

— Oui.

— Alors, ce n'est pas Ève, répéta-t-elle, consciente du fait qu'elle n'abordait pas l'affaire comme elle l'aurait dû : des preuves, pas des intuitions, voilà ce qu'il fallait.

Dix minutes à l'intérieur suffirent à confirmer ce qu'elle pressentait. Martha Carson, une jolie brune de vingt-deux ans, réceptionniste dans un cabinet dentaire, avait été décapitée, comme les autres victimes du Briseur de Ménages. Sa tête gisait sur la moquette, ses cheveux imbibés de sang à la suite d'un coup violent porté sur le haut du crâne, probablement avec la crosse d'un pistolet. Il y avait des touffes de cheveux un peu partout sur le sol de l'entrée, certains avec les racines, ce qui signifiait qu'ils avaient été arrachés pendant une lutte. Son cadavre nu gisait à quelques mètres de là, contre le mur, pieds et poings liés dans le dos, les éclaboussures de sang montrant à première vue que la tête avait été coupée à cet endroit. Les déchirures des tissus évoquaient un mouvement de scie, indiquant que le couteau n'avait pas tranché net. Les autres pièces de la maison avaient été vandalisées, les matelas éventrés et les coussins du canapé vidés de leur rembourrage, mais il n'y avait aucun signe de mise en scène, ni de petit déjeuner, ni, et c'était le plus significatif pour Windy, d'odeur de détergent. Même si le mode opératoire du tueur pouvait changer, il lui semblait que le détergent était un élément indispensable au Briseur de Ménages parce qu'il lui permettait de masquer quelque chose qui le gênait.

Larry se releva après avoir examiné la tête de Martha, caressa son bouc et émit un sifflement sourd.

— Purée. Kit Wilson a mis le doigt dessus, on dirait.

— Qu'est-ce que vous voulez dire ? demanda Windy.

— L'autre soir, il a dit à la télé que le Briseur de Ménages se servait d'un pistolet pour entrer et assommer ses victimes. C'est exactement ce qui s'est passé là, de toute évidence.

— Il a dit ça ? Où ?

— Dans une de ces émissions d'actualité. Ils ont fait une reconstitution de ce qui s'est passé, puis Kit Wilson a établi un profil du tueur. Il a parlé d'un pistolet, de violence, d'entraves. Il a tout compris, et vous en avez la preuve ici même.

Windy sentit qu'elle se raidissait, cherchant les mots qu'elle allait bien pouvoir utiliser quand elle virerait Larry, consciente pourtant du fait qu'il procédait exactement comme elle – il tirait des conclusions hâtives. Mais il haussa les épaules et ajouta :

— Ouais, Kit a vraiment donné la recette. C'est forcément en regardant cette émission que notre faussaire a eu cette idée de génie. Ça peut pas être l'œuvre du Briseur de Ménages, ça. Impossible.

Il regarda Windy, et elle vit qu'il luttait pour garder son sérieux. Il finit par sourire et rougir en même temps.

— Je vous ai bien eue, hein, patron ? Vous avez cru que j'allais dire qu'il avait tout juste, qu'on avait affaire au même cinglé et que vous vous trompiez.

— Non, répondit Windy d'un ton peu convaincu.

— Me racontez pas de salades, patron. J'apprends à vous connaître, en tout cas. Pour ce qui est des scènes de crime, je sais qu'il va me falloir quelques années avant de pouvoir vous piquer votre boulot. Je pense que vous avez encore deux, trois petites choses à m'apprendre.

— Quand vous voulez, fit Windy avec un petit sourire.

Elle franchit l'impressionnante double porte, rejoignit Ash et lui annonça la bonne nouvelle à propos de Kit Wilson. Tout en ôtant ses surchaussures, elle conclut :

— Ce n'est pas Ève qui a fait ça. J'en mettrais ma main à couper.

Ash hocha la tête.

— Ce n'est pas la peine. On vient de recevoir la bio de la victime. Martha Carson, petite amie de Norman Dicks, alias Poux parce qu'il a toujours tellement de poudre blanche dans les cheveux qu'il donne l'impression d'être infesté de lentes. C'est un homme d'affaires international qui se rend fréquemment à des réunions de la plus haute importance, presque toujours en Thaïlande, au Mexique, au Canada et en Floride.

— Une mule. Spécialité transport de drogue, dit Windy.

Elle s'appuya contre la voiture pour remettre les escarpins qu'elle avait ôtés avant de pénétrer sur la scène de crime. Elle portait encore son tailleur-pantalon et avait vaguement l'impression de l'avoir sur le dos depuis plusieurs semaines.

— Exactement. Et apparemment une mule qui a récemment exigé une plus grosse part du gâteau.

— Et on aura cherché à lui donner une bonne leçon. C'est une affaire de came, donc.

— Il semblerait, oui. Les Stups reprennent l'affaire, à moins que vous ne pensiez qu'on devrait creuser.

— Je n'en vois pas l'intérêt.

Il y eut un silence, puis elle ajouta, le regard dans le vide :

— C'est terrible à dire, mais j'espérais un peu que ce serait un autre crime du Briseur de Ménages.

— Je comprends. Plus d'indices. Plus de chances d'arrêter Ève.

— Oui. Mais apparemment, elle aime l'ordre, la régularité. Nous avons retrouvé les corps des Johnson vendredi, ceux des Waters mardi. Ce qui signifie qu'il faut nous attendre à découvrir de nouvelles victimes tous les quatre jours.

— Tous les quatre jours ? Donc après mardi, ça devrait être…

— Samedi, conclut Windy à sa place. Après-demain. Mais bien sûr, elle pourrait aussi passer à la vitesse supérieure.

39

Il était presque 20 h 30 lorsque Windy rentra chez elle. Elle resta assise un moment dans la voiture, à regarder sa maison à la lueur des lampadaires. Les arbustes, devant, avaient besoin d'être taillés, ou même remplacés par des cactus, plus adaptés au désert. Et il faudrait peut-être repeindre la porte d'entrée, aussi. Mais elle aimait sa maison. Elle avait un air paisible. Cela ne faisait qu'un mois et demi qu'elle y vivait, mais elle s'y sentait chez elle. Elle aimait l'idée que Brandon et Cate l'attendaient à l'intérieur. Qu'elle allait laisser dehors la folie et toutes les horreurs de la journée. Tout ce qui importait pour elle ici-bas était derrière cette porte.

Ou presque. Bill l'avait appelée alors qu'elle faisait des courses, et après les questions d'usage – « Où es-tu ? Comment vas-tu ? » avec toujours cette petite pointe de soupçon, désormais –, il avait embrayé d'un ton enthousiaste sur une maison qu'il avait vue sur Internet et qui serait parfaite pour eux. L'un après l'autre, il en avait énuméré les avantages : une maison neuve, dans un lotissement fermé de Summerlin, quatre chambres, dont une pour un futur bébé, une piscine, en bordure du terrain de golf. Les écoles de cette zone étaient d'excellente réputation, meilleures que celle où allait Cate pour l'instant. C'était cher, mais la maison prendrait de la valeur, avait-il assuré, et déjà pas mal de familles s'y installaient, des gens très bien. Il avait pris rendez-vous pour aller la visiter ce week-end. Il fallait se débarrasser de la vieille bicoque dans laquelle elle habitait et s'installer dans une vraie maison, quelque chose de solide. De toute façon, cette baraque mal en point, ça avait toujours été du provisoire, non ?

Windy balaya du regard la façade, jusqu'au garage, dont la porte avait indéniablement besoin d'un bon coup de peinture. Mais cela ne faisait pas de sa maison une vieille bicoque pour autant. Elle l'aimait, elle, n'avait pas envie de partir s'installer dans une maison modèle avec une porte d'entrée immense et des arbres tout riquiqui, avec des pièces « idéales pour recevoir » mais impossibles à vraiment habiter.

Pourquoi se braquait-elle ainsi ? Elle l'ignorait. Au téléphone avec Bill, elle avait fini par promettre de le rappeler plus tard afin de couper court à la conversation. Elle n'était pas vraiment attachée à cette maison. Un peu plus d'espace, ce ne serait pas plus mal. Et Cate adorerait avoir une piscine. Elle-même pouvait s'imaginer, allongée au bord avec un grand chapeau pendant que Cate ferait des sauts périlleux dans l'eau et que Bill s'occuperait du barbecue, cigare aux lèvres, la famille idéale. Elle se voyait, recevant des amis qu'elle connaissait à peine dans leur salle à manger un peu froide, Bill débouchant le vin, elle apportant une côte de bœuf à la cuisson parfaite avec de petits soufflés individuels aux épinards, la table en acajou couverte d'argenterie, de porcelaine et de cristal, brillant de mille feux, les hôtes parfaits, le couple parfait.

Évidemment, avant, il faudrait qu'elle apprenne à faire des soufflés. Mais une salle à manger un peu froide, c'était un bon début. Elle n'en avait jamais eu. Pour elle, c'était un peu un symbole de maturité, une pièce que se devaient d'avoir les gens installés. Mais elle redoutait avant tout de ne jamais s'y sentir bien, d'avoir l'impression de jouer un rôle, dans cette salle à manger.

De jouer à faire semblant.

Son cœur se mit à battre plus fort. Elle sortit son portable, composa le numéro d'Ash et attendit impatiemment qu'il réponde. Au bout de la quatrième sonnerie, elle entendit une musique en bruit de fond, et elle compris qu'il ne devait pas être seul. Elle aurait raccroché s'il n'avait pas dit :

— Windy ? C'est vous ?

Fichue présentation du numéro.

— Oui. Je suis désolée d'appeler comme ça, après le boulot.

— Aucun problème. C'est à propos de quoi ?

Windy se demanda comment la femme qui était avec lui prenait sa réaction. Probablement de la même façon que Bill lorsqu'elle aussi laissait le boulot s'immiscer dans leur vie.

— En fait, je crois que ça peut attendre jusqu'à demain.

La musique baissa – était-ce une polka ? – comme s'il posait une main sur le combiné.

— Non, allez-y, vraiment. Je ne fais rien d'important. Vous avez eu une idée ?

Windy l'imagina en train de dîner aux chandelles dans un restaurant chic. Ou bien étaient-ils chez lui, pour être plus tranquilles ? Ash savait-il faire la cuisine ? Peut-être qu'ils mangeaient juste une pizza, mais dans une atmosphère romantique. Avec une polka en musique d'ambiance.

— C'est la fibre blanche, finit-elle par dire. On pensait qu'elle venait de la doublure d'un sac ou d'une poche. Mais je me suis dit qu'elle pouvait aussi bien venir d'une robe de mariée.

— Une robe de mariée.

Pourquoi avait-elle appelé ?

— Peut-être qu'Ève la met pour se déguiser, pour jouer à faire semblant d'être ce à quoi elle aspire, vous savez, la gentille fille… Non, laissez tomber. Je me disais juste que, peut-être, personne n'y avait pensé parce que d'abord, on a du mal à associer le meurtre avec une mariée, et puis parce que, ici, il y a tellement de femmes en robe de mariée qui se promènent en ville qu'au bout d'un moment, on ne les remarque même plus.

— Le camouflage à la mode Las Vegas, commenta Ash. Ça me plaît, comme idée. Ça me plaît beaucoup. Et ça colle bien avec la *bad girl* et le fait qu'elle emporte les alliances.

— Je suis sûre que je me trompe.

— Je n'en suis pas si sûr, moi.

En arrière-plan, Windy entendit quelqu'un qui lui parlait.

— Écoutez, je vais vous laisser, je vous ai assez dérangé comme ça.

— Oui, ça commence à chauffer, par ici. Merci pour l'idée, en tout cas.

Windy regarda son téléphone, consciente de la déception qui l'envahissait et qu'elle ne parvenait pas, ou ne voulait pas, expliquer.

Ash referma son téléphone et revint sur ses pas, traversant la salle de jeu où les pensionnaires de la maison de retraite Ashley Delordes, où il faisait du bénévolat tous les jeudis soir, se livraient à des parties de dominos acharnées.

Un homme dont les cheveux blancs un peu hérissés donnaient l'impression qu'il avait été électrocuté l'arrêta.

— Tu as fini, Ash ? On a une affaire importante à régler, là. On ne te voit qu'une fois par semaine, alors faut pas perdre de temps, mon garçon. Bon, allez, rassieds-toi.

Ash obtempéra.

— Désolé, Arnold. Qu'est-ce que j'ai raté ?

— La victoire de Josell.

Une petite dame à l'air tout doux et aux cheveux de jais, le regard vif, lui fit un clin d'œil et dit :

— Pour ça oui, vous avez perdu, tous autant que vous êtes. Maintenant, allongez la monnaie. Vingt-cinq cents chacun.

Ash prit l'air horrifié.

— Mais c'était dix la mise, la semaine dernière !

— Foutue inflation. Mais pour jouer, faut payer.

Tandis qu'Ash plongeait une main dans sa poche, Arnold lui demanda :

— Alors, c'est qui, la nouvelle fiancée ?

— Petite amie, Arnold, corrigea Josell. Mais d'où est-ce que tu sors ? On est au XXIe siècle. Nous autres les femmes, on est libérées.

— Ta bouche l'est, en tout cas, ça c'est sûr, grommela Arnold avant de demander à Ash : Alors, c'est qui ?

— Une collègue de boulot, c'est tout.

Les yeux de Josell le fixèrent, perçants.

— Tu as un faible pour elle, on dirait.

— Elle est fiancée. Pas libre, quoi.

— Elle ne sait pas ce qu'elle rate, la pauvre. Un beau gars comme toi. Tu peux le lui dire de ma part.

Ash s'imagina annoncer à Windy : « Une petite dame de quatre-vingt-cinq ans, avec qui je joue aux dominos, pense que je suis un beau gars », puis réalisa qu'il aurait été prêt à le faire, s'il y avait eu une chance que ça marche.

— Je lui ferai passer le message, dit-il.

40

Harry comprit qu'Ève n'allait pas bien à la seconde où il entra. Elle était assise sur la première marche de l'escalier, vêtue en tout et pour tout d'un de ses vieux sweat-shirts dont elle avait roulé les manches. Et elle tenait entre les mains une photo dans un cadre.

Il savait de quoi il s'agissait. Il ignorait comment elle l'avait trouvée, mais Ève avait toujours beaucoup de ressource quand il s'agissait de débusquer les vestiges du passé. Il savait aussi que cette photo, entre les mains d'Ève, marquait la fin de leur relation. Il l'avait sentie devenir de plus en plus instable, avait compris ce que cela signifiait, mais ne pensait pas que ce moment viendrait si vite.

Avec toute la compassion possible, il demanda :

— Ève. Que fais-tu ici ? Habillée comme… enfin, pas vraiment habillée.

Elle tendit la photo vers lui. On le voyait, lui, en smoking, aux côtés d'une femme en robe blanche. Une photo de son mariage avec Amanda.

— C'est quoi, ça ?

Il fit quelques pas.

— Je vais t'expliquer.

— Dis-moi ce que c'est ! hurla-t-elle. Tu es marié ?

— C'est une longue histoire.

— Elle est tellement grosse, dit Ève d'une voix chevrotante.

Il ne put que sourire. Amanda ne devait pas peser plus de cinquante kilos, le jour de leur mariage.

— Elle te ressemble.

— Quoi ?

— C'est pour cela que je l'ai épousée.

Ève se mit à trembler.

— Donc, tu es marié. Et tu me l'as caché pendant tout ce temps. Tu es marié.

Elle jeta la photo par terre, et le verre du cadre se brisa. Harry soupira.

— Attends, je vais nettoyer. Ensuite, je t'expliquerai tout.

Il partit chercher la pelle et la balayette, mais s'arrêta sur le seuil de la cuisine.

— Ne touche pas au verre, d'accord ? Tu pourrais te faire mal. Je vais nettoyer.

Lorsqu'il revint, elle était accroupie au-dessus des éclats de verre, en tenait un plus gros que les autres dans une main et une photo dans l'autre.

Pas la photo du mariage. Celle qu'il gardait cachée derrière. Elle leva les yeux vers lui, ouvrit la bouche.

— Je t'avais dit de ne pas toucher à ça.

Elle le fixa comme si elle le voyait pour la première fois. Et en quelque sorte, c'était le cas. Mais elle n'arrivait pas à le croire.

— C'est toi, dit-elle. Tu es le Briseur de Ménages.

— Oui et non. C'est moi qui tue. Mais c'est toi qu'on va accuser.

Il ne la vit pas venir. D'un bond, Ève se jeta sur lui, l'éclat de verre à la main, visa la tête, puis se rua vers la porte.

41

Ève ne savait pas où elle allait, n'arrivait même plus à penser. Elle n'était sûre que d'une chose : elle devait s'enfuir. Elle remonta l'allée de la maison en courant, se maudissant d'être restée pieds nus, d'être à moitié nue, d'avoir été si naïve, d'avoir cru…

Elle avait frappé Harry suffisamment fort pour le faire tomber, sur son mauvais genou qui plus est, ce qui lui donnait un peu de temps, quelques précieuses secondes d'avance. Où pouvait-elle aller ? Où pouvait-elle aller ?

Kelly O'Connell. Juste à côté. Dans la maison parfaite de Kelly, elle serait en sécurité. Les lumières étaient allumées en bas, donc Kelly ne dormait pas encore. Kelly allait la sauver. Elle dérapa sur la pelouse devant la maison, s'agrippa à la boîte à lettres, se redressa, se remit à courir. Harry n'était toujours pas sorti. Elle monta quatre à quatre les marches du perron et alla tambouriner à la porte.

— Kelly ! hurla-t-elle en sonnant d'une main tremblante. Kelly ! Ouvrez-moi !

Enfin, elle entendit des pas lourds. Elle se retourna, ne vit aucune trace de Harry, puis se mit à pleurer de soulagement lorsque les verrous de la porte s'ouvrirent. Sauvée.

— Kelly, Dieu merci, vous m'avez entendue. J'ai besoin de votre aide.

Une dernière fois, Ève se retourna, tout en disant :

— Kelly, merci, merci.

Puis elle fut tirée à l'intérieur.

— Kelly, il y a un fou qui…

Elle se figea, pétrifiée.

Harry se tenait devant elle. C'était lui qui avait ouvert la porte. Il l'avait prise par les épaules et la serrait fort.

— Où croyais-tu pouvoir aller comme ça, pratiquement nue, Ève ? dit-il en essuyant le sang qui coulait sur son front. Faut-il te rappeler que tu es recherchée pour meurtre ? Que tu es même peut-être la femme la plus recherchée des États-Unis, à l'heure qu'il est ?

— Lâche-moi ! hurla Ève en se débattant. Lâche-moi !

Mais il la tenait avec une force surprenante.

— Non, non, non. Il faut qu'on parle, toi et moi.

— À l'aide ! Au secours ! Kelly, aidez-moi ! cria Ève en essayant de griffer le visage de Harry.

Il fallait absolument qu'elle se sorte de là. Où était Kelly ? Que faisait…

Il riait. Un rire un peu sourd, juste au-dessus de sa tête. Alors, Ève comprit. Et au même moment, sa peur la quitta, laissant la place à un calme étrange qu'elle reconnut comme étant de la fureur.

— Où est Kelly ?

— On y viendra. Viens t'asseoir, d'abord. Ce canapé est exactement à l'endroit où ma mère avait le sien quand nous vivions dans cette maison.

Il l'entraîna jusqu'au canapé, la poussa pour qu'elle y tombe.

— Tu as tué Kelly. Tu l'as tuée, elle aussi.

— Pas encore, dit Harry.

Elle tenta de se lever, mais il la repoussa brusquement.

— Où est-elle ? Je veux la voir.

— C'est drôle, hein ? Pendant très, très longtemps, je n'ai eu qu'une envie : satisfaire tes désirs. Je ne pensais qu'à ça. Mais aujourd'hui, ça ne fait plus partie de mes projets.

Elle se força à rester assise. Au moins, comme ça, ne la touchait-il pas. Son regard balaya la pièce, à la recherche d'une arme, n'importe quoi. Il y avait une fougère en pot juste à côté d'elle, mais elle semblait fausse, et le pot en plastique. Il y avait forcément quelque chose.

Elle devait le faire parler le plus longtemps possible.

— C'est quoi, tes projets ? Tuer des gens et me faire porter le chapeau ?

— Faire porter la responsabilité de leur mort à la bonne personne, oui.

La maison était impeccablement rangée. Rien ne traînait nulle part.

— En quoi suis-je responsable de leur mort ?

— Tu les regardais sans arrêt. Tu ne pouvais pas t'en empêcher. Je t'ai demandé d'arrêter, je t'ai prévenue de ce qui allait arriver. Je te l'ai dit : « N'y va pas, ça ne t'aidera pas. Ça ne fera que raviver le souvenir de ton père et te foutre en l'air. » Mais tu ne m'as pas écouté, n'est-ce pas ? Tu m'as désobéi.

Peut-être que si elle s'approchait de lui... De près, elle pourrait utiliser certains gestes d'autodéfense qu'elle avait appris à Los Angeles. Mais il fallait frapper par surprise. Elle se leva d'un bond, se jeta sur lui et agrippa les revers de sa veste.

— Alors, dis-moi. Dis-moi ce qu'il faut que je fasse. Peu importe ce qui va m'arriver. C'est moi la coupable. Tout ce que je veux, c'est que tu arrêtes.

— Mais je n'ai pas envie d'arrêter.

Elle lui donna un coup de genou entre les jambes, de toutes ses forces.

Il ne cilla même pas. Il l'attrapa par un bras, qu'il tordit dans son dos, et la plaqua sur le canapé en posant son genou sur ses reins.

— Si tu veux me faire mal, il va falloir y mettre un peu plus de conviction.

Elle se débattit pour dégager son visage du coussin et respirer.

— Quel genre de monstre es-tu ?

Il tira son bras vers le haut, lui arrachant un râle de douleur. Puis elle l'entendit rire.

— Je suis ce que tu as fait de moi. Pas toute seule, bien sûr. D'autres ont aidé, m'ont appris. Mais toi, tu étais la meilleure. Et tu m'as ignoré. Je t'ai suivie de maison en maison, suivie après les cours jusqu'à ce motel sordide ; je t'ai attendue, j'ai attendu que tu me remarques. Pendant trois ans, j'ai attendu. Puis un jour, tu es partie sans même dire au revoir. C'est toi qui as fait de moi ce que je suis, Ève. Tout ce que je voulais, moi, c'était que tu t'intéresses à moi.

— Je m'intéresse à toi, aujourd'hui. Tu peux arrêter, dit-elle, une joue écrasée contre le coussin.

— J'ai bien peur que ton attention ne soit plus ce que je recherche. J'ai trouvé beaucoup mieux.

— Quoi donc ?

— Pas quoi. Qui. Elle te ressemble, mais en plus intelligent. Être courtisée avec des fleurs ne l'intéresse pas. Ce qu'elle aime, c'est les scènes de crime.

— Cette femme de la police ? Celle qu'on a vue à la télévision ?

— Ah, je vois que tu t'en souviens. Oui. Pour moi, c'est un autre niveau.

— Non.

Elle voulut se dégager, le repousser, mais il lui tordit le poignet jusqu'à ce qu'elle en pleure.

— Arrête. Je t'en supplie.

Il se pencha pour lui murmurer à l'oreille :

— Ça ne fait que commencer.

Elle sentit son érection contre son flanc. Il durcit encore lorsqu'elle bougea. Cette situation l'excitait. S'en rendre compte redonna un petit espoir à Ève. Il manifestait sa faiblesse, de cette façon. Il avait besoin d'elle.

— Il ne faut pas que tu me fasses trop de mal, dit-elle. Tu dois être prudent, non ? Si tu me tues, tu n'auras plus personne à qui faire endosser tes meurtres.

Il éclata de rire, un rire glaçant, horrible.

— Non. Tout ce qu'il faut, c'est que je fasse en sorte que personne ne sache que tu es morte. Ce n'est pas la même chose. Je peux te maintenir en vie pour la police et les médias aussi longtemps qu'il le faudra.

Elle sentit ses mains sur sa tête.

— Tes cheveux sont si beaux…

Ses cheveux. Elle se souvint de la veille, lorsqu'il lui avait préparé un bain. Il lui avait lavé les cheveux, les avait délicatement peignés, comme elle aimait. Puis il avait soigneusement nettoyé le peigne, le siphon. Pour récupérer ses cheveux. Pour en faire des indices. Elle dégagea sa tête.

Il rit une nouvelle fois.

— J'ai aussi pris certaines choses dans ta maison, bien sûr.

— Tu m'as dit que tu n'avais pas pu y aller. Qu'il y avait la police.

— Elle est venue, oui. Après moi. J'en ai profité pour lui laisser quelques surprises. Je dois reconnaître que ta paranoïa m'a bien aidé. Refuser de demander une licence de bar pour ne pas apparaître dans les dossiers administratifs, refuser de prendre un permis de conduire du Nevada, refuser de payer par carte de crédit… Se glisser dans ta peau est tellement simple que c'en est presque gênant. Et si tu y ajoutes ton besoin de « travailler sur tes problèmes » en surveillant toutes ces maisons…

— J'essayais de comprendre.

— Je sais, ma chérie, je sais. C'est juste dommage que tu n'aies pas pu rester dans ta voiture et qu'au lieu de cela, tu sois allée tuer tous ces pauvres innocents, en leur coupant la tête pour te sentir mieux. En les punissant violemment de ce qui t'est arrivé, en détruisant leur famille comme la tienne a été détruite.

— Tu parles de toi, là, pas de moi.

Elle ignorait ce qui s'était passé dans l'enfance de Harry, mais maintenant, elle se souvenait d'un incident, autrefois. La fenêtre était ouverte, et elle avait entendu sa mère pleurer et son beau-père hurler qu'elle avait vraiment un mauvais fils.

— C'est toi qui as fait tout ça. Toi qui as fait du mal à tous ces gens.

— Les indices disent le contraire. Rien de tout cela n'est ma faute. Je n'ai jamais rien fait de mal. Avant, j'étais toujours celui à qui on reprochait tout, mais plus maintenant.

— Pourquoi fais-tu cela ?

— Parce que je suis clément.

— Tu plaisantes ?

Elle tenta de se retourner pour le regarder, mais il appuya son genou un peu plus fort encore sur ses reins, jusqu'à ce que son visage se torde de douleur.

— C'est mieux. Je ne plaisante pas. Je suis très clément. Je pourrais te laisser la vie sauve et faire en sorte que tu vives dans la douleur à l'idée que tous ces gens sont morts à cause de toi.

Il se tut un instant, puis reprit, d'un ton moqueur, cette fois :

— De toute façon, tu envisages de te suicider depuis trois semaines. Depuis que j'ai rompu avec toi.

— Comment le sais-tu ?

— Ça faisait partie du plan. Laminer ta confiance, me glisser sous ta peau, faire en sorte que tu te sentes petite. Mauvaise. Et puis, on ne peut pas dire que tu aies été très subtile, à te promener sans arrêt avec tes couteaux. En réalité, je ne vais rien faire que tu n'aies envisagé de te faire à toi-même. Simplement, je vais le faire avec un peu plus de panache.

Tout ce qu'il disait était vrai. Elle avait envisagé de se suicider. Elle était retournée sur les traces de son enfance, voir les maisons qu'elle avait habitées, avait fait remonter les mauvais souvenirs de cette enfance pour trouver le courage d'aller jusqu'au bout, de mettre un terme à sa vie. Le désespoir et la haine d'elle-même étaient ses seuls compagnons. Elle se méprisait de ne pas trouver la force d'en finir plus vite. Ce soir, elle avait été sur le point de le faire. Elle avait ôté tous ses vêtements, à l'exception de ce sweat-shirt. Elle avait décidé de mourir dans cette maison, là où tout avait commencé, mais elle savait à quel point Harry détestait la saleté, alors elle était descendue dans le garage, à la recherche d'un sac-poubelle à mettre sous elle pour qu'il n'y ait pas trop de sang par terre. Et là, elle avait découvert la photo de mariage de Harry.

Peut-être était-ce à ce moment-là, quand elle avait compris que Harry lui avait menti, qu'il n'était pas celui qu'il prétendait être, que cela s'était produit. Ou peut-être était-ce lorsqu'elle s'était enfuie pour lui échapper. Toujours est-il qu'elle ne ressentait plus l'envie de mourir. Tout ce qui l'avait oppressée, poussée vers le bas lui semblait désormais moins important, moins lourd. Elle voulait rester en vie. Elle ne voulait pas mourir comme ça.

Mais il ne fallait pas que Harry le sache. C'était la seule chose qu'il ignorait d'elle, la seule chose qui pouvait peut-être lui donner du pouvoir.

Il la jeta par terre en lui tordant l'épaule et referma son autre main autour de son cou. Puis, d'une poigne puissante, il la traîna sur le sol.

Le frottement de la moquette sur ses cuisses nues la brûla. Elle étouffait. Elle chercha à ouvrir l'étau qui lui serrait la gorge, à agripper les doigts de Harry. Celui-ci éclata de rire. Elle ne le voyait pas, mais elle savait qu'il riait de sa douleur et de ses efforts pour se libérer.

— Tu as fini ? Je pourrais t'étrangler avec seulement deux doigts, tu sais. Alors, ce n'est pas la peine de te fatiguer.

Elle l'ignora et continua.

— Pourquoi fais-tu cela ? demanda-t-elle.

— Parce que ça m'excite. Plus tu te débats, plus je prends mon pied.

Ève renonça. Son corps se détendit.

— C'est mieux.

Un rouleau de ruban adhésif large tomba sur le sol à proximité de son visage.

— Attache-toi les chevilles, ordonna-t-il.

— Non.

— Attache-toi ou je te tue.

— Je m'en fiche.

Il se pencha vers elle.

— Fais-le ou je tue Kelly.

Le cœur d'Ève s'emballa. Elle tourna la tête pour regarder Harry.

— Elle est encore vivante ? Je veux la voir.

— Tu as dix secondes pour t'attacher les chevilles, ou je la tue.

— Comment est-ce que je peux savoir que tu dis la vérité ?

— Tu ne peux pas. Tout ce que tu sais, c'est que sa vie est entre tes mains. Il te reste huit secondes.

En tremblant, ne songeant qu'à Kelly, Ève s'exécuta. « Je vous en prie, se dit-elle, faites que je sauve au moins une personne. »

— Maintenant, attache-toi les mains.

— Comment ?

— Sers-toi de ta bouche. C'est l'avantage de l'adhésif par rapport au chatterton, il se déchire très bien avec les dents. Tu as quinze secondes.

Elle obtempéra.

— Maintenant, supplie-moi de te laisser en vie.

— Je me fiche de ma vie.

— Fais comme si tu ne t'en fichais pas. Et applique-toi, sois crédible, sinon je te tuerai lentement. Puis je tuerai Kelly encore plus lentement.

Il la prit par le cou pour la redresser, la mettre à genoux. Il se tenait debout derrière elle, les jambes écartées. La main qui n'était pas autour du cou d'Ève était dans la poche de son pantalon. « Il doit se caresser », se dit-elle, avant de se forcer à ne plus y penser tant cette idée la rendait malade.

— S'il te plaît, Harry. Je t'en prie. Ne me tue pas.

— Pas vraiment convaincant. Il va falloir faire beaucoup mieux que ça.

Ève réfléchit à toute vitesse, essayant de deviner la formule magique. Ce qu'un psychopathe narcissique voulait entendre.

Ses propres mots.

— C'est ma faute, dit-elle. Je suis responsable de tous ces meurtres. Toutes ces familles sont mortes à cause de moi. Tu n'es pour rien dans ce qui t'est arrivé quand tu étais enfant. Je t'en prie, fais en sorte que cela cesse, maintenant.

Elle se tut, puis, incapable de se retenir, ajouta :

— Je t'en supplie, ne me tue pas.

Au-dessus de sa tête, elle entendit un petit clic.

— C'est pas mal. Ça fera l'affaire.

Puis une main passa devant sa bouche et y plaqua un morceau d'adhésif.

— Kelly ! hurla-t-elle à travers son bâillon. Montre-moi Kelly !

— D'accord.

Il la traîna vers l'arrière de la maison, en la tenant par l'encolure de son sweat-shirt. Mais cette fois, elle ne sentit même pas la brûlure de la moquette sur sa peau nue, tant elle était soulagée à l'idée que Kelly soit encore en vie. Peut-être que l'une d'elles allait s'en tirer, finalement. Peut-être que l'une d'elles pourrait le faire arrêter.

Il s'arrêta brusquement, la jeta contre l'encadrement d'une porte.

— Oh, et puis non, finalement.

Et Ève réalisa qu'il n'avait jamais eu l'intention de le faire. Il avait fait semblant, l'avait manipulée, l'avait laissée espérer pour l'humilier encore un peu plus. Pour qu'elle s'humilie elle-même.

Elle aurait voulu faire preuve de courage, mais n'y parvint pas. Et elle se détesta lorsqu'elle sentit les larmes rouler sur son visage, glisser sur l'adhésif. Elle revit Kelly telle qu'elle l'avait vue pour la dernière fois, telle qu'elle l'avait dessinée, avec un sourire timide, et eut envie de lui demander pardon. *Je suis tellement désolée.* Elle ferma les yeux, et lorsqu'elle les rouvrit, le visage de Harry était face au sien. Il tirait la langue pour lécher ses larmes.

— Salées. Elles sont toujours salées, dit-il, avant de lui cogner la tête contre le mur.

Il cogna et cogna encore. De ses mains attachées, Ève tenta d'attraper l'encadrement de la porte, comme si se tenir pouvait l'aider à rester consciente. Son corps devint pesant, son esprit s'embruma. *Bam ! Bam !* À chaque coup, elle se sentait plus lourde, et la brume s'épaississait. Puis vint le moment où elle ne put plus lutter. Elle sentit ses doigts glisser, lâcher prise, et elle s'affala. *Bam !* Et ce fut le noir.

Quand elle reprit conscience, il lui sembla qu'elle était dans un coffre de voiture, sur la route, mais elle n'aurait su dire si c'était la réalité ou une hallucination. Elle sentait quelque chose de dur, sous elle, peut-être une roue de secours, et reconnut une odeur d'huile. Sa tête lui faisait mal, quelque chose coulait dans son cou, et son visage était baigné de larmes. La seule chose dont elle était sûre, c'était qu'elles étaient vraies, ces larmes.

Et qu'elles n'étaient pas pour elle, mais pour Kelly. Pour toutes les familles qu'elle avait observées et enviées. Pour tous ceux dont elle avait bêtement provoqué la mort. Et pour la femme policier dont Harry cherchait désormais à obtenir l'attention.

Ève n'avait jamais haï à ce point, n'avait jamais non plus ressenti à ce point l'envie de vivre. Elle avait imaginé la mort comme une délivrance, un soulagement, et maintenant, c'était une malédiction. Il lui restait tant à faire, à apprécier, à apprendre, tant de personnes à aider. Dans ce coffre de voiture, elle livra une véritable bataille contre la mort, implorant le pardon, priant pour avoir une seconde chance, un deuxième essai. Elle s'accrocha à la vie avec toute la volonté du monde, et le peu de force qu'il lui restait. Malgré tout, elle sentait la vie s'échapper. Lui échapper. « Non, essaya-t-elle de hurler. Pas encore. Je vous en prie ! »

Mais une nouvelle fois, le noir se fit.

42

L'appel arriva au bureau de Jonah à 9 h 30 le vendredi matin, alors qu'il finissait sa deuxième tasse de thé vert. Il entendait à peine l'officier à l'autre bout du fil. On aurait dit qu'il chuchotait.

— Je crois qu'on la tient, annonça-t-il.

— Comment ?

— Je crois qu'on l'a trouvée. Elle est ici. Ève Sebastian.

Ça, Jonah l'entendit parfaitement. Il prit un bloc de papier.

— Je vous écoute.

— Elle a été arrêtée pour racolage. Elle avait pris une sacrée raclée, voulait pas parler. Mais on a regardé dans son sac, et on y a trouvé une carte d'identité au nom d'Ève Sebastian. C'est bien le nom de la femme que vous recherchez dans l'affaire du Briseur de Ménages, non ?

— Vous nous la gardez au chaud ? dit Jonah. On arrive.

Ash battit son propre record entre les bureaux de l'Unité Spéciale et le poste : trois minutes porte à porte. Jonah et lui se ruèrent dans l'entrée, furent dirigés vers une salle d'interrogatoire et observèrent la prévenue quelques instants à travers la glace sans tain avant qu'Ash n'entre.

La femme qui se trouvait là n'avait rien d'une tueuse en série. Elle ne ressemblait pas à Ève non plus, du moins pas aux photos qu'il avait pu voir d'elle dans la presse, mais il était difficile d'imaginer son visage au naturel, sans son œil au beurre noir et sa lèvre enflée. Elle était petite, maigre, avec de longs cheveux gras ramenés en paquet sur un côté de son visage. Elle tenait fermé un *trench-coat* assez court et portait des talons aiguilles rouges vernis aux semelles maculées de terre humide.

Elle leva vers Ash un regard à la fois perdu et triste.

— C'est pas trop tôt, dit-elle d'une voix affreusement rauque, comme si elle fumait depuis au moins cent ans. J'ai sommeil, moi. Faut que j'aille me coucher.

— Dans un petit moment, peut-être. Vous vous appelez bien Ève Sebastian ?

— C'est ce que dit la carte d'identité, non ? Je suis crevée, là. On peut pas remettre ça à plus tard ?

— Qu'est-ce qui vous est arrivé ? demanda Ash en montrant son visage du menton.

— Je suis tombée dans l'escalier.

— Où ?

— Où il y en avait. Ça sert à quoi, ce cure-dents ? Vous avez peur qu'on vous embrasse ?

Elle se mit à rire.

Quelque chose clochait chez elle. Elle était peut-être droguée, mais Ash se demandait si elle n'était pas plutôt en état de choc.

— Comment êtes-vous arrivée ici ?

— Dans une de ces voitures que vous aimez tant, avec une jolie lumière qui tourne et qui fait pin-pon. Vous savez pourquoi les porcs-épics ont des épines ? Pour se protéger. Ils sont tellement doux à l'intérieur, ils doivent garder les gens à distance.

Ash ouvrit la bouche, mais elle leva une main en fronçant les sourcils.

— J'ai pas fini de parler.

— Alors, parlons de l'endroit où vous habitez.

— Quand j'étais petite, j'avais un porc-épic qui s'appelait Fripouille. Avec ce cure-dents, vous m'y faites penser.

Ash vit qu'elle portait une chaîne en or avec en pendentif une breloque « Fille en or ».

— D'où tenez-vous cette chaîne ?
Elle y porta la main d'un geste absent.
— De mon papa.
— Où est-il ? Où avez-vous grandi ?
— Ici et là.
Elle accompagna sa réponse d'un mouvement de la tête et, ce faisant, faillit tomber de sa chaise. Elle se rattrapa à la table, puis croisa les jambes.
— Désolée, Fripouille. On en était où ?
— J'ai besoin que vous me disiez où vous avez trouvé la carte d'identité que vous aviez sur vous.
— C'est la mienne.
— Nous savons tous les deux que c'est faux.
Elle sourit, ferma un œil.
— Je l'ai trouvée.
— Où.
— Je ne le dirai pas. Même pas à vous, Fripouille.
Ash se pencha en avant. Il parla à mi-voix, mais le ton était menaçant.
— Où l'avez-vous trouvée ?
Cette fois, les deux yeux s'ouvrirent.
— Dans une benne. Derrière ce motel, là, celui avec le cactus qui ressemble à une grosse queue. Oups, je devrais pas dire de gros mots devant un policier, hein ?
Elle se remit à rire.
— Le *Yucca Motel*, dit Ash en fronçant les sourcils. Quand ?
— Avant de venir, forcément.
— Essayez de me répondre précisément, cette fois. Sinon, je vous boucle, je trouverai bien un motif. Et je suis sûr que ce n'est pas tout à fait ce que vous voulez. Alors, quand ? Hier ?
— C'est pas sympa, ça, Fripouille. Pas hier. Plutôt ce matin. Tôt. Le soleil se levait. J'ai vu une voiture s'arrêter et balancer un sac. Comme justement, j'avais pas grand-chose à faire, je suis allée voir de quoi il s'agissait. Vous allez pas me reprendre cette carte d'identité, hein ? J'ai dû m'en voir pour l'avoir, moi.
— La voiture. Quelle couleur ?

— Pas ordinaire. Sombre.

— Elle était noire ?

— Non.

Elle plissa les yeux, s'efforçant de se souvenir.

— Verte. C'était une voiture verte. Hé, vous allez où ?

Ash avait ouvert la porte. Il se retourna.

— Je vais demander à ce qu'on vous mette dans une cellule individuelle.

— Vous êtes sympa. Pour un mec. *Ciao*, Fripouille. Passez me voir si vous voulez que je vous apprenne à embrasser.

Jonah avait du mal à se retenir de rire lorsque Ash le rejoignit.

— Je vais te donner un conseil : si tu aimes ton boulot, ne parle jamais de ça à personne, lui dit Ash tandis qu'ils couraient jusqu'au parking.

— C'est noté. Déjà oublié, d'ailleurs. Mais dis-moi quand même : comment tu as su que ce n'était pas elle ?

— Tu te rappelles, quand elle a failli tomber de sa chaise et s'est rattrapée en croisant les jambes ? Eh bien, elle ne portait rien, sous son *trench-coat*.

— Ah, oui ? T'as pu te rincer l'œil ?

— On peut dire ça. J'ai vu quelque chose. Ce n'était pas une femme.

Cette fois, Jonah éclata de rire.

— Merde, elle est bonne, celle-là !

— Elle aurait été meilleure si on avait eu Ève. Appelle la police technique et dis-leur d'aller récupérer cette benne.

— C'est comme si c'était fait, Fripouille.

43

Black Dog Démolition se trouvait dans un ancien hangar à avions, dans les quartiers nord de la ville. La publicité vantait les mérites d'équipements performants capables de réduire n'importe quoi en une galette plus plate qu'une crêpe, et Harry comptait bien les prendre au mot. Réprimant l'envie qui le démangeait de donner un bon coup de pied au vieux labrador noir de Dwight, le propriétaire, il se concentra sur le discours de ce dernier, qui faisait monter les enchères.

— Une bagnole comme ça, il va en falloir, du jus, pour l'écrabouiller.

— Je paierai.

— Je disais juste, vous pourriez vous faire un paquet de fric rien qu'en revendant les pièces.

— Écoutez, je vous l'ai dit, je veux être sûr que cette voiture sera compactée.

— Vous êtes certain ?

— Oui, Dwight. Elle me rappelle de mauvais souvenirs. C'était la voiture de mon ex. Si je la vois dans les rues, même en morceaux, je saurai que c'est elle. Elle doit être détruite. Allez, on y va.

— Là, tout de suite ? J'ai une bonne dizaine de bagnoles à faire avant, moi.

Harry avança d'un pas, heurtant sans le faire exprès le chien qui grogna et s'éloigna d'un pas lourd. Très bien. Les yeux de Dwight allèrent de l'animal au billet de cent dollars que Harry lui tendait.

— Tout de suite, dit Harry. Et je veux vous voir faire. Je veux être sûr.

Il regrettait un peu de ne pas avoir pu laisser Ève consciente, de manière à ce qu'elle sente la voiture se replier sur elle. Elle détestait tant les espaces réduits... et on pouvait difficilement trouver mieux dans ce domaine. Il fit un petit geste de la main et dit :

— Adieu, Ève.

Dwight, qui était en train de mettre ses bouchons d'oreilles, s'arrêta.

— Comment ?

— Rien. Écrabouillez-moi cette caisse.

À l'aide d'un maillet, Dwight brisa une à une les vitres de la voiture, y prenant visiblement un vrai plaisir, puis il se dirigea vers la console de contrôle de la presse hydraulique. Comme la plaque d'acier s'appuyait sur le toit, la voiture émit un grondement sourd, comme un gémissement. Dwight fit tourner la voiture, l'écrasa de nouveau, la fit tourner une nouvelle fois, l'écrasa, et ainsi de suite.

Harry regarda, captivé, la machine réduire la voiture en un bloc chaque fois plus petit, jusqu'à ce que Dwight appuie sur un bouton et l'arrête. Il ne restait plus devant lui qu'une brique compacte.

— Magnifique, dit Harry.

— C'est presque comme si elles étaient vivantes, quand elles grognent comme ça, hein ? lança Dwight en le rejoignant.

— Presque.

— Elle a pas été facile. Les Saab, c'est du costaud. Elles font au moins une tonne, dit Dwight, tel un médecin qui viendrait d'accoucher un gros bébé.

— À quarante-quatre kilos prêts, oui.

Dwight le regarda, interloqué.

— Ouais. Peut-être.

Puis il se pencha pour voir quelque chose.

— Dites donc, il y a quelque chose qui coule de la voiture, là.

— Sans doute de l'huile ou du liquide de refroidissement.

— Impossible. Je vidange toujours avant. Non, non, ça, c'est un truc que vous avez oublié dans la voiture.

— Tant pis.

— C'est juste que… si c'est difficile à nettoyer, je vais devoir vous faire payer un supplément.

— Très bien. Allons vérifier, alors.

Dwight fit le tour de la voiture, puis s'arrêta et montra une petite flaque de liquide rouge.

— J'ai trouvé d'où ça vient.

— Ah, oui ?

— De l'arrière, apparemment. J'espère que vous avez rien laissé dans le coffre.

Il rigola, comme s'il avait fait une bonne plaisanterie. Harry rit avec lui.

— Rien qui me manquera, en tout cas.

— Bon, ben je vais aller préparer la facture.

— Je vous attends ici.

Comme Dwight regagnait son bureau, le téléphone de Harry sonna. Il regarda qui appelait, sourit et répondit.

— Bonjour, Windy. Quelle bonne surprise.

— Bonjour. Je suis désolée de ne pas avoir appelé plus tôt. Je vous dérange ?

Il regarda la compression d'acier et de plastique qui se trouvait devant lui, et son sourire s'élargit.

— Pour ne rien vous cacher, j'étais en train de dire au revoir à une vieille amie. Je peux vous rappeler ?

Il raccrocha et ajusta son pantalon pour masquer son érection. C'était incroyable comme tout s'enchaînait à la perfection.

44

Tandis qu'Ash envoyait ses hommes chercher d'éventuels témoins qui auraient vu une voiture verte autour du *Yucca Motel*, Larry et Windy faisaient déposer la benne dans le garage de la brigade et s'attaquaient à son contenu.

Le garage possédait deux larges emplacements sur lesquels on pouvait mettre une voiture, mais c'était aussi un lieu de stockage pour tout le matériel utilisé par la police scientifique, et ses murs étaient tapissés d'armoires contenant accessoires divers et produits chimiques. Au centre était installé un comptoir en Inox qui servait de table de travail. La benne était placée au milieu de l'emplacement le plus grand.

— La femme a dit qu'elle avait trouvé la carte d'identité ce matin, et sur le dessus de la benne. Ce qui veut dire qu'il suffit d'examiner la partie supérieure des ordures, n'est-ce pas ? demanda Larry.

— Dans un monde idéal, oui. Vous avez déjà fait des cookies aux pépites de chocolat ? Je ne parle pas des préparations toutes faites, hein.

Windy réalisa que sa question était stupide, mais trop tard. Parler cuisine à Larry, c'était comme lui parler sport à elle.

Mais à sa grande surprise, Larry hocha la tête.

— Oui, j'en fais souvent. Je déteste les trucs tout prêts. Pourquoi ?

Larry faisait de la pâtisserie ? Ça alors. Elle avait tout à coup un tas de questions à lui poser à ce sujet, mais décida de les mettre de côté pour l'instant.

— Vous voyez comment on incorpore les pépites de chocolat à la pâte ? En mélangeant de haut en bas, en allant chercher la pâte bien au fond du récipient. C'est aussi comme ça que font les gens qui fouillent les bennes. Même si la carte d'identité a été retrouvée à la surface, il y a de grandes chances pour que d'autres personnes aient farfouillé là-dedans depuis.

— Et incorporé le reste, acheva Larry en faisant claquer ses gants en latex. Bon, alors au boulot.

Il étala une grande bâche en plastique par terre tandis que Windy faisait rouler une échelle jusqu'au bord de la benne, pour ne pas risquer d'abîmer les empreintes qu'elle y trouverait peut-être plus tard.

Elle sortit les déchets les uns après les autres, les tendant à Larry qui les posait sur la bâche en plastique. Ils décidèrent de les garder dans l'ordre de retrait de la benne plutôt que de les classer par catégorie, au cas où les différents objets contenus dans le sac n'auraient pas été mélangés. Au bout d'une heure, la benne était vide. Ils se redressèrent pour contempler leur pêche.

Windy se sentait l'âme d'une archéologue plongeant dans les restes d'une société disparue. Une société qui se nourrissait très mal. Il y avait six boîtes de pizza, une dizaine d'emballages de barres chocolatées, une boîte vide de gâteaux au chocolat fourrés à la crème, trois emballages de hamburgers de différentes chaînes, un morceau de beignet au sucre, cinquante-deux boîtes vides de Sudafed, dix bouteilles de dissolvant vides, un tee-shirt taché de sang, dix-huit morceaux de papier de différentes tailles, certains avec des choses écrites dessus, certains sans, le numéro du mois de *Mariage Magazine*, une perruque blonde très décoiffée, et neuf préservatifs usagés. Tout au fond de la benne, enfin, quelque chose d'intéressant apparut : deux plaques d'immatriculation californiennes avec la mention « *Bad Girl* ».

— Au moins, on sait qu'on cherche au bon endroit ! s'exclama Larry, tout excité.

Windy hocha la tête.

— On doit pouvoir prouver au moins une dizaine d'infractions avec ce qu'on a là. Dommage qu'on ne puisse pas s'en servir pour faire fermer le labo clandestin qui tourne dans une des chambres du motel.

— Un labo clandestin ? Qu'est-ce que vous voulez dire ?

— Ces cinquante-deux boîtes de Sudafed et ces bouteilles de dissolvant, expliqua Windy. Quelqu'un a transformé la pseudo-éphédrine des cachets en méthamphétamine. Avec autant de cachets, on doit pouvoir en fabriquer six grammes. Dans la rue, ça se monnaye autour de mille cinq cents dollars au moins.

— Et moi qui croyais que votre ancien boulot, c'était shérif dans une petite ville, lâcha Larry, visiblement impressionné.

— Les petites villes ne sont plus ce qu'elles étaient. Mais au moins, cela veut dire qu'on peut éliminer un certain nombre de choses de notre sélection. Je propose que vous portiez le tee-shirt au labo pendant que moi, je m'attaque à *Mariage Magazine*.

— Vous pensez que l'assassin envisage de se marier ?

— C'est juste une idée comme ça.

Larry emballa le tee-shirt dans un sac en plastique.

— Je commence à les connaître, vos idées comme ça. Ne découvrez rien de sympa avant mon retour, quand même, hein.

Windy étala un morceau de papier marron sur le comptoir, au centre du garage, et secoua le magazine au-dessus pour récupérer les particules de saletés et les fibres de tissu qu'il pouvait contenir. Elle envoya ensuite sa récolte au labo en demandant qu'elle soit examinée en priorité, puis se pencha sur le magazine à proprement parler.

Un papier avait été glissé au milieu, et Windy alla directement à la page ainsi marquée. Le masque qu'elle portait lui permit d'atténuer les effluves de l'échantillon de parfum qui s'y trouvait. Elle retira le rectangle de papier blanc et examina la double page. D'un côté, on voyait une publicité pour les robes de mariée « grandes tailles », de l'autre un article intitulé *Comment apprivoiser la belle-mère qui sommeille en vous*. Windy fit la grimace. Une vraie belle-mère, c'était déjà beaucoup, alors celle qui était en soi… Quand Bill lui avait annoncé que ses deux parents étaient décédés, elle avait été soulagée, elle le reconnaissait.

À ce souvenir, elle grimaça de nouveau.

Les robes de mariée grandes tailles et les belles-mères. Si ce magazine était à Ève, que lui apprenait-il sur elle ? Même persuadée d'être trop grosse, Ève ne pouvait pas envisager d'avoir besoin d'une grande taille. S'inquiétait-elle donc à propos de sa future belle-mère ?

Windy décida de mettre le magazine de côté un moment et de ne faire un relevé d'empreintes que lorsqu'elle saurait si Lisa, au labo, pouvait établir un lien entre Ève et la revue. Sur la pointe des pieds, elle passa entre les boîtes de pizza et les emballages de sucreries, dont elle doutait fort qu'Ève les ait touchés, et examina les dix-huit morceaux de papier. Elle en écarta trois qui avaient contenu de la nourriture. Quatre autres étaient des morceaux de papier de soie collés ensemble par l'étiquette d'un magasin branché – pas vraiment ce qu'on se serait attendu à trouver derrière un motel. Elle y reviendrait. Cinq papiers étaient des prospectus du style de ceux que l'on glisse sous les essuie-glaces : il y en avait trois pour un nouveau night-club, et deux qui offraient une séance gratuite chez un médium. Sur les six qui restaient, quelque chose avait été écrit à la main.

Windy défroissait le quatrième lorsque son cœur fit un bond. Il s'agissait d'une liste de courses arrachée d'un bloc de papier semblable à celui qu'elle gardait près du téléphone, chez elle.

Coca light
Céleri
Ex-Lax
Mascara noir
Dentifrice blancheur des dents

Lait écrémé à la fraise
Tire-bouchon
Ruban adhésif large
Collier étrangleur
Lysol

C'était le dernier article qui avait attiré son attention, le Lysol, le détergent dont elle avait remarqué l'odeur sur les scènes de crime, mais les autres trouvèrent leur place dans le décor presque automatiquement. Le décor d'un tueur soucieux de son poids qui faisait sa liste de courses.

Larry reparut alors qu'elle contemplait la liste.

— Vous avez trouvé quelque chose, dans le magazine ?

— Non, rien. Mais j'ai trouvé mieux. Ou pire. Ça dépend de la façon dont on voit les choses.

Larry jeta un coup d'œil à la liste et fronça les sourcils.

— Vous pensez que c'est Ève qui a écrit ça ? Le Coca *light*, le céleri, le ruban adhésif large, d'accord. Mais qu'est-ce qu'elle ferait d'un collier étrangleur ?

— Je suis presque sûre que vous ne voulez pas connaître la réponse à cette question. On a des centaines de possibilités.

— D'accord, je vois. Maintenant, j'ai la chair de poule.

— Je peux me tromper. Le mascara retrouvé chez elle était marron. Si elle me ressemble vraiment, le noir n'est pas la couleur qu'il lui faut. Ce n'est peut-être pas sa liste de courses.

— À moins qu'elle ne se soit teint les cheveux, suggéra Larry. Ce qui est probable, d'ailleurs, vu qu'elle est en cavale. Moi, c'est ce que je ferais, en tout cas.

— Bonne remarque.

Windy relut la liste, et différentes combinaisons d'articles lui vinrent à l'esprit. Le céleri et le lait écrémé parfumé à la fraise, le mascara et le dentifrice blanchissant. Tout cela avait un sens, chez une femme préoccupée par son poids et faisant attention à son apparence. Le tire-bouchon pouvait suggérer une soirée romantique. Mais en ajoutant le collier étrangleur et le ruban adhésif large, on obtenait un tueur en série.

— Je vais préparer la ninhydrine pour les relevés d'empreintes, dit Larry en ouvrant une des grandes armoires métalliques alignées au fond du garage.

Il en sortit les produits chimiques, sans cesser de parler.

— Vous savez, j'ai essayé, le dentifrice qui blanchit les dents, là. J'ai pas supporté, ça rend les dents très sensibles. Sur le coup, ça m'a énervé, parce que, en plus, c'est cher, ce truc. Mais maintenant, je suis plutôt content. Moins j'ai de points communs avec un tueur en série, mieux je me porte. Quand même, je la trouve bizarre, cette liste, pour un chef cuistot.

— Nous ne savons pas encore si c'est sa liste, fit remarquer Windy.

— Allez… du lait écrémé à la fraise ? C'est complètement tendance, chez les tueurs en série, ça.

— Voyons plutôt si nous arrivons à trouver des empreintes permettant d'étayer cette observation scientifique.

Ils pulvérisèrent la ninhydrine sur le papier et se servirent d'un fer à vapeur, sous la hotte chimique, pour accélérer le processus de révélation des empreintes. En attendant, ils étudièrent les autres objets tirés de la benne, Larry vérifiant régulièrement l'état du papier avec l'empressement d'un jeune papa. Ils venaient d'étiqueter le dernier objet, sans avoir trouvé plus de preuves les menant à Ève, lorsqu'il annonça :

— Hou la, il est couvert d'empreintes.

Le papier avait été manipulé par les dizaines de personnes qui avaient fouillé la benne et n'était qu'une mer de lignes, de courbes et de bifurcations. Les vérifier dans leur ensemble allait prendre des jours.

Windy, tel un magicien tirant l'as de cœur d'un paquet de cartes, regarda le papier et indiqua une empreinte en particulier, dans le coin inférieur gauche.

— C'est celle-là.

Larry s'éloigna, incrédule, le papier à la main, pour faire les vérifications. Il revint deux minutes plus tard, rayonnant.

— Vous avez raison. C'est la sienne. Et j'ai compris comment vous avez trouvé.

— Super.

La liste de courses était donc celle d'Ève. Ce qui signifiait…

— Vous ne voulez pas que je vous le dise ? demanda Larry.

Windy le regarda.

— Je le sais déjà, dit-elle avant de reprendre son examen de la liste.

— C'est parce que les coins, c'est l'endroit qu'on attrape quand on veut déchirer ou tourner une page, dit Larry, incapable de se retenir. C'est comme ça que vous avez su où il fallait regarder.

— Peut-être.

Les yeux de Windy sautaient de « Ex-Lax » à « collier étrangleur ». Il y avait quelque chose de profondément triste dans la convergence de ces deux articles, se dit-elle, avant de secouer la tête. Non, elle refusait d'éprouver un nouvel élan de sympathie pour un assassin.

Elle mit la liste de côté, regarda Larry et dit :

— En fait, c'était juste une intuition, et j'ai eu de la chance.

45

Le vieil homme était maigre comme un clou et ne mesurait pas plus d'un mètre cinquante. Les cheveux coiffés en arrière, il portait des lunettes carrées aux verres teintés, un costume noir, une chemise blanche et une lavallière sur l'agrafe de laquelle on pouvait lire : « J'aime Jésus. » Il se tenait derrière le comptoir de réception en Formica beige du *Yucca Motel*, et devant un panneau rédigé à la main qui annonçait : « Tarifs : vingt-neuf dollars l'heure, cent cinquante dollars la semaine. Chaînes adultes compris. On paie comptant à l'entrée dans la chambre. Dieu ait votre âme. La maison n'accepte que les règlements en liquide » qui voisinait avec une photo encadrée de Sammy Davis junior.

Oscar White était le chef réceptionniste du motel.

— Et le seul, d'ailleurs, mais je ne le crie pas sur les toits, parce que, après, les gens me prendraient moins au sérieux, confia-t-il à mi-voix à Ash.

Ash était retourné au motel après le déjeuner, avait fait le tour du quartier, pour essayer de comprendre si Ève avait délibérément jeté ses affaires dans cette benne ou s'il s'agissait juste d'un concours de circonstances. Le fait que la benne se trouve dans une allée derrière le motel suggérait la coïncidence, mais pourquoi cette benne-là, alors qu'il y en avait une série d'autres dans la même allée, toutes à l'arrière de motels, et pour certaines bien plus près de la rue que celle-ci ? Ce qui allait à l'encontre de l'hypothèse de la coïncidence, c'était que le *Yucca Motel* existait depuis 1973, était donc beaucoup plus ancien que la majorité des établissements de ce type et faisait par conséquent partie du paysage de Las Vegas à l'époque où Ève y grandissait.

Mais établir un lien entre elle et cet endroit allait être très, très difficile.

Oscar écarta ses grandes mains osseuses.

— Le Seigneur m'est témoin que j'aimerais vous aider, mais je ne sais vraiment pas quoi vous dire. On ne garde aucun dossier au-delà de quelques mois, et je ne travaille ici que depuis deux ans. Ce que je peux vous assurer, c'est que je n'ai jamais vu cette femme ici, déclara-t-il en montrant la photo d'Ève que les services d'Ash avaient réussi à trouver pour la diffuser.

Il posa une main à plat sur la Bible écornée qui se trouvait sur le comptoir.

— Je peux le jurer sur mon livre, si vous voulez.

— Ça ne sera pas nécessaire. Est-il possible d'entrer dans le motel sans que vous vous en aperceviez ?

— Si quelqu'un a déjà la clé, vous voulez dire ? Oui, sans doute. Mais à moins que la personne reste cloîtrée dans sa chambre, je la vois forcément à un moment ou à un autre. Je me serais souvenu de cette fille. Elle semble perdue. Je suis sûre que sa famille ferait tout pour la retrouver.

Ash hocha la tête.

— Merci de votre aide.

Oscar posa une nouvelle fois la main sur la Bible.

— J'ai fait de mon mieux.

Ash écouta la porte du bureau grincer en se refermant derrière lui et scruta le parking du motel. Encadré par trois longs bâtiments beiges disposés en U, il débouchait directement sur le Strip. L'allée passait derrière le bâtiment du milieu.

Ash traversa le parking presque désert dans cette direction, remarqua que certains rideaux bougeaient à certaines fenêtres, mais fit comme si de rien n'était. Il savait que, même en civil et sans voiture de police, il était évident pour tous ces gens qu'il était flic. Porter un costume et une arme, en même temps qui plus est, en disait plus long que tous les gyrophares.

La clôture grillagée censée séparer le motel de l'allée ayant été découpée sur une bonne hauteur, Ash se glissa à travers. C'était une journée chaude et sèche, et il régnait dans l'allée une atmosphère d'abandon, comme dans les westerns, où tout est dans les tons de brun. Ash contourna l'endroit où s'était trouvée la benne, shootant dans les mégots de cigarette et les capsules de bouteille, réfléchissant à cette affaire. Beaucoup de pistes étaient en train d'être explorées. Il avait deux hommes sur le rapport d'intervention de Ned Blight au Sun-Crest, et un enquêteur aux archives, à qui il avait demandé de chercher le moindre élément susceptible de les aider. Le matin même, il avait cru trouver un moyen d'établir la liste des adresses auxquelles avait habité Ève grâce à son dossier scolaire, mais il avait fallu quarante minutes à peine au pote de Nick Lee qui travaillait au service de l'éducation pour ficher cet espoir en l'air. Oui, il y avait bien un dossier scolaire au nom d'Ève Sebastian, oui, il était possible de le consulter. Mais la seule adresse qui y figurait était celle de la fabrique de chaussures de son père, qui n'existait plus.

Ce n'était pas seulement le passé d'Ève qui était difficile à reconstituer. Son présent l'était tout autant. Là où la plupart des gens laissaient aujourd'hui une trace électronique, Ève restait invisible. Elle n'avait aucune carte de crédit, n'utilisait pas de carte de retrait de liquide, pas d'ordinateur, ne possédait pas de téléphone portable à son nom. Il était impossible de connaître les endroits qu'elle fréquentait, ce qu'elle faisait, avec qui. Cette femme aurait pu être amish, pensa Ash. Sauf qu'elle conduisait une voiture.

C'était la seule chose que ses hommes avaient pu confirmer, qu'une « voiture verte vraiment bizarre », plus officiellement identifiée comme étant une Saab, s'était arrêtée près de la benne entre vingt secondes et deux minutes et qu'un bras en était sorti du côté conducteur pour jeter différents objets. En dehors d'un homme ayant suggéré qu'il s'agissait peut-être d'Elvis, personne n'avait vraiment regardé le propriétaire de ce bras. Tout le monde s'intéressait bien plus à ce qu'il allait pouvoir récupérer une fois la voiture repartie.

Ce qui signifiait que les « ramasseurs » avaient pu s'emparer du butin d'entrée de jeu et faire leur tri après, jetant alors par terre tout ce qui ne les intéressait pas. Pour cette raison, Ash fit encore un tour en regardant par terre. Il s'apprêtait à jeter l'éponge quand il aperçut quelque chose qui avait été glissé dans le grillage de la clôture. Il se pencha pour regarder de plus près, prit un gant en latex dans sa poche et retira délicatement un morceau de papier plié et replié. À l'intérieur, il trouva un vieux chewing-gum mâché collé sur la partie inférieure et les mots « Nadene, mardi, 1230 ».

Ce n'était peut-être rien. Il y avait de grandes chances pour qu'il s'agisse des ordures de quelqu'un d'autre. Mais un pincement, au creux de l'estomac d'Ash, lui disait le contraire, et cela n'avait rien à voir avec les madeleines fourrées qu'il avait mangées pour le petit déjeuner.

46

Il était 16 heures passées lorsque Windy entra dans le bureau d'Ash et se laissa tomber sur le siège qui faisait face au sien.

Il leva les yeux et tenta de déchiffrer son expression.

— Vous n'avez trouvé aucune empreinte valable sur le papier que je vous ai apporté, dit-il, une façon de s'annoncer à lui-même qu'il n'existait pas de lien entre ce papier et Ève.

Elle secoua la tête d'un air solennel.

— Pas encore.

— Tant pis. Ça valait le coup d'essayer.

— Oui. Parce que finalement, on n'a pas besoin d'empreintes. On a mieux.

Ash se redressa, les yeux écarquillés.

— Vous avez trouvé un lien avec Ève ?

Incapable de se contenir plus longtemps, Windy afficha un sourire réjoui.

— Et un bon. Ça va vous plaire.

— Vous êtes dure, là. Vous devriez jouer au poker. Pour le bluff, vous êtes incroyable.

— Vous vous défendez aussi, dans ce domaine. Regardez ça.

Elle poussa un cliché sur le bureau. On y voyait le morceau de papier qu'il avait trouvé, avec une série de marques peu prononcées un peu partout.

— C'est de l'écriture ?

Windy hocha la tête.

— À l'aide d'un faisceau de lumière projeté à un angle très fermé, on a pu relever l'impression de ce qui avait été écrit sur la page précédente du bloc.

— Mais à quoi ça nous avance ? Comment savez-vous que ça établit un lien avec Ève ?

— Parce qu'il se trouve que la page précédente, nous l'avons.

Elle lui tendit un autre cliché, de la liste de courses, cette fois.

— Les déchirures en haut de chaque feuille correspondent.

— Bon, au moins, elle mange des légumes, dit-il en survolant la liste. Je vais envoyer quelqu'un faire le tour des boutiques spécialisées pour adultes, pour le collier étrangleur.

— Ah. Je n'avais pensé qu'aux animaleries, moi.

— Vous n'êtes pas à Las Vegas depuis assez longtemps, c'est pour ça.

— J'ai hâte de me sentir vraiment d'ici. Sinon, à part le collier, la liste est plutôt normale. Mais à votre avis, le mot sur le papier que vous avez trouvé, ça veut dire quoi ? Nadene, mardi, un, deux, trois, zéro ?

— Au départ, j'ai pensé à un rendez-vous à midi trente. Mais la plupart des gens notent l'heure en mettant un petit h entre les heures et les minutes.

— Vous avez trouvé le prénom Nadene, dans vos recherches ?

— Déjà qu'on trouve à peine le nom Ève Sebastian…

Et Ash lui fit un compte rendu rapide de la situation, expliquant que, d'un point de vue administratif, Ève était quasiment invisible.

— C'est à se demander si c'est délibéré, tellement c'est bien fait, disait-il lorsque son téléphone sonna.

La voix de Jonah annonça :

— C'est pour Windy. Lisa, du labo.

Ash mit le haut-parleur, et ils entendirent Lisa déclarer :

— J'ai trouvé deux fibres noires de moquette dans les saletés que vous m'avez envoyées, récupérées du magazine sur le mariage.

Windy fronça les sourcils.

— Des fibres noires ? Ève avait beaucoup de vêtements noirs, chez elle, mais pas de moquette. Vous êtes sûre de ce que vous avancez ?

— Certaine. Mais il ne s'agit pas d'une moquette toute simple. Les fibres sont trilobées, c'est-à-dire d'une qualité utilisée dans l'automobile. Et vous avez de la chance, j'ai justement fait ma thèse sur les revêtements intérieurs automobiles.

— Vous pouvez l'identifier, cette moquette ?

— Elle n'est pas très courante. À vrai dire, elle n'est utilisée que par les fabricants automobiles scandinaves. Et elle ne se fait plus. À vue de nez, je dirais que votre magazine s'est promené dans le coffre d'une Saab de 1996.

Windy sentit un frisson la parcourir, remercia Lisa et raccrocha.

— Donc, dit Ash, ce magazine sur le mariage était à Ève. Votre intuition était bonne : la fibre blanche retrouvée sur la scène de crime pourrait bien provenir d'une robe de mariée.

— Peut-être, soupira Windy. C'est une nouvelle pièce du puzzle, en tout cas. J'aimerais juste qu'une de ces pièces nous dise où trouver Ève maintenant, pas où nous pouvions la trouver en 1984... Au fait, ajouta-t-elle en tirant une grande enveloppe kraft de son sac, est-ce que c'est vous qui m'avez envoyé ça ? Je n'ai aucune trace de ce truc dans les registres, et Vera, la fille de la réception, ne se souvient pas d'avoir vu cette enveloppe dans le courrier. C'est arrivé dans ma boîte par l'opération du Saint-Esprit, on dirait.

Elle poussa l'enveloppe en direction d'Ash. Ce dernier l'ouvrit et en tira un cliché de format 18x24. On y voyait une cuisine lambrissée de bois sombre avec une table au milieu, comme des millions de cuisines américaines. Sur la table se trouvaient des bols et une brique de lait ; autour, deux chaises, et une chaise haute sur le côté. Ce qui en faisait une cuisine différente, c'était le corps de femme qui gisait perpendiculairement à la table, les jambes en direction de l'appareil photo. Le cliché avait été pris avec le flash, donc une partie était brillamment éclairée, et l'autre presque trop sombre pour que l'on distingue quoi que ce soit. Le flash se reflétait dans la vitre au-dessus de l'évier.

— Jamais vu, dit Ash. À votre avis, c'est quoi ?

— On dirait un cliché de scène de crime.

— Comment savez-vous qu'il s'agit d'un crime ? Elle a peut-être glissé...

Windy se pencha sur la photo.

— Regardez, là.

Son doigt indiquait quatre petites marques ovales allant de la femme vers l'extérieur du cadre.

— Ça, ce sont des empreintes de pas. Et je crois qu'il y a quelque chose, là, dans le coin. Un objet.

— Et vous avez une idée d'où cette photo peut venir ?

— Aucune. J'imagine que c'est arrivé dans ma boîte par erreur. Je voulais voir ça avec vous, au cas où vous auriez reconnu une affaire.

— Pas une des miennes, en tout cas. Vous voulez que je demande à Erica de regarder dans l'ordinateur si cette photo correspond aux clichés d'une autre enquête en cours ? Comme ça, on aurait une idée de ce dont il s'agit, et on saurait à qui c'était destiné.

— Le maire risque de péter les plombs s'il apprend qu'on dépense de précieuses heures de labo pour un crime dont on ne sait même pas s'il a été commis ici. Non, je vais garder ça, on verra bien.

— J'aime assez l'idée de Gerald pétant les plombs, moi. Vous êtes sûre que vous ne voulez pas que j'appelle Erica ?

Windy sourit.

— C'est tentant, en effet.

Mais Ash comprit au petit creux entre ses sourcils que quelque chose la préoccupait.

— Qu'est-ce qu'il y a ?

— C'est cette histoire de plaques d'immatriculation jetées à la benne.

— Peut-être qu'elle essayait juste de brouiller un peu plus les pistes. Les plaques d'immatriculation sont les parties les plus visibles de la voiture.

— Peut-être. Mais est-ce qu'en les jetant, elle ne s'est pas débarrassée de son image de mauvaise fille ?

— Vous pensez que ça signifie qu'elle va changer de mode opératoire ? Changer la façon dont elle choisit ses victimes ?

— Et changer le traitement qu'elle leur inflige.

Ash serra les mâchoires.

— On risque d'avoir de très mauvaises surprises sur la prochaine scène de crime, alors.

Les yeux de Windy tombèrent sur les mots « collier étrangleur », sur la liste de courses.

— Oui. J'en ai peur.

Ash regarda alors sa montre.

— Je suis désolée, dit Windy. J'avais oublié qu'on était vendredi soir, et je vous rebats les oreilles avec mes sinistres pronostics. Vous avez sans doute mieux à faire.

— Moi non, mais vous oui, répondit Ash.

— Ah, bon ?

— Vous devez rentrer dîner. J'espère que vous avez prévu quelque chose de spécial, en l'honneur du grand match de Cate, demain.

Le sourire qu'elle lui adressa, enivrant, effaça le creux entre ses sourcils.

— Vous vous souvenez du match de Cate.

Il haussa les épaules, modeste.

— Mon ami Carter entraîne plusieurs équipes, alors je suis au courant de tous les matches. Dites-lui bonne chance de ma part. Ah, et puis aussi LSK.

— LSK ? Qu'est-ce que ça veut dire ?

— Il faut faire du foot pour comprendre. Elle comprendra. Allez, rentrez.

— Je laisserai mon téléphone allumé, au cas où vous auriez besoin de me joindre.

— Non.

— Demain, c'est samedi. Si Ève…

— Si quelque chose arrive ce week-end, on vous trouvera, ne vous en faites pas.

47

Harry se servit un verre d'eau gazeuse et s'assit devant la télévision. Il avait eu du mal à choisir la maison dans laquelle il allait la regarder, la sienne ou celle des O'Connell. L'une et l'autre recelaient tant de souvenirs ! Il avait grandi dans celle des O'Connell, mais avait passé son temps à regarder celle qui était devenue la sienne. La maison où Ève avait grandi.

Finalement, il avait choisi sa maison. Il ne tenait pas à laisser trop de traces à côté, des traces qui auraient pu troubler Windy, et il valait mieux qu'il reste dans les parages pour le cas où son travail en cours, dans la pièce du fond, aurait eu besoin d'attention. Mais il avait allumé la télévision chez les O'Connell, de manière à laisser croire qu'il y avait quelqu'un, pour le cas où d'autres flics curieux passeraient. Lorsqu'il regardait par la fenêtre, il apercevait la lumière dansante de l'écran derrière les rideaux fermés.

C'était dans cette lumière, et dans ce même salon, qu'il se souvenait le mieux de sa mère. Elle venait se pencher sur lui, assis par terre au pied de sa banquette, lui passait une main dans les cheveux et ramassait son verre vide de l'autre. La télévision donnait la même couleur bleutée à sa chevelure et au contenu de son verre. Du coup, c'était un peu comme si elle était à la télé.

— Qu'est-ce que tu regardes, mon bébé ? demandait-elle lorsqu'il la fixait, elle, plutôt que l'écran.

— Ma jolie maman.

Elle adorait quand il répondait ça. Parfois, elle le prenait dans ses bras, le laissait s'asseoir sur ses genoux.

Il aimait son odeur, un mélange de fumée de cigarette et de lotion à la fraise.

Ensemble, ils regardaient les *soap operas* et les dessins animés de princesses. Pendant le dîner, ils en parlaient, ou bien elle lui racontait sa journée au cabinet du médecin, où elle accueillait les gens et les raccompagnait. Elle avait un travail important.

Elle lui cuisinait de bons plats, des croque-monsieur avec de la soupe à la tomate, des hamburgers. Ils mangeaient tous les deux dans la cuisine, et elle souriait de contentement en le regardant manger, heureuse qu'il ait de si bonnes manières à table.

— Tu es l'homme de la maison, Harry, lui disait-elle. Tu es mon petit homme.

Il fallait bien qu'il soit l'homme de la famille, puisque son père était mort. C'était une grande responsabilité, de faire en sorte que sa maman aille bien, mais c'était la sienne, et il en était fier.

Un jour, alors que Harry avait sept ans, un homme appelé Charles Williams était venu dîner à la maison. Maman avait préparé le plat préféré de Harry, un gratin au thon avec des pâtes vertes et des corn-flakes écrasés sur le dessus, et il avait eu le droit de boire du Coca au repas. Mais on l'avait changé de place. C'était Charles qui s'était assis en face de sa maman.

— J'ai envie de t'avoir plus près de moi, avait-elle dit à Harry, en regardant Charles. Parle à Charles des modèles réduits que tu fabriques.

Il avait raconté à l'homme qu'il avait fait des avions, puis était passé à son nouveau projet, un bateau dans une bouteille.

— Harry travaille très dur là-dessus, avait dit sa maman en lui caressant les cheveux.

— Je n'en doute pas, avait répondu Charles. Mais on dirait que cela prend beaucoup de temps. N'aimerais-tu pas apprendre quelque chose d'utile, plutôt ? Comme jouer du piano ?

— Quelle merveilleuse idée, Charles, avait dit sa maman.

Charles se tamponnait les lèvres, sous sa moustache, après chaque bouchée, avec le coin de sa serviette. Le repas terminé, il avait dit :

— Merci, Marissa, c'était délicieux.

Mais Harry avait bien vu qu'il n'en pensait pas un mot.

— Vraiment ? avait demandé sa maman.

— La prochaine fois, tu pourrais essayer de mettre un peu moins de crème de champignons et quelque chose de plus... naturel. Mais sinon, ça allait.

Quand sa mère s'était levée pour débarrasser, Charles avait émis un petit claquement de langue.

— Laisse donc faire ton garçon, Marissa. Si nous allions dans le salon, plutôt ?

Il les avait entendus, sa mère qui riait, d'abord, et puis des bruits étouffés, des baisers, pendant qu'il faisait la vaisselle. Quand il les avait rejoints, un peu plus tard, le chemisier de sa mère était ouvert, et Charles avait un regard étrange.

— J'ai été ravi de te rencontrer, Harold. Bonne nuit.

— Mais d'habitude, j'ai encore une heure avant de me coucher. J'ai le droit de regarder la télévision.

— Pas ce soir.

En montant l'escalier, Harry avait entendu Charles dire à sa mère :

— Tu es trop laxiste avec ce garçon. Il lui faut un peu plus de discipline.

Sa mère et Charles s'étaient mariés dans l'intimité. Il n'avait pas été invité à la cérémonie et était allé chez sa tante, la sœur de son père, pendant leur voyage de noces. Là-bas, il s'était tenu le mieux possible, espérant que sa tante voudrait bien le garder. Mais elle avait juste souri et dit : « Reviens nous voir un de ces jours » en le déposant chez lui à la fin de la semaine.

C'était la même maison, et pourtant, elle était différente. Il l'avait senti tout de suite.

— Ne le chouchoute pas, avait dit un jour Charles quand sa mère l'avait serré dans ses bras.

Charles lui avait pris ses maquettes, lui avait acheté un piano et lui donnait des leçons.

— C'est tellement gentil de sa part, non ? disait sa maman.

Et il répondait oui, parce qu'il savait que cela lui faisait plaisir. Il fallait qu'il pratique pendant que Charles était au travail et, tous les dimanches, il devait montrer ce qu'il avait appris.

Le premier dimanche, il était tellement nerveux qu'il avait perdu le fil. Charles se tenait debout derrière lui.

— Tu n'as pas travaillé ton piano, Harold.

— Si. Je le travaille tout le temps.

— C'est vrai, Charles, avait dit sa mère, venant à son secours. Sa merveilleuse maman. Tous les jours, après...

Charles l'avait giflée en pleine figure.

— Je t'ai dit d'arrêter de le couver.

Sa mère s'était littéralement rétrécie, s'était recroquevillée sur le canapé en pleurant, et quand Harry avait voulu aller la réconforter, Charles l'en avait empêché.

— Tu fais du mal à ta mère, quand tu ne travailles pas ton piano. Tu ne le vois donc pas ?

Harry avait couru jusqu'au vieil abri antiatomique qu'il appelait son atelier et avait refusé d'en remonter, prétextant qu'il avait encore des maquettes avec lesquelles jouer là en bas, jouets imaginaires avec lesquels il inventait des histoires.

Quand Charles était à la maison, il se montrait le moins possible, mais il lui arrivait de mal calculer son coup. Une fois, tout était silencieux depuis près d'une heure, en haut, alors il était monté pour aller aux toilettes et avait trouvé Charles et sa mère dans le salon, elle, barbouillée de rouge à lèvres, lui le pantalon ouvert.

— Mais qu'est-ce que tu fous là-bas en bas, tout le temps ? avait demandé Charles.

Il s'était étalé sur le canapé pour bien montrer que c'était lui, désormais, qui avait les faveurs de sa maman. Sans même refermer sa braguette.

— Va te faire foutre, avait répondu Harry.

— Harry ! s'était écriée sa maman, horrifiée. Ce n'est pas une façon de parler !

— C'est manquer de respect à ta mère d'être grossier comme ça, Harold. À ton avis, ça lui fait quoi ?

— Je m'en fiche.

— Vraiment ?

Charles avait pris la main de sa maman et rabattu son index en arrière jusqu'à ce qu'elle hurle de douleur.

— Arrête ! avait crié Harry.

Il y avait eu un craquement, et Charles avait lâché le doigt.

— Voilà ce que tu as fait. Maintenant, demande pardon à ta mère de lui avoir fait mal.

— Pardon, maman, pardon, je suis désolé, avait-il dit, à genoux.

Il les avait suppliés de le laisser les accompagner à l'hôpital, mais ils n'avaient pas voulu.

— Reste ici et réfléchis à ce que tu viens de faire, avait dit Charles.

Harry s'était assis dans un coin et avait pleuré en rêvant à tous les cadeaux qu'il aurait aimé faire à sa maman pour qu'elle lui pardonne. Elle était revenue avec un gros pansement au doigt et n'avait pas voulu le regarder.

Elle avait eu le bras dans le plâtre, la fois où il avait oublié de sortir les poubelles, et un œil poché pendant une semaine quand il avait mangé toutes les noix de cajou dans le mélange pour apéritif. Ils avaient dû acheter un baume spécial pour les paumes de ses mains le jour où Harry, en entendant rentrer Charles, était parti se cacher en bas, laissant la bouilloire sur le feu. Une odeur bizarre avait régné longtemps dans la maison, après ça.

Charles s'absentait de plus en plus pour son travail, mais sa mère ne regardait plus Harry. Elle lui laissait son dîner sur la table et allait dans le salon avec un whisky, regarder la télé. Sans jamais le dire, elle lui avait fait comprendre qu'il n'avait plus le droit d'entrer dans cette pièce.

Et puis, un jour, quelque chose de magique était arrivé. Sa mère était tombée enceinte. Elle était tellement heureuse qu'elle l'avait embrassé et serré dans ses bras. Même Charles était heureux. Il avait laissé Harry peindre la chambre du bébé et n'avait rien fait à sa maman, vu son état, lorsqu'il avait renversé un peu de peinture.

Harry avait dix ans à la naissance de sa petite sœur, Misty. Elle était si petite, et parfaite. Belle. Elle répandait le bonheur dans la maison. Pour lui, ce bébé était un miracle.

Il adorait la prendre dans ses bras et la changer. Il adorait la contempler. Une nuit, alors qu'il n'arrivait pas à dormir, il était allé dans sa chambre et l'avait regardée ouvrir et fermer ses petits poings dans son sommeil. Au bout d'une demi-heure, elle s'était réveillée, affamée, et s'était mise à pleurer. Il l'avait prise, l'avait serrée contre lui, l'avait bercée pour la calmer, et ça avait marché. Mais alors qu'elle venait de se rendormir, la lumière s'était allumée, et la voix de Charles avait dit :

— On peut savoir ce que tu fais à ma fille ?

Il avait été tellement surpris qu'il avait failli lâcher Misty. Failli. Il l'avait rattrapée. Mais elle s'était mise à pleurer, et Charles avait poussé Harry pour la lui arracher des bras.

— Va dans ta chambre. Non, va donc plutôt dans ton antre, là, qui te plaît tant. À partir de maintenant, c'est là-bas que tu dormiras.

Le lendemain matin, le visage de sa mère était bouffi, et elle avait du sang séché sous le nez. Elle ne lui avait pas adressé un regard et avait simplement dit, tout en posant un toast devant lui :

— Harold, ton beau-père et moi, nous te serions reconnaissants de ne plus toucher ta sœur. Ce n'est pas bien, que tu passes du temps dans sa chambre la nuit.

Elle parlait comme un robot qui aurait imité Charles. C'étaient ses mots à lui, ses intonations. Seule la voix était différente.

— Je ne lui ferais jamais de mal, tu sais, maman.

Cette fois, elle l'avait regardé, avec ses propres yeux, et avait dit, avec sa propre voix :

— Harry, pourquoi est-ce que tu n'es pas gentil ? Qu'est-ce que j'ai fait de mal pour que tu sois aussi méchant ? Pourquoi est-ce que tu t'arranges toujours pour que je souffre ?

Il avait espéré qu'elle disait ça parce que Charles n'était pas loin, pour donner le change. Mais Charles était déjà parti travailler. Sa maman était comme ça, désormais.

À son retour de l'école, ce jour-là, il avait trouvé son matelas jeté au bas des marches de son atelier, à la porte duquel on avait installé de quoi attacher un cadenas.

Il s'était mis à passer de plus en plus de temps là, en bas. Une fois, alors qu'il avait oublié de remplacer le rouleau de papier toilette, il avait entendu un bruit sourd juste au-dessus de lui, puis sa mère qui sanglotait et la voix de Charles, juste derrière la porte cadenassée.

— Demande pardon pour lui, Marissa. Rampe jusqu'à moi et demande pardon.

— Pardon, pardon, avait répondu sa mère. Mon fils est mauvais, pardonne-moi de t'imposer ce fardeau, toi qui as été si gentil avec lui, et avec moi plus encore. Pardonne-moi pour sa méchanceté. C'est un monstre.

Après ça, Harry avait pris un pot, en haut, pour ne plus avoir à utiliser les toilettes, et ils avaient semblé oublier son existence. Le cadenas était retiré le matin pour qu'il puisse aller à l'école et remis le soir, mais il ne les voyait plus. Cela ne le gênait pas, il aimait être seul, mais ils oubliaient de lui donner à manger. Une fois, il s'était fait un sandwich dans la cuisine et avait nettoyé derrière lui, parfaitement, pensait-il. Mais pas assez bien pour Charles qui, le soir, avait tapé à sa porte et dit :

— Harold, ta mère aimerait te parler.

Elle était dans la cuisine, recroquevillée contre le plan de travail, et sanglotait. Elle semblait plus petite encore que d'ordinaire.

— Est-ce que tu es monté ici en cachette pour voler de la nourriture ? avait demandé Charles.

— Je ne suis pas monté en cachette.

Charles avait attrapé la main de sa mère et l'avait tirée jusqu'à l'évier.

— Réponds à ma question, espèce de bâtard insolent !

Et sous les yeux de Harry, Charles avait enfoncé la main de sa mère dans le broyeur à ordures, la maintenant en place d'une main tandis que l'autre se posait sur l'interrupteur.

— Réponds-moi. Es-tu monté en cachette pour voler de la nourriture ? avait-il répété en scandant chaque mot.

— Oui, avait-il lâché d'une voix blanche. Je suis monté en cachette. Je n'aurais pas dû. C'était mal.

La main de Charles était restée sur l'interrupteur encore dix bonnes secondes. Puis il l'avait retirée, avait lâché le bras de sa maman. En larmes, elle s'était accrochée à Charles, les lèvres tremblantes, les yeux fixés sur Harry, comme si elle ne le reconnaissait plus, comme si elle avait peur de lui, désormais. Comme si elle le haïssait.

Charles s'était caressé la moustache du bout de ses longs doigts.

— Je t'interdis de recommencer. Tu dois arrêter de faire souffrir ta mère de la sorte. Retourne en bas.

Alors, il avait commencé à voler en dehors de la maison. De la nourriture. De l'argent. N'importe quel objet qu'il pouvait convertir en denrées comestibles. Un jour, son professeur préféré, Mlle Kincade, l'avait surpris en train de voler le pot à lait en poudre dans la salle des professeurs.

— Harry, mais que fais-tu ?

— J'ai tellement faim, avait-il répondu, ne sachant que dire d'autre. Je vous en prie, ne dites rien à ma maman.

Mais il s'était fait prendre de nouveau, cette fois, avec le déjeuner d'un autre élève, et Mlle Kincade n'avait pas eu d'autre choix que de prévenir sa mère. Elle lui avait dit que ce genre de comportement était souvent la manifestation d'un problème à la maison, que Harry avait besoin d'aide.

Sa mère avait passé presque une semaine à l'hôpital avec un traumatisme crânien, mais Harry ne s'en était pas vraiment rendu compte. À partir de cette époque, ils s'étaient mis à déposer de la nourriture dans son atelier tous les deux ou trois jours. Et il avait découvert la jeune fille d'à côté. Ève. Depuis, toutes les femmes n'avaient été que des Ève.

Il s'installa confortablement sur le canapé et mit en route le magnétoscope. Il passa les publicités et l'introduction en accéléré, jusqu'à la partie qu'il voulait. Il la regarda, rembobina, la regarda encore, et appuya sur pause en plein milieu.

Puis il leva son verre en direction de l'écran et lança :

— À nous, Windy.

Après une gorgée, il ajouta :

— À demain.

Pourvu qu'elle aime le cadeau qu'il lui avait envoyé.

48

En rentrant du bureau ce vendredi soir, Windy fit une chose dont elle était fière, et une autre dont elle était moins.

Elle éteignit son téléphone portable, baissa la vitre de sa voiture et chanta à tue-tête en chœur avec la radio. Ça, c'était bien.

Ce qui l'était moins, c'est ce qu'elle fit ensuite : glisser dans son panier le dernier numéro de *Mariage Magazine*, au supermarché où elle s'était arrêtée pour acheter des boulettes de poulet, plat que Cate aimait plus que tout autre. Sans doute aurait-elle dû plus culpabiliser de nourrir sa fille de viande recomposée et grasse que d'acheter un magazine de robes de mariée, mais en faisant la queue à la caisse, elle eut le sentiment que tout le monde la regardait, aussi ajouta-t-elle une laitue à ses emplettes. Elle compensait ainsi l'apport calorique des boulettes de poulet et cachait le magazine.

En quoi le fait que les gens imaginent qu'elle allait se marier la gênait-il ? Après tout, elle allait vraiment se marier. D'ailleurs, elle aurait peut-être dû se mettre à la lecture de *Mariage Magazine* depuis déjà plusieurs mois.

Mais ce n'était pas la raison pour laquelle elle achetait cette revue, et elle le savait. Elle l'achetait parce qu'elle était incapable de laisser son boulot derrière elle. Parce que cette affaire l'obsédait et allait jusqu'à contaminer sa vie privée. Parce qu'elle pensait à Ève sans arrêt.

En arrivant chez elle, Windy trouva un message de Bill sur son répondeur – il ne pourrait pas être de retour à temps pour le match de Cate le lendemain, mais il serait là le soir – et un énorme bouquet de lis blancs sur son bureau, avec une petite carte sur laquelle était écrit :

Pour être présent même quand je suis absent.

— Hou, ça va être chaud, ce week-end, ou je ne m'y connais pas, commenta Brandon, avant de disparaître dans la cuisine pour échapper au regard noir de Windy.

Pendant le dîner, ils discutèrent de l'endroit où mettre le bouquet, sur le bureau de Windy ou dans la chambre de Cate, puis abordèrent le sujet des propriétés nutritionnelles toutes relatives de la boulette de poulet, Brandon déclarant d'entrée qu'il trouvait ça absolument dégoûtant. Windy dut lui donner un coup de pied sous la table pour qu'il s'arrête, Cate n'étant pas encore remise de la fois où il lui avait expliqué à partir de quoi on fabriquait les saucisses à hot dogs.

Cate était tellement excitée à la perspective de son match du lendemain, qui devait être suivi de sa première nuit chez une copine, qu'elle se releva au moins cinq fois pour rappeler à Windy de bien mettre ceci dans son sac et de ne pas oublier d'emballer cela. Mais malgré cette excitation et la menace d'être soumise à la séance de chatouillis la plus longue de sa vie, elle refusa de révéler à Windy ce que signifiait le message d'Ash, « LSK ».

— C'est un secret entre nous deux, dit-elle à sa mère.

Lorsqu'elle s'endormit enfin, Windy se mit à son bureau et se plongea dans la lecture de *Mariage Magazine*. Elle brûlait d'envie d'aller directement à l'article qu'avait noté Ève, mais se força à commencer par le début, pensant qu'il y avait peut-être quelque chose d'autre dans le magazine qui avait poussé Ève à marquer cette page en particulier. Lorsqu'elle arriva à *Comment apprivoiser la belle-mère qui sommeille en vous*, elle en savait beaucoup sur *Le Cadeau de mariage idéal pour moins de deux cents dollars*, *Perdre ce petit ventre avant le grand jour* et *Les Motifs floraux qui ne passent pas de mode*, mais rien de plus sur Ève.

Et elle ne savait même pas que les motifs floraux étaient à la mode au départ.

Elle ne trouvait plus l'idée d'une mariée incompatible avec des meurtres en série, cependant, surtout après avoir lu toutes les règles à respecter, les décisions à prendre et les choses stupides à faire pour réussir à se caser. En revanche, aucune page du magazine n'évoquait les raisons qui poussent les gens à se marier, ni ce qui arrive après, en bien ou, hélas parfois, en mal. Rien sur les compromis nécessaires au fonctionnement d'un mariage, sur l'équilibre à trouver entre travail et vie privée, sur le fait d'élever seul une enfant de six ans et de n'avoir peut-être pas envie de la partager. Rien sur ce qui arrivait quand on se mariait avec l'amour de sa vie, qu'il mourait et qu'il vous fallait tout recommencer à zéro, la peur au ventre.

Et encore moins sur ce qu'il fallait faire quand on ne savait même pas pourquoi on avait peur.

Windy décida qu'elle n'était pas faite pour le genre de mariage dépeint dans le magazine. Peut-être qu'un magazine intitulé *Mariée fatiguée* aurait plus été dans son style. Ou peut-être qu'il valait mieux qu'elle s'en tienne aux photos de scènes de crime.

La pendule, sur son bureau, indiquait minuit moins le quart. Le samedi allait bientôt commencer. Ève était-elle quelque part dans cette ville, son couteau posé sur la gorge d'une autre famille ?

« Il n'y a que les dingues pour se poser des questions pareilles avant d'aller se coucher », se dit Windy. Furieuse contre elle-même, elle se servit un whisky et monta dans sa chambre. Ce soir, elle dormirait. Le lendemain, elle se lèverait, irait au match de Cate et l'encouragerait comme jamais. Puis, quand Cate serait chez son amie et Bill encore en route, alors seulement, elle penserait à son boulot. Pas avant, pas après.

Elle s'endormit en se demandant comment il était possible d'envisager un mariage de rêve quand tous vos rêves étaient peuplés de morts.

49

Des formes étranges se détachaient dans le hangar de la casse automobile, ombres éclairées par la seule lumière allumée au-dessus de la porte, à l'extérieur. La douleur vrillait chaque centimètre du corps d'Ève, mais elle se réjouissait de cette douleur – les morts ne souffrent pas. Cette douleur signifiait qu'elle était en vie.

Ses lèvres étaient parcheminées, et sa gorge la brûlait tant elle était sèche. Dans cette pénombre peuplée de formes, elle vit que son sweat-shirt était taché de sang et que ses jambes étaient couvertes de petites entailles sombres, dont certaines brillaient car du verre s'y était incrusté. Elle ignorait depuis combien de temps elle se trouvait là, mais cela devait faire plusieurs heures au moins.

Un peu plus tôt, un bruit de verre brisé l'avait tirée de son état comateux. Sans réfléchir, elle avait réuni toutes ses forces pour pousser le siège arrière depuis le coffre, avec les mains attachées, puis s'était glissée hors de la voiture par la vitre brisée. Des tessons de verre avaient déchiré sa peau alors qu'elle était presque dehors, ses chevilles entravées s'y étaient accrochées. Pendue de la sorte, elle avait levé la tête et vu la presse hydraulique descendre sur elle. « Non ! avait-elle hurlé dans sa tête. Pas comme ça. Je refuse de mourir comme ça. »

Seul le toit en acier renforcé de la voiture l'avait empêchée d'être empalée. Lorsque la presse était remontée, l'adhésif qui liait ses chevilles s'était déchiré, et elle était tombée sur le sol. Elle était arrivée tant bien que mal à s'éloigner de la voiture et à se cacher derrière une vieille

Ford, avant que le plateau d'acier ne vienne à bout de l'habitacle de sa voiture. Elle était restée sur le sol, tentant de retrouver son souffle, de comprendre ce qu'elle voyait. Quand le bruit s'était arrêté et qu'elle avait entendu des pas approcher, elle avait cru qu'on l'avait vue, que Harry venait la chercher.

Mais non. Il avait juste regardé la voiture, dit quelque chose à propos des traces de sang, puis répondu au téléphone. Qu'avait-il dit ? Ève avait voulu s'en souvenir, mais rien ne lui revenait. Elle avait tellement soif.

Elle avait flotté ainsi un moment, entre conscience et évanouissement, avait entendu la voix de Harry.

— J'espérais que vous pourriez me ramener chez moi, avait-il dit. Je pense que deux cents dollars devraient suffire.

— Pour deux cents dollars, avait répondu une voix d'homme, je vous ramène où vous voulez.

Puis il y avait eu des pas, un claquement de porte. Et le silence.

Elle s'était abandonnée à ce silence et n'en sortait que maintenant. Le jour était tombé. Elle s'ordonna de bouger. Elle avait du mal à garder les yeux ouverts, et ses jambes la portaient à peine, mais elle savait qu'elle devait sortir de là. Il fallait faire quelque chose, prévenir quelqu'un. Oui, c'était exactement cela. Mais qui ? Elle n'arrivait pas à s'en souvenir.

Elle frotta ses poignets attachés sur un bout de tôle coupée jusqu'à ce que l'adhésif cède, puis s'appuya à la vieille Ford et se mit debout. Elle ravala un gémissement de douleur, regarda autour d'elle. Elle se trouvait dans un immense hangar, comme un hangar à avions, complètement fermé, plein de pièces de voitures, de silhouettes enchevêtrées et inquiétantes. Elle voyait des murs, mais pas de porte, pas de sortie. Puis elle comprit qu'une de ces parois était en réalité une porte que l'on pouvait relever pour permettre le passage d'une voiture. Bien sûr. Elle tituba jusqu'à cet endroit, essayant de courir, grimaçant de douleur, sa langue parcheminée énorme dans sa bouche, et chercha comment s'ouvrait la porte. Un bouton, une manivelle, quelque chose. Il fallait qu'elle…

Elle trouva un levier, le poussa vers le haut. Quelque part, un moteur se mit en marche, et la porte s'ébranla. Elle monta d'un centimètre, puis deux, et s'arrêta brusquement. Le moteur grinça et se tut. La porte était cadenassée de l'extérieur.

Ève s'allongea sur le sol et tenta de regarder dehors. La rue, ou l'allée, était complètement déserte. Elle était prise au piège. Elle avait échappé à l'écrasement, pour finir comme ça, sur le sol d'un garage.

Elle voulut crier, mais le seul son qui sortit de sa gorge fut un raclement sec. Elle sentit le froid du sol en béton contre elle, puis toute force l'abandonna, et elle ne sentit plus rien.

50

— Maman ! dit la voix de Cate. Y a de la croûte. Je déteste quand il y a de la croûte !

Par-dessus un bruit d'eau qui coulait, Windy répondit :

— Tu aimais bien ça, la semaine dernière.

Il y eut un bruit de couvert qu'on jette par terre, puis Cate cria :

— Je déteste ! Je peux même pas la regarder !

L'eau cessa de couler, et on entendit le bruit des pas de Windy accourant pour réconforter sa fille.

— Chut, ma chérie. On va l'enlever, cette croûte, d'accord ? Tu t'inquiètes pour le match, et c'est normal, mais il ne faut pas t'en prendre à la croûte de tes tartines. Ce n'est pas juste, elle ne peut pas se défendre.

Cate éclata de rire, et Windy rit avec elle. La crise était passée. On aurait même cru l'entendre soupirer de soulagement, songea Harry en rembobinant la cassette pour se la repasser. Installer un système de surveillance audio dans la cuisine avait été un jeu d'enfant. Elle n'avait jamais remarqué le micro, caché dans les flocons d'avoine.

Il réécouta l'enregistrement du matin même dans sa voiture, en se rendant au stade où devait avoir lieu le match de Cate.

— T'oublies pas le cadeau pour Lutece, hein, disait Cate.

On aurait dit qu'elle avait la bouche pleine. Les petites filles le dégoûtaient, décidément.

— Je l'ai déjà mis devant la porte pour ne pas risquer de l'oublier, répondait Windy. Écoute, c'est la première fois que tu couches chez une amie. Je me souviens que moi, la première fois, j'ai eu peu… j'ai eu du mal à dormir. Si tu as du mal à t'endormir, ou si tu veux quoi que ce soit, appelle-moi et je viendrai te chercher.

Comme c'était intéressant, pensa Harry. Cate allait dormir chez une amie, sans doute avec d'autres camarades. Une maisonnée pleine de petites filles. Ce serait un vrai défi, pour lui. Et une affaire comme celle-ci fascinerait à coup sûr Windy. Mais il lui faudrait racheter de l'adhésif.

— J'ai pas peur, maman, disait Cate.

— Je n'ai jamais dit ça. Je veux juste que tu saches que tu peux m'appeler.

— On va manger de la pizza.

Harry se demanda ce qu'éprouvait Windy à l'idée que la pizza puisse remplacer son amour. Il avait attendu que Cate et Windy soient sorties de la maison pour passer prendre la cassette, si bien qu'il arriva dix minutes après elles au stade. Il aperçut Windy qui cherchait une place dans les gradins, et Cate qui lui disait quelque chose avant de partir rejoindre les autres fillettes en courant.

Aujourd'hui, Windy avait décidé de jouer les mères parfaites. Elle se débrouillait bien, mais n'arrivait pas à être naturelle, comme les autres mères. Elles, elles auraient donné leur vie pour leurs enfants. Windy essayait de garder sa vie *et* d'élever son enfant.

C'était amusant de l'observer, pensa Harry tandis que le match se déroulait. Elle avait complètement oublié où elle se trouvait, était prise par l'action et hurlait, gesticulait pour encourager Cate chaque fois qu'elle touchait la balle, même si elle ne tirait pas dans les buts, oubliant que ce n'était pas un comportement d'adulte. Les autres mères lui jetaient des regards en coin, surprises par une telle attitude, se demandant si elle avait compris que sa fille n'avait pas marqué. Mais le simple fait de voir Cate faire de son mieux sur le terrain suffisait à son bonheur. Elle était fière d'elle.

Harry savait ce que cela faisait d'être l'objet d'une telle fascination, les yeux de Windy voyant ce que les siens venaient de voir, ses pas suivant les siens, ses gestes imitant les siens, comme une danseuse de talent répétant une chorégraphie bien orchestrée. Fasciner Windy, c'était la dominer. Pour cela, c'était simple, il suffisait de lui donner quelque chose d'intéressant à regarder.

Et il savait qu'il pouvait être bien plus fascinant qu'un match de foot chez les poussins. Il sortit de son appareil la cassette de Windy et Cate pour y mettre l'autre, pesant le pour et le contre à propos de la soirée pyjamas de Cate. Un coup pareil lui assurerait indéniablement l'attention de Windy. Mais ce serait peut-être trop.

Et puis, Cate lui serait utile, d'ici quelque temps.

51

— T'as vu ? T'as vu ? J'ai tapé dans la balle. Et fort !

— Oui ! J'ai vu, c'était super ! Tu t'en es sortie comme un chef, ma chérie. Je suis fière de toi !

Elles sautaient de joie au bord du terrain, juste après la fin du match.

— Mais j'ai pas marqué de but.

— C'est pas grave. La prochaine fois, peut-être. Tu as déjà fait tellement de progrès dans tes shoots ! Je suis épatée.

Un sourire illumina le visage de Cate, et Windy sentit son cœur se serrer. Si seulement Evan avait été là pour voir ça ! Sa fille, sa merveilleuse petite fille. Elle prit Cate dans les bras et la serra contre elle.

— Mamaaaaaan, soupira Cate en se débattant jusqu'à ce que Windy lâche prise. Ça va pas bien ?

— J'arrête. Allez, viens, on va chercher tes vêtements et ton sac dans la voiture pour que tu puisses aller chez Lutece.

— Et le tu-sais-quoi.

— Et le cadeau.

Les parents de Lutece avaient loué une limousine pour conduire les fillettes du stade à la pizzeria, où la soirée devait commencer, et Windy regarda Cate s'engouffrer à l'intérieur, pour resurgir par le toit ouvrant, saluant de la main comme une reine de beauté. Quatre autres fillettes se joignirent à elle alors que la limousine s'éloignait. Windy se retint de lui dire de s'asseoir et d'attacher sa ceinture de sécurité, résista à l'envie de courir après la voiture, de ramener sa fille à la maison et la garder avec elle pour toujours.

C'était la première fois que Cate couchait chez une amie. Elle grandissait tellement vite, pensa Windy, réalisant que la drôle de sensation qu'elle éprouvait venait du picotement des larmes qui mouillaient ses yeux. La dernière fois qu'elle s'était sentie sur le point de pleurer, c'était le premier jour de Cate à la maternelle. En voyant Cate prendre la main de sa maîtresse et rejoindre les autres enfants dans l'aire de jeux sans même se retourner, elle avait ressenti un mélange de solitude et de vide. Elle éprouvait la même chose aujourd'hui.

C'était absurde, parce qu'elle n'était pas seule. Il y avait des dizaines de mamans autour d'elle, elle était fiancée à un homme génial et avait une vie agréable, bien remplie. Pourtant, quelque chose d'immature en elle regrettait que Cate n'ait pas décliné l'invitation de son amie pour passer la journée avec sa mère à acheter des plantes pour le jardin, à sculpter des citrouilles ou à préparer des lasagnes. Même si elle ne savait pas comment faire des lasagnes.

Elle avait éteint son portable pendant le match – Bill aurait été fier d'elle –, et lorsqu'elle le ralluma, il lui signala qu'elle avait un message provenant d'un numéro à Las Vegas qu'elle ne reconnut pas. Appuyée contre sa voiture, les yeux fermés, le visage offert au soleil, elle composa le code de sa boîte vocale et attendit.

— Allô, dit une voix de femme. Je m'appelle Kelly O'Connell. Je suis avec le Briseur de Ménages. Je vais mourir parce que j'ai été une mauvaise fille. Merci. Et dites à Kurt, mon mari, que j'espère…

Silence.

52

— Je suis presque sûr qu'il est crypté, dit Ash en écoutant le message pour la quatrième fois.

Au volant du 4×4 de la brigade, Jonah quittait le stade pour se rendre à l'adresse qui correspondait au numéro de téléphone d'où avait été passé l'appel. La patrouille arrivée en premier avait lancé un appel radio pour un homicide, victime de sexe féminin. À première vue, cela ne faisait aucun doute : il s'agissait d'une nouvelle victime du Briseur de Ménages. Une équipe de la police scientifique devait les retrouver sur place.

— Si je n'avais pas éteint mon portable, on l'aurait retrouvée plus tôt. À temps, peut-être, dit Windy, assise à l'arrière.

Il était midi. L'appel était arrivé à 10 h 30.

— Pas sûr, répondit Ash. Ève maîtrise absolument et parfaitement ses actes, elle n'aurait pas laissé une chose pareille arriver. Et vous avez le droit d'éteindre votre téléphone. On est samedi, Windy.

— J'aurais dû le laisser allumé.

Ash se retourna et la fixa jusqu'à ce qu'elle le regarde.

— Vous vous trompez, et dès qu'on aura un peu de temps, je veux qu'on discute de ça. Pour l'instant, vous devez lâcher du lest, sinon vous allez craquer. Or, c'est sans doute exactement ce qu'elle cherche à faire : vous déstabiliser. Vous devez surmonter ça et consacrer toute votre énergie à ce que cet appel peut nous apprendre.

— Vous avez raison.

Windy lui était reconnaissante de son soutien et de son conseil avisé. Elle devait se concentrer sur le plus important. Elle ne pourrait plus faire son boulot correctement si elle y mêlait des sentiments personnels.

— Dites-moi pourquoi vous pensez que cet appel est crypté.

— Vous avez entendu ce frottement, en bruit de fond, comme si Kelly lisait quelque chose ?

— Oui. C'est peut-être un signe d'escalade. Ève cherche à dominer plus encore ses victimes en obtenant d'elles qu'elles disent ce qu'elle décide de leur faire dire, même à la police. Évidemment, ça peut être aussi elle qui parle et se fait passer pour Kelly.

— J'ai demandé à Pete, au labo audio, de comparer cette voix à celle des répondeurs d'Ève, chez elle et à son restaurant. Pour l'instant, il ne pense pas que ce soit la même. Ce genre d'escalade, avec le message à Kurt... est-ce que ça ne suggérerait pas qu'Ève ne cherche pas seulement à favoriser les hommes d'une famille, mais aussi à obtenir leur attention ?

Dans l'esprit de Windy, le dernier message de Kelly repassa aussitôt, cette phrase interrompue, ce qu'elle voulait dire à Kurt, les derniers mots qu'elle aurait aimé qu'il entende d'elle. Seigneur, elle savait tellement ce que cela faisait, ce que l'on ressentait quand une relation s'arrêtait sans crier gare.

— Ce n'est pas seulement une question d'attention. C'est une question de punition. Kurt va passer les mois à venir à essayer de trouver les mots qui auraient dû terminer la phrase de Kelly, à se demander ce qu'elle lui aurait dit si on lui en avait laissé la possibilité, à écrire et réécrire l'histoire de leur couple sous l'angle de cette seule phrase restée en suspens.

Certains silences, Windy était bien placée pour le savoir, étaient pires que des cris.

Elle regarda par la vitre le paysage qui défilait, les gens qui vaquaient à leurs occupations du week-end. Qui parmi eux avait sur la conscience la mort d'une femme parce qu'il avait éteint son portable ?

Elle avait hâte d'arriver sur la scène de crime.

53

La première chose que remarqua Windy dans la maison des O'Connell, ce fut sa perfection. Le couple avait emménagé deux mois plus tôt, mais Kelly, enceinte de six mois de son premier enfant, avait déjà pratiquement fini l'installation de la chambre du bébé. C'était Marie, la sœur de Kurt O'Connell, qui avait expliqué cela à Windy, juste après que Kurt était rentré chez lui, forçant le passage en pestant et en demandant ce que les flics foutaient à…

Il s'était arrêté net devant le corps sans vie de son épouse.

Un urgentiste avait dû lui passer une dose quasi mortelle de tranquillisant dans les veines avant qu'il ne se calme.

Kurt travaillait pour un des plus grands casinos de la ville. C'était le bras droit d'un homme chargé de faire venir de gros parieurs. Il était rentré dans l'après-midi d'un voyage d'affaires à Taïwan d'une semaine. Aucune des réceptionnistes de jour ne se souvenait de quelqu'un qui aurait posé des questions sur son emploi du temps, et la police terminait d'interroger le personnel des équipes de nuit.

Il ne faisait aucun doute que Kelly avait été tuée dans sa chambre, à genoux à côté de son lit, sa tête coupée à l'aide d'un couteau de boucher, comme les autres victimes, son assassin portant les chaussures et la chemise de Kurt. Sur la table de nuit, on distinguait un espace de forme octogonale épargné par les éclaboussures de sang, de la même dimension que chez les Waters et les

Johnson. Des miettes de pain visibles sur ses gencives et sous un de ses ongles prouvaient qu'elle avait pris son petit déjeuner, comme les autres victimes. Partout régnait l'odeur du détergent. L'alliance de Kelly avait disparu.

Kelly O'Connell avait consacré son temps à faire de sa maison un intérieur modèle, digne d'un catalogue chic, dans un style que Brandon aurait qualifié de BCBG. Le canapé était beige, les chauffeuses le complétaient avec leurs rayures marron et vertes. Sur l'une d'elles se trouvait un petit coussin brodé au point de croix, avec l'inscription : « Cette fois, c'est pour de vrai. »

Des photos noir et blanc de Paris – qu'aucun des O'Connell n'avait prises, Windy l'aurait parié – étaient accrochées au-dessus du canapé, de fausses fougères occupaient les coins de la pièce, et la table basse avait ce que les décorateurs appelaient « des pieds finition bronze antique ».

Brandon avait interdit l'introduction de tout ce qui aurait pu avoir une « finition antique » chez Windy. « Soit tu as les moyens du vrai ancien, soit tu optes pour le moderne » était sa devise.

Avec le seul salaire de Kurt, les O'Connell n'auraient pas eu les moyens du vrai ancien, mais Kelly avait fait de son mieux pour réaliser ce qu'elle imaginait être un vrai intérieur d'adultes, avait expliqué sa belle-sœur aux enquêteurs. Elle avait fait toute la décoration elle-même, accordant une attention méticuleuse au moindre détail. Des traces du passage d'un aspirateur, dans le couloir, indiquaient de quelle façon Kelly avait vécu les derniers moments de sa vie, un dernier hommage au foyer qu'elle chérissait tant.

— Épouse, femme au foyer, future maman. Kelly était l'archétype de tout ce qu'Ève n'est pas, dit Windy à Ash.

— C'est peut-être pour cela qu'Ève s'est un peu acharnée sur elle.

Ils avaient eu un choc en retournant le corps de Kelly. Contrairement aux autres victimes, Kelly avait été brutalement poignardée, frappée, lacérée. Il y avait une goutte de sang sur son gros orteil, propre par ailleurs. Cela ressemblait à une coulure accidentelle, mais les autres marques, elles, étaient bien intentionnelles. Windy s'agenouilla et passa un doigt sur les cils de Kelly.

— Elle ne porte pas de mascara, dit-elle comme si elle se parlait à elle-même.

— C'est important ? demanda Ash.

— Cela ne fait que confirmer un peu plus que la liste de courses d'hier était bien celle d'Ève. Il y a des traces de mascara noir sur le téléphone. S'il ne vient pas de Kelly, il vient forcément d'Ève.

— Vous n'avez pas l'air très convaincue de ce que vous dites.

— Si, si. Je suis convaincue. Comment pourrait-il en être autrement ? Tous les indices concordent. Je crois que je suis juste un peu perdue. Et puis, sans enfant ni personne à utiliser comme moyen de pression, je n'arrive pas à comprendre comment Ève a pu forcer Kelly à prendre son petit déjeuner avec elle.

Toujours à genoux, Windy examina les lacérations sur le bras de Kelly, puis écarta délicatement les pans du peignoir que portait la jeune femme. Un petit couteau – un couteau à beurre – avait été planté dans son cœur. Des cure-dents étaient plantés dans ses yeux, et son nez avait été coupé.

— Toutes ces blessures ont été infligées *post mortem*, dit Windy en secouant la tête.

— Kelly O'Connell était un peu plus jeune, mais de toutes les femmes victimes d'Ève, c'est la seule qui ressemble un peu à…

Les yeux d'Ash se posèrent sur Windy.

— … à vous. Et à Ève.

— Que voulez-vous dire ? Qu'Ève envisage de se suicider ?

— De tuer l'idéal qu'elle aimerait être, plutôt. C'est ce qu'on a depuis le départ : de la violence contre des femmes, contre la femme qu'elle n'arrive pas à être.

— Vous suggérez que ses victimes femmes pourraient être ses remplaçantes ?

— Exactement. On s'est concentrés sur la façon dont ces meurtres affectaient les hommes concernés, mais peut-être qu'ils remplissent aussi cette autre fonction : tuer l'Ève idéale. Et peut-être qu'à chaque meurtre, elle éprouve une rage encore plus grande envers elle-même.

— Donc, comme on en discutait hier, cela pourrait induire un changement de mode opératoire. Vous avez pu savoir si sa famille avait habité dans cette maison ?

— Pas encore. Pourquoi ?

— Et si elle s'intéressait moins à des familles, aux maisons dans lesquelles elle a vécu, pour s'attaquer directement aux femmes ? Aux femmes comme elle…

« Comme moi », eut envie de crier Windy, luttant pour que le tremblement de ses mains se calme.

— Voilà une perspective peu réjouissante.

« Concentre-toi sur la scène de crime, s'ordonna-t-elle. Sois professionnelle, ne te laisse pas impressionner, ne baisse pas la garde. »

Elle regarda le visage défiguré de Kelly O'Connell et dit :

— J'ai une nouvelle pour vous. Je crois que je viens de trouver comment Ève a fait pour que Kelly reste tranquille au petit déjeuner.

54

Les premiers mots du docteur Bob, à 17 heures ce même jour, dans la salle d'autopsie surchauffée, confirmèrent ce que pensait Windy. La légiste désigna d'un doigt ganté de latex les marques apparues dans le cou de Kelly O'Connell une fois le sang nettoyé.

— On s'est servi d'un collier étrangleur pour maîtriser la victime.

— Un collier pour chien ou pour adeptes du sadomasochisme ? demanda Ash, pour pouvoir envoyer ses enquêteurs sur la bonne piste.

— Pour les pratiques SM, en général, les gens préfèrent des chaînes plus grosses, plus spectaculaires. En l'occurrence, il s'agit d'une chaîne pour chien on ne peut plus banale, plaquée aluminium. J'en ai retrouvé un éclat dans ses cheveux.

— Mais elle n'a pas été étranglée avec ça, n'est-ce pas ? demanda Windy.

Le docteur Bob secoua énergiquement la tête.

— Ah, ça, non. Elle n'est pas morte étouffée. On a utilisé le collier seulement pour la faire obéir.

— Vous aviez raison, dit Ash à Windy. Ève s'en est servie pour lui faire faire ce qu'elle voulait.

— Des fibres se sont incrustées dans sa peau, poursuivit le docteur Bob. Du satin blanc. À première vue, c'est la même chose que ce que vous aviez retrouvé sur la première scène de crime, mais il faudra néanmoins en demander confirmation au labo. Et un cheveu. Qui n'est pas à la victime.

Elle tendit les deux pochettes en plastique transparent contenant les indices à Windy.

Cette dernière aurait voulu partir en courant pour les porter elle-même au labo, pour quitter cette pièce, mais elle tendit les pochettes à un technicien et se força à rester jusqu'à la fin de l'autopsie. Lorsque le téléphone d'Ash sonna, elle le regarda avec envie sortir pour répondre. Il revint quelques minutes plus tard. Nick Lee, par un de ses contacts au service de l'eau, avait eu confirmation que la famille d'Ève avait bien vécu dans Cottonwood Avenue.

— Comme ça, on sait qu'elle s'en tient à ses anciennes adresses, au moins, dit-il à Windy.

Le docteur Bob tournait autour du cadavre, pesait les différents organes, dictait des notes.

— Jolis petits poumons bien roses. Ça ne devait pas faire très longtemps qu'elle vivait à Las Vegas. Et ça, c'est intéressant.

Elle leva les yeux vers Ash et Windy.

— Il semblerait qu'elle ait petit-déjeuné deux fois.

— Deux fois ? Vous voulez dire en doublant les portions ? demanda Ash.

— Non. Je veux dire à deux reprises, avec un intervalle de trois à quatre heures, le dernier petit déjeuner ayant été pris très peu de temps avant la mort.

— Ève l'a torturée suffisamment longtemps pour que la faim revienne, supposa Ash.

— Ou peut-être que la première fois n'a pas satisfait Ève, objecta Windy. Peut-être que sans autres personnes à menacer, elle n'a pas ressenti un plaisir adéquat.

— Vous pouvez nous donner une heure de décès ?

Le docteur Bob vérifia les différents thermomètres plantés dans les organes qu'elle avait retirés, puis se pencha sur le corps.

— C'est difficile à dire. Ça dépend de la température.

— Le thermostat de la maison était réglé sur 22 °C, dit Windy.

Le docteur Bob secoua la tête.

— Non, je ne parlais pas de cette température-là. Je parlais de celle du congélateur dans lequel a été entreposé le corps.

Windy crut avoir mal entendu.

— Je vous demande pardon ? Vous avez dit « congélateur » ?

— Oui. Cette femme a été congelée. Sans doute pendant au moins une journée. Il faut que j'examine au microscope les cristaux de glace relevés sur son cœur. Regardez ça…

La légiste montra quelque chose qui complétait son explication, mais ni Ash ni Windy n'y prêtèrent attention.

Cette fois, ils étaient bien réveillés tous les deux, et leurs regards se croisèrent juste au-dessus du corps.

— Le message sur mon répondeur, c'était un enregistrement, lâcha Windy d'une voix blanche.

— Mais, bon Dieu, qu'a fait Ève dans cette maison avec un cadavre congelé pendant vingt-quatre heures ?

— Au moins, précisa le docteur Bob.

Déjà, Windy se dirigeait vers la porte en ôtant ses gants. Elle lança avant de disparaître :

— Je n'en sais rien, mais je vais trouver.

— Les toilettes ? Juste derrière vous.

55

Harry terminait d'écrire « Ève : poil pubien » sur l'enveloppe et allait sortir lorsqu'il vit la berline banalisée se garer devant la maison des O'Connell et Windy en descendre. Presque aussitôt, le coupé sport d'Ash Laughton arriva dans l'autre sens et alla se garer un peu plus loin. Que diable fichaient-ils ici ?

Ils auraient dû en avoir fini depuis longtemps avec la maison. Il avait passé tout le début de l'après-midi, pendant qu'ils étaient là, à rattraper le retard pris dans l'étiquetage de ses prélèvements – « Ève : cheveux », « Ève : poil du bras », « Ève : ongle gros orteil », « Ève : fil dentaire », « Ève : mégot de cigarette avec rouge à lèvres/avec brillant à lèvres/sans rien ». Mais maintenant, il avait des choses à faire, il fallait qu'il sorte. Il se fichait qu'on le voie près de la maison, à vrai dire, il pouvait toujours expliquer qu'il avait coupé par là en pensant que la maison était vide, n'importe quoi. Mais il ne pouvait pas prendre le risque que Windy le voie. Ça ficherait tout en l'air.

Windy sortit une mallette de son coffre, puis Ash la rejoignit et prit un gros sac polochon et une boîte noire, comme s'ils retournaient examiner la scène de crime sous toutes les coutures. Il n'aimait pas les voir ensemble. Il voulait que Windy fasse cela seule, tente de reconstituer ce qui s'était passé, ressemble à Ève quand elle avait essayé de comprendre. La présence d'Ash était une distraction pour elle. Pour Harry aussi, d'ailleurs.

Il fouilla sa mémoire, se demandant ce qu'il aurait pu oublier là-bas, un indice qu'il aurait, malgré ses précautions, laissé derrière lui, mais ne trouva rien. Il avait pris un risque en passant plus de temps avec Kelly, en se livrant sur elle à des expériences, et le fait que Windy soit restée si longtemps dans la cuisine, cet après-midi, l'avait rendu un peu nerveux, mais il avait réussi à se calmer, à se convaincre que tout allait bien. Et voilà qu'elle revenait, et l'angoisse avec elle. Avait-il oublié quelque chose ? Elle semblait attacher plus d'importance à tout, passait beaucoup plus de temps ici qu'elle n'en avait passé sur les autres scènes de crime. Il n'aurait jamais dû emmener Ève là-bas. Mais bon, les seules traces qu'elle avait pu laisser n'étaient que quelques cheveux supplémentaires, dans la mesure où elle était presque nue.

À cette idée, il se sentit mieux. Un peu. Mais il ne pouvait s'empêcher de penser que Windy lui échappait. Il avait laissé tout ce dont elle avait besoin bien en évidence, avec quelques surprises en plus – comment avait-elle pris le fait que le corps de Kelly avait été congelé ? Mais ce qu'elle faisait maintenant n'était pas du tout ce qu'il voulait qu'elle fasse. Elle désobéissait.

Il allait devoir agir, c'était indéniable. Il fallait trouver un moyen de la déstabiliser, pour qu'elle vienne à lui. Pour qu'elle ait besoin de lui.

56

Quand Ash et elle remontèrent l'allée, vers 20 h 30, Windy s'attendit presque que les agents qui montaient la garde devant la maison des O'Connell leur demandent : « Qui va là ? » tant ils semblaient sérieux.

— Ce n'est que nous, Veronica, dit Ash à l'agent Franca.

Il l'avait appelée par son prénom, songea Windy, avant de s'en vouloir de l'avoir remarqué.

Elle avait décidé de ne pas demander à Ned, ni à Larry de renoncer aux projets qu'ils avaient peut-être pour ce samedi soir, en partie par compassion, mais aussi parce qu'elle avait envie de procéder seule. Ou presque. La compagnie d'Ash ne la gênait pas.

Ils trouvèrent facilement le congélateur dans lequel le corps de Kelly avait séjourné, derrière la maison. C'était un vieux modèle, volumineux. Windy l'examina rapidement, ne constata rien de particulier et décida de le laisser à Ned ou à Larry. Elle savait qu'elle allait un peu trop vite, mais elle avait envie de passer à la maison. De comprendre ce qu'Ève avait fait pendant ces vingt-quatre heures.

— C'est la première fois que je suis technicien sur une scène de crime, lui dit Ash comme ils pénétraient dans la maison plongée dans l'obscurité. Vous allez devoir me donner des instructions très précises.

— Ne touchez à rien, ne vous appuyez à rien, ne bougez rien.

— OK. Je devrais pouvoir y arriver.

Windy s'arrêta dans l'entrée, sentit Ash derrière elle, présence réconfortante, et se demanda par où commencer.

Sois Ève. Que ferait Ève ?

— Elle fait la vaisselle après avoir tué, dit-elle, se parlant à elle-même. Je suppose que c'est ce qu'elle a fait ici, juste après. Effacer les traces du petit déjeuner est la partie la plus cruciale, la plus récurrente de ses meurtres.

Ash hocha la tête, attendant qu'elle continue.

— Si c'est ce qu'elle a fait, et si elle a mis des gants, et si on a de la chance, on trouvera peut-être des empreintes.

— Malgré les gants ?

— Le savon abîme le latex. Mais ce ne sont pas les empreintes qu'on peut trouver qui m'intéressent le plus. Ce sont plutôt des traînées. Je veux savoir tout ce qu'elle a touché exactement.

— On cherche quelque chose en particulier ?

— Une porte. Au figuré. Une porte ouvrant sur le passé d'Ève. Quelque chose dans cette maison l'a incitée à rester. Espérons que cela expliquera pourquoi elle a aussi été beaucoup plus violente ici.

Windy demanda à Ash de passer à la poudre toutes les surfaces du salon qui ne l'avaient pas encore été et se mit au travail dans le couloir. Ash découvrit rapidement de magnifiques empreintes sur le chambranle de la porte, mais elles étaient si bas que Windy en déduisit qu'elles appartenaient probablement à un des urgentistes qui étaient venus constater le décès. Ils les relevèrent malgré tout, parce qu'on ne savait jamais, un tueur qui ne laissait jamais d'empreintes pouvait toujours commencer un jour. Tout en travaillant, ils jouèrent à « Quel est cet air ? », jusqu'à ce qu'Ash coince Windy sur *MacArthur Park*.

— Ça ne compte pas, l'introduction musicale n'a rien à voir avec la chanson qui suit.

— Ah, bon, parce que *The rainbow connection* a à voir avec ce qui suit, peut-être ?

— Là, je dois dire que ça m'en bouche un coin, que vous connaissiez celle-là. Je pensais que devoir regarder *The Muppet Movie* trois fois par semaine parce que c'est le film préféré de Cate aurait au moins eu un avantage.

— Elle a très bon goût, en cinéma, Cate.

— Elle tient de son père. Une bande originale un peu sirupeuse, et hop, c'est plié. Chaque fois qu'*Annie* passait à la télé, Evan était scotché devant. Il y avait ça, et les documentaires sur la planche à voile.

— *Annie*, ça va encore. Mais je préfère quand même la planche à voile. Vous avez essayé ?

— Deux ou trois fois, avant la naissance de Cate. Après, ça me semblait trop risqué.

Ils travaillèrent en silence un moment, jusqu'à ce que Windy déclare :

— Evan est mort en faisant de la planche à voile.

Pourquoi lui disait-elle cela ? Elle ne parlait plus jamais d'Evan avec personne.

Ash s'interrompit et la rejoignit dans le couloir. Elle était assise par terre et fixait la moquette beige. Il s'approcha d'un pas hésitant, comme s'il ne voulait pas s'imposer, envahir son espace, et s'arrêta à deux pas d'elle.

— Windy, je… je suis désolé. Ce doit être tellement dur…

— Quand ils ont retrouvé son corps, il souriait. Les gens n'arrêtaient pas de me dire que je devais être contente, parce qu'il semblait heureux. Il avait dû s'éclater comme un fou, sur sa planche.

— Les gens sont bêtes, parfois.

Elle avala la boule qui lui serrait la gorge et leva les yeux vers Ash, avec ses grandes mains au bout de ses bras ballants, l'air mal à l'aise, mais qui pensait à ne pas s'appuyer contre la porte et la soutenait d'un regard chaleureux. Elle réalisa que lorsqu'il la regardait, elle se sentait bien, puis se dit qu'il faisait probablement cet effet à toutes les femmes.

— Enfin, bon… c'est fini, tout ça, dit-elle en haussant les épaules. Cette partie-là de ma vie, en tout cas. Pour ce qui est du présent, je pense avoir trouvé ce que je cherchais.

« Moi aussi, je pense que j'ai trouvé », songea Ash.

Il regarda autour d'eux dans le couloir et vit une longue trace sur le mur blanc et propre.

— Ce sont des traces de doigts ? demanda-t-il.

— En quelque sorte. Ève a laissé traîner ses doigts le long de ce mur. Mais ce n'est pas le plus important. Ce que je cherchais était là dès le départ.

— Où ça ?

— Cet après-midi, j'ai remarqué les traces du passage de l'aspirateur sur la moquette dans le couloir, mais j'étais si préoccupée par l'idée qu'Ève allait s'en prendre à moi ensuite que j'ai cessé de raisonner comme une scientifique. Vous devriez me virer.

— C'est trop de paperasse. Vous restez. Que vous disent les marques d'aspirateur ?

— Ils me disent quand l'aspirateur a été passé. Vous voyez ces gouttes de sang ?

Windy pointa un doigt en direction de petits points couleur rouille sur la moquette beige. Les numéros posés à côté par les techniciens de la police scientifique, pour prendre des photos et tenter d'établir une chronologie des faits, n'avaient pas bougé.

— Celle-ci, dit Windy en allant se placer à côté du numéro trois, n'est pas nette, comme si on avait passé quelque chose dessus. Le gros orteil de Kelly avait une tache de sang dont nous avons établi qu'elle correspondait à cette goutte, ce qui nous indique qu'Ève a tiré le corps de la chambre jusqu'au salon.

— Comme pour les Waters.

— Oui, mais ici, il n'y a pas de traînées de sang par terre. Sur la victime, le sang a été étalé, mais sur la moquette, rien, hormis les traces de l'aspirateur. Ce qui signifie que l'aspirateur a été passé après que le corps a été traîné dans le salon. Par Ève.

— Pourquoi ?

— Pour se débarrasser de ça.

Windy passa un doigt sur la plinthe et le montra à Ash. Il était couvert d'une poussière blanche.

— La maison a été repeinte avant que les O'Connell emménagent, il y a deux mois, et celui qui a fait ça a utilisé de la peinture bon marché. Quand Ève a soulevé la moquette...

— Elle a soulevé la moquette ?

— Oui. Et ce faisant, elle a arraché une écaille de cette peinture blanche qui avait cloqué. On voit que le bois est légèrement éraflé en direction de l'entrée. Mais les éraflures s'arrêtent là. Et c'est là qu'il se trouve.

À l'endroit où elle était assise.

— Quoi ?

Windy se leva, alla jusqu'au bout du couloir et tira sur la moquette. Elle céda facilement, n'étant plus fixée, et Windy la roula jusqu'à l'endroit où elle avait été assise.

— Ça, dit-elle en montrant un plancher en chêne taché, abîmé et une trappe. Ce quartier a été construit dans les années cinquante et, à l'époque, les maisons étaient livrées avec ce que l'on considérait comme indispensable. Un abri antiatomique. Dans les années soixante, les gens les ont aménagés en sous-sol ou en salle de jeu.

Quatre trous comblés au mastic et des traces de rouille indiquaient l'endroit où avait autrefois été fixé quelque chose de métallique, probablement un gros cadenas. Windy posa les doigts dessus et déclara :

— À mon avis, quand Ève habitait ici, cet abri-là a été transformé en une sorte de prison.

La première chose que remarqua Ash lorsqu'ils ouvrirent la trappe fut l'odeur, qui évoquait un mélange de fruit trop mûr et trop sucré et de barbe à papa.

— Voilà à quoi sert le détergent, dit Windy, sans chercher à cacher son excitation face à une telle découverte.

Allongée sur le ventre, elle se pencha sur l'échelle qui descendait dans le trou pour en saupoudrer les barreaux.

— C'est pour couvrir cette odeur. Elle m'évoque une acidocétose diabétique – c'est ce qui arrive quand certains diabétiques se trompent dans le dosage de leur insuline.

— Cela signifie qu'Ève est diabétique ?

— Probablement. C'est plus courant chez les obèses que chez les anorexiques, mais le fonctionnement chimique de son corps doit être complètement faussé. Je vais en prendre un échantillon pour le labo.

Elle tendit à Ash un petit flacon en verre avec son bouchon, reprit le relevé des empreintes, puis tendit un bras en dehors de l'abri en demandant :

— Appareil photo.

Ash le lui donna et attendit qu'elle ait terminé de photographier la marque sombre à laquelle elle s'intéressait, sur un barreau, pour demander de quoi il s'agissait.

— C'est une trace de pied, dit-elle. Ève a dû descendre là-dedans pieds nus. Évidemment, on n'a pas de fichier d'empreintes de pieds, donc ce n'est pas aussi bien qu'une empreinte de doigt, mais c'est le premier indice physique permettant l'identification que l'on trouve sur une scène de crime. Peut-être cela signifie-t-il qu'elle faisait moins attention, ici, pensant qu'on ne trouverait jamais cet abri.

À l'aide d'une lampe-torche puissante, Windy examina les murs de l'abri, regarda un peu partout. Au bout d'à peine quelques secondes, elle se redressa brusquement dans le couloir en lâchant :

— Merde.

— Quoi ? Qu'est-ce qu'il y a, là-dedans ?

Comment décrire cela ? se demanda Windy. Puis elle secoua la tête et dit simplement :

— Je pense qu'on peut appeler ça l'autobiographie d'un tueur en série.

57

— Quelque chose d'atomique s'est indéniablement produit ici, commenta Ash lorsqu'ils furent tous les deux dans ce qu'ils appelaient déjà « La Fosse ».

Il tenait le projecteur pendant que Windy photographiait les murs. Des murs qui, comme le reste de ce qui se trouvait là, étaient couverts de plusieurs couches de poussière et de toiles d'araignée. Ce qui n'empêchait pas qu'on puisse lire ce qui y était écrit.

Putain de connasse d'ordure de trou du cul salope de merde je te chie à la gueule grosse truie pétasse de fille de pute vache obèse je te tuerai je te tuerai je te tuerai.

Voilà ce que l'on voyait dans le rond de lumière du projecteur, et tous les murs étaient à l'avenant.

Il y avait une table en bois sur un côté de la pièce, et des traces de pas dans la poussière montrant qu'Ève avait marché dans cette direction, mais elle n'avait pas touché aux objets qui se trouvaient dessus. Ils n'avaient sans doute pas bougé depuis qu'elle avait quitté les lieux, plusieurs décennies auparavant. Trois têtes de poupée, posées sur la table, face à une chaise. Trois têtes dont l'une n'avait plus de nez.

— Je me demande si c'est là qu'elle a eu l'idée du traitement qu'elle allait infliger à Kelly, dit Ash en regardant les deux autres têtes.

L'une d'elles avait les yeux arrachés, et l'autre avait été frappée à plusieurs reprises avec ce qui ressemblait beaucoup à un marteau, à en croire les marques laissées par les coups.

Ils suivirent les pas d'Ève dans la pièce, jusqu'à une fenêtre condamnée par une planche de bois. La planche et les clous étaient vieux, mais lorsqu'ils tirèrent dessus, l'ensemble se désolidarisa du mur instantanément, comme s'il n'avait été que posé là.

— Ève a dû sortir par là, aujourd'hui, dit Windy.

Dehors, juste devant la fenêtre, étaient plantés des buissons, ce qui expliquait qu'ils n'aient pas remarqué le soupirail de l'extérieur. Mais quand Windy les écarta, ils virent très bien la maison voisine, plongée dans l'obscurité.

— Il n'y a pas de panneau « Défense d'entrée » ou « Propriété privée » devant cette maison, dit Ash. Et pendant l'enquête de voisinage, tout à l'heure, l'agent de sécurité qui patrouille dans le quartier a dit à nos hommes que le propriétaire était en voyage. Pour Ève, il était facile de passer par là sans être repérée.

Windy hocha la tête. Cette maison était un peu plus basse que celle dans laquelle ils se trouvaient. Donc, de l'endroit où elle se tenait, en plein jour, on devait sans doute voir dans les pièces de la maison voisine.

— Je parie que quand elle était enfermée, Ève regardait par ce soupirail, observait le monde extérieur et enviait ceux qui y vivaient.

— Un coup à développer une misanthropie galopante, concéda Ash.

Elle était juste à côté de lui devant ce soupirail, lui offrant son profil. Ils étaient si proches que leurs bras se touchaient presque. Ils se trouvaient sur une scène de crime, dans une espèce de chambre de torture, et la seule chose qui lui venait à l'esprit, c'était qu'il brûlait de lui dire un truc qu'il n'avait jamais dit à personne, « je suis tombé amoureux de vous », en se fichant même de sa réaction, désirant juste qu'elle sache que quelqu'un éprouvait cela pour elle. Bon, d'accord, peut-être que sa réaction lui importait quand même un peu, mais ce n'était pas l'essentiel. L'essentiel, c'était qu'elle sache que quelqu'un la trouvait formidable.

Et il dit :

— Vous ne sentez pas la peinture ? La peinture fraîche ?

Windy ferma les yeux un instant, renifla, puis rouvrit les yeux.

— Oui. Ça vient de là-bas.

Elle dirigea la lampe-torche vers un coin du mur qui les traitait de « grosses guenons salopes baisées de merde », mais en bas duquel les toiles d'araignée avaient été retirées et où l'on distinguait un carré de peinture beige fraîche.

— Qu'est-ce qu'elle pouvait bien avoir à cacher qui soit pire que tout ça ? demanda Ash.

Windy secoua la tête.

— Il va falloir attendre demain, que quelqu'un puisse venir retirer la couche de peinture sans abîmer ce qui est écrit dessous.

— Pas question. Il se trouve que je m'y connais un peu en peinture, et si elle s'est servie de la peinture qui est en haut, je vous enlève ça en deux minutes.

— Vous êtes sûr ?

— Oui. J'ai une technique spéciale.

Il prit le tissu propre que Windy trouva dans sa mallette, cracha dessus et se mit à frotter.

— Technique spéciale, vraiment, marmonna-t-elle, debout derrière lui, persuadée que ce n'était pas une bonne idée.

Préférant ne pas le regarder massacrer sa scène de crime, elle se concentra sur la littérature bien particulière qu'offraient les murs, « grosse pute pompeuse de jonc connasse au groin de truie », jusqu'à ce que ce soit au tour d'Ash de lâcher :

— Merde.

Windy regarda par-dessus son épaule. Un cœur, qui semblait avoir été dessiné puis redessiné à plusieurs reprises, entourait les mots « Ève + Harry ». En dessous était écrit : « Pour toujours. »

— Vous pensez que c'est le même Harry que celui dont parlait l'adjointe du gérant du restaurant ? demanda Windy.

— Si c'est lui, je crois qu'on a trouvé le déclencheur qu'on cherchait. Dans la mesure où ce truc a été recouvert au cours des dernières quarante-huit heures, je dirais qu'Ève essayait d'effacer Harry de son existence. La rupture a dû être rock'n'roll.

58

Il était 22 heures passées quand Ash et Windy en terminèrent avec La Fosse et refermèrent la maison des O'Connell. Une fois dehors, ils échangèrent quelques mots dans l'allée, profitant de l'air frais, avec, pour l'un comme pour l'autre, le sentiment qu'ils venaient de vivre un peu plus qu'un simple examen de scène de crime.

— Demain, j'enverrai quelqu'un éplucher tous les annuaires des écoles qu'Ève a fréquentées, pour voir si on trouve la trace de ce Harry, dit Ash. Vous avez eu raison de vouloir revenir ce soir.

— On n'est pas sortis d'affaire. Je suis curieuse de savoir ce que le labo pourra tirer de l'échantillon d'air. Si Ève est diabétique ou souffre d'une maladie chronique, cela pourra peut-être nous aider à retrouver sa trace.

Ash plongea les mains dans ses poches, comme un adolescent un peu maladroit qui hésite à embrasser une fille, mais dont le corps tout entier hurle « oui ». Puis il ressortit ses mains et les tendit à Windy, ouvertes. Elles contenaient quatre paquets de Pop Rocks.

— Je les avais pris pour après l'autopsie.

Cette attention lui valut un sourire. Leurs doigts s'effleurèrent quand Windy prit les deux paquets qui lui revenaient.

Elle en ouvrit un aussitôt, le vida dans sa bouche.

— Merci, Ash. Grâce à vous, ma soirée aura été super.

Et dans son regard, il crut lire que peut-être, elle ne serait pas opposée à ce qu'il l'embrasse, juste sur la joue, par exemple.

Un des agents chargés de monter la garde apparut alors derrière eux, faisant sa ronde.

— Ah, chef… Madame. J'espère que je n'interromps rien, dit-il, comme pour les faire culpabiliser tous les deux.

— Non, dit Ash. Nous partions.

Windy se baissa, prit sa mallette, et ils descendirent l'allée côte à côte.

— Si vous avez envie de changer de boulot, un jour, je pourrai peut-être tirer quelques ficelles en votre faveur, dans ma boutique.

Ash rit.

— Vous vous mouilleriez pour moi auprès du patron ?

— Vous êtes très doué.

— Je trouve qu'il y a quelque chose de très excitant à voir une scène de crime révéler ses secrets ainsi.

— Je vois tout à fait ce que vous voulez dire. C'est pour ça que je fais ce boulot. Peu de gens le comprennent. Pour beaucoup, c'est juste dérangeant.

Ils étaient sur le trottoir, maintenant. Windy avait pris une des voitures du service, sur le parking du bureau, lorsqu'elle était allée chercher son matériel après l'autopsie. Elle était garée à droite, la voiture d'Ash était à gauche.

— Bonsoir, dit-il sans bouger.

— Bonsoir.

Windy se hissa sur la pointe des pieds, l'embrassa sur la joue et tourna les talons. Elle se dirigea vers sa voiture, le sourire aux lèvres. La tête lui tournait un peu, elle se sentait toute légère.

C'est alors qu'elle vit l'homme avec le passe-montagne jaillir des buissons et se ruer vers elle.

59

Windy se figea. Elle ne bougea pas un cil tandis qu'il posait le canon d'un pistolet contre son cœur et disait :

— Maintenant, tu vas mourir.

Elle resta immobile lorsqu'il se pencha vers elle, son passe-montagne à quelques centimètres de son visage, et ajouta :

— Tu m'as entendu, ma belle ? C'est fini, pour toi.

Elle ne bougea pas plus en réalisant qu'il s'agissait de Roddy Ruiz, qu'il avait une arme, qu'il ne voulait pas tant la tuer que trouver une réponse, mais quel genre de réponse, bon Dieu ? *Et pourquoi est-ce que je n'arrive plus à bouger, qu'est-ce que j'ai ? Qu'est-ce qui m'arrive ?*

— T'essaies de me faire croire que t'as pas les jetons. OK, ma belle, t'as pas peur. Alors, prépare-toi à rencontrer ton créateur.

« Il ne sait pas parler, pensa-t-elle. On se croirait en pleine série B. » Elle refusait de mourir avec des répliques au rabais, mais pourquoi n'arrivait-elle pas à bouger, à faire quelque chose ? Juste pour qu'il sache que...

— Écoute-moi bien, maintenant, salope ! Je vais te buter, là, tout de suite !

Il pleurait sous son passe-montagne, elle le voyait bien. Il avait aussi peur qu'elle, mais il n'était pas pétrifié, lui. Il pouvait bouger. Il pouvait appuyer sur la détente.

— Roddy, dit une voix.

Pas la sienne, Windy en était presque sûre.

Sans ôter son pistolet, Roddy leva les yeux et regarda derrière elle.

— Roddy, tue-moi, plutôt.

La voix d'Ash. C'étaient les pas d'Ash qu'elle entendait dans son dos. Ash qui venait à son secours. Parce qu'elle en avait besoin. Parce qu'elle n'était rien qu'une trouillarde. Elle se détestait.

— Mêle-toi de tes affaires, *cabrón*, dit Roddy.

— Écoute, si tu as vraiment envie de tuer quelqu'un, tue-moi.

— Comment ça, si j'ai envie ? Je vais le faire !

— D'accord. Je me disais juste que... tu vois, quoi... peut-être que tu étais... Mais non, laisse tomber.

— Peut-être que j'étais quoi ?

— Eh bien, je me souviens de toi, j'ai assisté à ton interrogatoire. Tu te rappelles ?

Roddy enfonça le canon de son arme dans la poitrine de Windy.

— Elle m'a mis dedans, cette salope.

— Elle a bien mené sa barque, c'est sûr, reconnut Ash. Mais toi, tu as fait preuve d'un réel courage. Vouloir aller en tôle pour ton oncle, c'était fort, quand même. Il en fallait, des tripes, pour faire un truc pareil.

— Je l'aurais fait si cette *puta* m'en avait pas empêché.

— J'en suis sûr. Et tu sais pourquoi elle l'a fait ?

— Parce que c'est une salope coincée, voilà pourquoi.

— Oh, les salopes coincées, comme tu dis, sont bien trop préoccupées par leur petit bien-être pour se mêler d'affaires pareilles. Non, c'est parce qu'elle a cru que tu étais intelligent.

— C'est ça.

— Si, je t'assure. Elle pouvait comprendre pourquoi tu étais prêt à payer pour ton oncle. Mais elle pensait aussi que tu pouvais t'en sortir bien mieux que ça à l'extérieur.

— Et si j'ai pas envie, de m'en sortir bien mieux que ça ?

— Ça, c'est des conneries, Roddy. Je le sais, et tu le sais. Le temps que ton oncle sorte de prison, tu pourrais avoir fini tes études. Tu pourrais le rendre fier de toi. Plus fier qu'en allant au trou.

— C'est pas moi, ça.

— J'ai vu tes bulletins de notes et les commentaires de tes profs. Je sais que tu t'en sors bien, au lycée.

— Arrête tes conneries. Tu dis ça juste pour m'empêcher de lui faire du mal.

— Surtout en maths. T'es bon, en maths.

Roddy sembla perdre un peu de son assurance.

— OK, je suis bon en maths. Et alors ? Tu crois que je devrais devenir un connard de flic comme toi ?

— Tu rigoles ? Les flics ne gagnent pas assez. Mais tu pourrais devenir médecin. Sauf que, si tu vas en tôle, ça sera plus possible.

Roddy lâcha Windy, la poussa devant lui et pointa son arme droit sur Ash.

— Arrête de m'embrouiller, là ! s'exclama-t-il d'une voix haut perchée. Tu sais rien de moi.

Sans bouger les mains, Ash répondit d'une voix posée :

— Je sais que tu es courageux. Je sais que tu es intelligent. Je sais que tu pourrais m'abattre là, tout de suite, si tu le voulais.

Roddy hocha frénétiquement la tête.

— Exactement, mec. Je peux te buter.

— Mais pourquoi aurais-tu envie de faire une chose pareille ?

Roddy prit son arme à deux mains, visant toujours Ash.

— Moi, je vais te dire comment je vois les choses, reprit Ash d'une voix toujours aussi calme, sans montrer la moindre peur. Tout ça peut se terminer de deux façons. Tu m'abats et tu passes le restant de tes jours en tôle. C'est-à-dire derrière des murs, derrière des barreaux, dans une cellule, avec peut-être une heure de promenade par jour. Avec un peu de chance, tu pourras reprendre tes études, finir le lycée. Mais surtout, et c'est ce qui te prendra le plus de temps, il faudra que tu prouves encore et encore que t'es bien un dur.

— J'ai des protecteurs, à l'intérieur, figure-toi.

— D'accord. Pas de problème. Alors, tu n'auras à le prouver qu'une ou deux fois. Ou alors, tu ne m'abats pas. Tu ne vas pas en tôle. Tu retournes au lycée et tu fais de ta vie un truc vraiment cool. Évidemment, dehors, c'est dur. Il n'y a personne pour te dire ce qu'il faut faire, comment il faut penser, où il faut être. Peut-être que tu penses que ce serait trop dur pour toi.

Imperceptiblement, le pistolet avait commencé à baisser, mais Roddy se reprit, tendit de nouveau les bras. À travers le passe-montagne, il jeta un regard noir à Ash.

— Arrête ton cinéma, mec. Qu'est-ce que t'en as à faire de moi ? Tu me parles comme ça parce que je pointe mon flingue sur toi. Sans pistolet, tu te foutrais royalement de ce que je deviens.

— Pour être tout à fait honnête, je préférerais en effet te parler sans arme.

— Putain, arrête tes vannes, là, ça suffit. Pourquoi tu t'intéresses à moi, alors ?

— Parce que je pense que tu as droit à une chance. Mais peut-être que tu as raison. Peut-être que tu n'arriveras pas à t'en sortir en restant du bon côté. Dans ce cas... d'accord. Tire.

Ash leva les mains.

Roddy pencha la tête sur le côté, pour se gratter la joue contre son épaule.

— Putain, mec, bien sûr que je peux m'en sortir. Je veux pas, c'est tout.

— Alors, tire. C'est un billet express pour le trou, de buter un flic. Et un billet sans retour. T'as plus à t'inquiéter de savoir ce que tu vas faire de ta vie, c'est tout vu. C'est bien ce que tu veux, non ?

— Putain, mais t'écoutes ce que je te dis, oui ? Je pourrais très bien m'en sortir dehors. Je sais comment m'habiller et me faire à bouffer. Je gère, ça.

Ash garda les mains en l'air.

— Mais tu ne veux pas. C'est trop de boulot. Je me trompe ?

— C'est pas ça. Ça me gêne pas. Des fois, même, j'aime bien faire la cuisine.

— Mais tu préférerais avoir quelqu'un qui te dise quand le faire. Quand prendre une douche. Pour ne pas avoir à faire ton propre emploi du temps.

— Non, pas du tout. Je peux me débrouiller, qu'est-ce que tu crois ? Ça fait cinq ans que je vais au bahut sans que personne me demande rien. J'ai pas besoin d'un flic pour me dire que je veux pas me prendre en main.

— OK, je te crois. Tu veux que je me retourne ? Si tu me tires dans le dos, tu y seras encore plus vite, là où tu veux aller.

Roddy leva les mains au ciel, exaspéré, oubliant complètement de pointer son arme sur Ash.

— Putain, mais t'arrêtes avec ça, oui ? Je veux pas te buter.

— Pourquoi ?

— Pourquoi ? Parce que t'es complètement cinglé. Je bute pas les dingues, moi.

— Ça se tient, comme plan de carrière. Je t'avais dit que tu étais intelligent.

— Ça, c'est la vérité, *hombre*.

Cette fois, le pistolet pendait dans sa main.

— Tu habites où ?

Soudain, Roddy retrouva son air de gamin. Il haussa les épaules.

— Dans une famille d'accueil.

— C'est comment ?

— Ça va. Ma mère d'accueil, elle fait des pancakes, au petit déjeuner.

— Tu penses que tu vas pouvoir y rester quelque temps ?

— Ouais, je crois. Ils sont cool. D'ailleurs, je devrais y aller, là.

Il regarda Ash.

— Vous allez me laisser partir ?

Ash regarda Windy, qui fit oui de la tête.

— Oui, dit Ash. Je crois qu'on va te laisser rentrer. Officiellement, on va faire comme si rien de tout ça n'était arrivé. Mais tu as intérêt à te tenir à carreau. Je suis sérieux. Si tu refais une connerie, je le saurai, et je saurai aussi que je me suis planté en disant que tu étais intelligent.

— Bien sûr que je suis intelligent. Plus que toi.

— Peut-être, fit Ash. Au fait, avant que tu t'en ailles, je peux avoir le passe-montagne et le flingue ?

Roddy ôta le passe-montagne et le lança à Ash. Il avait des marques autour des yeux, on aurait dit un clown. Un clown triste.

— Le pistolet ? demanda Ash.

Roddy regarda l'arme, puis Ash.

— Tu n'en as pas besoin, lui dit Ash. Tout le monde peut avoir l'air courageux avec une arme, mais toi, tu n'en as pas besoin. Tu es suffisamment courageux comme ça.

— Alors, pourquoi t'as un flingue, toi ?

— Je suis obligé. C'est le boulot qui veut ça. Mais je ne m'en suis jamais servi.

— Ah, bon ?

— Et je n'ai pas l'intention de m'en servir un jour.

Roddy regarda une nouvelle fois son pistolet.

— Il était à mon oncle.

— Ah. Je comprends pourquoi tu as du mal à t'en séparer, alors.

— Ouais.

— Je ne peux pas te le laisser, Roddy. Ce truc finira par te faire buter, un jour. Si tu veux, je te le garde dans mon propre coffre. Je te donne ma carte, et si un jour tu veux lui rendre une petite visite, tu m'appelles et on prend rendez-vous.

Roddy secoua la tête.

— Je crois pas que je devrais te donner une arme. T'es barge, comme flic. *Loco*.

Ash tendit sa carte. Roddy tendit l'arme. L'échange se fit.

— Hé, ma belle, dit Roddy en se tournant vers Windy. Je suis désolé pour tout à l'heure.

— C'est bon.

— J'étais pas vraiment sérieux. Je t'aurais pas fait de mal. Je voulais juste… je voulais juste parler. Mais j'avais peur que, sans le flingue, tu m'écoutes pas.

— Je crois que je comprends.

— C'est pas ta faute, tu sais. Que Mister X soit en tôle et tout ça.

Roddy regarda Ash, puis revint sur Windy avant d'ajouter :

— Peut-être même que c'est une bonne chose.

— Peut-être même.

— Allez, salut, dit Roddy.

Et il s'en alla.

60

Windy regarda s'éloigner Roddy d'un pas ni chancelant ni arrogant. En marchant, simplement. Elle pouvait de nouveau bouger, mais n'en avait pas envie. Elle n'avait pas envie de faire face à Ash. Elle savait ce qu'il allait dire. Elle n'avait pas été à la hauteur. Comment voulait-elle faire son boulot correctement, si le moindre signe de danger la paralysait ? Comment pouvait-on avoir confiance en elle ?

Elle entendit ses pas, derrière elle, puis sa voix.

— Ça va ?

— Non.

— Écoutez... dit-il.

Et Windy pensa : « Ça y est, ça va être ma fête. »

— Je suis désolé d'être intervenu, continua Ash. Je voulais vous aider, mais je n'aurais pas dû tout prendre en main comme ça. Je peux comprendre que vous m'en vouliez, c'était très maladroit de ma part.

Windy se retourna lentement.

— Ce n'est pas ce qui est arrivé.

— Ah, bon ?

— J'ai paniqué. Il m'a agressée, et je me suis figée. Je n'ai pas été à la hauteur et vous m'avez sauvé la vie.

— Vous pensez ne pas avoir été à la hauteur parce que vous avez eu peur ? C'est un peu normal, de se figer quand un homme vous appuie un pistolet sur le cœur, non ? Je dirais même que c'est la réaction la plus saine, dans ces conditions.

— Vous ne vous êtes pas pétrifié, vous.

— Il ne me visait pas.

Windy secoua la tête.

— Si je ne suis pas capable de me protéger moi-même, je ne peux plus faire ce boulot. Je jette l'éponge.

— Non.

— Si. Parce que je mets en danger tous ceux qui bossent avec moi.

— Parce qu'un gamin armé vous saute dessus ? En quoi est-ce que ça met les autres en danger ?

— Je dois être capable d'assurer ma propre sécurité. Je dois être sûre que je ne vais pas paniquer chaque fois qu'un événement un peu effrayant se produit.

— Durant la semaine que je viens de passer avec vous, une bonne demi-douzaine d'événements effrayants se sont produits, et vous n'avez pas flanché une seule fois.

— Arrêtez vos salades. Hé ! Où allez-vous ?

Les traits d'Ash étaient tendus, et elle réalisa qu'il était réellement en colère.

— Je refuse d'avoir cette conversation avec vous. Vous avez raison. Vous avez été paralysée. Vous êtes la seule personne qui ait jamais réagi comme ça, et vous êtes un danger pour la société.

— Je vous arrête tout de suite, ça ne marchera pas. Vous ne pouvez pas prendre ce ton paternaliste avec moi comme vous l'avez fait avec Roddy.

— Ne vous inquiétez pas. Je ne fais ça qu'avec les gens dont je suis presque sûr qu'ils ne me buteront pas.

— Je n'ai pas d'arme.

— Vous pourriez facilement vous en procurer une.

Windy fit un pas vers lui.

— Vous pourriez me prêter la vôtre.

Il croisa les bras.

— Elle ne vous plairait pas. Elle n'est pas chargée.

— Ah, bon. Alors, si je ne peux pas vous buter, est-ce que je peux au moins vous payer un verre ?

Ash regarda Windy, cherchant à comprendre d'où lui était venu cet élan de colère. Puis il réalisa que le moment où il avait vu Roddy la braquer avait sans doute été le pire de son existence.

Peut-être était-elle réellement un danger pour son entourage.

Elle le regarda à son tour, la tête inclinée sur le côté.

— Alors ? Je peux vous offrir un verre, histoire de faire retomber un peu l'adrénaline ?

« Non, pensa-t-il. Je n'ai pas envie de boire un verre avec toi, Windy. Je veux rentrer avec toi, chez moi, te déshabiller et tenir ton corps contre le mien toute la nuit. »

— Un verre, oui, ce serait pas mal.

Au moins serait-il avec elle.

— Non, reprit-il, j'ai une meilleure idée. C'est Roddy qui me l'a donnée.

Elle le regarda, sceptique.

— Quoi ?

— Des pancakes. On n'a pas dîné, et je meurs de faim. Si vous fournissez le lieu et les ingrédients, je fournis le savoir-faire.

Chez elle, c'était plus sûr. Là-bas, il ne pourrait pas oublier qu'elle était fiancée.

— Vous savez faire la cuisine ?

— Je sais faire les pancakes. Je ne parle pas du mélange tout prêt auquel on ajoute du lait.

Un large sourire éclaira le visage de Windy.

— Des pancakes. D'accord.

— Je suggère qu'on prenne ma voiture. J'enverrai quelqu'un chercher la vôtre demain.

— Vous pensez que je ne suis pas en état de conduire ?

— Je pense que vous n'irez pas assez vite.

Dans la voiture, pendant le trajet, il sentit son regard sur lui. Un regard différent.

— Qu'est-ce qu'il y a ?

— Je me demandais juste comment vous avez su ce qu'il fallait faire avec Roddy. Quels mots utiliser. Vous avez vraiment vu son dossier scolaire ?

— J'aime bien connaître quelques détails sur les gens auxquels mon équipe a affaire. Ça me semble plus poli.

— Ce n'est pas pour cela que vous le faites.

— En tout cas, ce soir, ça m'a été bien utile.

Elle le fixait toujours.

— Vous étiez impressionnant. Tellement calme, disant ce qu'il fallait dire. Vous avez eu une formation en négociation ?

— Non, mais j'ai été un ado de quinze ans qui se sentait seul.

— Il est arrivé quelque chose dans votre famille quand vous aviez quinze ans ? Vos parents ont divorcé ?

Elle secoua la tête.

— Pardon, je me mêle de ce qui ne me regarde pas. Je ne voulais pas être indiscrète.

— Il n'y a pas de mal. Mes parents ne se sont jamais mariés. Mais ma mère a divorcé plusieurs fois pendant mon enfance.

— Plusieurs fois ? Combien de beaux-pères avez-vous eus ?

Ash n'avait jamais vu les choses sous cet angle. Il avait toujours considéré ces hommes comme les époux de sa mère.

— Quand j'ai quitté le lycée, on en était à cinq. Après, j'ai arrêté de compter.

— Votre mère a été mariée et divorcée cinq fois quand vous étiez enfant ? répéta Windy en se tournant vers lui.

— Non. Divorcée seulement trois fois. Elle a tué les deux autres – c'est une façon de parler, bien sûr. Enfin, j'espère. La liste des qualités nécessaires chez un homme se résume à quelques mots, pour ma mère : vieux, riche, pas sentimental. Ou plutôt, comme elle aime à le dire, sentimentalement autonome.

— Pas mal. Ça sonne bien.

— Ma mère n'a pas son pareil pour les petites phrases qui marquent, même si elle ne le sait pas. Elle raconte des histoires drôles, mais en réalité, son sens de l'humour est quasi inexistant. Elle est psychiatre, ajouta-t-il, comme si cela avait un lien.

— Et avec vos beaux-pères, vous aviez quel genre de relation ? Vous étiez proches d'eux ?

— J'étais plus un passant dans la vie de ma mère et de ses époux que partie prenante de leur quotidien. J'ai beaucoup appris d'eux, indirectement, mais il y en a un avec qui je peux dire que j'ai noué des liens. Le major Rice. C'est à cause de lui que je suis devenu flic.

— Il l'était lui aussi ?

Ash rit à cette idée.

— Non. C'était un escroc. Il a épousé ma mère pour son argent en lui faisant croire qu'il l'aimait, quand ma mère faisait exactement la même chose avec lui. Finalement, ils ont estimé qu'ils n'en avaient pas assez pour leurs ambitions respectives, alors ils ont divorcé. Mais ils sont quand même restés mariés pendant six mois quand j'avais quinze ans. C'est à cette période que m'a fait penser Roddy. J'ai commencé à faire des bêtises, et une fois, j'ai piqué une voiture sur le parking du country club de Hunts Mill. Le soir même, je suis allé la déposer devant la maison de son propriétaire, je l'ai même garée dans son garage. C'était une farce, quoi, une façon de montrer que j'étais un type cool qui en avait, vous voyez ? Une frasque d'ado. Quand je suis rentré chez moi, le major Rice était assis sur mon lit. Il m'a tendu sa fiole de whisky et m'a dit :

— Écoute, Ash. Être un hors-la-loi, c'est vraiment super chiant. T'es trop intelligent pour ça.

Quand je lui ai fait remarquer que j'avais rapporté la Mercedes, il a juste soupiré et dit :

— Si tu veux jouer à ce jeu, pourquoi ne pas devenir flic ? C'est aussi drôle que d'être un hors-la-loi, mais en plus, t'as une retraite.

Ash s'arrêta là, gardant pour lui la suite des conseils du major, avec qui il avait bu tout le whisky.

— Tu peux avoir des liaisons, des aventures, Ash, mais crois-moi, aucune femme qui en vaille la peine n'acceptera un accord à court terme. Si tu en trouves une qui te plaît vraiment, épouse-la. Plus je vieillis, plus je me rends compte qu'avoir quelqu'un auprès de qui vieillir, ça a du bon.

La voix de Windy interrompit ses pensées.

— Alors, c'est vraiment pour ça que vous êtes devenu flic ? Parce que vous aimez penser comme un hors-la-loi ?

— Un peu mon neveu. Pour ça, et pour ne jamais avoir à respecter les limites de vitesse.

Ash enfonça l'accélérateur juste au moment où ils passaient devant un véhicule de patrouille, sur Desert Inn Road. L'agent qui se trouvait au volant fit un signe de la main, mais ne bougea pas, reconnaissant la voiture d'Ash, imaginant qu'il était sur une urgence. Il ne pouvait pas se douter que l'urgence, c'était l'envie de tout avouer à Windy, de lui dire qu'il avait essayé de ne plus penser à elle, qu'il n'y était pas arrivé et que si elle le désirait, il pourrait la rendre heureuse.

Douze ans dans la police, et toujours aussi idéaliste.

Il la regarda, à côté de lui, et vit à ses yeux brillants, à son rire, à sa décontraction qu'elle aimait aller vite. Et qu'elle n'avait pas la moindre idée de ce qu'il ressentait pour elle.

Lorsqu'ils furent devant la porte d'entrée et que Windy émit un juron parce que sa clé fonctionnait mal, Ash ne put s'empêcher de se demander ce que cela lui ferait, de rentrer ici tous les soirs, de se tenir sur le seuil avec elle, puis d'entrer. Et d'être à la maison.

La porte s'ouvrit avant qu'elle ait pu faire marcher sa clé, et un homme grand et blond apparut. Elle leva la tête, étonnée, puis éclata de rire.

— Bill ! Je n'avais pas réalisé que tu serais déjà rentré !

— Je viens d'arriver. Je commençais à me faire du souci.

L'homme leur adressa à tous les deux un sourire étincelant. Il était aussi grand qu'Ash, portait un pantalon en toile, un pull en cachemire jaune poussin et des mocassins sans chaussettes. Quelqu'un de vraiment bien, assurément, et qui, à en juger par la façon dont il regardait Windy, était fou d'elle. Ash le détesta instantanément.

— Je suis désolée, dit Windy. Je ne savais pas à quelle heure arrivait ton avion, et… enfin, bon. Bill, je te présente Ash Laughton. Mon patron. Ash, je vous présente Bill Henderson.

— Son fiancé, précisa Bill.

Ash détesta aussi sa poignée de main.

— Enchanté de faire votre connaissance, dit-il. Et je ne suis pas son patron.

— Ravi de vous rencontrer aussi. Merci de l'avoir ramenée, dit Bill en passant un bras autour des épaules de Windy.

Windy regarda Bill, puis Ash.

— Vous voulez entrer ?

Ash sourit.

— Non, merci. Je vous ai déjà pris une bonne partie de votre soirée.

— Mais…

— Vraiment. Je vais vous laisser. Ça va aller ?

— Oui.

Était-elle déçue, ou l'imagination d'Ash lui jouait-elle des tours ?

— Il est arrivé quelque chose ? demanda Bill, le visage inquiet.

— Non, non. Rien, répondit Windy.

Avec un peu trop d'empressement, pensa Ash.

— Bon. Alors, bonsoir ! dit Bill.

Ash retint une irrépressible envie de mettre son poing dans la figure de Bill, évacuant ainsi l'adrénaline et la colère qu'il avait contenues face à Roddy, puis de partir avec Windy, laissant Bill K.-O.

Il pensait comme un homme des cavernes.

— Bonsoir, dit-il.

— Bonsoir, répondit Windy.

Puis, en le regardant dans les yeux, elle articula :

— Désolée.

La porte se referma, et Ash articula :

— Moi aussi.

Windy resta un moment à fixer l'endroit où s'était tenu l'homme aux cinq beaux-pères pour qui être paralysé face au danger n'était pas synonyme de faiblesse, qui savait faire des pancakes, et réalisa qu'elle ne l'avait même pas remercié de lui avoir sauvé la vie.

— Il a l'air sympa, dit Bill, tout en tirant le verrou.

— Oui.

— Rude journée ?

Et en plus, il connaissait les chansons de *The Muppet Movie*.

— Longue. Je n'ai pas très envie d'en parler.

Bill fit un clin d'œil.

— Tes désirs sont des ordres.

Il attira Windy contre lui. Elle ferma les yeux comme les lèvres de Bill couvraient les siennes. Ses mains remontèrent jusqu'à ses cheveux, et elle répondit à son baiser par un autre baiser, plus profond encore, s'agrippant à lui presque avec désespoir, jusqu'à ce que son corps soit brûlant de désir.

— J'ai tellement envie de toi, murmura-t-elle.

— Mmm, ça fait longtemps que je n'avais pas entendu ça, dit Bill.

Elle s'écarta brusquement et le fixa, sous le choc.

— Qu'y a-t-il ? demanda Bill.

Windy porta ses mains à ses lèvres.

— Rien.

Comment pouvait-elle lui dire qu'elle avait cru embrasser un autre homme ?

— On monte ?

— Oui. D'accord. Je vais juste voir si la porte de derrière est verrouillée.

— Elle est verrouillée. Allez, viens.

Ses yeux s'arrêtèrent sur la marque qu'elle avait faite sur la plinthe, à six mètres quarante de la porte d'entrée. Six mètres quarante, la distance de sécurité. Ash n'était même pas allé jusque-là.

En suivant Bill dans l'escalier, elle décida que ce qu'elle ressentait était juste la conséquence d'une soirée éprouvante, ignorant la petite voix qui lui disait qu'avec certains hommes, la notion de distance de sécurité n'existait pas.

61

Harry était au lit et pensait à Ève. Lui faire l'amour, c'était comme avoir une plume posée sur la poitrine, tant elle était petite et légère. Une créature si fragile. Ce n'était pas du tout comme il se l'était imaginé, quand il avait commencé à fantasmer sur elle, des années auparavant.

La première fois qu'il l'avait vraiment remarquée, elle était étendue sur le dos et se rongeait un ongle, un homme allongé sur elle. L'absence totale d'expression sur son visage l'avait fasciné. Cet homme l'écrasait, déversait en elle tout ce qu'il pouvait, et elle s'en fichait comme de l'an quarante.

Quand l'homme s'était redressé, sa petite affaire terminée, elle lui avait souri et l'avait raccompagné à la porte. Puis elle était revenue dans sa chambre et, debout devant la fenêtre, nue, avait fumé une cigarette d'une main tout en se caressant frénétiquement de l'autre. Quand elle avait joui, il n'avait vu qu'un tressautement sur son visage. Rien d'autre.

Après cela, il n'avait plus pu s'empêcher de l'épier. Avec ses bras et ses jambes toutes maigres, ses grands yeux, elle lui faisait penser à un insecte plus qu'à un être humain. Il s'était mis à la suivre partout où elle allait, de chez elle au lycée, puis du lycée au *Yucca Motel*. Après que ses parents et elle avaient quitté le quartier, il avait exploré les allées et les arbres autour de leurs logements successifs, de façon à toujours pouvoir la regarder. L'épier.

Il lisait tous les magazines qu'elle jetait pour en savoir plus sur elle. Ainsi, il avait appris qu'elle était « impertinente mais intelligente » selon le test « Quel genre de fille êtes-vous ? », qu'elle était « la fille timide » selon celui intitulé « Quel genre de copine êtes-vous ? ». Et il avait aussi appris d'autres choses utiles, dans *Elles les trouvent carrément craquants !* ou *Que chercher chez le petit ami idéal ?* Il gardait tous les articles qu'elle avait annotés, tous les mots qu'elle jetait, consacrant à ses trésors toute la délicatesse qu'il avait autrefois consacrée à ses maquettes. Peut-être qu'avec suffisamment de trésors, un jour, il saurait tout sur elle. Et Charles ne pourrait jamais la lui prendre.

Il était là, l'après-midi où sa maman l'avait fait pleurer. Ce soir-là, il avait fouillé toute la benne derrière la boutique du fleuriste pour y trouver la fleur la plus belle. Il avait placé la rose jaune dans l'eau pendant la nuit, et le lendemain matin, il était sorti en cachette pour la déposer sur le rebord de sa fenêtre.

Elle l'avait trouvée en se levant. Il l'avait regardée la prendre et sourire. Elle l'avait sentie, puis avait lu le petit mot et pleuré un peu. Il était certain qu'après cela, elle l'avait jeté à la poubelle. Quand il l'avait retrouvée, à l'ouverture de son restaurant, elle lui avait dit qu'elle l'avait gardé. Il savait qu'elle mentait, mais n'avait pas voulu y prêter attention.

Mois après mois, il l'avait observée. Une année avait passé, et il avait décidé qu'elle devait connaître son existence. Il était la seule constante dans sa vie, la seule personne qui la suivait partout, savait tout d'elle. Il avait le sentiment qu'elle dépendait de lui. Il arrivait, lorsqu'elle était avec des hommes, au motel, qu'il la voie regarder par la fenêtre, et il savait qu'elle le cherchait. Il écoutait cette façon spéciale qu'elle avait de dire : « Oh, oui ! », ou de crier le nom de celui avec qui elle était. Elle écrivait les noms dans la paume de sa main pour pouvoir s'en souvenir au bon moment.

Et puis, un jour, il s'était rendu à la résidence Sun-Crest, le matin, pour aller avec elle au lycée – en marchant un peu en retrait, sur le trottoir d'en face, pour qu'elle ne le remarque pas –, et elle n'était pas descendue. Il avait attendu une demi-heure, puis s'était dit qu'elle était malade. Mais il ne l'avait pas vue non plus les jours suivants. Alors, au bout d'une semaine, il avait demandé à une fille qui allait à la même école que lui et qui la connaissait si elle savait où se trouvait Ève. La fille lui avait répondu qu'elle était partie, qu'elle avait quitté la ville. Comme ça, sans rien lui dire à lui.

Il avait eu le cœur brisé. Depuis quelque temps déjà, il économisait de l'argent pour lui demander de s'enfuir avec lui. Alors, avec cet argent, il avait quitté son foyer, était parti pour le nord du pays. Là, il avait trouvé du travail sur des chantiers grâce à un gars avec qui il était allé à l'école, et il avait découvert que cela lui plaisait. Il avait commencé à perdre du poids, à se muscler, à se sentir bien dans son corps. Il avait oublié Ève, était sorti avec d'autres filles, avait couché avec quelques-unes d'entre elles. Avait dit : « Oh, oui ! » et crié leur nom comme Ève le faisait.

Puis il avait rencontré Amanda. Dès qu'il l'avait vue, à cette soirée, son cœur avait battu plus fort. Ce n'était pas la fille la plus jolie qui soit, ni la plus sexy, mais il était tombé amoureux d'elle instantanément. Elle ressemblait tellement à Ève.

Il se souvenait des conseils donnés par les magazines d'Ève, par les séries qu'il regardait avec sa maman, et il les avait mis en pratique. Redoutant qu'elle ne refuse de lui donner son numéro de téléphone s'il le lui demandait directement, il avait obtenu son adresse par un ami commun et avait sonné chez elle un soir sans prévenir, avec un énorme bouquet de fleurs.

La porte et son cœur à elle ensuite s'étaient ouverts comme par magie. Sept mois plus tard, ils se mariaient. En regardant sa belle promise, son Ève, il s'était dit que ce devait être cela, le bonheur. Puis elle avait attendu un bébé, et il avait découvert la véritable félicité.

Harry avait été le père le plus heureux du monde. « Regardez, avait-il envie de dire à tous ceux qui l'entouraient. Regardez, je suis normal. J'ai une femme. Un bébé magnifique. J'ai réussi. » Il prenait des cours du soir pour décrocher un diplôme universitaire, travaillait le jour dans l'entreprise du père de son épouse, une agence spécialisée dans la sécurité. Il faisait du bon boulot. Il avait développé un certain nombre de talents dans ce domaine, en suivant Ève. Il aimait connaître les petits secrets des autres. Il avait toujours aimé savoir ce qui se passait dans leur tête.

Un matin, alors qu'il s'était couché tard la veille pour réviser ses examens, Kyra s'était mise à pleurer tandis qu'il lui donnait à manger tout en essayant de la préparer pour la crèche. Il était en train de lui mettre une chaussette, et elle avait commencé à hurler.

Il n'avait pas entendu Amanda arriver, mais tout à coup, elle était apparue à côté de lui. Elle lui avait arraché la chaussette des mains en disant :

— Laisse-moi faire, Harry. Tu ne sais pas t'y prendre, avec elle.

Il avait éprouvé une sensation des plus étranges, s'était senti en deux endroits différents en même temps. Ici, dans sa maison, mais aussi à côté du berceau de sa petite sœur.

Et la voix de Charles s'était mêlée à celle d'Amanda.

— Ne touche pas à ma fille.

Il n'avait rien senti de particulier se produire en lui, mais sa gorge s'était serrée, et il avait soudain eu du mal à respirer.

— C'est ma fille, nom de Dieu.

Amanda l'avait regardé fixement, le regard dur et étonné à la fois.

— Donne-la-moi, Harry.

Elle avait tendu la main, et il l'avait giflée violemment.

— C'est ma fille. Je vais l'habiller.

Puis il avait sorti Kyra de sa chaise haute et l'avait plaquée contre lui, tendant une main.

— Donne-moi sa chaussette.

Amanda n'avait pas bougé. Kyra avait commencé à se trémousser et à tendre les bras vers sa mère, à essayer de le quitter. Cela l'avait mis dans une rage folle. Il l'avait serrée plus fort encore et avait crié :

— Donne-moi cette putain de chaussette ! Je sais faire ! Je sais faire !

Amanda avait fermé les yeux, la chaussette à la main, comme si elle ne comprenait pas ce qu'il disait, ce qu'elle voyait. Et à cet instant précis, il avait su qu'elle allait le quitter. Parce qu'il n'était pas un bon père. Pas un bon mari. Elle allait prendre Kyra, le laisser là, divorcer, et il serait seul et abandonné.

Il aurait voulu pouvoir tout recommencer à zéro, rembobiner et recommencer le film. Effacer tout ce qui venait d'arriver pour que personne ne sache. Et là, soudain, il avait vu comment il allait pouvoir le faire. Faire comme si rien ne s'était passé.

— Tu vas me quitter, hein ?

Elle avait lentement secoué la tête, en le fixant toujours de son regard vide, stupide.

— Non.

Il avait serré Kyra jusqu'à ce qu'elle hurle.

— Salope de menteuse. Je ne te crois pas. Demande-moi pardon.

Amanda était revenue à la vie.

— Je t'en prie, Harry. S'il te plaît. Lâche-la. Donne-la-moi.

Une sensation de pouvoir s'était répandue dans ses veines, le secouant comme un éclair. Dans son esprit, toutes les solutions se succédaient les unes après les autres. Tant de possibilités s'offraient à lui. Serrant toujours Kyra, il avança vers Amanda.

— Donne-moi le bébé, avait-elle gémi en reculant jusqu'à se trouver acculée dans un coin. Je t'en prie. Donne-la-moi.

Elle ne pouvait plus bouger. Elle le regardait, terrorisée.

Tout avait été si facile. Trop facile. Il se rappelait même avoir pensé sur le moment : « La prochaine fois, il faudra que j'aille plus lentement. »

Il ignorait combien de temps cela avait duré. Sept minutes. Dix, peut-être. Quand tout avait été fini, un calme incroyable régnait dans la cuisine. Le bruit ne l'avait pas gêné plus que cela, mais la paix qui l'avait envahi ensuite était plus que du silence. C'était une incroyable sensation de tranquillité qui pénétrait au plus profond de lui. Un sentiment identique à celui qu'il éprouvait après avoir couru longtemps, mais en mieux encore. Parce que cela ne faisait pas souffrir son mauvais genou.

En revanche, cela lui avait donné une faim de loup. Il s'était assis à sa place, en bout de table, et avait mangé ses tartines, puis celles d'Amanda, et les petits carrés de pain qu'il avait découpés pour Kyra. Tout ce qui avait franchi ses lèvres lui avait paru digne des dieux, nectar et ambroisie réunis. Jamais petit déjeuner n'avait été aussi bon.

Et c'était bien là le problème. Ici, à Las Vegas, il avait essayé de retrouver ce goût exquis, sans succès. Il s'était renseigné et savait que cela avait à voir avec l'adrénaline, les réactions chimiques produites par son corps lorsqu'il était excité. Tout ce qu'il voulait, c'était retrouver ce goût, connaître de nouveau les sensations de ce petit déjeuner parfait. Apparemment, il n'avait encore jamais été suffisamment excité.

Emporter la tête de Mme Waters et essayer chez lui n'avait rien donné, en tout cas. Le second petit déjeuner avec Kelly O'Connell avait été mieux. Il l'avait presque tuée, puis s'était arrêté. Ce répit avait terrorisé Kelly encore plus, mais l'avait aussi poussée à croire qu'il la laisserait en vie si elle faisait semblant d'être avec son mari et de prendre son petit déjeuner avec lui, comme tous les jours, normalement. Pourtant, là encore, il lui avait manqué quelque chose. Quand il y réfléchissait bien, il en arrivait à la conclusion qu'il ne s'impliquait pas assez, émotionnellement, avec ses victimes, pour ressentir le même plaisir que la première fois.

Mais avec Windy, cela ne poserait pas de problème. Oh que non.

62

Le dimanche fut idéal. Windy fit la grasse matinée, puis elle et Bill s'offrirent un long brunch en amoureux avant d'aller chercher Cate chez son amie. La fillette voulut à tout prix leur raconter des histoires de fantômes dont elle avait oublié la fin et leur annonça qu'elle n'avait pas eu peur du tout et était tout à fait prête à recommencer dès la semaine suivante en partant camper avec sa classe. Ils passèrent la journée à faire des courses et allèrent même jeter un coup d'œil au lotissement fermé qui intéressait tant Bill. Cate fut d'emblée emballée : il y avait un gros oiseau de bronze perché sur le toit de la maison du gardien.

La journée se termina au restaurant préféré de Cate et Windy, *Le Café tropical*, dont le décor consistait en d'innombrables faux arbres et faux animaux, Bill ne marmonnant pas une seule fois que la nourriture n'y était pas très saine. Ils comptèrent les mariées, toujours très nombreuses dans les rues de Las Vegas, et inventèrent une chanson commémorant la première nuit de Cate chez son amie. C'était une journée fantastique ; ils formaient une vraie famille, tous les trois. Même quand, entendant à la radio une publicité pour un motel où les chambres se louaient à l'heure, « pour permettre les petits coups vite fait à la pause-déjeuner », Cate demanda ce qu'était un « petit coup vite fait », Bill lançant un regard à Windy, l'air de dire : « Je t'avais prévenue, Las Vegas n'est pas une ville où élever un enfant » ; et même quand Cate s'attarda un peu longtemps sur un sujet qui mit tout le monde mal à l'aise, à savoir Ash, l'ami de maman qui était vraiment génial, et avec qui Bill s'entendrait sûrement super bien et que peut-être il pourrait devenir l'ami de Bill aussi.

Windy passa la journée à faire de son mieux pour être la mère parfaite, la fiancée parfaite, à prouver à quelque juge intérieur que sa vie était telle qu'elle la désirait. À faire tout son possible pour étouffer le sentiment de culpabilité qui lui nouait les tripes depuis la veille.

Après avoir couché Cate, à 20 h 30, elle se sentait prête à faire de même. Mais il lui restait quelques heures à passer avec Bill, et la fiancée parfaite voulait qu'il les apprécie. Elle leur servit un verre à tous les deux et le rejoignit sur le canapé, mais faillit faire demi-tour en constatant qu'il était en train de feuilleter le magazine de mariage qu'elle avait acheté le vendredi.

Il le lui montra avec un grand sourire.

— Je ne savais pas que tu achetais ce genre de revue, chérie. Est-ce que ça signifie que tu as changé d'avis et que tu veux un grand mariage ?

— Non. Pas du tout. En fait, j'ai acheté ça pour... pour avoir des idées.

Il semblait tellement content qu'elle n'avait pas le courage de lui dire la vérité. Il prit le verre de whisky qu'elle lui tendait et tapota le coussin, à côté de lui.

— Assieds-toi et montre-moi ce que tu as vu, que je puisse me faire une idée de ce qui m'attend...

Elle s'installa, tenant son verre à deux mains, penchée en avant.

— Oh, tu sais, j'ai vu un tas de trucs. C'était surtout pour me mettre dans l'ambiance.

Bill semblait toujours ravi.

— Je ne voulais pas te le dire, mais ta mère m'a appelé, cette semaine. Elle avait peur que quelque chose se soit passé entre nous parce que tu ne la rappelles pas pour lui parler de nos projets pour le mariage. Elle m'a dit qu'elle avait l'impression d'être plus contente que toi à l'idée de ce mariage. Je suis heureux de constater que ce n'est pas le cas.

— Non. J'ai juste eu trop de choses à faire pour m'en occuper.

Il posa le magazine et se tourna vers elle.

— Et si tu me parlais de cette grosse affaire sur laquelle tu travailles en ce moment ?

Elle n'avait pas vu venir cette question.

— Je... j'aimerais beaucoup. Enfin, non, je n'aimerais pas, en fait. C'est assez horrible, tu sais. Mais je ne peux pas. Ce n'est plus comme en Virginie, les règles de confidentialité sont beaucoup plus strictes. J'ai interdiction de parler des dossiers en cours.

Bill hocha la tête, son sourire moins radieux.

— Je voulais juste savoir dans quoi tu étais impliquée en ce moment, pour comprendre pourquoi tu m'oublies si facilement alors que je pense à toi sans arrêt.

Windy crut que son cœur allait éclater.

— Bill, c'est tellement gentil, ce que tu viens de dire. Je suis désolée. J'aimerais pouvoir t'expliquer, mais la seule chose que je peux dire, c'est qu'il s'agit d'une très grosse affaire.

Il se laissa retomber contre le dossier, posant son verre en équilibre sur sa cuisse.

— Est-ce que ça va être comme ça tout le temps, Windy ? Je ne veux pas te braquer, ni que tu te sentes mise en cause, mais je pose la question parce que j'ai réellement besoin de savoir.

— Que veux-tu dire ?

— Seras-tu absorbée en permanence, corps et âme, par un monde dont nous ne pourrons pas parler ? Est-ce que tu vérifieras ton portable en cachette toutes les cinq minutes, même le dimanche ? Ne nie pas, je t'ai vue.

Et elle qui pensait avoir fait tellement attention... mince alors. Qu'avait-il deviné d'autre ?

Bill tendit le bras et lui caressa la joue.

— Ces derniers temps, je me suis pris à fantasmer. Tu veux savoir sur quoi ?

« Non, pensa Windy, je suis pas d'humeur à écouter tes fantasmes, là. »

— Bien sûr, dit-elle.

— Dans mon fantasme, tu rentres tous les soirs à 17 heures, et on dîne, toi, moi, Cate et les frères et sœurs qu'on lui a donnés. On parle, on passe du temps ensemble. Et quand les enfants sont couchés, on discute tous les deux. Comme des gens normaux.

Windy fixa ses genoux. Bill se pencha vers elle.

— Je veux juste que tu apprécies ce que tu as. Que tu apprécies les moments que tu passes avec ta fille et avec moi. Que tu sois heureuse à l'idée de faire des bébés avec moi bientôt. Tu comprends ? Je veux ça, plutôt que d'avoir en permanence le sentiment que je te distrais de ce que tu aimerais vraiment faire. Je n'ai pas envie de sentir que je te mets la pression quand je te demande de prendre une journée de congé. Je veux que ce soit un plaisir pour toi, quelque chose que tu aies envie de faire.

Ce fut le mot « pression » qui enclencha les rouages dans l'esprit de Windy et qui lui fit tout comprendre. Elle leva les yeux, vit le beau visage de Bill et ses yeux rivés aux siens, mais sans les voir vraiment. Elle voyait en fait les pales d'un ventilateur tournant au plafond d'une chambre d'hôtel, à Hawaii. Cate dormait dans la chambre voisine, et le ventilateur agitait lentement ses pales au-dessus du grand lit qu'elle et Evan partageaient. C'était un hôtel chic, mais il y avait une toile d'araignée sur le ventilateur. Elle l'avait remarquée dès leur arrivée, n'en avait pas parlé. L'attention qu'elle portait aux détails, une déformation professionnelle, mettait Evan hors de lui. Toute la journée, elle s'était répété ce qu'elle voulait lui dire, cherchant différents tons, différentes formulations, différentes manières de lui dire que, peut-être, elle avait besoin de plus que ce qu'il lui donnait.

Evan était debout devant la baie vitrée, observait le vent. Elle était allongée sur le côté et le regardait. Elle avait fini par le lui dire, en bredouillant un peu, trop lâche pour lui demander de se retourner. Mais quand elle s'était tue, il s'était retourné, visiblement interloqué, blessé.

— Pourquoi tu me dis ça ? Pourquoi tu me mets la pression comme ça ?

C'était donc lui mettre la pression que de lui demander de passer avec elle et Cate leur dernier jour de vacances plutôt que de sortir *faire* quelque chose ? Ils avaient si peu l'occasion d'être ensemble, avec le boulot. Pour elle, passer juste une journée tous les trois aurait été très important. Elle avait cru pourtant dire les choses clairement.

Mais pas assez.

— Jamais tu ne m'as dit que tu voulais passer plus de temps avec moi, avait souligné Evan.

Elle avait voulu répondre qu'elle avait peur qu'il ne réagisse de cette manière, peur de lui faire peur, peur qu'il ne prenne ses distances. Au lieu de cela, elle avait juste dit :

— Tu as raison, tout va bien.

Puis elle était restée allongée, les yeux ouverts, à regarder le ventilateur faire tourner la toile d'araignée tandis qu'il sortait prendre l'air pour être seul un moment. Ils en reparleraient plus tard.

Elle avait souri et lui avait adressé un petit signe de la main lorsqu'il était parti faire de la planche à voile, le lendemain, malgré les nuages. Toute la journée, sur la plage, elle s'était demandé si elle pourrait un jour concurrencer le plaisir que lui procurait ce sport, qu'il pratiquait pourtant si souvent. Elle avait scruté l'horizon, avait attendu son retour, un jour, puis le suivant, et le suivant encore. « Au moins, s'était-elle dit pendant ces nuits d'insomnie dans le fauteuil en faux cuir noir du bureau des gardes-côtes, en se rongeant les ongles, au moins, je ne regarde plus cette toile d'araignée. »

Identifier le corps avait été pire que tout. Devoir admettre la réalité. Mais elle l'avait fait. Parce qu'elle avait besoin d'en voir la preuve.

Aujourd'hui, le dialogue se faisait dans l'autre sens, Bill voulant passer plus de temps avec elle, voulant être avec elle. Et c'était elle qui prenait ses distances, qui se comportait en gamine. Bill lui offrait tout ce dont elle avait toujours rêvé : stabilité, maturité, attention. Il était heureux auprès d'elle. À ses côtés, elle ne se sentirait jamais ennuyeuse. C'était le plus important, dans une relation. Grâce à ce genre de choses, un couple avait des chances de durer.

Elle remonta la bretelle du soutien-gorge en coton blanc qu'elle portait pour Bill.

— Tu as peut-être raison, dit-elle. Peut-être que j'ai besoin de lâcher un peu de lest. De faire moins d'heures au bureau, déjà. De retrouver un équilibre.

Bill eut un large sourire et l'attira vers lui, l'embrassa sur les cheveux.

— Ça, c'est une gentille fille, souffla-t-il en lui caressant la poitrine. Une très gentille fille.

Elle n'avait pas envie de ça. Pas tout de suite. Elle posa sa main sur celle de Bill.

— Je... je vais aller chercher de l'eau, dit-elle en se dégageant doucement pour se lever. Tu en veux ?

— Non, merci.

Bill se leva à son tour et se dirigea vers l'escalier. Il s'arrêta sur la première marche, la main sur la rampe, se retourna avec un sourire en coin.

— Ne tarde pas trop, je t'attends, dit-il.

Son verre à la main, Windy alla dans la chambre de Cate et s'assit sur le lit d'appoint, écouta dormir sa fille, regarda l'édredon arc-en-ciel se soulever au rythme de sa respiration. Elle grandissait si vite, changeait chaque jour. Elle devenait elle-même.

Peut-être Bill avait-il raison. Peut-être manquait-elle trop de choses importantes. Peut-être lui fallait-il un autre boulot. Parce que c'était ce qu'il y avait derrière son discours, Windy le savait. Il la respectait trop pour le suggérer, mais rien ne lui ferait plus plaisir que d'apprendre qu'elle démissionnait.

Cate ouvrit les yeux et la regarda.

— Qu'est-ce que tu fais là, maman ? Tu as fait un cauchemar ?

Windy posa son verre d'eau sur la table de chevet vert pomme.

— En quelque sorte.

— Tu veux que je te fasse un câlin ?

— Je crois, oui.

Et Windy se glissa aux côtés de Cate, s'accrochant à elle comme si elle coulait. Au moment où elle se redressa, elle remarqua un carton, au pied du lit.

— Qu'est-ce que c'est ? demanda-t-elle.

— Les affaires que je veux emporter au prêteur sur gages.

— Quoi ?

— Les trucs que je veux plus. Tu m'as dit qu'on les emportait chez le prêteur sur gages.

Windy tendit le bras, prit le carton, en examina le contenu. La brosse à dents de Cate, le sirop pour la toux, un tee-shirt, une broche que sa grand-mère lui avait offerte à un Noël. Et quelque chose dont la vue lui serra le cœur. Un chien blanc en tissu-éponge, avec une salopette bleue en velours.

— Mais chérie, il y a Gros Fred, là-dedans.

— Je le veux plus.

— Mais tu l'adores ! C'est ton papa qui te l'a offert.

Elle revoyait Evan arriver à l'hôpital pour la naissance de Cate, complètement épuisé. Il avait passé deux heures au magasin de jouets à poser des questions aux mamans et aux enfants qu'il trouvait, pour dénicher la peluche la plus chouette qui soit pour sa fille. Lorsqu'il lui avait montré le chien tout mou, Windy avait été un peu sceptique, mais dès qu'elle en avait été capable, Cate avait refermé sa petite main sur une patte et n'avait plus lâché son chien pendant trois ans.

Aujourd'hui, elle ne voulait même plus le regarder.

— Il me rend triste.

Windy prit la peluche et se rassit à côté de Cate, dont le visage s'était fermé.

— Tu peux pas m'obliger à le garder.

— Non, mais on peut en parler, d'abord. Pourquoi est-ce qu'il te rend triste ?

— Parce qu'il me rappelle papa.

— Tu sais, c'est normal d'être triste, des fois. Surtout si c'est parce que quelqu'un que tu aimes te manque fort.

— Quand je regarde Gros Fred, j'ai envie de pleurer.

Windy caressa les cheveux de Cate, ramena une mèche derrière son oreille.

— C'est normal aussi.

— Tu pleures jamais, toi.

Windy se figea. Elle regarda le carton de Cate et se demanda combien de souvenirs elle avait mis dedans pour ne plus les voir, exactement comme sa maman. Quel modèle offrait-elle donc à sa fille ?

— Bien sûr que si, je pleure, chérie, protesta-t-elle.

Elle ne se souvenait plus de la dernière fois que c'était arrivé, mais elle était certaine de ne pas mentir.

— Tu ne le vois pas, c'est tout.

— Je voudrais te voir.

Cette fois, Windy eut un petit rire.

— D'accord. Alors, la prochaine fois que je pleurerai, je t'appellerai pour te le montrer. Mais... si tu n'es pas là, comment fera-t-on ?

— T'auras qu'à prendre une photo, répliqua Cate avec le plus grand sérieux.

— Bien sûr.

Cate s'assit dans son lit.

— Bill, il aime pas parler de papa, hein ?

— Non.

— Pourquoi ?

— Sans doute parce qu'il ne le connaissait pas. C'est difficile de parler des gens qu'on ne connaît pas.

— J'ai parlé de lui avec Ash. Ash, il le connaissait ?

— Non. Qu'a dit Ash ?

— Je lui ai demandé s'il avait toujours voulu être policier, et il m'a dit que non, avant il voulait être artiste, et je lui ai dit que moi aussi, je voulais être artiste.

— Je croyais que tu voulais être chauffeur de poids lourds super lourds.

— *Et* artiste. Comme Picasso.

Sa fille connaissait Picasso ? Comment était-ce arrivé, sans qu'elle soit au courant ? Elle entendit presque Bill lui répondre que si elle travaillait un peu moins et passait plus de temps à la maison...

— Alors, Ash a demandé si toi ou papa, vous aimiez faire des choses artistiques, continua Cate. Et je lui ai dit que tu étais nulle, et que Brandon et moi, on avait dû repeindre la partie du placard que tu avais commencé à faire…

— Ça, c'était parce que personne ne m'avait dit que les lignes devaient être droites, protesta Windy.

— … et que pour papa, je ne savais pas vraiment. Il faisait des trucs artistiques ?

— Pas vraiment.

Elle repensa au voyage qu'ils avaient fait à Paris, aux heures passées au Louvre, surtout à poser comme les statues grecques, sans tête ou sans bras, et à rigoler si fort qu'ils avaient été reconduits vers la sortie deux fois par des gardes en tenue rouge.

— Mais il aimait beaucoup l'art, ajouta-t-elle.

— Ah.

Il y eut un long silence, puis Cate demanda :

— Si Bill n'aime pas trop ça, on pourrait en parler toutes les deux, de papa ?

— Ce serait bien, oui.

— Et on pourrait pleurer ?

— Peut-être.

— Raconte-moi quelque chose sur lui, maintenant.

— Il t'aimait énormément.

— C'est nul, ça, dit Cate en étouffant un bâillement.

Windy embrassa Cate sur le front.

— Je pense que le moment est venu de faire un gros dodo pour toutes les deux.

— Tous les trois, dit Cate en prenant Gros Fred, qu'elle glissa dans le lit, contre elle, avant de remonter le drap jusque sous son menton, exactement comme le faisait Evan. Si tu fais un autre cauchemar, t'as qu'à… ajouta-t-elle.

Mais déjà, elle dormait.

Windy alla se coucher, en prenant soin de ne pas réveiller Bill. Elle avait beaucoup de chance. Sa fille était merveilleuse, son compagnon l'aimait. Pourquoi la vie était-elle toujours plus compliquée que cela ?

Allongée dans son lit, elle passa les doigts sur les marques laissées par son soutien-gorge sur son torse, en se disant qu'elle avait dû grossir un peu, s'il la serrait de cette façon. Devait-elle essayer de « perdre ce petit ventre avant le grand jour » ainsi que le recommandaient les pages trente-deux et trente-trois de *Mariage Magazine* ?

63

« Surprise » était, comme « accident », un mot qui avait le don de crisper Windy. Il était assez dur de la surprendre. En général, elle débusquait une preuve de ce qui l'attendait sur la manche d'une chemise ou sous une chaussure, ou encore en notant la façon dont un stylo dépassait d'un porte-documents. Elle pensait d'ailleurs que ce qui lui plaisait dans son boulot, c'était, entre autres, de devoir éliminer toute possibilité de surprise.

Mais dans la voiture, alors qu'elle conduisait Bill à l'aéroport, ce matin-là, celui-ci avait déclaré qu'il rentrerait le vendredi soir et qu'il aurait une surprise pour elle.

— Je n'aime pas les surprises, lui avait-elle rappelé.

— Celle-là, elle te plaira, avait répondu Bill. Fais-moi confiance.

Le mot semblait maintenant flotter dans l'habitacle de la voiture, comme un parfum d'ambiance bon marché. Dans les livres et les films, la mention d'une surprise, entre deux fiancés comme eux, ne pouvait signifier qu'une chose. Elle revit le visage heureux de Bill lorsqu'il avait découvert *Mariage Magazine* et espéra qu'elle se trompait.

Elle aimait Bill. Elle n'avait aucun doute là-dessus. Vers 4 heures du matin, elle avait réalisé que le fantasme qu'elle avait eu à propos d'Ash le samedi était plus dû aux difficultés de l'enquête, au besoin de s'en extirper, à la pression, qu'à de réels sentiments de sa part. À 6 heures, elle en était convaincue. À 9 h 15, tandis qu'elle attendait qu'un feu passe au vert, à quelques centaines de mètres de son bureau, elle se le répéta. Elle n'avait pas regardé les choses dans le bon sens, avait tout pris au pied de la lettre. Ash ne l'intéressait pas d'un point de vue sentimental. Il symbolisait le travail, le tiraillement entre son boulot et sa vie avec Bill.

Elle n'avait pas regardé les choses dans le bon sens.

Les freins crissèrent, les pneus hurlèrent, les klaxons s'emballèrent un peu partout dans le carrefour, tandis que Windy, pied au plancher, brûlait le feu rouge. Elle avait trouvé. Elle savait pourquoi Ève avait marqué ces pages, dans le magazine. Et elle savait ce qu'elle emportait toujours avec elle sur les lieux du crime.

Ash la sentit, reconnut l'odeur de propre de sa peau avant même qu'elle n'entre en trombe dans son bureau, en tailleur-pantalon marron clair, plus belle que jamais, les yeux brillants, comme chaque fois qu'elle avait une idée.

— Des fleurs ! lança-t-elle.

Il renonça à composer un numéro de téléphone, raccrocha et s'autorisa à la contempler un moment, tout en cherchant ce qu'elle voulait dire par là.

— Des fleurs ?

Windy posa sur son bureau trois photos prises sur les scènes de crime, trois clichés de trois tables éclaboussées de sang, mais sur lesquelles on distinguait chaque fois un espace préservé, de forme octogonale.

— Quand elle est venue tuer ses victimes, Ève leur a apporté des fleurs dans un vase à base octogonale. C'est pour ça qu'on trouve ces marques octogonales chaque fois, alors qu'il y a du sang tout autour.

— Comme pour une cérémonie, alors ? Comme les gens qui apportent des fleurs à un enterrement ?

— Possible. Ça peut aller avec le fait qu'elle les force à se mettre à genoux et à prier. Mais je pense que si c'était un simulacre d'enterrement, elle laisserait les fleurs. Moi, je crois qu'il peut exister un lien avec le magazine. Il y avait un morceau de papier, dedans. Je croyais que c'était pour marquer une page, mais maintenant, je pense que c'était le magazine, qui gardait le papier.

Elle brandit le sachet de plastique qui contenait la petite carte.

— C'est la carte d'un fleuriste.

— Vous voulez dire qu'il y a un lien entre la rage qui l'anime et qui la pousse à tuer, et les fleurs et les mariages ?

— Oui, je crois. J'avais une amie, à la fac, qui disait toujours que seules les gentilles filles recevaient des fleurs. Celles qui provoquaient n'en avaient jamais, mais elles attiraient l'attention de ces messieurs. Peut-être que c'est de cela qu'il s'agit. Ce que nous avons vu dans La Fosse nous indique qu'elle sortait avec un garçon nommé Harry et qu'ils ont rompu. Un garçon qu'elle connaissait depuis l'enfance, avant qu'elle devienne une mauvaise fille. Peut-être que les fleurs symbolisent l'échec de cette relation et, par là même, ce qu'elle ne peut pas être : une fille bien.

— Du coup, aujourd'hui, elle apporte des fleurs chaque fois qu'elle se venge ?

— Oui. En fait, les fleurs pourraient bien être le sésame qui lui permet d'entrer chez les gens. C'est peut-être grâce à elles qu'elle se fait ouvrir, en disant : « C'est un bouquet de la part de votre mari, il nous a appelés pour qu'on vous le livre. »

Ash se rembrunit.

— Merde, il faut absolument qu'on mette la main sur ce Harry. J'ai l'impression que, si on savait ce qui s'est passé entre ces deux-là, ça répondrait à beaucoup de nos questions.

— Rien sur les relevés téléphoniques d'Ève ?

— Non. On étudie ceux du restaurant, mais ça prend plus de temps. En attendant, je vais essayer d'aller voir du côté du fleuriste. Et essayer de coincer Ève avant sa prochaine commande.

— Je me trompe peut-être.

— Peut-être, mais j'en doute.

Elle le regarda comme s'il avait dit quelque chose de spécial plutôt que simplement la vérité.

— Merci.

Puis elle jeta un coup d'œil à sa montre et ajouta :

— Je suis désolée de vous balancer tout ça comme ça, mais il faut que j'y aille. J'ai rendez-vous à la mairie avec Hank Logan.

— À propos de Roddy et de l'autre soir ?

— Oui.

Il vit qu'elle était mal à l'aise, tout à coup.

— Je suis navrée, pour… Enfin, j'ai… Je ne savais pas que Bill était rentré, et… je n'étais pas sûre que…

Le cure-dents d'Ash pointa vers le haut.

— Je sais. Vous étiez prête à tout pour échapper à mes pancakes. Ce n'est pas grave, je ne me vexe pas. Mais vous, comment vous sentez-vous ?

Il avait posé la question d'un ton léger, pour qu'elle ne s'aperçoive pas qu'il avait réellement eu peur pour elle.

— Bizarrement, ça va. À vrai dire, je n'y ai pas repensé de tout le week-end. Et vous ?

— Moi aussi, Roddy m'est complètement sorti de la tête.

Ce n'était même pas un mensonge.

64

— Bienvenue à la mairie, dit Hank Logan en faisant franchir à Windy le portail de sécurité de l'entrée. Vous remarquerez que toutes les portes ont des plaques nominatives amovibles, de manière qu'on ne se sente jamais trop dans des pantoufles.

Son bureau, au septième étage, était plus grand et plus moderne que celui de Windy. Au lieu de classeurs en métal tout cabossés et d'étagères bancales, le mobilier y était en bois plaqué verni, et sur son bureau trônait un véritable central téléphonique. À son inauguration, le bâtiment du 400 Stewart Avenue avait été déclaré immeuble le plus hideux de l'année, mais Windy ne le trouvait pas si laid que cela, et la vue lui plaisait beaucoup.

Le bureau était orienté plein ouest. À ses pieds, la vallée s'étendait à perte de vue, avec, dans le lointain, les collines. Une brume légère enveloppait les montagnes et les aplatissait, comme s'il s'était agi de décor de papier découpé et posé sur le sol. Windy n'avait jamais vu cela ailleurs que dans le Nevada.

— Vous devriez voir ça de nuit, dit Logan en suivant la direction de son regard. Des lumières sur des kilomètres, et puis tout à coup, plus rien. Ailleurs, on penserait que c'est l'océan qui commence, mais là, c'est juste l'endroit où les promoteurs se sont arrêtés pour la journée.

— Vous travaillez souvent tard le soir ?

— Ça dépend. J'ai pas mal d'insomnies.

Au lieu de s'installer à son bureau, il fit signe à Windy de s'asseoir dans un vrai fauteuil et prit celui qui était placé en face.

— Alors, dit-il en se penchant vers elle avec un air réellement préoccupé, dites-moi comment vous vous sentez.

— Ça va. Ce qui s'est passé avec Roddy ne m'a vraiment pas bouleversée plus que ça.

— Bon. Bien.

— On dirait que vous ne me croyez pas.

Logan haussa les épaules.

— En général, les personnes sur lesquelles on a pointé une arme à feu à bout portant réagissent de façon un peu moins optimiste. Mais peut-être qu'avec ce que vous voyez tous les jours dans votre travail, vous êtes immunisée.

— Peut-être. Ou folle.

— Est-il vrai que vous ne voulez pas porter plainte contre Roddy ?

— Oui. Mais j'aimerais comprendre. À votre avis, pourquoi a-t-il fait ça ?

— Roddy ne sait pas comment gérer ses émotions. La plupart des enfants qui ont été maltraités ont du mal à ressentir quoi que ce soit ensuite. Et lorsque cela arrive, ces émotions les inquiètent, leur font peur. La peur, ensuite, se transforme en colère. Et la colère se concentre facilement sur une cible.

— Et il est en colère contre moi parce que j'ai éliminé ses chances de finir sa vie en prison.

— Parce que vous lui avez pris la seule vie qu'il connaisse. Les mauvais traitements, le fait d'être un méchant garçon, voilà comment il se définissait lui-même. Pour vous et moi, sa situation actuelle est une amélioration, et je pense qu'avec le temps, c'est comme cela qu'il la verra lui aussi, mais pour l'instant, il est en équilibre instable entre deux mondes.

— Pauvre Roddy. Est-ce que je peux vous poser une question à propos des conséquences d'une maltraitance ? Dans un cas hypothétique.

— Bien sûr.

— Si un enfant a été maltraité, qu'on lui a infligé des brûlures, par exemple, devenu adulte, se vengera-t-il en brûlant d'autres gens ? En faisant subir à d'autres les actes mêmes dont il a été victime ?

Logan réfléchit un moment avant de répondre.

— C'est possible, mais peu probable. Vous connaissez l'histoire de Barbe-Bleue ?

— La légende ?

— Le conte de fées, plutôt. C'est l'histoire d'un homme qui épouse de très belles femmes, qui disparaissent toutes les unes après les autres, sans que l'on sache comment. Finalement, il en épouse une septième et lui annonce un jour : « Je m'en vais, mais voici les clés de chaque pièce de la maison. Je ne te demande qu'une chose, c'est de ne pas utiliser la petite, là, qui ouvre la petite porte, là-bas. » Mais bien sûr, la curiosité l'emporte et elle ouvre la petite porte, derrière laquelle elle trouve les têtes de toutes les autres femmes. Lorsqu'il rentre, il comprend qu'elle a désobéi et lui coupe la tête.

— Il la punit pour sa curiosité.

— Oui, et parce qu'elle a désobéi. Elle a été une mauvaise fille. Mais moi, je pense que la vraie raison qui le pousse à la tuer, c'est parce qu'elle a découvert son secret. Les enfants maltraités sont comme Barbe-Bleue. Ils font de leur mieux pour cacher les preuves de leur maltraitance.

En coupant la tête des gens, pensa Windy. Était-il possible que ce soit ce que faisait Ève ? Cette femme, dans son lotissement fermé, dans sa maison aseptisée, qui ne sortirait que pour décapiter ses victimes, parce qu'elle voyait en elles une chose qu'elle ne supportait pas ?

— Donc, ils laissent délibérément planer le doute sur ce qui leur est arrivé dans l'enfance ? demanda-t-elle. Ils induisent délibérément les gens en erreur ?

— Ils peuvent parfois faire semblant d'aimer la personne qui leur inflige ces mauvais traitements, alors qu'en réalité, ils la détestent. Pour dissimuler leur vraie psychose, ils en développent des centaines d'autres.

Tout, pourvu que cela détourne l'attention du vrai problème. Tout plutôt que de montrer au reste du monde ce qu'il y a derrière cette porte, plutôt que de lui laisser mettre la main sur la clé.

— Donc, pour vous, Barbe-Bleue a eu une enfance traumatisante.

Logan eut un petit rire.

— Quelque chose dans ce genre, oui.

— Mais nous avons tous des secrets, non ? Chacun de nous a deux ou trois petits défauts qu'il ne souhaite pas révéler.

— Bien sûr. En fait, d'une certaine manière, notre moteur, ce qui fait notre moi profond, est précisément ce dont nous avons peur. Et un grand nombre de gens soi-disant normaux rejouent dans leur vie quotidienne une version modifiée du conte de Barbe-Bleue, en gardant une boîte avec de vieilles photos, en conservant une bougie d'anniversaire de leurs seize ans ou d'autres objets qui déclenchent des souvenirs, à la fois tristes et gais. Ce déclencheur, c'est la clé de leurs secrets. Pour ce qui est des victimes de mauvais traitements, ce qu'elles ont conservé est plus volatil. Elles doivent donc faire plus d'efforts pour garder la porte close et attirer l'attention sur autre chose, en développant d'autres vices ou en simulant leurs sentiments.

Il se tut un instant, puis eut un rire qui détendit l'atmosphère.

— Mon Dieu, on croirait entendre un vieux prof radoter à une conférence. Je suis désolé d'avoir répondu si longuement. Quand je commence à parler boulot, il arrive que j'oublie de m'arrêter.

— C'est fascinant, dit Windy, un peu mal à l'aise.

Elle avait l'impression d'en avoir entendu un peu trop sur elle-même dans cette description de gens qui gardaient les choses en eux.

— C'est vrai. Mais maintenant que vous avez eu droit à un cours ennuyeux sur mon travail, peut-être pourriez-vous m'en dire un peu plus sur le vôtre. Lors d'un déjeuner, par exemple. Je suis obsédé par les asticots, depuis que j'ai vu ces photos, à votre bureau.

— L'expérience a démontré que lorsque je parle boulot à un déjeuner, la plupart du temps, on finit par me demander de quitter l'établissement. Les gens normaux aiment assez peu entendre des mots comme « poil pubien » en mangeant leur salade composée.

— En Virginie, peut-être, mais vous êtes à Las Vegas, maintenant. Ici, on vous trouvera bizarre si vous ne faites pas de commentaire sur l'anatomie de quelqu'un pendant un repas.

Windy se mit à rire, puis entendit sonner son portable.

— Je vous prie de m'excuser, il faut vraiment que je prenne cet appel, dit-elle en sortant son téléphone. Windy Thomas à l'appareil.

— Windy ? C'est Trish. L'amie d'Ève, vous vous souvenez ? J'ai repensé à quelque chose. Vous m'entendez bien ? Je suis en voiture, je vais au boulot.

— Oui, oui, je vous entends parfaitement. C'est à propos de quoi ? demanda Windy en sortant d'une main un carnet et un stylo de son sac.

— Vous m'avez demandé si Ève m'avait déjà parlé d'un certain Harry ou Barry, vous vous rappelez ? Je vous ai répondu non, mais je n'ai pas arrêté d'y repenser, en me disant que si, elle m'avait peut-être parlé de quelqu'un et que j'avais oublié. Et puis, hier soir, ça m'est revenu. Un type qui habitait juste à côté de chez elle, à l'époque où on s'est rencontrées, toutes les deux. On l'appelait GG. C'est pour ça que ça ne m'est pas revenu tout de suite.

— Gégé ? Comme Gérard ?

— Non, GG comme Gros Glouton. Il était énorme.

— Sympa.

— Je sais. On n'était pas les gamines les plus délicates de la terre. Je ne savais pas qu'ils étaient devenus amis, mais quand elle est partie vivre chez sa tante à Los Angeles, il est venu me voir au lycée pour me demander si elle allait bien, s'il lui était arrivé quelque chose. Ça m'a étonnée parce que la famille d'Ève avait quitté la maison à côté de chez lui depuis deux ans au moins, mais ils avaient dû rester en contact. Sur le chapitre des mecs, Ève était assez mystérieuse. Bref, je n'arrêtais pas de me dire que ce type était peut-être celui que vous cherchiez, alors je suis allée chercher l'annuaire de mon bahut.

— Nous avons déjà cherché dans les annuaires.

— Mais Ève et moi, on n'était pas dans le même bahut. Elle allait au lycée normal, et moi, j'allais dans un établissement qui proposait une spécialisation artistique, l'Académie Artistique de Las Vegas, parce que je voulais devenir peintre de renommée internationale, précisa Trish avec un rire ironique. GG était dans le même établissement que moi, section musique. Il avait deux ans de plus que moi, mais j'ai quand même retrouvé sa photo. Il s'appelle Harold Williams.

— Harold Williams. Académie Artistique de Las Vegas, répéta Windy, tout en notant frénétiquement. C'est dans l'annuaire de quelle année ?

— Quatre-vingt-cinq. Il est page soixante-dix-huit. Je suis page vingt-trois, au cas où ça vous intéresserait.

— Vous pensez que vous pourriez le reconnaître, si vous le voyiez aujourd'hui ?

— J'espère pour lui que non. Vous me comprendrez en voyant sa photo.

Windy remercia Trish et raccrocha, tout en réunissant ses affaires.

— Une nouvelle piste ? demanda Logan.

— Oui. Et une bonne, dit-elle en se levant. Excusez-moi, mais il faut que je retourne au bureau.

— Bonne chance.

— Merci.

Ils se serrèrent la main, puis Windy partit presque en courant dans le couloir, en direction des ascenseurs, son sac sur l'épaule, son portable coincé entre la joue et l'autre épaule. Harry la regarda s'éloigner depuis le seuil de son bureau. Il avait un doigt sur son poignet. Son cœur battait à tout rompre, et sans avoir rien fait ! Rien que parce qu'il l'avait entendue parler de lui. Parce qu'il l'avait entendue prononcer son nom.

Il alla jusqu'au fauteuil qu'avait occupé Windy et y récupéra délicatement deux cheveux blonds qu'il glissa dans une feuille pliée en deux. Il les rangerait avec les autres dans l'enveloppe étiquetée « Windy : cheveux » qu'il gardait à la maison. Sa collection Windy n'était pas encore aussi importante que sa collection Ève, mais elle s'étoffait. Lentement. Sûrement.

D'une manière générale, il ne se rappelait pas avoir passé un aussi bon moment en compagnie d'une personne vivante depuis bien longtemps. Une partie de cet entretien l'avait déçu, cependant. Il avait espéré qu'elle serait plus déstabilisée par sa rencontre avec Roddy. Cet épisode l'avait amenée dans son bureau, certes, mais n'avait apparemment pas ébranlé la confiance qu'elle avait en elle et en ses capacités. À vrai dire, c'était comme si rien ne s'était passé.

Il soupira. Cela signifiait que la prochaine fois, il devrait frapper un peu plus fort. Ne pas se contenter de lui faire peur quelques instants, mais la terrifier.

Il allait, par conséquent, devoir plonger dans sa troisième collection. Celle qu'il voyait comme un collier étrangleur invisible et qui lui permettrait de soumettre Windy. La collection Cate.

65

À 13 h 15, le lundi, Jonah posa un carton rempli d'annuaires sur la table de la salle de réunion, éternua et dit :

— Bon, maintenant, tu veux bien m'expliquer pourquoi je viens de faire un truc que j'avais juré de ne plus jamais faire après avoir quitté le lycée ?

— Ne me dis pas que l'homme qui a envoyé balader le commissaire principal de la police de Las Vegas est intimidé par une bibliothécaire scolaire, répondit Ash.

— Fais gaffe à ce que tu dis, Fripouille. Ils étaient pas à la bibliothèque, figure-toi. J'ai dû me trimballer jusqu'aux archives de la direction des affaires scolaires et m'adresser au directeur de ce service. Évidemment que j'ai eu la trouille. T'as jamais rêvé que tu séchais le cours d'histoire et que tu te faisais prendre, peut-être ?

— J'ai beaucoup rêvé de Mlle Jacques, ma prof de français, mais ce n'étaient pas des cauchemars.

— Tiens donc ! s'exclama Windy en entrant dans la salle. Et de quels rêves s'agissait-il exactement, *monsieur*[1] Laughton ?

— Je suis sûr que Windy parle le français couramment, dit Jonah à Ash.

Windy secoua la tête.

— Non. Mais j'ai passé un peu de temps en France. Il y a longtemps.

Ash vit quelque chose – de la douleur – passer furtivement dans son regard et changea de sujet.

1. En français dans le texte (*N.d.T.*).

— Jonah s'est dépassé, sur ce coup. Il a récupéré tous les annuaires de 1985 de tous les lycées.

— Et je suis parti en courant, j'avais trop peur de me prendre une colle.

Windy éclata de rire et chercha dans le carton l'annuaire de l'Académie Artistique de Las Vegas. Elle l'ouvrit à la page soixante-dix-huit.

— Le voilà, dit-elle en posant le doigt sous une photo d'assez mauvaise qualité. Je vous présente Harry.

Harold Williams devait peser cent cinquante kilos et regardait l'objectif comme s'il en avait peur.

— Vous êtes sûre ? demanda Ash.

— C'est ce que Trish m'a dit.

Ils examinèrent la photo. Il était difficile de croire que ce gamin avait pu devenir l'homme qu'ils recherchaient depuis le début de cette enquête ou presque.

— Je ne m'attendais pas du tout à ça, dit Ash.

— Non, c'est vrai. Étant donné la relation qu'Ève entretient avec son poids, je n'aurais pas non plus imaginé qu'elle puisse avoir une aventure avec quelqu'un d'aussi gros, admit Windy. Évidemment, il a dû changer, donc cette photo ne nous sert pas à grand-chose.

— J'ai lancé un avis de recherche pour Harry Williams, quand vous avez appelé pour nous donner son nom, et demandé à Jonah de vérifier dans tous les fichiers.

— C'est en cours, dit l'intéressé. J'ai déjà retrouvé onze Harry Williams.

— Comment tu as fait ? s'exclama Ash, impressionné.

Jonah haussa les sourcils.

— J'ai cherché dans l'annuaire, tiens.

Windy était assise, les pieds sur la corbeille à papier, et regardait le calendrier accroché au mur de son bureau, essayant de se vider un peu la tête. Samedi avait eu lieu le dernier meurtre. En comptant un écart de quatre jours, cela menait au mercredi, dans deux jours. Et ils n'avaient avancé ni du côté des maisons qu'Ève avait habitées, ni du côté des gens qu'elle avait pu côtoyer.

Ses yeux remontèrent jusqu'à la photo de la pin-up en bikini avec son club de golf. Elle affichait une réelle sérénité, sur cette petite voiture. La photo était prise sur le terrain de Turtle Egg, un club exclusivement masculin. Apparemment, le règlement optait pour une certaine souplesse quand les femmes venaient jouer en maillot de bain.

Le téléphone sonna, et elle sursauta, faisant tomber le combiné du coude avant d'avoir eu le temps de décrocher.

— Windy Thomas, bureau de criminalistique, dit-elle enfin, après avoir plongé pour le rattraper.

Personne. Juste un bruit de fond, et une voix étouffée, incompréhensible, comme si quelqu'un parlait à travers un Interphone.

— Allô ? Il y a quelqu'un ?

Un clic, et la tonalité.

Windy consulta le système qui enregistrait les appels. Numéro inconnu. Elle jeta un coup d'œil sur le calendrier, où elle avait noté les renseignements concernant le vol de Bill, et songea que c'était peut-être lui qui avait appelé pour dire qu'il avait atterri, que la ligne était mauvaise et…

Windy se redressa si brusquement sur son siège qu'elle faillit tomber à la renverse. Ash, qui entrait au même instant dans son bureau, fit un pas en arrière.

— Tout va bien ?

— Je crois que j'ai compris ce que voulait dire le mot. Celui que vous avez trouvé. Nadene, mardi, un, deux, trois, zéro. Et si c'était un numéro de vol ?

— Peut-être, oui, dit Ash, visiblement emballé. Et si Ève l'a noté, c'est qu'elle avait l'intention d'être à l'arrivée.

— C'est ça. C'est possible de retrouver la trace d'un billet ?

— Pas légalement, dit Ash, qui repartait déjà.

— Ne vous faites pas prendre, alors ! lança Windy.

— Ça n'est encore jamais arrivé.

Elle se leva et le suivit.

— Au fait, vous veniez me voir pour quoi ?

Ash s'arrêta.

— On a retrouvé le fleuriste d'Ève. Il y a trois semaines de ça, elle lui a passé une commande permanente pour un bouquet, qui lui est livré le lundi, à son restaurant. Elle a payé un mois d'avance, en liquide. Mais ce qui va vous intéresser, à mon avis, c'est que les bouquets en question sont livrés dans un vase en verre à base octogonale. Et l'adjointe du gérant, au restaurant, se rappelle lui avoir fait une remarque sur le bouquet le lundi soir, puis avoir constaté qu'il avait disparu le mardi matin. Le jour où on a retrouvé les Waters. Ce qui m'amène au meilleur : les fleurs sont livrées depuis plusieurs mois, et tout le monde au restaurant pensait que c'était son petit ami Harry qui les envoyait. Mais depuis trois semaines, c'était Ève qui se les faisait envoyer.

Trois semaines, pensa Windy. Trois semaines auparavant, Ève avait commencé à s'envoyer des fleurs en faisant comme si elles venaient de Harry. Elle était prête à parier que c'était à cette date qu'Ève et Harry avaient rompu.

66

Le carillon de la porte d'entrée tinta comme Harry pénétrait dans la boutique Boîte à lettres et Compagnie. C'était la partie « Compagnie » qui avait fait de lui un client fidèle. On trouvait presque tout pour être heureux, ici. Enfin, si on avait des besoins simples comme les siens.

Derrière le comptoir, la vendeuse fit une bulle avec son chewing-gum, la laissa se dégonfler et dit :

— Bonjour, Harry.

Elle était filiforme, comme Ève, avec du crayon noir autour des yeux, un piercing au nez et six boucles à l'oreille gauche. Une queue-de-cheval noire remuait au sommet de sa tête, lui donnant un petit air de majorette du diable. Et elle sentait toujours le chewing-gum.

Il lui sourit.

— Salut, Amy.

— Vous avez essayé les clés que j'ai fabriquées pour vous la semaine dernière ? Elles ont fonctionné ?

— À la perfection, assura-t-il.

— Ne me dites pas que vous avez encore besoin de ruban adhésif grande largeur.

— Et pourtant, si.

— Vous devez en envoyer des centaines, de cartons, à ces pauvres orphelins de Somalie.

Il avait complètement oublié ce qu'il lui avait raconté.

— Nous recevons des dons sans arrêt, c'est incroyable.

— Je trouve que c'est vraiment bien, ce que vous faites. Mettre votre talent au service de ceux qui ont moins de chance que nous.

— Merci.

Elle sourit et fit claquer son chewing-gum tout en passant les courses de Harry en caisse. Cinq rouleaux d'adhésif, trois cassettes audio, un kit de plastification de documents, un cutter.

— Vous savez, nous avons des lots adhésif et cutter en promo, dit-elle, tout en promenant ses doigts sur les touches de la caisse.

— Oh, je vais plutôt les prendre séparément, comme ça.

— C'était juste pour que vous sachiez. Au cas où vous auriez voulu faire des économies pour d'autres articles.

— Ça ira, dit-il en lui tendant du liquide, avant de se pencher et de demander : Tu as un peu de temps ?

— À ton avis ? répondit-elle sur le même ton. C'est la saison morte, là.

Elle se retourna et lança :

— Ralph ? Je prends ma pause. Tu t'occupes de la caisse ?

Depuis l'arrière-boutique, on entendit la voix dudit Ralph répondre :

— Ouais !

Harry sortit par où il était entré, tandis qu'Amy prenait la porte de service. Elle le retrouva à côté de sa Camaro.

— Ça fait longtemps, chéri, pas vrai ? plaisanta-t-elle en se glissant dans le siège baquet du conducteur, le tirant de façon à le placer bien en face d'elle. On s'est pas revus depuis vendredi.

D'une main, elle retira son chewing-gum de sa bouche ; de l'autre, elle ouvrit la braguette de Harry et prit son sexe.

— Regarde comme il est content de me voir.

Harry resta debout, le dos tourné au parking, les mains posées sur le toit chauffé par le soleil pendant qu'elle le suçait. Il aimait bien le faire de cette façon, parce qu'il n'avait pas à la regarder et avait une jolie vue sur les montagnes. Il venait ici après chaque tuerie.

C'était une façon de fêter ça, et aussi de se détendre, de relâcher la pression. Aujourd'hui, il était venu parce que la visite de Windy l'avait mis dans tous ses états.

Il repensa à ses premières victimes, les Johnson. Mme Johnson qui souriait quand elle lui avait ouvert et l'avait invité à entrer en lui disant que les enfants étaient dans leur chambre, sans se douter une seule seconde... jusqu'à ce qu'il lui montre le couteau. Là, elle avait ouvert de grands yeux. D'énormes yeux.

Elle s'était mise à trembler, les jambes flageolantes, avait eu du mal à s'attacher les chevilles tant ses mains tremblaient. Une fois par terre, elle avait commencé à gémir. À cause des sanglots, ce qu'elle disait était incompréhensible, et il avait dû se pencher vers elle pour l'entendre le supplier de l'épargner.

Pas vraiment satisfaisant. Contrairement à Claudia Waters. Elle s'était débattue comme une folle, elle. Claudia était une femme solide, qui ne l'avait pas cru lorsqu'il lui avait dit qu'elle aurait la vie sauve si elle le suppliait. Elle avait refusé de s'attacher avec l'adhésif, et il avait été forcé de le faire faire par sa fille. Il avait pris un risque, et il le savait. Mais au bout du compte, il ne l'avait pas regretté. Debout derrière Minette, le couteau au-dessus de sa tête, hors du champ de vision de la fille mais face à la mère, il avait regardé Claudia s'asseoir et se laisser attacher par sa fille.

— Tu peux bouger, maman ?

— Non, ma chérie.

La fillette, debout, faisait tourner le rouleau autour de son index.

— J'ai tout bien fait comme il fallait, maman ?

Sa mère, le visage baigné de larmes, avait répondu :

— Oui, c'est très bien.

Elle avait essayé de la prendre dans ses bras, pour la serrer contre elle, mais la fillette n'avait pas compris.

— Je vais aller attacher Martine dans notre chambre, maintenant. À plus tard.

Après cela, Claudia l'avait supplié de la laisser en vie. Mieux que toutes les autres. Briser cette femme lui avait procuré un plaisir intense. Il lui avait fait dire qu'elle l'aimait. Pas parce qu'il avait envie de l'entendre, mais parce qu'il avait ce pouvoir.

— Je t'aime, Harry. Je t'aime. Je t'en supplie, ne fais rien à mes filles. Je t'en supplie.

Il entendit de nouveau cette supplique, avec la voix de Claudia, puis avec une autre voix, et vit Windy à genoux, brisée, terrifiée, le suppliant : « Ne fais pas de mal à ma fille. Je t'en prie. Je t'aime, Harry. S'il te plaît. »

— Ah !

Il avait laissé échapper un grognement puissant. Son orgasme avait été si intense qu'un tremblement l'avait parcouru de la tête aux pieds. Il se retira brusquement de la bouche d'Amy et resta là un instant, le sexe à l'air, essayant de reprendre sa respiration.

— Waouh, c'était nucléaire ! dit-elle en remettant son chewing-gum dans sa bouche. T'avais jamais fait un truc pareil, avant.

Il grommela un « oui, oui », batailla pour refermer son pantalon et tira cinquante dollars de sa poche.

— Cinquante ! Une augmentation ! Merci.

— Ça les valait.

Elle fit quelques pas d'une démarche outrageusement chaloupée, puis se retourna et, enroulant son chewing-gum autour d'un doigt, lui lança d'une voix de petite fille :

— J'espère qu'on se reverra bientôt.

— Tu peux compter dessus, promit-il. Mercredi.

— Super. Tu es mon préféré, tu sais. Je croyais que les mecs qui avaient des petits pieds étaient censés avoir des petites bites, mais toi, t'es drôlement bien équipé.

— La flatterie ne te fera pas gagner plus, aujourd'hui.

Elle éclata de rire et regagna la boutique.

— Salut, bel étalon.

Il s'installa au volant de sa voiture, surpris de ce qui venait d'arriver. Jamais il ne s'était senti comme cela. Windy allait être la meilleure de toutes.

Il inspira plusieurs fois profondément, inhalant une dernière bouffée de chewing-gum, et sentit qu'il commençait à se détendre vraiment. De dos, avec son uniforme de l'école catholique, Amy ressemblait vraiment à Ève.

67

À 2 h 58 ce matin-là, Windy fut réveillée par les hurlements de Cate.

— Maman ! Maman !

Elle se rua dans sa chambre et trouva sa fille assise dans son lit, en larmes.

— Ma chérie, je suis là, dit-elle en la prenant dans les bras. Cate, mon bébé, tout va bien. Je suis là.

Cate se mit à trembler de façon incontrôlée. Brandon apparut dans l'encadrement de la porte, mais Windy, d'un signe, lui fit comprendre qu'il pouvait retourner se coucher.

— Chut, ma chérie. Tout va bien. Je suis là. Il ne va rien t'arriver.

Lentement, les larmes et les tremblements se calmèrent. Windy embrassa Cate.

— Est-ce que tu veux me raconter, maintenant ?

— C'était vraiment un cauchemar effrayant.

— Si tu en parles, peut-être qu'après il te paraîtra moins effrayant.

Cate s'accrocha à sa mère.

— Je veux pas en parler.

— D'accord. Alors, on n'en parle pas.

Cate s'écarta et leva les yeux pour regarder Windy.

— Maman, tu ne vas pas partir et me laisser, hein ?

Windy lui sourit. Elle se pencha de manière à poser son front contre celui de Cate.

— Bien sûr que non, ma chérie. Je vais rester ici jusqu'à ce que tu aies quarante-trois ans.

— Et quand j'aurai quarante-trois ans, il se passera quoi ?

— Alors, je te laisserai peut-être partir t'installer ailleurs. Mais en attendant, toi et moi, on forme une équipe.

— Tu as quarante-trois ans ?

— Pas encore.

— Quand est-ce que je les aurai, moi ?

Windy décida que sa fille avait recouvré ses esprits.

— Tu sais faire les soustractions, alors à toi de calculer. Quarante-trois moins six, ça fait combien ?

— Beaucoup, répondit Cate en faisant la grimace. Quand tu es tout près comme ça, on dirait que t'as qu'un œil.

— Si ça se trouve, c'est le cas.

— Beurk ! fit Cate en riant et en se dégageant.

Windy soupira. La crise était passée.

— Tu crois que tu vas pouvoir essayer de te rendormir ?

Cate cessa de rigoler et secoua la tête d'un air solennel.

— Non.

— Et si je reste là et que je dors avec toi ?

— Non.

— On peut quand même essayer, tu veux bien ?

— D'accord.

Cate, Gros Fred et elle se pelotonnèrent dans le lit. Windy attendit que la respiration de sa fille redevienne régulière, puis se dégagea et descendit dans la cuisine. L'horloge du four indiquait 3 h 38, mais elle savait qu'elle ne pourrait plus se rendormir. Elle se prépara une tasse de thé à la bergamote, parce qu'une amie lui avait dit que cela portait chance, et s'assit en tailleur sur le canapé. De la chance, elle allait en avoir besoin, se dit-elle en s'emparant des dossiers du labo qu'elle avait rapportés chez elle. Elle n'arrivait pas à s'ôter de l'esprit l'idée qu'elle prenait toute cette affaire comme elle avait pris le magazine sur le mariage : dans le mauvais sens. À trop vouloir en examiner les pages, elle en avait oublié la carte du fleuriste.

Le premier rapport concernait le tee-shirt retrouvé dans la benne, taché de ce qui se révélait être du sang de chien. Elle le mit de côté. Les chiens ne rentraient pas dans sa juridiction.

Le rapport suivant indiquait que les cheveux retrouvés dans les entailles pratiquées dans le cou de Kelly O'Connell étaient visuellement identiques à ceux d'Ève, mais ne possédaient pas de racines, ce qui empêchait toute comparaison d'ADN.

Les fibres du collier étrangleur étaient identiques à celles retrouvées chez les Johnson et les Waters, ainsi que sur le rouleau d'adhésif découvert chez Ève.

Mieux encore, les empreintes prises par Ash sur le chambranle de la porte du couloir des O'Connell étaient identiques à celles relevées chez Ève. C'était la première fois qu'Ève laissait des empreintes sur une scène de crime, et même si aucun autre indice ne permettait de prouver sa présence sur les scènes de crime, les empreintes étaient toujours appréciées des jurys quand il s'agissait de condamner.

Tout allait dans une seule direction, indiquait une seule personne : Ève. Ce qui l'avait poussée à agripper un chambranle, si près du sol, Windy aurait aimé le savoir, pourtant. Kelly l'avait-elle attaquée ? Dans ce cas, pourquoi son corps ne comportait-il aucune blessure de défense ?

Le dossier suivant ne comportait qu'une pièce : le cliché de la scène de crime inconnue à propos duquel Windy avait interrogé Ash quelques jours plus tôt. Elle l'avait rapporté chez elle afin de voir si elle pouvait en tirer quelques détails de plus. Quand elle était shérif, en Virginie, il arrivait que d'autres unités de police lui envoient les photos de scènes de crime, pour lui demander son avis. C'était une des choses qu'elle avait promis de ne plus faire – elle était passée aux informations, une fois, et Bill avait redouté qu'elle ne devienne une cible –, mais elle n'avait vu aucune menace dans cette photo, au départ. Pourtant, quelque chose continuait à l'intriguer.

Au préalable, elle avait cru que l'auteur de cette photo était juste un mauvais technicien, quelqu'un qu'elle devrait virer. Lorsqu'elle comprit d'où venait le problème, elle se dit que c'était elle qu'il fallait virer. Car ce n'était pas une photo de scène de crime prise par un photographe de la police scientifique. On n'y voyait aucune échelle pour indiquer la taille des traces de pas, aucun numéro à côté des taches de sang, aucun marqueur, aucun morceau de cordon de police. C'était la photo d'un meurtre, prise par un amateur. Par quelqu'un qui voulait juste illustrer un boulot bien fait.

— Quel genre de photographe amateur prend des photos de cadavres ? lui demanda Erica, lorsqu'elle lui apporta le cliché le lendemain matin.

— À mon avis, un tueur en série.

— Qui prend des photos de son travail avant l'arrivée de la police. Hou la, ça craint vraiment, là. Bon, qu'est-ce que vous voulez que je fasse ?

— Pouvez-vous faire le point sur les traces de pas, la zone d'ombre, là, sur le côté, et la brique de lait ?

— Pourquoi vous voulez la brique de lait, si vous savez déjà ce que c'est ?

— Parce que le lait est un des rares produits dont l'emballage comporte des codes régionaux et chronologiques. Si vous réussissez à tirer une info de cette brique, on pourra peut-être en déduire la date et le lieu où cette photo a été prise.

Erica se frotta les mains, visiblement ravie.

— Moi qui cherchais une excuse pour me resservir du logiciel de la NASA.

— Je n'ai rien entendu. À propos d'utilisation illégale de logiciel, vous ne savez pas où est Ash ? Je ne l'ai pas trouvé dans son bureau.

— Je sais, soupira Erica en glissant la photo dans le scanner. Et il a débranché son téléphone.

— Où est-il, Erica ?

— Je pourrais vous le dire, madame, mais après, je devrais vous tuer, répondit Erica sans quitter son écran des yeux.

Ensuite, elle l'ignora ouvertement, jusqu'à ce que Windy s'en aille.

À 16 heures, un homme qui ressemblait à Ash après un long séjour sur une île déserte apparut dans le bureau de Windy, lui tendit une feuille de papier et dit :

— Le vol de Nadene Brown a atterri il y a une heure. J'ai envoyé Jonah l'attendre chez elle, mais elle n'est pas encore arrivée.

— Vous y avez passé la nuit ?

— Non. J'ai aussi chassé le Harry Williams. Jusqu'ici, aucun de ceux sur qui je suis tombé n'est celui qu'on recherche. Nadene est notre meilleure chance de trouver des infos sur Ève et Harry. Vous voulez bien y aller ? Avec la tête que j'ai, je risque de lui faire peur. Et puis, elle se sentira peut-être moins menacée et ne cherchera sans doute pas à savoir pourquoi vous lui posez des questions.

Windy plissa les yeux.

— Où étiez-vous ?

— Vaut mieux que vous ne le sachiez pas.

— Pourquoi est-ce qu'on me répond ça tout le temps ?

— Parce que, si vous ne le savez pas, vous ne serez pas obligée de mentir.

— Jusqu'à quel degré d'illégalité êtes-vous allé ?

— Vous devriez filer, je crois.

— Je suis sérieuse, Ash. Quel que soit le motif, vous ne devez pas avoir à vous cacher dans une cave ou je ne sais où pour avancer dans une enquête. Et en plus, vous aviez coupé votre portable !

— C'était mieux comme ça.

— Et s'il était arrivé quelque chose, ici ? demanda Windy, d'une voix plus inquiète qu'elle ne l'aurait voulu. Si Ève avait tué de nouveau et que nous avions eu besoin de vous joindre ?

— J'en aurais forcément entendu parler.

Windy se leva et fit claquer sa main à plat sur son bureau.

— Comment ? Vous êtes le chef de l'Unité Spéciale de Lutte contre les Crimes Violents. Vous ne pouvez pas éteindre votre portable quand ça vous chante. Et s'il vous était arrivé quelque chose ?

Il se pencha vers elle.

— Croyez-moi, madame Thomas, je suis tout à fait conscient de la nature de mon boulot et des responsabilités qui m'incombent.

— Parfait.

— Très bien.

Il se redressa, les mâchoires serrées.

— Mon téléphone est allumé, maintenant, si vous avez besoin de quoi que ce soit, ajouta-t-il avant de quitter le bureau.

Jonah l'attendait dans l'entrée.

— Ça a bardé, on dirait.

— Oui.

Il regarda Ash d'un peu plus près.

— Tu souris.

— Arrête tes conneries.

— Tu crois qu'elle t'a engueulé parce que tu lui as manqué, aujourd'hui.

— Tu veux bien arrêter de penser à ma place ? dit Ash.

Mais Jonah avait raison : il ne pouvait s'empêcher de sourire.

68

Nadene Brown vivait dans une vaste maison de plain-pied qui ressemblait à un cottage anglais qu'on aurait passé au rouleau compresseur pour qu'il en sorte long et plat. Une barrière de bois blanc en délimitait le périmètre et, entre la barrière et la maison, c'était une véritable explosion de fleurs sauvages et colorées.

Windy sentit qu'on l'observait tandis qu'elle passait le portail et remontait l'allée jusqu'à la porte d'entrée, impression qui fut confirmé par le fait que cette dernière s'ouvrit avant même qu'elle ait sonné. La femme qui se tenait derrière la moustiquaire avait des yeux bleus perçants, des cheveux gris coupés court et des pommettes incroyables. Windy songea immédiatement à Lauren Bacall, une de ces femmes à la beauté intemporelle, et sursauta lorsque son interlocutrice lâcha, en guise de salutation :

— Beaucoup de gens trouvent que je lui ressemble. À Lauren. Mais nous nous sommes rencontrées, récemment, et il n'y a pas tant de ressemblance que cela. Ne soyez pas étonnée, j'ai tendance à lire dans les pensées. Je suis Nadene Brown, et vous êtes Chicago Thomas.

Sans doute Ash avait-il réussi à joindre Nadene et à la prévenir de sa visite, mais Windy décida de croire à l'aspect divination de la chose.

— Oui, répondit-elle en lui tendant sa carte. De la police de Las Vegas. Je peux entrer ?

Nadene la conduisit dans un salon aux sièges recouverts de soie bleu et blanc qui faisait plus château de Versailles que banlieue de Las Vegas. Au mur, il y avait trois portraits de jeunes femmes. Enfin, de la même jeune femme, réalisa Windy en ramenant son regard sur son hôte.

— J'ai cinquante-neuf ans, déclara Nadene en s'installant dans un fauteuil. Vous étiez en train d'essayer de deviner mon âge, non ?

Sur une petite table, devant elle, était disposé un service à thé Wedgwood.

— Vous ne les faites pas.

— Et vous ne « faites pas » officier de police.

Elle pencha la tête sur le côté et laissa glisser ses doigts sur un collier de grosses perles en lapis-lazuli au fermoir serti de diamants.

— Vous lui ressemblez beaucoup, vous savez. À Ève.

Windy ne fit pas mine d'être surprise qu'elle connaisse déjà l'objet de sa visite et répondit simplement :

— C'est ce qu'on m'a dit, oui.

Nadene entreprit de servir le thé, et Windy regarda autour d'elle. Un peu partout, dans des cadres en argent, se trouvaient des photos. Il y en avait une de Gerald Keene et de Nadene, apparemment lors d'une réunion de campagne pour la réélection du maire. Un drapeau « attention, terrain miné » se dressa dans l'esprit de Windy.

— C'est quelque chose du côté des yeux qui vous rapproche, disait Nadene. Vous semblez toutes les deux un peu anxieuses, comme si quelque chose vous hantait. Il faut apprendre à lâcher du lest, Chicago America Thomas. Vous n'avez rien à vous reprocher. Mais je vois que je vous mets mal à l'aise. J'ai tendance à faire ça avec les gens qui me plaisent.

Elle tendit une tasse de thé sur sa soucoupe à Windy et reprit :

— Mais nous parlions d'Ève. Elle est charmante. Vous vous trompez, vous savez... Quoi que vous lui reprochiez, elle ne l'a pas fait. Mais j'ai décidé de vous aider quand même.

— Merci.

Windy s'apprêtait à ajouter du lait à son thé et vit qu'il y en avait déjà. Elle observa Nadene. Son regard brillait, espiègle.

— Comment savez-vous qu'elle a fait quelque chose ?

— Les membres de la police ont autre chose à faire que de passer leur après-midi à boire le thé chez des créatrices de costumes simplement parce qu'une jeune femme a disparu, répondit Nadene. Cette fois, je n'ai pas lu dans vos pensées.

— Comment avez-vous rencontré Ève ?

— Vous êtes allée à son restaurant ?

Windy secoua la tête.

— Vous devriez. J'ai dessiné les costumes des serveurs et des serveuses. Les ailes. C'est ma spécialité, les ailes d'anges.

Windy promena son regard dans la pièce luxueusement décorée, et Nadene éclata de rire.

— Non, non, les ailes d'anges, ça ne nourrit pas son homme ! J'ai été mannequin, puis, il y a quelques années, j'ai dessiné des costumes pour des grands spectacles sur le Strip. Les plumes d'autruche sur la tête et les jupes en queue de paon, c'était moi. Mais au bout d'un moment, tous les costumes en plumes et paillettes se ressemblent, alors j'en ai eu marre, et j'ai cherché quelque chose de plus tendance. J'ai trouvé les ailes. Je fais des queues, aussi, mais sur commande spéciale uniquement.

— Et vous et Ève êtes devenues amies quand vous avez dessiné les costumes de son personnel ?

— Ève est quelqu'un de très fermé, mais qui a éminemment besoin de se confier. Je l'ai aimée instantanément, et elle se confie à moi.

— Savez-vous quelque chose sur son passé ? Sur l'endroit où elle a grandi ?

— Ève n'aime que le présent. Elle ne vit que pour le présent. C'est admirable, vous ne trouvez pas ?

Nadene était très forte pour ne pas répondre à ses questions. Windy décida d'en faire autant.

— Je sais que vous étiez en déplacement. Quand avez-vous vu Ève pour la dernière fois ?

— Ça doit faire un mois. Elle était très heureuse. En fait, elle m'a demandé si je voulais bien l'accompagner pour choisir une robe de mariée.

Windy se redressa.

— Et vous l'avez fait ?

— Je n'avais pas une minute à moi, cette semaine-là. Nous avons dû remettre notre shopping à plus tard.

— Allait-elle épouser Harry ? Harold Williams ?

— Bien sûr.

La réponse sonnait faux.

— Que s'est-il passé entre Ève et Harry ?

Nadene regarda derrière Windy, par la fenêtre qui donnait sur une piscine, à côté de laquelle se dressait une petite cabane aux murs recouverts de plantes grimpantes.

Le téléphone de Windy sonna.

— Je vous en prie, Nadene, insista-elle. Tout ce que vous me direz peut aider Ève.

— Peut *vous* aider, plutôt, non ? Ne confondez pas les deux, Chicago. Ce n'est peut-être pas la même chose. Vous ne répondez pas ?

Après la leçon qu'elle avait faite à Ash, Windy savait qu'elle n'avait pas le choix. Elle sortit son portable de son sac, vit qu'il s'agissait de Brandon et répondit.

— Allô ?

La voix de Cate hurla :

— Maman !

Windy se leva.

— Cate ! C'est toi ?

— Je veux ma maman ! Où est ma maman ?

— Cate ! C'est moi, je suis là ! Qu'est-ce...

— Maman !

Et la communication fut coupée.

— Il y a un problème ? demanda Nadene.

Mais Windy ne l'entendit pas. Elle composa le numéro de Brandon et tomba immédiatement sur sa boîte vocale. « Réfléchis, se dit-elle. Ne panique pas. Réfléchis. » Elle composa un autre numéro.

— Ash Laughton.

— Ash… lâcha-t-elle d'une voix étranglée.

— Windy, ça va ?

— Quelqu'un a Cate. Quelqu'un a pris Cate. Je dois trouver Cate.

Réfléchis. Explique. Ne perds pas de temps.

— Mon téléphone a sonné. C'était le numéro de Brandon. Quand j'ai répondu, Cate a hurlé : « Je veux ma… ma maman. » Comme si elle avait peur. Comme si quelqu'un lui faisait du mal. Puis ça a coupé. Et maintenant, ça ne répond plus. Ash, vous devez m'aider à la retrouver.

— On s'y met tout de suite.

— Je ne sais pas ce que je ferais s'il lui arrivait quelque chose…

— Jonah est déjà en contact avec toutes les patrouilles. Brandon a une Coccinelle bleue, c'est ça ?

— Oui.

— Je lance un hélico. On va la retrouver, Windy. Et j'envoie quelqu'un vous chercher.

— Non, je veux participer aux recherches.

— Windy, vous êtes autant en danger que Cate.

— Non ! Je veux aider ! Je suis…

— La meilleure façon de nous aider, c'est de rentrer chez vous. Immédiatement. Nous établirons un poste de commande dans votre salon.

— Je veux…

— Je n'ai pas de temps à perdre. Rentrez chez vous, c'est un ordre.

— D'accord, je… Merci. Excusez-moi de vous avoir crié dessus…

— Windy, rentrez chez vous.

69

Windy aurait aimé rester au téléphone avec Ash, pour qu'il continue à la rassurer pendant qu'elle rentrait chez elle. Elle n'avait qu'une chose en tête : Ève avait pris Cate et allait la torturer, la faire jouer avec de l'adhésif, la punir, l'utiliser comme un pion.

Elle allait démissionner et partir s'installer dans un monastère avec Cate. *S'il vous plaît, faites que Cate soit en vie.*

Elle entendit le bruit d'un hélicoptère juste au-dessus d'elle, arrivant de l'autre bout de la ville mais allant dans la même direction, sa maison. *Faites que cela ne veuille pas dire qu'ils ne l'ont pas retrouvée. Faites que Brandon n'ait pas eu un accident, qu'Ève ne se soit pas attaquée à lui...*

Elle ralentit à peine en s'engageant dans son allée et pila devant son garage au moment où l'hélicoptère se mettait en vol stationnaire au-dessus de son toit. La voiture de Brandon était garée dans la rue. Celui-ci était sur le seuil de la maison, en compagnie de deux officiers de police en uniforme et d'Ash.

Seigneur ! Ça veut dire qu'il n'est pas avec Cate. Elle descendit de voiture et courut vers eux.

— Où est-elle ? demanda-t-elle en tremblant. Brandon, qu'est-ce qui lui est arrivé ?

Brandon regarda Ash, qui posa les mains sur les épaules de Windy.

— Elle est à l'intérieur, dit-il d'une voix calme. Il n'est rien arrivé. Brandon et elle étaient rentrés depuis une heure quand ça...

D'un geste, il indiqua l'hélicoptère et les voitures de police…

— … est arrivé. Brandon avait mis une vidéo lorsqu'on a sonné, donc Cate n'a aucune idée de ce qui se passe. Est-ce que vous me comprenez ?

Windy ferma les yeux. Les rouvrit.

— Rien ? Ils vont bien tous les deux ?

— Oui. Et il n'y a pas de raison d'effrayer Cate.

Quelqu'un avait essayé de la manipuler, de jouer à un petit jeu vicieux avec elle, réalisa Windy. Pire que ça : ce quelqu'un s'était servi de sa fille pour la déstabiliser.

« Tu y réfléchiras plus tard », s'ordonna-t-elle. Ash avait raison. Il était inutile de raconter à Cate ce qui s'était passé. Inutile de lui faire peur.

— Merci.

— Rentrez chez vous. Je m'occupe de tout régler dehors, et je vous envoie Brandon dans quelques minutes.

Windy hocha la tête, sans l'écouter vraiment. Elle se répétait : « Ne fais pas peur à Cate. Ne laisse rien paraître. » Puis, d'un pas aussi calme que possible, elle franchit le seuil de sa maison, posa son sac au milieu de l'entrée, comme d'habitude, et lança :

— C'est moi !

Cate arriva en courant du salon.

— Maman, t'aurais dû voir ça, t'aurais dû être là !

Windy se mit à genoux et la prit dans ses bras, la serra. Trop fort, trop longtemps, mais elle ne pouvait pas s'en empêcher.

— Maman, tu m'écrases.

Windy ouvrit les bras.

— Excuse-moi. Est-ce que tu m'as appelée, mon cœur ? Il y a un petit moment, avec le téléphone de Brandon ?

— Non. Je voulais, mais on n'est pas arrivés à trouver son téléphone. Pourquoi t'es pas venue ?

— Venue ? Où ?

— À mon match.

On était mardi. Elle avait oublié le match de foot de Cate. Elle avait tout raté.

— Comment... comment c'était ? Tu as réussi à shooter ?

Cate se dégagea, et Windy réalisa qu'elle était toujours en tenue de foot.

— Plus ou moins, dit Cate, avant d'ajouter, après un silence : J'ai marqué deux buts !

Deux buts. Sa fille avait marqué deux buts et elle avait raté ça, préférant traquer un tueur psychopathe plutôt que d'assister au plus grand moment de la vie de sa fille. Bravo, le choix.

— Oh, ma chérie, c'est génial ! C'est fantastique ! s'exclama Windy en ravalant la boule qui lui serrait la gorge.

— Brandon a demandé à Mme Carlyle de filmer pour toi, comme ça, tu pourras tout voir.

— Merci.

— Mais ce sera pas pareil que si t'étais venue.

— Non. Je suis si fière de toi.

— Je croyais que tu serais là, moi, dit Cate, tendue, maintenant.

— Je suis désolée. Il fallait que je travaille.

— Toutes les autres mamans étaient là. Pourquoi tu travailles et pas les autres mamans ?

— Parce que quelqu'un d'autre dans leur famille travaille.

— Ça veut dire que, quand tu te marieras avec Bill, tu travailleras plus ?

Windy eut l'impression de prendre un direct du droit dans l'estomac.

— Non.

— Mais pourquoi ? s'écria Cate.

Toujours à genoux, Windy s'assit par terre.

— Je dois travailler. Je dois attraper les méchants. C'est mon travail.

— Mais quelqu'un d'autre pourrait les attraper, aussi. Pourquoi tu peux pas être comme les autres mamans ?

La bouche de Cate se tordit, et une larme roula sur sa joue, qu'elle essuya prestement.

— Pourquoi tu travailles tout le temps et tu t'habilles pas comme les autres mamans ?

— Qu'est-ce que tu veux dire ?

— Tu ressembles pas à une vraie maman. Tu ressembles pas à une adulte. Je veux une vraie maman. Je veux une vraie maman et un vrai papa.

Sur ce, Cate courut dans sa chambre, dont elle claqua la porte avant de la rouvrir et de la claquer une deuxième fois. Windy resta un moment immobile, une main sur la bouche. Puis elle se leva et, d'un pas fatigué, alla jusqu'au canapé, glissa la cassette « match » dans le magnétoscope et s'assit pour la regarder. Et là, pour la première fois depuis plus de trois ans, elle se mit à sangloter.

On voyait Cate, qui s'en sortait comme un chef, tapant dans le ballon, faisant des passes, applaudissant les autres joueuses. Et on voyait aussi les mamans, sur les gradins, toutes en polo couleur pastel, avec un pull autour du cou, parfaitement coiffées, parfaitement manucurées. Windy ne possédait pas un seul vêtement de couleur pastel. Aucune maman n'avait l'oreille collée à son téléphone portable, aucune n'avait les ongles rongés jusqu'au sang. Aucune n'avait mis en danger la vie de sa propre fille et manqué le match de foot.

Comment avait-elle pu rater sa vie à ce point ? Comment avait-elle perdu la notion de ce qui était important ?

L'écran se brouilla. Elle pleurait à chaudes larmes, cette fois. Elle entendit les pas de Brandon, sentit son bras passer par-dessus son épaule et lui tendre un mouchoir en coton brodé. Brandon, sans doute la seule personne dans tout Las Vegas à utiliser des mouchoirs en tissu et à porter un jean Diesel, des Doc Martens et un tee-shirt des Clash, sa tenue « punk ». Rien que d'y penser, elle ne put retenir un sourire.

— Merci, fit-elle en levant les yeux.

— Rappelle-toi que la Belette a six ans, dit-il en lui massant les épaules. Les gamins de six ans sont des sadiques, c'est connu et reconnu.

Windy renifla et s'essuya les yeux.

— Je sais. Mais ça fait mal parce qu'elle a raison.

— À propos de quoi ?

— Je ne suis pas une vraie maman. Je ne suis pas comme les mamans de ses copines.

Brandon fit la moue.

— Tu pourrais leur ressembler si tu le voulais. Seulement, je ne vois pas pourquoi tu ferais un truc pareil.

Mais Windy savait que le problème n'était pas là. Elle pouvait leur ressembler, mais elle ne réussirait jamais à être comme elles. Elle était incapable d'être une vraie maman. Elle était nulle dans ce domaine. En fait, elle était en train d'échouer dans tous les domaines.

— Elle ne pensait pas ce qu'elle a dit, tu sais. Elle n'a que six ans, répéta Brandon.

Windy hocha la tête et se leva pour se diriger vers l'escalier.

— Peut-être. Mais elle n'a pas tout à fait tort non plus.

Elle frappa à la porte de Cate, ignora la pancarte : « Laissez-moi tranquille » accrochée à la poignée et entra. Cate était assise sur son lit, le livre du *Petit Prince* ouvert sur ses genoux. Windy s'installa en face d'elle.

— J'ai regardé la vidéo. Tu as tellement bien joué, Cate. Tu as frappé le ballon comme une pro, mais en plus, tu as su jouer avec toutes les autres petites filles de l'équipe. Et ta façon d'encourager Lucrece quand elle a laissé passer un but, c'était formidable. Je suis si fière de toi.

Cate ne quitta pas son livre des yeux, mais Windy savait qu'elle ne lisait pas.

— Merci, finit-elle par dire. On peut pas arrêter tous les buts. Même les gardiens professionnels en laissent passer, des fois.

Son ton était si sage, si détaché.

— En tout cas, je constate que tu as drôlement travaillé ta frappe de balle.

Cate haussa les épaules.

— C'était pas dur. J'ai juste fait ce qu'Ash avait dit.

— Je pense qu'il sera impressionné. Est-ce que je peux lui montrer la cassette ?

Cate secoua la tête.

— Il va trouver ça ennuyeux. Les matches de foot, c'est ennuyeux.

— Pas du tout ! Je n'ai pas trouvé ça ennuyeux, moi. Et de toute façon, il pourra mettre sur avance rapide pour les parties où on ne te voit pas et ne regarder que celles où on te voit bien.

Cate faillit lever la tête, puis se souvint au dernier moment qu'elle était fâchée contre Windy et garda les yeux baissés.

— Tu crois qu'il aimerait ?

— J'en suis sûre.

Toujours sans regarder sa mère, Cate descendit de son lit et alla jusqu'au tableau installé dans un coin de sa chambre.

— Je lui ai fait cette carte. Pour le remercier.

Elle la lui tendit, et Windy vit qu'elle s'était dessinée avec lui, main dans la main, un ballon de foot entre eux deux. En dessous, elle avait écrit « mersi » au crayon, d'un trait hésitant.

— Je me souvenais plus comment on écrit merci. Tu m'aideras ?

Windy alla jusqu'au tableau, et lui montra comment l'écrire. Cate s'entraîna un peu avant de recopier le mot sur sa carte.

— Je suis terriblement désolée d'avoir raté ton match aujourd'hui, ma chérie, dit Windy. J'aurais vraiment aimé être là.

— Je t'ai fait celle-là, pour toi, dit Cate en lui tendant un autre dessin.

Celui-ci avait beaucoup de fleurs en haut et une série de petits carrés en colonnes et en rangées.

— C'est un calendrier. Je me suis dit qu'on pourrait y mettre tous mes matches de foot, et tu pourrais le garder avec toi. Comme ça, tu saurais quand venir.

Elle regarda Windy et ajouta :

— S'il te plaît, maman.

Pour la première fois, Windy comprit à quel point sa fille avait besoin d'être rassurée et redoutait de se retrouver seule, abandonnée une nouvelle fois. Elle la prit dans les bras et murmura :

— Je vais essayer, ma chérie. Et s'il y a des fois où je ne peux vraiment pas venir, je t'appellerai pour t'encourager, juste avant le match. Comme ça, tu sauras que je pense à toi.

— Tu veux dire s'il y a des méchants à attraper ?

— Oui.

— D'où est-ce qu'ils viennent, les méchants ?

— Ça dépend. Mais la plupart du temps, ils sont méchants parce qu'ils n'ont eu personne pour les aimer. Pour faire attention à eux.

— Ils ont pas de maman ?

Comment répondre à cette question ?

— Pas vraiment.

— Ah. Ils doivent être drôlement seuls, alors.

Puis elle toucha la joue de sa mère.

— Tu pleures, maman !

— Oui. C'est parce que j'ai raté ton match. Et je m'en veux de t'avoir causé du souci.

Cate pencha la tête sur le côté.

— T'es bizarre, quand tu pleures.

Cela fit rire Windy.

— Je te remercie !

Brandon frappa à la porte et passa la tête dans la chambre.

— Il y a des cookies qui sortent tout juste du four, pour celles que ça intéresse.

Il avait à peine fini de parler que déjà, Windy et Cate se ruaient dans l'escalier.

— On ne court pas dans la maison, les filles, leur lança Brandon en secouant la tête.

Un peu plus tard, alors que tous les trois s'étaient brûlé le palais et avaient mis des miettes partout en gardant la bouche ouverte pour hurler : « C'est bon mais c'est chaud ! », Cate se pencha vers Windy et dit :

— Tu sais, je suis contente que tu sois pas comme les vraies mamans.

Windy comprit que c'était un compliment, mais ne parvint pas à chasser le sentiment d'échec qui l'habitait.

70

Il était 21 h 30, et Windy hésitait entre se faire un chocolat chaud et se mettre en pyjama lorsqu'on sonna à la porte.

Elle alla ouvrir.

— Bonsoir, dit Ash.

Son rythme cardiaque enregistra aussitôt une nette accélération.

— Bonsoir. Vous voulez entrer ?

— Une petite visite ne vous dérange pas ?

— Non. Je peux vous offrir un verre ? demanda-t-elle en refermant la porte derrière lui.

— Je dois travailler, ce soir.

— Un café, alors ? Un chocolat chaud ? C'est de l'instantané, mais il y a des mini-guimauves, dedans.

— Des mini-guimauves. Vous savez parler aux hommes.

Il la suivit dans la cuisine et s'appuya contre le plan de travail tandis qu'elle remplissait la bouilloire.

— Comment va Cate ?

— Ça va. J'ai tellement honte de vous avoir appelé et d'avoir fait déplacer la Garde nationale pour rien.

— Pas pour rien. C'était de la manipulation très futée. Quelqu'un essayait de vous faire peur.

— Et ça a marché. À votre avis, que s'est-il passé ?

— Je pense que quelqu'un a enregistré Cate, puis a subtilisé le portable de Brandon et s'en est servi quand le besoin s'en est fait sentir.

— Donc, vous pensez que quelqu'un ne voulait pas que je parle à Nadene.

— C'est ce que je pense, oui.

— Nous devons la prévenir. La protéger. Il faut…

— C'est fait. J'ai deux officiers à sa porte. Personne n'entre sans qu'on soit mis au courant.

— Bien. Je veux retourner lui parler. Elle est fascinante, même si elle a du mal à répondre aux questions.

— Avez-vous appris quelque chose, chez elle ?

— Uniquement qu'Ève lui avait demandé de l'accompagner pour acheter une robe de mariée, il y a un mois de ça.

L'eau se mit à bouillir. Windy la versa dans deux tasses, puis mélangea avec une cuillère Cendrillon.

— Vous voulez le Méchant Lapin, demanda-t-elle en levant la tasse sur laquelle figurait un dessin assez approximatif de lapin à grandes dents, ou Lulu la Tortue élégante ?

Sur la deuxième tasse, une tortue portait un boa et une tiare de princesse.

— C'est Cate et Brandon qui les ont peintes ?

— Oui. Vous devinez qui a fait lequel ?

— Je veux le Méchant Lapin.

Elle lui fit signe de s'asseoir et posa la tasse devant lui, sur la table, avant de s'installer en face.

— Je vous le laisse, même si c'est mon préféré, pour m'excuser de vous avoir dit comment faire votre boulot tant de fois aujourd'hui. Je suis réellement navrée.

— Je ne déteste pas être secondé. À ce propos, j'ai aussi demandé à une voiture de patrouille de s'installer devant votre maison. Je sais que vous ressentez cela comme une intrusion, mais…

— Non. C'est bien. Merci.

Windy souffla longuement sur son chocolat chaud.

— Si l'appel était expressément destiné à me faire quitter la maison de Nadene, alors il venait d'Ève.

— Oui. Il y a le *timing*, et le fait qu'une fois encore, une voix a été enregistrée pour être repassée ultérieurement. Je pense que c'est elle.

— Donc, Nadene sait quelque chose d'important. Je devrais peut-être y retourner tout de suite.

— Elle dort. Et il est hors de question que vous sortiez de chez vous ce soir.

— C'est un ordre ?

Ash but une gorgée de chocolat.

— Parfaitement.

— Si elle a enregistré Cate à son match de foot, quelqu'un l'aura peut-être vue.

— Nous avons fait notre petite enquête sur place, et ça n'a rien donné. Mais Brandon nous a dit que vous aviez une cassette. Elle est peut-être dessus.

— Bien sûr. C'est pour cela que vous êtes venu. Pour la cassette. Et moi qui vous retarde avec mon chocolat chaud ! Je vais la chercher.

Elle se leva, mais comme elle passait près de lui, il la prit par le poignet et l'attira doucement jusqu'à la chaise qui se trouvait à côté de lui. Elle se rassit.

— Non. Ce n'est pas pour cela que je suis venu. Je suis venu pour vous voir, dit-il d'une voix grave, affectueuse. Je voulais être sûr que tout allait bien. Ce qui s'est passé aujourd'hui… je ne peux qu'imaginer à quel point ça a dû être difficile.

Windy avait baissé les yeux.

— C'était désagréable.

Elle l'entendit émettre un petit rire.

— Veillez à ce que vos mots ne dépassent pas votre pensée, madame.

Elle se mit à rire à son tour et porta les mains à son visage.

— Oh, Ash, soupira-t-elle. Jamais je ne m'étais sentie aussi mal de ma vie. C'était pire que tout. Pire que tout.

Les bras d'Ash se refermèrent autour d'elle ; elle posa son visage contre son torse et éprouva alors une sensation de sécurité totale et parfaite. Le sentir autour d'elle ainsi lui plut, tout comme le parfum de son adoucissant et sa façon de poser son menton sur le sommet de son crâne.

— Je crois que je vais devoir démissionner, dit-elle.

Il s'écarta pour pouvoir la regarder.

— Je respecterai cette décision, si c'est réellement ce que vous voulez. Mais si vous m'en laissez la possibilité, j'aimerais essayer de vous faire changer d'avis.

— Je... je ne peux pas mettre Cate en danger. Ce n'est pas comme cela que les choses doivent fonctionner. Ce n'est pas comme cela qu'une mère aime sa fille.

C'était la vérité. C'était logique. C'était ce que Bill aurait dit.

— Vous confondez deux choses. Vous n'avez pas mis Cate en danger. Ève a mis Cate en danger. Ève s'est servie de Cate à cause de votre boulot, c'est vrai. Mais vous n'avez rien fait qui ait mis la vie de Cate en péril.

Elle aurait voulu accepter cette réponse et crier : « Non ! Ce n'est pas ma faute ! » Mais ça l'était. Elle avait pris la décision. Elle avait accepté ce boulot.

— Si je ne faisais pas ce travail, ça ne serait pas arrivé.

— Si vous ne faisiez pas ce travail, vous seriez une autre personne, et Cate serait une autre fillette. Spéculer de cette manière ne sert à rien. Vous êtes une des meilleures dans votre branche. Ce que vous faites sauve des vies et aide les gens.

— J'aimerais tellement vous croire !

— Que vous décidiez ou non de me croire, il y a une autre chose dont vous devriez tenir compte avant de prendre votre décision. Ève vous a déjà visées, vous et Cate. Elle ne s'arrêtera pas parce que vous laisserez tomber l'affaire. Elle aura juste plus d'occasions de tuer et de faire souffrir parce que, sans vous, nos chances de lui mettre la main dessus sont infimes.

— Ah. Alors, je suppose que je n'ai pas le choix. Je reste.

— Parfait. Mais c'est la deuxième fois en quatre jours que vous essayez de démissionner, reprit Ash d'un ton plus léger. Vous pensez pouvoir attendre que cette affaire soit terminée avant de me refaire le coup ?

— Je ne sais pas. J'aime bien vous faire réfléchir au fait que vous avez besoin de moi.

— Ne vous inquiétez pas pour ça. Pour y réfléchir, j'y réfléchis.

L'espace d'un instant, leurs regards se croisèrent, et Windy sentit comme une décharge électrique la parcourir de la tête aux pieds. Jamais elle n'avait éprouvé ce genre de chose. Puis Ash se leva.

— Je vais y aller, vous avez besoin de dormir. Et ne dites pas que vous pourriez venir au bureau maintenant, parce que je vous interdis de le faire.

Elle se leva à son tour.

— Vous savez, vous vous conduisez un peu en petit chef, pour quelqu'un qui dit ne pas être mon patron.

— Il faut bien que quelqu'un s'assure que vous êtes raisonnable.

Il ne plaisantait qu'à moitié. Et peu lui importait. Parce qu'elle savait qu'il croyait en elle.

— Merci d'être passé. De vous être assuré que j'allais bien.

— C'est normal. Un patron, ça fait ce genre de choses.

En montant se coucher, elle se demanda si lui aussi avait ressenti cette décharge électrique. Elle dormait presque lorsqu'elle se souvint qu'elle n'avait pas remis la chaîne de sécurité sur la porte après son départ.

Dans la voiture de police garée devant chez Windy, les deux agents crurent d'abord qu'ils avaient mal entendu.

— Mais monsieur, protesta l'agent Franca, vous ne pouvez pas être celui qui nous relève.

— Et pourtant si, c'est moi, assura Ash. Je prends le quart de 22 heures à 3 heures du matin.

— Mais on est sur une mission de routine. Une protection. Personne ne vous a assigné à ça.

— Je me suis assigné moi-même, dit Ash.

Il ne précisa pas qu'en ce qui le concernait, il n'y avait rien de routinier là-dedans.

71

Windy ouvrit les yeux cinq secondes avant que le téléphone ne sonne à 6 h 06 le mercredi matin, comme si elle avait su ce qui allait arriver. Elle répondit à la première sonnerie.

— Windy, je suis désolé de vous appeler comme ça, dit Ash.

— Où ont-ils retrouvé le corps de Nadene ? demanda-t-elle simplement.

Ash était allé directement de chez elle à son bureau, tôt le matin même. Il se tenait maintenant devant la fenêtre et distinguait la crête des montagnes dans l'obscurité.

— Chez elle, dit-il. Elle a été étranglée. Apparemment, ce serait avec un collier. Des perles rondes, peut-être.

— Des perles en lapis-lazuli. Elle portait ce collier quand je l'ai vue. Elle ne l'avait plus ?

— Non.

Il se tut, suivit des yeux les lumières des voitures, au loin.

— Je suis désolé. Je sais que vous la trouviez gentille.

— Vous pouvez envoyer une voiture sur place avec le matériel ? Je vous retrouve là-bas.

— Oui. C'est juste que… il y a autre chose.

Windy cherchait déjà ses sous-vêtements, commençait à s'habiller. Elle s'arrêta, une chaussette à la main.

— Quoi ?

— On l'a appris par un appel. D'un portable. Et on a pu localiser l'endroit où se trouvait le téléphone.

À ce moment précis, Windy sut pourquoi elle s'était réveillée. Elle avait entendu un bruit. Elle alla jusqu'à sa fenêtre et regarda dans son allée. Quatre voitures de patrouille s'y trouvaient.

— Il était où ? demanda-t-elle.

— Sur le siège avant de votre voiture.

Cate était surexcitée à l'idée d'avoir des gardes du corps à l'école et n'arrêtait pas de leur demander de l'aider pour sa dictée, mais Windy, elle, en était malade. Brandon avait accepté sans hésiter de ne pas aller en cours ce jour-là et de rester à la maison jusqu'à ce que le serrurier ait posé de nouvelles serrures. La seule explication que pouvait trouver Windy, c'était que quelqu'un avait fait faire des doubles de ses clés le jour où elle les avait oubliées sur sa portière de voiture.

C'était la seule qu'elle acceptait d'envisager.

Elle refusait de penser au fait que malgré la présence de la police, Ève avait réussi à accéder à sa voiture. Refusait de se dire que, bien que protégée par la police, Nadene avait été assassinée.

Une dépanneuse de la police remorquait sa voiture pour qu'une équipe puisse la passer au peigne fin lorsque le véhicule de la police scientifique arriva. Ash était au volant.

— J'ai pensé qu'un peu de compagnie vous ferait du bien, dit-il.

La vérité, c'était qu'il avait l'intention de la quitter des yeux le moins possible. L'idée qu'elle puisse être en danger, dans le viseur du tueur, lui nouait les tripes. Il était resté devant chez elle bien après l'arrivée de la relève, et cela n'avait pas suffi à le rassurer.

Ils suivirent la dépanneuse jusqu'au coin de la rue, où elle prit à droite tandis qu'eux tournaient à gauche. Windy inspira un grand coup.

— De toute façon, je commençais à me dire que cette voiture ne faisait pas très Las Vegas. Je devrais peut-être prendre un monospace.

Ash posa une main sur la sienne. Le reste du trajet jusque chez Nadene se fit en silence.

Elle demanda à Ned de s'occuper du garage, à Larry de se charger de la porte de derrière, par laquelle Ève était sans doute sortie. Quant à elle, elle s'attaqua à la cuisine, où avait été retrouvé le corps.

Nadene avait été attrapée par son collier, par-derrière, prise par surprise. Les victimes de strangulation mouraient en général les yeux ouverts, mais les siens étaient fermés.

— Quelqu'un a-t-il touché le corps ? lança Windy à la cantonade.

Tous les agents présents répondirent par la négative. Le tueur avait donc fermé les yeux de Nadene. C'était un geste étrange, presque affectueux, qui contrastait nettement avec le fait qu'il venait de l'agresser sauvagement, de serrer son collier jusqu'à ce qu'elle tombe, morte, et de partir avec ce même collier.

— Bon, dit Windy. Je veux un relevé d'empreintes sur ses paupières.

Dans la cuisine, elle releva les empreintes de Nadene sur le plan de travail en céramique, sur une porte de placard et sur le sol. Partout où elle avait tenté de se rattraper en tombant.

— Vous pensez qu'elle s'est débattue ? demanda Larry en étudiant les empreintes et la façon dont elles s'enchaînaient.

Windy regarda les poings fermés de Nadene et les glissa dans des sacs en plastique pour protéger tout ce qu'ils pourraient contenir.

— Oui.

À côté des empreintes, sur le plan de travail, se trouvaient les deux tasses à thé qu'elle et Nadene avaient utilisées et, à côté, la théière, son couvercle ôté, comme si Ève avait frappé juste après le départ de Windy, au moment où Nadene allait faire la vaisselle.

Cela signifiait que soit Ève était dans la maison en même temps que Windy, soit elle était arrivée très peu de temps après son départ et s'était glissée à l'intérieur juste avant l'arrivée de la police. Les alentours de la maison étaient surveillés, mais la menace était déjà en place.

Sa dernière conversation, Nadene l'avait eue avec Windy.

Pourquoi Ève n'avait-elle pas fait la vaisselle, cette fois ? Pourquoi n'avait-elle pas tout nettoyé ? Pour que Windy voie les restes de leur thé et se sente coupable ?

Cela marchait. Savoir qu'elle relevait ses propres empreintes sur une des tasses ne rendit pas la chose facile à Windy. Les experts de la police scientifique détestaient trouver leurs traces sur des scènes de crime, parce que cela signifiait qu'ils n'avaient pas fait assez attention, qu'ils avaient touché quelque chose sans avoir mis de gants. Qu'ils avaient provoqué la mort d'une personne rien qu'en buvant le thé avec elle.

Ned arriva, avec tout son matériel.

— Pas de voiture, nulle part. On a deux canettes de Coca *light* trouvées dans la poubelle, dehors. Attention, elles étaient dans la poubelle du recyclage.

— Ève est très ordonnée.

— Mmm... On a aussi trouvé quatre mégots de cigarette, des Marlboro, avec des traces de rouge à lèvres.

— C'est la marque d'Ève, mais ça ne sent pas du tout la fumée, ici. Qu'est-ce que vous en pensez ?

— Peut-être qu'elle ne fume que dehors. Après tout, si elle est écolo au point de recycler ses canettes...

Windy fit la moue.

— Peut-être. Vous avez trouvé autre chose, dans la poubelle ?

— Deux cotons à démaquiller, imbibés de lotion, je pense, et avec des traces de mascara noir. Un emballage d'un plat Weight Watchers. Et ici ? Vous avez quoi ?

— Rien de surprenant. Je crois que j'ai fini.

Elle regarda l'évier, puis l'endroit où se trouvaient la théière et les tasses, remarqua entre les deux l'interrupteur du broyeur d'ordures. Sans savoir pourquoi, elle avait oublié de le vérifier. Elle plongea une main dans le conduit et blêmit.

— Vous avez trouvé une autre alliance ? demanda Ned. Celle de Kelly O'Connell ?

Windy retira sa main et l'ouvrit.

— Non. J'en ai trouvé deux.

Les deux anneaux, dans le creux de sa paume, avaient été très abîmés, comme s'ils étaient passés un grand nombre de fois dans le broyeur. Il s'agissait de deux anneaux en or, gravés à l'intérieur, comme des milliers d'autres alliances.

— Il va falloir des années pour identifier ça, dit Ned.

— Oui. Je pense comme vous que l'une de ces alliances est celle de Kelly. Et Nadene a toujours la sienne.

Elle inspira un grand coup avant de conclure dans un souffle :

— Ce qui signifie qu'une autre victime nous attend quelque part.

Ned émit un grognement.

— Vous savez quoi ? Je commence à en avoir ras le bol de cette affaire. J'ai envie d'un truc bien carré, pas prise de tête. Franchement, jamais je n'aurais imaginé dire ça un jour, mais je donnerais mon salaire pour un bon vieux cambriolage des familles, une mamie qui pleure après son magnétoscope. Et je serais même pas tenté de lui dire que, de toute façon, il était temps de passer au DVD.

— Je vois ce que vous voulez dire.

Ned entreprit de réunir leur équipement, et Windy rangea elle aussi sa mallette. Avant de partir, elle fit le tour de la maison, à l'extérieur, se penchant à plusieurs reprises pour étudier le sol.

Ned l'attendait, appuyé contre la voiture.

— Vous cherchez des idées pour votre jardin ? demanda-t-il lorsqu'elle le rejoignit.

— En quelque sorte, répondit-elle.

Elle ne dit plus un mot de tout le trajet jusqu'à la morgue, se posant intérieurement une question : si Ève fumait dehors, alors pourquoi n'y avait-il aucune trace de cendres dans les plates-bandes ?

Elle aurait voulu savoir aussi à qui appartenait la deuxième alliance. Une seule réponse lui venait à l'esprit, et elle ne lui plaisait pas du tout.

72

Windy était déjà dans la salle d'autopsie, en compagnie du docteur Bob et du corps de Nadene, lorsque Ash arriva.

— Désolé, je suis en retard.

— Ce n'est pas grave, elle n'ira pas bien loin, de toute façon, répondit le docteur Bob en passant son masque. Et puis, j'ai décidé d'être gentille avec vous deux, aujourd'hui. Ce corps est beaucoup plus joli que ceux que vous m'apportez depuis quelque temps. C'est tellement rafraîchissant, d'avoir une tête. Ça rend le travail plus facile, je vous assure.

— On fait de notre mieux, dit Windy. Que pouvez-vous nous dire, jusque-là ?

— Il est indéniable que la cause de la mort est la strangulation, probablement à l'aide d'un collier de perles rondes. Elle a mis du temps à mourir et s'est débattue. J'ai retrouvé des cheveux et de la peau sous ses ongles.

— On le savait, ça, fit Ash d'un ton sec, avant de baisser la tête. Veuillez m'excuser. Je suis un peu à cran.

— Je comprends. Voilà quelque chose que vous ne savez peut-être pas.

La légiste prit le spot de lumière noire et l'alluma en direction du cou de la victime. Une série de cercles apparut, collier de perles fluorescent, interrompu à un endroit par une forme découpée.

— C'est quoi, cette forme sombre ? demanda Ash.

— Le fermoir du collier. Le tueur a serré si fort que sa forme s'est imprimée dans la peau du cou. Elle a vraiment dû lutter.

— Vous avez un miroir dentaire ? demanda Windy.

Le docteur Bob lui tendit un miroir au bout d'un long manche, qu'elle plaça juste au-dessus du bleu.

— Ce n'est pas juste une forme. C'est un monogramme. NBL. Le B était pour son nom de famille, donc le L doit être pour son second prénom.

L'autopsie s'acheva trois heures plus tard, un peu après 13 heures, sans surprise, et sans beaucoup plus d'informations. Nadene Brown était morte en bonne santé et aurait vécu encore de nombreuses années si on lui en avait laissé la possibilité.

— Vous avez du nouveau, côté Harry ? demanda Windy à Ash tandis qu'ils regagnaient leurs voitures respectives.

— On a vu une dizaine de Harry Williams et, pour l'instant, aucun n'est notre homme. Ce matin, j'ai décidé de le rechercher *via* son passé, pour remonter jusqu'au présent. Alors, Lee planche sur ses dossiers scolaires.

— Nous avons trouvé deux alliances dans le broyeur à ordures de Nadene.

— J'ai su. On m'a dit aussi qu'elles étaient en assez mauvais état, difficiles à identifier.

— Oui. Mais du coup, je me demande si Harry n'a pas été marié.

— Alors là, vous cherchez des renseignements que je ne peux même pas vous donner en rêve. Ensuite, vous allez vouloir tous les noms d'emprunt qu'il a utilisés ici, à Las Vegas, vu qu'il devient évident qu'il n'existe nulle part sous celui de Harry Williams. En l'état actuel des choses, je me demande même s'il a jamais existé en dehors d'un annuaire de lycée.

Son téléphone sonna. Il répondit, sourit et raccrocha.

— Nick Lee a trouvé dans un vieux dossier scolaire la preuve qu'il était le voisin d'Ève dans Cottonwood Avenue. Donc, il existe.

— Il a retrouvé des membres de la famille ? Des contacts récents ?

— Et vous voilà repartie à vouloir la lune et les étoiles ! Sa mère est décédée, mais le conseiller d'éducation de l'époque travaille toujours dans le même lycée. Il refuse de nous parler, invoque le secret professionnel, mais Nick a un peu insisté et a obtenu le nom du professeur de piano de Harry. J'y vais.

— Brrr, ça fait peur, ça, un vieux professeur de musique, dit Windy en frissonnant. Faites attention.

— Et vous, vous allez faire quoi ?

— Retourner au bureau et m'arracher les cheveux. Je crois que je vais voir si je peux arracher ceux de quelqu'un d'autre, aussi.

Ash redevint sérieux.

— Écoutez, je sais que cette enquête est source de frustration, mais vous ne devez pas vous en prendre à vous-même. Vous devez laisser… Qu'est-ce qu'il y a de si drôle ?

Windy avait éclaté de rire.

— Je voulais dire littéralement. Quelque chose dans la façon dont Nadene serrait les cheveux d'Ève dans sa main me dérange, et je veux faire une expérience. Mais merci de m'avoir fait rigoler. Votre expression, c'était trop… Je me sens beaucoup mieux, du coup.

Ash la regarda se diriger vers sa voiture en riant encore et se dit que plus jamais il ne tomberait amoureux d'une experte de la police scientifique.

73

Lorsque Windy entra dans le labo d'analyse et de traitement de l'image, Erica leva les yeux et dit :

— J'allais vous appeler. J'ai trouvé quelque chose, sur votre photo.

— J'ai hâte de savoir quoi. Mais d'abord, vous voulez bien vous lever et venir vous mettre derrière moi ?

— Pourquoi ?

— Faites-le, c'est tout. Oui, comme ça, c'est bien.

— Aïe ! Mais vous m'avez tiré les cheveux !

Windy hocha la tête et regarda les deux petites touffes de cheveux courts violets qu'elle avait dans les mains. Elles ressemblaient à celles qu'elle venait de prélever sur tous les membres du service.

— C'est un rituel de bizutage ? demanda Erica, sceptique, en se frottant le crâne avant de se rasseoir devant son ordinateur. Ces pratiques sont illégales, maintenant, vous savez.

— Non. C'est une expérience à laquelle je me livre. Pour une affaire. Mais je me suis rendu compte que si je prévenais les gens, ils ne me laissaient pas faire. Je vous prie de m'excuser.

Et Windy glissa les cheveux dans sa poche.

— Alors, qu'est-ce que vous avez trouvé ?

Erica appuya sur des touches, et une image des traces de pas apparut.

— D'abord, j'ai pu travailler cette partie-là du cliché. Il s'agit de chaussures de tennis. Je n'ai pas encore eu le temps de consulter le fichier des semelles.

— Mieux vaut attendre pour ça de savoir de quelle année nous parlons. Je dirais que ces chaussures remontent au milieu des années quatre-vingt, mais elles sont très usées, alors la photo pourrait être récente. Et il ne s'agit pas de chaussures de tennis mais de chaussures de jogging, une pointure quarante, je dirais.

La pointure d'Ève, songea Windy avant de reprendre :

— Mais celui ou celle qui les portait ne devrait pas courir. Genou gauche en mauvais état.

— Vous inventez ?

— Non. La sculpture des semelles est assez ancienne. Elle date d'avant les coussins d'air et autres gels amortissants. C'est-à-dire avant les années quatre-vingt-dix. En partant du principe que ces dalles sont d'un format standard, je peux deviner la pointure. Et regardez l'usure de la semelle. Le pied droit est plat, le gauche est déformé de manière importante, ce qui signifie que la démarche est tordue. Du coup, un poids plus important pèse sur le genou. On ne le remarque sans doute pas comme ça, mais à moins d'avoir une semelle orthopédique à l'intérieur, ça doit faire mal quand on court.

Erica la fixa, bouche bée. Windy ne le remarqua même pas.

— Vous avez trouvé quoi d'autre ? Quelque chose sur l'ombre dans le coin inférieur droit ?

— Je l'ai gardé pour la fin parce que c'est le plus facile. J'ai commencé à bosser sur votre brique de lait.

À l'aide de la souris, Erica découpa l'image de la brique sur le cliché et la colla sur un écran vide, puis procéda comme elle l'avait fait pour la vidéo de surveillance de la boutique de prêts sur gage. Mais cette fois, ce fut un petit morceau de la brique qui apparut.

— On a du pot, parce que deux côtés sont visibles en partie, expliqua Erica. J'allais commencer par agrandir l'avant, puis j'ai remarqué ce qui était sur le côté et je me suis dit que ça pouvait plus nous aider.

Sous les yeux de Windy s'afficha le visage d'une fillette, au-dessus duquel on lisait le mot « disparue », et en dessous :

Nom : Marcie Blum…
Disparue le : 30/04/9…
À : Olymp…

— On n'arrive pas à tout lire, mais j'ai fait une vérification sur le nom, et je crois que j'ai trouvé. Marcie Blumfield. Enlevée dans la maison de ses parents à Olympia, dans l'État de Washington, en 1996. Son corps a été retrouvé à Seattle, État de Washington, en octobre 1999. Après cela, sa photo a forcément été retirée des briques de lait, ce qui signifie que votre photo a été prise entre 1996 et 1999.

— Le fichier des personnes disparues, il est régional ?

— Il ne l'est plus forcément, mais j'ai fait une recherche sur Internet, et dans les années quatre-vingt-dix, le réseau n'était pas très étendu. Donc, il y a des chances pour que votre photo ait été prise quelque part dans l'État de Washington.

— Formidable, Erica. C'est du super boulot.

— Ça va vous servir ? Est-ce que ça va aider à résoudre l'affaire du Briseur de Ménages ?

— Je ne pense pas que les deux affaires soient liées. Mais après tout, on ne sait jamais, ajouta Windy avec empressement, devant l'expression déçue d'Erica.

Elle retourna à son bureau et disposa tous les échantillons de cheveux qu'elle avait pris d'un côté, les rapports du labo concernant les cheveux retrouvés dans le cou de Kelly O'Connell et entre les doigts de Nadene Brown de l'autre. En les regardant, elle parvint à une conclusion qui ne lui plaisait pas du tout.

Peut-être tous ses collègues étaient-ils trop bien nourris, se dit-elle. Leurs cheveux étaient en trop bonne santé, avaient trop de tenue. Peut-être l'anorexie d'Ève avait-elle rendu ses cheveux cassants au point de ne jamais avoir de bulbe lorsqu'ils tombaient, alors que tous les autres cheveux en avaient. Peut-être Ève avait-elle simplement besoin de changer d'après-shampoing.

Ou peut-être se trompait-elle quelque part.

Son esprit vagabonda du côté de la photo sur laquelle avait travaillé Erica. Y avait-il une possibilité pour qu'elle soit liée à l'affaire du Briseur de Ménages ? Ève avait-elle pu la lui envoyer pour se moquer d'elle ? Mais dans ce cas, cela voulait dire qu'elle avait vécu dans l'État de Washington à un moment ou à un autre dans les années quatre-vingt-dix, or rien, dans sa biographie, n'en faisait mention.

Elle chercha le numéro du bureau de la police criminelle d'Olympia, ainsi que celui de Seattle, et les appela tous les deux pour les interroger sur le meurtre d'une femme dans sa cuisine au milieu ou à la fin des années quatre-vingt-dix. Le bureau d'Olympia était suffisamment petit pour qu'on puisse lui dire tout de suite qu'il n'y avait aucune affaire de ce genre dans leur fichier. À Seattle, le sergent qui était de permanence lui répondit :

— Je vais essayer de me renseigner, mais on est débordés de boulot, ici.

Windy sentit qu'il ne faisait pas vraiment attention à sa requête.

— Tout ce que vous trouverez, n'importe quoi, peut m'être utile. Et puis, si c'est un meurtre non résolu et qu'on arrive à boucler l'affaire, ce serait bien pour vos statistiques, non ? Tout ça sans que vous ayez à lever le petit doigt. Rien qu'en consultant quelques dossiers.

Le sergent eut un petit rire.

— Vous savez parler aux hommes, vous. Redites-moi de quoi il s'agit.

Et cette fois, Windy entendit le grattement d'un crayon sur le papier.

Quand elle en eut terminé avec Seattle, comme elle avait encore le combiné dans la main, elle en profita pour appeler chez elle. C'était la huitième fois de l'après-midi.

— Oui, c'est moi. Tout va bien, Brandon ?

— Eh bien, voyons voir. Non, rien n'a changé depuis ton dernier appel, il y a dix minutes.

— Quinze. Vous faites quoi ?

— On s'entraîne à dormir dans un sac de couchage pour le week-end camping de l'école, et on essaie de choisir quoi mettre dans la valise.

— Je pense qu'elle n'a besoin que de deux tenues. Et je ne suis pas sûre que je vais la laisser aller à ce week-end. Ce n'est peut-être pas prudent.

— En tout cas, ne compte pas sur moi pour lui annoncer qu'elle n'a pas le droit d'emporter ses baskets à paillettes et encore moins qu'elle ne peut pas y aller. C'est toi la mère.

— Tout va bien, donc ?

— Tout va bien. Nos gardiens sont adorables. En parlant de gardiens, tiens, Bill a appelé et a demandé que tu le rappelles. Tu ne lui as rien dit, pour hier, je me trompe ?

— Pourquoi ?

— Si tu le lui avais dit, il serait déjà en train de faire les cartons pour te remmener en Virginie.

Windy rit.

— Tu peux me rendre un service ?

— Bien sûr.

— Arrache-toi un cheveu.

— Certainement pas. Déjà que j'ai peur d'avoir une calvitie précoce !

— Brandon.

— Ouille. Ça y est.

— Y a-t-il un bulbe, au bout ? Une partie arrondie ?

— Oui. Pourquoi ?

— Peu importe. Je serai là à 18 heures.

— Je t'attendrai avec impatience, mais j'ai comme le sentiment que j'aurai de tes nouvelles au moins une dizaine de fois d'ici là.

Erica passa la tête dans le bureau de Windy au moment où celle-ci raccrochait.

— Je me suis occupée du coin de la photo. Le côté trop sombre. J'ai éclairé un peu, quoi, dit-elle en tendant un tirage informatique

Windy le regarda et détourna aussitôt les yeux.

— Je n'en suis pas tout à fait sûre, dit Erica. Mais je crois que c'est un bébé.

— Oui, acquiesça Windy. Un bébé dans une mare de sang.

74

L'école de danse La Françoise, spécialisée dans le classique et les claquettes, venait d'ajouter à son programme un cours spécial de tango pour les tout-petits, apprit Ash en lisant les prospectus bleu fluo punaisés au mur de la réception. Il attendait Mlle Cordelia Kincade, qui y œuvrait en tant qu'accompagnatrice. C'était d'ailleurs sans doute elle qui jouait les petits morceaux de musique que l'on entendait par-dessus le bourdonnement de la climatisation. Les chaises en plastique alignées contre le mur étaient toutes occupées, par des mamans qui attendaient la fin du cours de leur rejeton, supposa Ash. Sa voisine berçait du bout du pied un bébé posé par terre dans son siège auto, tout en lisant *Madame Bovary* dans le texte. Celles qui discutaient le faisaient juste assez fort pour couvrir le piano et la climatisation.

La musique cessa, et le silence se fit dans la pièce, comme le calme avant la tempête. Puis toutes les mères s'agitèrent en même temps, réunissant sacs à main et cartables. Enfin, la porte de la salle de danse s'ouvrit, et la tempête commença à déferler, sous forme de fillettes en tutu rose et chignon de travers qui déboulèrent en essaim et que les mères s'empressèrent d'emmitoufler dans des vestes en jean, des sweat-shirts, certaines riant, d'autres se plaignant d'avoir mal aux orteils. Ash se mit sur le côté, contre le mur, à la fois fasciné et beaucoup plus mal à l'aise que dans une fusillade, observant ce chaos maîtrisé jusqu'à ce que le dernier couple mère-fille soit parti et qu'il se retrouve seul.

— Vous n'êtes pas un parent, je me trompe ? lui demanda une petite voix, du côté de son coude.

Il se pencha et vit une dame minuscule qui devait avoir une soixantaine d'années.

— Non, répondit-il. Ça se voit tant que ça ?

— C'est juste cette terreur pure, dans votre regard, dit-elle avec un sourire. Je suis Cordelia Kincade. Vous m'attendiez, je crois.

Il se dégageait de cette petite dame une autorité telle que Ash faillit se recoiffer pour écraser un épi et rajuster son col de chemise. Il se contenta de retirer son cure-dents de la bouche et de le glisser dans sa poche. Puis il lui emboîta le pas. Ils passèrent devant une grande salle parquetée, avec un mur miroir et des barres à deux hauteurs différentes, ainsi qu'un piano, et entrèrent dans une autre pièce.

Deux femmes en justaucorps noir, chignon et rouge à lèvres cerise y étaient assises sur un canapé gris, fumant et parlant une langue étrangère, visiblement du russe. Elles les saluèrent, puis reprirent leur conversation. Mlle Kincade s'installa dans un fauteuil et indiqua une chaise à Ash.

Il s'assit avec le sentiment d'avoir été pris en train de faire l'école buissonnière, serra les genoux, posa les mains sur ses cuisses.

— Bien, que puis-je faire pour vous, monsieur Laughton ?

— J'aurais aimé que vous me parliez d'un de vos anciens élèves. Harold Williams. Il fréquentait l'Académie Artistique de Las Vegas. Vous vous souvenez de lui ?

— Je ne suis pas si vieille, inspecteur, et en tout cas certainement pas sénile. Bien sûr que je me souviens de Harry. C'était un amour, un gamin charmant quand il le voulait.

— Le conseiller d'éducation du lycée m'a dit que vous étiez assez proches, tous les deux.

— Harry était un élève très motivé. Un perfectionniste. Il restait toujours très tard pour pratiquer. Je crois que, pour lui, la musique était une échappatoire. Comme j'étais toujours là quand il jouait, j'ai fini par le connaître un peu mieux que les autres.

— Était-il doué ?

— Il était appliqué. Techniquement parfait. Et il y mettait du sien. Mais son jeu avait toujours quelque chose de décevant. Je sais que c'est un peu un cliché de dire cela, mais pour être un grand musicien, il faut mettre de l'émotion dans ce qu'on joue. Et Harry n'était pas dans l'émotion.

— Que pouvez-vous me dire sur sa famille, sa vie à la maison ?

— Presque rien. Une fois, il y a eu... comment dire... un petit problème, au lycée. Il s'était mis à voler des babioles, ici et là, le déjeuner des autres élèves. J'ai fait venir sa mère et son beau-père, je leur ai dit que cela m'inquiétait. Après cela, il n'y a plus eu de problème, donc je suppose que tout s'est arrangé. Je me souviens d'une chose, cependant. Sa mère et son beau-père ne venaient jamais à aucun de ses concerts. Mais je sais qu'il avait une petite sœur, alors peut-être qu'ils ne pouvaient pas.

— Harry avait une sœur ? Vous savez quel âge elle avait ?

— Il y avait une grande différence d'âge entre eux deux. Dix ans, peut-être. Je me souviens qu'il m'avait raconté qu'ils s'entendaient bien quand elle était bébé, mais que plus elle grandissait, plus il la trouvait difficile. Il adorait les bébés. À vrai dire, c'est quand il parlait de sa petite sœur qu'il jouait le mieux. Qu'il mettait de l'émotion dans son piano. Sauf... je me souviens, maintenant. Sauf vers la fin de sa dernière année de lycée.

— Que s'est-il passé ?

— Il a commencé à sortir avec cette jeune fille merveilleuse. Comment s'appelait-elle, déjà ? C'était un prénom biblique. Judith, peut-être. Ou Dalila.

— Ève ? suggéra Ash.

— Oui, c'est ça. Ève.

— Vous l'avez rencontrée ? Vous les avez vus ensemble ?

— Non. Elle n'était pas dans le même lycée. Mais il parlait souvent d'elle, des choses qu'ils faisaient ensemble, de longues promenades, des pique-niques. Ce devait être quelqu'un de très bien, pour l'aimer comme cela. Leur histoire était un vrai conte de fées. Et il s'est mis à jouer vraiment mieux, à cette époque.

Ash essayait d'imaginer Harry et Ève se promenant aujourd'hui, partant en pique-nique, lorsque Mlle Kincade ajouta :

— J'ai été désolée d'apprendre que, finalement, ça n'avait pas marché entre eux. Il semblait l'aimer profondément. Mais bien sûr, il n'avait que dix-huit ans. On change vite, à cet âge.

— Il vous a dit qu'ils avaient rompu ?

— Non. Mais j'ai reçu un faire-part de mariage, il doit y avoir six ou sept ans de ça. Et la jeune femme qu'il épousait ne s'appelait pas Ève, mais Amanda. Je m'en souviens parce que c'est le prénom de ma nièce.

— Vous êtes allée au mariage ?

— Non, je ne pouvais pas. Je n'ai pas tellement confiance dans les avions.

— Où était-ce ?

— À Seattle. Mais c'était tellement gentil de la part de Harry d'avoir pensé à moi. Si vous le voyez, dites-lui que j'espère qu'il n'a pas arrêté le piano.

Ash était en communication avec la police de Seattle avant même d'avoir regagné sa voiture.

— Tout ce que vous pourrez trouver sur Harold ou Amanda Williams, dit-il à l'officier qui prit son appel. Ça remonte à quelque chose comme sept ans.

— Ça ne me dit rien. Je mettrai tout avec les autres demandes de renseignement.

— De quoi parlez-vous ?

— Vous êtes de Las Vegas, non ? Quelqu'un de chez vous a déjà appelé à propos de ça. Un cliché de scène de crime remontant au milieu ou à la fin des années quatre-vingt-dix ? Une femme avec la gorge tranchée ?

Ash regarda son téléphone.

— Vous vous souvenez du nom de la personne qui a fait cette requête ?

— C'était une femme. Chicago quelque chose. Je lui ai dit qu'on était charrette, mais que je jetterais un œil.

— Je vous en prie, faites-le. C'est urgent.

— Ça l'est toujours.

75

Windy se redressa avec impatience en voyant Jonah entrer dans son bureau, mais fut déçue de constater qu'il ne portait qu'un dossier.

— Vous n'auriez pas une madeleine fourrée, sur vous, par hasard ? Ou peut-être est-ce que vous savez où Ash cache sa réserve ?

— Holà, tout doux. Une des conditions de mon embauche ici, c'était de ne jamais avoir à toucher un de ces trucs immondes. Mais j'ai de la nourriture spirituelle, si vous voulez.

Il lui tendit le dossier.

— C'est le rapport concernant la belle inconnue du désert, celle de l'autre jour, qui avait mangé de la terre. Il vient d'arriver. Je pense que vous allez le trouver intéressant.

— Daisy Graber, *alias* Daisy Deluxe. DJ pour KRST, lut Windy à voix haute. Non. Oh, non. La nuit précédant sa mort, elle a dit ses quatre vérités au Briseur de Ménages, à l'antenne, c'est ça ?

— Bingo.

— On en a une copie ?

— Deux pages plus loin. Et un rapport des officiers qui ont reçu l'appel concernant une personne disparue. Je vous laisse lire.

Windy lut la transcription du discours de Daisy, puis passa au rapport des officiers chargés d'aller faire un tour chez elle deux jours après sa disparition.

Porte d'entrée ouverte, mais pas de signes d'effraction. Grande quantité de terre sur l'escalier à l'arrière, et jusque dans la maison. Après enquête auprès des voisins, le chien de l'intéressée, un énorme danois, a disparu aussi. Description du sujet : taille moyenne, entre un mètre cinquante et un mètre soixante, cheveux courts bruns, presque toujours cachés sous une perruque.

D'une main, Windy saisit le dossier répertoriant le contenu de la benne.

Item dix : tee-shirt jaune, grande quantité de sang d'origine canine.
Item seize : perruque blonde, traces de sang de type O à l'intérieur, probablement résultant d'une blessure à la tête.

Il n'en fallait pas plus pour convaincre Windy que Daisy avait été tuée pour s'être moquée du Briseur de Ménages. Ce qui signifiait qu'en plus d'une Saab verte, Ève possédait une Camaro Iroc Z du milieu des années quatre-vingt, un engin particulièrement puissant. Elle repensa aux pneus, des bicolores parfaitement conservés, le genre de pneus que seul un dingue de voitures un peu anciennes achèterait. Puis elle essaya d'imaginer Ève au volant.

Elle n'y parvint pas. Peut-être Ève avait-elle emprunté cette voiture, se dit-elle. Peut-être. Mais là, tout à coup, tous les doutes qui s'étaient accumulés en elle revenaient à la charge. Ses yeux glissèrent sur les dossiers ouverts devant elle, sur les notes, sans cesse attirés par « dentifrice blancheur des dents », sur la liste de courses.

Elle courut jusqu'au bureau d'Ash, le dossier sur sa poitrine.

— Si vous envisagez une attaque à main armée de ma réserve de madeleines fourrées… commença-t-il, avant de s'arrêter net.

À bout de souffle, les joues rouges, Windy se pencha sur son bureau et lâcha :

— On a tout faux. Ève Sebastian n'est pas notre assassin.

76

Windy inspira à fond trois fois et reprit :

— Tous les indices sont là pour le décor, pour nous faire trouver les mauvaises preuves.

Ash la regarda, sceptique.

— Vous êtes en train de me dire qu'on doit ignorer les indices ? C'est une approche nouvelle. Gerald va aimer.

— Arrêtez vos sarcasmes. Il ne faut pas ignorer les indices, mais leur donner une autre interprétation.

— Comment donner une autre interprétation au fait qu'elle était sur toutes les scènes de crime ?

— Ce n'est pas un fait, ça.

— On a ses cheveux, ses mégots de cigarettes, ses canettes de Coca *light* vides… Pourquoi secouez-vous la tête ?

— Les cheveux ne collent pas. Ce sont les siens, d'accord, mais aucun, pas un seul de tous ceux qu'on a retrouvés, n'a de bulbe. Cela signifie qu'ils ont été cassés, comme les cheveux qu'on trouve sur un peigne ou une brosse, plutôt qu'arrachés, comme ils le sont lors d'une bagarre.

— Vous pensez que le tueur a récupéré, puis dispersé des cheveux d'Ève.

— Oui, et je pense qu'il a fait la même chose avec ses mégots de cigarettes. On a retrouvé des mégots, près de la maison de Nadene, mais pas de cendres. Et il n'y avait pas de cendrier chez Ève.

— Donc, votre tueur a pris le cendrier et utilise les mégots comme indices. Pour faire comme si Ève avait été présente sur les lieux.

— Exactement. C'est ce qu'il a fait aussi avec les canettes retrouvées chez Nadene. Elles étaient faciles à prendre chez Ève et à garder pour plus tard. Mais en fait, les laisser chez Nadene était un mauvais calcul de la part du tueur. Parce que c'est trop évident, comme indice. Qu'un tueur emporte avec lui une canette de Coca en partant commettre son crime, passe encore. Mais deux ? C'est un peu trop, non ? Et puis, les balancer comme ça, sans prendre la peine d'effacer les empreintes ? C'est ridicule. Tout cela prouve que ces indices ont été placés là délibérément.

— Et la liste de courses que vous avez retrouvée ? Il y avait les empreintes d'Ève dessus, non ?

— Des empreintes, oui. Parce qu'elle avait tourné la page. Elle a écrit le numéro de vol de Nadene sur la page suivante. Ça ne suffit pas vraiment pour pouvoir comparer, mais on voit bien que ce n'est pas la même écriture que celle de la liste de courses. Qui est différente aussi de celle qui figure au dos de la photo qu'Ève avait donnée à Trish.

— Ève a écrit sur cette photo il y a dix-sept ans.

— Bien sûr. Mais l'écriture de la liste de courses ressemble beaucoup plus à celle des graffitis sur les murs de La Fosse.

Ash hocha la tête.

— Mmm… Quoi d'autre ?

— Manger des tartines avec ses victimes, c'est impossible, pour Ève.

— Pourquoi ?

— Parce qu'elle ne mange pas de glucides.

— Sauvée par le régime Atkins… Mais nous savons qu'elle et sa voiture se trouvaient devant les maisons où ont eu lieu les meurtres. Nous savons qu'elle a vécu dans ces maisons. Nous avons retrouvé chez elle l'adhésif utilisé chez les Waters. Ça nous fait un mobile, un instrument et des opportunités. Vous voulez réinterpréter ?

— Oui, elle a vécu dans ces maisons, oui, elle a passé du temps devant ces maisons, pour des raisons que nous ne pouvons qu'imaginer. Mais l'adhésif a été délibérément laissé chez elle.

— Comment ? Par qui ?

— Par l'ex-petit ami chez qui elle s'est réfugiée quand elle a appris que la police recherchait une voiture verte. Le petit ami qui l'a suivie de maison en maison quand elle était ado et qui se venge d'elle aujourd'hui pour une raison existante ou fantasmée, en la faisant accuser des meurtres qu'il commet lui-même.

— Harold Williams. Vous pensez que c'est Harry le tueur.

— Oui.

— Alors, où est Ève ?

— Je pensais que c'était évident. Ève est morte.

— Quoi ?

— Vous en avez trouvé les preuves. Les empreintes sur le chambranle, chez les O'Connell. Nous savons que ce sont celles d'Ève. Étant donné leur emplacement et leur netteté – qui indiquent que l'on a serré le chambranle très fort –, je pense qu'elle les a laissées quand elle s'est battue contre Harry. Je me trompe peut-être, elle est peut-être encore en vie, mais cela mettrait Harry dans une position très délicate.

— Pourquoi ?

— Tout son plan est basé sur l'idée qu'Ève doit endosser ses meurtres. Il doit lui faire porter le chapeau.

— Donc c'est Harry qui vivait dans la maison des O'Connell, pas Ève. C'est Harry qui a passé du temps dans La Fosse. Et Harry déteste Ève. Vous pouvez encore déduire quelque chose des indices ?

— Il a les dents blanches.

Ash se carra dans son fauteuil.

— Et si je vous disais qu'il était marié et a vécu à Seattle du milieu à la fin des années quatre-vingt-dix ?

Windy se laissa tomber sur une chaise, en face de lui, les yeux comme des soucoupes.

— Alors, je pourrais vous en dire un peu plus de mon côté. Je crois même que je pourrais vous raconter son premier meurtre.

77

Lorsque Ash avait annoncé que Harry avait vécu à Seattle, la première chose à laquelle Windy avait pensé, c'était qu'Erica serait satisfaite : son travail avait finalement un rapport avec l'affaire du Briseur de Ménages.

— Tout ce que je sais, dit Ash, c'est que d'après son ancienne prof de piano, Harry a épousé une certaine Amanda à Seattle il y a six ou sept ans. Évidemment, elle m'a aussi dit que Harry et Ève aimaient se promener ensemble dans le parc et pique-niquer tous les deux.

— On dirait que Harry appartenait à la catégorie des personnes ayant une vie imaginaire très riche...

— Et appartient toujours, d'ailleurs. Si la photo que vous avez est bien celle d'un crime qu'il a commis, disons, contre sa femme...

— Et son bébé.

— ... et son bébé, alors pourquoi vous l'avoir envoyée ? C'est un peu en contradiction avec son projet qui consiste à faire accuser Ève, non ?

— Peut-être qu'il ne pensait pas qu'on établirait un lien entre ces meurtres et ceux commis ici. Peut-être qu'il avait juste envie de crâner.

— Ou peut-être qu'en secret, il veut que vous sachiez tout de lui. Vous pensez toujours que le tueur apporte des fleurs pour arriver à entrer chez ses victimes, ou est-ce que vous avez réinterprété ça aussi ?

Windy rit malgré elle.

— Non. Ça, ça ne change pas. Je ne suis pas entièrement convaincue qu'un bouquet de fleurs permette si facilement que ça à un homme d'entrer chez une femme la nuit, mais je n'ai rien trouvé d'autre pour l'instant. Pourquoi ?

— Et si la photo était un bouquet spécial, une version des fleurs, rien que pour vous ? Moitié cadeau, moitié moquerie ?

— Je peux l'échanger contre autre chose de mieux ?

— Je pense que Harry est attiré par vous et cherche à obtenir votre attention plus que celle de n'importe qui d'autre. En même temps, votre attention est la plus dangereuse. Parce que vous avez la capacité de lire en lui et de décrypter ses actes. Alors, il est un peu perdu. Il vous lance un appel, littéralement. Puis il se cache, un peu comme un ado amoureux qui n'ose pas se déclarer.

— Et nous savons trop bien comment son dernier amour d'adolescent a fini, lâcha Windy.

Elle repensa au *Petit Prince. Apprivoiser quelqu'un, c'est s'approcher de lui, petit à petit, mais en gardant ses distances.*

— J'ai besoin de vous poser une question difficile, dit Ash. Si par miracle on coinçait Harold Williams demain, aurait-on de quoi le boucler pour meurtre ? Est-ce qu'on a des preuves ?

Windy réfléchit.

— Non. Enfin, peut-être, s'il possède une Camaro Iroc Z28. Mais on n'a rien de solide. Merde. Est-ce que cela signifie qu'on doit continuer à faire comme si on cherchait Ève ?

— Non. Ça signifie qu'on ne va parler à personne de nos soupçons. Et que je vais mettre plus de gars sur la voiture.

— C'est sans doute une bonne idée. Pour l'instant, le seul avantage qu'on ait sur Harry, c'est qu'il pense que nous recherchons Ève. Les deux canettes de Coca retrouvées chez Nadene me laissent espérer qu'il commence à faire moins attention.

— Vous semblez plus optimiste que tout à l'heure.

— Je le suis. Il commençait à y avoir trop de petits trucs qui clochaient dans les indices, ça ne me plaisait pas. Essayer de me manipuler et de s'immiscer dans ma vie privée, c'est une chose, traficoter avec mes indices, c'en est un autre.

Elle essayait de plaisanter, mais il était évident qu'à un certain degré, elle disait vrai.

— Espérons qu'on est sur la bonne voie, cette fois. Gerald m'a bien fait sentir, ce matin, qu'il commençait à se demander si ce n'était pas moi, le Briseur de ménages, en train d'essayer de ternir l'image de la ville et de foutre sa réélection en l'air l'an prochain.

Jonah passa la tête dans l'entrebâillement de la porte.

— Le maire, pour toi, encore. Ligne un.

Ash soupira.

— Je dois y aller, dit Windy, battant en retraite. Je serai chez moi, si vous avez besoin de quelque chose.

— Espèce de lâche, dit Ash.

— Je préfère réinterpréter cela en me disant que vous êtes jaloux.

Nick Lee et Bob Zorzi attendaient dans le bureau de Jonah quand celui-ci reparut.

— On voulait pas déranger le patron, dit Nick en plissant les yeux.

La voix de Gerald Keene hurlant sa façon de penser à Ash résonnait jusque-là.

— Vous avez bien fait. Du nouveau ?

— Oui, à propos de la voiture de Nadene Brown. C'est une Lexus de 2002. La patrouille qui stationnait devant la maison l'a vue sortir du garage mardi soir et a pensé qu'elle allait juste faire un tour. L'officier lui a fait un appel de phares pour lui dire que tout était OK, et elle a répondu de la même manière.

— Sauf qu'au volant, il y avait probablement le tueur, conclut Zorzi.

— Ouais. Je vois. Génial, fit Jonah, imaginant ce que le maire dirait s'il l'apprenait. Je vais diffuser le numéro d'immatriculation.

— La Lexus n'est pas la seule voiture immatriculée au nom de Mme Brown. Elle avait aussi une Camaro Iroc Z de 1985. Drôle de bagnole, pour une dame de son âge.

78

Windy passa prendre ses messages à son bureau, les regarda rapidement en allant jusqu'à sa voiture, vit qu'il y en avait un de Bill, estampillé « urgent », le garda à la main et fourra les autres dans sa poche.

Puis elle se souvint qu'elle n'avait pas de voiture. Cette journée avait été une des plus longues de son existence, et il n'était que 17 h 30. Tout en se dirigeant vers la rue, où elle espérait pouvoir héler un taxi, elle sortit son téléphone et appela Bill.

— Alors, c'est quoi, l'urgence ? demanda-t-elle lorsqu'il décrocha.

— J'ai oublié de te dire. Pour la surprise que j'ai prévue ce week-end, il te faut de quoi te changer. Et une tenue chic.

Windy retint un soupir.

— Qu'est-ce qu'on va faire, Bill ?

— Je m'occupe de tout, et toi, tu te laisses surprendre.

— Je ne suis pas sûre que ce soit le week-end idéal...

— Pourquoi ? Cate sera en voyage avec sa classe. Pour nous, c'est l'occasion de passer du temps ensemble, tous les deux.

— Il faut vraiment que ce soit chic ?

— J'en ai peur, oui.

— Je ne suis pas sûre d'être d'attaque. Je suis épuisée. Et puis, il se peut... il se peut que je doive travailler.

Il y eut un long silence à l'autre bout du fil.

— Qu'est-ce que tu veux dire, exactement ? demanda enfin Bill d'un ton froid.

— On est en plein milieu d'une affaire énorme. Il est possible que je doive travailler ce week-end. Un peu.

— Ça va durer encore combien de temps, Windy ?

— Jusqu'à ce qu'on arrête le tueur.

— Et depuis quand ton boulot est d'arrêter le tueur ? Il n'y a pas de police, à Las Vegas ? Qu'est-ce qu'elle fait, la police, dans cette histoire ?

— Elle travaille sur cette affaire aussi. On s'y met tous.

— Il doit être sacrément futé, ce type, si tout le monde travaille aussi dur que toi et que personne ne le retrouve.

— Ce n'est pas si simple.

— Peut-être que tu pourrais m'expliquer, alors. Ce week-end, par exemple. Quand on sera ensemble.

— J'essaierai, dit Windy.

Un bus passa tout près.

— Tu es dans la rue ? demanda Bill.

— Oui, j'attends un taxi.

— Où est ta voiture ?

— Au garage.

C'était la vérité. Simplement, il ne s'agissait pas du garage qu'il devait imaginer. Et elle n'avait pas le courage d'encaisser la réaction de Bill si elle lui disait la vérité.

— Qu'est-ce qu'elle a ?

— Eh bien…

— Quelqu'un a forcé la serrure ? Je te l'avais dit : tu devrais la mettre au garage, la nuit, plutôt que de la laisser dans l'allée. C'est à cela que ça sert, un garage.

— La serrure n'a pas été forcée. La porte ne fermait pas bien, c'est tout. Et il n'y a pas de place dans le garage, à la maison.

Une Lexus couleur tabac s'arrêta le long du trottoir à côté d'elle, et sa vitre descendit.

— Vous prenez l'air ou vous voulez que je vous dépose, belle dame ?

Windy allait envoyer balader le type lorsqu'elle s'aperçut qu'il s'agissait de Hank Logan.

— Qui est-ce ? demanda Bill. C'est ce Ash Laughton ?

— Non. Écoute, il faut que j'y aille. Je te rappelle, dit-elle à Bill, avant de se tourner vers Logan. Je veux bien que vous me déposiez, oui, merci.

— Comment allez-vous ? demanda Harry tandis qu'elle montait à ses côtés.

Il fallait qu'il agrippe le volant pour empêcher ses mains de trembler. Son rythme cardiaque s'emballait.

— Ça va. Qu'est-ce que vous faites dans ce quartier ?

Il fut tenté de le lui dire. *Eh bien, je me baladais près de votre bureau en me disant qu'en fait, même si j'en ai très envie, je ne peux pas vous tuer tout de suite. Parce que si j'attends encore un peu, ce sera encore plus excitant. Et voilà que vous êtes apparue au coin de la rue, comme pour me mettre à l'épreuve.*

— Je venais vous voir, dit-il. J'ai un mot pour vous de la part de Roddy.

Il fit mine de palper les poches de son pantalon.

— J'étais pourtant sûr de l'avoir pris.

— Dans la boîte à gants, peut-être ? dit Windy en tendant le bras.

Alors là, ce serait quelque chose de la laisser ouvrir, et de voir le ruban adhésif et le morceau du nez de Kelly O'Connell qu'il gardait en souvenir lui tomber sur les genoux.

— Non, ce n'est pas là-dedans. J'ai dû l'oublier à mon bureau.

Windy retira sa main.

— Ah, bon. Comment allez-vous, sinon ?

Il sourit et, cette fois, dit ce qu'il avait vraiment en tête.

— Très bien, maintenant que vous êtes dans ma voiture.

— C'est presque menaçant, dites donc.

Il éclata de rire.

— Vous voyez le mal partout, dites-moi, Windy Thomas.

Il allait mettre le clignotant pour prendre la direction de chez elle et se retint au dernier moment. Il n'était pas censé connaître le chemin.

— Vous voulez me dire où vous habitez, ou bien vous préférez que nous partions ensemble vers le soleil couchant ? C'est un réel dilemme, je sais.

Elle secoua la tête.

— Eh bien... vous savez faire du charme, vous, dites donc !

— C'est une chose que m'a apprise mon père. Comment parler aux dames.

Elle rit, et il rit avec elle, parce que c'était vrai. Tout ce qu'il savait sur la façon dont il fallait s'y prendre avec les femmes, c'était Charles qui le lui avait appris.

Sur le trajet, la conversation alla bon train, agréable. Ils ne parlèrent pas de l'enquête. Lorsqu'il se gara devant chez elle, Windy se tourna vers lui.

— Merci beaucoup, vraiment.

Puis elle fit une chose impensable.

— Voulez-vous entrer un moment ? Je vous présenterai Cate. Elle s'inquiète toujours de savoir si j'ai des amis.

Il imagina ce que ce serait, de manger des cookies avec elle et Cate dans la cuisine, comme elles l'avaient fait la veille. Puis il demanderait à Cate d'attacher les mains et les pieds de sa mère avec de l'adhésif transparent. Il assoirait Windy sur une chaise pour qu'elle le regarde jouer avec Cate à toutes sortes de jeux, des jeux auxquels il n'avait encore jamais joué avec les autres fillettes. Bien sûr, il faudrait qu'il maintienne les yeux de Windy ouverts avec de l'adhésif, pour la forcer à regarder.

Ensuite, il apprendrait à Cate à rester assise au même endroit et à compter de un à cent les yeux fermés, en se bouchant les oreilles. Et il laisserait Windy le supplier. Quand tout serait fini, il récupérerait la cassette du magnétophone qu'il avait installé à l'extérieur de la maison et l'écouterait autant de fois qu'il en aurait envie.

Il avait le couteau, sur le siège arrière, sous son manteau. Un tire-bouchon dans la boîte à gants. Tout ce qu'il avait à faire, c'était dire : « Oui, je veux bien entrer. »

— Ce serait avec plaisir, dit-il. Malheureusement, j'ai d'autres projets.

C'était la vérité. Il avait d'autres projets pour Windy.

Harry la regarda remonter l'allée jusqu'à sa porte, dire quelques mots au policier en faction et entrer. Il était prêt à parier qu'elle se sentait tout à fait en sécurité, avec tous ces policiers qui surveillaient sa maison. Il était prêt à parier qu'elle allait vraiment bien dormir, cette nuit.

Ses mains étaient si moites qu'il arrivait à peine à tenir le volant.

79

Pour Windy, le jeudi matin commença par une grande discussion avec Cate, qui exigeait de savoir pourquoi elle devait mettre ses sous-vêtements sous ses vêtements, discussion à l'issue de laquelle elle n'était même plus sûre de sa réponse.

— Les Super Friends, à la télé, ils les portent pardessus, insista Cate.

Au lieu de répondre que dans ce cas précis, il s'agissait de déguisements, pas de sous-vêtements, Windy leva les mains et lâcha, résignée :

— Très bien, fais ce que tu veux.

Puis elle se demanda si laisser son enfant aller à l'école avec ses sous-vêtements par-dessus pouvait être considéré comme un mauvais traitement. Sans parler des trois gardes du corps qui accompagnaient l'enfant en question.

Il faisait un temps gris qui aurait été synonyme de pluie partout, excepté à Las Vegas. Windy venait d'entrer sur le parking au volant de sa voiture de location quand Jonah lui fit signe de s'arrêter.

— Ash voudrait vous parler.

— Il vous a demandé de venir m'attendre sur le parking ?

— Il serait venu lui-même s'il avait pu, mais il est coincé au téléphone. Gerald avait encore deux, trois petites choses à lui hurler dans l'oreille.

Windy se gara, prit son sac et le suivit en direction des bureaux de l'Unité Spéciale.

— Ça a duré toute la nuit, cette conversation avec le maire ?

— Non. Hier soir, il est sorti…

Jonah s'interrompit. Il n'était pas sûr qu'Ash aurait aimé que Windy sache qu'il avait passé la nuit à surveiller sa maison.

— Mais ça a repris dès son arrivée, ce matin. Apparemment, Kelly O'Connell était au téléphone avec une médium quand le tueur est arrivé, et la médium a appelé le central.

— Et c'était occupé.

— Non, ça, je crois que c'est à peu près réglé. C'est pire. Deux agents ont été envoyés sur les lieux environ une heure plus tard. Ils ont frappé à la porte et ont parlé à une femme, à l'intérieur, qui n'a pas ouvert. Mais attention, tenez-vous bien, elle faisait des bruits d'étranglement, alors ils sont partis.

Windy s'arrêta net et le regarda.

— Quoi ?

— Elle leur a dit qu'elle était enceinte. Ils ont cru qu'elle avait des nausées.

L'espace d'un instant, Windy hésita entre rire et hurler. Harry avait été à leur portée. Mais ce n'était pas la faute des agents. Et elle savait à quel point ils devaient s'en vouloir aujourd'hui.

À quel point Harry avait dû jubiler.

— Pour quelle raison Ash veut-il me voir ?

— Aucune idée. Il ne communique plus qu'en griffonnant des messages, tout en mangeant des madeleines et en répondant : « Oui, monsieur. »

Windy entra dans le bureau sur la pointe des pieds et se mit contre le mur. *Via* le haut-parleur, on entendait Gerald qui disait :

— Parce que, si le tueur frappe une nouvelle fois, on y passe tous !

Ash, visiblement fatigué, lui tendit une feuille de papier, sur laquelle elle lut :

Misty, demi-sœur de Harry…

— Oui, monsieur, dit Ash en écrivant à toute vitesse.

… travaille au Stardust. *Termine à midi trente.*

La voix de Gerald monta d'un ton.

— Et c'est pour cette raison que je pense que lancer un appel à la radio et à la télé est la seule façon de s'en sortir.

— Oui, monsieur.

On la cherche depuis deux jours. Je n'arrive pas à raccrocher. Vous pouvez aller la voir, s'il vous plaît ?

— Vous devez passer à la télé et supplier le tueur de se rendre.

— Oui, monsieur, dit Ash avant de se redresser en secouant la tête, atterré. Non, monsieur. Gerald, je refuse de passer à la télévision et de supplier un tueur en série de faire quoi que ce soit. Je vous l'ai déjà dit.

Puis il éteignit le haut-parleur et saisit le combiné.

Windy hocha la tête et se glissa en direction de la sortie.

— J'aurais plus de chances de coincer ce type si vous vouliez bien me laisser faire mon boulot au lieu de m'obliger à débattre avec vous de la couverture de l'affaire par les médias, entendit-elle avant de refermer la porte du bureau derrière elle.

Misty Williams travaillait au guichet du casino *Stardust*. Windy la trouva juste devant. Elle avait fini son service et attendait qu'on vienne la chercher.

— J'ai vraiment pas le temps de vous parler, dit-elle en se remettant une pointe de rouge à lèvres à l'aide d'un miroir de poche.

Devant l'entrée du casino, les voitures se succédaient, et les hommes qui en descendaient lançaient des regards éloquents à sa silhouette lacée dans un corset de velours noir et moulée dans une jupe en dentelle noire. Elle portait des chaussures à talons compensés qui lui donnaient cinq bons centimètres de plus que Windy et avait de longs cheveux platine presque jusqu'aux fesses. Par-dessus le miroir, elle posa ses yeux charbonneux sur Windy et ajouta :

— En plus, ça fait plus de quinze ans que j'ai pas vu Harold. Il est parti un an après avoir fini le lycée, je crois.

Sa peau olivâtre était en mauvais état et couverte d'une couche trop épaisse de fond de teint clair. Pourtant, avec du rouge à lèvres et au moins trente couches de mascara, elle en mettait plein la vue. Un type qui passait lança à voix haute à son copain :

— J'en prendrais bien un morceau.

— Tu peux toujours rêver, pauv'nase, lui répondit-elle avec un majeur bien dressé, avant d'ajouter à son reflet, dans le miroir : Ces mecs, ils croient qu'ils peuvent avoir n'importe quelle nana. Comme si j'allais me taper un type avec des pompes en synthétique. Un mec qui est blindé de fric, ça se voit tout de suite à ses chaussures.

Windy était bien en peine de lui répondre sur ce point.

— Vous devez être plus jeune que votre frère, dit-elle à la place.

— Demi-frère, précisa Misty en essuyant le rouge sur ses dents. Ouais. J'ai dix ans de moins. Ma mère avait épousé son père en premier. Grossière erreur.

— Qu'est-il arrivé à son père ?

— Tout ce que je sais, c'est qu'il a donné cette bague à ma mère.

À son doigt, Windy vit un anneau avec deux fragments d'émeraude et un minuscule diamant.

— Et moi, reprit Misty, quand je vois ça, je dis que c'était un radin. C'est vrai, vous avez vu la taille du diamant ? Je la mets que quand je fais pas trop gaffe à mon look.

Que portait-elle, quand elle faisait gaffe ?

— Vous savez ce qu'il faisait, dans la vie ? Pourquoi est-ce qu'ils ont divorcé ?

— Il voyageait tout le temps. Réparations, vente, un truc comme ça. Maman en a eu marre, elle l'a largué.

Puis elle a épousé mon père, et ils m'ont eue. Williams, c'est le nom de mon père. Il a adopté Harold quand ils se sont mariés. Inutile de préciser qu'il l'a regretté.

— Et entre vous et Harold, ça allait ? C'était un vrai grand frère ?

— On faisait pas grand-chose ensemble, si c'est ce que vous voulez dire. Dix ans d'écart, c'est beaucoup. Et puis, la plupart du temps, il restait dans sa chambre. Il était bizarre.

— Bizarre ? Que voulez-vous dire ?

— Ben, on pouvait jamais prévoir ce qu'il allait faire. Et puis, il me faisait peur. À maman aussi. C'était quelque chose en lui, sa taille, je sais pas. Moi, j'étais qu'une petite gamine, mais je m'en souviens. Alors, maman l'envoyait dans sa chambre la plupart du temps. Mais quand même, il était, je sais pas, monstrueux. Personne ne voulait vivre avec lui.

Elle referma son petit miroir avec un claquement et plongea son regard dans celui de Windy.

— Vous voulez savoir si c'était un gentil frère ? Non. C'était un connard. En tant que frère et en tant que personne. Chaque fois que les choses allaient bien pour nous, Harold faisait quelque chose pour que tout foire. C'est à cause de lui que mon père est parti. Il était mauvais.

— Mauvais ? Comment ?

— Méchant. Il aimait faire souffrir les gens. Et puis, vous l'avez vu ? Il est répugnant. N'importe qui aurait eu honte de l'avoir dans sa famille. Ma mère et moi, on était contentes qu'il s'en aille enfin. On a pu reprendre nos vies en main.

Windy la regarda, qui battait la semelle, attendant qu'un homme passe la chercher après le boulot, pas spécialement épanouie, et faillit lui demander en quoi exactement elle estimait avoir pris sa vie en main.

— Pourquoi est-il parti ? s'enquit-elle.

— Il est parti, c'est tout, et bon débarras. On n'a pas posé de questions.

— Vous vous souvenez d'une fille qui s'appelait Ève ?
Cette fois, elle obtint l'attention de Misty, qui sourit, d'un sourire qui la rendit presque jolie, et dit :
— La traînée qui habitait à côté de chez nous ?
Presque jolie.
— Oui.
— Je m'en souviens pas précisément, j'étais petite quand elle a déménagé, mais je me rappelle que Harold parlait d'elle. Un jour, je lui ai demandé si c'était sa petite amie, et il m'a foutu une beigne. Je pense qu'il était complètement accro à cette fille. Une autre fois, quand j'avais huit ans, je suis allée au centre commercial avec des copines et j'ai vu cette Ève qui se laissait peloter et embrasser par un vieux. Puis je me suis retournée, et j'ai vu Harold. Il les regardait. Il suait comme un porc. Je vous jure qu'il était sur le point de glisser une main dans son slip et de se branler là, en plein milieu du centre commercial. Je sais que c'est ce qu'il a fait, plus tard, à la maison.
Windy espéra que cette image ne hanterait pas sa nuit.
— Est-ce que vous connaîtriez quelqu'un qui saurait où il se trouve ? D'autres parents, peut-être ?
— Ça risque pas. Toute la famille le détestait. J'avais peur qu'il vienne à l'enterrement de maman, mais il n'est pas venu.
— Et du côté de son père ?
— Eux ? Peut-être. Mais j'ai jamais rencontré personne. C'était des monstres, eux aussi. Il tenait d'eux, disait ma mère. On ne les voyait jamais.
Elle balaya la rue du regard, consulta sa montre, regarda de nouveau la rue, puis fronça les sourcils et revint à Windy.
— En fait, vous savez quoi ? Je crois qu'il avait une tante quelque part, à Las Vegas. Ouais, elle lui envoyait des cadeaux pour son anniversaire. C'était la sœur de son père, un truc comme ça. Elle a épousé un mec bourré de thunes. C'était une salope.
— Je croyais que vous ne les aviez jamais rencontrés.

— Non, mais une année, pour son anniversaire, elle a envoyé un fusil à grenaille à Harold, et il a tiré sur la voiture de mon père avec. Il me visait souvent avec, aussi. C'était juste avant qu'il s'en aille.

— Qui, votre père ou Harold ?

— Les deux. Écoutez, s'il a fait quelque chose de mal, je veux pas que mon nom soit mêlé à ça.

— Je doute que cela arrive.

— Bon. Parce que je travaille ici juste en attendant que ma carrière démarre, et je ne peux pas me permettre un scandale.

Elle eut un mouvement de tête étudié et ajouta :

— Je me lance dans le mannequinat. Dites, si vous voyez Harold, vous pourrez lui dire une chose de ma part ?

— Bien sûr.

— Dites-lui qu'il me doit mille huit cent quatre-vingt-dix dollars pour l'enterrement de notre mère. J'ai dû emprunter pour pouvoir payer, y a pas de raison qu'il en paie pas la moitié, non ?

— Si, si. Vous n'avez aucune idée de l'endroit où je pourrais le trouver, alors ?

— Essayez le caniveau, dit Misty en rigolant.

De nouveau, son regard balaya la rue devant elle, et cette fois, elle se redressa, pointa la poitrine en avant et dit :

— Faut que j'y aille.

— Juste une dernière chose. Est-ce que vous connaissez le nom de sa tante ? Celle qui lui avait offert le fusil à grenaille ?

— Ma mère l'appelait Nadene l'Enfoirée. Donc, je suppose qu'elle s'appelait Nadene.

Misty serra son sac sous son bras, fit quelques pas, se retourna.

— J'aime pas parler de Harold, alors ne revenez pas me voir, d'accord ?

Et elle s'éloigna.

Windy la regarda courir jusqu'à une Mitsubishi Diamante noire aux enjoliveurs chromés, avec trois faux impacts de balles sur la portière côté conducteur et une plaque d'immatriculation encadrée de néon. Les vitres étaient baissées, et elle entendit le conducteur, un type avec un bouc tressé, qui disait :

— Putain, mais t'étais où ? Ça fait des plombes que j'attends !

Elle entendit Misty répondre d'un ton geignard :

— Je suis désolé, bébé, il fallait que je parle à cette femme, là-bas.

Puis la voiture démarra sur les chapeaux de roue, alors que Misty n'avait pas encore refermé sa portière.

— Nadene l'Enfoirée, marmonna Windy.

Donc, Nadene Brown était la tante de Harry.

Elle regagnait sa voiture en appelant le docteur Bob pour lui demander de lui envoyer une photo de la marque laissée par le fermoir dans le cou de Nadene, lorsqu'elle vit Ash qui venait à sa rencontre.

Cela ne pouvait signifier qu'une chose.

— Qu'est-il arrivé à Cate ?

— Rien. Elle va bien. Je viens de parler à ses gardes du corps.

— Qu'est-ce que vous faites là, alors ?

— Le labo vient d'envoyer son rapport, pour les alliances. Ils ont pu distinguer ce qui était gravé à l'intérieur.

— Alors ?

— Alors, la première était bien celle de Kelly O'Connell.

— Et la seconde ?

Elle n'aimait pas l'expression, sur le visage d'Ash. Son cœur se mit à battre.

Il inspira un grand coup, puis lui tendit un cliché.

— Je crois que c'est la vôtre.

80

Windy regarda la photo qu'il lui montrait. On y voyait une alliance, coupée en deux de manière à pouvoir lire ce qui était gravé à l'intérieur.

EMKIII-CAT Toujours amie.

— Comment avez-vous deviné ? demanda-t-elle, la gorge sèche.

— Peu importe. Est-ce que c'est votre alliance ?

— Oui. Mais... Seigneur... Comment a-t-il fait ? Je la range dans une boîte. Cachée dans une boîte. Je la range... Mon Dieu... Il était chez moi. Il a fouillé partout.

Windy sentit les mains d'Ash sur ses épaules.

— Si je suis venu à votre rencontre, c'est parce que je me suis dit que vous voudriez rentrer chez vous directement. Et que vous n'auriez pas envie d'être seule.

— Je ferais mieux de me remettre au travail. Nadene Brown est la tante de Harry. Était la tante de Harry. Il faut que je...

— Windy, je crois que vous ne comprenez pas très bien. Votre maison est une scène de crime, maintenant.

Elle leva les yeux vers lui.

— Ce qui veut dire que je suis la prochaine, c'est ça ?

Elle laissa sa voiture sur le parking du *Stardust* et s'installa à côté d'Ash, heureuse qu'il soit là avec elle.

— Je vais doubler les agents en faction autour de chez vous, dit Ash.

— Oui. Et moi, je crois que je vais envoyer Cate et Brandon passer quelques jours chez mes parents à Chicago.

— Vous voulez partir avec eux ?

— Oui. Mais je reste ici.

Ash lui lança un bref regard, mais ne dit rien. Le silence régna pendant un long moment, puis Windy demanda :

— Qu'est-ce que vous avez fait, pour Gerald ? Vous avez réussi à lui faire lâcher le téléphone ?

Ash avait envie de lui répondre qu'il était là pour elle, qu'il aurait donné sa vie pour qu'elle soit en sécurité. Mais il savait que ce n'était pas ce qu'elle avait envie d'entendre.

— Non. Je n'ai rien fait. J'ai laissé le haut-parleur. Si ça se trouve, il est encore en train de parler en croyant que je l'écoute.

Elle le regarda, bouche bée.

— Noooon...

— C'était le plus simple. Quand j'ai vu ça, j'ai voulu vous prévenir le plus vite possible.

— Il pourrait vous virer, Ash.

— Vous savez quoi ? Au point où on en est, je m'en fous un peu.

— Pourquoi est-ce que vous faites ce boulot, un boulot dangereux, si vous n'avez pas besoin de gagner votre vie ?

Ash s'attendait à tout sauf à cette question. Il haussa les épaules.

— Être riche n'a jamais vraiment été important, pour moi. C'est arrivé par hasard. J'ai mis au point un programme que beaucoup de gens étaient prêts à payer très cher. Au bout du compte, ce dont je me suis aperçu, c'est qu'avoir de l'argent, c'est bien, mais ce n'est pas ce qui vous pousse à vous lever tous les matins, dit-il avec une franchise dont il ne se serait pas cru capable.

Ils avaient quitté le Strip et attendaient à un feu rouge sur Sands Boulevard lorsqu'un groupe de motos, quatre

Harley Davidson, dont une avec un *side-car*, s'arrêta à côté d'eux. Ash les regarda et constata avec surprise que Windy souriait.

— Vous aimez la moto ?

— Oui, dit-elle, le regard lointain. Mon mari, Evan, le père de Cate, en avait une quand on s'est rencontrés. Une Ducati F1-750.

Le silence s'installa de nouveau, jusqu'à ce qu'elle se tourne vers lui avec un demi-sourire.

— Ça va, vous savez. Vous pouvez me poser des questions si vous en avez envie.

— Où vous êtes-vous rencontrés ?

De nouveau, son regard se fit lointain.

— À Paris. On passait tous les deux une année là-bas. On avait dix-sept ans.

— Et vous êtes restés en contact à votre retour ?

— Si l'on peut dire. Je lui ai écrit. Pendant quatre mois, j'ai écrit et il n'a jamais répondu.

— Pourquoi ne l'avez-vous pas appelé ?

Windy le regarda.

— Les filles bien n'appellent pas les garçons. Ma mère vous le dirait. Et puis, il m'avait dit qu'il n'était pas sûr de bien se souvenir de son numéro.

Elle secoua la tête, se demandant comment elle avait pu être aussi idiote à l'époque, et comment elle pouvait raconter ça aujourd'hui. Elle n'en avait pas parlé depuis des années. Et pas du tout depuis la mort d'Evan. Mais elle reprit son récit.

— Je me disais que j'avais été bête, de tomber amoureuse de ce garçon. Mais un jour, pendant les vacances de printemps de ma dernière année de lycée, j'étais chez moi quand, tout à coup, il y a eu un bruit terrible, dehors. C'était Evan, qui remontait la rue sur une Harley Davidson. Ma mère s'est signée et a retrouvé la foi au moment où il s'engageait dans notre allée. Il a garé son engin juste à côté de sa Buick. J'ai cru qu'elle allait s'évanouir quand je suis allée ouvrir la porte.

— Que s'est-il passé ?

— Il était là, tout habillé de cuir, poussiéreux. Il était parti depuis deux jours. Il m'a dit : « Je suis pas très doué pour les lettres. J'arrive jamais à écrire vraiment ce que je veux. Alors, je me suis dit que j'allais passer… »

— Passer ? Il venait de…

— Du Connecticut.

— Et vous étiez à Chicago.

Windy sourit et hocha la tête.

— Et ensuite ? Qu'est-ce qui est arrivé ? demanda Ash.

— Je l'ai fait entrer. Ma mère, toujours rattrapée par l'étiquette, lui a offert à boire. Puis elle est allée à la cuisine – j'ai toujours pensé que là, elle avait bu le premier verre d'alcool fort cul sec de sa vie, même si elle le nie. Et Evan s'est assis à côté de moi sur le canapé.

Windy se tut. On aurait dit qu'elle se repliait sur elle-même.

Au bout d'un moment, Ash demanda :

— Et ?

— Il s'est penché vers moi et m'a murmuré à l'oreille : « Windy, est-ce que tu veux m'épouser ? »

— Comme ça ?

Elle fit oui de la tête.

— Et vous avez accepté.

— Bien sûr que non. Enfin, j'avais l'intention de le faire, mais pas tout de suite. Une fille bien n'accepte pas si vite une demande en mariage, en particulier venant d'un garçon qui l'a convaincue de perdre sa virginité dans un petit hôtel parisien un peu miteux, puis s'est éclipsé pendant des mois. J'ai dit que j'allais y réfléchir.

— Et lui, il a dit quoi ?

— Il a dit : « Où sont les toilettes ? Ça fait trente-six heures d'affilée que je roule. »

Ash la fixa.

— Vous rigolez ?

— Pas du tout.

Et ils éclatèrent de rire.

— Je crois qu'il m'aurait plu, Evan, dit Ash. Pas pour la partie où il vous a fait attendre sans donner de nouvelles, mais pour l'autre.

— Je crois aussi.

Il y eut un nouveau silence.

— Est-ce que c'est plus dur, quand les gens disent ça ? demanda finalement Ash. Quand vous en parlez ?

— Non. À vrai dire, ça fait du bien. Je n'avais pas parlé de cela depuis longtemps. Ça met beaucoup de gens mal à l'aise, d'en parler. Demain, c'est l'anniversaire d'Evan. Il aurait eu trente-cinq ans.

Et là, tout à coup, elle se mit à pleurer. Ash se gara le long du trottoir, arrêta le moteur et passa un bras autour de ses épaules, la serra contre lui tandis qu'elle sanglotait et s'accrochait à lui. C'était un geste d'ami, mais Ash ressentit quelque chose d'infiniment plus profond.

— Je suis désolée, dit-elle, le visage contre lui, sans bouger. Je crois que je suis en train de perdre pied.

— Chut, murmura-t-il en lui caressant les cheveux pour la réconforter. Je ne veux pas d'excuses.

Quelques minutes plus tard, elle se redressa et se détourna de lui.

— Je ne sais plus où me mettre, maintenant, c'est malin, dit-elle en fouillant son sac à la recherche d'un Kleenex.

— Et moi donc... Regardez ce que je retrouve dans ma voiture, dit Ash en lui tendant un paquet de serviettes de chez *McDonald's*.

Elle se moucha dans l'une d'elles et s'essuya les joues.

— Merci, Ash.

— De rien, Windy.

Cette fois, leurs regards s'étaient croisés et accrochés l'un à l'autre. Le temps semblait suspendu. Lentement, elle se pencha vers lui et l'embrassa doucement sur les lèvres.

Elle s'écarta en premier. Ash, lui, ne pouvait plus bouger. Ce baiser l'avait bouleversé. Et il n'avait duré que deux secondes.

Elle posa une main sur sa joue, le regarda dans les yeux. Il ouvrit la bouche pour dire quelque chose, mais elle secoua la tête.

— Pas aujourd'hui. Pas encore. D'accord ?

— D'accord.

De toute façon, l'essentiel avait été dit.

81

Ash ne quitta Windy des yeux que lorsqu'elle referma sa porte d'entrée, puis il compta les agents présents dans le périmètre de sa maison, se trompa, recompta. Pour la première fois depuis qu'il était flic, il lui fallait faire un effort pour rester concentré sur une affaire, son esprit n'aspirant qu'à repasser les images de ce qui venait de se passer et à comprendre ce que cela signifiait. Quand Windy et lui seraient enfin ensemble, il voulait qu'elle n'ait aucun regret, et pour cela, il était prêt à attendre le temps qu'il faudrait. Cette histoire devait durer pour toujours.

Il se concentra de son mieux, mais il dut attendre d'être reparti pour que tout devienne clair. C'était le souvenir d'une Lexus couleur tabac identique à celle immatriculée au nom de Nadene Brown et garée à quelques pâtés de maisons de chez Windy qui lui fit comprendre comment ils allaient coincer Harry. Il composa le numéro tout en enfonçant l'accélérateur, pas mécontent que la circulation de l'après-midi soit fluide, et lorsque Jonah décrocha, dit :

— Je veux une liste de toutes les maisons qui appartenaient à Nadene Brown.

Jonah la lui tendit lorsqu'il arriva au bureau.

— Son avocat nous l'a faxée, il n'a même pas demandé de mandat.

— Ça doit être notre jour de chance.

La liste était longue et impressionnante. Nadene Brown avait largement investi dans l'immobilier et possédait plusieurs parcelles dans la ville sur lesquelles étaient maintenant construits des supermarchés et des drugstores, ainsi que quatre maisons et deux immeubles d'habitation.

— Je veux des hommes en civil dans tous ces endroits, à la recherche de tout signe d'activité suspecte, ordonna Ash. Chaque bâtiment, chaque appartement doit être fouillé. Mais discrètement. Si Harry se cache dans l'un d'eux, je ne veux pas l'alerter.

— Et celle-là ? demanda Jonah en montrant la dernière adresse figurant sur la liste.

— Celle-là, je m'en occupe moi-même.

Windy avait essayé de rester calme au téléphone avec sa mère. Elle lui avait expliqué qu'elle pensait que ce serait bien, pour Cate, de voir ses grands-parents quelques jours, faisant de son mieux pour qu'elle ne se doute de rien, mais finalement, elle avait perdu son sang-froid et l'avait suppliée.

— Je t'en prie, maman. Je n'ai pas le temps de t'expliquer. Je te raconterai tout la semaine prochaine, quand je viendrai à Chicago. Et s'il te plaît, n'appelle pas Bill.

Bill devait rentrer le lendemain. Il fallait qu'elle lui parle, elle repoussait ce moment depuis déjà trop longtemps. Le moins qu'elle puisse faire, c'était de lui dire en face ce qu'elle avait sur le cœur.

Ensuite, elle afficha la mine la plus enthousiaste qu'elle put, annonça à Cate la bonne nouvelle – elle allait faire un super voyage – et céda sur absolument tout ce que voulait emporter sa fille, bottes de pluie, lunettes de piscine et Barbie footballeuse. L'effort qu'elle dut faire pour ne pas serrer Cate dans ses bras toutes les cinq minutes lui parut réellement surhumain. Elle savait qu'elle prenait la bonne décision en envoyant Cate à Chicago et en restant à Las Vegas, mais la perspective d'être séparée d'elle était physiquement douloureuse. Elle fut soulagée de constater qu'en revanche, cela ne dérangeait pas du tout Cate, qui passa son temps, tandis qu'ils se rendaient à l'aéroport, à raconter à Brandon tous les trucs super chouettes qu'ils allaient faire chez ses grands-parents, « surtout qu'il n'y aura pas maman pour nous en empêcher ».

Au contrôle de sécurité, elle découvrit qu'Ash avait donné des instructions, et ils passèrent aussitôt. Elle put rester avec Cate et Brandon jusqu'à l'embarquement du vol de 20 h 15 pour Chicago et agita la main pour leur dire au revoir longtemps après qu'ils avaient disparu dans l'avion. Puis, plantée au milieu de la salle d'embarquement, elle se demanda où aller. Elle se sentait perdue, déprimée. Et elle avait peur.

Elle se dirigeait vers le parking pour récupérer la Coccinelle bleue de Brandon et rentrer chez elle lorsque son téléphone sonna. Comme une gamine, elle sentit son cœur s'emballer en voyant qu'il s'agissait d'Ash. Il battit plus vite encore lorsqu'elle l'entendit dire :

— Je crois qu'on a trouvé où Harry se cache. Il y a un an, Nadene Brown a acheté une maison dans Cottonwood Avenue. Au 2206. C'est-à-dire à côté de celle des O'Connell.

— Je croyais que l'agent de sécurité avait dit qu'elle était vide.

— Oui. Et je me demande si cet agent, ce n'était pas Harry lui-même. Le groupe d'intervention est en route, je les rejoins là-bas.

82

Il était 21 heures passées lorsque Windy arriva dans le périmètre bouclé par le groupe d'intervention, à une cinquantaine de mètres de la maison de Harry. Ash discutait avec le commandant.

— On est pratiquement sûrs qu'il est à l'intérieur et, pour l'instant, on ne tient pas à ce qu'il nous repère, expliqua-t-il quand Windy les rejoignit.

— Comment savez-vous que c'est la bonne maison ?

— On ne l'est jamais à cent pour cent, mais il y a une Camaro Iroc garée devant, et le voisin d'en face dit qu'il y a une activité inhabituelle à l'intérieur.

Activité inhabituelle. Windy n'aimait guère cette expression.

— Et maintenant, alors, qu'est-ce qu'on fait ? demanda-t-elle aux deux hommes.

— On attend que mes hommes soient opérationnels et en position, répondit le commandant du groupe d'intervention. S'il sort d'ici là, de son plein gré, on le pincera. Sinon, on le fera sortir.

Deux heures plus tard, ils étaient prêts à donner l'assaut.

— On a des hommes en position autour de la maison, au cas où il essaierait de filer à l'anglaise, dit le commandant. Les lunettes à infrarouge nous indiquent qu'il y a quelqu'un dans la cuisine. Comment voulez-vous procéder ? demanda-t-il à Ash. Par surprise, ou en vous montrant ?

— Je ne sais pas trop à qui on a affaire, répondit Ash en se tournant vers Windy. Vous le pensez suicidaire ?

— Je ne sais pas. Mais j'aimerais essayer de lui parler. Voir si je peux le convaincre de se rendre.

Ash secoua la tête.

— Hors de question.

— Il cherche à s'en prendre à moi. C'est moi qui ai le plus de chances de le faire sortir.

— Ou de vous faire tuer.

Windy l'ignora et se tourna vers le commandant.

— Est-ce que vos hommes peuvent me couvrir si je me rapproche de la maison ?

— Non, intervint Ash. Il est hors de…

Le talkie-walkie du commandant grésilla.

— La cible se déplace. S'approche de la fenêtre.

Ils entendirent une fenêtre s'ouvrir, puis une voix.

— Que se passe-t-il ? demanda Windy.

— La cible demande Chicago Thomas, dit la voix dans le talkie-walkie. Je répète…

— Reçu, coupa le commandant.

Puis il regarda Ash et Windy.

— Vous avez entendu. Il vous demande.

Windy avança dans la rue, en direction de la maison. Ash la suivit.

— N'y allez pas. C'est peut-être un piège.

— C'est notre seule chance de le faire sortir.

Windy passa sous une barrière en bois, entre deux hommes en noir, et alla se placer sur le trottoir, en face de la maison. La rue était déserte, les lampadaires éteints. La seule lumière venait de la demi-lune.

— Est-ce que Windy Thomas est là ? lança une voix depuis le premier étage. Je veux parler à Windy Thomas.

Windy fit un pas en avant. Elle distinguait une silhouette, mais pas de visage.

— Je suis là, oui.

— Approchez-vous. Je ne vous vois pas.

— Non, grogna Ash derrière elle.

Windy alla se mettre au milieu de la rue.

— C'est mieux, comme ça ?

— Encore un peu.

— À qui ai-je l'honneur ?

— Vous ne devinez pas ? C'est moi, Harry. Approchez-vous.

Windy ne bougea pas.

— Harry, vous devez sortir de cette maison. Rendez-vous.

— C'est ce que vous voulez ?

— Oui.

— D'accord.

L'ombre disparut de la fenêtre.

— C'est trop facile, murmura Ash. Je n'aime pas ça.

Windy ne répondit rien. À sa droite, elle entendit le commandant ordonner à ses hommes de se tenir prêts. Il régnait un silence total dans la rue.

Une fenêtre du rez-de-chaussée s'ouvrit.

— Windy ? fit la voix de Harry. Dites-leur de ne pas me faire de mal.

— Ne lui faites pas de mal, lança-t-elle à voix haute.

— Promettez-moi que vous ne les laisserez pas me faire de mal. Je veux bien me rendre, mais seulement à vous.

— Je vous le promets.

— Si vous avancez d'un pas, j'avancerai d'un pas.

Windy fit un pas en avant. Ash grogna derrière elle, mais ne dit rien.

— Encore un.

— Non, Harry. Il faut sortir, maintenant.

— Je n'ai pas confiance en eux.

— Ils n'ont pas confiance en vous non plus.

— Pourquoi avez-vous arrêté de me croire, Windy ? Pourquoi avez-vous cessé de croire que c'était Ève ? Je n'étais pas assez bon ?

— Si, Harry. Mais on ne peut pas être quelqu'un d'autre tout le temps.

— Je ne voulais pas venir ici. Ce n'est pas ici que je voulais ça.

— Vous vouliez quoi ?

Comme il ne répondait pas, Windy reprit :

— Harry, si vous sortez, nous pourrons parler. Cela vous ferait du bien.

— Vous mentez, dit la voix. Comme tous les autres. Ils disaient que c'était ma faute. Moi, je n'ai jamais voulu faire de mal à personne. Ce sont eux qui m'ont poussé.

— Qui ?

— Vous ne comprenez pas. Vous ne comprendrez jamais.

Derrière elle, Windy entendit le commandant souffler :

— Prêts ? À mon commandement.

— Aidez-moi à comprendre, Harry.

— Je ne peux pas. C'est sans espoir. Adieu, Windy.

— Équipe Alpha, c'est parti, dit le commandant.

Et Windy regarda les hommes en noir avancer vers la maison, telles des ombres.

— Harry, vous devez sortir, dit-elle. Maintenant.

Il ne répondit pas. Elle ne voyait plus s'il était toujours à la fenêtre ou pas. Pendant cinq longues secondes, le silence fut absolu.

Puis une voix terrifiée et désespérée, à l'intérieur, cria :

— Allez-vous-en ! Laissez-moi !

Et on entendit deux coups de feu.

Le talkie-walkie du commandant annonça :

— Un homme à terre ! Un homme à terre !

Et tout se mit en mouvement simultanément, le groupe d'intervention se ruant sur la maison, enfonçant la porte, passant par les fenêtres.

— Mettez-vous à l'abri ! hurla le commandant.

Mais Windy courait vers la maison.

— Non ! cria-t-elle en sentant les bras d'Ash se refermer sur elle pour la plaquer au sol. Je veux y aller. Ne les laissez pas…

L'espace d'un quart de seconde, elle aperçut un homme en chemise à carreaux dans le salon, qui regardait dehors, la regardait, hagard. Il avait entre les mains un énorme fusil. Lorsque les hommes du groupe d'intervention entrèrent, il courut vers eux en agitant son arme.

— Harry, non ! hurla-t-elle en essayant de se dégager.

Mais c'était trop tard. Elle regarda avec horreur un véritable tir de barrage transformer l'homme en pantin, soulevé, ballotté par chaque impact, propulsé d'un côté puis de l'autre, jusqu'à ce qu'il tombe à terre.

Ce fut de nouveau le silence, puis le talkie-walkie annonça :

— Cible à terre. Je répète, cible à terre.

Windy eut le sentiment d'être dans un film. Dans un état second, elle vit les sauveteurs courir vers la maison, une équipe restant sur le côté pour s'occuper du blessé tandis que l'autre entrait dans le salon. Elle avait conscience de tous ces gens qui couraient autour d'elle, des gyrophares qui clignotaient, mais n'arrivait pas à les voir vraiment. Le visage d'Ash se planta face au sien, et elle l'entendit parler, sans parvenir à l'écouter.

Elle était furieuse. Les choses n'auraient pas dû se terminer ainsi. Il n'y avait pas de justice, dans une fin pareille. Pas de justice pour les victimes. Ni pour elle. Il restait trop de questions en suspens.

Elle repoussa Ash et se dirigea vers la maison.

— Madame, nous n'avons pas encore fait les vérifications d'usage pour… expliqua un officier en essayant de lui bloquer l'entrée.

Mais elle se faufila à l'intérieur, ignorant Ash qui l'appelait et qui fit signe à l'homme de la laisser passer.

Un groupe d'hommes en lunettes infrarouges entourait le corps et les sauveteurs, agenouillés au milieu du salon. Lorsqu'elle s'approcha, elle entendit un des médecins annoncer :

— Heure du décès : 23 h 24.

Elle fixa longuement le cadavre. Harry était sur le dos, à l'endroit où il était tombé. Autour d'un poignet, il portait un bracelet indiquant qu'il était diabétique. Un groupe d'impacts de balles autour du cœur et un autre au cou indiquaient que les hommes du groupe d'intervention étaient de bons tireurs. Sur son visage à la bouche ouverte et au front plissé, on lisait une expression de surprise. Ses bras étaient allongés devant lui, comme s'il les avait tendus à quelqu'un, et même si Windy savait que c'était parce qu'il brandissait un fusil et visait les hommes du groupe d'intervention, elle ne put s'empêcher d'avoir le sentiment qu'il avait demandé de l'aide.

Cet homme l'avait menacée. Il avait assassiné des familles. C'était un monstre.

Et pourtant, elle ne pouvait pas lui souhaiter cette mort. Elle aurait aimé qu'il soit jugé. Elle aurait voulu savoir pourquoi. Pourquoi avait-il fait tout cela ? Pourquoi l'avait-il choisie, elle ?

Elle en avait tellement marre, de tous ces pourquoi sans réponses.

Seule, elle fit le tour de la maison en attendant l'arrivée de son équipe. Les murs du salon étaient criblés de balles, le sol était couvert d'éclats de verre et de débris de meubles, mais le reste de la maison était intact. Deux des chambres, une au rez-de-chaussée et l'autre à l'étage, étaient fermées par des cadenas et interdites d'accès par un panneau « Ne pas entrer » cloué sur les portes. Le commandant du groupe d'intervention craignait qu'il ne s'agisse de portes piégées, aussi appela-t-il la brigade de déminage et fit-il évacuer la maison.

Pendant quarante minutes, Windy et son équipe attendirent dehors. Mais lorsque les démineurs annoncèrent que la porte du rez-de-chaussée n'était pas piégée, elle s'impatienta et entra. Elle sentait le regard d'Ash dans son dos, mais il ne dit rien et, de toute façon, elle ne l'aurait pas écouté.

Elle commença son inspection par la cuisine, où elle trouva des placards et un réfrigérateur vides. Sur le plan de travail étaient posés deux trousseaux de clés, un sur un porte-clés Camaro, l'autre sur un porte-clés en forme de cœur. Il s'agissait de ses clés à elle. Les originaux. Harry en avait donc fait faire des copies et les lui avait données. Voilà pourquoi elles accrochaient dans la serrure et ouvraient mal. Elle se demanda si le fait d'avoir en main celles qu'elle avait utilisées l'avait excité, et cette pensée la fit frissonner.

À côté des clés se trouvait un portefeuille contenant des cartes de crédit au nom de Harold Williams, une facturette de la boutique Boîte à lettres et Compagnie, une autre d'un fleuriste, et un billet de cinq dollars. Elle découvrit aussi un permis de conduire émis par l'État de Washington, au nom de Harold L. Williams et au dos duquel un autocollant indiquait qu'il était donneur d'organes. Elle en étudia longuement la photo.

Un peu avant 2 heures du matin, l'équipe de déminage annonça que tout était OK. Aucune porte n'était piégée. Les deux pièces n'étaient que des pièces, et les deux portes, des portes cadenassées. Windy repensa à ce que Logan lui avait dit à propos des enfants maltraités, qui cherchaient ensuite à protéger leurs secrets à tout prix. Elle en déduisit que ce que Harry avait eu de plus précieux et de plus personnel devait se trouver dans ces pièces.

Les clés accrochées au porte-clés Camaro ouvrirent les cadenas. Windy commença par la pièce qui se trouvait à l'étage. On aurait dit une cellule monacale, avec un bureau en fer, un vieux fauteuil de bureau en bois et des murs peints en gris mat, le long desquels étaient alignés des classeurs. Un de ces classeurs était étiqueté « Ève ». Il était plein de dossiers suspendus intitulés « Poil-pubis », « bâtonnets-oreilles », « soutien-gorge-sale », « peau-coude », « salive-matin », « sang-règles », « sang-coupure », « sucette ». Dans d'autres classeurs, elle découvrit d'autres noms, certains dossiers en comportant plusieurs : « Diane-Géraldine-Candy », « Mona et Terry », « Windy et Cate ».

Windy avait envie de prendre tout ce qui la concernait et de rentrer chez elle, de le cacher là où personne ne le trouverait jamais, mais elle savait que c'était impossible. Elle se força à rester calme, à agir en professionnelle. À l'intérieur, elle trouva « Windy : préservatif-usagé (Bill) » et « Cate : culotte-propre ».

Ses mains se mirent à trembler. Il était allé jusque dans le tiroir de sous-vêtements de Cate. Il avait touché…

Concentre-toi.

Dans un placard, elle trouva différents uniformes : serveur, serrurier, facteur, vigile. Et au milieu, une combinaison en satin blanc à larges revers, incrustée de strass.

L'autre pièce était en désordre, mais on aurait dit que le temps s'y était arrêté plusieurs années auparavant. Windy ignorait si elle était exactement comme Ève l'avait laissée, mais c'était indubitablement une chambre de petite fille. Il lui fallut un moment avant de réaliser que les fenêtres étaient obstruées par des panneaux de contreplaqué, ceux-ci étant cachés par des rideaux de cotonnade froncée. Il y avait un lit à baldaquin avec un tissu à petites fleurs, et une commode Holly Hobby. Des posters de Madonna et du groupe Adam and the Ants décoraient les murs. Les empreintes qu'ils y relevèrent et les cheveux qu'ils y trouvèrent, sur l'oreiller et dans les draps, correspondaient à ceux prélevés sur le corps de Harry.

Windy laissa à Larry le soin de relever les traces de sperme, s'il y en avait.

Dehors, les projecteurs transformèrent le petit matin en aube éblouissante. Windy se tint sur le seuil de la maison un instant, respirant l'air frais, regardant les équipes médicales remballer leurs affaires et se frayer un chemin entre les journalistes, les cameramen et les voisins curieux en pyjama.

— Je suis à l'heure actuelle devant l'endroit où le groupe d'intervention a fait feu, disaient cinq reporters à cinq caméras différentes.

« Fusillade acharnée », « digne du *far west* » et « véritable cauchemar », telles étaient les descriptions qu'elle saisit au vol en rejoignant Ash. Il discutait avec le commandant du groupe d'intervention, devant le cordon de police. Derrière lui, une journaliste tentait de s'approcher le plus possible. Windy l'entendit conclure :

— Il semblerait qu'enfin, le Briseur de Ménages ait été brisé.

Ce n'était pas très bon, comme chute, pensa Windy, mais elle aurait été bien en peine de faire mieux.

Elle tira sur la manche d'Ash, qui la regarda et lui adressa un sourire hésitant qui ne lui remonta guère le moral.

— Il y a tout un tas de pièces à conviction à l'intérieur qui prouvent qu'il récupérait tout ce qu'il pouvait du corps d'Ève pour le laisser sur les scènes de crime. On a aussi trouvé ça dans un placard.

Elle lui tendit le sac qui contenait la combinaison en satin.

— Je vais demander au labo si ça correspond aux fibres blanches retrouvées chez les Johnson, les Waters et les O'Connell. Si c'est le cas, je pense qu'on aura trouvé comment il se faisait ouvrir la porte.

— On dirait que vous aviez vu juste pour le camouflage à la mode Las Vegas. C'était juste le type de déguisement qui n'allait pas.

— Notre tueur était déguisé en Elvis et non en mariée, oui. Comment résister à ça ? Ça expliquerait le mascara noir sur le téléphone, aussi. Il avait dû toucher ses pattes.

Ash avait envie de la prendre dans les bras, de la serrer, d'effacer ce stoïcisme tranquille qui devait lui demander tant d'efforts.

— Oui, dit-il.

— Je crois qu'on avait raison pour les fleurs. Il devait s'annoncer comme le livreur, en faisant peut-être un télégramme chanté et, du coup, les femmes lui ouvraient sans hésiter. Je pense aussi qu'il prévoyait un nouveau spectacle. Bientôt.

— Qu'est-ce qui vous fait dire ça ?

— Dans son portefeuille, j'ai trouvé une facturette d'un magasin de fleurs, datée d'aujourd'hui, et il y avait un bouquet dans un vase, dans le salon. Une balle l'a fait voler en éclats, mais je suis presque sûre qu'on doit pouvoir reconstituer un octogone. J'ai trouvé ça juste à côté.

Windy lui tendit une petite carte, qu'elle avait glissée dans une pochette plastique. Une carte du style de celles que l'on trouve chez les fleuristes et sur laquelle il était écrit :

Pour Windy, avec toute mon admiration.

Aucun d'eux ne fit de commentaire. Windy leva les yeux vers le ciel bleu, au-dessus de la maison. À Las Vegas, le ciel n'avait pas la même couleur qu'en Virginie. Ou qu'à Hawaii.

— Vous avez eu raison de m'empêcher d'y aller, dit-elle enfin. Il m'aurait tuée. Je suis désolée d'avoir lutté contre vous, Ash.

— Je suis désolé de vous avoir poussée à le faire.

— Vous savez, il m'a regardée, et je l'ai regardé. J'ai regardé son cadavre, aussi, puis son permis de conduire. Et je pense réellement que je ne l'ai jamais vu de ma vie.

— J'ai fait la même chose. Avec le même résultat. Il était si ordinaire. Ç'aurait pu être n'importe qui.

La journaliste s'était approchée encore un peu, tirant sur le cordon de police, et tendait son micro.

— Je suis ici avec Ash Laughton, le directeur de l'Unité Spéciale de Lutte contre les Crimes Violents, et la directrice du département de criminalistique, Chicago Thomas. On nous dit que l'homme qui a été abattu était le principal suspect dans l'affaire du Briseur de Ménages. Est-il sage d'affirmer aujourd'hui que le Briseur de Ménages est mort ?

Ash regarda Windy, qui hocha la tête.

— Ce n'est pas encore officiel, dit-il. Mais oui, c'est assez sage.

— Et vous en êtes les premiers informés, chers auditeurs, dit-elle dans son micro.

« Ils en ont de la chance, les auditeurs », pensa Windy.

83

À 9 heures du matin, Windy avait épuisé ses réserves d'adrénaline. Les nuages avaient fait leur apparition et plombaient le ciel. Bientôt, une petite pluie fine se mit à tomber, provoquant le branle-bas de combat parmi la presse. Windy regarda les journalistes plier bagage et comprit qu'il était temps pour elle de rentrer aussi. Elle commettait des erreurs, répondait sèchement à ses techniciens. Pensait trop.

— Vous pouvez prendre le relais ? demanda-t-elle à Ned.

— Rentrez chez vous, patron, on s'occupe de tout.

Elle se fit déposer par une voiture de patrouille. Cate et Brandon étant à Chicago, elle aurait la maison pour elle toute seule. Plus que tout, elle avait envie d'une bière très fraîche et d'un bain dans lequel s'immerger au moins trois heures.

Elle expliqua à l'agent en faction qu'il pouvait rentrer chez lui, que tout était terminé, fouilla dans son sac à la recherche de ses clés et venait de les trouver lorsque Bill apparut, sa housse à costume sur le bras.

— La prochaine fois que tu fais changer les serrures, ça t'embêterait de me prévenir ?

— Bill. Bien sûr. Excuse-moi. Ç'a été une semaine de folie. Je n'avais pas réalisé que tu serais là si tôt.

— J'ai eu comme le sentiment que tu ne m'attendais pas, en effet, quand l'espèce de cerbère, là-bas, m'a quasiment mis les menottes pour avoir essayé de rentrer chez moi.

Elle ouvrit la porte, répéta : « Je suis désolée », avec le sentiment que son vocabulaire se résumait à ces trois mots.

— Mais qu'est-ce qui t'est arrivé ? dit-il en la regardant. Tu as l'air épuisée. Et qu'est-ce que tu fais à la maison à cette heure ? Comme tu ne parles toujours que de ton boulot, je ne pensais pas te voir avant un moment.

Un calcul rapide amena Windy à la conclusion que pour la bière glacée et le bain, c'était fichu. Elle lâcha son sac au milieu de l'entrée et se laissa tomber sur le canapé.

— Mon affaire est classée, ça y est. J'ai bossé toute la nuit.

Bill ramassa son sac, le posa sur la console.

— Excellente nouvelle, dis donc.

— Ouais… je crois, dit Windy.

Elle ferma les yeux, s'abandonna au confort des coussins et sentit Bill s'asseoir à côté d'elle. Il passa un bras autour de ses épaules, la forçant à bouger la tête, à bouger son cou si douloureux, et l'attira contre lui.

— Ça veut dire que tu n'as pas à travailler ce weekend, alors ? demanda-t-il en lui chatouillant le lobe de l'oreille.

D'une main, elle l'arrêta.

— Sans doute.

Elle le sentit sourire.

— Alors, ma surprise tombe à point nommé.

Elle aurait aimé faire ça autrement. Elle aurait aimé être plus reposée.

Elle ouvrit les yeux et tourna la tête vers Bill.

— Je sais quelle surprise tu me réserves, et je ne peux pas. Je ne peux pas t'épouser.

Il était stupéfait.

— Comment tu as deviné ?

— J'ai deviné, c'est tout.

— Mais pourquoi, alors ? Parce que Cate n'est pas là ? Je te promets qu'elle s'en fiche. Du moment qu'on fait la fête tous les trois à son retour de camping. Elle ne saura même pas qu'elle a raté quelque chose.

— Oh que si, elle le saura. Et elle n'est pas partie camper. Ma décision n'a rien à voir avec Cate.

Bill lui prit les mains et lui sourit.

— Je comprends. Tu paniques. Après ce qui est arrivé avec ton premier mari, c'est logique. Je sais qu'il t'a fait du mal quand il est parti, mais je ne suis pas comme lui. Je ne te traiterai pas de la même façon. Je ne partirai pas. Les mauvais souvenirs ne doivent pas t'empêcher de reprendre ta vie en main. Notre vie. Ils doivent au contraire devenir autant de raisons de t'en faire de bons.

— Il ne s'agit pas de Cate, ni d'Evan, ni de qui que ce soit d'autre. Il s'agit de toi et moi. Je ne peux pas être la femme que tu voudrais que je sois.

— C'est-à-dire ?

— Je ne serai jamais à la maison à 17 heures tous les soirs. Je ne suis pas sûre de vouloir d'autres enfants. Je ne serai jamais une épouse idéale, une mère idéale encore moins. Je ne suis pas comme ça. Je n'ai même pas envie de l'être.

Elle se tut un instant, puis ajouta :

— Et je déteste les sous-vêtements en coton blanc.

— D'accord.

— D'accord ?

— D'accord, mets les sous-vêtements que tu veux.

— Les sous-vêtements ne sont qu'un symptôme. Le problème, c'est que nous n'aspirons pas aux mêmes choses.

— Bien sûr que si. Une jolie maison. Une famille. Tu y aspires, à tout ça. Tu as toujours dit que tu en avais envie.

— Tu as toujours dit que toi, tu y aspirais, et j'ai suivi parce que… parce que je ne savais pas comment faire autrement. Mais ça ne me correspond pas. Ce n'est pas ce que je veux.

— Bon, alors qu'est-ce que tu veux ?

— Je veux que cesse cette impression que j'ai de vivre sur un champ de bataille permanent entre mon boulot et ma vie privée. Je veux arrêter de me sentir coupable tout le temps, avec le sentiment de trahir l'un ou l'autre, et de ne rien faire correctement. Ce n'est pas juste. Ni pour toi ni pour moi.

— On peut y arriver. On peut changer, tous les deux.

— Comment ?

— Je peux me trouver un passe-temps. Comme ça, tu ne me manqueras pas tant, parce que j'aurai de quoi m'occuper. De ton côté, tu pourrais travailler un peu moins.

— Cela ne résoudra pas le problème.

— Pourquoi ? Windy, tout ce que je veux, c'est m'occuper de toi. Dis-moi comment faire.

— C'est ça, le problème. Tu ne comprends pas ? Je n'ai pas envie qu'on s'occupe de moi. Je veux m'occuper de moi toute seule.

— Mais tu as besoin de moi. Sans moi, tu perds pied.

— Non, je perds pied quand j'essaie de trouver un équilibre entre toi et le reste de ma vie. J'en ai assez de devoir m'excuser pour tout ce que je veux, tout ce qui m'intéresse.

— Alors, ne t'excuse pas.

Windy secoua la tête.

— Je crois que je ne suis pas assez claire. Ce que j'essaie de dire, Bill, c'est que je tiens énormément à toi, mais je ne t'aime pas. Et toi, tu ne m'aimes pas non plus. En tout cas, tu n'aimes pas ce que je suis vraiment.

— Comment peux-tu le savoir ?

— Je le sais, c'est tout.

Bill plissa les yeux.

— C'est à cause d'Ash Laughton, tout ça, je me trompe ?

Elle secoua la tête en soupirant. Il l'écoutait ou pas ?

— C'est à cause de toi et moi.

— Tu es amoureuse de lui. Ma pauvre ! s'exclama-t-il en éclatant de rire. Tu t'es laissé avoir, tu en pinces pour ton patron.

Windy ne reconnaissait plus Bill.

— Même si c'était vrai, ça ne changerait rien au fait que toi et moi, nous n'arriverons pas à être heureux ensemble. Si on continuait, on finirait par se faire du mal.

— Ah, bon ? On s'est pourtant fait pas mal de bien, l'autre soir, non ? Samedi, tu te rappelles, quand même ? À moins que tu n'aies pensé à lui tout le temps ?

— Je t'en prie, ne fais pas ça. Je tiens à toi, et je m'en veux de te faire souffrir. Il ne s'agit ni de sexe ni d'un autre homme. Il ne s'agit que de nous deux.

Le beau visage de Bill devint laid.

— Ne me raconte pas de conneries. Tu ne ferais jamais ça si tu n'avais pas assuré tes arrières. Je te plains, Windy. Je ne sais pas ce qu'il t'a raconté, mais tu te mets le doigt dans l'œil si tu crois qu'il voudra de toi. J'ai lu des trucs sur lui, dans les journaux. C'est un tombeur notoire. Alors, une femme de trente-quatre ans avec une gamine et un lourd bagage émotionnel, ça m'étonnerait que ça le tente sur le long terme. Excuse-moi d'être un peu direct, mais comme tu as toujours été attirée par la vérité…

Sur ce, il se leva, prit sa housse à costume et se dirigea vers la porte. Windy le suivit.

— Excuse-moi, Bill. Je suis désolée que les choses aient dû finir comme ça entre nous.

Il eut un sourire méchant.

— Et tu n'as pas fini de l'être, crois-moi. Tu penses que tu me fais du mal ? Mais c'est à toi que tu en fais. Tu vas regretter cette décision pour le restant de tes jours. Moi, je peux trouver mieux que toi, mais toi, tu ne trouveras jamais mieux que moi.

Elle lui referma doucement la porte au nez. Puis elle tira le verrou, mit la chaîne de sécurité et alla dans le salon. Elle n'était pas aussi effondrée qu'elle l'avait redouté. Avant toute chose, elle s'en voulait d'avoir traité Bill comme ça, pas à cause d'Ash, mais parce qu'elle n'avait jamais été honnête avec lui. Comment aurait-il pu l'aimer vraiment, puisqu'elle ne lui avait jamais montré qui elle était ? Elle ne s'était pas révélée à lui. Jusqu'à aujourd'hui. *Une femme de trente-quatre ans avec une gamine et un lourd bagage émotionnel.* Il avait raison. C'était exactement elle, cette description. Et elle était fatiguée de se cacher derrière autre chose.

Fatiguée d'essayer de tout faire comme il le fallait sans jamais y parvenir.

À quatre pattes, elle tira le carton qu'elle n'avait toujours pas déballé de sa niche en bas de la bibliothèque. Il contenait essentiellement des papiers, des documents concernant l'argent de Cate. Mais sur le dessus, elle le savait, il y avait les photos de son mariage avec Evan, glissées dans un album mais jamais collées parce qu'elle n'avait pas le temps.

Après la mort d'Evan, elle n'avait plus pu les regarder. Trois ans déjà. Elle ouvrit l'album et vit deux visages qui lui souriaient. Des visages qu'elle reconnaissait à peine. Evan et elle. Sept ans plus tôt. Non, presque huit. Cette année, ils auraient fêté leur huitième anniversaire de mariage. En novembre. Le temps passait si vite. Mais déjà, la date n'était plus aussi nette dans son esprit. D'autres l'avaient remplacée – l'anniversaire de Cate, celui de Brandon –, et d'autres personnes étaient devenues importantes.

Sur la photo, Evan regardait l'objectif en riant, et elle, radieuse, le regardait, lui.

À elle seule, cette photo illustrait leur relation. Evan l'aimait, oui, autant qu'il était capable d'aimer quelqu'un. Mais il aimait s'amuser, aimait vivre, aimait faire des expériences.

Après sa mort – après qu'il était parti, avait dit Bill, avec raison, parce que c'était l'impression qu'elle avait eue, comme s'il avait choisi de partir –, elle avait cherché l'opposé de cela, quelqu'un qui ne s'abandonnerait jamais complètement à quelque chose, sur qui elle pourrait toujours compter. Elle avait cherché la sécurité, avait conduit moins vite, parlé plus doucement, arrêté de prendre des risques. Elle avait choisi Bill comme un antidote à Evan, considérant qu'Evan avait été une espèce de poison dont seul le sérieux pouvait la guérir.

Essayer d'évacuer Evan, c'était l'erreur qu'elle avait commise. L'aimer encore, c'était possible. Aimer l'amour qu'ils avaient éprouvé l'un pour l'autre, tout en voulant quelque chose de différent. Elle le savait depuis longtemps, mais il avait fallu ces deux derniers jours, ce niveau précis d'épuisement et d'émotion, pour que tout devienne clair. Enfin.

Dehors, il commença à pleuvoir. La première vraie pluie que connaissait Las Vegas cette année. Windy regarda les photos une à une, vit un couple qu'elle ne connaissait plus, deux personnes dont les vies semblaient déconnectées de la sienne. Elle avait changé, en huit ans, mais pas comme elle l'avait cru. Elle pensait avoir mûri, alors qu'en fait, elle avait juste enfoui.

Tout au fond du carton, elle trouva un sac en plastique transparent du style de ceux qu'elle utilisait pour conserver des prélèvements. C'était l'alliance d'Evan. Le sac avait aussi contenu la sienne.

Plus question d'enfouir les choses, de s'évertuer à être une fille bien. Plus question de fuir, ni d'essayer d'être quelqu'un d'autre sans y parvenir vraiment.

Windy monta, prit une douche rapide, enfila ses sous-vêtements préférés et une tenue qu'elle n'avait pas mise depuis trois ans. Elle glissa le petit mot de remerciement que Cate avait écrit pour Ash dans un sac étanche, descendit dans le garage et retira la bâche sous laquelle attendait la Ducati 916 jaune vif qu'Evan lui avait offerte en cadeau de mariage. Revoir cette moto, ces lignes somptueuses, c'était retrouver un ami longtemps perdu de vue. Elle réalisait tout à coup comme elle lui avait manqué. Elle adorait cette moto.

Elle ne se posa pas la question de savoir si elle démarrerait, s'il y avait de l'essence dans le réservoir. Elle mit son casque, sortit la moto du garage et tourna la clé de contact. Le moteur ronronna, comme s'il n'attendait que cela.

Les agents chargés de sa surveillance la suivirent du regard lorsqu'elle s'éloigna dans un vrombissement, poussant le moteur à fond, attirant l'attention et s'en fichant complètement.

Par peur, parce qu'elle se sentait coupable, elle avait tout fait, ces dernières années, pour ne plus entendre la voix d'Evan. Mais c'était terminé. Et tandis qu'elle retrouvait l'ivresse de la conduite, elle l'entendit qui disait : « Je trouve que conduire une moto sous la pluie, c'est ce qu'on fait de plus génial. » Intérieurement, elle lui répondit, en souriant : « Tu sais quoi, mon chéri, je crois bien que tu as raison. »

Harry regarda Windy disparaître dans un vrombissement, puis les agents de garde se préparer à partir. Comme un magicien, pouf! Harry les faisait disparaître. Il laissait croire à Windy qu'elle avait la vie sauve. Qu'il était parti et qu'elle était en sécurité. Elle semblait détendue, prête à croire que le cauchemar était terminé. Que le corps criblé de balles était le sien, celui du Briseur de Ménages. Qu'elle allait pouvoir retourner à ses cambriolages et à ses vols de voitures. Qu'elle retrouverait sa fille, mangerait de la pizza avec elle, rirait avec elle.

— Profites-en tant que tu le peux, Windy, dit-il.

Il lui donnerait vingt-quatre heures. Vingt-quatre heures de répit. Puis il serait là pour lui montrer qu'elle avait tort et pour la mettre à genoux.

84

Ash habitait dans une partie de la ville que Windy ne connaissait pas encore, plutôt industrielle. Il lui fallut un moment avant de comprendre que son appartement devait être quelque part dans le grand entrepôt en brique devant lequel elle se trouvait. Entre le garage d'un carrossier et un rideau de fer sur lequel un panneau indiquait « Peinture au pistolet – Motifs variés », elle vit une porte et trouva un gros bouton lumineux à côté duquel était écrit « Laughton ». Elle appuya. Au bout de quelques instants, elle entendit un déclic et poussa la porte.

— Ici ! lança Ash depuis un escalier métallique. C'est tout en haut.

Complètement sous le charme, il la regarda gravir les dernières marches, en blouson de cuir noir très ajusté, pantalon de cuir noir, casque sous le bras. Quand il retrouva enfin l'usage de la parole, ce fut pour dire :

— On dirait Action Man.

Elle ne s'arrêta pas sur le seuil, entra chez lui et se glissa dans ses bras sans hésiter. Elle attira sa bouche sur la sienne et l'embrassa goulûment, avant de lâcher :

— J'ai rompu avec Bill.

Il répondit dans un souffle :

— Épouse-moi.

Ils s'embrassèrent entre les mots, se touchant, souriant, avec le désir de rattraper le temps perdu, de ne pas fermer les yeux, pour ne rien rater. Le blouson de Windy tomba, et il toucha ses cheveux, lui caressa la nuque, le visage, le bout des seins à travers son tee-shirt, jusqu'à ce qu'elle agrippe ses avant-bras pour les refermer sur elle.

— Je n'ai jamais été embrassé comme ça, dit-il.

— C'est mille fois meilleur que dans mes rêves.

— J'ai un peu peur de ne pas être à la hauteur, après Evan.

— Crois-moi, tu n'as aucun souci à te faire. Ce baiser est le meilleur que j'aie jamais reçu.

— Moi pareil.

Windy se dégagea un peu et posa son front contre celui d'Ash. Elle voulait que cette histoire soit pour toujours, elle voulait en être partie prenante, pas spectatrice. Elle voulait y jouer son rôle, être elle et ne pas avoir à s'en excuser. Elle voulait qu'il sache dans quoi il mettait les pieds.

— Il y a des choses que tu ne sais pas sur moi, Ash. Des choses importantes.

— Quoi, par exemple ?

— Je bouge beaucoup quand je dors. Je me réveille la nuit.

Il l'embrassa sur le front, sur les joues.

— Moi aussi. On se racontera des histoires.

— Je mange des cookies au lit, et ça fait des miettes.

— Il m'arrive de lire toute la nuit pour finir un bouquin.

— Je m'endors avec la lampe de chevet allumée.

Ses mains glissèrent dans ses cheveux si doux, basculèrent sa tête en arrière pour exposer son cou.

— Il me faut des lunettes pour lire.

— C'est vrai ?

Ash la regarda.

— Oui. Tu veux les voir ?

Il y avait quelque chose dans cette image, Ash au lit avec des lunettes, que Windy trouva à la fois rassurant et sexy. Elle le voyait, voyait un avenir fait de soirées à ses côtés, lisant avec lui, discutant avec lui, des années qui s'étendaient devant eux, tel un paysage. Elle en faisait partie. Et elle savait qu'elle en avait envie.

Elle glissa ses mains sous le pull d'Ash, le retira et, le souffle court devant son torse nu, reprit :

— Il m'arrive de prendre toute l'eau chaude quand je me douche.

— On installera un ballon plus gros.

Il lui ôta son tee-shirt. La dernière barrière. Leurs mains couraient sur leurs corps, affamées.

— Parfois, je me conduis comme une gamine.

— Parfois, Jonah et moi, on met un uniforme de la brigade cycliste et on va faire les cons devant l'hôtel *Venetian* sur nos VTT.

— Non !

— Toutes les six semaines environ.

— Il m'arrive de laisser traîner mes chaussures au milieu d'une pièce.

— Il m'arrive d'oublier de replier mes serviettes.

— Il m'arrive d'oublier de rentrer dîner.

— Oh...

Windy avait défait le bouton de son jean et glissait une main à l'intérieur.

— Je... euh... je sais où tu travailles. Cate et moi on viendra te chercher. On pourra même t'apporter des tacos ou des nouilles chinoises. Mais pas quand il y a école le lendemain.

— Je suis égoïste et soupe au lait.

— Moi aussi.

— Mon boulot me prend tout mon temps, ma fille aussi, et je n'ai pas de temps ni d'énergie pour autre ch...

Les lèvres d'Ash se refermaient sur son mamelon, pour l'embrasser délicatement.

Il releva la tête, posa un doigt sur les lèvres de Windy.

— Moi, je veux faire partie intégrante de tout ça, ton boulot et ta vie avec ta fille. Le reste, on s'en fiche.

Les pantalons rejoignirent les tee-shirts. Il ne leur restait plus maintenant que leurs sous-vêtements. Ash portait un boxer blanc qui donnait à son anatomie des allures de sculpture grecque, Windy un soutien-gorge de soie rouille et un shorty bordé de dentelle beige pour lesquels Ash aurait combattu les dragons.

Il fit glisser ses mains le long de son torse, jusqu'à sa taille, et les referma sur ses fesses par-dessus la soie, découvrant un petit nœud juste au creux de ses reins.

Elle se dégagea.

— Regarde-moi, Ash. Regarde-moi vraiment. J'ai trente-quatre ans, une fille et un lourd bagage émotionnel.

— Et moi, j'ai trente-sept ans, j'ai déménagé tous les ans quand j'étais enfant et je défais les bagages comme personne. Et je t'aime, Windy. Des pieds à la tête, en dehors et en dedans.

Il l'attira contre lui, l'étreignit.

— Pour moi, tu es la plus belle chose qui soit.

En guise de dernière protestation, elle lâcha faiblement :

— Tu as la marque des chaussettes sur tes chevilles.

— Toi aussi.

— Fais-moi l'amour, Ash.

Ils tombèrent ensemble sur le large canapé en velours. Ash s'appuya sur un coude et écarta délicatement la soie du soutien-gorge pour embrasser la tache de naissance qu'elle avait sur le sein gauche.

— Je peux l'enlever, si tu veux.

— Ce que je veux, c'est que tu sois bien. Et je te trouve très belle, comme ça.

Des mots que Windy attendaient depuis plus de quinze ans. Mais des mots qui ravivaient la peur. La peur de le décevoir.

— Je sais que tu as de l'expérience, et je crains de ne pas être très douée au lit.

Ash la regarda.

— Alors, on a bien fait de se mettre sur le canapé.

Et, plus sérieux, il ajouta :

— Windy, tu es ce que je désire le plus au monde. Je n'ai jamais fait ça jusque-là. Faire l'amour à la femme que j'aime. Le simple fait de t'avoir ici avec moi, d'être près de toi est mieux que tout ce qui m'est arrivé jusque-là. D'accord ?

— D'accord.

Il l'embrassa sur les lèvres, puis sur le ventre, glissa sa main sous la soie du shorty et la caressa. Elle gémit, et il la caressa plus fort, lui fit cambrer les reins. Elle posa une main sur celle d'Ash.

— Arrête, lâcha-t-elle dans un souffle, arrête, sinon je vais…

Y avait-il une façon polie de dire ça ?

— Jouir, dit Ash. Tu vas jouir. C'est tout ce que je désire.

Alors, il posa sa bouche à l'endroit où était sa main, aspira son clitoris entre ses lèvres et entendit Windy crier son nom. Elle enfonça ses ongles dans ses épaules tandis que ses dents la mordillaient et qu'il glissait un doigt en elle. Elle regarda son beau visage aux traits réguliers posé entre ses cuisses, les yeux fermés, concentré comme elle l'avait vu au bureau. Mais l'énergie féroce qu'elle lui connaissait se déversait maintenant sur elle, et sur elle seule, sur son corps. Elle regarda ses lèvres et sa langue exciter son clitoris, encore et encore, et elle s'abandonna au plaisir. À l'orgasme.

Elle s'arc-bouta, poussa son bassin contre lui, et il sentit son corps se raidir puis être parcouru de frissons, entendit ses cris. Windy le tira ensuite sur elle, plaqua sa bouche sur la sienne.

— Ash, murmura-t-elle en s'agrippant à lui, cachant son visage dans le creux de son épaule. Ash… Nom d'un petit bonhomme…

Elle sentit qu'il se mettait à trembler et réalisa qu'il riait.

— Nom d'un petit bonhomme, répéta Ash en riant comme il n'avait plus ri depuis l'école primaire. Windy, tu es géniale.

Cette fois, ils riaient tous les deux, mais leur rire se tut lorsque la main de Windy se glissa dans le boxer d'Ash et remonta le long de son sexe.

— Nom d'un petit bonhomme, murmura-t-elle.

Elle fit glisser son boxer et le regarda. Jamais Ash ne s'était senti aussi vulnérable. Sa paume glissa le long de son pénis, remonta lentement tandis que de l'autre main, elle en caressait la base.

— Tu es tellement beau. À couper le souffle.

Ash, prisonnier de ses doigts qui le pressaient maintenant contre la douceur de sa cuisse, poussa un grognement.

— J'ai envie de te sentir en moi, dit-elle, sans le quitter des yeux, attentive à la façon dont le corps d'Ash répondait à ses caresses.

— Moi aussi, j'en ai envie, répondit Ash. Je reviens.

Il se laissa glisser du canapé, alla farfouiller dans les poches d'une veste posée sur la table de la cuisine et revint avec un préservatif. Il entreprit de l'ouvrir, mais elle le lui prit, saisit délicatement son sexe dans une main et déroula lentement le préservatif, du bout des doigts. Elle prenait son temps, et c'était à la fois insupportable et sexy, cette femme qui risquait de le faire exploser rien qu'en lui mettant un préservatif. Quand elle eut terminé, elle le lissa soigneusement, déposa un baiser sur son gland, puis se laissa glisser sur le tapis et l'attira sur elle.

— Maintenant, dit-elle en écartant l'entrejambe de son shorty. Je ne peux plus attendre.

Ses jambes se refermèrent autour de la taille d'Ash lorsqu'il la pénétra, la prit d'un seul coup. Ils firent l'amour comme des adolescents, affamés, maladroits, heureux comme s'ils ne l'avaient jamais fait et rêvaient de ce moment depuis toujours. Ils se mêlèrent, sans tabou, essayant toutes les caresses, tous les baisers, osant murmurer les désirs les plus secrets qui devenaient des réalités, pour finir, sans savoir comment, sur le plan de travail de la cuisine. Épuisés et unis, ils piquèrent un fou rire lorsque Windy, la tête sous un plant de basilic, lâcha :

— Saperlipopette.

— C'est mieux, ou moins bien, que « nom d'un petit bonhomme » ? demanda Ash.

Ils allèrent dans la chambre, firent un somme avant de recommencer, épuisant la réserve de préservatifs d'Ash. Comme Windy s'étonnait qu'il les garde dans une poche de veste plutôt que dans la chambre ou dans la salle de bains, Ash lui expliqua qu'il n'avait jamais reçu de femme chez lui jusque-là.

— Les liaisons que j'ai eues, c'était plutôt du style hôtel, avoua-t-il. Motel, en vérité.

Voilà, c'était dit.

— C'est assez excitant, non ?

— Oh, non. Rien à voir avec ça, tu peux me croire.

Ils mangèrent un reste de nouilles chinoises au lit, parlèrent de tout et de rien, passèrent de longs moments dans les bras l'un de l'autre. Windy exigea de voir Ash avec ses lunettes et le trouva si beau qu'elle se sentit défaillir.

Tard dans la nuit, Windy réserva une place pour Chicago pour le lendemain et ils s'endormirent, oubliant d'éteindre la lumière dans la pièce voisine, oubliant tout ce qui n'était pas eux deux, l'un contre l'autre.

85

Ash klaxonna deux fois en guise d'au revoir avant de tourner à gauche, en direction du bureau, tandis que Windy tournait à droite pour rentrer chez elle. Il était tôt et les rues étaient calmes. Le ciel commençait à s'éclaircir.

Windy éprouvait un mélange de contentement et d'excitation, quelque chose de tout à fait nouveau pour elle. Elle n'avait pas connu cela avec Bill. Et avec Evan non plus. En ouvrant les yeux ce matin-là, elle avait regardé Ash, encore endormi, et avait senti son cœur battre de la même façon que lorsqu'elle regardait Cate, mais pas exactement pour les mêmes raisons. « Une mauvaise fille ne dort jamais seule », se rappela-t-elle, et elle eut une pensée pour Ève. Avec un petit sourire, aussi. Parce que ce matin, elle se sentait un peu mauvaise fille et que c'était bon.

Elle s'arrêta devant sa maison et attendit que la porte du garage s'ouvre. La rue était déserte, il n'y avait plus d'agent en faction, mais elle se sentait plus en sécurité que lorsqu'ils étaient là. C'était terminé. Elle avait hâte de retrouver Cate, que tout rentre dans l'ordre.

Elle monta dans sa chambre en fredonnant. Elle avait juste le temps de prendre une douche et de faire son sac avant de partir pour l'aéroport. Elle redoutait un peu d'avoir à tout expliquer à ses parents, mais au fond, elle savait que tout se passerait bien. Oui, tout irait bien, dorénavant.

Elle se déshabilla et passa sous la douche. Comme la vapeur l'enveloppait, elle repensa à Ash, aux premiers signes qui lui avaient fait comprendre qu'elle tombait amoureuse de lui. Cela avait commencé assez tôt, mais elle n'en avait été sûre que lorsqu'il avait parlé à Roddy, devant la maison des O'Connell. À ce moment-là seulement, elle s'était autorisée à comprendre ce qu'elle ressentait. Il n'avait pas eu peur, il avait su compatir. Elle n'avait jamais vu personne réussir ce tour de force auparavant.

Elle se demanda comment allait Roddy, depuis. Elle n'était pas sûre d'avoir bien compris pourquoi il s'en était pris à elle, ni ce qu'il espérait d'un tel geste. Ni même comment il l'avait retrouvée.

Elle se figea soudain, une dose de shampoing dans la main.

Seul le tueur pouvait savoir où elle se trouvait ce soir-là. Et une seule personne pouvait l'avoir dit à Roddy. Son cœur se mit à battre.

Harold L. Williams. Harry. Hank.

Hank Logan.

Sans prendre le temps d'arrêter l'eau, elle sortit de la douche, saisit une serviette et fit un bond. Il y avait un homme dans sa chambre, qui fouillait dans son sac.

Non, pas un homme, réalisa-t-elle. Un officier de police. Chargé de la protéger, donc. Dieu merci.

— Monsieur l'agent, dit-elle en nouant la serviette autour d'elle, si vous retourniez à votre radio et…

Elle n'arriva pas à terminer. L'homme s'était retourné. Il portait un uniforme de police, mais ce n'était pas un policier.

Hank Logan pénétra dans la salle de bains et lui sourit.

— Bonjour, Windy.

Elle recula.

— Bonjour, Logan.

— Je vous en prie, appelez-moi Harry.

— On a un problème, dit Jonah en faisant irruption dans le bureau d'Ash. Un gros. On a vérifié les empreintes du gars qui a été tué par le groupe d'intervention, hier.

— Harry, dit Ash.

— Non. C'est bien ça le problème. Ce n'est pas Harry. Il s'appelle Dwight. Il possède une casse automobile dans le nord de la ville et il est porté disparu depuis lundi. Mais ce n'est pas tout. Sa mère, qui a identifié le corps, dit qu'il n'a jamais mis les pieds dans l'État de Washington. Et comme si ça ne suffisait pas, on l'a identifié grâce à ses empreintes parce qu'il est fiché. Il a passé huit ans en tôle pour vol, en Californie, entre 1991 et 1999. Exactement les années où Harry était à Seattle. Ça ne peut pas être lui.

Ash fixa Jonah, réfléchissant à toute vitesse.

— Il a dû garder Dwight enfermé dans une des pièces, là où Windy a trouvé tous les indices qui nous ont permis d'établir un lien entre lui et la maison. Pas étonnant que ce type se soit avancé en titubant, complètement perdu et terrifié. Je parie que Harry a tiré lui-même sur l'homme du groupe d'intervention, avant de lancer Dwight dans l'arène. Et je ne serais pas surpris non plus qu'il ait mis un uniforme du groupe d'intervention, pour pouvoir se mêler aux autres et profiter de la confusion pour s'éclipser.

— La pièce d'identité de l'État de Washington devait être fausse, aussi. Avec un kit de plastification des documents, c'est facile à faire.

Ash donna un coup de poing sur son bureau.

— Harry nous a menés en bateau. Bordel, il nous a eus comme des bleus ! J'aurais dû le savoir dès le départ. La liste de l'avocat, pour les biens immobiliers de Nadene, elle nous est parvenue trop facilement. Et…

Il décrocha et composa le numéro de Windy chez elle. Il tomba sur le répondeur et appela sur son portable. Là aussi, il tomba sur la boîte vocale, comme si le téléphone était éteint. Il regarda Jonah, et sa voix changea.

— Envoie toutes les patrouilles disponibles chez Windy, immédiatement. Immédiatement !

Il entendit la voix de Windy lorsqu'elle avait reconnu son alliance. *Ce qui veut dire que je suis la prochaine.*

— Non! dit-il à voix haute dans son bureau. Moi vivant, non.

Il prit des munitions dans le tiroir du bas, chargea deux pistolets et alla chercher sa voiture.

Il faillit renverser Jonah quand ce dernier sortit en courant du bâtiment. Il pila, laissa des traces de gomme sur le goudron, et dérapa sur plusieurs mètres.

— Non, mais ça va pas bien? s'exclama-t-il.

Puis il vit l'expression de Jonah et frémit.

— Qu'est-ce qui s'est passé?

Jonah semblait malade.

— J'ai ordonné à toutes les voitures de se rendre chez Windy, mais avant qu'elles répondent, j'ai eu l'agent en faction posté devant chez elle, par radio. Il ne l'a pas vue de la matinée. Elle n'est pas rentrée chez elle. On ne sait pas où elle est, Ash.

Ash faillit crier. Il était saisi d'une envie de frapper, aussi, de briser des choses autour de lui. Mais cela n'aiderait pas Windy. Il se gara, descendit de voiture en se forçant à se concentrer, à réfléchir.

— Harry a dû l'enlever quand elle est partie de chez moi. Si elle n'est pas chez elle, alors il faut qu'on trouve où il a bien pu l'emmener.

Il parlait d'un ton mesuré, pesait ses mots. Mais sur sa mâchoire, un muscle n'en finissait pas de tressauter, et ses poings étaient serrés.

— Reçu, dit Harry dans la radio. Je maintiens ma position.

Puis il sourit à Windy, et brisa le micro contre le lavabo.

— Nous n'en aurons plus besoin, maintenant qu'ils savent qu'il est inutile de perdre du temps à vous chercher ici.

Le dernier espoir de Windy disparaissait. Lorsque l'appel demandant à toutes les patrouilles de se rendre chez elle était arrivé, elle avait failli en défaillir de soulagement. Mais elle aurait dû s'y attendre. Harry avait répondu dans la seconde, en donnant un numéro de voiture et en annonçant que Windy n'était pas chez elle. Il avait vu juste. Toutes les patrouilles allaient partir à sa recherche, et personne ne la trouverait.

— Bien, dit-il en la dévisageant. Où en étions-nous ?

Il bloquait le passage, la prenant au piège de ce petit espace qu'était la salle de bains. Elle avait essayé de le pousser, avait reçu un coup de poing dans le ventre. Maintenant, elle était assise sur le rebord de la baignoire et tentait de lutter contre la peur. Cette fois, elle ne se figerait pas. Elle devait continuer à réfléchir.

— Que faites-vous ici ? demanda-t-elle. Pourquoi m'avoir choisie, moi ?

Il sourit.

— C'est vous qui m'avez fait venir.

— Comment ?

— Je vous ai laissé le choix. Je vous ai proposé de vivre. De croire qu'Ève était l'assassin. D'ici quelque temps, je vous aurais donné un cadavre pour elle, et vous auriez pu refermer ce dossier. Mais votre curiosité a été trop forte, n'est-ce pas ?

Elle déglutit avec peine. Peut-être pouvait-elle arriver à le raisonner. Peut-être y avait-il une autre issue à tout cela.

— Je ne faisais que mon travail.

— Votre travail. Qui consiste à respecter les règles, comme une gentille fille. Vous auriez pu me croire, vous baser sur les indices que je vous laissais, mais vous n'avez pas voulu. Vous avez commencé à voir des choses qui ne vous regardaient pas. À me désobéir. Alors, maintenant, vous devez mourir.

— Barbe-Bleue, soupira lentement Windy.

— Exactement.

Elle secoua la tête.

— Vous savez, vous n'avez pas raconté l'histoire correctement. Il ne s'agit pas de punir la curiosité. Il s'agit d'un tueur en série qui rejette la responsabilité de ses crimes sur ses victimes. Le vrai coupable n'est pas la personne qui regarde, c'est le meurtrier.

— Vraiment ? Et Nadene, alors ? Elle est morte à cause de votre curiosité. De votre désobéissance. Vous n'auriez jamais dû lui parler. Pareil pour Dwight, l'homme que vous avez trouvé hier chez moi. Si vous aviez simplement cru qu'Ève était le tueur, si vous n'étiez pas allée jusqu'à appeler la brigade d'intervention, il serait encore vivant.

Windy se leva et alla vers lui.

— Non. Vous m'avez attirée dans un piège. Vous vouliez que je vous recherche. Vous m'y avez pratiquement forcée en m'envoyant une photo du crime que vous avez commis à Seattle. Vous vouliez que je découvre qu'Ève n'était pas l'assassin. Vous cherchez à vous débarrasser de la culpabilité que vous ressentez, exactement comme quand vous tuez. Mais vous avez effectivement réussi à nous tromper sur un point : vous ne tuez pas parce que vous haïssez les familles, pas plus que vous ne laissez les pères en vie pour les punir. Vous les laissez en vie pour leur prouver qu'ils sont incapables de protéger leur famille parfaite d'un monstre, comme ç'a été le cas pour vous. À cette différence que maintenant, le monstre, c'est vous.

Harry changea instantanément. Son visage devint cramoisi, ses yeux vitreux. Il la poussa violemment, la fit tomber, puis se pencha sur elle, le souffle court. Sur son uniforme apparaissaient des taches de transpiration.

— Espèce de sale menteuse ! Ne me traite jamais de monstre. J'ai essayé d'être bon. Je l'ai été. Demande-moi pardon.

Windy le regarda fixement, l'espace d'un instant plus fascinée que terrorisée.

— Que vous est-il arrivé, Harry ?

Il l'attrapa par les épaules et la secoua en hurlant :

— Demande-moi pardon !

Cette fois, la peur l'emporta. Elle se recroquevilla, et il lâcha ses épaules. Son regard se promena sur son corps, et elle serra un peu plus la serviette autour de sa poitrine.

Il sourit. Doucement, il lui prit la main.

— Tu es désolée, n'est-ce pas ?

Le ton de sa voix, son expression lui asséchèrent la bouche.

— Oui.

— Plus fort.

— Oui.

Le sourire devint rictus.

— Tu mens, salope.

Et lentement, il lui retourna le petit doigt.

— Tu es tellement mauvaise que je suis obligé de te faire mal.

— Je ne mens pas, protesta Windy.

Mais il ne l'entendait pas. Quand elle essaya de retirer sa main, il retourna son doigt encore plus fort.

— Je vous en prie, arrêtez, dit-elle en se tendant sous la douleur. Je vous en supplie.

— Pourquoi ? Tu vas aller tout raconter sur moi ? demanda-t-il.

Et il retourna le doigt jusqu'à ce que l'os casse.

Windy hurla de douleur. Harry lui lâcha la main et sourit.

— Voilà ce qui arrive quand on est une mauvaise fille. On a mal. Alors, tu vas être gentille, maintenant ? Tu vas obéir ?

— Oui, répondit Windy en serrant sa main contre son ventre.

— Bien.

Il se pencha, plaça son visage bien en face de celui de Windy, respira la bouche ouverte.

— Alors, mets-toi à genoux et supplie-moi de te laisser la vie sauve.

Malgré la douleur qui lui vrillait la main, Windy comprit à cet instant pourquoi toutes les victimes étaient à genoux au moment de leur mort. Pas parce qu'elles priaient. Parce qu'elles suppliaient leur bourreau.

— Jamais, dit-elle. Parce que ça ne marchera pas. De toute façon, vous allez me tuer, comme vous l'avez fait avec toutes les autres.

— Comment peux-tu être sûre que je ne vais pas changer d'avis, cette fois ? Que je ne vais pas te laisser partir ? Tu ne penses pas que le jeu peut en valoir la chandelle ?

— Non. Vous pouvez me faire tout le mal que vous voulez, je ne vous supplierai pas.

Au lieu de se mettre en colère, Harry parut amusé.

— Oh, mais oublions ta douleur pour l'instant. Pensons plutôt à celle de Cate. À la douleur que ta mort lui causera. Imagine-la seule, orpheline. Ou mieux, pense au mal que je pourrai lui faire quand tu ne seras plus là.

La rage se ranima en Windy. Elle tenta de se relever, mais il la repoussa à terre.

— Ne parlez pas de ma fille.

— Tu n'aimes pas que je parle d'elle ? Peut-être que tu préférerais la voir.

De la poche intérieure de sa veste d'uniforme, il tira une série de photos en couleurs.

— Tiens, ici, c'est au supermarché, dit-il en lui tendant une photo de Cate, le nez dans une montagne de pamplemousses tandis que Brandon se concentrait sur la liste des courses.

Il en prit une autre, sur laquelle on voyait Cate, un peu à l'écart du groupe d'élèves lors d'une sortie, tandis que le professeur qui les accompagnait regardait dans la direction opposée. Puis une autre encore, de Cate, le nez écrasé contre la vitre du repaire des lions, au *Café tropical*, avec Windy, qui regardait le sol pendant que Bill lui embrassait l'oreille. Et enfin une dernière, de Cate endormie dans son lit.

— Comment avez-vous pu ? demanda Windy, tremblant de la tête aux pieds.

Harry l'ignora. Il regardait les photos.

— Elle est très indépendante, n'est-ce pas ? Et vive d'esprit. Je parie qu'elle est curieuse. Elle regarde partout où il ne faut pas. Comme sa maman.

Il sourit et ajouta :

— Tu vois comme il était facile pour moi de l'approcher, alors que tu étais dans les parages. Imagine ce que ce sera quand tu ne seras plus là.

— Jamais vous ne poserez la main sur ma fille.

Il lui donna une petite tape sur le doigt qu'il avait cassé, la fit grimacer.

— Tu as vu ce qui arrive aux fillettes qui désobéissent. As-tu examiné les doigts de Minette Waters ? Tu devrais pouvoir constater que trois d'entre eux ont été fracturés. Je ne sais pas si cela peut se vérifier à l'autopsie, mais je l'ai fait quand elle était vivante. Ces petits doigts, ça casse comme des brindilles, ça fait un joli petit bruit, agréable à l'oreille. Pas comme les doigts des adultes. Je déteste le bruit qu'ils font.

Windy se rua sur lui, voulut le saisir à la gorge.

— Arrêtez !

Il ouvrit un à un les doigts de Windy, en commençant par l'auriculaire. Elle était forte, mais il l'était plus encore. Il serra ses mains dans les siennes, fort. Surtout celle qui était cassée.

— Tu sais quoi ? Maintenant que j'y pense, je crois que je n'ai jamais eu de vierge.

— Taisez-vous !

Windy fonça sur lui, et ils tombèrent tous les deux dans la porte du placard. Elle ne sentait plus la douleur dans sa main, ne sentait plus rien, sinon la nécessité de s'échapper. Ils roulèrent l'un sur l'autre dans la chambre, en direction du lit. Elle enfonça ses ongles dans son visage, le sang gicla. Comme elle cherchait à atteindre ses yeux, il attrapa sa main et lui retourna le poignet jusqu'à ce qu'elle soit sur le point de hurler. Les larmes baignaient son visage. Elle se mit à donner des coups de pied, mais il la retourna sur le ventre et s'assit sur elle. Il replia un bras dans son dos et enfonça un genou au creux de ses reins.

— Alors, prête à me supplier ?

Il suait à grosses gouttes, et elle sentait son pouls battre dans la main qui la maintenait en place. Le fait qu'elle souffre, qu'elle lutte lui procurait un plaisir intense.

— Jamais je vous supplierai, connard.

— Vraiment ? Réfléchis bien. Je vais m'en tirer blanc comme neige, et je vais pouvoir m'occuper de Cate. Tu ne la verras jamais entrer au lycée, à l'université encore moins. Tu ne rencontreras jamais l'homme qu'elle épousera, tu ne feras jamais de projets pour son mariage. Si je décide de la laisser se marier.

Il se pencha et murmura à l'oreille de Windy :

— Il est possible que je la garde pour moi tout seul.

Windy se débattit avec tout ce qu'elle avait en elle. La douleur de son doigt s'était propagée dans son bras, mais elle l'ignora, se cabra, se retourna pour le faire tomber, donna des coups de pied dans tous les sens. Elle crut avoir réussi, sentit que le poids s'allégeait sur son dos, mais le genou de Harry se posa sur son cou et commença à l'étouffer.

Quand elle arrêta de bouger, il dit :

— Cette idée ne te plaît pas beaucoup, n'est-ce pas ? Si tu restes vivante, tu pourras peut-être l'empêcher. Et si tu me supplies, je te laisserai peut-être la vie.

Windy sanglotait. En cet instant, si elle avait été certaine que cela marcherait, elle l'aurait supplié. Mais elle savait qu'il n'y avait qu'une issue possible. La seule victoire qu'elle pouvait remporter dans sa mort, c'était de savoir qu'elle lui avait refusé ce plaisir.

— Je vous déteste, souffla-t-elle d'une voix rauque.

— Très bien. Je suis déçu que les choses se terminent ainsi, mais tu ne peux t'en prendre qu'à toi-même.

Il se leva, l'attrapa par les cheveux, la força à se mettre à genoux. Elle se faisait l'effet d'une loque, vidée de toute force, de toute énergie, de toute volonté. Il lui renversa la tête en arrière, pour exposer son cou. Elle vit le reflet de la lumière sur la lame du couteau.

C'est fois, c'était fini. Elle ne pouvait plus rien faire. *Game over.*

— Windy Thomas, tu as été une très mauvaise fille. Pour cette raison, tu dois mourir.

Elle ferma les yeux.

— Non, Harry, dit alors une voix calme et tranquille. Ce n'est pas comme ça que finit l'histoire de Barbe-

Bleue. La vraie fin, c'est que la jumelle de sa femme arrive à cheval et la sauve. Tu peux vérifier.

Windy ouvrit les yeux. Harry regardait, bouche bée, la femme squelettique qui se tenait sur le seuil de la chambre, vêtue d'un tee-shirt trois fois trop grand pour elle et d'un jean en lambeaux. On aurait dit qu'elle venait d'un champ de bataille, et même si elles ne s'étaient jamais rencontrées, Windy sut immédiatement de qui il s'agissait.

— Mais qu'est-ce que tu fous là, Ève ? demanda Harry.

— Je fais en sorte que l'histoire finisse comme il faut, répondit-elle, avant de se jeter sur le bras qui tenait le couteau.

L'espace d'un quart de seconde, Harry lâcha prise, et Windy put lui échapper, juste à temps pour le voir refermer un bras autour du cou d'Ève.

Ève se débattit, tenta de lutter, mais il la tenait plaquée sur lui, et ses coups de pied tapaient dans le vide.

— Tu n'as quand même pas réellement cru que tu allais pouvoir me soumettre, Ève, si ? demanda Harry d'un ton amusé.

Mais Ève ne l'écoutait pas. Elle regarda Windy et lui lança :

— Allez-vous-en !

Harry éclata de rire et posa le couteau sur la gorge d'Ève.

— C'est ça, Windy. Vas-y. Si tu fais un seul pas en direction de cette porte, je la tue.

— C'est une histoire entre toi et moi, Harry, dit Ève. Tu m'as dit que c'était moi qui avais fait de toi ce monstre, en t'ignorant pendant toutes ces années. Alors, maintenant, affronte-moi.

Du regard, elle suppliait Windy de s'en aller.

Windy se releva péniblement, s'appuya au lit.

— Et je vais prendre mon temps, pour la tuer, lança Harry à l'intention de Windy. Je vais y aller tout doucement, pour que ça fasse bien mal. Et ce sera ta faute.

Il enfonça la pointe du couteau dans la peau. Le sang coula, Ève défaillit.

Windy se leva, les mains dans le dos.

— Non, dit-elle. Ce n'est pas ce qui va se passer. Parce que je te tuerai en premier, espèce de salaud. Je vais te faire payer chaque mot que tu as prononcé à propos de ma fille.

Lentement, elle pointa sur lui le pistolet qu'elle avait pris sous le matelas.

— Non ! hurla Ève.

Harry ne réagit même pas.

— Et quand je vous aurai tuées, toutes les deux, je m'attaquerai à Cate.

Windy arma le pistolet.

Ève secoua violemment la tête.

— Ne le tuez pas. Ce n'est pas comme cela que vous voulez que ça finisse.

Harry enfonça la pointe du couteau un peu plus profondément dans le cou d'Ève.

— C'est toi ou moi, Windy.

Elle tira.

Harry tituba sur le côté et tomba. Il regarda son genou gauche, d'où jaillissait le sang, puis regarda Windy.

— Tu m'as tiré dessus.

— Et je recommencerai.

Il se mit à ramper dans sa direction.

— Espèce de salope, tu m'as tiré dessus.

Windy visa une nouvelle fois.

— Reste où tu es.

Il continua de ramper.

— Je vais te tuer.

— Non, Windy ! dit Ève.

Mais Windy tira une deuxième fois.

Harry sursauta sous l'impact, mais continua sa progression.

— Tu vas mourir, répéta-t-il.

Windy tira une troisième fois, et cette fois, il tomba sur le ventre, au moment où la maison se mettait à trembler sous les pas d'une dizaine hommes de la brigade d'intervention.

Ash fit irruption dans la chambre avant eux. Son regard alla de Windy à l'homme qui gisait à ses pieds.

— Il a besoin d'une ambulance, mais il n'est pas mort, dit-elle de la voix la plus blanche qu'il ait jamais entendue.

Puis elle lâcha le pistolet et sortit de la chambre.

86

Harry fut conduit à l'hôpital pénitentiaire. Windy avait tiré avec précision, une balle dans le genou qui le faisait souffrir, et deux dans le bras. Aucune de ces blessures n'était mortelle, il se remettrait et pourrait être jugé.

Seule dans la chambre de Cate, Windy n'arrivait pas à arrêter de trembler. Elle avait mis un jogging et un sweat-shirt, mais se sentait toujours aussi nue, exposée. Elle avait froid.

Après qu'on lui avait bandé le doigt, elle était venue se réfugier ici et serrait Gros Fred contre elle, assise sur le lit, les yeux fixant le vide. Elle savait qu'Ash passait toutes les deux minutes pour voir si tout allait bien, mais elle ne se sentait pas prête à l'affronter. Elle n'arrivait pas à s'affronter elle-même.

On frappa à la porte, et Ève passa la tête dans l'entrebâillement. Elle portait toujours ses vêtements trop grands, avec en plus une couverture que les ambulanciers lui avaient mise sur les épaules.

— Salut, dit-elle timidement.

— Salut, dit Windy en se levant.

Les deux femmes se regardèrent pendant un long moment, puis Windy serra Ève dans ses bras.

— Merci, dit Windy. Vous m'avez sauvé la vie.

— Je croyais que c'était vous qui aviez sauvé la mienne. En abattant l'homme au couteau.

Windy secoua la tête.

— Ce n'est pas ce que je veux dire.

Ève prit un coin de la couverture pour essuyer une larme sur la joue de Windy.

— J'ai pensé qu'il aurait été dommage de survivre à un tabassage en règle, de me sortir d'une voiture à demi écrabouillée, de me faufiler par une chatière et de passer trois jours à l'hôpital avec un traumatisme crânien et une déshydratation sévère pour rester en retrait et regarder quelqu'un foutre sa vie en l'air.

— Je suis contente que vous vous en soyez sortie.

— Moi aussi. Mais je pense que je vais devoir changer un paquet de choses dans ma façon de vivre.

Ève se tut un instant, puis reprit :

— Un des enquêteurs m'a laissée utiliser son portable, et j'ai appelé Trish. Elle vous trouve super.

— Elle vous trouve super aussi.

Ève se mordit la lèvre.

— J'ai pas mal de temps à rattraper, question amitié. Et en parlant de super, je crois qu'il y a quelqu'un qui voudrait vous voir.

Elle se pencha vers Windy pour lui murmurer à l'oreille :

— Ça fait au moins une heure qu'il attend dans le couloir. Je suis contente de voir que vous avez meilleur goût que moi, question hommes.

Windy regarda par-dessus son épaule et vit Ash, qui se tenait sur le seuil.

— Je peux revenir plus tard, si vous voulez rester un peu seules toutes les deux, dit-il.

— Non, fit Ève. Je m'en vais. J'ai des dépositions à faire, et au moins trois ans de sommeil à rattraper. Et je meurs d'envie de me glisser dans des vêtements qui m'appartiennent. À bientôt ? dit-elle à Windy.

Windy hocha la tête, la regarda poser une main sur l'avant-bras d'Ash en passant.

Ash s'approcha. Elle avait du mal à le regarder en face. Ils restèrent ainsi, sans se toucher, jusqu'à ce qu'Ash dise :

— J'aime bien cette chambre. Les arcs-en-ciel sont super.

Faire la conversation pour cacher la gêne.

— C'est Cate et Brandon qui l'ont refaite.

— J'avais cru comprendre.
Il y eut un silence, puis Windy lâcha :
— J'ai voulu le tuer, Ash.
— Bien sûr, c'est normal.
— J'ai été si près de le faire. Je l'aurais fait. J'aurais fait exactement ce qu'il voulait. Et j'aurais privé M. Johnson, M. Waters et M. O'Connell de la possibilité de tourner la page. Je n'ai pas pensé à eux un seul instant.
— Mais tu ne l'as pas tuée.
— Parce que Ève m'en a empêchée.
— Non, Windy. Tu t'en es empêchée toi-même.
— Comment peux-tu en être sûr ?
— La vie est trop précieuse, pour toi. Et c'est pour cela que tu fais ce boulot. Pour cela que tu le fais bien.
— Je le croyais, oui. Mais je n'en suis plus certaine, maintenant.
Il se plaça devant elle.
— Ce n'est pas grave. J'y crois pour deux.
— Merci.
Elle se sentait complètement anesthésiée, entre deux eaux. Mieux valait changer de sujet.
— Comment est-ce que tu as compris qu'il fallait venir ici ? Je l'ai entendu répondre au message radio en disant que la maison était vide.
— Tu m'avais demandé de suspendre la surveillance hier. Ce qui signifiait que tu n'aurais pas dû trouver d'agent chez toi en rentrant aujourd'hui et que quelqu'un essayait de nous balader. À propos de ta maison, et à propos de la mort de Harry.
Windy serra les mâchoires.
— Je me suis laissé avoir comme une gamine.
— On s'est tous fait avoir.
— Mais j'aurais dû…
Ash passa une main dans ses cheveux.
— Bon sang, Windy, mais arrête un peu ! À partir de maintenant, tu n'as plus le droit de te reprocher des choses qui, de toute façon, échappent à ton contrôle. Tu vas simplement devoir vivre avec le fait que tu n'es ni surhumaine ni médium.

— Pourquoi tu me cries dessus ?

— Parce que j'ai failli te perdre, que jamais je n'ai été aussi mal de ma vie et que je ne gère pas ça très, très bien.

Voilà, il l'avait dit. Windy se laissa un moment pour enregistrer le message, puis demanda :

— Et maintenant, qu'est-ce qui va se passer ?

— Tu as envie qu'il se passe quoi ?

Elle réfléchit suffisamment longtemps pour qu'Ash commence à se faire du souci, puis lâcha :

— Je veux aller à Chicago pour récupérer Cate. Et je veux y aller avec toi.

Plus tard cette nuit-là, Windy sortit sur la pointe des pieds de sa chambre de jeune fille et rejoignit Ash dans la chambre d'amis qu'avait préparée sa mère, pour se glisser sous les couvertures avec lui.

— Tu dors ? demanda-t-elle.

— Oui, répondit-il en allumant la lampe de chevet. Non. Quelque chose ne va pas ?

Elle le regarda. Il avait les cheveux en bataille, les yeux lourds de sommeil, l'homme qui la protégerait sans la couver.

— Je viens de me rendre compte qu'il y a un truc que je ne t'ai jamais dit. Je t'aime, Ash.

— Je sais, répondit-il en souriant. Et tu peux me le dire encore des millions de fois, je pense que je ne m'en lasserai pas.

87

Pour le meilleur…

Par Storm Larke, en exclusivité pour le *Review Journal*

Dans la course pour la mairie, les jeux sont loin d'être faits depuis que l'ancien chef de l'Unité Spéciale de Lutte contre les Crimes Violents s'est déclaré candidat face au maire sortant, Gerald Keene. Après avoir fait parler de lui avec des panneaux électoraux « Votez pour mon papa » assez peu conventionnels, illustrés par Cate, la fille de sa fiancée, Ash Laughton était sous les projecteurs ce week-end pour son mariage dans l'intimité, et une réception pas si intime que cela. Les époux avaient prévu d'emmener Cate, sept ans, fille de la mariée, à un spectacle de camions géants, mais leurs amis avaient une autre idée en tête. Rentrés chez eux pour se changer après la cérémonie, les mariés ont été kidnappés par le directeur de campagne Jonah Priestley et transportés en monospace jusqu'au restaurant d'Ève Sebastian, récemment rebaptisé Le Paradis retrouvé, *l'endroit rêvé pour célébrer ce couple idéal. Deux cent cinquante invités, votre serviteur compris, ont dîné et dansé jusqu'au petit matin. Une apparition surprise du groupe Chicago, qui arrivait de son concert au* Stardust *et a joué à deux reprises, a bien failli provoquer une émeute. La mère du marié a fait parvenir ses félicitations depuis Rio, où elle se remet d'une opération chirurgicale dans la propriété de son nouvel époux, le docteur Gabriele Nildo. La mère de la mariée, Magda Thomas, nous a confié qu'elle était ravie et qu'elle espérait que sa fille allait se ranger un peu et agrandir la famille. C'est assez peu probable, dans la mesure où Chicago Thomas vient d'être nommée chef de l'Unité Spéciale de Lutte contre les Crimes Violents. À ce titre, et comme l'a fait son époux jusque-là, elle sera chargée de faire régner l'ordre et la sécurité dans les rues de notre belle ville. Tous nos vœux à ce couple céleste.*

À noter également : Gerald Keene épousera son attachée de presse lors d'une cérémonie réunissant un petit millier de leurs amis au Bellagio, *jeudi prochain. Le mariage sera retransmis en direct au cours d'une édition spéciale du journal du soir, à 22 heures.*

Windy replia le journal et regarda par-dessus la table du petit déjeuner, dans le jardin. Ash et Cate étaient dehors et fabriquaient ce qui aurait pu être une bibliothèque, si quelques éléments au moins avaient été à angle droit. Brandon se tenait à côté, les mains sur les hanches, et secouait la tête, visiblement atterré. Ash leva les yeux, vit qu'elle les regardait, lui fit un clin d'œil et articula : « Je t'aime. »

Voilà. Telle était sa vie, désormais. Et elle s'y sentait bien.

8569

Composition
CHESTEROC

Achevé d'imprimer en France (La Flèche)
par CPI BRODARD ET TAUPIN
le 2 janvier 2011. 61502
EAN 9782290029145
1er dépôt légal dans la collection : janvier 2008

ÉDITIONS J'AI LU
87, quai Panhard-et-Levassor, 75013 Paris

Diffusion France et étranger : Flammarion